Im Licht des Vergessens

NORA ROBERTS

Im Licht des Vergessens

Roman

Aus dem Amerikanischen von
Christiane Burkhardt

Weltbild

Die amerikanische Originalausgabe erschien 2007 unter dem Titel
High Noon bei G.P. Putnam's Sons, Penguin Group (USA) Inc., New York.

Besuchen Sie uns im Internet:
www.weltbild.de

Genehmigte Lizenzausgabe für Verlagsgruppe Weltbild GmbH,
Steinerne Furt, 86167 Augsburg

Übersetzung: Christiane Burkhardt
Umschlaggestaltung: Hauptmann & Kompanie Werbeagentur, München – Zürich
Umschlagmotiv: © Mauritius Images/Superstock, Mittenwald
Gesamtherstellung: Bagel Roto-Offset GmbH & Co. KG, Schleinitz
Printed in the EU
ISBN 978-3-8289-9442-3

2011 2010 2009 2008
Die letzte Jahreszahl gibt die aktuelle Lizenzausgabe an.

Für Amy Berkover,
die Verhandlerin

ANFANGSPHASE

»Do not forsake me,
oh, my darlin'.«

AUS DEM TITELSONG VON *HIGH NOON – ZWÖLF UHR MITTAGS*

1 In den Tod zu springen war eine ziemlich bescheuerte Art, den St. Patrick's Day zu begehen. Und wenn man an diesem freien Tag angerufen wurde, um jemanden davon abzuhalten, am St. Patrick's Day in den Tod zu springen, konnte man sich das grüne Guinness und die Dudelsackmusik erst mal abschminken.

Phoebe bahnte sich mühsam ihren Weg durch die Einheimischen und Touristen, die zur Feier des Tages die Straßen und Gehsteige bevölkerten. Der Officer in Uniform wartete schon auf sie, wie vereinbart. Sein Blick huschte über ihr Gesicht und wanderte dann nach unten bis zur Dienstmarke, die sie an ihrer Hosentasche befestigt hatte. Sie trug eine dreiviertellange Baumwollhose, Sandalen und ein kleeblattgrünes T-Shirt unter der Leinenjacke. Nicht gerade das professionelle Outfit, auf das sie im Job normalerweise Wert legte, dachte Phoebe.

Aber egal, schließlich sollte sie jetzt eigentlich zusammen mit ihrer Familie auf der Terrasse ihres Hauses sitzen, Limonade trinken und sich die Parade ansehen.

»Lieutenant MacNamara?«

»Richtig. Fahren wir los.« Sie stieg ein, holte mit einer Hand ihr Handy heraus und schnallte sich mit der anderen an. »Captain, ich bin gleich da. Wie ist die Situation?«

Die Sirene heulte, während der Fahrer aufs Gas drückte. Phoebe holte ihren Block heraus und machte sich Notizen.

Joseph (Joe) Ryder, Selbstmordkandidat, bewaffnet. Siebenundzwanzig, weiß, verheiratet/geschieden. Barmann/entlassen.

Religionszugehörigkeit unbekannt. Keine Familienangehörigen vor Ort.

WARUM? Seine Frau hat ihn verlassen, die Sportsbar, in der er arbeitete, hat ihn rausgeworfen, Spielschulden.

Keine Vorstrafen, keine vorausgegangenen Selbstmordversuche.

Die Person ist abwechselnd weinerlich/aggressiv. Bisher sind noch keine Schüsse gefallen.

»Gut.« Phoebe atmete hörbar aus. Schon bald würde sie Joe besser kennenlernen. »Wer redet mit ihm?«

»Er hat sein Handy dabei, da war aber nichts zu machen. Wir haben seinen Arbeitgeber geholt – seinen ehemaligen Arbeitgeber, der gleichzeitig sein Vermieter ist.«

»Gut. In ungefähr fünf Minuten bin ich da.« Sie sah kurz zum Fahrer hinüber, der zustimmend nickte. »Halte ihn mir so lange am Leben.«

In Joe Ryders Wohnung im vierten Stock plagte Duncan Swift das Gewissen. Schweiß stand auf seiner Stirn. Jemand, den er kannte, mit dem er ein paar Biere gezischt und rumgewitzelt hatte, saß auf dem Dachvorsprung mit einer Waffe in der Hand. Verdammt.

Weil ich ihn rausgeworfen habe, dachte Duncan. Weil ich ihm nur einen Monat Zeit gegeben habe, die Wohnung zu räumen. Weil ich nicht aufgepasst habe.

Jetzt würde sich Joe vielleicht eine Kugel in den Kopf jagen oder sich vom Dach stürzen.

Nicht gerade die Art Volksbelustigung, auf die die Menschenmassen an St. Patrick's Day gewartet hatten. Was sie allerdings auch nicht davon abhielt, zahlreich herbeizuströmen. Die Polizei hatte den Wohnblock abgesperrt, aber vom Fenster aus konnte Duncan sehen, wie sich die

Menschen gegen die Absperrungen drängten und nach oben sahen.

Er nahm das Handy. »Komm schon, Joe, wir finden bestimmt eine Lösung.« Wie oft, fragte sich Duncan, würde er diesen Satz *noch* wiederholen müssen, den der Polizist in seinem Notizbuch einkringelte. »Lass die Waffe fallen und komm wieder rein.«

»Du hast mich gefeuert, verdammt noch mal!«

»Ja, ja, ich weiß. Es tut mir leid, Joe. Ich war echt sauer.« Du hast mich beklaut, dachte Duncan. Du hast mich bestohlen. Du hast sogar versucht, mir eine reinzuhauen. »Mir war nicht klar, wie sehr dich das alles mitnimmt, ich hatte ja auch keine Ahnung, was eigentlich mit dir los ist. Wenn du wieder reinkommst, finden wir schon eine Lösung.«

»Du weißt doch, dass mich Lori verlassen hat.«

»Ich …« Nein, nicht ›Ich‹, fiel Duncan wieder ein. Ihn quälten unerträgliche Kopfschmerzen, trotzdem bemühte er sich, den Anweisungen, die ihm Captain McVee gegeben hatte, Folge zu leisten. »Du musst völlig durch den Wind sein deswegen.«

Statt zu antworten, schluchzte Joe erneut los.

»Einfach weiterreden«, murmelte Dave.

Duncan hörte sich Joes Gejammer an und versuchte die Sätze zu wiederholen, die man ihm beigebracht hatte.

Plötzlich kam diese Rothaarige ins Zimmer geschossen. Während sie mit dem Captain redete, schälte sie sich blitzschnell aus ihrer Sommerjacke und streifte sich eine kugelsichere Weste über.

Duncan verstand nicht, was die beiden sagten, und konnte seine Augen nicht von ihr lassen. Willensstark, dachte er sofort. Energisch und sexy.

Sie schüttelte den Kopf und sah Duncan an – ihre grünen Katzenaugen musterten ihn kühl und gründlich.

»Das geht nur von Angesicht zu Angesicht, Captain. Und das wusstest du auch, als du mich gerufen hast.«

»Du kannst erst mal versuchen, ihn übers Handy zum Aufgeben zu überreden.«

»Das wurde doch bereits versucht.« Sie beobachtete den Mann, der beruhigend auf den heulenden Selbstmordkandidaten einredete. Der ehemalige Arbeitgeber und Vermieter, nahm sie an. Dafür war er aber noch ziemlich jung. Ein ziemlich gut aussehender Kerl, der sich schwer zusammenriss, nicht panisch zu werden.

»Er braucht ein Gegenüber, einen Ansprechpartner. Ist das der Arbeitgeber?«

»Duncan Swift, ihm gehört die Bar im Erdgeschoss. Er hat den Notruf gewählt, nachdem ihn unser Kandidat angerufen und gedroht hat, sich vom Dach zu stürzen. Swift hat sich seitdem nicht vom Einsatzort entfernt.«

»Verstehe. Du leitest diesen Einsatz, aber ich bin die Verhandlerin. Ich muss da rauf. Mal sehen, wie der Selbstmordkandidat reagiert.«

Sie ging zu Duncan hinüber und wies ihn an, ihr das Telefon zu geben.

»Joe? Hier spricht Phoebe. Ich gehöre zur Polizei. Wie geht es Ihnen da oben, Joe?«

»Wieso fragen Sie?«

»Ich will nur sicher sein, dass es Ihnen gut geht. Ist Ihnen nicht zu heiß, Joe? Die Sonne knallt heute ganz schön. Ich werde Duncan bitten, uns ein paar Flaschen kaltes Wasser zu holen. Ich würde sie Ihnen gerne bringen und mich mit Ihnen unterhalten.«

»Ich bin bewaffnet!«

»Ich weiß. Wenn ich Ihnen was Kaltes zu trinken rausbringe, Joe, werden Sie mich dann erschießen?«

»Nein«, sagte er nach langem Schweigen. »Nein, verdammt. Warum sollte ich? Ich kenne Sie doch gar nicht.«

»Ich bring Ihnen eine Flasche Wasser raus. Ich ganz allein, Joe. Ich möchte, dass Sie mir versprechen, jetzt nicht zu springen oder zu schießen. Versprechen Sie mir, dass ich zu Ihnen kommen und Ihnen eine Flasche Wasser bringen darf?«

»Ein Bier wär mir lieber.«

Der sehnsüchtige Klang in seiner Stimme gab ihr etwas, wo sie einhaken konnte. »Was für ein Bier hätten Sie denn gern?«

»Ich hab noch eine Flasche Harp im Kühlschrank.«

»Ein kaltes Bier ist schon unterwegs.« Sie ging zum Kühlschrank, und als sie die Flasche herausholte, trat Duncan neben sie, um sie aufzumachen. Sie nickte, nahm sich selbst eine Dose Cola und riss sie auf. »Ich komm jetzt mit dem Bier zu Ihnen rauf, einverstanden?«

»Ja, ein Bier wär schön.«

»Joe?« Ihre Stimme war so kühl wie die Flasche in ihrer Hand, während ein Polizist ihr beim Anseilen half und ihr die Waffe abnahm. »Ich stehe jetzt vor der Tür zum Dach, Joe. Darf ich raufkommen?«

»Ja, ja, das hab ich Ihnen doch schon gesagt, oder?«

Sie hatte recht gehabt, was die Sonne betraf. Sie knallte auf das Dach wie ein heißer roter Ball. Sie sah nach links und entdeckte ihn auch schon.

Er trug nur eine Art schwarze Boxershorts. Ein Typ mit aschblondem Haar und heller Haut, die bereits gefährlich rot war. Er blinzelte ihr aus seinen vom Weinen verquollenen Augen zu.

»Ich hätte zusätzlich zum Bier lieber noch etwas Sonnencreme mitbringen sollen.« Sie hielt die Flasche hoch, damit er sie sehen konnte. »Sie holen sich hier einen Riesensonnenbrand, Joe.«

»Mir doch egal.«

»Ich wäre Ihnen sehr dankbar, wenn Sie die Waffe fallen lassen würden, Joe, damit ich Ihnen Ihr Bier bringen kann.«

Er schüttelte den Kopf. »Vielleicht ist das ja nur ein Trick.«

»Ich verspreche Ihnen, keinerlei Tricks anzuwenden, wenn Sie die Waffe zur Seite legen, während ich Ihnen das Bier bringe. Ich will nur mit Ihnen reden, Joe, nur Sie und ich. Und reden macht Durst, vor allem hier draußen in der prallen Sonne.«

Während er seine Beine über den Dachvorsprung baumeln ließ, senkte er die Waffe und legte sie auf seinen Schoß. »Stellen Sie das Bier dort ab, und gehen Sie wieder.«

»Einverstanden.« Während sie auf ihn zuging, ließ sie ihn nicht aus den Augen. Sie roch seinen Schweiß und seine Verzweiflung, und sie sah das Selbstmitleid in seinen blutunterlaufenen braunen Augen. Sie stellte die Flasche vorsichtig auf den Dachvorsprung und trat wieder einen Schritt zurück. »Geht das so?«

»Wenn Sie irgendwelche Tricks versuchen, spring ich.«

»Verstehe. Warum sind Sie eigentlich so verzweifelt?«

Er griff nach dem Bier, umklammerte erneut seine Waffe und nahm einen großen Schluck. »Warum hat man Sie hier rausgeschickt?«

»Mich hat niemand geschickt, ich bin freiwillig gekommen. Das ist mein Job.«

»Wie bitte? Sind Sie Psychologin oder so was?« Er schnaubte verächtlich und nahm noch einen Schluck.

»Nicht ganz. Ich rede mit den Leuten, vor allem, wenn sie in Schwierigkeiten sind oder es zumindest glauben. Was ist mit Ihnen, Joe?«

»Ich bin ein Versager, das ist alles.«

»Wie kommen Sie darauf?«

»Meine Frau hat mich verlassen. Wir waren nicht mal ein halbes Jahr verheiratet, und schon ist sie weg. Dabei hat sie's mir mehrfach gesagt. Wenn ich wieder mit dem Spielen anfange, ist sie weg. Ich hab nicht auf sie gehört, ich hab ihr einfach nicht geglaubt.«

»Das scheint Sie wirklich wahnsinnig traurig zu machen.«

»Sie war das Beste, was mir je passiert ist, und ich hab's versaut. Ich dachte, ich würde gewinnen – ich wollte noch ein paarmal gewinnen und dann endgültig aufhören. Aber es hat nicht geklappt.« Er zuckte die Achseln. »Es klappt nie.«

»Aber das ist doch noch lange kein Grund, sich umzubringen. Von einem geliebten Menschen verlassen zu werden ist schlimm, und es tut weh. Aber wenn Sie sich jetzt umbringen, können Sie's nie wiedergutmachen. Wie heißt denn Ihre Frau?«

»Lori«, murmelte er, während ihm wieder die Tränen kamen.

»Ich glaube nicht, dass Sie Lori wehtun wollen. Wie glauben Sie, wird sie sich erst fühlen, wenn Sie das tun?«

»Warum sollte ihr das jetzt noch was ausmachen?«

»Sie hat Sie immerhin so sehr geliebt, dass sie Sie geheiratet hat. Macht es Ihnen was aus, wenn ich mich hierher setze?« Sie klopfte wenige Meter von ihm entfernt auf den

Dachvorsprung. Da er nur mit den Achseln zuckte, setzte sie sich und nippte an ihrem Getränk. »Ich glaube, wir finden eine Lösung, Joe. Wir finden eine Möglichkeit, Ihnen und Lori zu helfen. Sie klingen wie jemand, der eine Lösung finden möchte.«

»Ich bin meinen Job los.«

»Das ist schlimm. Was war das für ein Job?«

»Ich war an der Bar in dem Laden da unten. Lori wollte nicht, dass ich in einer Sportsbar arbeite, aber ich hab ihr gesagt, dass ich das im Griff habe. Aber das stimmte leider nicht. Ich hab angefangen, heimlich mitzuwetten. Und als ich anfing zu verlieren, hab ich in die Kasse gegriffen, damit sie nichts merkt. Je mehr ich gewettet habe, desto mehr habe ich verloren und desto mehr habe ich gestohlen. Dann wurde ich erwischt und gefeuert. Mit der Miete war ich auch schon im Rückstand.«

Er griff nach der Waffe und drehte sie in seiner Hand. Phoebe konnte sich gerade noch beherrschen, nicht instinktiv in Deckung zu gehen. »Wozu das alles? Ich hab doch nichts mehr.«

»Ich kann gut verstehen, dass Sie das derzeit so sehen. Aber es ist nun mal so, dass Ihnen noch viele Möglichkeiten offenstehen, Joe. Jeder hat eine zweite Chance verdient. Wenn Sie sich jetzt umbringen, ist es vorbei, und zwar endgültig. Dann gibt es kein Zurück mehr, dann können Sie sich weder mit Lori noch mit sich selbst aussöhnen. Wie würden Sie sich denn mit ihr versöhnen, wenn Sie die Möglichkeit dazu hätten?«

»Keine Ahnung.« Er sah über die Stadt hinweg. »Ich kann Musik hören. Die muss von der Parade stammen.«

»Das Leben ist lebenswert, auch für Sie. Welche Musik hören Sie denn gern?«

Drinnen in der Wohnung wandte sich Duncan an Dave. »Musik? Was für Musik er mag? Was zum Teufel macht die Frau da draußen?«

»Sie verwickelt ihn in ein Gespräch. Sie überredet ihn, wieder runterzukommen. Jetzt antwortet er.« Dave wies mit dem Kinn auf den Mann auf dem Dach. »Solange er über Coldplay redet, stürzt er sich nicht vom Dach.«

Duncan hörte zu, während sie sich die nächsten zehn Minuten über Musik unterhielten. Eine Unterhaltung, die er in jeder Bar oder jedem Restaurant der Stadt hätte hören können. Als er sich klarmachte, dass Joe auf dem Dach saß, kam ihm die ganze Szene völlig irreal vor. Als er sich klarmachte, dass die zierliche, durchtrainierte Rothaarige mit den Katzenaugen Small Talk mit einem halb nackten, bewaffneten Barmann mit Selbstmordabsichten machte, kam ihm das vor wie ein Ding der Unmöglichkeit.

»Meinen Sie, ich sollte Lori anrufen?«, fragte Joe unsicher.

»Möchten Sie das denn?« Sie wusste schon, dass man versucht hatte, Joes Ehefrau zu erreichen, leider ohne Erfolg.

»Ich möchte ihr sagen, dass es mir leidtut.«

»Schauen Sie mich an, Joe.« Als er ihr den Kopf zuwandte, sah sie ihm fest in die Augen. »Wollen Sie ihr so zeigen, dass es Ihnen leidtut? Indem Sie sie zwingen, Sie zu begraben und um Sie zu trauern? Wollen Sie sie bestrafen?«

»Nein!« Seinem Gesicht und seiner Stimme nach zu urteilen, entsetzte ihn diese Vorstellung. »Das ist alles meine Schuld. Alles nur meine Schuld.«

»Ich glaube nicht, dass Menschen an allem selbst schuld sind. Suchen wir lieber nach einem Ausweg. Suchen wir nach einer Möglichkeit, wie Sie das Ganze wiedergutmachen können.«

»Phoebe, ich habe beinahe fünftausend Dollar Spielschulden.«

»Fünftausend sind ziemlich viel, kann einem ganz schön Angst einjagen. Ich weiß aus eigener Erfahrung, wie es ist, Geldprobleme zu haben. Wollen Sie etwa, dass Lori für Ihre Schulden aufkommen muss?«

»Nein. Wenn ich tot bin, muss niemand mehr zahlen.«

»Ach ja? Aber sie ist Ihre Frau. Sie ist mit Ihnen verheiratet.« Phoebe wusste nicht genau, wie sich die Sache juristisch verhielt, aber es war eine Chance. »Es kann gut sein, dass sie Ihre Schulden übernehmen muss.«

»Ach du Scheiße.«

»Ich glaub, ich weiß, wie wir das Problem lösen können, Joe. Joe? Ich weiß, dass Ihr Chef in der Wohnung ist. Und zwar, weil er sich Sorgen um Sie macht.«

»Der ist in Ordnung. Dunc ist ein netter Kerl. Ich hab ihn belogen und betrogen. Ich kann's ihm nicht verübeln, dass er mich gefeuert hat.«

»Ich verstehe, und ich sehe auch, dass Sie sich für Ihre Fehler verantwortlich fühlen. Sie sind ein verantwortungsbewusster Mensch, und Sie wollen diese Fehler wiedergutmachen. Dunc ist ein netter Kerl, sagen Sie. Insofern bin ich mir ziemlich sicher, dass er Verständnis haben wird. Ich rede mit ihm, wenn Sie das wollen. Ich bin gut im Reden. Wenn er Ihnen genügend Zeit gibt, das Geld zurückzuzahlen, wäre Ihnen doch schon mal sehr geholfen, oder?«

»Ich … äh … ich weiß nicht.«

»Ich werd mit ihm reden.«

»Er ist ein netter Kerl. Und ich habe ihn bestohlen.«

»Sie waren verzweifelt, hatten Angst und haben einen Fehler gemacht. Ich spüre, dass es Ihnen leidtut.«

»Es tut mir auch leid.«

»Ich red mit ihm«, wiederholte sie. »Sie müssen mir nur die Waffe geben und vom Dach kommen. Sie wollen doch Lori nicht wehtun.«

»Nein, das nicht, aber …«

»Wenn Lori jetzt hier wäre, was würden Sie ihr sagen?«

»Ich – wahrscheinlich, dass ich auch nicht weiß, wie es so weit kommen konnte, und dass es mir leidtut. Dass ich sie liebe. Und dass ich sie nicht verlieren will.«

»Wenn Sie sie nicht verlieren wollen, wenn Sie sie lieben, dann geben Sie mir die Waffe und kommen vom Dach. Denn sonst lassen Sie sie mit ihrer Trauer und der Schande allein.«

»Es ist nicht ihre Schuld.«

Phoebe erhob sich vom Dachvorsprung und streckte eine Hand aus. »Sie haben recht, Joe, Sie haben vollkommen recht. Und jetzt zeigen Sie's ihr.«

Er sah die Waffe, sah, wie Phoebe langsam danach griff. Sie war ganz schlüpfrig von seinem Schweiß, als sie sie sicherte und in ihren Gürtel steckte. »Kommen Sie vom Dach, Joe.«

»Und was dann?«

»Kommen Sie vom Dach, und ich erklär es Ihnen. Ich werde Sie nicht belügen.« Wieder streckte sie ihm ihre Hand entgegen. Eigentlich durfte sie das nicht, und das wusste sie auch. Verhandler können von einem Selbstmörder leicht mit in die Tiefe gerissen werden. Aber sie sah ihm dabei fest in die Augen und umschloss seine Hand.

Nachdem er sich vom Dachvorsprung entfernt hatte, ließ er sich einfach zu Boden fallen und schluchzte erneut. Sie blieb bei ihm, legte den Arm um ihn und schüttelte heftig den Kopf, als sie sah, dass Polizisten zur Tür geeilt waren.

»Alles wird gut. Joe, Sie müssen die Polizisten begleiten. Sie müssen sich erkennungsdienstlich behandeln lassen. Aber alles wird gut.«

»Es tut mir leid.«

»Ich weiß. Und jetzt kommen Sie bitte mit. Bitte.« Sie half ihm auf und stützte ihn, während sie zur Tür gingen. »Aber erst ziehen Sie sich etwas an. Keine Handschellen«, zischte sie. »Joe, einer der Officer wird Ihnen ein Hemd, eine Hose und Schuhe holen. In Ordnung?« Als er nickte, gab sie einem der anwesenden Officer ein Zeichen.

»Muss ich ins Gefängnis?«

»Für kurze Zeit. Aber wir fangen sofort damit an, Ihre Probleme zu lösen.«

»Werden Sie Lori anrufen? Wenn sie kommen könnte, dann ... dann könnte ich ihr zeigen, dass es mir leidtut.«

»Aber natürlich. Ich möchte, dass der Sonnenbrand behandelt wird, außerdem muss er jede Menge trinken.«

Joe schlug die Augen nieder und zog seine Jeans an. »Tut mir leid, Mann«, murmelte er zu Duncan.

»Mach dir deswegen mal keine Sorgen. Hör zu, ich besorg dir einen Anwalt.« Duncan sah sich Hilfe suchend nach Phoebe um. »Oder?«

»Das ist eine Sache zwischen Ihnen und Joe. Sie hängen da mit drin.« Sie tätschelte kurz Joes Arm. Zwei Polizisten führten ihn ab.

»Gut gemacht, Lieutenant.«

Phoebe zog die Waffe aus dem Gürtel und öffnete sie. »Nur eine Kugel. Er hatte nie vor, irgendjemand anders außer sich selbst zu erschießen, und die Chancen dafür standen fünfzig zu fünfzig.« Sie reichte ihrem Captain die Waffe. »Du hast gespürt, dass er mit einer Frau reden musste.«

»Den Eindruck hatte ich«, bestätigte Dave.

»Es sieht ganz so aus, als ob du recht gehabt hättest. Irgendjemand muss seine Frau ausfindig machen. Wenn sie sich weigert, ihn zu sehen, rede ich mit ihr.« Sie wischte sich die Schweißtropfen von den Brauen. »Gibt es hier irgendwo Wasser?«

Duncan reichte ihr eine Flasche. »Ich hab welches kommen lassen.«

»Danke.« Sie nahm einen großen Schluck und musterte ihn. Dichtes, volles braunes Haar, ein markantes Gesicht mit einem schönen, kräftigen Mund und hellblauen Augen, die im Moment allerdings ziemlich besorgt dreinsahen. »Werden Sie Anklage erheben?«

»Wegen was?«

»Wegen des Geldes, das er aus der Kasse genommen hat.«

»Nein.« Duncan ließ sich auf einen Stuhl sinken und schloss die Augen. »Meine Güte, nein.«

»Wie viel war es?«

»Ein paar Tausender, vielleicht auch ein bisschen mehr. Aber das spielt keine Rolle.«

»O doch. Er muss es zurückzahlen, allein schon, damit er die Selbstachtung nicht verliert. Wenn Sie ihm wirklich helfen wollen, bestehen Sie darauf.«

»Gut. In Ordnung.«

»Sie sind auch sein Vermieter?«

»Ja. Sozusagen.«

Phoebe hob die Brauen. »Dann sind Sie doch der Gelackmeierte? Können Sie es sich leisten, noch einen Monat ohne Mieteinnahmen auszukommen?«

»Ja, ja, kein Problem.«

»Gut.«

»Hören Sie … ich weiß nur, dass Sie Phoebe heißen.«

»MacNamara. Lieutenant MacNamara.«

»Ich mag Joe. Ich will nicht, dass er ins Gefängnis muss.«

Ein netter Kerl, hatte Joe gesagt. Womit er sicher recht hatte. »Ich weiß das durchaus zu schätzen, aber die Sache hat nun mal Konsequenzen. Wenn Sie wissen, wem er die fünftausend schuldet, sollte er die auch begleichen.«

»Ich wusste nicht, dass er spielt.«

Diesmal lachte sie kurz auf. »Sie besitzen eine Sportsbar, und wissen nicht, dass darin gewettet wird?«

Ihm stellten sich die Nackenhaare auf, dabei hatte er längst einen Knoten im Magen. »Moment mal, Slam Dunc's ist eine nette Kneipe und keine finstere Spelunke. Ich wusste nicht, dass er ein Spielsuchtproblem hat, sonst hätte ich ihn hier nicht arbeiten lassen. Ich bin vielleicht nicht ganz unschuldig daran, aber …«

»Nein, nein.« Sie hob abwehrend die Hand und rollte die kalte Flasche über ihre schweißnasse Stirn. »Mir ist heiß, und ich bin gereizt. Sie trifft nicht die geringste Schuld. Es tut mir leid. Die äußeren Umstände haben ihn auf diesen Dachvorsprung getrieben, und für diese Umstände ist er selbst verantwortlich, genauso wie für seine Entscheidungen. Wissen Sie, wo wir seine Frau finden können?«

»Ich nehme an, sie schaut sich die Parade an, wie alle anderen in Savannah außer uns.«

»Wissen Sie, wo sie wohnt?«

»Nicht genau, aber ich habe Ihrem Captain ein paar Telefonnummern gegeben. Von Freunden des Paars.«

»Wir werden sie finden. Kommen Sie jetzt allein klar?«

»Nun, ich habe nicht vor, auf dieses Dach zu klettern und zu springen, wenn Sie das meinen.« Er seufzte laut und schüttelte den Kopf. »Darf ich Sie auf ein Getränk einladen, Phoebe?«

Sie hielt ihre Wasserflasche hoch. »Das haben Sie doch schon.«

»Es gibt Besseres.«

Hmmm, ein kleines charmantes Zwinkern. »Ist schon o.k. Sie sollten jetzt nach Hause gehen, Mr. Swift.«

»Duncan.«

»Hm-hm.« Sie schenkte ihm ein flüchtiges Lächeln und griff nach ihrer achtlos beiseitegeworfenen Jacke.

»He, Phoebe.« Als sie hinausging, eilte er ihr nach. »Darf ich Sie anrufen, wenn ich auf Selbstmordgedanken komme?«

»Versuchen Sie's mal mit der Notfallnummer«, rief sie, ohne sich umzudrehen. »Dort wird man Sie bestimmt wieder davon abbringen.«

Er trat an das Treppengeländer und sah zu ihr hinunter. Willensstark, dachte er wieder. Er konnte sich durchaus für willensstarke Frauen begeistern.

Gleich darauf setzte er sich auf eine Stufe und zog sein Handy hervor. Er rief seinen besten Freund an, der außerdem sein Anwalt war, und überredete ihn, einen Barmann mit Selbstmordabsichten zu vertreten, der zu allem Überfluss auch noch spielsüchtig war.

Von ihrem Balkon im zweiten Stock aus sah Phoebe dem Gepfeife und Getrommle auf der Straße unter ihr zu.

Auch wenn sie den Auftakt verpasst hatte – es gab keinen besseren Ort, den Rest der Parade mitzuverfolgen.

Neben ihr sprang Phoebes siebenjährige Tochter in ihren knallgrünen Turnschuhen auf und ab. Carly hatte sie lange und ausgiebig um diese Schuhe angebettelt, und natürlich war es ihr egal gewesen, dass sie zu teuer waren. Sie trug sie zu kurzen grünen Hosen mit rosa Pünktchen und einem grünen T-Shirt mit einem rosa Dudelsack drauf – wofür die kleine Modediva ebenfalls ihre gesamten Überredungskünste aufgeboten hatte. Doch selbst Phoebe musste zugeben, dass die Kleine unglaublich süß darin aussah. Ihre feuerroten Haare hatte Carly von ihrer Großmutter und Mutter geerbt. Aber die Locken stammten von ihrer Großmutter, die allerdings eine Generation übersprungen hatten, denn Phoebes Haare waren glatt wie Schnittlauch. Die strahlenden knallblauen Augen stammten ebenfalls von Essie. Die mittlere Generation, dachte Phoebe, hatte sich stattdessen für Grün entschieden. Der blasse Teint war ihnen allen gemeinsam, aber Carly hatte die Grübchen geerbt, die sich Phoebe als Kind so gewünscht hatte, und den hübschen Kussmund. Es gab Momente, in denen Phoebe ihre Mutter und ihre Tochter ansah und voller Liebe für sie darüber staunte, wie sie nur das Bindeglied zwischen zwei solch perfekten Ebenbildern sein konnte.

Phoebe strich über Carlys Schulter und beugte sich vor, um ihr einen Kuss auf den wilden Rotschopf zu drücken. Prompt begann Carly über das ganze Gesicht zu strahlen und zeigte anstelle ihrer beiden Schneidezähne eine riesige Zahnlücke.

»Wir haben hier die besten Plätze.« Essie stand hinter ihnen im Zimmer und strahlte.

»Hast du den Hund gesehen, Gran?«

»Natürlich.«

Phoebes Bruder drehte sich zu ihr um. »Möchtest du dich setzen, Mama?«

»Nein, mein Schatz«, wehrte Essie Carters Angebot ab. »Ich bin ganz zufrieden so.«

»Komm doch vor ans Geländer, Gran. Ich halte auch die ganze Zeit deine Hand. Genau wie im Gerichtssaal.«

»Na gut.« Trotzdem wirkte Essies Lächeln gezwungen, als sie zum Geländer vortrat.

»Von hier aus kannst du viel besser sehen«, rief Carly. »Da kommt noch eine Marschkapelle. Ist das nicht toll, Gran? Schau nur!«

Lieb, wie sie ihre Grandma tröstet, dachte Phoebe, wie ihre kleinen Hände ihre Hand drücken, um ihr Halt zu geben. Und wie Carter sich an Mutters andere Seite stellt und ihr sanft über den Rücken streicht, während er mit der anderen auf die Menschenmenge zeigt.

Phoebe wusste, was ihre Mutter sah, wenn sie Carter betrachtete: sein dichtes braunes Haar, seine warmen haselnussbraunen Augen, die Form seines Kinns, seiner Nase, seines Mundes – in alldem erkannte die Mutter ihren Mann, den sie so früh verloren hatte. Und mit ihm alles, was noch hätte sein können.

»Frische Limonade!« Ava schob einen Teewagen durch die offene Tür. »Mit viel Minze, damit wir auch was Grünes haben.«

»Ava, du hättest dir nicht so viel Mühe machen sollen.«

»Von wegen!« Ava lachte Phoebe zu und warf ihre langen blonden Haare nach hinten. Mit dreiundvierzig war Ava Vestry Dover immer noch die schönste Frau, die Phoebe kannte. Und vielleicht auch die netteste.

Als Ava den Glaskrug hob, kam Phoebe ihr eilig zu Hilfe. »Nein, lass nur, ich schenke ein. Geh und sieh dir das Spektakel an! Mama wird sich besser fühlen, wenn du ihr Gesellschaft leistet«, fügte Phoebe noch leise hinzu.

Mit einem Nicken ging Ava zu Essie hinüber und berührte sie sanft an der Schulter.

Das war sie, ihre Familie, dachte Phoebe. Das hier war ihr Zuhause, ihr Fels in der Brandung. Ohne ihre Familie würde sie fortgeweht wie eine Staubflocke.

Sie goss Limonade ein, gab jedem ein Glas und ging dann zu Carter. Sie lehnte ihren Kopf gegen seine Schulter.

»Es tut mir leid, dass Josie nicht hier sein kann.«

»Mir auch. Sie versucht, zum Abendessen zu kommen.«

Ihr kleiner Bruder, dachte sie, ein verheirateter Mann. »Ihr solltet hier übernachten, damit ihr euch den Feiertagsstau und die wilden Horden erspart.«

»Wir mögen wilde Horden, aber ich werd sehen, was ich tun kann. Weißt du noch, wie wir zum ersten Mal hier oben standen und uns die Parade ansahen? Im ersten Frühjahr nach Reuben.«

»Ja, ich weiß.«

»Alles war so hell und laut und ausgelassen. Alle waren so glücklich. Sogar Bess hat sich das ein oder andere Lächeln abgerungen.«

Wahrscheinlich nur eine Magenverstimmung, dachte Phoebe verbittert. »Damals glaubte ich, dass sich alles wieder einrenkt. Dass er nicht ausbricht und uns suchen kommt, um uns im Schlaf umzubringen. An Weihnachten war das noch ganz anders, und an meinem ersten Geburtstag danach auch. Aber als ich damals vor Jahren hier stand, glaubte ich, dass vielleicht doch noch alles gut wird.«

»Und das wurde es dann ja auch.«

Sie legte ihre Hand auf seine, sodass beide ineinander verschränkt auf dem Geländer ruhten.

2

Frisch geduscht und mit einem ziemlichen Kater saß Duncan an seiner Küchentheke und brütete bei einer Tasse schwarzem Kaffee über seinem Laptop. Eigentlich hatte er nicht so viel trinken wollen, hatte nur noch ein bisschen quatschen wollen im Slam Dunc's, bevor er noch auf den ein oder anderen Song und ein, zwei Bier ins Swifty's, seinen Irish Pub, verschwand. Als Barbesitzer empfiehlt es sich, nüchtern zu bleiben, so viel hatte er bereits gelernt. Aber am St. Patrick's Day oder an Silvester konnte es schon vorkommen, dass er diese Regel nicht so genau nahm. Er wusste durchaus, wie man mit ein, zwei Bier durch die Nacht kam.

Aber es war nicht der festliche Trubel gewesen, der ihn ein paarmal zu oft nach der Bierflasche hatte greifen lassen, sondern pure Erleichterung. Joe war am Leben, und darauf wollte er trinken. Er musste dringend an die frische Luft und einen Spaziergang machen. Oder ein Schläfchen in der Hängematte. Danach würde er weitersehen. Das tat er allerdings schon sieben lange Jahre. Und es gefiel ihm.

Er saß noch kurz stirnrunzelnd über dem Laptop und schüttelte dann den Kopf. Wenn er jetzt arbeitete, oder auch nur so tat, als ob, würde sein Kopf explodieren.

Stattdessen nahm er seinen Kaffee und ging auf die hintere Veranda. Die Carolinatauben gurrten und wackelten mit dem Kopf, während sie unter dem Vogelhäuschen auf dem Boden herumpickten. Zu fett und zu faul, um hochzufliegen, dachte Duncan. Stattdessen gaben sie sich lieber mit den Resten zufrieden.

Viele Menschen verhielten sich genauso.

Sein Garten war gut gepflegt, alles blühte und gedieh, und er war stolz darauf. Er könnte ein wenig spazieren gehen und zum Bootssteg laufen. Er könnte auch eine Runde segeln gehen und über den Fluss kreuzen. Im Grunde war es ein idealer Tag dafür, einer von diesen Vormittagen mit knallblauem Himmel und einer frischen Brise, wie man sie sich im Juli so oft vergeblich wünscht. Er könnte auch einfach nur zum Bootssteg gehen, auf die Salzwiesen hinausschauen und dem tanzenden Sonnenlicht zusehen. Er könnte seinen Kaffee mitnehmen und einfach nichts tun an diesem herrlichen Frühlingsmorgen. Eine fantastische Idee.

Was Joe wohl gerade tat? Saß er in einer Zelle? In einer Gummizelle? Und was tat die Rothaarige? Es hatte keinen Sinn, so zu tun, als sei heute ein ganz normaler Tag, wo ihm der gestrige einfach nicht mehr aus dem Kopf ging. Warum sollte er sich vormachen, dass er gern auf dem Bootssteg sitzen und seinen Kater auskurieren würde, so, als sei alles in bester Ordnung?

Also ging er die Treppe zu seinem Schlafzimmer hoch, zog eine saubere Hose und ein Hemd aus dem Schrank, das nicht so aussah, als ob er darin geschlafen hätte. Dann holte er seinen Geldbeutel, seine Schlüssel und all den anderen Kram aus den Taschen seiner Jeans, in der er tatsächlich geschlafen hatte, nachdem er halb betrunken ins Bett gefallen war. Zumindest war er so schlau gewesen, ein Taxi zu nehmen, erinnerte er sich, während er sich mit den Fingern durch sein verstrubbeltes braunes Haar fuhr.

Vielleicht sollte er lieber einen Anzug anziehen? Vielleicht mochte die Rothaarige ja Anzüge, und da er sie unbedingt ausfindig machen wollte … Zum Teufel damit!

Er eilte die großzügig gewundene Haupttreppe hinunter und lief über die auf Hochglanz polierten weißen Fliesen im Foyer. Als er eine der Doppelflügeltüren öffnete, sah er einen kleinen roten Jaguar um die letzte Kurve seiner Auffahrt sausen.

Der Mann, der umständlich aus dem Wagen kletterte, war tadellos gekleidet. Phineas T. Hector schaffte es sogar noch nach einem Ringkampf im Schlamm, wie aus dem Ei gepellt auszusehen.

Duncan steckte die Daumen in die Hosentaschen und betrachtete Phin, wie er auf ihn zustolzierte. Er schien nie in Eile zu sein, fiel Duncan auf. Er sah aus wie ein Anwalt, fand er, und zwar wie ein sehr teurer. Und genau das war er inzwischen auch. Als sie sich kennengelernt hatten – war das wirklich schon wieder zehn Jahre her? –, hatte Phin kaum das Taxi zum Gericht bezahlen können, geschweige denn ein teures Outfit. Das Licht spiegelte sich in Phins dunkler Sonnenbrille, als er am Fuß der weißen Treppe stehen blieb, um Duncan zu mustern.

»Du siehst mitgenommen aus, Kumpel.«

»So fühle ich mich auch.«

»Das kann ich mir vorstellen, nach dem vielen Alkohol, in dem du gestern Nacht dein Selbstmitleid ertränkt hast.«

»Da hat es sich noch gut angefühlt. Was machst du hier?«

»Ich halte mich an unsere Verabredung.«

»Wir waren verabredet?«

Phin schüttelte nur den Kopf, während er die Treppe hochschritt. »Dass du dich daran nicht mehr erinnern kannst, hätte ich mir eigentlich denken können. Du warst viel zu sehr damit beschäftigt, irisches Bier zu trinken und ›Danny Boy‹ zu singen.«

»Ich habe nicht ›Danny Boy‹ gesungen.« Lieber Gott, bitte mach, dass das nicht wahr ist.

»Beschwören kann ich es nicht. Für mich klingen diese irischen Lieder alle gleich. Du wolltest gerade gehen?«

»Ja, ich war schon auf dem Sprung. Wir sollten lieber reingehen.«

»Hier draußen können wir genauso gut reden.« Phin ließ sich auf einer langen weißen Liege nieder und legte seine Arme auf die Seitenlehnen. »Überlegst du immer noch, dieses Anwesen zu verkaufen?«

»Ich weiß nicht. Vielleicht.« Duncan sah sich um – Gärten, Bäume, schattige Täler, sattes, grünes Gras. Er wusste nie, wie er am nächsten Tag zu dem Anwesen stehen würde. »Wahrscheinlich schon. Irgendwann.«

»Ein wirklich schönes Fleckchen. Nur ein bisschen weit vom Schuss.«

»Genau deswegen. Hab ich dich gebeten, zu mir rauszukommen, Phin? Ich erinnere mich nur undeutlich.«

»Du hast mich gebeten, heute Morgen bei Joe, dem Selbstmörder, vorbeizuschauen und danach herzukommen, um dir Bericht zu erstatten. Als ich mich einverstanden erklärte, hast du mich umarmt und mir einen feuchten Kuss gegeben.«

Duncan kramte nach den Schlüsseln in seiner Hosentasche. »Ich wollte gerade in die Stadt fahren und nach ihm sehen.«

»Die Fahrt kannst du dir sparen. Es geht ihm gut im Vergleich zu gestern.«

»War seine Frau …«

»Sie war da«, unterbrach ihn Phin. »Sie war ziemlich sauer, aber sie war da. Er hat einen schlimmen Sonnenbrand, der gerade behandelt wird, und als sein Anwalt habe ich eingewilligt, dass ihm vom Gericht ein Psychiater zur Seite gestellt wird. Da du keine Anklage erhebst, muss er nicht lange einsitzen. Er bekommt Hilfe, so wie du es wolltest.«

»Ja.« Aber warum hatte er dann trotzdem solche Schuldgefühle?

»Wenn du ihn wieder einstellst, Dunc, trete ich dir in den Hintern.«

»Das schaffst du nicht.« Duncan schenkte ihm ein breites Grinsen. »Dafür kämpfst du mit zu weichen Bandagen, mein Freund.«

»Du hast bereits mehr getan, als die meisten Leute tun würden. Und du hast ihm den besten Anwalt von ganz Savannah verschafft.«

»Das will ich angesichts deines Wucherhonorars auch hoffen«, murmelte Duncan.

Phin grinste nur. »Das hast du dir selbst zuzuschreiben. Nun, dann werd ich mich mal wieder auf den Weg machen und ein paar andere Mandanten über den Tisch ziehen.«

»Und was ist mit der Rothaarigen?«

»Welche Rothaarige?« Phin schob seine Sonnenbrille auf die Nasenspitze und musterte Duncan über ihren Rand hinweg. »Gestern Abend gab es einige Blondinen und eine tolle Brünette, die dich angemacht haben, aber du warst ja viel zu sehr mit deinem Bier beschäftigt.«

»Ich rede nicht von gestern Abend. Ich meine Phoebe MacNamara. Lieutenant Phoebe MacNamara.« Mit einem langen, übertriebenen Seufzer legte Duncan die Hand aufs Herz. »Ich brauch ihren Namen nur auszusprechen und werde schon ganz schwach. Ich fürchte, ich muss mich wiederholen: Lieutenant Phoebe MacNamara.«

Phin verdrehte die Augen. »Du bist mir einer, Swift, was willst du denn mit einer Polizistin anfangen?«

»Oh, keine Sorge, da fällt mir so einiges ein. Sie hat grüne Augen und eine gute Figur. Und sie ist auf dieses Dach rausgeklettert. Da sitzt dieser Typ mit einer Waffe in der Hand auf dem Dachvorsprung, ein Typ, den sie noch nie in ihrem Leben gesehen hat, aber sie geht da raus.«

»Und das findest du attraktiv?«

»Ich finde das faszinierend. Und scharf. Du hast sie doch kennengelernt. Was meinst du?«

»Ich fand sie sehr direkt, höflich und raffiniert. Außerdem hat sie einen fantastischen Arsch.«

»Sie geht mir einfach nicht mehr aus dem Kopf. Ich fürchte, ich muss sie wiedersehen, und jetzt rate mal, warum. Du kannst mich in die Stadt mitnehmen, ich muss sowieso mein Auto abholen.«

Nachdem sie zwei Stunden trainiert hatte, setzte sich Phoebe an ihren Schreibtisch. Sie hatte das Haar zurückgebunden und im Nacken zu einem Knoten geschlungen, hauptsächlich, damit es ihr nicht ins Gesicht fiel. Außerdem fand – beziehungsweise hoffte – sie, dass ihr diese Frisur eine gewisse Autorität verlieh. Viele der Polizisten, die sie ausbildete, nahmen eine Frau zunächst nicht besonders ernst. Dabei mochte sie in Dave zwar einen Fürsprecher gehabt haben, der ihr geholfen hatte, einen Fuß in die Tür zu bekommen. Aber die Tür weit aufgestoßen hatte sie selbst. Sie hatte sich ihren Dienstgrad und ihre Position hart erarbeitet. Und eben deshalb musste sie sich jetzt mit jeder Menge Papierkram herumschlagen und den Nachmittag auf dem Gericht verbringen, um in einem Fall von häuslicher Gewalt, der als Geiselnahme geendet hatte, als Zeugin auszusagen. Danach musste sie wieder zurück, um so viel zu erledigen wie möglich, und anschließend dringend auf den Markt. Sobald sie den Haushalt erledigt hatte, warteten die Fachbücher auf sie. Sie hatte noch eine Vorlesung über Verhandlungen in Krisensituationen vorzubereiten. Und irgendwann musste sie auch noch die Zeit finden, ihre längst fällige Buchhaltung zu machen und nachzurechnen, ob sie sich irgendwie ein neues Auto leisten konnte, ohne dafür gleich eine Bank überfallen zu müssen.

Sie öffnete die erste Datei und begann sich um ihren kleinen Bereich im Police-Department von Savannah-Chatham zu kümmern.

»Lieutenant?«

»Hmmmmm?« Ohne aufzusehen, erkannte sie Sykes, einen der Verhandler aus ihrer Gruppe.

»Da draußen ist ein Typ, der dich sehen will. Duncan Swift.«

»Hmmm?« Diesmal hob sie stirnrunzelnd den Blick und konnte aus ihrem Bürofenster sehen, wie Duncan das Department beäugte, als sei es ein fremder Planet. Sie dachte an die viele Arbeit, die sie in so kurzer Zeit bewältigen musste, und wollte ihn eigentlich schon wegschicken. Doch dann trafen sich ihre Blicke, und er lächelte.

»Na gut.« Sie erhob sich von ihrem Schreibtisch und trat in die Tür. »Mr. Swift?«

Er hatte ein verdammt gewinnendes Lächeln. Aber sie sah auch, dass ihm das Lächeln leichtfiel und oft eingesetzt wurde. Seine knallblauen Augen sahen sie durchdringend an. Ihrer Erfahrung nach gab es nicht viele, die so einen intensiven Blickkontakt angenehm fanden.

»Sie sind beschäftigt«, sagte er, als er schließlich vor ihr stand. »Soll ich ein andermal wiederkommen?«

»Wenn Ihr Anliegen zehn Jahre warten kann, gerne.«

»Ich fürchte, nein.«

»Dann kommen Sie herein.«

»Wow. Hier sieht es aus wie im Fernsehen, aber dann doch wieder nicht. Stört es Sie nicht, hier zu sitzen, wo jeder sehen kann, was Sie so den ganzen Tag machen?«

»Wenn es mich stört, kann ich immer noch die Jalousien runterlassen.«

»Ich wette, das kommt so gut wie nie vor.«

»Ich hab mit dem Anwalt gesprochen, den Sie mit der Vertretung von Joe beauftragt haben. Er macht einen sehr kompetenten Eindruck.«

»Und ob. Ich bin hier, weil … ich Sie fragen wollte, ob ich Selbstmörder-Joe besuchen soll …«

»Wie bitte? Selbstmörder-Joe?«

»Entschuldigen Sie, wir haben ihn gestern Abend so genannt, und der Spitzname ist einfach hängen geblieben. Soll ich ihn besuchen, oder ist es besser für ihn, wenn ich mich fernhalte?«

»Was möchten Sie denn?«

»Keine Ahnung. Wir waren schließlich nicht befreundet oder so. Aber das mit gestern geht mir einfach nicht mehr aus dem Kopf.«

»Was zählt, ist eher, wie es in seinem Kopf aussieht.«

»Ja. Ja. Ich hatte diesen Traum.«

»Ach ja?«

»Ich saß da draußen in der Unterhose auf dem Dachvorsprung.«

»In Boxershorts oder Slip?«

Er musste lachten. »In Boxershorts. Wie dem auch sei, ich saß auf dem Dachvorsprung, und Sie saßen neben mir.«

»Hegen Sie Selbstmordgedanken?«

»Kein bisschen.«

»So was nennt man Übertragung. Sie versetzen sich in ihn hinein. Das war eine traumatische Erfahrung, für Sie und für Joe, auch wenn sie gut ausgegangen ist.«

»Hatten Sie auch schon Fälle, bei denen das nicht so war?«

»Ja.«

Er nickte und hakte nicht weiter nach. »Und wie nennt man das, wenn ich Sie nicht mehr aus dem Kopf kriege? Wunschdenken?«

»Das kommt ganz auf Ihre Wünsche an.«

»Ich hab Sie gegoogelt.«

Sie lehnte sich zurück und hob die Brauen.

»Als eine Art Abkürzung, um die Neugier zu befriedigen. Aber manchmal macht man lieber einen Umweg und recherchiert direkt an der Quelle, vielleicht sogar bei einem guten Essen und einem Drink. Und falls Sie sich jetzt fragen, ob das eine Anmache sein soll, kann ich das nur mit einem eindeutigen Ja beantworten.«

»Ich bin eine geschulte Beobachterin. Wenn ich etwas weiß, muss ich mich das nicht fragen. Ich weiß Ihre Aufrichtigkeit und Ihr Interesse sehr zu schätzen, aber …«

»Bitte sagen Sie jetzt nicht aber, nicht von Anfang an.« Er beugte sich vor, griff nach einer Haarspange, die sie vorher verloren haben musste, und gab sie ihr. »Sie könnten es als eine Art öffentliche Dienstleistung betrachten, und ich bin die Öffentlichkeit. Wir könnten uns bei einem guten Essen unsere Lebensgeschichte erzählen. Wann und wo, bestimmen Sie. Und wenn uns das, was wir da hören, nicht gefällt – na und?«

Sie legte die Haarspange auf ihren Schreibtisch. »Jetzt sind Sie der Verhandler.«

»Und darin bin ich ziemlich gut. Wir könnten auch nur was trinken gehen – eine halbe Stunde, direkt nach der Arbeit oder nach Dienstschluss, wie Sie es nennen.«

»Heute Abend kann ich nicht – da hab ich schon was vor.«

»Und gibt es irgendeinen Abend in nicht allzu ferner Zukunft, an dem Sie noch nichts vorhaben?«

»Jede Menge sogar.« Sie wippte sanft mit ihrem Stuhl vor und zurück und musterte ihn. Warum sah er auch so verdammt gut aus? Sie hatte jetzt wirklich keine Zeit für so was. »Morgen Abend, von neun bis halb zehn. Ich treffe Sie in der Bar.«

»Prima. In welcher Bar?«

»Wie bitte?«

»Sie wollen doch bestimmt nicht ins Dunc's – und erst recht nicht nach dem gestrigen Tag. Außerdem ist es dort laut und voll, und die Jungs reden nur über Sport. Ich bin eher fürs Swifty's.«

»Gehört Ihnen das Swifty's?«

»Sozusagen. Waren Sie schon mal da?«

»Ein Mal.«

Er zog die Brauen zusammen. »Und es hat Ihnen nicht gefallen.«

»Mir schon. Aber meinem damaligen Begleiter nicht.«

»Wenn Sie lieber woanders hinwollen …«

»Nein, ist gut. Um neun also. Sie können dann einen Großteil der halben Stunde damit bestreiten, mir zu erklären, wie man ›sozusagen‹ ein paar Bars und ein Mietshaus besitzen kann.«

Er schenkte ihr wieder sein gewinnendes Lächeln. »Ich hoffe, Sie überlegen es sich nicht wieder anders.«

»Das passiert mir selten.«

»Gut zu wissen. Also dann bis morgen, Phoebe.«

Das war unvernünftig, dachte sie, während sie ihm nachsah. Aber wahrscheinlich war es immer unvernünftig, sich mit einem schlaksigen, charmanten Mann mit knallblauen Augen zu verabreden, und erst recht mit jemandem, der ihr Schmetterlinge im Bauch bescherte, wenn er sie anlächelte.

Egal, es war ja nur auf einen Drink. Außerdem war es schon lange her, dass sie sich eine halbe Stunde aus den Rippen geschnitten hatte, um mit einem Mann unvernünftig zu sein.

Kurz nach sieben kam Phoebe mit einer Tüte voller Lebensmittel und einer schweren Aktentasche vollkommen genervt nach Hause. Ihr Auto hatte in der Nähe des Polizeireviers den Geist aufgegeben. Die Abschleppkosten würden einen Großteil ihres monatlichen Budgets auffressen. Und wenn sie dann noch an die Reparaturkosten dachte, gefiel ihr die Idee mit dem Banküberfall immer besser.

Sie ließ ihre Aktentasche fallen und sah sich im prächtigen Foyer um. Es war lächerlich, in einem verdammten Herrenhaus zu leben und nicht zu wissen, woher man das Geld nehmen soll, um einen acht Jahre alten Ford Taunus reparieren zu lassen. Es war lächerlich, von Antiquitäten, Kunst, Silber und Kristall umgeben zu sein, ohne irgendetwas davon verkaufen, verpfänden oder eintauschen zu können.

Sie lehnte sich gegen die Eingangstür und schloss so lange die Augen, bis sie wieder so etwas wie Dankbarkeit empfinden konnte. Sie hatte ein Dach über dem Kopf, ihre Familie hatte ein Dach über dem Kopf. Dafür war stets gesorgt.

Solange sie sich an die Regeln hielt, die eine tote Frau aufgestellt hatte.

Sie richtete sich auf und verdrängte ihre Sorgen, bis sie sich wieder gefasst hatte. Dann trug sie die Tüte mit den Lebensmitteln quer durchs Haus in die Küche.

Da waren sie auch schon, ihre Mädels. Carly saß am Küchentisch und brütete über ihren Hausaufgaben. Mama und Ava standen am Herd und machten das Abendessen. Phoebe kannte das Sprichwort, dass zwei Köche den Brei verderben, aber auf die beiden Frauen traf das nicht zu.

In der Küche duftete es nach Kräutern, Gemüse und Frauen.

»Ich hab euch doch gesagt, dass ihr mit dem Abendessen nicht auf mich warten sollt.«

Als Phoebe hereinkam, fuhren alle Köpfe zu ihr herum. »Mama, ich bin fast fertig mit Schönschreiben!«

»Gut gemacht, Kleines.« Phoebe stellte ihre Tüte auf der Küchentheke ab und ging zu Carly, um ihr einen dicken Kuss zu geben. »Ich wette, du hast Hunger.«

»Wir wollten auf dich warten.«

»Natürlich haben wir gewartet.« Essie kam auf sie zu und strich ihr über den Arm. »Alles in Ordnung, Liebes? Du musst unglaublich müde sein! So was Dummes mit dem Wagen.«

»Es geht schon.«

»Wie bist du nach Hause gekommen?«

»Ich hab den Bus genommen, was ich auch in Zukunft tun werde, bis der Wagen repariert ist.«

»Du kannst meinen haben«, sagte Ava.

Aber Phoebe schüttelte nur den Kopf. »Es ist mir lieber, wenn ich weiß, dass ihr hier ein Auto zur Verfügung habt. Macht euch keine Sorgen. Was gibt's zum Abendessen? Ich bin am Verhungern.«

»Geh nur und wasch dir die Hände. Und dann setzt du dich an den Tisch. Alles ist fertig – also ab mit dir!«

»Aber gern.« Sie zwinkerte Carly zu, bevor sie vom Flur aus ins Bad ging.

Auch dafür konnte sie dankbar sein, ermahnte sie sich. Es gab jede Menge Aufgaben und Pflichten, die sie sich nicht aufhalsen musste, weil ihre Mutter und Ava da waren. Tausend kleine Sorgen, die sie einfach beiseitewischen konnte. Da sollte man sich über ein altes Auto nicht den Kopf zerbrechen.

Sie musterte sich im Spiegel, während sie die Hände abtrocknete. Sie sah zugegebenermaßen müde und verspannt aus. Wenn sie sich jetzt nicht ein wenig ausruhte, würde sie morgen Falten haben, die heute noch nicht da gewesen waren.

Aber mit dreiunddreißig kommen unweigerlich die ersten Falten. Das ist nun mal der Lauf der Natur, und deshalb wollte sie sich trotzdem ein großes Glas Wein zum Abendessen gönnen, das würde sie entspannen. Sie hörte Carly zu, die von der Schule erzählte, und ihrer Mutter, die über das Buch sprach, das sie gerade las.

»Du bist so still, Phoebe. Bist du einfach nur erschöpft?«

»Ein bisschen«, sagte sie zu Ava. »Aber eigentlich höre ich euch bloß zu.«

»Wir können nicht mal für fünf Minuten die Klappe halten. Erzähl uns, was dir heute Schönes passiert ist.«

Das war ein altes Spiel, das ihre Mutter mit ihnen spielte, seit Phoebe denken konnte. Sobald etwas Schlimmes, Trauriges oder Ärgerliches passierte, bat Essie, ihr etwas Schönes zu erzählen.

»Hm, mal sehen. Der Unterricht ist gut gelaufen.«

»Das zählt nicht.«

»Dann zählt es bestimmt auch nicht, wenn ich sage, dass der Staatsanwalt mit meiner Zeugenaussage vor Gericht höchst zufrieden war.«

»Etwas Schönes«, sagte Essie, »das ist die Regel.«

»Na gut. Mann, ist die streng!«, sagte Phoebe zu Carly, um sie zum Lachen zu bringen. »Ob das was Schönes ist, weiß ich nicht, aber zumindest mal was Neues. Heute kam ein sehr gut aussehender Mann zu mir ins Büro.«

»Das zählt nur, wenn er dich zum Abendessen eingeladen hat«, hob Ava an, doch als sie Phoebe ansah, blieb ihr der Mund offen stehen. »Du hast eine *Verabredung*?«

»Na ja, aber deswegen brauchst du noch lange nicht so zu tun, als handele es sich um eine wissenschaftliche Sensation.«

»Die kommt in etwa genauso selten vor. Wer …«

»Außerdem ist es keine Verabredung. Nicht wirklich. Es geht um den Selbstmörder, den ich gestern überredet habe, aufzugeben – das heißt, nicht um ihn, sondern um seinen Arbeitgeber. Er will nur etwas mit mir trinken gehen.« Sie gab Carlys Nase einen Stups. »Wenn du längst im Bett liegst.«

»Ist er süß?«, fragte Ava.

Der Wein und die angenehme Gesellschaft verfehlten ihre Wirkung nicht. Phoebe musste breit grinsen. »Wahnsinnig süß. Aber ich treffe ihn nur auf einen Drink, und damit basta.«

»Sich mit Männern zu verabreden, ist keine lebensbedrohliche Krankheit.«

»Und das musst ausgerechnet du sagen.« Phoebe spießte ein Stück Huhn auf ihre Gabel und sah ihre Mutter an. »Und was meinst du, Mama?«

»Ich hab gerade überlegt, wie schön es wäre, wenn du jemanden hättest, mit dem du essen, ins Kino und spazieren gehen könntest.« Sie legte eine Hand auf die von Phoebe. »Wenn in diesem Haus mal eine Männerstimme zu hören ist, dann nur, wenn Carter zu Besuch ist oder ein Handwerker kommt. Und was macht dieser süße Mann so?«

»Das weiß ich nicht so genau. Ich habe eigentlich keine Ahnung.« Sie nippte erneut an ihrem Wein. »Aber das werde ich morgen schon herausfinden.«

Wenn sie zu Hause war und es zeitlich schaffte, ließ Phoebe es sich nicht nehmen, Carly ins Bett zu bringen. Jetzt, wo ihre kleine Tochter die sieben überschritten hatte, wusste sie, dass die Zeiten sich bald ändern würden, und sie genoss dieses Ritual.

»Höchste Zeit für dich, ins Bett zu gehen, Liebes.« Phoebe beugte sich vor, um Carly einen Kuss auf die Nasenspitze zu geben.

»Nur noch ein bisschen! Darf ich am Freitagabend aufbleiben, so lange ich will?«

»Hmmm.« Phoebe strich über Carlys Locken. »Das lässt sich bestimmt einrichten. Mal sehen, wie du am Freitag beim Diktat abschneidest.«

Begeistert von der Idee hopste Carly auf ihrem Stuhl auf und ab. »Wenn ich eine Eins schreibe, leihen wir uns dann eine DVD aus, machen Popcorn *und* ich darf aufbleiben, so lange ich will?«

»Das ist aber eine saftige Belohnung. Hast du am Freitag nicht auch noch eine Matheprüfung?«

»Vielleicht. Die ist schwerer als das Diktat.«

»Das fand ich auch immer. Aber wenn du in beiden Prüfungen eine gute Note schreibst, dann bin ich mit der DVD, dem Popcorn und dem langen Aufbleiben einverstanden. Aber jetzt marsch ins Bett, damit du dich morgen gut konzentrieren kannst.«

»Mama?«, fragte Carly, als Phoebe die Nachttischlampe löschte.

»Ja, Kleines.«

»Vermisst du Roy?«

Nicht ›Daddy‹, dachte Phoebe schmerzlich. Nicht ›Dad‹. Nicht einmal ›meinen Vater‹. Phoebe setzte sich auf die Bettkante und strich Carly über die Wange. »Vermisst du ihn denn?«

»Ich hab *dich* gefragt.«

»Ja, richtig.« Ehrlichkeit war eine Grundvoraussetzung in der Beziehung zu ihrer Tochter. »Nein, Süße, ich vermisse ihn nicht.«

»Gut.«

»Carly ...«

»Ist schon in Ordnung. Ich vermiss ihn auch nicht, und es geht mir gut damit. Ich hab nur über das nachgedacht, was Gran beim Abendessen gesagt hat. Dass du jemanden haben sollst, mit dem du spazieren gehen kannst und so.«

»Ich kann doch mit dir spazieren gehen.«

Carlys hübscher Mund verzog sich zu einem Strahlen. »Wir könnten doch am Samstag einen Spaziergang machen. Einen richtig langen. Bis zur River Street.«

Phoebe durchschaute den Trick und kniff die Augen zusammen. »Wir werden nicht einkaufen gehen.«

»Wir können doch einfach nur in die Schaufenster gucken, ohne etwas zu kaufen.«

»Das sagst du jedes Mal. Außerdem ist die River Street am Samstag voller Touristen.«

»Dann können wir ja einfach nur in die Mall gehen.«

»Du bist wirklich raffiniert, meine Kleine, aber dieses Spiel gewinnst du nicht. An diesem Wochenende wird nicht eingekauft. Und du liegst deiner Oma nicht damit in den Ohren, dass sie dir irgendwas aus dem Internet bestellen soll.«

Jetzt verdrehte Carly die Augen. »Na gut.«

Lachend beugte Phoebe sich vor, um ihre Tochter noch einmal fest zu umarmen. »Komm her, ich hab dich wirklich zum Fressen gern!«

»Ich dich auch, Mama. Wenn ich in den nächsten *drei* Prüfungen eine Eins schreibe, darf ich dann …«

»Heute wird nicht mehr verhandelt. Und jetzt gute Nacht, Carly Anne MacNamara.«

Sie legte den Zeigefinger auf die Lippen und stand auf. Als sie hinausging, ließ sie die Tür einen Spalt offen, damit Flurlicht ins Zimmer schien, so, wie es ihre Tochter gern hatte.

Sie musste jetzt dringend mit ihrer Arbeit weitermachen. Sie würde noch mindestens zwei Stunden brauchen. Aber anstatt sich in ihr Arbeitszimmer zu begeben, steuerte Phoebe das Zimmer ihrer Mutter an.

Dort saß Essie, wie an den meisten Abenden, und häkelte.

»Ich hab einen Auftrag für ein Taufkleidchen«, sagte Essie und sah lächelnd auf, während ihre Finger emsig mit Faden und Häkelnadel beschäftigt waren.

Phoebe ging zu ihr und setzte sich in den hübschen kleinen Gobelinsessel, der zu dem gehörte, in dem ihre Mutter saß. »Du machst so wunderschöne Sachen.«

»Ich genieße es. Es macht mich glücklich. Ich weiß, dass wir damit nicht gerade viel Geld verdienen, Phoebe, aber …«

»Hauptsache, es füllt dich aus. Die Leute, die deine Handarbeiten kaufen, kaufen sich ein Familienerbstück. Sie können sich glücklich schätzen. Mama, Carly hat nach Roy gefragt.«

»Ach ja?« Essies Hände hielten abrupt inne. »Macht sie sich Sorgen?«

»Nein, kein bisschen. Sie wollte nur wissen, ob ich ihn vermisse. Ich hab ihr die Wahrheit gesagt, nämlich, dass ich ihn nicht vermisse, und kann nur hoffen, dass das richtig war.«

»Ich finde, ja.« In Essies Augen stand Besorgnis. »Wir hatten wirklich ein verdammtes Pech mit den Männern, was, meine Kleine?«

»Allerdings.« Phoebe lehnte sich zurück und ließ ihren Blick über den prächtigen Stuck an der Zimmerdecke wandern. »Ich überlege, ob ich die morgige Verabredung nicht lieber absagen soll.«

»Aber warum denn?«

»Es geht uns doch gut, oder? Carly ist glücklich. Du hast deine Arbeit, die dich ausfüllt, und ich meine. Ava ist zufrieden – obwohl ich mir wünschen würde, dass sie und Dave endlich aufhören, uns was vorzumachen. Jetzt, wo sie beide frei und ungebunden sind … Warum sollte ich irgendetwas daran ändern, indem ich mit einem Mann, den ich kaum kenne, etwas trinken gehe?«

»Weil du eine hübsche junge Frau bist, die noch ihr

ganzes Leben vor sich hat. Du musst dringend mal hier raus aus diesem Hühnerstall. Das mag komisch klingen, wenn ausgerechnet ich das sage – trotzdem.« Essies Hände fuhren mit ihrer Arbeit fort. »Das Letzte, was ich mir für dich wünsche, ist, dass du dich abkapselst und dich in diesem Zuhause, das wir uns geschaffen haben, vergräbst. Du wirst morgen Abend mit diesem gut aussehenden Mann ausgehen. Und das ist ein Befehl!«

Amüsiert legte Phoebe den Kopf schräg. »Ich soll also tun, was du sagst, statt deinem Beispiel zu folgen?«

»Ganz genau. Das ist nun mal das Vorrecht der Mütter.«

»Na, wenn du meinst.« Sie stand auf, ging zur Tür und drehte sich noch einmal um. »Mama? Keine Internetbestellungen für Carly dieses Wochenende.«

»Ach so?« Sie klang enttäuscht.

»Das ist nun mal das Vorrecht der Mütter«, wiederholte Phoebe und ging dann in ihr Arbeitszimmer.

3

Phoebe nahm vor der versammelten Klasse Platz. Fünfundzwanzig Polizisten ließen sich von ihr ausbilden, eine bunte Mischung aus Uniformen, Zivilkleidung und verschiedenen Rangstufen.

Und die meisten davon, das wusste sie, wollten eigentlich gar nicht hier sein.

»Heute werde ich darüber sprechen, welche Taktiken der Verhandler in einer Krisensituation oder bei einer Geiselnahme verfolgen kann. Aber zunächst einmal möchte ich wissen, ob es noch Fragen zum gestrigen Unterricht gibt.«

Eine Hand wurde gehoben. Phoebe spürte spontan Ärger in sich aufsteigen. Officer Arnold Meeks, Polizist in dritter Generation. Ein streitsüchtiger Sturkopf, der sich gern als Macho aufspielte.

»Officer Meeks?«

»Yes, Ma'am.« Sein Lächeln war eher ein Grinsen. »Sie haben neulich am St. Patrick's Day einen Selbstmordkandidaten von seinem Vorhaben abgebracht?«

»Das stimmt.«

»Na ja, da wir bei Ihnen Unterricht haben, hätte ich dazu gern ein paar Details gehört. Vor allem, weil Sie offenbar einige Grundregeln für Verhandler gebrochen haben. Oder gelten für Sie mit Ihrer FBI-Ausbildung andere Regeln?«

Ihre FBI-Ausbildung sorgte mit schöner Regelmäßigkeit für Irritationen. Damit würde sie wohl oder übel leben müssen. »Welche Regeln habe ich denn gebrochen, Officer Meeks?«

»Na ja, Ma'am …«

»Sie dürfen mich mit meinem Dienstgrad ansprechen, so wie ich das auch bei Ihnen tue, Officer.«

Sie sah eine Spur von Verärgerung in seinem Gesicht. »Die Person war bewaffnet, aber Sie sind ihr allein gegenübergetreten, ohne Deckung.«

»Das stimmt. Und es stimmt auch, dass es ein Verhandler nach Möglichkeit vermeiden sollte, einem Bewaffneten allein gegenüberzutreten. Aber manchmal gibt es Umstände, die genau das erfordern. Wir werden bei den Rollenspielen im zweiten Teil unserer Ausbildung noch auf solche Krisensituationen zu sprechen kommen.«

»Warum …«

»Ich will das gerade erklären. Meiner Meinung nach

machte es der Fall am St. Patrick's Day erforderlich, der Person allein gegenüberzutreten. Man kann sogar sagen, dass die meisten Selbstmordkandidaten positiv darauf reagieren. Die Person war nie als gewalttätig aufgefallen und hatte noch nicht geschossen. Meiner Einschätzung nach überwogen die Vorteile die Nachteile bei Weitem. Da wir die anderen Aspekte dieser sogenannten ›Face-to-face‹-Verhandlungen bereits durchgenommen haben …«

»Stimmt es auch, dass Sie die Person mit Alkohol versorgt haben?«

Ich wette, du hast ein Potenzproblem, dachte sie, nickte aber. »Ich habe der Person auf ihren eigenen Wunsch hin ein Bier gebracht, das ist nicht verboten. Die Entscheidung liegt beim Verhandler und hängt davon ab, wie er die Situation und die Person einschätzt.«

»Wenn man ihn betrunken genug gemacht hätte, wäre er vielleicht noch vom Dach gefallen.« Arnies Bemerkung brachte ihm ein paar Lacher ein. Phoebe legte den Kopf schräg und wartete, bis sie wieder verstummt waren.

»Wenn Sie das nächste Mal auf einem Dachvorsprung sitzen, Officer, werde ich daran denken, dass Sie schon von einem Bier betrunken werden, und Ihnen stattdessen eine Cola bringen.«

Jetzt hatte sie die Lacher auf ihrer Seite, doch als sie sah, wie Arnies Gesicht wutrot wurde, sagte sie: »Wie bereits erwähnt, gibt es selbstverständlich bestimmte Grundregeln für Verhandlungen. Trotzdem muss der Verhandler flexibel bleiben und selbst überlegen, was in der jeweiligen Situation angebracht ist.«

»Aber Sie geben mir recht, dass es riskant ist, Alkohol oder Drogen zu verabreichen?«

»Natürlich. Nur, dass ich das Risiko in diesem Fall für

äußerst gering hielt. Die Person forderte keinen Alkohol, sondern bat höflich um ein Bier. Indem ich dem Mann das Gewünschte brachte, gab ich ihm das Gefühl, die Situation besser im Griff zu haben. Und jetzt hören Sie mir mal gut zu«, sagte sie zu Arnie, bevor er seinen grinsenden Mund wieder aufmachen konnte. Sie machte eine lange Pause, um danach ruhig und gelassen weiterreden zu können. »Die Rettung eines Menschenlebens ist immer das vordringlichste Verhandlungsziel. Alles andere ist nebensächlich. Deshalb habe ich mich in der Situation – und jede Situation ist anders – dafür entschieden, dem Mann allein gegenüberzutreten und ihm ein Bier zu bringen. Einfach, weil ich der festen Überzeugung war, dass ich ihn so leichter zum Aufgeben bewegen kann. Da er noch lebt und es keine Verletzten gab, da er die Waffe nicht benutzte, sondern mir übergab, gehe ich davon aus, dass meine Entscheidung in diesem speziellen Fall richtig war.«

»Sie haben sogar noch einen Mittelsmann hinzugezogen.«

Jetzt lächelte Phoebe zuckersüß. »Officer Meeks, wie ich sehe, scheinen Sie eine ganze Reihe von kritischen Fragen hinsichtlich dieses Falles und meines Umgangs damit zu haben. Das klingt ja fast so, als ob Sie zufriedener wären, wenn die Person gesprungen wäre.«

»Da das Haus, auf dem der Betreffende saß, nur vier Stockwerke hoch war, hätte er sich höchstens ein paar Knochen gebrochen. Außer, er hätte vorher erst Sie und dann sich selbst erschossen.«

»Eine Person mit Selbstmordabsichten nicht ernst zu nehmen ist auch eine interessante Herangehensweise.«

Sie hob lässig die Hand, um sich eine Strähne aus dem Gesicht zu streifen. Wie nebenbei sagte sie: »Ich kannte mal einen Verhandler, der das ganz ähnlich sah. Und zwar bei einem Selbstmordkandidaten, der sich gerade mal in drei, vier Metern Höhe befand und noch dazu unbewaffnet war. Meiner Meinung nach betrachtete er ihn einfach nur als Nervensäge, die ihm seine kostbare Zeit stahl, und das ließ er sich auch anmerken. Der Mann sprang mit dem Kopf voraus und brach sich den Schädel auf dem Bürgersteig. Er war ziemlich tot, Officer Meeks. Und hat hier irgendjemand eine Ahnung, warum diese Nervensäge mit einem Zettel am Zeh geendet ist?«

»Der Verhandler hat's versaut!«, rief jemand.

»Ganz genau. Der Verhandler hat's versaut, weil er die Regel Nummer eins missachtet hat, nämlich ein Menschenleben zu retten. Wenn Sie sonst noch Fragen oder Bemerkungen zu diesem Vorfall haben, dürfen Sie sie mir gerne aufschreiben. Aber jetzt müssen wir dringend weitermachen.«

»Ich würde gern noch …«

»Officer.« Phoebe stand kurz davor, die Geduld zu verlieren, was äußerst selten bei ihr vorkam. »Vielleicht haben Sie noch nicht richtig verstanden, wer hier den Unterricht leitet. Das bin nämlich ich. Vielleicht ist Ihnen auch die bestehende Rangordnung unklar. Ich bin Ihre Vorgesetzte.«

»Ich habe vielmehr den Eindruck, *Ma'am*, dass Sie sich weigern, Ihre fragwürdigen Entscheidungen während einer Krisenintervention zu diskutieren.«

»Und ich habe den Eindruck, mein Junge, dass Sie taub für ein klares Nein sind, vor allem, wenn es von einer Frau kommt, die in der Hierarchie über Ihnen steht, und dass Sie ein sehr festgefahrenes Denken haben und viel zu aggressiv diskutieren. Das alles sind keine guten Eigenschaften bei einem Verhandler. Ich werde das Ihrem Captain gegenüber erwähnen und hoffe, dass man uns bald voneinander erlösen wird. Und jetzt möchte ich, dass Sie den Mund halten und die Ohren spitzen, und das ist ein Befehl, Officer Meeks. Wenn Sie ihn lieber ignorieren möchten, werde ich sofort einen Vermerk wegen Gehorsamsverweigerung machen. Habe ich mich jetzt klar genug ausgedrückt?«

Sein Gesicht war puterrot, und er sah sie wutentbrannt an. Trotzdem nickte er kurz.

»Na prima. So, kommen wir also auf die verschiedenen Taktiken, die Bedeutung von Teamwork und die Rolle des Verhandlers zu sprechen.«

Sobald der Unterricht vorbei war, ging Phoebe auf die Damentoilette. Sie rannte nicht mit dem Kopf gegen die Wand, obwohl ihr sehr danach war. Stattdessen sah sie in den Spiegel und hielt sich am Waschbecken fest.

»Arnold Meeks hat einen Schwanz so groß wie eine Babykarotte. Und sein unfaires, beleidigendes, pubertäres Verhalten ist nichts weiter als der lächerliche Versuch, seinen winzigen Schniedel zu kompensieren.«

Sie nickte und entspannte die Schultern. Als sie hörte, wie abgezogen wurde, ließ sie den Kopf sinken. Wie konnte sie nur so dumm sein, vor dem Spiegel laut Selbstgespräche zu führen, ohne vorher die Toiletten zu kontrollieren?

Phoebe kannte die Frau, die nun herauskam, aber das machte die Situation nicht weniger unangenehm. Detective Liz Alberta war eine gestandene Polizistin, eine energische Brünette, die sich um Sexualverbrechen kümmerte.

»Lieutenant.«

»Detective.«

Liz ließ Wasser ins Waschbecken laufen und drehte den Kopf kurz nach rechts und links, um ihr Spiegelbild zu überprüfen. »Arnie Meeks ist ein Arschloch«, sagte sie wie nebenbei.

»Puh«, seufzte Phoebe. »Na dann.«

»Er erzählt frauenfeindliche Witze im Pausenraum. Ich mag gute Witze, und Männer sind nun mal Männer. Aber bei ihm habe ich eine Ausnahme gemacht und meine Position mehr als deutlich gemacht, nachdem er mir erzählen wollte, die meisten Vergewaltigungen seien frei erfunden. Nur um dann diese olle Kamelle zu bringen, dass eine Frau mit hochgeschobenem Rock nun mal schneller rennen kann als ein Mann mit heruntergelassener Hose.«

»Das hat dieses Arschloch wortwörtlich gesagt?«

»O ja, und ob er das gesagt hat. Ich habe mich schriftlich über ihn beschwert. Er ist nicht gerade ein Fan von mir.« Liz fuhr sich durch die kurzen, dunklen Haare. »Und ich hasse ihn, alles an ihm, samt seinem winzigen Schniedel.« Sie schenkte ihr ein strahlendes Lächeln, während sie sich die Hände abtrocknete. »Lieutenant.«

»Detective«, erwiderte Phoebe, als Liz das Papierhandtuch in den Mülleimer warf und hinausspazierte.

Sie tat es nur ungern, ging aber trotzdem zu Dave. Nach alter Gewohnheit nahm sie die zwei Stockwerke, die die Unterrichtsräume von ihrer Abteilung trennten, im Laufschritt. Er kam gerade aus seinem Büro und schlüpfte in sein Jackett, als sie aus dem Treppenhausflur schoss.

»Oh, du bist schon am Gehen.«

»Ich habe eine Besprechung. Gibt es ein Problem?«

»Vielleicht. Ich komm später wieder.«

Er sah kurz auf seine Armbanduhr. »Ich kann noch zwei Minuten erübrigen.« Er zeigte in sein Büro und ging mit ihr hinein.

Er hatte sich kaum verändert, seit sie sich kannten. Seine Schläfen waren etwas grau geworden und sein Gesicht war faltiger, aber sein Blick war hellwach, und seine blauen Augen strahlten große Weisheit aus.

»Ich tue das nur äußerst ungern, weil es auch beweist, dass ich versagt habe. Aber ich möchte dich bitten, Officer Arnold Meeks aus meinem Unterricht zu nehmen.«

»Warum?«

»Ich kann ihm nichts beibringen. Und wenn ich ehrlich sein soll, habe ich ihm gegenüber vielleicht auch Vorurteile, obwohl das sämtlichen Taktiken und Richtlinien meines Fachgebiets widerspricht.«

Dave lehnte sich gegen seinen Schreibtisch, eine Geste, die ihr sagte, dass er ihr mehr als zwei Minuten seiner kostbaren Zeit opfern würde, wenn sie sie brauchte. »Ist er dumm?«

»Nein, Sir, aber borniert. Zumindest aus meiner Sicht.«

»Sein Vater ist auch noch im Dienst. Ein echtes Arschloch.«

Phoebe entspannte sich kurz. »Ich bin schockiert und erstaunt, das zu hören.«

»Ich will, dass alle Officer am Unterricht teilnehmen, um die Ausbildung ordnungsgemäß abzuschließen. Du kannst deiner Meinung über Officer Meeks in diesen Räumen Ausdruck verleihen, so oft du willst. Aber ich will, dass alle denselben Unterricht bekommen, Phoebe. Du weißt genauso gut wie ich, dass ein bisschen von deinem Unterricht immer hängen bleibt.«

»Ich hab ihn im Unterricht vor allen heruntergeputzt.«

»Zu Recht?«

»Und ob. Aber jetzt wird er mir noch weniger zuhören wollen.«

»Versuch, den Schaden so gering wie möglich zu halten, und mach einfach deine Arbeit.« Er klopfte ihr freundschaftlich auf die Schulter. »Ich muss jetzt los, sonst komm ich zu spät.«

»Schadensbegrenzung«, murmelte Phoebe, hob aber die Hand, um Daves Krawatte zu richten.

Er lächelte sie an. »Du bist die Beste, mit der ich je gearbeitet habe. Denk daran, wenn du dem bornierten Meeks gegenüberstehst.«

»Ja, Sir, Captain.«

Sie ging mit ihm hinaus und entdeckte Arnie mit ein paar anderen Polizisten vor ihrem Büro. Obwohl sich ihr Magen zusammenzog, als sie auf ihn zuging, ließ sie sich nichts anmerken.

»Officer Meeks, der Captain möchte, dass alle Officer das Verhandlertraining abschließen. Ich erwarte Sie also wie gehabt am Montagmorgen, verstanden?«

»Yes, Ma'am.«

»Ich bin mir ziemlich sicher, dass ihr Wichtigeres zu tun habt, als hier rumzustehen. Marsch, Bewegung!«

»Yes, Ma'am«, wiederholte er in einem Ton, bei dem sich ihr sämtliche Nackenhaare aufstellten. Schadensbegrenzung, dachte sie. »Ich nehme an, dass wir beide etwas aus diesen Stunden lernen werden.«

Sie verstand nicht, was er darauf antwortete, seine Worte waren leise und unverständlich. Aber das Lachen, das auf sie folgte, hörte sie sehr wohl.

Sie ließ es auf sich beruhen. Eine Frau, die das FBI-Trainingszentrum Quantico geschafft hatte, die Polizeiausbildung und das Verhandlertraining, quasi allein unter Männern, war so ein Lachen gewohnt. Sie merkte auch, wenn die Typen auf ihren Hintern stierten, und obwohl sie das wütend machte, ermahnte sich Phoebe jedes Mal, keinen unnötigen Streit anzufangen. Schließlich war ihr Hintern tatsächlich knackig.

Als sie ihr Büro betrat und die Nachricht des Automechanikers abhörte, begriff sie, dass sie ein größeres Problem hatte als einen großmäuligen Polizisten und Männer, die sie anglotzten. Die Wagenreparatur würde siebenhundertfünfzig Dollar kosten und keinen Cent weniger.

»Ach du Scheiße!«

Erschöpft ließ Phoebe ihren Kopf in einem Anflug von Selbstmitleid auf den Schreibtisch sinken.

Sie nahm den Bus nach Hause, und kaum dass sie eingestiegen war, bereute sie schon ihr Vorhaben, heute Abend noch einmal auszugehen. Wozu sollte sie erneut einen Bus nehmen? Um Small Talk in einer Bar zu machen und dann wieder mit dem Bus nach Hause zu fahren?

Sie könnte Duncans Telefonnummer heraussuchen und ihm absagen. Als sie sich auf die halbstündige Verabredung zu einem Drink eingelassen hatte, war sie einfach nur schwach geworden. Waren ihr auf der Heimfahrt nicht tausend andere Dinge eingefallen, die sie in der halben Stunde tun konnte?

Sich ein Schaumbad einlassen. Yoga machen. Eine Gesichtsmaske auftragen. Die Schreibtischschublade aufräumen.

All das wäre wesentlich sinnvoller. Aber abgemacht war abgemacht.

Carly rannte durch das Foyer und warf sich in Phoebes

Arme. Kein Ärger konnte es mit Carlys Umarmung aufnehmen.

»Du warst an Grans Parfüm.« Um ihre Tochter zum Lachen zu bringen, schnüffelte sie übertrieben in deren Nacken herum.

»Sie hat's mir erlaubt. Das Abendessen ist fertig, und meine Hausaufgaben hab ich auch schon gemacht.« Carly verschränkte die Arme und strahlte ihre Mutter an. »Außerdem musst du heute Abend nicht mehr abspülen.«

»Wow. Wie komme ich denn zu dieser Ehre?«

»Damit du pünktlich zu deiner Verabredung kommst!« Carly zog ihre Mutter ins Esszimmer. »Gran findet, du solltest deinen blauen Pulli anziehen, aber Ava ist für die weiße Bluse, die man hinten schnüren kann. Aber ich finde, du solltest dein grünes Kleid tragen.«

»Das grüne Kleid ist nichts für eine kurze Verabredung.«

»Aber du siehst so hübsch darin aus.«

»Das sollte sie sich lieber noch aufsparen«, bemerkte Ava, als Carly Phoebe hereinzerrte. »Für den Abend, an dem er sie zum Essen ausführt. Und jetzt setzt euch – es ist alles fertig. Du sollst noch genügend Zeit haben, dich zurechtzumachen.«

»Es ist doch nur ein Drink. Ein Drink in einem Irish Pub.«

Ava stemmte die Hände in die Hüften. »Wie bitte? Heute Abend vertrittst du jede unbemannte Frau in dieser Stadt, jede Frau, die sich gleich mutterseelenallein zum Abendessen hinsetzen wird, zu einer mikrowellenverstrahlten *Pasta Primavera* nach dem Weight-Watchers-Rezept. Jede Frau, die heute Abend mit einem Buch ins Bett geht oder sich alte *Sex-and-the-City*-Folgen anschaut, um sich die Zeit zu vertreiben. Und du«, sagte sie und zeigte auf Phoebe, »bist unsere einzige Hoffnung.«

»Auch das noch!«

Essie klopfte Phoebe auf die Schulter, bevor sie sich setzte. »Aber natürlich will dich hier niemand unter Druck setzen.«

Sie wollte niemandes einzige Hoffnung sein. Aber sie bestieg den Bus. Sie musste Avas Angebot, ihr Auto zu nehmen, dreimal ablehnen und enttäuschte Carly, indem sie sich für Jeans und einen schwarzen Pulli statt für ihr grünes Kleid entschied. Dafür hatte sie die Ohrringe angezogen, die ihre Tochter ausgesucht hatte, und sich frisch geschminkt.

Das Leben war nun mal ein einziger Kompromiss.

Es war so kühl, dass sie froh über ihr Outfit war, während sie von der Bushaltestelle East River Street zu Fuß weiterging.

So viele Paare, dachte sie, die hier Hand in Hand spazieren gingen und die angenehme Abendluft einsogen. Ihre Mutter hatte schon recht. Es war nett – es könnte nett sein –, mit jemandem an einem schönen Frühlingsabend Händchen zu halten.

Aber in ihrer Situation war es besser, an so etwas gar nicht erst zu denken. Vor allem dann nicht, wenn sie gleich mit einem attraktiven Mann etwas trinken würde. Sie hatte genügend andere zum Händchenhalten. So viele, dass ein einsamer Spaziergang am Fluss Seltenheitswert hatte.

Da sie noch ein paar Minuten Zeit hatte, verlangsamte sie ihre Schritte, wandte sich dem Wasser zu und genoss das Schauspiel.

Sieh mal einer an, dachte sie, ich scheine doch nicht die

Einzige zu sein, die allein ist. Sie sah einen Mann, der genauso einsam war wie sie und aufs Wasser hinaus sah. Der Schirm seiner Baseballmütze war tief ins Gesicht gezogen, und zwei Kameras hingen quer über seiner dunklen Windjacke.

Nicht alle hier waren Teil eines Paars.

Vielleicht würde sie am Samstag mit Carly einen langen Spaziergang hierher machen, dachte sie, während sie den Kopf zurücklegte und zuließ, dass die Brise ihr Haar zerzauste. Die Kleine würde ihre Freude daran haben, hierherzulaufen und ihre gesamte Umgebung in sich aufzunehmen. Auch wenn es wahrscheinlich besser war, im Park spazieren zu gehen, weit weg von den vielen Geschäften.

Sie würden sich schon einigen.

Dann mal los, dachte Phoebe und sah auf die Uhr. Sie merkte nicht, dass der Mann am Wasser eine der Kameras hob und auf sie richtete.

Das Swifty's war von außen schön hergerichtet und machte einen einladenden Eindruck. Lauter liebevolle Details, dachte sie. Der Mann hatte einen Blick dafür. Als sie den Pub betrat, war er noch genau so, wie sie ihn von ihrem letzten Besuch in Erinnerung hatte. Eine breite, behäbige Bar dominierte den Raum, es war sehr gemütlich. Die Sitzecken waren groß und gut gepolstert, die Tische aus dunklem, poliertem Holz. Lichtflecken von den Buntglashängelampen tanzten an den Wänden, und in einem kleinen steinernen Kamin flackerte ein rotes Torffeuer. Die Atmosphäre war warm und herzlich.

In einer der Sitzecken saßen die Musiker an einem Tisch mit lauter Getränken. Ein Mädchen spielte mit Hingabe auf ihrer Geige, und ihre Bewegungen wurden immer fließender, je klarer und reiner ihre Musik wurde. Ein Mann, der ihr Großvater hätte sein können, gab mit seinem kleinen Akkordeon den Rhythmus vor. Ein junger Mann mit so hellem Haar, dass Phoebe an Engelshaar denken musste, spielte den Dudelsack, während ein anderer gerade sein Pint abstellte, nach seiner Geige griff und übergangslos mit in das Lied einstimmte.

Hier geht's ja richtig fröhlich zu, dachte Phoebe. Die Musik war fröhlich, die Leute plauderten fröhlich. Bunte Lampen und raffiniert eingesetzte Farben, wohin das Auge sah. Alte Bierkrüge, ein Fass, Keramik, die sicherlich aus Irland stammte, eine irische Harfe und alte Guinness-Reklameschilder.

»Da sind Sie ja, und absolut pünktlich.«

Sie drehte sich gerade zu ihm um, als Duncan auch schon ihre Hand nahm. Dieses Lächeln, fiel ihr auf, hatte die Macht, sie vergessen zu lassen, dass sie eigentlich gar nicht hier sein wollte.

»Nettes Lokal«, sagte sie. »Die Musik gefällt mir.«

»Jeden Abend Live-Musik. Ich hab uns einen Tisch reserviert.« Er führte sie zu dem Tisch vor dem Kaminfeuer, wo sie sich auf das gemütliche kleine Zweiersofa fallen lassen konnte. Genieß den Moment, dachte Phoebe erneut.

»Der beste Platz im ganzen Lokal. Was darf ich Ihnen bringen?«

»Ein Bier, danke.«

»Kommt sofort.« Er ging zur Bar und sprach mit dem Mädchen, das an seinem Ende des Tresens bediente. Kurz darauf kehrte er mit einem Bier zurück.

»Und Sie trinken nichts?«

»Ich hab noch ein Guinness in Arbeit.« Diese blauen Augen hypnotisierten sie. »Wie geht es Ihnen?«

»Ganz gut. Und Ihnen?«

»Lassen Sie mich erst mit einer Gegenfrage antworten: Haben Sie eine Stoppuhr dabei?«

»Tut mir leid, die ist in der anderen Handtasche.«

»Dann geht's mir sehr gut. Ich wollte das nur gleich mal aus dem Weg räumen. Sie gefallen mir nämlich.«

»Danke. Beruht wohl auf Gegenseitigkeit.«

»Sehen Sie, und deswegen gehen Sie mir nicht mehr aus dem Kopf.« Er tippte sich mit dem Zeigefinger an die Stirn und schenkte dann der Kellnerin ein Lächeln, die ihm sein Guinness brachte. »Danke, P. J.«

»Gern geschehen.« Die Kellnerin stellte eine Schale mit Salzbrezeln auf den Tisch und zwinkerte Duncan zu. Phoebe musterte sie nur kurz, woraufhin sie ihr Tablett zu einem anderen Tisch trug.

»Na dann, *sláinte*.« Er stieß mit Phoebe an und nippte an seinem Guinness. »Und deshalb habe ich mich gefragt, ob das nur an Selbstmörder-Joe lag oder daran, dass ich Sie sexy finde. Das war nämlich mein zweiter Gedanke, als ich Sie sah, was unter den gegebenen Umständen ziemlich daneben war.«

Sie musterte ihn. Dieses kleine Grübchen, das entstand, sobald er lächelte, zog ihren Blick magisch an. »Ihr zweiter Gedanke.«

»Ja. Der erste war so was wie: ›Gott sei Dank, die kriegt das wieder hin.‹«

»Haben Sie immer so ein Vertrauen in vollkommen Fremde?«

»Nein.« Er rückte näher, sodass sich ihre Knie berührten. »Aber ich brauchte Sie einfach nur ansehen, um zu wissen, dass Sie eine sexy Frau sind, die weiß, was sie tut. Also wollte ich Sie wiedersehen und herausfinden, warum

Sie mir nicht mehr aus dem Kopf gehen. Sie haben's drauf, und zwar nicht nur im Job. Sie sind immerhin Lieutenant, und sind doch offensichtlich noch ziemlich jung.«

»Ich bin dreiunddreißig. So jung ist das auch wieder nicht.«

»Dreiunddreißig? Ich auch. Wann haben Sie Geburtstag?«

»Im August.«

»Und ich im November.« Er schüttelte den Kopf. »Jetzt ist es endgültig um mich geschehen. Ältere Frauen sind so was von sexy.«

Sie musste lachen und rückte etwas näher an ihn heran. »Sie sind ein komischer Kauz.«

»Manchmal. Aber mit einer ernsten, sensiblen Seite, falls Sie gerade Punkte vergeben.«

»Punkte?«

»In solchen Situationen gibt es immer eine Art Bewertungssystem nach Punkten. Er ist gepflegt. Sie hat Busen. Das sind Pluspunkte. Er lacht so blöd, sie hasst Sport, das sind Minuspunkte.«

»Und wie schneide ich ab?«

»Ich weiß nicht recht, ob meine Kopfrechenkünste ausreichen bei so viel Pluspunkten.«

»Sie sind schlagfertig. Das gibt auch Pluspunkte.« Sie nippte an ihrem Bier und ließ ihn nicht aus den Augen. Er hatte eine kleine, dünne Narbe, die diagonal durch seine linke Augenbraue ging. »Aber auch ganz schön vorschnell.«

»Ich habe eine gute Menschenkenntnis – eine Art Berufskrankheit.«

»Als Barbesitzer?«

»Von vorher. Ich war Barmann und Taxifahrer. Zwei Berufe, bei denen man mit allen möglichen Leuten zu tun hat, und in denen man lernt, sie ziemlich schnell einzuschätzen.«

»Ein Taxi-fahrender Barmann.«

»Oder ein in einer Bar arbeitender Taxifahrer, je nachdem.« Er streckte die Hand aus und strich ihr eine Strähne hinters Ohr, wobei er ihren silbernen Ohrring sanft berührte. Diese Geste war dermaßen selbstverständlich und zart, dass sie sich wunderte, wie wohl sie sich trotz der Nähe fühlte.

»Und dann haben Sie selbst eine Bar eröffnet. Wie haben Sie das geschafft? Indem Sie eine Bank überfallen, mit Drogen gehandelt haben oder auf den Strich gegangen sind?«

»Ich habe im Lotto gewonnen.«

»Ach, Quatsch! Im Ernst?« Gleichermaßen begeistert wie fasziniert hob sie ihr Glas und prostete ihm zu und griff dann nach einer Salzbreze.

»Ja, ich hab einfach Schwein gehabt. Oder aber es war Schicksal, je nachdem. Ich hab nur unregelmäßig gespielt – das Ganze war reiner Zufall, und dann … hab ich den Jackpot geknackt. Sie kennen die Leute, die sagen, dass sie ihr Leben kaum ändern werden, wenn sie im Lotto gewinnen?«

»Ja.«

»Ich versteh deren Problem nicht.«

Sie lachte wieder und nahm sich noch eine Brezel. »Sie sind also kein Taxi-fahrender Barmann mehr.«

»Worauf Sie Gift nehmen können. Ich habe meine Sportsbar, das ist echt cool. Das Komische ist nur – und das kann mich jetzt unter Umständen viele Pluspunkte kosten –, dass ich schon nach ein paar Monaten herausfand, dass ich nicht jeden Abend meines Lebens in einer Sportsbar verbringen will.«

Sie sah sich im Swifty's um, wo die Musik inzwischen langsamer geworden war. »Und jetzt haben Sie zwei Lokale. Und sitzen hier.«

»Ja. Ich habe die Hälfte des Dunc's an einen Typen verkauft, den ich kenne. Sagen wir mal, fast die Hälfte. Und da dachte ich mir, he, wie wär's mit einem Irish Pub?«

»Daher das Swifty's.«

»Genau.«

»Keine Reisen, kein tolles Auto?«

»Ein paar Reisen, ein bisschen Luxus. Und wie sind Sie …«

»O nein! Eine Frage müssen Sie mir einfach noch beantworten.« Sie drohte ihm spielerisch. »Das ist zwar unhöflich, aber trotzdem. Wie viel?«

»138 Millionen.«

Sie verschluckte sich an ihrer Brezel und hob die Hand, als er ihr auf den Rücken klopfte. »Wow!«

»Ja, das habe ich auch gesagt. Noch ein Bier?«

Sie schüttelte den Kopf und starrte ihn einfach nur an. »Sie haben 138 Millionen im Lotto gewonnen?«

»Ja, unvorstellbar, was? Das ist damals ziemlich durch die Presse gegangen. Haben Sie denn nichts davon gehört?«

»Ich …« Sie konnte es immer noch nicht fassen. »Keine Ahnung. Wann denn?«

»Letzten Februar waren es sieben Jahre her.«

»Nun ja …« Sie atmete hörbar aus und fuhr sich mit einer Hand durchs Haar. *Millionen*, ging es ihr durch den Kopf. »… im Februar vor sieben Jahren habe ich gerade ein Kind zur Welt gebracht.«

»Da fällt es schwer, auf dem Laufenden zu bleiben. Junge oder Mädchen?«

»Ein Mädchen. Carly.« Sie sah, wie sein Blick zu ihrer linken Hand wanderte. »Geschieden.«

»Verstehe. Das bedeutet viel Stress, als alleinerziehende Mutter und Karrierefrau. Ich wette, Sie können fantastisch organisieren.«

»Übung macht den Meister.« Millionen, dachte sie. Millionen über Millionen. Und trotzdem saß er hier, genoss ein Guinness in einem hübschen kleinen Pub in Savannah und sah aus wie ein ganz normaler Mann. Sagen wir mal, wie ein ganz normaler Mann mit einem verdammt süßen Grübchen, einer sexy kleinen Narbe und einem umwerfenden Lächeln. Trotzdem.

»Warum leben Sie nicht irgendwo auf einer Südseeinsel?«

»Ich mag Savannah. Was hat es schon für einen Sinn, stinkreich zu sein, wenn man nicht dort leben kann, wo man will? Wie lang sind Sie schon Polizistin?«

»Hm.« Sie wusste kaum noch, wo ihr der Kopf stand. Der süße, komische Kauz war jetzt ein süßer kauziger Multimillionär. »Ich, äh, bin direkt nach dem College zum FBI gegangen und dann …«

»Sie waren beim FBI? Wie Clarice Starling in *Das Schweigen der Lämmer*? Oder wie Dana Scully aus *Akte X* – übrigens auch so eine Rothaarige. Special Agent MacNamara?« Er atmete hörbar aus. »Sie sind wirklich sexy.«

»Aus verschiedenen Gründen beschloss ich dann, das Police Department von Savannah-Chatham zu verstärken. Als Verhandlerin bei Geiselnahmen und anderen Krisensituationen.«

»Geiselnahmen?« Sein verträumter Blick wurde plötzlich hellwach. »Wenn sich also ein Typ mit lauter Unschuldigen in einem Büro verbarrikadiert und zehn Millionen fordert oder die Freilassung aller Gefangenen mit braunen Augen, sind Sie diejenige, die mit ihm verhandelt?«

»Wenn das Ganze in Savannah passiert, höchstwahrscheinlich schon.«

»Woher wissen Sie, was Sie sagen müssen? Oder was Sie nicht sagen dürfen?«

»Solche Verhandlungen trainiert man, außerdem hilft mir meine Erfahrung als Polizistin. Was ist?«, fragte sie, als er den Kopf schüttelte.

»Nein. Sie müssen es *wissen*. Training, Erfahrung, das ist ja alles schön und gut, aber Sie müssen es wissen.«

Komisch, dachte sie, dass er das sofort verstand, während es Polizisten wie Arnie Meeks gab, die das nie verstehen würden. »Man hofft eben, dass man es weiß. Und man muss zuhören können, wirklich zuhören. Und wenn ich Ihnen so zuhöre, sagt mir das Folgendes: Sie leben in Savannah, weil Sie sich auf einer Südseeinsel langweilen würden oder dort nicht genügend nette Gesellschaft hätten. Sie wissen, dass es pures Glück war, dass Sie den Jackpot geknackt haben. Aber Sie wissen auch, dass manche Sachen einfach so sind, wie sie sind. Als Sie mir von dem Geld erzählt haben, dann nicht, um damit anzugeben, sondern weil das nun mal eine Tatsache ist und obendrein eine gute Geschichte. Aber wie ich darauf reagiert habe, war entscheidend, denn hätte ich Sie daraufhin plötzlich angemacht, hätten wir noch diesen Abend Sex, was bestimmt auch sehr nett wäre. Aber anschließend wären Sie nicht mehr an mir interessiert.«

»Auch das gefällt mir«, bemerkte er, »eine Frau, die tut, was sie gut kann, und die wirklich kann, was sie tut. Wenn Selbstmörder-Joe noch für mich arbeiten würde, würde ich ihm glatt eine Gehaltserhöhung geben.«

Sie musste lachen und war seinem Charme längst erlegen, aber sie sagte: »Das dürfte fürs Erste genug sein – ich muss jetzt nach Hause.«

»Sie lieben Ihre Tochter – so viel steht fest. Sie hatten so ein Strahlen in den Augen, als Sie ihren Namen erwähnt haben. Die Scheidung macht Ihnen irgendwie immer noch Kummer. Aber was genau dahintersteckt, weiß ich nicht, noch nicht. Ihre Arbeit ist kein Beruf, sondern eine Berufung. Ich bin ein Taxi-fahrender Barmann«, sagte er. »Und auch ich kann zuhören.«

»Allerdings. Und ich finde, das ist schon ganz schön viel.«

Er erhob sich, weil sie es tat. »Ich bringe Sie zum Wagen.«

»Das ist ein bisschen weit, denn der steht in der Werkstatt. Ich nehme den Bus.«

»Kommt gar nicht infrage – ich fahre Sie. Keine Widerrede.« Er nahm ihren Arm. »Der Weg zur Bushaltestelle ist genauso weit wie der zu meiner Garage. Und ich kann Ihnen eine wesentlich angenehmere Heimfahrt bieten.« Er sah sie an. »Es ist ein schöner Abend für eine kleine Ausfahrt.«

»Ich wohne nur in der Jones Street.«

»Das ist eine meiner Lieblingsstraßen in Savannah«, sagte er und nahm ihre Hand. Und da war sie nun, dachte Phoebe, Teil eines Pärchens, das Hand in Hand die River Street entlanglief. Seine Hand war warm, kräftig und breit. Die Art Hand, die ein Einmachglas aufbekam, einen Ball noch im Flug fing und sanft die Brust einer Frau umwölbte, und zwar alles drei gleich gut.

Er hatte lange Beine und einen lässigen Gang. Ein Mann, der sich Zeit ließ, wenn er wollte.

»Heute ist auch ein schöner Abend für einen Spaziergang, vor allem hier am Fluss«, bemerkte er.

»Ich muss nach Hause.«

»Das sagten Sie bereits. Sie frieren doch nicht etwa?«

»Nein.«

Er betrat das Parkhaus und winkte einem der Angestellten. »Hallo, Lester, wie geht's?«

»So wie immer, Chef. Guten Abend, Ma'am.«

Ein Parkzettel ging so unmerklich von Hand zu Hand, dass Phoebe es beinahe übersehen hätte. Als Nächstes starrte sie auf einen auf Hochglanz polierten weißen Porsche.

Duncan zuckte grinsend die Achseln und hielt ihr dann die Beifahrertür auf.

»Ich muss zugeben, dass das angenehmer ist als der Bus.«

»Mögen Sie Autos?«

»Noch vor wenigen Stunden hätte ich Ihnen auf diese Frage gleich mehrere Gründe genannt, warum ich mit Autos derzeit auf Kriegsfuß stehe.« Sie fuhr mit der Hand über den butterweichen Ledersitz. »Aber das hier gefällt mir ausgezeichnet.«

»Mir auch.«

Er fuhr vernünftig, was sie eigentlich auch nicht anders erwartet, wenn nicht sogar gehofft hatte. Aber er fuhr wie ein Mann, der die Stadt kannte wie seine Westentasche.

Sie gab ihm ihre Adresse und beschloss, die Fahrt zu genießen, von der sie nie zu träumen gewagt hätte. Als er vor ihrem Haus hielt, seufzte sie laut auf. »Sehr schön. Danke.«

»Es war mir ein Vergnügen.« Er stieg aus, ging um den

Wagen herum und half ihr beim Aussteigen. »Ein tolles Haus«, bemerkte er.

»Ja.« Da steht es, dachte sie, rosa Ziegel, weiße Fensterläden, hohe Fenster, eine große Terrasse.

Und es gehörte ihr, ob ihr das nun gefiel oder nicht.

»Familienbesitz – eine lange Geschichte.«

»Warum erzählen Sie sie mir nicht morgen bei einem gemeinsamen Abendessen?«

Irgendetwas in ihr sehnte sich nach ihm, als sie sich zu ihm umdrehte.

»Oh, Duncan, du bist wirklich süß, du bist reich, und du hast ein wirklich sexy Auto. Aber ich kann keine feste Beziehung eingehen.«

»Aber du kannst doch bestimmt mit mir essen gehen?«

Sie lachte und schüttelte den Kopf, während er sie zur Eingangstür begleitete. »An mehreren Abenden die Woche – kommt ganz darauf an.«

»Du bist im öffentlichen Dienst. Ich bin die Öffentlichkeit. Iss morgen Abend mit mir. Oder mach mir einen anderen Vorschlag, wann immer du willst. Ich kann das schon einrichten.«

»Morgen Abend bin ich mit meiner Tochter verabredet. Wenn, dann am Samstagabend.«

»Gut, bis Samstag.«

Er beugte sich vor, ganz leicht nur, aber sie nahm seine Bewegung trotzdem war. Es wäre ihr kleinlich vorgekommen, sie abzuwehren. Und so ließ sie zu, dass seine Lippen ihren Mund streiften. Süß, dachte sie.

Dann wanderten seine Hände von ihren Schultern zu ihren Handgelenken, und er verschloss ihren Mund mit seinen Lippen. Plötzlich konnte sie keinen klaren Gedanken mehr fassen. Ihr wurde ganz warm, und sie bekam Herzklopfen.

Sie spürte, wie ihr Körper seit Langem wieder einmal nachgab.

Ihr wurde doch tatsächlich schwindelig, bevor er sich zurückzog, und sie ertappte sich dabei, wie hypnotisiert in seine Augen zu starren. »Ach, was soll's«, sagte sie.

Er schenkte ihr wieder dieses Grinsen. »Ich hol dich so gegen sieben ab. Gute Nacht, Phoebe.«

»Ja, gute Nacht.« Sie schaffte es gerade noch, die Haustür aufzusperren, und als sie sich noch einmal umsah, stand er auf dem Bürgersteig und grinste sie noch immer an. »Gute Nacht«, sagte sie erneut.

Als sie im Haus stand, schloss sie hinter sich ab, machte das Verandalicht aus und wunderte sich, in welche Situation sie sich da gebracht hatte.

4

Sie hatte die oberste Treppenstufe kaum erreicht, als ihre Mutter und Ava mit einem großen, erwartungsvollen Lächeln aus dem Fernsehzimmer kamen.

»Und?«, fragte Essie. »Wie war's?«

»Es war schön. Wir haben nur was zusammen getrunken.« Doch als Phoebe auf ihr Zimmer ging, erinnerte sie sich wieder daran, wie sie bei diesem Gutenachtkuss beinahe in Ohnmacht gefallen war.

Hinter ihrem Rücken sahen sich Essie und Ava kurz an und nahmen die Verfolgung auf.

»Und, wie ist er so? Über was habt ihr geredet? Komm schon, Phoebe.«

Ava faltete die Hände wie zu einem Gebet. »Erzähl uns alten Jungfern etwas Schönes.«

»Wir haben ein Bier in seinem wirklich netten Pub getrunken. Ich habe es genossen. Und jetzt möchte ich ein bisschen Gymnastik machen.«

Wieder wurden bedeutungsvolle Blicke getauscht, während Phoebe zu ihrer Kommode ging, um sich etwas Bequemes anzuziehen.

»Worüber habt ihr geredet?«

Phoebe warf ihrer Mutter im Spiegel einen kurzen Blick zu und zuckte die Achseln. Sie begann sich umzuziehen. Sie lebte schon so lange in einem Frauenhaushalt, dass sie ihre Nacktheit nicht kümmerte.

»Über dies und das. Er war mal Barmann und Taxifahrer.«

»Hmmm. Er ist also selbstständig?«

»So kann man es auch nennen.«

»Wo wohnt er?«, drängte Ava. »In der Stadt?«

»Ich habe nicht danach gefragt.«

»Also wirklich, Phoebe.« Essie verdrehte die Augen. »Warum denn nicht?«

»Es hat sich einfach nicht ergeben.« Phoebe griff nach einem Haargummi in der kleinen silbernen Schale auf der Kommode und machte sich einen Pferdeschwanz.

»Was ist mit seiner Familie?«, fragte Essie. »Wer sind seine Verwandten, seine …«

»Darüber haben wir auch nicht gesprochen. Ich wurde gewissermaßen abgelenkt.«

»Weil er charmant war!«, rief Essie.

»Er war – ist – sehr charmant. Aber ich war ziemlich abgelenkt, als er mir erzählte, dass er vor einigen Jahren im Lotto gewonnen hat, und zwar – halt dich fest – 138 Millionen.«

Mit diesen Worten verließ sie das Zimmer und schaute

automatisch noch zu Carly hinein, bevor sie in den dritten Stock hinunterging.

Sie hatte das ehemalige Dienstmädchenzimmer in einen kleinen Fitnessraum verwandelt. Ein Luxus, ja, aber auf diese Weise sparte sich Phoebe den Mitgliedsbeitrag für das Sportstudio. Außerdem konnte sie so auch frühmorgens oder spätabends trainieren, wenn Carly schon im Bett war. Durch ihre Arbeit war sie ohnehin häufig nicht zu Hause, da musste sie nicht auch noch Zeit im Sportstudio verbringen.

So war es nicht nur bequemer, sondern auch billiger, weil ihre Mutter und Ava den Fitnessraum ebenfalls benutzten – zumindest war das ihre Rechtfertigung für die Ausgaben.

Phoebe lächelte in sich hinein, als sie den Crosstrainer einstellte und mit dem Training begann. Ihre Mutter und Ava standen bereits mit offenen Mündern in der Tür.

»Sagtest du *Millionen*?«, fragte Essie.

»Ja, genau.«

»Jetzt erinnere ich mich. Ich kann mich an die Geschichte erinnern.« Ava legte die Hand aufs Herz. »Der Taxifahrer, der über Nacht zum Millionär wurde. Ein Typ von hier. Mit einem einzigen Lottoschein. Also *der* ist das?«

»Genau der.«

»Puh. Ich glaube, ich muss mich mal kurz hinsetzen.« Essie ließ sich direkt auf den Boden plumpsen. »Er ist nicht bloß reich, ja nicht mal bloß wohlhabend. Ich weiß gar nicht, wie man so was nennt.«

»Einen Glückspilz?«, schlug Phoebe vor.

»Das kann man wohl sagen.« Ava leistete Essie auf dem Boden Gesellschaft. »Er hat dich auf ein Bier eingeladen.«

Amüsiert stellte Phoebe den nächsten Schwierigkeitsgrad ein. »Ja. Und danach hat er mich in seinem Porsche nach Hause gefahren.«

»Ist er geschniegelt?« Essie zog die Brauen zusammen, und ihre Stirn legte sich in Falten. »Bei dem vielen Geld ist er bestimmt so ein geschniegelter Typ.«

»Nein, eher hübsch«, beschloss Phoebe nach kurzem Nachdenken. »Er ist verdammt hübsch, aber meiner Meinung nach ist das angeboren. Er hat mich überredet, am Samstagabend mit ihm essen zu gehen.«

»Du gehst mit einem Millionär aus.« Ava stieß Essie mit dem Ellbogen in die Rippen. »Unsere Kleine geht mit einem Millionär.«

Weil sie die Vorstellung nervös machte, sagte sie schnell: »Ich gehe nicht mit ihm. Ich will gar keinen festen Freund, das bringt doch sowieso nur Ärger. Was soll ich anziehen, worüber soll ich mit ihm reden? Wird er Sex wollen? Na klar will er das. Aber will ich Sex? Das will schließlich alles reiflich überlegt sein.«

»Es geht doch nur um ein Abendessen«, meinte Ava. »Am Samstagabend.«

»Ja. Wie dem auch sei, er ist hübsch«, murmelte Phoebe. »Verdammt hübsch.«

Der Tatort war ein kleines Büro. Jasper C. Hughes, Anwalt. Der Geheimdienst hatte Phoebe informiert, dass sich Hughes, eine gewisse Tracey Percell und ein Bewaffneter namens William Gradey darin verbarrikadiert hatten.

Das Spezialeinsatzkommando war noch damit beschäftigt, die genaueren Umstände zu klären. Phoebe griff nach ihrem Einsatzkoffer und eilte zu dem Polizisten, der als

Erster am Tatort eingetroffen war. Wie sie bereits wusste, war es leider Arnie Meeks.

»Wie ist die Lage?«

Arnie trug eine dunkle Sonnenbrille, trotzdem spürte sie die Verachtung in seinem Blick. »Der Typ hat zwei Geiseln. Zeugen haben Schüsse gehört. Als ich eintraf, rief der Typ, dass er beide umbringt, sobald jemand versucht reinzukommen.«

Phoebe wartete einen Moment. »Ist das alles?«

Arnie zuckte die Achseln. »Der Typ behauptet, der Anwalt hätte ihn um sechstausend Dollar betrogen, und die will er jetzt zurück.«

»Wo ist das Protokoll, Officer?«

Er grinste überheblich.

»Ich bin gerade dabei, dieses Arschloch davon abzuhalten, zwei Menschen umzubringen. Ich hatte keine Zeit, ein Protokoll zu schreiben.«

»Wann genau hat man die Schüsse gehört?«

»So ungefähr gegen neun Uhr morgens.«

»Gegen neun?« Sie spürte, wie sowohl Wut als auch Angst in ihr hochkrochen. »Das ist gut zwei Stunden her, und trotzdem haben Sie erst jetzt beschlossen, einen Verhandler hinzuzuziehen?«

»Ich habe die Lage absolut unter Kontrolle.«

»Sie werden von einem anderen Beamten abgelöst.« Sie zeigte auf einen weiteren Polizisten in Uniform, während sie ein Protokollformular aus ihrem Einsatzkoffer nahm. »Ich möchte, dass alles notiert wird. Der Zeitpunkt, wann die Meldung einging, was vorgefallen ist, wer was sagt und wann.« Sie holte einen Notizblock heraus.

Arnie packte ihren Arm. »Sie können hier nicht einfach so aufkreuzen und die Einsatzleitung übernehmen.«

»O doch, das kann ich.« Sie riss sich los. »Der Captain ist bereits unterwegs, und Commander Harrison leitet das Spezialeinsatzkommando. Und im Moment habe ich hier das Kommando, als Verhandlerin. Holen Sie den Geiselnehmer ans Telefon«, befahl sie dem Polizisten, den sie zum zweiten Verhandler ernannt hatte.

»Ich bin hier derjenige, der das Schlimmste verhindert hat.«

»Ach ja?« Sie fuhr zu Arnie herum. »Haben Sie mit beiden Geiseln gesprochen? Haben Sie zweifelsfrei festgestellt, dass beide noch leben? Wissen Sie, ob sie verletzt sind, ob jemand ärztliche Hilfe benötigt? Wo ist Ihr Lagebericht? Ihr Protokoll? Welche Fortschritte haben Sie in den letzten zwei Stunden gemacht, um diese Geiselnahme unblutig zu beenden, bevor Sie sich dazu herabgelassen haben, uns zu rufen?«

Sie griff nach dem Telefon und sah kurz auf ihren Notizblock, auf dem sie bereits Namen notiert hatte.

»Ich will nicht mit Ihnen reden!« Die Stimme am anderen Ende der Leitung schrie diese Worte wutentbrannt heraus. »Ich habe bereits genug geredet!«

»Mr. Gradey? Hier spricht Phoebe MacNamara. Ich bin eine Verhandlerin der Polizei. Sie reden von jetzt an nur mit mir. Sie klingen aufgebracht. Alles in Ordnung bei Ihnen, Mr. Gradey? Hat irgendjemand medizinische Probleme, von denen ich wissen sollte?«

»Es ist zu spät.«

»Lassen Sie uns gemeinsam eine Lösung finden. Darf ich Sie William nennen? Werden Sie so genannt?«

»Ich habe genug geredet!«

»Ich bin nur hier, um Ihnen zu helfen.« Sie hörte an seiner Stimme, dass er es ernst meinte und wirklich nicht mehr reden, sondern handeln wollte. »Brauchen Sie oder jemand anders irgendwas? Medizinische Hilfe? Wasser? Vielleicht etwas zu essen?«

»Ich wollte mein Geld zurück.«

»Sie wollten Ihr Geld zurück. Erzählen Sie mir doch bitte davon, Mr. Gradey, vielleicht kann ich Ihnen helfen.« Sie notierte, *benutzt die Vergangenheitsform*.

»Das hab ich alles schon erzählt, aber niemand hat mir zugehört.«

»Niemand hat Ihnen zugehört. Sie klingen verärgert deswegen, und das kann ich gut verstehen. Ich entschuldige mich dafür, dass Sie den Eindruck hatten, dass man Ihr Problem nicht ernst nimmt. Aber jetzt bin ich da, und ich höre Ihnen zu, Mr. Gradey. Ich möchte, dass wir gemeinsam eine Lösung finden.«

»Es ist zu spät. Es ist vorbei.«

Sie hörte den Schuss bereits in der Sekunde in ihrem Kopf dröhnen, bevor er die Luft zerriss. Sie hörte ihn in seiner Stimme.

Der Anwalt hatte eine leichte Gehirnerschütterung sowie ein paar blaue Flecke. Die Sekretärin erlitt einen hysterischen Anfall, blieb aber unverletzt. William Gradey war tot, aufgrund einer selbst beigebrachten Schusswunde in seinem Kopf.

»Gut verhandelt«, bemerkte Arnie hinter ihr.

Sie drehte sich im Zeitlupentempo um und starrte ihn an. »Sie arrogantes Arschloch.«

»Er hat sich erschossen, während Sie mit ihm gesprochen haben, nicht ich.« Mit seinem typischen Grinsen im Gesicht stolzierte Arnie davon.

Sie zwang sich, ihm nicht nachzugehen, nicht jetzt, wo

sie dermaßen wütend war und hinterher noch etwas tat, was sie anschließend bereuen würde. Deshalb stand Phoebe einfach nur da und sah zu, wie die Spurensicherung in das Gebäude ging und wieder herauskam.

Sie spürte eine Hand auf ihrer Schulter.

»Hier gibt es nichts mehr für dich zu tun«, sagte Dave.

»Ich hatte nicht die geringste Chance. Gerade mal ein, zwei Minuten. Es war schon vorbei, bevor ich herkam. Ich konnte ihn nicht mehr zurückholen.«

»Phoebe.«

Sie schüttelte den Kopf. »Nicht jetzt, bitte. Ich möchte die Geiseln befragen und Zeugenaussagen aufnehmen.« Sie drehte sich um. »Ich will, dass alle Aussagen protokolliert werden, und ich will, dass du dabei bist.«

»Wir wissen doch beide ganz genau, dass manchmal jemand den Löffel abgibt.«

»Ob das in diesem Fall allerdings wirklich notwendig war, möchte ich stark bezweifeln.« Sie zitterte beinahe vor Wut, konnte sich jedoch gerade noch beherrschen. »Aber das werde ich noch herausfinden. Die Geiseln sind gerade auf dem Weg ins Krankenhaus, die Frau schien mir aber unverletzt zu sein. Sie kann reden. Ich möchte, dass du jetzt mitkommst und wir mit ihr reden.«

»Von mir aus. Vielleicht willst du ja mit dem Polizeipsychologen sprechen. Wenn man jemanden verliert …«

»Ich habe ihn nicht verloren, das weiß ich genau.« Sie biss sich auf die Zunge, und beide spürten, dass sie kurz davor war, die Kontrolle zu verlieren. »Ich hatte ihn gar nicht erst.«

Auf dem Weg zum Krankenhaus sprach sie kein Wort, und Dave drängte sie auch nicht dazu. Während sie schwiegen, starrte sie aus dem Fenster und überlegte sich die

Fragen, die sie stellen wollte, den Tonfall, in dem dies geschehen musste, um ihren Nachweis führen zu können.

Tracey Percell lag auf einer Trage auf der Erste-Hilfe-Station. Sie war jung, gerade volljährig geworden. Eine üppige junge Blondine, die dringend mal wieder zum Haarefärben musste. In ihren rot verquollenen Augen standen Tränen, während sie an ihrem Daumennagel kaute.

»Er hat sich erschossen. Er hat sich direkt vor unseren Augen erschossen.«

»Sie haben eine schreckliche Erfahrung gemacht. Vielleicht hilft es Ihnen, darüber zu reden, womit Sie uns in jedem Fall helfen. Meinen Sie, dass Sie das schaffen, Tracey?«

»Ja. Ich habe hyperventiliert, hieß es. Ich war ohnmächtig. Sie meinten, ich soll noch eine Weile liegen bleiben, aber er hat mir nichts getan. Ich hab wirklich Glück gehabt, dass er mir nichts getan hat. Er hat Jasper einen Stoß versetzt und mit seiner Waffe direkt auf sein Gesicht gezielt. Und dann …«

»Sie müssen unglaubliche Angst gehabt haben.« Phoebe setzte sich zu ihr und tätschelte Traceys Hand, bevor sie ihr Aufnahmegerät herausholte. »Sind Sie einverstanden, dass ich unser Gespräch aufzeichne?«

»Natürlich. Sie haben gesagt, man würde meinen Freund Brad anrufen. Brad wird gleich hier sein.«

»Das ist gut. Wenn er nicht hier ist, bevor wir gehen, werde ich selbst nach Brad suchen, einverstanden?«

»Danke. Danke.« Tracey kaute nicht länger auf ihrem Daumennagel herum, so, als beruhige sie allein schon der Gedanke, ihr Freund könnte bald da sein. »Ich fühle mich ganz komisch. Als ob ich einen Horrorfilm gesehen hätte, in dem ich selbst mitgespielt habe.«

»Ich weiß. Aber jetzt ist alles vorbei. Arbeiten Sie für Mr. Hughes?«

»Hm-hm. Ich bin Rechtsanwaltsgehilfin. Ich verdiene nicht viel, aber der Job ist okay.«

»Und Sie sind heute ganz normal zur Arbeit gekommen.«

»Ich bin immer so zwischen neun und zehn in der Kanzlei. Jasper kam heute zur selben Zeit wie ich. Meist kommt er später, aber heute waren wir schon kurz vor neun da. Wir hatten gerade aufgemacht, als Mr. Gradey reinkam. Er kam reingerast und hat Jasper ins Gesicht geschlagen. Ihn zu Boden geschlagen. Ich habe geschrien, weil er eine Waffe hatte. Er war komplett durchgedreht.«

»Und was ist dann passiert?«

»Er wollte, dass ich aufstehe und die Tür abschließe. Er hat gesagt, dass er Jasper erschießt, wenn ich versuche, zu fliehen. Er hat ihm die Waffe direkt an den Kopf gehalten, und ich hatte Angst. Ich habe einfach getan, was er gesagt hat. Er hat uns befohlen, den Schreibtisch gegen die Tür zu schieben, und als wir nicht schnell genug reagierten, hat er, glaube ich, geschossen.«

»Er hat auf Sie geschossen?«

»Nein, er hat in den Boden geschossen. Ich musste wieder schreien und habe geweint. Er schrie mich an, ich solle verdammt noch mal mit dem Geflenne aufhören und tun, was er mir sagt. Also haben wir gehorcht. Dann hat er Jasper wieder geschlagen und angefangen herumzutoben, dass er sein Geld zurück will. Seine sechstausendfünfhundertachtundzwanzig Dollar und sechsunddreißig Cent. Jeden einzelnen Penny.« Sie fing wieder an, an ihrem Daumennagel zu kauen. »Ich glaube, Jasper hat ihm das Geld aus der Tasche gezogen, angeblich wegen der Ausgaben und Kosten für seinen Anzug. Dabei kam dieser Anzug niemals zum Einsatz.«

»Er war also ein Mandant?«

»Na ja, ich glaube nicht, dass ihn Jasper offiziell als Mandanten geführt hat.« Sie wich Phoebes Blick aus. »Die Details kenne ich nicht, ehrlich nicht.«

»Darauf kommen wir später noch zu sprechen.«

»Gut. Was diese Dinge anbelangt, sollten Sie lieber mit Jasper reden. Jasper hat ihm gesagt, er habe das Geld nicht. Und da meinte er, Jasper solle es sich schleunigst besorgen, denn sonst … Sie redeten gerade darüber, zur Bank zu gehen, als der Polizist kam.«

»Der erste Officer traf also genau in diesem Moment am Tatort ein.«

»Äh ja. Sozusagen. Man konnte die Polizeisirene hören, und Mr. Gradey zwang mich, mit ihm zum Fenster zu gehen und durch die Jalousien zu spähen. Gradey schrie so was wie: ›Sieh zu, dass du von hier wegkommst. Wenn du versuchst, reinzukommen, bring ich alle um.‹ Er schrie, dass er zwei Geiseln hätte und eine Waffe, die er auch benutzen würde. Gradey befahl mir, ebenfalls zu schreien, und ich gehorchte. So was wie ›Bitte‹ und ›Er meint es ernst‹.« Sie schlug die Hände vor die Augen. »Es war schrecklich.«

»Sie müssen unglaubliche Angst gehabt haben.«

»O mein Gott, ich hab in meinem ganzen Leben noch nie so eine Angst gehabt.«

»Hat Ihnen Mr. Gradey wehgetan?«

»Nein. Nein. Er befahl mir, mich auf den Boden zu legen, flach auf den Bauch. Jasper sollte dasselbe tun. Dann hat der Polizist – ich glaube, er hatte so was wie … wie nennt man das noch gleich … ein Megafon dabei. Er hat gerufen, er sei Officer Arnold Meeks und dass Mr. Gradey seine Waffe wegwerfen und mit erhobenen Händen das Gebäude verlassen solle. Und zwar ein bisschen plötzlich, sagte er, mit einer sehr autoritären Stimme. Mr. Gradey hat nur zurückgeschrien, dass er William Gradey sei und dass wir alle zur Hölle fahren würden, wenn er nicht seine sechstausendfünfhundertachtundzwanzig Dollar und sechsunddreißig Cent zurückbekäme. Dann haben sich die beiden ziemlich lange angeschrien.«

»Sie haben sich angeschrien?«

»Sie haben so lange geschrien und geflucht, dass es mir wie eine Ewigkeit vorkam. Mr. Gradey wollte wissen, wo die Polizei oder das Gesetz war, als Jasper ihn um sein Geld gebracht hat. Daraufhin meinte der Polizist: ›Dein Geld geht mich nichts an, setz dich in Bewegung und komm da raus, und zwar mit hoch erhobenen Händen.‹«

Phoebe sah Dave an. »Und wie hat Mr. Gradey darauf reagiert?«

»Er wurde richtig wütend, vor allem, als der Polizist sagte, dass Mr. Gradey sowieso nie den Mut hätte, uns zu erschießen. Ehrlich, in dem Moment hab ich gedacht, jetzt tut er's, nur, um es dem Polizisten zu zeigen. Ich konnte gar nicht mehr aufhören zu weinen.«

»Sie haben gehört, wie der Polizist das gesagt hat?«

»Ja. Nur dass er ihn nicht Mr. Gradey, sondern ›du Arschloch‹ nannte.«

Phoebe sah Dave wieder an, als Tracey begann, eines ihrer Taschentücher in winzige Fetzen zu reißen. »Also hat Mr. Gradey dem Polizisten gesagt, er solle doch reinkommen und ihn holen, dann würde er ihn *und* uns erschießen. Und dass er das Geld brauche. Er hätte sein Auto verkaufen müssen und hätte keine Ahnung, wo er schlafen soll, woraufhin der Polizist meinte, er würde ohnehin in einer Zelle übernachten, und dafür bräuchte man kein Auto. Es kam mir wie eine Ewigkeit vor, aber irgendwann kamen weitere Polizisten. Meinen Sie, Brad ist inzwischen da?«

»Ich werde gleich mal nachsehen. Was ist als Nächstes passiert, Tracey?«

»Na ja, Mr. Gradey wurde immer aufgebrachter. Ich dachte wirklich, gleich erschießt er uns, damit es endlich vorbei ist. Ich hab wieder angefangen zu weinen, ziemlich laut, glaube ich. Er meinte, ich solle mir keine Sorgen machen, es sei schließlich nicht meine Schuld. Polizisten und Anwälte, meinte er, Polizisten und Anwälte machen mit einem, was sie wollen. Ich glaube …«

»Was glauben Sie?«, hakte Phoebe nach.

»Ich glaube, er hatte vor, mich freizulassen. Ich hatte irgendwie so ein Gefühl. Mich, aber nicht Jasper. Denn er wollte wissen, ob ich das mit dem Geld auch der Polizei erzähle, wenn er mich gehen lässt, und ich habe es ihm versprochen. Natürlich würde ich davon erzählen. Dann hat das Telefon geklingelt. Dieser Meeks hat Jasper angeschrien, er solle drangehen. ›Geh ans Telefon, du Hurensohn.‹« Tracey seufzte laut auf. »Ich weiß, das klingt jetzt blöd, aber dieser Polizist hat mir mindestens genauso viel Angst eingejagt wie Mr. Gradey und seine Waffe.« Sie wischte sich über die Augen. »Ich wünschte, er hätte den Mund gehalten. Denn dann hätte mich Mr. Gradey bestimmt gehen lassen, und vielleicht hätte er sich dann nicht direkt vor meinen Augen erschossen. Ich weiß es nicht.«

»Gut, Tracey, das reicht fürs Erste«, sagte Phoebe, während Tracey zu schluchzen begann.

Phoebe wartete, bis sie draußen außer Hörweite waren und in der frischen Frühlingsluft standen. »Er hat ihn in den Selbstmord getrieben. Mit seinem Verhalten hat er das Leben zweier Geiseln aufs Spiel gesetzt. Er hat die übliche Vorgehensweise ignoriert und jede nur erdenkliche Verhandlerregel mit Füßen getreten. Und mit welchem Ergebnis?«

»Nicht jeder Polizist besitzt Verhandlungsgeschick oder weiß, wie man sich bei einer Geiselnahme richtig verhält.«

Sie konnte das unmöglich durchgehen lassen. »Verdammt noch mal, Dave! Verteidigst du ihn etwa? Verteidigst du sein Verhalten?«

»Nein.« Dave hob abwehrend die Hände. »Und ich werde auch nicht mit dir streiten, Phoebe. Weil du recht hast. Officer Meeks wird dazu befragt werden.«

»Ich werde ihn befragen. Das ist mein Zuständigkeitsbereich«, sagte sie, noch bevor Dave etwas dagegen einwenden konnte.

»Aber du und Arnie Meeks habt auch so schon Probleme genug. Du hast mit dem Geiselnehmer telefoniert, als er sich erschossen hat.«

»Wenn ich Meeks nicht befrage, untergräbt das meine Autorität. Er hat fast zwei Stunden gewartet, bevor er Unterstützung angefordert hat. Das allein ist schon das Letzte. Hier geht es nicht darum, dass er ein Problem mit mir hat. Er selbst ist das Problem.«

»Pass auf, dass es nicht wie Rache aussieht.«

»Ein Mann ist tot. Rache macht den auch nicht wieder lebendig.«

Phoebe ließ sich Zeit und nutzte den restlichen Tag, um Zeugenaussagen und Informationen zu sammeln, sich Notizen zu machen sowie ihren Bericht zu schreiben.

Dann rief sie Arnie zu sich ins Büro.

»Meine Schicht ist jetzt zu Ende«, sagte er.

»Machen Sie die Tür hinter sich zu, und setzen Sie sich.«

»Meine Schicht geht von acht bis vier. Wenn es später als vier wird, schreib ich Überstunden auf.« Aber er kam auf sie zu und nahm Platz. Er wies mit dem Kinn auf das Aufnahmegerät auf ihrem Schreibtisch. »Was soll das?«

»Dieses Gespräch wird zu Ihrem und zu meinem Schutz aufgezeichnet.«

»Vielleicht sollte ich meinen Polizeibeauftragten anrufen.«

»Wenn Sie ihn dabeihaben wollen – bitte sehr.« Sie schob ihm energisch das Telefon hin.

Arnie zuckte die Achseln. »Sie haben noch genau fünf Minuten Zeit, bevor ich Überstunden aufschreibe.«

»Um neun Uhr elf haben Sie auf Zeugen reagiert, die Schüsse in der Kanzlei des Anwalts Jasper C. Hughes gehört haben wollen. Stimmt das so?«

»Ja, das stimmt.«

»Sie sind zum Tatort gefahren, kamen dabei immer mehr in Rage und haben sich dem bewussten Gebäude genähert. Währenddessen hat Sie eine darin befindliche Person informiert, dass sie bewaffnet ist und zwei Geiseln in ihrer Gewalt hat. Stimmt das?«

»Wenn Sie den ganzen Bericht mit mir durchgehen wollen, ist das reine Zeitverschwendung.«

»Haben Sie zu diesem Zeitpunkt Verstärkung oder einen Verhandler angefordert?«

»Nein. Ich hatte die Lage unter Kontrolle. Bis Sie kamen.«

»Sie haben sich mithilfe des Megafons als Polizist zu erkennen gegeben.«

»Ich bin in Deckung gegangen und habe mich selbstverständlich vorgestellt, wie es die Vorschriften verlangen. Ich hab dem Typen gesagt, dass er die Waffe weglegen und rauskommen soll. Er hat sich geweigert.«

Phoebe lehnte sich zurück. »Stimmt. Wir verschwenden hier nur unsere Zeit. Der Bericht liegt hier, einschließlich der Zeugenaussagen, der Aussagen beider Geiseln und der Aussagen der Beamten, die später zum Tatort kamen. Ihm ist zu entnehmen, dass Sie die Vorschriften nicht befolgt, keinen Verhandler angefordert, keine der Richtlinien im Falle einer Geiselnahme beachtet und den Geiselnehmer stattdessen bedroht und verhöhnt haben, sodass er immer aufgebrachter wurde.«

»Ein Typ, der in einer Kanzlei um sich schießt, ist bereits aufgebracht.«

»In diesem Punkt muss ich Ihnen recht geben. Aber Sie haben nie versucht, ihn zu beruhigen.« Obwohl ihre Augen zornig funkelten, blieb ihre Stimme kühl und gelassen. »Sie haben ihm gesagt, dass seine Probleme Sie nicht interessieren und dass er ins Gefängnis muss.«

Er schenkte ihr wieder dieses überhebliche Grinsen. »Soweit ich weiß, darf man als Verhandler nicht lügen.«

»Ihnen wird das Grinsen schon noch vergehen, Officer. Sie haben ihn ständig nur provoziert.« Sie hielt ein Blatt des Berichts hoch. »›Dann holte Officer Meeks den Geiselnehmer ans Telefon und ließ ihn wissen, dass es das Beste für ihn sei, sich die Waffe an den Kopf zu halten und abzudrücken.‹«

»Umgekehrte Psychologie. Ich hatte die Lage unter Kontrolle, bis Sie ans Telefon gegangen sind. Die Geiseln haben es geschafft, oder etwa nicht? Keine Verluste.«

»Es waren drei Menschen in dieser Kanzlei. Nur zwei haben sie lebend verlassen.«

»Nur zwei davon waren wichtig.«

»Ihrer Meinung nach vielleicht, weshalb Sie sich sicherlich auch dazu berechtigt fühlten, den Geiselnehmer einen ›verdammten Versager‹ zu nennen. Im Übrigen haben Sie sich nicht einmal nach dem Zustand der Geiseln erkundigt und ausnahmslos Schritte unternommen, die ihr Leben gefährdet haben. Dazu gehört auch, dass Sie dem bewaffneten Geiselnehmer gesagt haben, er hätte doch sowieso nicht den *Mumm*, die Geiseln zu erschießen.«

»Wenn Sie vorhaben, jemand anders die Schuld für Ihr Versagen in die Schuhe zu schieben, dann …«

»An meinem Verhalten gibt es nicht das Geringste auszusetzen, Officer, aber an Ihrem durchaus. Sie sind die nächsten dreißig Tage vom Dienst suspendiert.«

Er erhob sich aus seinem Stuhl. »Das können Sie nicht machen.«

»Der Vorfall wird untersucht. Bis ein Ergebnis vorliegt, fordere ich Sie auf, sich innerhalb der nächsten zweiundsiebzig Stunden beim Polizeipsychiater zu melden und sich einem Test zu unterziehen.«

Wieder wurde sein Gesicht unangenehm rot, wie damals im Unterricht.

»So können Sie nicht mit mir umspringen.«

»Sie können gern eine Beschwerde gegen Ihre Dienstsuspendierung einlegen. Aber ich kann Ihnen jetzt schon sagen, dass Captain McVee sämtliche Aussagen in Kopie vorliegen und er bereits von meinem Entschluss informiert wurde.«

»Der tanzt doch sowieso nur nach Ihrer Pfeife, weil Sie ihm einen blasen.«

Sie erhob sich langsam. »Was haben Sie da eben zu mir gesagt?«

»Sie glauben doch nicht im Ernst, dass hier niemand weiß, dass Sie sich hochgebumst haben! Wir werden noch sehen, wer hier vom Dienst suspendiert wird, wenn ich mit dir fertig bin, du Schlampe!«

»Sie sind für die nächsten dreißig Tage vom Dienst suspendiert und bekommen einen Vermerk wegen Gehorsamsverweigerung. Und jetzt sehen Sie zu, dass Sie hier rauskommen, bevor Sie alles noch schlimmer machen, Officer.«

Er machte einen Schritt auf ihren Schreibtisch zu, stützte die Hände darauf ab und beugte sich vor. »Ich mache alles noch schlimmer, und zwar für Sie, worauf Sie sich verlassen können.«

Sie spürte, wie sich ihre Kehle zuschnürte. »Wegtreten! Ihre Dienstmarke und Ihre Waffe, Officer.«

Seine Hand bewegte sich zu seiner Waffe, seine Finger glitten darüber hinweg, und Phoebe sah etwas in seinen Augen, was ihr sagte, dass er mehr war als nur ein arrogantes Arschloch.

Das kurze Klopfen an der Tür ließ sie unmerklich zusammenzucken. Sykes steckte seinen Kopf herein. »Tut mir leid, wenn ich störe, Lieutenant. Aber haben Sie kurz Zeit für mich?«

»Ich habe Zeit. Officer Meeks? Ich habe Ihnen einen Befehl erteilt.«

Er legte seine Waffe ab und warf sie zusammen mit

seiner Dienstmarke auf den Schreibtisch. Als er sich umdrehte und hinausspazierte, gönnte sich Phoebe ein Aufatmen.

»Alles in Ordnung, Lieutenant?«

»Ja, ja. Wie kann ich Ihnen helfen?«

»Gar nicht. Die Situation schien hier ein wenig zu eskalieren, das ist alles.«

»Verstehe. Ja. Danke.« Sie hätte sich jetzt am liebsten in ihren Sessel fallen lassen, zwang sich aber, stehen zu bleiben. »Detective? Sie sind doch schon eine ganze Weile hier.«

»Seit zwölf Jahren.«

»Sind Sie dann auch über den Büroklatsch informiert?«

»Klar.«

»Detective, glaubt man hier wirklich, dass Captain McVee und ich eine sexuelle Beziehung haben?«

Er sah sie so überrascht an, dass sich der Knoten in ihrem Magen sofort auflöste. »Meine Güte, Lieutenant, wie kommen Sie denn darauf!« Sykes schloss die Tür hinter sich. »Hat Ihnen das dieses Arschloch gesagt?«

»Ja. Aber bitte erzählen Sie das nicht weiter. Diese Geschichte sollte dieses Büro nicht verlassen.«

»Wenn Sie es wünschen.« Sykes wies mit dem Kinn auf Arnies Dienstmarke und dessen Waffe. »Möchten Sie wissen, was ich wirklich denke?«

»Ja.«

»Ohne seine Beziehungen hätte er den Job nie bekommen. Chefin, der Typ ist eine tickende Zeitbombe. Sehen Sie sich gut vor.«

»Ja, das werde ich. Danke.«

Sykes ging zur Tür, legte seine Hand auf die Klinke und blieb kurz stehen. »Ich glaube, ein paar Leute hier halten

Sie für Captains Liebling. Es wurde ziemlich gemurrt, als Sie vom FBI hierherkamen. Ich habe auch gemurrt. Aber das war schell wieder vorbei, zumindest bei den meisten. Sie sind eine gute Chefin, Lieutenant. Und das ist das Einzige, was hier zählt.«

»Danke.«

Nachdem er den Raum verlassen hatte, ließ sie sich erschöpft in ihren Stuhl sinken.

5

Phoebe fand es wunderbar, nach einem wirklich furchtbaren Tag nach Hause zu kommen und zwei Dutzend Lilien vorzufinden. Essie hatte sie ziemlich eindrucksvoll in der großen Waterford-Vase von Kusine Bess arrangiert, wobei sie drei für Phoebes Schlafzimmer herausgenommen hatte.

»Du kannst natürlich auch den ganzen Strauß mit auf dein Zimmer nehmen, aber ich dachte …«

»Nein, ist schon in Ordnung. Das sieht hübsch aus.« Phoebe beugte sich vor, um an den Blumen zu schnuppern, die elegant und üppig auf dem Beistelltisch im Wohnzimmer standen. »Hier haben wir alle was davon.«

»Ich hab das Briefchen nicht gelesen.« Essie gab es ihr. »Und ich muss zugeben, dass es mir sehr schwergefallen ist, meine Neugier zu unterdrücken. Auch wenn ich weiß, von wem die Blumen sind.«

»Ich nehme an, sie sind von ihm.« Phoebe klopfte mit dem kleinen Umschlag auf ihre Handfläche.

»Meine Güte, Phoebe, jetzt lies ihn doch endlich!« Ava stand hinter Carly und massierte die Schultern des Mädchens. »Wir sterben hier noch vor Neugierde. Ich war drauf und dran, ihn deiner Mutter zu entreißen.«

Wenn ein Mann Blumen in einem Haus abgeben lässt, in dem vier Frauen wohnen, sind sie wohl für alle vier bestimmt, dachte Phoebe. Sie öffnete den Umschlag und las.

»Bis Samstag. Duncan.«

»Und das ist alles?« Ava klang schwer enttäuscht. »Ein Dichter ist er nicht gerade, was?«

»Ich würde sagen, er lässt die Blumen für sich sprechen«, verbesserte Essie sie. »Das ist poetisch genug.«

»Mama, ist er dein Freund?«

»Er ist nur ein Mann, mit dem ich morgen essen gehe«, antwortete Phoebe.

»Sherrilynns große Schwester hat nämlich einen Freund, und wegen dem muss sie ständig heulen. Sie liegt auf ihrem Bett und heult die ganze Zeit, sagt Sherrilynn.«

Phoebe nahm Carlys Gesicht in ihre Hände. »Ich selbst heule nicht besonders gern.«

»Als du neulich Roy angerufen hast, hast du geweint.«

»Aber nur ein bisschen. Ich geh jetzt nach oben und zieh mich um. Wie ich hörte, soll es gleich Pizza geben.«

»Und eine DVD und Popcorn!«

»Das habe ich auch schon gehört. Aber vorher will ich mich aus meinen Arbeitsklamotten schälen und mir was Gemütliches anziehen.«

Oben ließ sich Phoebe auf ihr Bett sinken. Wird eine Mutter ihr Kind jemals davor bewahren können, dieselben Fehler zu machen? Wegen eines Vorfalls, der gut zwanzig Jahre zurücklag, mussten sie nun alle in diesem Haus leben. Nur wegen dieser einen schwülen Sommernacht, als sie zwölf Jahre alt gewesen war, waren ihre Leben aneinandergekettet? Alles was sie tat oder auch nur sagte, würde das Leben ihrer Tochter für immer beeinflussen. So wie das Leben ihrer Mutter ihres beeinflusst hatte.

Mama hatte getan, was sie konnte, dachte Phoebe. Aber hatte sie sich und ihre Kinder diesem Mann anvertraut? Sie konnte sich noch genau an alles erinnern, so, als sei es erst gestern gewesen.

Im Zimmer war es stickig heiß, und sie roch seinen Schweiß. Inzwischen trank er den Whiskey direkt aus der Flasche, die Mama im obersten Küchenregal aufbewahrte, und der Whiskeygestank machte die abgestandene Luft noch unerträglicher.

Phoebe konnte nur hoffen, dass er genug trinken würde, um bewusstlos zu werden, bevor er den .45er-Colt benutzte, mit dem er so wild herumfuchtelte wie ein böser kleiner Junge mit einem spitzen Stock.

Halt die Augen auf – du bist nicht aufmerksam genug.

Er hatte schon wild drauflosgeballert, aber nur auf Lampen und Nippes. Und er hatte ein paar Löcher in die Wand geschossen. Er hatte die Waffe auch an Mamas Kopf gehalten, geschrien und geflucht, während er sie an ihren langen roten Haaren quer durchs Zimmer schleifte.

Aber er hatte Mama nicht erschossen, noch nicht, und seine Drohung bisher nicht wahr gemacht, ihrem kleinen Bruder Carter oder ihr eine Kugel durch den Kopf zu jagen.

Aber er konnte es tun, und er machte ihnen klar, dass er Ernst machen würde, *falls sie es wagten, ihm verdammt noch mal zu widersprechen.* Sie spürte ein schreckliches Gefühl von Angst und Hilflosigkeit.

Obwohl alle Rollläden heruntergelassen und die Vorhänge zugezogen waren, wusste sie, dass draußen die Polizei stand. Er, Reuben, telefonierte mit einem der Polizisten. Sie wünschte, sie wüsste, was gesprochen wurde, weil er sich danach meist beruhigte.

Wenn sie genau wüsste, womit sie ihn beruhigten, könnte sie es vielleicht auch sagen, in den Gesprächspausen, wenn er es leid war, mit ihnen zu telefonieren, und auflegte, bevor er sich wieder so in Rage brachte, dass sie ihn erneut beruhigen mussten.

Er nannte die Person am anderen Ende der Leitung Dave, so, als ob sie Freunde wären, und einmal hatte er ihm einen langen Vortrag übers Angeln gehalten.

Jetzt lief er gerade wieder auf und ab, trank und fluchte. Diese furchtbaren Gesprächspausen. Phoebe zuckte nicht einmal mehr mit der Wimper, wenn er mit dem Lauf auf das Sofa zielte, auf dem Carter und sie sich aneinanderschmiegten. Sie war einfach zu müde.

Er war kurz nach dem Abendessen eingedrungen, die Sonne hatte noch geschienen. Inzwischen war sie schon lange untergegangen. Es kam ihr schon so lang her vor, dass sie bestimmt bald wieder aufgehen würde. Reuben hatte die hübsche kleine Uhr mit dem Perlmuttzifferblatt kaputtgeschossen, die ein Hochzeitsgeschenk für Mama und Daddy gewesen war. Die auf dem Klapptisch. Deshalb wusste Phoebe nicht, wie viele Stunden vergangen waren, seitdem sie um fünf nach sieben ihren Geist aufgegeben hatte.

Mama liebte diese Uhr. Und genau deswegen hatte sie Reuben kaputtgeschossen.

Als das Telefon erneut klingelte, knallte er die Flasche auf den kleinen Tisch und riss den Hörer von der Gabel.

»Dave, du Mistkerl. Ich hab dir doch gesagt, du sollst

den Strom wieder anstellen. Und jetzt erzähl mir nicht, du bist noch dabei.«

Er fuchtelte mit der Waffe herum, und Phoebe konnte hören, wie Carter der Atem stockte. Sie strich über sein Knie, um ihn zu beruhigen, damit er still blieb.

Sosehr Mama die Uhr auch liebte, Carter liebte sie noch viel mehr. Und Reuben wusste das. Insofern konnte man davon ausgehen, dass Reuben Carter demnächst auch wehtun würde.

»Erzähl mir nicht, dass wir schon eine Lösung finden werden. *Du* hockst schließlich nicht hier drin und schwitzt wie ein Schwein im Schein einer gottverdammten Petroleumlampe. Entweder du sorgst dafür, dass Klimaanlage und Licht wieder funktionieren, und zwar ein bisschen plötzlich, oder einem der Kinder geht's an den Kragen. Essie, beweg deinen dürren, nutzlosen Arsch zu mir rüber, und sag ihm, dass ich es ernst meine, und zwar *sofort*!«

Phoebe sah zu, wie sich ihre Mutter aus dem Sessel erhob, in den sie sich auf seinen Befehl hin hatte setzen müssen. Ihr Gesicht sah eingefallen aus im Schein der Lampe, und ihre Augen waren so angstgeweitet wie die eines Kaninchens. Als sie nah genug bei ihm stand, um nach dem Telefon greifen zu können, legte er einen Arm um ihre Kehle und hielt ihr die Waffe an die Schläfe.

Als Carter aufspringen wollte, nahm Phoebe seine Hand, hielt sie ganz fest und schüttelte den Kopf, damit er auf dem Sofa sitzen blieb. »Nicht!«, flüsterte sie kaum hörbar. »Er wird ihr wehtun, wenn du es versuchst.«

»Sag ihm, dass ich es ernst meine!«

Essie sah stur geradeaus. »Er meint es ernst.«

»Sag ihm, was ich gerade tue.«

Tränen liefen ihre Wangen hinunter und vermischten

sich mit dem getrockneten Blut der Wunde, die er ihr vorher mit seiner Faust beigebracht hatte. »Er hält mir eine Waffe an den Kopf. Meine Kinder sitzen beide auf dem Sofa. Sie haben Angst. Bitte, tun Sie, was er verlangt.«

»Du hättest tun sollen, was ich verlangt habe, Essie.« Er schloss seine Hand über ihrer Brust und drückte zu. »Du hättest weiterhin tun sollen, was ich verlangt habe, dann würde das jetzt alles nicht passieren. Ich hab dir doch gesagt, dass es dir leidtun wird – oder etwa nicht?«

»Ja, Reuben, du hast es mir gesagt.«

»Hörst du das, Dave? Es ist alles ihre Schuld. Alles, was hier passiert, ist ihre Schuld. Und wenn ich ihr jetzt eine Kugel durch ihr nutzloses Köpfchen jage, ist das auch ihre Schuld.«

»Mr. Reuben?« Phoebe hörte ihre eigene Stimme, ruhig wie ein Frühlingsmorgen. Sie hörte sich an, als stamme sie von jemand anders, von jemandem, dessen Herz nicht bis zum Hals schlug. Aber Reubens eiskalter Blick hatte sie erfasst und ließ sie nicht mehr los.

»Hab ich dich gebeten, dich einzumischen, du kleines Miststück?«

»Nein, Sir. Ich dachte nur, Sie könnten vielleicht Hunger haben. Vielleicht möchten Sie, dass ich Ihnen ein Sandwich mache. Wir haben leckeren Schinken da.«

Phoebe sah ihre Mutter nicht an, das schaffte sie einfach nicht. Sie spürte, wie die Angst ihre Mutter fast überwältigte, und wenn sie hinsah, würde sie sie auch überwältigen.

»Du meinst, wenn du mir ein Sandwich machst, werde ich dieser Hure von deiner Mutter nicht in den Kopf schießen?«

»Das weiß ich nicht. Aber wir haben leckeren Schinken da und noch etwas Kartoffelsalat.«

Sie würde nicht weinen, wusste Phoebe jetzt. Sie war überrascht, dass auf ihr panisches Herzklopfen keine Tränen folgten. Dafür spürte sie Wut und eine ungeheure Nervosität. »Den Kartoffelsalat hab ich selbst gemacht. Er ist gut.«

»Na dann lauf los, und nimm die Lampe mit. Und glaub bloß nicht, dass ich dich da drin nicht sehen kann. Wenn du auch nur die kleinste Dummheit machst, schieße ich deinem kleinen Bruder in die Eier.«

»Ja, Sir.« Sie stand auf und hob die kleine Petroleumlampe hoch. »Mr. Reuben? Darf ich zuerst noch aufs Klo? Bitte, ich muss wirklich dringend.«

»Verkneif es dir gefälligst.«

»Ich hab es mir schon verkniffen, Mr. Reuben. Wenn ich kurz aufs Klo könnte, wirklich nur ganz kurz, mach ich Ihnen was Leckeres zu essen.« Sie schlug die Augen nieder. »Ich kann ja die Tür auflassen. Bitte.«

»Sieh zu, dass du dich beeilst mit dem Pinkeln. Wenn es mir zu lange dauert, werde ich deiner Mutter einen Finger nach dem anderen brechen.«

»Ich beeil mich.« Sie rannte vom Wohnzimmer direkt ins Klo.

Sie stellte die Petroleumlampe auf den Spülkasten, riss ihre Unterhose herunter und betete innerlich, dass ihre Nervosität und Scham keinen Blasenkrampf verursachen würden. Sie warf einen kurzen Blick aus dem Fenster über der Badewanne. Es war zu klein, um sich hindurchzuwinden, das wusste sie. Aber Carter könnte es vielleicht schaffen. Wenn sie Reuben überreden könnte, Carter aufs Klo zu lassen, würde sie Carter befehlen, abzuhauen.

Sie sprang auf, betätigte mit einer Hand die Spülung und riss mit der anderen das Arzneischränkchen auf. »Ja, Sir!«, rief sie, als Reuben schrie, sie solle sich verdammt noch mal beeilen.

Sie griff nach dem Valiumfläschchen ihrer Mutter im obersten Fach und steckte es in ihre Tasche.

Als Phoebe vom Klo kam, versetzte Reuben ihrer Mutter einen heftigen Stoß, sodass Essie der Länge nach aufs Sofa fiel. »Hörst du mich, Dave? Ich werd jetzt eine Kleinigkeit essen. Wenn der Strom nicht wieder da ist, bis ich aufgegessen habe, spiele ich ene, mene, mu und erschieße eines der Kinder. Und du machst mir jetzt das Sandwich, Phoebe. Und geiz nicht mit dem Kartoffelsalat.«

Es war ein einfaches Häuschen und noch dazu sehr klein. Phoebe achtete darauf, in Sichtweite zu bleiben, als sie Schinken und Kartoffelsalat aus dem Kühlschrank holte.

Sie konnte hören, wie er mit Dave redete, und zwang sich, nicht zu zittern, während sie einen Teller und eine Untertasse herausholte. Eine Million Dollar? Jetzt wollte er eine Million Dollar und einen Cadillac, und außerdem freies Geleit bis über die Grenze. Da begriff Phoebe, dass er nicht nur bösartig, sondern auch noch dumm war. Sie benutzte die große blaue Schüssel mit dem Kartoffelsalat als Sichtschutz und legte mehrere Tabletten auf die Untertasse. Sie benutzte den Stößel ihrer Mutter und zerstampfte sie so gut sie konnte. Dann gab sie einen großzügigen Klacks Kartoffelsalat auf die Tabletten und vermischte beides.

Sie bestrich zwei Scheiben Brot mit Senf und belegte sie mit Schinken und Käse. Wenn sie ein Messer aus der Küchenschublade nahm, konnte sie vielleicht …

»Was machst du da so lange?«

Phoebe riss den Kopf hoch. Er hatte aufgelegt und drückte jetzt seine Waffe unter Carters Kinn. Er stand schon halb in der Küchentür.

»Es tut mir leid. Ich muss nur noch eine Gabel für den Kartoffelsalat aus der Schublade holen.« Sie verbarg das Fläschchen mit den Tabletten in ihrer Hand, drehte sich um und riss die Besteckschublade auf. Sie ließ das Fläschchen hineinfallen, während sie nach einer Gabel griff. »Möchten Sie auch etwas Limonade, Mr. Reuben? Mama hat sie gemacht, sie ist ganz frisch und …«

»Jetzt bring mir das Essen, du Luder, und zwar sofort.«

Sie griff nach dem Teller. Als sie die Waffe unter Carters Kinn sah, zitterte sie so heftig, dass der Teller auf und ab hüpfte. Sein Grinsen verriet, dass er ihre Angst regelrecht genoss. Den Gefallen tat sie ihm gern.

»Stell den Teller neben das Telefon hier, und beweg deinen dürren Arsch aufs Sofa.«

Sie tat wie geheißen, aber noch bevor sich Phoebe hinsetzen konnte, gab Reuben ihrem Bruder einen kräftigen Fußtritt, der den Jungen nach vorn fallen ließ. Essie sprang auf und hielt erst inne, als ihr Phoebe den Weg versperrte und sie entschlossen ansah. Stattdessen ging sie selbst zu Carter und half ihm auf. »Los, Carter! Mr. Reuben will kein Geheul hören, solange er isst.«

»Wenigstens eine, die weiß, was sich gehört.« Reuben nickte ihr zu und setzte sich, wobei er die Waffe in den Schoß legte. Mit einer Hand griff er nach der Gabel, mit der anderen nach dem Telefon. »Keine Ahnung, woher du das hast, bei dieser Schlampe von einer Mutter. Wo bleibt der Strom, Dave?«, sagte er in den Hörer und nahm einen Happen Kartoffelsalat.

Während Carter in den Armen ihrer Mutter schluchzte, sah Phoebe zu, wie Reuben aß. Hatte sie ihm genug Tabletten in den Salat getan? So viele, dass er bewusstlos wurde? Der Alkohol, mit dem er das Essen herunterspülte, würde doch das Seine dazutun?

Vielleicht würde ihn das umbringen. Sie hatte davon gelesen, von der gefährlichen Mischung aus Tabletten und Alkohol. Vielleicht würde dieser Mistkerl einfach sterben.

Sie beugte sich vor und flüsterte Carter etwas ins Ohr. Ihr Bruder schüttelte den Kopf, weshalb sie ihn fest kniff. »Du tust, was ich dir sage, oder ich hau dir eine runter, du Dummkopf.«

»Halt's Maul, da drüben! Hab ich dir erlaubt, zu reden?«

»Es tut mir leid, Mr. Reuben, ich hab ihm nur gesagt, dass er aufhören soll zu weinen. Er muss auch dringend aufs Klo. Darf er kurz auf die Toilette, Mr. Reuben? Es tut mir leid, Mr. Reuben, aber wenn er sich in die Hose macht, gibt das eine Riesensauerei. Er ist in einer Minute wieder da.«

»Ach verdammt, dann lauf schon los!«

Phoebe umschloss Carters Hand und drückte sie fest. »Mach schon, Carter. Tu, was man dir sagt.«

Carter wischte sich die Tränen aus den Augen, stand vom Sofa auf und schlurfte auf die Toilette.

»Mr. Reuben?«

Mama zischte ihr zu, sie solle still sein, aber Phoebe hörte nicht auf sie. Carter würde fliehen. Wenn Reuben ihn für ein paar Minuten vergessen würde, könnte er fliehen.

»Soll *ich* den Mann vielleicht bitten, den Strom wieder

anzustellen? Es ist so heiß. Wenn ich ihm sage, wie sehr wir hier leiden, vielleicht stellt er ihn ja dann wieder an?«

»Hast du das gehört, Dave?« Reuben lehnte sich in seinem Sessel zurück und grinste. Seine glasigen Augen waren ihm schon halb zugefallen. »Hier ist eine Göre, die gern mit dir sprechen will. Verdammt, was soll's. Komm her zu mir.«

Als Phoebe vor ihm stand, reichte ihr Reuben das Telefon. Und rammte ihr die Waffe in den Bauch. »Aber sag ihm zuerst, was ich gerade tue.«

Schweiß floss in Bächen ihren Rücken herunter. Warum *wirkten* die Tabletten nicht? Hatte sich Carter schon aus dem Fenster gewunden?

»Mister? Er hält die Waffe gegen meinen Bauch, und ich habe wahnsinnige Angst. Es ist so heiß hier drin. Nein, wir sind nicht verletzt, aber es ist so heiß hier drin, dass uns schon halb *schlecht* ist. Wenn wir wenigstens die Klimaanlage anmachen könnten. Bitte, Mister, seien Sie so nett, und stellen Sie den Strom wieder an! Und noch etwas, Sir.« Sie umklammerte heftig das Telefon, als Reuben danach griff. Als er nur die Achseln zuckte und sich zurücklehnte, wurde ihr fast schwindelig vor Erleichterung. »Können Sie ihm bitte das Geld und das Auto geben, nach dem er verlangt hat?«

Reuben streckte die Hand nach dem Telefon aus und gab ihr einen bösartigen kleinen Stups mit der Waffe, damit sie es ihm reichte. »Hörst du das, Dave? Dieses Mädchen hier will, dass der Strom wieder angestellt wird. Sie will, dass ich das Geld und den Caddy bekomme. Verdammt noch mal, nein, ich habe ihnen nichts zu essen gegeben, und das wird auch so bleiben, bis der Strom wieder da ist. Aber jetzt werde ich erst mal ene, mene, muh spielen und … Wo steckt der Junge überhaupt? Wo ist der kleine Hosenscheißer?«

»Mr. Reuben, er ist gleich da drüben …« Sie streckte den Arm aus, wie um auf ihn zu zeigen, und stieß dabei die Flasche mit dem Wild Turkey um. »Oh, das tut mir leid. Das tut mir leid. Ich werd das sofort aufwischen. Ich …«

Sie bückte sich, während ihr Gesicht vor Schmerz brannte, da er ihr eine saftige Ohrfeige verpasst hatte. »Dumme Kuh!« Er erhob sich schwankend. Phoebe sah direkt in den Lauf seiner Waffe.

Wie eine Rachegöttin sprang Essie von der Couch auf und warf sich auf seinen Rücken. Er bäumte sich auf, und sie biss zu. Ihre Nägel gruben sich wie Rasierklingen in sein Gesicht, während beide schrien und fluchten. Phoebe kroch zurück und entging nur knapp einer Kugel, als Reuben unter Essies Angriff in die Knie ging.

»Helfen Sie uns! Helfen Sie uns *jetzt*!«, schrie Phoebe, bis ihre Lunge brannte. Sie griff nach der Flasche und holte schon damit aus, aber Reuben fiel zu Boden, mitten aufs Gesicht. Weinend und schreiend schlug Essie nach wie vor mit beiden Fäusten auf ihn ein, selbst noch, als die Tür eingetreten wurde und bewaffnete Männer hereingerannt kamen.

»Erschießen Sie uns nicht. Erschießen Sie uns nicht.« Weinend kroch Phoebe zu ihrer Mutter.

Irgendwann kam ihr das alles wie ein schlechter Traum vor. In diesem Traum hörte sie das Echo von Stimmen, und grelles Licht schmerzte in ihren Augen. Kaum, dass sie eingeschlafen war, träumte sie wirklich. Aber es war so ein schlimmer Albtraum, dass sie sich zwang, wieder wach zu werden.

Mama musste sich das Gesicht röntgen lassen, um sicherzustellen, dass ihr Wangenknochen nicht gebrochen war, außerdem musste sie genäht werden. Phoebe saß in dem kleinen Krankenhauszimmer. Sie wollte sich nicht hinlegen, wollte nicht wieder einschlafen und diesen Traum träumen, in dem die Waffe losging und die Kugel sie wie ein lebendiges Wesen verfolgte und tötete.

Carter schlief zusammengekrümmt auf dem schmalen Bett. Er hatte die Fäuste geballt, und sein Körper zuckte.

Ärzte und Schwestern kamen und gingen und stellten Fragen, aber sie wollte nur ihre Ruhe haben.

Sie sehnte sich nach ihrer Mutter. Sie sehnte sich so sehr nach ihr, dass es mehr wehtat als Reubens Ohrfeige.

Als ein Mann mit einer großen Tüte von McDonald's hereinkam, verkrampfte sich ihr Magen angesichts des Dufts nach Hamburgern und Pommes vor lauter Hunger. Er lächelte sie an, warf einen Blick auf Carter und setzte sich dann zu Phoebe auf die Bettkante. »Ich dachte, du hast bestimmt Hunger. Vielleicht täusche ich mich ja auch, aber das Krankenhausessen würde ich an deiner Stelle lieber nicht anrühren. Ich heiße übrigens Dave.«

Sie wusste, dass sie ihn anstarrte, wusste, wie unhöflich das war. Aber sie hatte erwartet, dass Dave ein alter Mann war, auf jeden Fall älter. Er sah kaum älter aus als die Jungs von der High School, von denen Phoebe heimlich träumte. Er hatte hellbraunes, ziemlich gelocktes Haar und Augen, die noch eine Nuance heller waren. Er trug ein dunkelblaues Hemd mit offenem Kragen, und er roch ein kleines bisschen verschwitzt.

Er streckte die Hand aus, aber als Phoebe einschlug, schüttelte er ihre Hand nicht, sondern hielt sie einfach nur fest, wie auch sein Blick sie festhielt. »Ich freue mich wirklich sehr, dich kennenzulernen, Phoebe. Ehrlich.«

»Ich auch.«

Dann tat sie etwas, das sie in all den Stunden in dem heißen kleinen Haus nicht gekonnt hatte, und auch nicht in den Stunden, die sie am Bett ihres Bruders gewacht hatte.

Sie weinte.

Dave saß einfach nur da und hielt ihre Hand. Er sagte kein Wort. Irgendwann stand er auf, holte eine Schachtel mit Kleenex und stellte sie ihr auf den Schoß. Als ihre Tränen langsam versiegten, holte er die Burger und die Pommes aus der Tüte.

»Meine Mama …«, hob Phoebe an.

»Es geht ihr gut. Ich hab nach ihr gesehen und gefragt, ob ich kurz mit dir sprechen darf, bevor man dich und deinen Bruder zu ihr bringt oder eure Mutter hierherbringt. Ich glaube, sie kann etwas Schlaf gut gebrauchen.«

»Das glaube ich gern.«

»Ich weiß, dass du Angst hattest, aber du hast dich auch sehr klug verhalten. Du warst unglaublich tapfer.«

»Ich war nicht tapfer. Ich war wütend.« Sie nahm ihren Burger und biss hinein. Ihr Magen verkrampfte sich, dann entspannte er sich wieder. »Carter war tapfer, als er aus dem Fenster geklettert ist.«

»Er meinte, du hättest ihm das befohlen und ihm ansonsten mit einer saftigen Ohrfeige gedroht.«

Sie wurde ein wenig rot, weil es verboten war, den Bruder zu schlagen. Obwohl es ihrer Meinung nach schon genügend Gelegenheiten gegeben hatte, die eine Ausnahme von dieser Regel gerechtfertigt hätten.

»Kann schon sein.«

»Warum?«

»Reuben hätte ihm sonst wehgetan. Und zwar richtig, noch bevor er mir oder Mama was getan hätte. Er ist das Nesthäkchen, und Reuben weiß, dass ihn Mama mehr liebt als alles auf der Welt.«

»Du hattest ihm die Tabletten schon ins Essen getan, bevor du Carter befohlen hast, aus dem Fenster zu klettern.«

»Ich hätte mehr reintun sollen. Ich wusste nicht genau, wie viele es sein müssen. Warum haben Sie eigentlich den Strom nicht wieder angestellt? Er hat sich dermaßen darüber aufgeregt.«

»Weißt du noch, wie du versucht hast, ihn dazu zu bekommen, dass er dich aufs Klo lässt, bevor du ihm sein Essen machst? So ähnlich war auch meine Strategie. Man strebt einen Tauschhandel an. Ehrlich gesagt, wollte ich ihn gerade wieder anstellen, als Carter aus dem Fenster kletterte. Ich wollte Reuben – oder dich – weiter in ein Gespräch verwickeln, während wir Carter in Sicherheit bringen und uns über die veränderte Situation klar werden. Hast du die Flasche mit Absicht umgestoßen, um ihn abzulenken und dafür zu sorgen, dass er auf dich wütend ist statt auf Carter?«

»Ich hab damit gerechnet, dass er mich schlägt, aber ich ahnte nicht, dass er so ausflippt. Ich glaube, er hätte mich erschossen, wenn Mama nicht auf ihn draufgesprungen wäre.«

»Sie hat eine einstweilige Verfügung gegen ihn erwirkt.«

Phoebe nickte. »Sie hat ihm gesagt, dass sie sich nicht mehr mit ihm treffen will und dass er abhauen soll. Aber er ist immer wieder gekommen oder hat sie an ihrer Arbeitsstelle abgepasst. Er hat sie mit dem Auto verfolgt und wahrscheinlich noch ganz andere Sachen getan, aber mehr hat sie mir nicht gesagt. Eines Abends ist er sogar zu uns nach Hause gekommen, betrunken, und da hat sie die Polizei gerufen. Sie haben dafür gesorgt, dass er ging, aber mehr auch nicht.«

»Es tut mir leid, dass wir nicht mehr unternommen haben. Deine Mutter hat getan, was sie konnte, um sich und ihre Familie zu schützen.«

Phoebe starrte auf die zusammengeknüllte Papierserviette, die sie in der geballten Faust hielt. »Warum ist er nicht einfach gegangen, als sie ihm gesagt hat, dass sie ihn nicht mehr sehen will?«

»Das weiß ich auch nicht.«

Sie hatte eine andere Antwort erwartet. Die hier machte alles nur noch schlimmer, fand Phoebe, weil sie schon fast an eine Lüge grenzte. Sie hasste es, wenn die Erwachsenen sie anlogen, weil sie dachten, sie könne das nicht verstehen.

Phoebe aß ihre Pommes und schüttelte den Kopf. »Vielleicht wissen Sie es nicht genau, aber so ungefähr schon. Sie glauben nur, dass ich das noch nicht verstehen kann, weil ich erst zwölf bin. Aber ich verstehe so einiges.«

Er musterte sie erneut, so, als könne er in ihrem Gesicht lesen wie in einem Buch. »Na gut, den ungefähren Grund kenne ich schon, zumindest glaube ich, ihn zu kennen. Ich glaube, dass er bösartig ist, ein ganz gemeiner Kerl. Und dass er es nicht mag, wenn man ihm sagt, was er tun oder lassen soll, erst recht nicht, wenn das von einer Frau wie deiner Mutter kommt. Also hat er versucht, ihr Angst einzujagen und sie einzuschüchtern. Aber weil das nicht so funktionierte, wie er sich das vorgestellt hat, wurde er noch wütender. Ich glaube, er wollte ihr wehtun, ihr zeigen, wer hier der Boss ist. Und dann ist die Situation außer Kontrolle geraten.«

»Ich finde, er ist ein Arschloch.«

»Ja, das auch. Aber jetzt ist er ein Arschloch, das im Gefängnis sitzt, und zwar für eine ganze Weile.«

Sie dachte darüber nach, während sie die Cola trank, die er ihr gebracht hatte.

»Im Fernsehen wird der Bösewicht meist erschossen. Das Einsatzkommando erschießt ihn.«

»Mir ist es lieber, wenn niemand erschossen wird. So, wie du dich in dem Haus verhalten hast, hat es auch funktioniert, und zwar ohne dass jemand sterben musste. Der Tod ist keine Lösung, Phoebe. Ich weiß, dass du müde bist und deine Mutter sehen willst.« Er stand auf und zog eine Visitenkarte aus seiner Tasche. »Du kannst mich jederzeit anrufen. Wenn du noch mal über alles reden willst, Fragen hast oder Hilfe brauchst – ruf mich einfach an.«

Sie nahm die Karte und las: Detective David McVee. »Und für Carter gilt das auch? Und für Mama?«

»Aber natürlich. Für jeden von euch, Phoebe, und zwar jederzeit.«

»Okay, danke. Danke für den Hamburger und die Pommes.«

»Es war mir ein Vergnügen. Ehrlich.« Als er ihr diesmal die Hand gab, schüttelte er sie. »Pass gut auf dich und deine Familie auf.«

»Das werd ich auch.«

Nachdem er gegangen war, steckte Phoebe seine Karte in die Hosentasche. Sie rollte die Papiertüte zu, um das Essen, das Dave für Carter mitgebracht hatte, warm zu halten.

Sie ging zum Fenster und sah hinaus. Die Sonne war inzwischen aufgegangen. Sie wusste nicht, wann es gedämmert hatte oder wie lange es schon hell war. Aber sie wusste, dass die dunklen Stunden vorbei waren.

Als die Tür aufging und ihre Mutter vor ihr stand, warf sich Phoebe sofort in ihre weit ausgebreiteten Arme.

»Mama, Mama, Mama.«

»Mein liebes Mädchen. Meine Kleine.«

»Dein Gesicht. Mama …«

»Ist nicht so schlimm. Es geht mir gut.«

Wie konnte es ihrer Mutter gut gehen, wenn eine riesige genähte Wunde ihre Wange verunzierte und ihre zarte Haut entstellte? Wenn ihre sonst so strahlend blauen Augen trüb und verquollen dreinsahen?

Essie legte die Hand auf Phoebes Schulter. »Wir sind alle in Sicherheit. Und das ist die Hauptsache. Ach, Phoebe, es tut mir so leid.«

»Mama, es war nicht deine Schuld. Dave hat das auch gesagt.«

»Ich habe Reuben in unser Leben gelassen. Ich habe ihm Tür und Tor geöffnet. Zumindest daran bin ich schuld.« Sie ging zu Carter hinüber, beugte sich über ihn und schmiegte ihre Wange gegen die seine. »O mein Gott, wenn euch auch nur das Geringste passiert wäre – ich weiß nicht, was ich tun würde. Du hast ihn da rausgeholt«, murmelte sie. »Du hast Carter aus dem Haus gerettet. Von mir kann ich das nicht behaupten.«

»Nein, Mama …«

»Von nun an sehe ich dich mit ganz anderen Augen, Phoebe.« Essie richtete sich auf. »Wenn ich dich jetzt ansehe, sehe ich zwar immer noch mein kleines Mädchen, meine kleine Tochter, aber eben auch eine Heldin.«

»Du hast ihn zu Boden geworfen«, rief ihr Phoebe wieder in Erinnerung. »Ich finde, du bist auch eine Heldin.«

»Am Schluss vielleicht. Nun, ich wecke Carter nur ungern, aber ich will nicht länger in diesem Krankenhaus bleiben.«

»Dürfen wir jetzt wieder nach Hause?«

Essie strich Carter übers Haar und sah ihre Tochter erneut an. »Wir werden nie wieder dorthin zurückkehren. Ich möchte dieses Haus nie mehr betreten. Es tut mir leid. Aber ich würde mich dort nie wieder sicher fühlen.«

»Aber wo gehen wir dann hin?«

»Wir werden bei meiner Cousine Bess wohnen. Ich hab sie angerufen, und sie hat gesagt, dass wir kommen dürfen.«

»In das Riesenhaus?« Allein bei der Vorstellung riss Phoebe die Augen auf.

»Aber du und Bess, ihr redet doch kaum miteinander. Du magst sie doch nicht mal.«

»Heute Morgen ist sie für mich die liebste Person auf der Welt, von dir und Carter einmal abgesehen. Außerdem müssen wir ihr dankbar sein, Phoebe, dass sie uns aufnimmt, jetzt, wo wir es am dringendsten brauchen.«

»Sie hat uns auch nicht aufgenommen, als Daddy gestorben ist oder als …«

»Aber jetzt schon«, sagte Essie gereizt. »Und wir sind ihr dankbar dafür. Wir müssen einfach.«

»Für wie lange?«

»Wir müssen einfach«, wiederholte Essie.

Sie fuhren in einem Polizeiauto zu Bess, während Carter den kalten Hamburger mitsamt den Pommes hinunterschlang und die Cola hinterherschüttete. Sie fuhren um den Park mit dem Springbrunnen herum. Das große, alte Herrenhaus hatte eine Fassade aus rosa Ziegelsteinen und weiße Fensterläden. Es war umgeben von einer üppigen grünen Rasenfläche, gepflegten Blumenbeeten und großen, Schatten spendenden Bäumen. Das hier war eine völlig andere Welt als das winzige Häuschen, in dem Phoebe mehr als acht Jahre ihres Lebens verbracht hatte.

Sie bemerkte, wie übertrieben gerade sich ihre Mutter hielt, als sie die steinerne Treppe zur Haustür hochliefen, also tat sie es ihr gleich.

Mama klingelte. Die Frau, die aufmachte, war jung und wunderschön. Bei ihrem Anblick musste Phoebe sofort an einen Filmstar denken, wegen der langen blonden Haare und der zierlichen Figur.

Das Mitgefühl stand ihr ins Gesicht geschrieben, als sie die Hände nach Essie ausstreckte. »Mrs. MacNamara, ich bin Ava Vestry, Ms. MacNamaras persönliche Assistentin. Bitte kommen Sie herein, kommen Sie herein. Ihre Zimmer sind bereits gemacht. Sie müssen erschöpft sein. Ich bringe Sie gleich nach oben. Oder möchten Sie vielleicht erst noch etwas frühstücken oder eine Tasse Tee?«

»Du brauchst kein solches Getue um sie zu machen.«

Diese Worte kamen von Bess, die in einem krähenschwarzen Kleid und mit missbilligender Miene auf dem Treppenabsatz stand. Ihr Haar war grau und an den Schläfen merkwürdig nach außen gerollt.

Wie immer genügte ein Blick auf die Cousine ihres Vaters, und Phoebe musste an die böse Elvira Gulch aus *Der Zauberer von Oz* denken. *Böse alte Hexe.*

»Danke, dass du uns aufnimmst, Bess«, sagte Mama mit derselben ruhigen Stimme, die sie benutzt hatte, als ihr Reuben die Waffe an den Kopf hielt.

»Es wundert mich gar nicht, dass du dich in eine derartige Lage gebracht hast. Ihr drei wascht euch erst mal anständig, bevor ihr euch an meinen Tisch setzt oder in meine Betten legt.«

Erschöpft schloss Phoebe die Augen. Man hatte sie vielleicht nicht erschossen und umgebracht, aber ihr Leben schien auch so vorbei zu sein.

Essie pflegte Bess' Haus zwanzig Jahre lang. Sie schrubbte, polierte und arrangierte. Sie bediente diese anspruchsvolle alte Frau bis zu ihrem Tod.

In diesen zwanzig Jahren wurde das Haus zu Essies Welt – nicht nur zu ihrem Zuhause. Es war ihre gesamte Welt. Und alles, was außerhalb seiner Mauern lag, machte ihr Angst. Inzwischen war es fast zehn Jahre her, dass sich Essie über die Terrasse und den Garten hinausgewagt hatte.

Reubens Tod im Gefängnis hatte ihr diese Angst auch nicht nehmen können, dachte Phoebe, als sie aufstand, um ihre Waffe in den abschließbaren Tresor im obersten Regal ihres Schranks zu legen. Und das bittere Ende von Bess' verbittertem Leben hatte das Tor zur Freiheit auch nicht für sie aufstoßen können.

Wenn Bess das Richtige getan und ihrer Mutter das Haus vererbt hätte, anstatt Phoebe damit zu belasten – hätte das dann irgendwas geändert? Ginge es ihrer Mutter dann besser? Würde sie es dann wagen, das Haus zu verlassen, durch den Park zu spazieren und die Nachbarn zu besuchen?

Sie würde es nie erfahren.

Und was wäre mit ihr, wenn es diese Nacht nie gegeben hätte? Hätte sie Roy trotzdem geheiratet? Hätte sie Mittel und Wege gefunden, ihre Ehe zu retten und ihrer Tochter den Vater zu geben, den sie verdient hatte?

Auch das würde sie nie erfahren.

Sie hatte geweint, als sie das letzte Mal mit Roy gesprochen hatte, hauptsächlich aus Wut. Trauer und Enttäuschung lagen schon lange zurück; damals war Carly noch ein Baby gewesen. Ihr Leben war auch so schon kompliziert genug, sagte Phoebe sich und dachte an ihre Einladung zum Essen am Samstagend, während sie sich umzog. Sie warf einen Blick auf die rosa Lilien in der kobaltblauen Vase auf ihrer Kommode. Die Blumen waren schön. Aber Blumen verwelken und sterben irgendwann.

6

Nach einem gemütlichen Abend vor dem Fernseher trug Phoebe ihre schlafende Tochter ins Bett. So lange aufbleiben, wie man will, bedeutete heute gerade mal bis kurz nach Mitternacht.

Zwanzig Minuten später schlief Phoebe genauso tief und fest wie ihre Tochter – bis das Schrillen der Türklingel sie hochfahren ließ. Sie stieg aus dem Bett und sah kurz auf den Wecker – Viertel nach drei –, bevor sie nach ihrem Morgenmantel griff. Sie ging bereits die Treppe herunter, als Essie und Ava aus ihren Zimmern kamen.

»Hat da gerade jemand geklingelt?« Essie hielt sich den Morgenrock zu, ihre Fingerknöchel waren weiß. »Um diese Uhrzeit?«

»Bitte bleib du hier bei Carly, ja? Nur für den Fall, dass sie aufgewacht ist.«

»Mach die Tür nicht auf. Mach bloß die Tür …«

Phoebe wusste ganz genau, dass diese zwanzig Jahre alte Angst nur darauf wartete, wieder zum Vorschein zu kommen.

»Ich komme mit. Das sind wahrscheinlich nur ein paar angetrunkene Jugendliche, die sich einen Scherz erlauben«, sagte Ava, noch bevor Phoebe widersprechen konnte.

Es hatte keinen Sinn, aus einer Mücke einen Elefanten zu machen, also ließ Phoebe es zu, dass Ava mit ihr die Treppe hinunterging. »Sie wird die ganze Nacht kein Auge mehr zutun«, murmelte Phoebe.

Sie spähte durch das Milchglas der Haustür und konnte nichts erkennen. Sie sind bestimmt weggerannt, dachte sie, wahrscheinlich hysterisch kichernd, wie es Jugendliche nun mal tun, wenn sie eine ganze Familie wach klingeln.

Aber als sie sich auf die Zehenspitzen stellte, um die Veranda genauer unter die Lupe zu nehmen, wusste sie Bescheid.

»Geh wieder hoch, Ava, und sag Mama, dass alles in Ordnung ist. Ein dummer Streich, mehr nicht.«

»Was ist da?« Ava klammerte sich an Phoebes Arm. »Ist da wer?«

»Geh rauf zu Mama. Ich will nicht, dass sie Angst bekommt. Sag ihr, dass ich mir nur noch schnell ein Glas Wasser hole.«

»Was ist denn? Ich geh nach oben und hol Steves Baseballschläger. Mach bloß die Tür nicht auf, bis ich …«

»Ava, da ist niemand. Aber ich muss diese Tür aufmachen, und das kann ich nicht, bevor du nicht nach oben gegangen bist, um Mama zu beruhigen. Die ist bestimmt schon ganz außer sich, und das weißt du auch.«

»Verdammt!« Ihre Sorge um Essie gewann die Oberhand. »Aber ich bin gleich wieder da.«

Phoebe wartete, bis Ava die Treppe hochging, bevor sie Tür aufschloss. Sie suchte die Straße mit den Augen ab – sah nach rechts, nach links, geradeaus. Ihr Instinkt sagte ihr, dass derjenige, der geklingelt hatte, längst auf und davon war. Sie musste sich nur bücken und aufheben, was vor der Tür lag. Dann machte sie die Tür wieder zu und schloss ab, bevor sie das Ding in die Küche trug und dort auf den Tisch stellte.

Die Puppe hatte feuerrotes Haar, das bestimmt einmal lang gewesen war, aber irgendjemand hatte es brutal abgeschnitten. Wer immer das gewesen war, hatte sie auch ausgezogen, ihre Hände mit einer Wäscheleine gefesselt und ihr ein Stück Isolierband über den Mund geklebt. Die Puppe war mit roter Farbe beschmiert.

»Mein Gott, Phoebe!«

Phoebe hielt abwehrend eine Hand hoch. »Was ist mit Carly? Und Mama?«

»Carly schläft tief und fest. Ich habe Essie gesagt, dass sie sich keine Sorgen machen muss und dass du noch ein wenig unten bleibst, falls die Kinder zurückkommen. Damit du ihnen eine gehörige Lektion erteilen kannst.«

»Gut.«

»Was für ein schreckliches Ding!« Ava legte den Baseballschläger, den sie aus dem Schrank ihres Sohnes geholt hatte, daneben auf den Tisch.

»Ava, sei so gut und hol mir die Kamera aus meiner Schreibtischschublade. Ich möchte ein paar Fotos machen.«

»Solltest du nicht lieber die Polizei rufen?«

»Ava, du vergisst wieder mal, dass *ich* die Polizei bin.«

»Aber …«

»Ich werde es melden, aber ich will meine eigenen Fotos machen. Keine Sorge, wer immer das getan hat, wird heute Nacht nicht wiederkommen. Er hat seine Botschaft abgeliefert. Und erzähl bloß Mama nichts davon«, fügte Phoebe hinzu, während sie in der Werkzeugschublade nach einem Metermaß suchte. »Noch nicht.«

»Natürlich nicht. Phoebe, ich wünschte, du würdest Dave anrufen. Ich wünschte, du würdest sofort Dave anrufen und dieses *Ding*, das *du* sein sollst, wieder vor die Tür legen.«

»Warum sollte ich Dave um diese Unzeit wecken? Er kann jetzt auch nichts tun.« Phoebe strich Ava über den Arm und ging zurück zum Küchentisch. »Aber ich werd mit ihm reden, das versprech ich dir. Und jetzt hol mir bitte die Kamera, ja?«

Sie nahm Maß, machte Fotos, wickelte die Puppe zweifach in Plastik ein, legte sie in eine Einkaufstüte und verstaute sie im Flurschrank.

In ihrem Zimmer stellte Phoebe den Wecker auf sechs. Sie würde die Puppe mit aufs Revier mitnehmen, einen Bericht schreiben und wieder zu Hause sein, bevor irgendjemand hier etwas davon mitbekam. Sie würde Sykes bitten, einen Blick darauf zu werfen. Er war zuverlässig und intelligent. Wenn jemand die Spur der Puppe zurückverfolgen konnte, dann er.

Niemand, niemand würde ihre Familie in Angst und Schrecken versetzen.

Während sie schlaflos im Dunkeln dalag, wusste sie, dass sie den Wecker nicht brauchen würde. Sie fragte sich, wo wohl Arnie Meeks gegen Viertel nach drei gewesen war.

Es hatte ihn schon mit Befriedigung erfüllt zu sehen, wie in ihrem piekfeinen Haus plötzlich die Lichter angingen. Eines nach dem anderen. Er hatte genug gesehen, bevor er in den Park rannte, zwischen die Bäume, hinein in die Dunkelheit.

Aber was noch viel schöner gewesen war – eine Art Belohnung sozusagen –, war der Anblick, als sie die Tür aufgemacht und das kleine Geschenk hochgehoben hatte. Allein das war die Mühe wert gewesen, dass sie herausgekommen war, um sein Geschenk aufzuheben.

Aber das ist erst das Vorspiel, du Schlampe, dachte er, während er nach Hause fuhr. Nur eine kleine Provokation vorab.

Er war noch lange nicht fertig mit Phoebe MacNamara.

Sie hätte die Verabredung am liebsten abgesagt, aber dann hätte sie dem Vorfall von letzter Nacht noch mehr Bedeutung beigemessen. Außerdem hätte sie dann zig Fragen von ihrer Mutter, ja sogar von Carly beantworten müssen. Das hatte sie schon heute Morgen tun müssen, da sie länger gebraucht hatte als gedacht, um das Beweismaterial abzuliefern und den Bericht zu schreiben. Immerhin war sie so schlau gewesen, sich einen Jogginganzug anzuziehen. So hatte sie wenigstens die Ausrede – obwohl es natürlich eigentlich eine Lüge war –, im Park joggen gewesen zu sein.

Am Nachmittag hatte sie sich dann mit Carly die Füße platt gelaufen. Der Kampf um den Kauf des »süßesten Outfits überhaupt« hatte ihre Geduld auf eine harte Probe gestellt, sodass sie und ihre Tochter nicht gerade ein Herz und eine Seele waren, als sie nach Hause kamen. Carly verschwand sofort schmollend in ihrem Zimmer, während sich Phoebe mit einem breitkrempigen Sonnenhut auf eine der Gartenliegen fallen ließ.

Und jetzt würde sie sich auch noch zum Abendessen ausführen lassen müssen, dachte sie, während sie gedanklich ihren Kleiderschrank durchforstete. Schließlich entschied sie sich für ihr universales schwarzes Kleid. Wenn es für Hochzeiten, Beerdigungen und die ein oder andere Cocktailparty taugte, taugte es auch für eine Einladung zum Abendessen.

Phoebe öffnete selbst die Tür, als es klingelte.

»Hallo, Duncan.«

»Wow! Hallo, Phoebe.«

Sie trat einen Schritt zurück und hob fragend die Brauen, als sie das Gebinde aus rosa Rosen entdeckte, das er in der Hand hielt. »Du hast mir doch schon Blumen geschickt – sie sind wirklich herrlich.«

»Freut mich, dass sie dir gefallen haben. Die hier sind allerdings gar nicht für dich.« Er sah sich im Foyer um. »Schönes Haus.«

»Danke.«

»Phoebe, willst du den Mann nicht hereinbitten und mir vorstellen?« Essie betrat das Foyer und lächelte Duncan an. »Ich bin Essie MacNamara, Phoebes Mutter.«

»Ma'am.« Er nahm die Hand, die sie ihm reichte. »Das klingt jetzt abgedroschen, aber irgendwann muss ich es ja doch sagen: Jetzt weiß ich auch, von wem Phoebe ihr fantastisches Aussehen geerbt hat.«

»Danke, sehr erfreut. Bitte kommen Sie doch ins Wohnzimmer. Mein Sohn und seine Frau sind zwar nicht da, aber ich möchte Sie gern dem Rest der Familie vorstellen. Ava, das ist Phoebes Freund Duncan.«

»Freut mich, Sie kennenzulernen.«

»Phoebe hat gar nicht erwähnt, wie viele schöne Frauen es in Ihrer Familie gibt. Aber dich hat sie schon erwähnt.« Er lächelte Carly an. »Ich hab mich für Rosa entschieden.« Er hielt ihr den Blumenstrauß hin.

Essie schmolz bereits dahin. »Carly, das ist Mr. Swift. Und ich glaube, das sind die ersten Rosen, die du von einem Herrenbesuch bekommst.«

Aus dem schmollenden Kind wurde im Nu eine schüchterne junge Dame. »Sind die für mich?«

»Außer, du hasst Rosa.«

»Ich liebe Rosa.« Sie wurde beinahe genauso rot wie die Blütenknospen, die er ihr reichte. »Danke. Darf ich mir selbst eine Vase aussuchen, Gran? Darf ich?«

»Natürlich. Mr. Swift, darf ich Ihnen etwas zu trinken anbieten?«

»Duncan. Ich …«

»Wir sollten jetzt los«, schaltete Phoebe sich ein. »Das Getue hier ist ja kaum auszuhalten.« Sie griff nach dem Jackett über der Stuhllehne. »Es wird nicht spät.«

»Autsch«, sagte Duncan.

Ohne ihn zu beachten, beugte Phoebe sich vor und küsste Carly auf die Wange. »Benimm dich.«

»Viel Spaß, ihr zwei. Und, Duncan, bitte besuchen Sie uns bald mal wieder.«

»Danke. Das nächste Mal werd ich eine ganze Blumenwiese mitbringen müssen. Schön, Sie kennengelernt zu haben.«

Phoebe wusste ganz genau, dass die drei am Wohnzimmerfenster klebten, als Duncan ihr die Beifahrertür aufhielt. Sie warf ihm einen vielsagenden Blick zu und stieg ein.

»Versuchst du dir freie Bahn zu verschaffen, indem du meiner Tochter den Kopf verdrehst?«, fragte sie, als er sich hinters Steuer setzte.

»Aber natürlich. Jetzt, wo ich deine Mutter und Ava kenne, werd ich mich selbstverständlich auch um sie bemühen.«

»Jetzt muss ich mich wohl entscheiden, ob ich deine Ehrlichkeit zu schätzen weiß oder beleidigt bin.«

»Sag mir Bescheid, wenn du dich entschieden hast. Aber vorher würde ich gern wissen, ob du was gegen Boote hast.«

»Warum?«

»Weil ich dann umdisponieren müsste. Also?«

»Nein, ich habe nichts gegen Boote.«

»Gut.« Er holte ein Handy heraus und tippte eine Nummer ein. »Duncan hier. Wir sind unterwegs. Gut. Super. Danke.« Er klappte es wieder zu. »Deine Tochter ähnelt deiner Mutter. Und wie bist du mit Ava verwandt?«

»Wir sind nicht verwandt, aber sie gehört quasi zur Familie.«

Er nickte und schien sofort zu verstehen. »Und du hast einen älteren Bruder.«

»Einen jüngeren. Carter ist jünger als ich.«

»Verstehe. Leben er und seine Frau auch mit euch in dem großen Haus?«

»Nein, sie haben ihr eigenes Zuhause. Wie bist du nur auf die Idee gekommen, Carly Rosen zu schenken?«

»Ach … na ja, ich kenn mich nicht besonders gut aus mit siebenjährigen Mädchen, und ich dachte, dass es ihr bestimmt gefällt, welche zu bekommen. Wieso, hast du ein Problem damit?«

»Nein, nein, ich mache nur mal wieder alles ganz furchtbar kompliziert. Das war eine nette Geste, die ihr unvergesslich bleiben wird. Ein Mädchen vergisst nie, wann ihr ein Mann das erste Mal Blumen schenkt.«

»Aber ich muss sie doch hoffentlich nicht gleich heiraten oder so was?«

»Nicht in den nächsten zwanzig Jahren.«

Nachdem er eingeparkt hatte, vermutete Phoebe, dass sie in eines der Restaurants in der River Street gehen würden. Irgendwas mit Aussicht, dachte sie, vielleicht sogar was im Freien. Sie war froh, ihr Jackett dabeizuhaben.

Stattdessen führte er sie zum Pier. Sie gingen an ein paar Booten vorbei und erreichten ein elegantes, strahlend weißes Segelboot. An Deck stand ein Tisch mit einem weißen Tischtuch. Teelichter funkelten in seiner Mitte.

»Das muss dein Boot sein.«

»Wenn du Boote gehasst hättest, wären wir einfach eine Pizza essen gegangen. Aber dann wäre unsere Beziehung wahrscheinlich mit dem letzten Bissen Peperoni zu Ende gewesen.«

»Da kann ich aber froh sein, dass ich Boote mag. Ich hatte nämlich gestern schon Pizza.«

Sie ließ sich von ihm an Bord helfen und gewöhnte sich an den schwankenden Boden unter ihren Füßen. Für eine erste Verabredung – auch wenn es streng genommen bereits die zweite war – besaß diese hier durchaus Potenzial.

»Segelst du viel?«

»Ich lebe da drüben auf Whitfield Island.«

»Ah.« Das beantwortete ihre Frage. Sie ging zur Reling und sah über den Fluss. »Hast du schon immer auf Whitfield gewohnt?«

»Nein. Und eigentlich hatte ich das auch gar nie vor.« Er nahm eine Flasche Champagner aus dem Weinkühler und begann sie zu entkorken. »Es hat sich gewissermaßen so ergeben, und mir gefällt es dort.«

»So wie mit dem Lottogewinn.«

»Mehr oder weniger.«

Sie drehte sich um, als der Korken knallte.

»Dieser Teil wäre also der Angeberteil«, sagte er. »Das

Boot, der Champagner, ein raffiniertes Abendessen, das übrigens unter dem Tisch warm gehalten wird. Andererseits fand ich es einfach schön, draußen auf dem Wasser zu essen, nur wir beide.«

Sie lehnte sich gegen die Reling, genoss die frische Brise und den leichten Seegang. »Ich warne dich, ich bin ziemlich kompliziert.«

»Du bist eine alleinerziehende Mutter, du hast einen anstrengenden Beruf.«

»Ja.« Sie nahm den Champagner. »Aber das ist noch nicht alles.«

»Und zwar?«

»Das ist eine lange Geschichte.«

»Das sagtest du bereits. Ich habe Zeit.«

»Na gut, sagen wir mal so: Ich habe meinen Exmann geliebt, als ich ihn geheiratet habe.«

Er lehnte sich ebenfalls gegen die Reling. »Das ist doch kein schlechter Plan.«

»Das dachte ich auch. Ich liebte ihn sehr, auch wenn ich von Anfang wusste, dass die Karten ungleich verteilt waren.«

»Das versteh ich nicht.«

»Er liebte mich nicht besonders. Er konnte einfach nicht. Er ist einfach nicht dafür gemacht.«

»Das klingt wie eine faule Ausrede.«

»Nein, nein. Das würde es wesentlich einfacher machen. Er hat mich nie schlecht behandelt und war mir, soweit ich weiß, auch nie untreu. Aber er konnte sich nicht wirklich auf die Ehe einlassen. Ich dachte, ich könnte das ändern, ich käme damit zurecht. Dann wurde ich schwanger. Er war nicht böse deswegen oder sauer. Aber als Carly auf der Welt war … gab es nichts mehr, nichts mehr, was uns verband, keinerlei Neugier aufeinander. Er, beziehungsweise wir, haben das ein Jahr so durchgehalten. Dann hat er mir gesagt, dass er nicht mehr kann. Es täte ihm leid, aber das sei einfach nicht das, was er wolle. Er entschied sich, zu reisen. Roy funktioniert so. Er ist unglaublich spontan, es muss immer etwas Neues her.«

Duncan strich ihr wieder eine Strähne hinters Ohr, mit dieser selbstverständlichen Geste. »Sieht ihn Carly manchmal?«

»Nein. Eigentlich nicht. Eigentlich kommt sie besser mit der Situation klar als ich. Aber das ist nur ein Grund, warum ich so kompliziert bin.«

»Gut. Nenn mir noch einen.«

»Meine Mutter leidet an Agoraphobie. Sie hat das Haus seit zehn Jahren nicht mehr verlassen. Sie kann einfach nicht.«

»Sie hat auf mich gar nicht den Eindruck gemacht, als …«

»Als sei sie verrückt?«, unterbrach ihn Phoebe. »Das ist sie auch nicht.«

»Das wollte ich gar nicht sagen, sondern nervös. Angesichts eines Fremden wie mir.«

»Das ist was anderes. In ihrem Haus geht es ihr gut, dort fühlt sie sich sicher.«

»Das muss hart für sie sein.« Er strich mit dem Handrücken über Phoebes Arm. »Und für dich auch.«

»Wir kommen damit ganz gut klar. Sie hat lange dagegen angekämpft, etwa genauso lange, wie sie jetzt nicht mehr dagegen ankämpft. Sie hat sich mir und meinem Bruder zuliebe zusammengerissen. Und jetzt kümmern sich Carter, ich und Ava und Carly um sie.«

»Das ist wirklich eine ziemliche Belastung.« Er drehte

sich zu ihr und ließ seine freie Hand neben ihrem Ellbogen auf der Reling ruhen.

»Aber ich verstehe nicht, warum wir deshalb keine Zukunft haben sollten.«

In dem Moment hatte sie sich genau dieselbe Frage gestellt. »Meine Familie und meine Arbeit benötigen fast meine ganze Kraft und Energie.«

»Du scheinst irrtümlicherweise zu glauben, dass ich sehr pflegeintensiv bin.« Er nahm ihr Glas und ging zurück zur Flasche. Er schenkte erst ihr und dann sich nach. Als er zurückkam, beugte er sich vor und presste seinen Mund auf ihre Lippen. »Ich bin verknallt in dich.«

»Sich verknallen ist einfach.«

»Mit irgendwas muss man ja anfangen. Warum nicht mit einem sexy Rotschopf, einem wunderschönen Abend und prickelndem Champagner? Hast du Hunger?«

»Mehr, als mir lieb ist.«

Er lächelte. »Setz dich doch. In der Kühlbox müsste etwas kalter Hummer sein. Ich hol ihn dir. Und während wir essen, kannst du mir die ein oder andere lange Geschichte erzählen.«

Sie hatte nicht vor, ihm noch mehr von ihrem Leben und ihrer Familie zu erzählen. Bleib so unverbindlich wie möglich, dachte sie. Bloß nicht in die Tiefe gehen. Aber er schaffte es und irgendwann zwischen dem Hummersalat und dem Rindsmedaillon begann sie zu erzählen.

»Ich frage mich, wie ein Mädchen aus Savannah dazu kommt, zum FBI zu gehen, dort unter anderem lernt, wie man Selbstmörder überredet, wieder von Dachvorsprüngen herunterzuklettern, und dann als Polizistin zu arbeiten. Hast du schon mit deinen Barbies Polizei gespielt?«

»Ich konnte noch nie sehr viel mit Barbies anfangen. Die vielen blonden Haare und dann diese Riesenbrüste.«

»Genau deshalb habe ich sie geliebt.«

»Nein, im Ernst: durch Dave McVee.«

»Aha.« Er schenkte ihnen nach und bewunderte, wie das Licht auf ihrem Porzellanteint spielte und diese intelligenten Katzenaugen zum Funkeln brachte. »Ein High-School-Schwarm? Deine erste Liebe?«

»Weder noch. Ein Held, der erste und der letzte. Er hat uns gerettet.«

Als sie daraufhin schwieg, schüttelte Duncan den Kopf. »Du weißt ganz genau, dass du das nicht einfach so im Raum stehen lassen kannst.«

»Nein, wahrscheinlich nicht. Mein Vater wurde ermordet, als meine Mutter mit Carter schwanger war. Mit meinem kleinen Bruder.«

»Das ist hart.« Er legte seine Hand auf die ihre. »Wahnsinnig hart. Wie alt warst du damals?«

»Vier, beinahe fünf. Ich kann mich noch ein bisschen an ihn erinnern. Aber noch besser erinnere ich mich daran, dass damals irgendwas in Mama kaputtging, das lang nicht mehr heilte und nie mehr ganz verheilen sollte. Da ich eine geschulte Beobachterin mit Psychologiestudium bin, weiß ich, dass sein Tod die Agoraphobie sicherlich mit ausgelöst hat. Aber sie musste raus und arbeiten gehen, um uns durchzubringen. Sie hatte keine andere Wahl. Trotzdem lebte sie jahrelang vollkommen zurückgezogen.«

»Sie hatte eine Wahl«, widersprach ihr Duncan. »Aber sie hat sich dafür entschieden, zu tun, was getan werden musste, um ihre Familie zu versorgen.«

»Ja, da hast du auch wieder recht. Und sie hat uns versorgt. Dann hat sie diesen Mann kennengelernt, Reuben.

Er kam vorbei und machte Reparaturen für sie, Kleinigkeiten im Haushalt. Obwohl ich erst zwölf war, merkte ich sofort, dass da was zwischen ihnen lief. Es war komisch, aber mein Vater war schließlich schon lange tot, und es war lustig mitanzusehen, wie sie plötzlich errötete und albern und übermütig wurde.«

»Du wolltest, dass sie glücklich ist.«

»O ja. Er war nett zu uns. Am Anfang war Reuben unglaublich nett zu uns. Er spielte mit Carter Fangen im Garten, brachte uns Süßigkeiten mit, lud Mama ins Kino ein und solche Sachen.«

»Aber deinem Tonfall nach zu urteilen, dauerte das nicht lange«, sagte Duncan, als sie ihn ansah.

»Nein, das dauerte nicht lange. Sie haben zusammen geschlafen. Keine Ahnung, woher ich das wusste. Aber sie schaffte es, sich nach all den Jahren so weit zu öffnen, dass es dazu kam.«

»Und danach wurde alles anders?«

»Ja. Er wurde besitzergreifend, rechthaberisch. Er quälte uns, jeden von uns, tat aber so, als sei das alles nur ein Spiel. Vor allem auf Carter hatte er es abgesehen. Der Junge weiß ja nicht mal, was ein Hintern ist, haha. Wer seine Nase ständig in Bücher steckt, wird nie ein richtiger Mann und so weiter. Er fing an, jeden Abend zu uns zu kommen, und erwartete, dass Mama ihn mit einem warmen Abendessen empfing. Dann scheuchte er uns weg, damit er sie begrapschen konnte. Und wenn sie nicht wollte, wurde er wütend. Er begann, zu viel zu trinken. Ich glaube, er hat schon immer getrunken, aber jetzt trank er noch mehr als vorher. Aber das ist wirklich kein besonders schönes Gesprächsthema für so ein Abendessen.«

»Ich möchte es trotzdem hören. Mein Vater hat mehr

getrunken, als gut für ihn war – ich weiß also, wie so was ist. Erzähl weiter.«

»Na gut. Eines Tages schaute er vorbei, als Mama noch arbeiten war. Ich war mit Carter allein zu Hause. Er hatte getrunken und machte sich noch ein Bier auf, und anschließend noch eines, das er Carter aufdrängte. Er sagte ihm, es sei an der Zeit, dass er lerne, zu trinken wie ein Mann. Carter wollte das Bier nicht. Er war gerade mal sieben. Carter sagte, er solle abhauen und ihn in Ruhe lassen. Da hat ihm Reuben mitten ins Gesicht geschlagen, einfach so. In dem Moment bin ich ausgeflippt, das kannst du mir glauben.«

Die alte Wut stieg wieder in ihr hoch. »Ich hab gesagt, er soll zusehen, dass er verschwindet, und dass er die Finger von meinem Bruder lassen soll. Na ja, daraufhin hat er mir auch eine geknallt. In dem Moment kam Mama. Ich weiß nur, dass ich sie bis dahin immer geliebt habe, Duncan. Sie hat so hart gearbeitet, sie hat getan, was sie konnte. Aber dass sie Rückgrat hat, habe ich ihr nie zugetraut. Nicht, bis sie reinkam und sah, wie ich und Carter auf dem Boden liegen und dieses Arschloch seinen Gürtel aus der Hose zieht.«

Sie schwieg und nippte an ihrem Wein. »Er hatte vor, uns damit zu verprügeln, er wollte uns eine Lektion erteilen. Mama ist auf ihn losgegangen wie eine Furie. Aber er war natürlich zweimal so groß wie sie und außerdem betrunken. Er hat sie quer durchs Zimmer geprügelt. Sie hat ihn angeschrien, er solle abhauen und ihre Kinder in Ruhe lassen. Ich hab Carter gesagt, dass er zu den Nachbarn laufen und die Polizei rufen soll. Als ich mir sicher war, dass er weit genug weg ist, begann auch ich zu schreien und sagte, die Polizei sei schon unterwegs. Reuben hat mich und Mama mit mir bis dahin unbekannten Schimpfwörtern belegt, aber er verschwand.«

»Du hast einen kühlen Kopf behalten.«

Jetzt nahm er ihre Hand, die auf dem Tisch lag, und drückte sie fest. »Du hast sehr klug reagiert.«

»Ich hatte Angst. Ich wollte, dass die Polizei kommt, weil ich dachte, dass uns die Polizei hilft. Sie ist auch gekommen und hat mit meiner Mutter gesprochen. Ich möchte nicht behaupten, dass sie ihr abgeraten haben, Anzeige zu erstatten, aber dazu ermutigt haben sie sie auch nicht gerade. Sie haben sich seinen Namen notiert und versprochen, sie würden mit ihm reden. Das haben sie bestimmt auch. Was genau passiert ist, weiß ich nicht, aber einen Teil davon schon. Ich weiß, dass er ihr vor der Arbeit aufgelauert und sich entschuldigt hat. Ich weiß, dass er mit Blumen bei uns vorbeikam, aber sie hat ihn nicht reingelassen. Ich habe gesehen, wie er draußen in seinem Auto saß und das Haus beobachtete. Und einmal habe ich miterlebt, wie er sie gepackt hat, als sie aus dem Haus ging und versucht hat, sie in seinen Wagen zu zerren. Da hab ich ein zweites Mal die Polizei gerufen, und einige der Nachbarn kamen raus, also ist er wieder abgehauen. Danach hat Mama eine einstweilige Verfügung gegen ihn erwirkt. Dazu hatte man ihr geraten.«

»Sie haben ihn nicht verhaftet.«

»Vielleicht haben sie ihn ein paar Stunden festgehalten und ein ernstes Wörtchen mit ihm geredet. Also hat er sich ein paar Abende später volllaufen lassen, hat seine Waffe genommen und ist bei uns eingebrochen. Er hat Mama so brutal geschlagen, dass sie hier immer noch eine kleine Narbe hat.« Phoebe fuhr mit den Fingern über ihre Wange. »Er hat ihr die Waffe an den Kopf gehalten und mir und Carter befohlen, alle Türen und Fenster zu schließen und die Vorhänge zuzuziehen. Wir würden uns jetzt mal zusammensetzen und richtig reden. Er hatte uns fast zwölf Stunden in seiner Gewalt. Nach ein paar Stunden kam die Polizei. Reuben hatte zum Spaß ein paar Löcher in die Wand geschossen, und da haben die Nachbarn die Polizei gerufen. Er hat geschrien, dass er uns alle umbringt, wenn sie es wagen reinzukommen. Zuallererst uns, die Kinder. Bald darauf hat die Polizei den Strom abgestellt. Es war August und unglaublich heiß. Dann hat ihn Dave ans Telefon geholt und ihn in ein Gespräch verwickelt.«

»Er hat ihn überredet, euch freizulassen?«

»Er hat ihn in ein Gespräch verwickelt. Das ist die Regel Nummer eins. Solange Reuben mit Dave redete, erschoss er uns nicht. Aber das hätte er, da bin ich mir sicher. Carter und mich. Er hat uns damit das Leben gerettet. Aber nach einer Weile geriet Reuben wieder in Rage. Er wollte Carter etwas antun, das spürte ich. Also habe ich ihn abgelenkt, so wie Dave mit dem Gespräch übers Angeln. Irgendwie schaffte ich es ins Bad, machte das Fenster auf und befahl Carter, hinauszuklettern, sobald er die Chance dazu hatte.«

»Du hast deinen Bruder da rausgeholt«, murmelte Duncan.

Sie erzählte ihm, wie sie das Essen mit den Schlaftabletten präpariert hatte. Und wie sie im Krankenhaus gewartet und sich mit Dave unterhalten hatte, während man ihrer Mutter das Gesicht nähte.

»Er hat meiner Familie das Leben gerettet.«

»Und du hast sie da rausgeholt. Als Zwölfjährige.«

»Wenn Dave nicht gewesen wäre, hätte ich keine Familie mehr gehabt, die ich hätte retten können. Danach sind wir in das Haus von meines Vaters Cousine gezogen, das Haus in der Jones Street. Dave hat Kontakt zu uns gehalten. Aber das ist wieder eine andere Geschichte. Dave hat mir auch von den Verhandlungstechniken bei Geiselnahmen und in Krisensituationen erzählt. Er meinte, ich hätte Talent dafür, außerdem wüsste ich, wie es sich anfühlt, eine Geisel zu sein. Es klang aufregend. Also habe ich mich ausbilden lassen und stellte fest, dass er recht hatte. Ich habe ein Talent dafür.«

Sie hob das Glas und prostete ihm zu. »Das ist zwar kein Lottogewinn, hat mich aber dahin gebracht, wo ich heute bin.«

»Und was ist mit Reuben passiert?«

»Er ist im Gefängnis gestorben. Er hat jemanden dermaßen provoziert, dass der mit einem selbst gebastelten Messer mehrfach auf ihn eingestochen hat. Als moralischer Mensch und als Gesetzeshüterin kann ich das eigentlich nicht gutheißen. Aber ich bin losgezogen und habe eine Flasche Champagner gekauft. Das entspricht nicht gerade meinem Berufsethos, aber es war auch nur eine sehr kleine Flasche. Ich habe jeden einzelnen Tropfen genossen.«

»Das freut mich zu hören.« Er drückte erneut ihre Hand. »Du hattest ein interessantes Leben, Phoebe.«

»Interessant?«

»Na ja, über zu viel Routine kannst du dich wohl kaum beklagen.«

Sie lachte. »Nein, das wohl kaum.«

»Jetzt weiß ich auch, warum du so willensstark gewirkt hast, als du in die Wohnung von Selbstmörder-Joe gekommen bist. Außerdem hast du unglaublich sexy Augen.«

Sie richtete sie auf ihn, während sie an ihrem Champagner nippte. »Wenn du jetzt glaubst, dass ich mit dir in deiner Kajüte verschwinde und wilden Sex mit dir habe, nur weil ich dir mein Leben erzählt und ein paar Gläser von diesem köstlichen Champagner getrunken habe, täuschst du dich.«

»Können wir das nicht noch verhandeln? Vielleicht gibt es ja eine andere Form von Sex, die für dich infrage kommt?«

»Ich glaube nicht, aber danke für das Angebot.«

»Wie wär's mit einem Spaziergang am Fluss, wo ich dich im Mondlicht küssen kann?«

»Fangen wir lieber erst mal mit dem Spaziergang an.«

Er stand auf und nahm ihre Hand. Als sie sich erhob, legte er einfach seine Hände in ihren Nacken, zog sie an sich und küsste sie.

Warme Lippen und die kühle Abendluft, ein muskulöser Körper und diese zarte Geste. Sie gab nach, überließ sich ganz dem Augenblick. Sie verschränkte ihre Finger mit den seinen und drückte sie ganz fest, als sie sich vorbeugte, um noch mehr davon zu bekommen.

Er spürte die Muskeln unter ihrer zarten Haut. Genau das hatte ihn von Anfang an fasziniert. Diese Kontraste, diese Komplexität. Sie war alles andere als durchschnittlich und gewöhnlich. Sie küssten sich lang und ausgiebig, und er hoffte, dass der Funke doch noch übersprang, während das Boot sanft unter ihnen schwankte und die Abendbrise über das Wasser strich.

Sie legte eine Hand auf seine Brust und ließ sie eine Weile dort ruhen, während sein Herz unter ihrer Hand pochte. Dann schob sie ihn von sich weg.

»Hier hat noch jemand Talent, wie ich sehe«, bemerkte sie.

»Ich trainiere auch eifrig, seit meinem zwölften Lebensjahr.« Er führte die Hand von seiner Brust an seine Lippen und streifte damit ihre Fingerknöchel. »Ich habe mir so manche Variante beigebracht, die ich dir gern demonstriere, wenn du willst.«

»Ich glaube, das genügt für den Anfang. Wir haben von einem Spaziergang gesprochen.«

Er griff nach den Pommes in seiner Papiertüte, während er sie beobachtete, beide beobachtete. Und dachte, wie schnell und einfach es doch wäre, ihr Gesicht mit dem Zielfernrohr ins Visier zu nehmen.

Peng!

Aber das wäre dann doch zu schnell und auch zu einfach.

Schon bald würde sie nichts mehr zu lachen haben.

7

Als Phoebe am Montagmorgen wieder an ihrem Schreibtisch saß, erledigte sie Bürokram, machte mehrere Rückrufe und fand dann noch Zeit, den bevorstehenden Unterricht vorzubereiten.

Auch wenn es vielleicht so aussah, als trampelte sie auf Arnie Meeks herum, der ohnehin schon am Boden lag – beziehungsweise suspendiert war –, wollte sie die Richtlinien, die korrekte Vorgehensweise und die Psychologie, die der erste Beamte am Einsatzort befolgen sollte, genau erklären. Sie wollte die richtigen Weichen stellen. Im Fall Gradey hatte leider Arnie die Weichen gestellt. Was genau passiert war und warum, war eine Unterrichtsstunde wert und würde hoffentlich deutlich machen, wozu es Richtlinien gibt. Sie fügte den Trainingsunterlagen die Kopie ihres eigenen Berichts hinzu sowie die Protokolle, Mitschnitte und Abschriften anderer Fälle.

Als Phoebe sich gerade erhob, kam Dave in ihr Büro. »Captain.«

»Ich muss mit dir sprechen.«

»Klar, ich habe noch etwas Zeit, bevor mein Unterricht beginnt. Möchtest du einen Kaffee?«

»Nein, danke.« Als er die Tür hinter sich schloss, verkrampften sich die Muskeln zwischen ihren Schulterblättern.

»Gibt es ein Problem?«

»Eventuell schon. Ich habe einen Anruf von Sergeant Meeks, dem Vater von Arnold Meeks, bekommen. Er will eine Beschwerde gegen dich einreichen.«

»Weswegen?«

»Wegen der ungerechtfertigten Suspendierung seines Sohnes. Er überlegt sogar, einen Prozess anzustrengen, wegen übler Nachrede und Rufmord. Er möchte sich mit dir, mir und dem Beauftragten seines Sohnes zusammensetzen.«

»Dafür stehe ich jederzeit gern zur Verfügung. Ich habe Arnie schon bei der Suspendierung gesagt, dass er einen Polizeibeauftragten hinzuziehen kann. Und das steht auch alles im Protokoll«, fügte sie hinzu.

»Du bleibst also dabei, dass er für 30 Tage vom Dienst suspendiert ist?«

»Allerdings. Er hat sämtliche Richtlinien missachtet. Er hat Gradey, einen Geiselnehmer, in den Selbstmord getrieben, und er kann von Glück sagen, dass Gradey die Geiseln nicht umgebracht hat. Am besten, du liest dir einmal den Bericht durch, Captain, einschließlich der zivilen und polizeilichen Zeugenaussagen.«

»Das habe ich bereits.« Dave kratzte sich missmutig im Nacken. »Selbst wenn er es darauf angelegt hätte – er hätte sich gar nicht übler verhalten können.«

»Ich bin mir gar nicht mal sicher, dass er es nicht darauf angelegt hat. Er ist ein Angeber, er ist rassistisch, sexistisch und dumm. Er sollte kein Polizist sein.«

»Phoebe, mit dieser voreingenommenen Haltung wirst du nicht sehr weit kommen.«

»Das hat überhaupt nichts mit persönlicher Voreingenommenheit zu tun, das ist eine Tatsache. Und ich bin mir ziemlich sicher, dass mir das psychologische Gutachten recht geben wird. Dave, er hat mir diese verstümmelte Puppe vor die Haustür gelegt.«

Dave steckte die Hände in die Taschen und ballte sie zu Fäusten. »Ich möchte dir da nicht widersprechen, aber Dritten gegenüber solltest du mit solchen Anschuldigungen äußerst vorsichtig sein. Du brauchst mehr Beweise, um …«

»Er hat mich offen eine Schlampe genannt, von den vielen Malen, wo er es hinter meinem Rücken getan hat, mal abgesehen. Er stand ungefähr da, wo du jetzt stehst, und hat mir gedroht. Er hat keinerlei Respekt vor meiner Autorität, ja nichts als Verachtung für mich.«

»Glaubst du etwa, ich würde ihn nicht auch liebend gerne loswerden?«, gab Dave zurück. Zum ersten Mal ließ er sich etwas von seiner Wut und seinem Frust anmerken. »Aus diesem Team, aus diesem Department? Aber ich habe keinen Anlass, ihn zu feuern, noch nicht. Und, Phoebe: Wenn du hinter diesem Schreibtisch sitzt, musst du dir selbst Respekt verschaffen.«

»Das habe ich auch«, sagte sie mit ruhiger Stimme. »In den 30 Tagen, die er suspendiert ist, dürfte er genug Zeit haben, um darüber nachzudenken. Captain, er stand in diesem Büro und hat mir vorgeworfen, dass ich nur hier sitze, weil ich sexuelle Handlungen mit dir begangen habe.«

Dave starrte sie sprachlos an. »Dieses Arschloch. Was für ein Arschloch.« Er atmete scharf ein. »Gab es irgendwelche Zeugen?«

»Nein. Ich hatte das Aufnahmegerät abgestellt, bevor er das gesagt hat. Aber er hat es gesagt. Und zwar deutlich. Was darauf schließen lässt, dass er dich genauso verachtet wie mich. Hinzu kommt, dass er meiner Meinung nach kurz davor stand, mich körperlich anzugreifen. Detective Sykes ging dazwischen. Ich sage das nur ungern und möchte diesen Mist auch nur ungern weitererzählen, aber ich bin nun mal fest davon überzeugt, dass Arnold Meeks gefährlich ist. Frag Sykes.«

»Das werde ich auch. Ich werde dieses Treffen für heute Nachmittag anberaumen. Bereite dich bitte dementsprechend vor.«

»Ja, Sir.«

»Möchtest du eine Anzeige wegen sexueller Belästigung erstatten?«

»Nein, noch nicht. Ich bleibe bei Gehorsamsverweigerung.«

Er nickte und wandte sich zur Tür. »Vielleicht solltest du deinen eigenen Polizeibeauftragten anrufen.« Er drehte sich noch mal um. »Die Familie Meeks hat einigen Einfluss hier und viele Beziehungen. Pass auf dich auf, Phoebe, denn selbst wenn wir es schaffen, diesem Arschloch einen Dämpfer zu verpassen, kann er immer noch großen Schaden anrichten.«

»Ich seh mich vor. Dave? Tut mir leid, dass ich dich da auf so einer persönlichen Ebene mit reinziehen muss.«

»Du warst das nicht«, sagte Dave kurz angebunden. »Er war das.«

Da kam so einiges auf sie zu, dachte sie, als sie allein war. Nun, sie war Ärger gewohnt. Sie würde sich gut auf das Treffen vorbereiten.

Durch die gläserne Trennwand ihres Büros sah sie, wie Dave Sykes bat, für eine private Unterredung mit in den Pausenraum zu kommen. Der Beschützerinstinkt ihres Captains war geweckt, und es tat ihr leid, unendlich leid, dass sie ihn hatte wachrufen müssen. Aber es kam einfach nicht infrage, dass Meeks Leben in Gefahr brachte, sie bedrohte, ihre Familie in Angst und Schrecken versetzte und sich dann mithilfe von viel Vitamin B aus der Affäre zog. Es war ihr egal, wer sein Vater war.

Aber jetzt, ermahnte sie sich, musste sie sich dringend auf andere Dinge konzentrieren und nach unten gehen. Vorher schaute sie noch kurz bei der Sekretärin vorbei. »Ich bin die nächsten anderthalb Stunden im Konferenzraum.«

»Ah, verstehe. Äh, Lieutenant?« Annie Utz, die Teamassistentin, schenkte Phoebe ein kurzes, nervöses Lächeln. »Es könnte sein, dass ich, äh, mir gegen Ende der Woche einen Tag freinehmen muss, um ein paar private Angelegenheiten zu regeln.«

»Einverstanden. Wenn Sie mir rechtzeitig Bescheid geben, habe ich nichts dagegen. Dann organisieren wir eine Vertretung.«

»Ähm, Lieutenant?« Das Lächeln wurde breiter. »Ich bin ja noch nicht sehr lange hier, aber die Arbeit gefällt mir. Ich hoffe, Sie sind mit mir zufrieden.«

»Sie machen Ihre Arbeit gut.« Es könnte zwar nicht schaden, ein bisschen weniger Make-up aufzutragen und die nächste Bluse eine Nummer größer zu kaufen, dachte Phoebe, aber an ihrer Arbeit hatte sie nichts auszusetzen.

Phoebe beeilte sich wegzukommen, bevor Annie sie noch weiter aufhalten konnte. Während sie in Gedanken noch mal die Einleitung durchging, drückte sie die Tür zum Treppenhaus auf und eilte die Stufen hinunter.

Ihr Auto *musste* heute einfach fertig werden, dachte sie. Unbedingt. Sie würde in der Mittagspause die Werkstatt anrufen und …

Sie hatte keine Zeit mehr, zu reagieren, geschweige denn, nach ihrer Waffe zu greifen, als sie gegen die Treppenhauswand gedrückt wurde. Schmerz und eine überwältigende Angst erfüllten sie, als ihr Kopf mit voller Wucht gegen den Beton knallte. Plötzlich wurde ihr schwarz vor Augen.

Doch es dauerte nur wenige Sekunden, bis alles in ihr schrie: *Wehr dich*! Die Wucht des Schlags ließ sie in die Knie gehen, jemand verschloss ihr mit Isolierband den Mund und drehte ihr die Arme auf den Rücken.

Sie versuchte sich loszureißen. Der Schlag hatte sie schwindelig gemacht, und als sie zutrat, verfehlte sie ihr Ziel. Dann sah sie nichts mehr, weil ihr eine Kapuze übergestreift wurde. Ihr Schrei wurde von dem Isolierband erstickt, und sie wurde brutal vorwärtsgestoßen. Als sie die Treppe hinabstürzte, machten die Angst und der Schmerz sie beinahe wahnsinnig. Sie schmeckte Blut, und über ihren laut keuchenden Atem hinweg konnte sie ihren Angreifer lachen hören. Sie betete um ein Wunder, trat um sich, schlug wild um sich, als seine Hände sich um ihre Kehle schlossen.

So nicht, sie konnte unmöglich so sterben. Ohne ihrem Mörder ins Gesicht zu sehen. Ohne zu wissen, wer sie ihrem Kind entriss.

Sie bäumte sich auf, ihre Beine traten um sich, während sie wild nach Luft schnappte. Sie spürte die Spitze eines Messers, das ihre Kleider zerschnitt. Sie spürte den kurzen, heftigen Schmerz, als sich die Messerspitze achtlos in ihr Fleisch bohrte. Hände – behandschuhte Hände – registrierte ihr Gehirn irgendwie – drückten ihre Brüste schmerzhaft zusammen.

Das konnte doch nicht wahr sein. Wer überfällt und vergewaltigt eine Polizistin auf ihrem eigenen Revier? Das war doch Wahnsinn. Aber sosehr sie sich auch wehrte und um sich trat – sie konnte nicht verhindern, dass seine Hände den Stoff zerrissen, sie berührten, ihr grob zwischen die Beine fassten.

Sie hasste sich für das Schluchzen und Flehen, das hinter dem Isolierband laut wurde. Sie hasste es, dass er sie deswegen auslachte, dass sie ihm damit noch mehr Macht über sich verlieh.

»Keine Sorge«, flüsterte er. Das waren seine ersten Worte. »Ich vögel keine Frauen wie dich.«

Ein neuer Schmerz explodierte in ihrem Gesicht. Sie stand kurz davor, bewusstlos zu werden, ja sehnte sich geradezu danach. Benommen hörte sie Schritte oder glaubte zumindest, welche zu hören.

Irgendjemand näherte sich. Bitte, lieber Gott … Aber nein, nein, die Schritte entfernten sich wieder. Er entfernte sich. Er ließ sie am Leben. Sie stöhnte. Alles in ihr schrie, schrie auf vor Schmerz. Aber ihr Überlebenstrieb war stärker. Sie hatte Angst, sich umzudrehen, auf alle viere zu gehen und sich wieder aufzurappeln. Wie nahe waren die

Treppenstufen, wie wahrscheinlich war ein böser, ja vielleicht sogar ein tödlicher Sturz?

Die Handschellen, die er ihr umgelegt hatte, schnitten ihr brutal ins Fleisch, weil ihr ganzes Körpergewicht darauf lastete. Das Bedürfnis, wieder etwas sehen zu können – zu fliehen, zu überleben –, war größer als der Wunsch, erlöst zu werden. Sie zog die Schultern hoch, drehte den Kopf nach rechts und links und schob sich unter größten Qualen vorwärts, während sie mit ihren Füßen den Boden ertastete. Die Panik nur mühsam unterdrückend, gelang es ihr langsam, die Kapuze ein Stück hochzuschieben, bis Kinn, Mund und Nase davon befreit waren. Dann zum Glück auch die Augen.

Und diese Augen rotierten. Dort, wo ihr Kopf gegen die Wand des Treppenhauses geprallt war, konnte sie ihr eigenes Blut sehen und die Tür zum unteren Stockwerk. Sie musste es bis zu dieser Tür schaffen, die wenigen Stufen bis zu dieser Tür. Ihr Überleben hing davon ab.

Jetzt drehte sie sich um, und als sie auf die Knie kam, wurde aus ihrem Keuchen ein Wimmern. Ihre Bluse und ihr Rock hingen ihr nur noch in Fetzen am Körper. Der Rest ihrer Kleidung lag auf den Stufen verstreut.

Er hatte sie nackt, erniedrigt und gefesselt zurückgelassen. Aber sie war am Leben. Sie benutzte die Wand, um sich daran abzustützen, stemmte sich mit zitternden Beinen vom Boden ab, bis sie stand und sich mit dem Rücken gegen die Wand lehnen konnte. Schwindel und Übelkeit erfassten sie, und sie hoffte nur, beides so lange unterdrücken zu können, bis sie in Sicherheit war.

Obwohl eine Stimme in ihrem Kopf schrie, *beeil dich, beeil dich, was, wenn er zurückkommt?*, zwang sie sich, ganz vorsichtig die Stufen hinunterzugehen, ganz nah an der Wand, zu ihrer eigenen Sicherheit. Unten angekommen, zitterte sie am ganzen Körper vor Angst und Erschöpfung. Jetzt musste sie nur noch die Kraft finden, sich umzudrehen, mit klammen Fingern den Türgriff zu packen und daran zu ziehen.

Sie fiel beinahe durch die Tür in den Flur. Zitternd kroch sie auf allen vieren weiter.

Irgendjemand rief etwas. Die Stimme drang nur schwach wie durch dichten Nebel zu ihr durch. Dann verlor sie das Bewusstsein und brach zusammen.

Sie war nicht lange weg, das ließ der Schmerz nicht zu, aber als sie wieder zu Bewusstsein kam, lag sie auf der Seite. Das wunde Gefühl um ihren Mund sagte ihr, dass jemand das Isolierband abgerissen hatte.

»Hol eine Decke. Gib mir deine verdammte Jacke, und sorg dafür, dass jemand einen Schlüssel holt, mit dem man diese Handschellen aufbekommt. Alles in Ordnung, Lieutenant? Ich bin's, Liz Alberta. Hören Sie mich? Alles wird gut.«

Liz? Phoebe starrte in finstere braune Augen. Detective Elizabeth Alberta. Ja, doch, der Name kam ihr bekannt vor. »Das Treppenhaus.« Ihre Stimme war kaum mehr als ein Röcheln. »Er hat mich im Treppenhaus abgepasst.«

»Ein paar von unseren Leuten sind bereits dort und sehen sich um. Machen Sie sich keine Sorgen. Die Sanitäter sind auch schon unterwegs. Lieutenant.« Liz beugte sich vor. »Wurden Sie vergewaltigt?«

»Nein. Nein, er hat nur …« Phoebe schloss die Augen. »Nein. Wie schlimm sind meine Verletzungen?«

»Das weiß ich noch nicht.«

»Meine Waffe.« Phoebe riss die Augen auf. »O Gott, meine Waffe. Ich konnte sie nicht rechtzeitig ziehen. Hat er meine Waffe?«

»Das weiß ich noch nicht.«

»Einen Moment, Lieutenant. Ich werde Ihnen jetzt die Handschellen abnehmen.«

Phoebe wusste nicht, wer da hinter ihr sprach, und hielt den Blick nur auf Liz gerichtet. »Ich will, dass Sie meine Zeugenaussage aufnehmen. Ich will, dass Sie das machen.«

»Das werde ich auch.«

Phoebe musste scharf ausatmen, als die Handschellen abgenommen wurden, und laut wimmern, als sie versuchte, die Arme zu bewegen. »Ich glaube nicht, dass sie gebrochen sind. Ich glaube, es ist nichts gebrochen.« Sie presste die Jacke vor ihre Brust, obwohl ihr jemand eine Decke um die Schultern legte.

»Helfen Sie mir, mich aufzusetzen?«

»Vielleicht sollten Sie lieber liegen bleiben, bis …«

Sie hörte eilige Schritte und bekam mit, wie jemand rief. Dann kniete Dave neben ihr. »Was ist passiert? Wer war das?«

»Ich hab ihn nicht gesehen. Er hat mich im Treppenhaus abgepasst. Er hat mir irgendwas über den Kopf gezogen.« Tränen liefen über ihre Wangen und brannten auf ihrer wunden Haut. »Ich glaube, er hat meine Waffe.«

»Ich werde ihre Aussage aufnehmen, Captain, wenn Sie nichts dagegen haben. Ich werde mit Lieutenant MacNamara ins Krankenhaus fahren und ihre Aussage aufnehmen.«

»Ja.« Aber er nahm Phoebes Hand, als wolle er sie gar nicht mehr loslassen.

»Bitte verständigen Sie meine Familie nicht, Captain, bitte rufen Sie sie nicht an.«

Er drückte ihre Hand und stand auf. »Ich will, dass dieses Gebäude Stockwerk für Stockwerk durchsucht wird.

Das ist Alarmstufe eins. Niemand kommt hier rein oder raus, ohne durchsucht zu werden. Ich will wissen, wo jeder einzelne Polizist und Zivilist in diesem Gebäude gesteckt hat.«

»Das war kein Zivilist, Captain.« Phoebe sprach ganz leise, als er ihr sein wütendes Gesicht zuwandte. »Das war einer von uns.«

Alles verschwamm vor ihren Augen, aber für Phoebe war das ein Segen. Die Sanitäter, der Krankenwagen, die Notaufnahme. Stimmengewirr, ein Kommen und Gehen, noch mehr Schmerzen. Dann weniger, Gott sei Dank weniger. Sie ließ sich wegsacken, während man sie untersuchte und hochhob. Während die Schnittwunden und Kratzer behandelt wurden, hielt sie die Augen geschlossen. Als sie geröntgt wurde, versuchte sie an gar nichts zu denken.

Es würde Tränen geben, das wusste sie. Ein Meer an Tränen, aber das konnte warten.

Liz betrat den Untersuchungsraum. »Wie ich hörte, wollen Sie jetzt mit mir reden?«

»Ja.« Phoebe saß auf dem Untersuchungstisch. Ihre Rippen schmerzten, aber die Schlinge, in der ihr Arm steckte, linderte die Schmerzen in ihrer Schulter.

»Eine leichte Gehirnerschütterung, Rippenprellungen und eine ausgerenkte Schulter.«

Liz kam näher. »Sie haben da eine böse Schnittwunde an der Stirn und ein blaues Auge. Ihre Lippe ist geplatzt. Ihr Kiefer ist geschwollen. Der Mistkerl hat Sie ganz schön rangenommen.«

»Hauptsache, er hat mich nicht umgebracht.«

»Alles hat seine positiven Seiten. Ihr Captain war da. Nachdem ihm die Ärzte Ihren Befund mitgeteilt haben, ist er wieder gegangen. Ich soll Ihnen sagen, dass er kommt, um Sie nach Hause zu bringen, wenn Sie so weit sind.«

»Es ist mir lieber, wenn er auf dem Revier bleibt und herausfindet, was … Keine Ahnung, ob man überhaupt irgendetwas herausfindet. Ich kam aus meinem Büro und wollte zu meinem Unterricht im Konferenzraum. Es ist meine Angewohnheit, die Treppe zu nehmen.«

»Klaustrophobie?«

»Nein, reine Eitelkeit. Ich hab nicht immer Zeit, Sport zu treiben, also nehme ich die Treppe. Er hat mir dort aufgelauert.«

»Sie sagten, Sie hätten ihn nicht gesehen.«

»Nein.« Vorsichtig berührte Phoebe ihr Gesicht, direkt unter dem Auge. Sie hatte noch nie ein blaues Auge gehabt und gar nicht geahnt, wie weh das tut. »Ich hatte es ziemlich eilig und habe aus den Augenwinkeln nur eine Bewegung gesehen. Aus dem rechten Augenwinkel. Danke.« Sie nahm den Eisbeutel, den ihr Liz reichte, und legte ihn vorsichtig auf Schläfe und Wange. »Er hat mich gepackt, bevor ich auch nur den Kopf drehen oder die Waffe ziehen konnte. Mit dem Schlag gegen den Kopf hat er mich sofort kampfunfähig gemacht. Er wusste genau, was er tat. Er weiß, wie man Handschellen anlegt.«

»Er hat Ihnen einen Wäschesack übergezogen – er zählt bereits zum Beweismaterial. Sie machen sich jetzt bestimmt Vorwürfe, dass Sie schneller hätten reagieren, sich mehr hätten wehren sollen. Aber das ist Quatsch.«

»Ich hatte ihm nicht das Geringste entgegenzusetzen. Vom Verstand her weiß ich, dass ich betäubt und damit außer Gefecht gesetzt war – trotzdem … Was ist mit meiner Waffe?«

»Die wurde nicht gefunden.«

Sie wechselten einen langen Blick. »Für einen Polizisten ist es ein ziemlicher Schlag, entwaffnet zu werden, und für eine Polizistin erst recht.«

»Niemand wird Ihnen deswegen einen Vorwurf machen, Lieutenant. Nicht unter diesen Umständen.«

»Irgendjemand findet sich bestimmt. Und das wissen Sie genauso gut wie ich. Deshalb hat er es überhaupt erst getan.«

»Ein paar Idioten gibt es immer. Haben Sie eine ungefähre Vorstellung davon, wie groß er war, was für eine Statur er hatte?«

»Über seine Größe kann ich gar nichts sagen. Er hat mich zu Boden gestoßen. Aber er war kräftig. Er hat mich zuerst gewürgt …« Ihre Finger fuhren über die blauen Flecken an ihrem Hals, und sie spürte erneut, wie ihr seine Hände die Luft abdrückten. »Er hat mich gewürgt, als ich am Boden lag, mir seine Hände um die Kehle gelegt und mich gewürgt. Er hatte große Hände. Er trug Handschuhe. Ich habe Handschuhe … dünne Handschuhe – wahrscheinlich aus Latex – gespürt, als er mich befummelt hat. Und ein Messer, vielleicht war es auch eine Schere, aber ich glaube, es war ein Messer, mit dem er meine Kleider aufgeschlitzt hat.«

»Er hat Sie angefasst.«

»Er …« Bleib bei den Tatsachen, befahl sich Phoebe. Konzentrier dich auf die Tatsachen. »Er hat meine Brüste schmerzhaft zusammengedrückt und an meinen Brustwarzen gezogen, richtig fest. Er hat gelacht. So ein unterdrücktes Lachen, als müsse er sich zusammenreißen, nicht laut damit herauszuplatzen. Er hat mir mit seiner Hand … Mist. Verdammter Mist.«

Liz, die schon so etwas geahnt hatte, griff nach einer

Bettpfanne und hielt sie Phoebe hin. Sie hielt sie fest, solange sich Phoebe übergab.

Als sich Phoebe zurücklehnte, war sie leichenblass unter ihren blauen Flecken. »O Gott. O Gott. Es tut mir leid.«

»Atmen Sie tief durch, und lassen Sie sich Zeit. Hier.« Liz nahm den Plastikbecher mit Strohhalm, der auf dem Tisch stand, und gab ihn ihr. »Trinken Sie etwas Wasser.«

»Gut. Danke. Es geht mir gut. Er hat seine Finger in mich gesteckt. Sie in mich hineingerammt. Aber das war nichts Sexuelles. Er wollte mir einfach nur wehtun, mich demütigen. Dann muss er sich vorgebeugt haben, denn seine Stimme war ganz nah an meinem Ohr. Er hat geflüstert: ›Keine Sorge, ich vögle keine Frauen wie dich.‹ Dann hat er mich ins Gesicht geschlagen und dort liegen lassen.«

»Haben Sie eine ungefähre Vorstellung davon, wie lange der Überfall gedauert hat?«

»Es kam mir vor wie eine Ewigkeit, aber es waren vielleicht zwei, drei Minuten, länger nicht. Er hatte alles perfekt vorbereitet und hat es ebenso perfekt ausgeführt. Ich habe wahrscheinlich länger gebraucht, die Kapuze herunterzuziehen und zur Tür zu kommen.«

»Gut. Hat er sonst noch was gesagt? Irgendetwas?«

»Nein, er hat nur einmal gesprochen.«

»Ist Ihnen sonst noch irgendetwas an ihm aufgefallen? Ein Duft vielleicht?«

»Nein. Moment mal.« Phoebe schloss erneut die Augen. »Babypuder. Ich habe Babypuder gerochen.«

»Was ist mit seiner Stimme? Würden Sie sie wiedererkennen?«

»Das weiß ich nicht. Wir werden darin geschult, auf Details zu achten, aber ich hatte solche Angst, ich habe geblutet und hatte diese Kapuze auf. Er stammt von hier«, sagte sie plötzlich. »Vom Dialekt her stammt er von hier.«

»Hatten Sie Ärger mit irgendwem? Gibt es jemanden, der Ihnen gerne wehtun möchte?«

»Das wissen Sie ganz genau. Wir sind zwar nicht bei derselben Einheit, arbeiten aber im selben Büro. Sie wissen, dass ich Ärger hatte.«

»Glauben Sie, dass er das war? Glauben Sie, Arnie Meeks hat Sie angegriffen?«

»Ja, das glaube ich. Ich kann das nicht beweisen, aber ich glaube, dass er es war. Ich habe am Samstagmorgen einen Vorfall gemeldet.«

»Was für einen Vorfall?«

Sie erzählte Liz von der Puppe.

»Ich werde mich diesbezüglich mit Detective Sykes in Verbindung setzen. Und ich werde diskret nachforschen, wo Meeks heute Morgen war.«

»Das weiß ich sehr zu schätzen.«

»Sie wurden nicht vergewaltigt, Lieutenant, aber sexuell missbraucht. Wenn Sie eine psychologische Beratung möchten – ich kann da jemanden empfehlen.«

»Nein, aber trotzdem danke. Sie machen Ihre Arbeit sehr gut, Detective. Ich bin wirklich dankbar, dass Sie meine Aussage aufnehmen.«

»Ich bleib an der Sache dran. Das versprech ich Ihnen.«

»Zunächst einmal wäre ich froh, wenn Sie mir ein paar Beamte schicken, damit ich hier rauskomme.«

»Aber gern. Wenn es nicht der Captain sein soll, rufe

ich eben jemand anders, der Ihnen was zum Anziehen bringt und Sie nach Hause fährt.«

Phoebe schüttelte den Kopf. »Ich möchte nicht nach Hause, nicht bevor ich meinen Nervenzusammenbruch hatte, und der lässt bestimmt nicht mehr lange auf sich warten.«

»Kann ich sonst noch irgendjemanden verständigen?«

»Ehrlich gesagt …« Phoebe berührte den Verband, der ihre Stirnwunde bedeckte. »Es gibt da einen Freund. Wenn Sie ihn erreichen …«

Aus dem alten Haus ließ sich durchaus etwas machen. Natürlich war das Angebot seines derzeitigen Besitzers hoffnungslos überzogen. Aber diesen Gedanken verbannte Duncan erst mal in die eine Hälfte seines Gehirns, während die andere mit den Chancen spielte.

Im Moment war das Lagerhaus eindeutig eine Ruine. Aber es ließ sich in sehr hübsche Wohnungen umwandeln und lag außerdem nahe genug an den Fabriken und Werften, um Arbeiterfamilien aufnehmen zu können. Vernünftige Wohnungen zu einem vernünftigen Preis. Natürlich relativ weitab vom Strom der Touristen und der luxuriösen Eleganz der Altstadt. Aber wenn man eine Bäckerei oder einen Coffee Shop im Erdgeschoss mit einplante, einen Deli oder ein kleines Familienrestaurant, würde sich die Investition bestimmt lohnen. Irgendwann. Aber auch einfache Leute brauchen anständige, sichere Wohnungen. Er wusste das, denn er hatte den Großteil seines Lebens ja ebenfalls zu ihnen gehört.

Phin stand neben dem Eigentümer und schüttelte den Kopf, während Duncan über das Gelände ging. Darin war Phin besonders gut, fand Duncan. Er musste nur diesen mürrischen, missbilligenden Blick aufsetzen, und schon hatte er einen wieder auf den Boden der Tatsachen geholt.

Der Typ verlangte ein unglaubliches Geld für den Abriss und glaubte wohl, einen besonders dicken Fisch an der Angel zu haben. Duncan hatte nichts dagegen, als solcher zu gelten, zumal sein letztes Angebot ohnehin recht großzügig war.

Als sein Handy klingelte, betrachtete er gerade drei kaputte Fenster. »Ja, Duncan am Apparat. Was? Wann? Wie ist es passiert?« Er drehte sich um, als Phin, der sein Entsetzen bemerkt haben musste, auch schon über den kaputten Betonfußboden auf ihn zukam. »Wo? Gut, in Ordnung«, sagte er kurz darauf. »Ich bin schon unterwegs. Ich muss los.« Und schon eilte er zur Tür.

»Mr. Swift«, hob der Eigentümer an.

»Ein familiärer Notfall. Tu, was du tun musst«, sagte er zu Phin und rannte zu seinem Wagen.

Er malte sich Dutzende von Horrorszenarien aus, als er zum Krankenhaus raste, auch wenn Detective Alberta meinte, dass Phoebe schon wieder entlassen würde. Die Frau war sehr kurz angebunden gewesen. Typisch Polizistin, dachte Duncan und ärgerte sich, weil er vor einer roten Ampel halten musste. Sie hatte weder gesagt, wie es passiert war, noch, wie schlimm es war. Wann wurde diese verdammte Ampel endlich grün? Vielleicht war sie angeschossen worden? Er raste los, sobald die Ampel umschaltete, und als er ankam, fuhr er mit Schwung auf den Parkplatz. In der Notaufnahme angekommen, war er außer sich vor Aufregung.

Wenn ihre Haare nicht gewesen wären – er wäre glatt an ihr vorbeigerannt. Das flammende Rot erregte seine Aufmerksamkeit, ließ ihn innehalten und herumfahren.

Sie saß mit den anderen Kranken und Verletzten im Wartezimmer. Sie trug einen hellblauen Kittel. Ihr Arm hing in einer Schlinge, und ihr Gesicht – ihr faszinierendes Gesicht – war blau und geschwollen.

»O Gott, Phoebe.« Er ging vor ihr in die Hocke und nahm ihre Hand. »Wie schlimm bist du verletzt?«

»Ich wurde ambulant behandelt.« Sie schaffte es beinahe, zu lächeln. »Alles halb so schlimm. Du bist mir nur eingefallen, als es hieß, ich könnte jemanden anrufen. Das hätte ich mal lieber bleiben lassen sollen.«

»Red keinen Unsinn. Was ist passiert?«

»Duncan … Wo ich dich schon mal angerufen habe und du gekommen bist: Ich muss die nächsten Stunden irgendwohin, wo ich mich in Ruhe sammeln kann, bevor ich nach Hause gehe. Kannst du mich für die nächsten paar Stunden einfach an irgendein ruhiges Fleckchen bringen? Ich weiß, dass ich dich damit um einen ziemlich großen Gefallen bitte, aber …«

»Natürlich kann ich das. Bist du sicher, dass du laufen kannst?«

»Ja.« Während sie sich langsam erhob, schlang er einen Arm um ihre Taille und zog sie hoch wie ein Mann, der ein kostbares Kunstwerk hochhebt.

»Stütz dich auf mich.«

»Du bist mir auch so schon Stütze genug, allein weil du gekommen bist.« Es tat weiß Gott gut, sich auch mal anlehnen zu dürfen. »Ich hab gar nicht daran gedacht, dass du beschäftigt sein könntest.«

»Ich reicher Nichtsnutz?« Als sie zusammenzuckte, holte er seine Sonnenbrille heraus und drehte ihr Gesicht aus dem grellen Licht. »Setz die hier auf. Welcher Mistkerl war das?«

Diesmal schaffte sie es nicht, zu lächeln. »Ich wünschte, ich wüsste es.«

Das konnte warten, ermahnte er sich. Die Fragen konnten warten, bis er sie zu sich nach Hause gebracht hatte. Bis er ihr einen Tee oder so gebracht hatte. Er half ihr in den Wagen und schnallte sie an. »Ich stell die Lehne ein bisschen zurück. Wie fühlt sich das an?«

»Gut. Sehr gut.«

»Hast du was gegen die Schmerzen bekommen?«, fragte er, als er sich hinters Steuer setzte, und sie zeigte auf die Tasche, die ihr Liz ins Krankenhaus mitgebracht hatte.

»Jede Menge Medikamente. Ich hab schon welche genommen. Ich schließ nur kurz die Augen, wenn du nichts dagegen hast.«

»Nur zu. Versuch, dich zu entspannen, ruh dich aus.«

Sie schlief nicht. Er konnte sehen, wie sie die Fäuste ballte. Ein, zwei Minuten lang, danach ließ sie wieder locker, ballte sie jedoch anschließend erneut, so, als wolle sie mit Macht etwas festhalten.

Ihre Handgelenke waren verbunden, bemerkte er überrascht. Wenn sie einen Unfall gehabt hatte – warum hatte sie dann nicht ihre Familie benachrichtigt? Und bei was für einem Unfall verletzt man sich beide Handgelenke, hat ein vollkommen zusammengeschlagenes Gesicht und bringt sich solche Schmerzen bei, dass man läuft, als hätte man Knochen aus Glas?

Es war kein Unfall gewesen.

Andere Möglichkeiten fielen ihm ein, aber er verdrängte sie wieder. Es war sinnlos, sich wilden Spekulationen hinzugeben – nicht, wenn sie – wo waren eigentlich ihre Kleider? – die abartigsten Bilder in ihm wachriefen.

Für den Rest der Fahrt ließ er sie in Ruhe. Phoebe bewegte sich so gut wie gar nicht. Erst als er vor der letzten Kurve abbremste und schließlich zum Stehen kam, öffnete sie die Augen.

Das Haus wirkte ziemlich vornehm. Es war auf eine traditionelle Art elegant, wurde jedoch von einer umlaufenden Dachterrasse gekrönt, die ihm das gewisse Etwas verlieh. Es war von Eichen mit dicken Moosflechten umgeben, die einen eindrucksvollen Kontrast zu dem hellblauen Putz und den weiß eingefassten Fenstern bildeten. Ziergärten mit Azaleen, die kurz vor dem Aufblühen standen, nahmen das Vornehme etwas zurück und verliehen dem Anwesen einen besonderen Charme. Überall standen Töpfe und Körbe mit den verschiedensten Blumen herum, und Sonnenliegen und großzügige Sessel luden zum Entspannen ein.

»Es ist schön hier.«

»Ja, so langsam finde ich Gefallen daran.« Er stieg aus und ging zur Beifahrerseite. »Komm, ich geb dir die Hand.«

»Danke.« Sie stützte sich auf ihn.

»Keine Ursache.« Er führte sie die Stufen zur Veranda hinauf und zur Tür mit dem keltischen Buntglasornament.

»Wie lange wohnst du schon hier?«

»So ungefähr fünf Jahre. Überwiegend. Ich dachte eigentlich, dass ich es verkaufe … aber das ist eine lange Geschichte.« Er lächelte ihr kurz zu und schloss dann die Tür auf.

Ein goldenes Licht brachte die harmonischen Farben zum Leuchten. Ein großzügiger Raum mit breiten Torbögen empfing sie, wo eine elegante Wendeltreppe dafür sorgte, dass man sich nicht verloren darin vorkam. Sie ging vorsichtig neben ihm her, quer durchs Foyer ins Wohnzimmer. Dort gingen Atriumtüren auf eine Terrasse hinaus, an die sich weitere Ziergärten anschlossen, in deren Mitte ein Baum stand, um den sich malerisch Glyzinien rankten Im rechten Winkel zur Fensterfront stand ein Klavier, Sessel und Sofagruppen in sanften Grautönen bildeten einen schönen Kontrast zu den burgunderroten Wänden.

Nachdem er sie zu einem Sessel geführt hatte, ging er zu den Glastüren.

»Ich mag deinen Garten.«

»Ich auch. Ich habe mich in einen leidenschaftlichen Gärtner verwandelt, seit ich hier rausgezogen bin.«

»Das kann ich mir vorstellen. Das ist aber ein ziemlich großes Haus für einen alleinstehenden Mann, findest du nicht?«

»Ja. Deswegen wollte ich es auch verkaufen. Aber inzwischen habe ich mich hier überall ausgebreitet.«

»Hast du …« Sie drückte ihre Stirn gegen das kühle Glas und schloss die Augen. »Es tut mir leid. Es tut mir leid. Ich fürchte, jetzt kommt der Nervenzusammenbruch.«

»Das ist schon in Ordnung.« Er legte eine Hand auf ihren Rücken, spürte, wie sie zitterte, und wusste, dass der Gefühlssturm gleich über sie hereinbrechen würde. »Lass los.«

Er hielt sie fest, als sie sich zu ihm umdrehte, hielt sie fest, als sie zu schluchzen begann. Er trug sie zum Sofa, wiegte sie dort in seinen Armen. Und er hielt sie fest, während sie von diesem emotionalen Ansturm geschüttelt wurde.

8 Sie schämte sich nicht für ihre Tränen, nicht für diese. Sie war dankbar dafür, dass er nicht der Typ Mann war, der Frauen unbeholfen den Rücken tätschelte und ihnen sagte, dass sie nicht weinen sollen. Er bot ihr einfach nur Schutz und ließ sie weinen.

Als das Zittern nachließ und die Tränen versiegten, küsste er sie sanft auf ihre blaue Schläfe. »Geht es dir jetzt ein bisschen besser?«

»Ja.« Sie atmete tief ein, und als sie wieder ausatmete, hatte sie sich wieder gefasst. »Meine Güte, ja.«

»Wir machen jetzt Folgendes: Ich bring dir was zu trinken, und dann erzählst du mir, was passiert ist.« Er hob ihr Gesicht, bis sich ihre Blicke trafen. »Danach sehen wir weiter.«

»Einverstanden.«

»Ich habe nur leider kein Dingens … kein Taschentuch.«

»Ich hab Papiertaschentücher in meiner Handtasche.«

»Gut …« Er zog sie neben sich aufs Sofa. »Und falls du aufs Klo musst: Das ist gleich hier rechts.«

»Gute Idee.«

Nachdem er gegangen war, blieb sie noch eine Weile so sitzen und tankte neue Kraft. Stöhnend erhob sie sich und griff nach der Handtasche, die sie auf dem Couchtisch abgelegt hatte. Anschließend ging sie über den blank polierten Boden unter dem Torbogen durch zur Toilette.

Als sie ihr Gesicht in dem langen, ovalen Spiegel zum ersten Mal sah, stöhnte sie laut auf. Aus Eitelkeit, aber auch vor Entsetzen. Ihre Augen waren rot und verquollen, außerdem war das rechte ganz blau, ein Eindruck, der durch das schwarz verkrustete Blut darunter nur noch verstärkt wurde. Ihr geschwollener Kiefer war eine einzige

Beule, ihre Unterlippe doppelt so dick wie sonst und noch dazu aufgeplatzt. Der Verband auf ihrer Stirn bedeckte die klaffende Schnittwunde und hob sich deutlich von der wunden, verkratzten Haut ab.

»Du bist hier nicht auf einem Schönheitswettbewerb, Phoebe, also reiß dich zusammen. Trotzdem, schlimmer *kann* man kaum aussehen!«

Wenn sie mit diesem Gesicht nach Hause kam, würden alle vor lauter Schreck tot umfallen. Phoebe spritzte sich vorsichtig kaltes Wasser ins Gesicht.

Als sie zurück ins Wohnzimmer hinkte, stellte Duncan gerade ein Tablett auf den Couchtisch.

»Ich weiß nicht, was sie dir in der Notaufnahme gegeben haben, aber Alkohol kommt jetzt wahrscheinlich nicht infrage. Ich habe dir Tee gebracht – und mein persönliches Hausmittel gegen ein blaues Auge, nämlich eine Tüte tiefgekühlte Erbsen.«

Sie hielt inne. »Du hast Tee gemacht.«

»Magst du keinen Tee?«

»Natürlich mag ich Tee. Du hast Tee gemacht, in einer schönen Teekanne, und alles auf einem Tablett für mich hergerichtet. Und Tiefkühlerbsen.« Sie hielt ihre gesunde Hand hoch. »Ich bin im Moment ziemlich durch den Wind und fange schon an zu weinen, weil mir jemand Tee in einer Kanne bringt und daran denkt, mir Tiefkühlerbsen hinzulegen.«

»Zum Glück habe ich keine Kekse gebacken.«

Sie griff nach den Erbsen und hielt sie dort an ihr Gesicht, wo es am meisten wehtat. »Kannst du denn backen?«

»Keine Ahnung. Außerdem war ich mir nicht sicher, ob du überhaupt schon was kauen kannst. Wie geht es deinem Kiefer?«

Sie ging langsam zum Sofa und setzte sich wieder. »Willst du, dass ich gelassen bleibe, oder willst du die Wahrheit wissen?«

»Ich will die Wahrheit wissen.«

»Es tut verdammt weh. An mir gibt es vielleicht gerade noch drei Quadratzentimeter, die nicht wehtun. Und du lächelst?«

Er lächelte tatsächlich. »Aber nicht, weil dir alles wehtut. Sondern weil du wütend darüber bist. Es freut mich zu sehen, dass dich dein Temperament noch nicht im Stich gelassen hat.« Er setzte sich neben sie und goss ihr Tee ein. »Und jetzt erzähl mir, was passiert ist, Phoebe.«

»Ich wurde im Treppenhaus des Polizeireviers überfallen.«

»Überfallen? Von wem?«

»Ich habe ihn nicht gesehen, also kann ich das auch nicht mit letzter Gewissheit sagen. Er hat mir dort aufgelauert«, hob sie an und erzählte ihm alles Weitere.

Er unterbrach sie nicht, aber als sie sagte, dass ihr der Angreifer die Kleider vom Leib gerissen hatte, sprang Duncan auf. Wie vorher sie ging er zu den Türen und sah hinaus.

Sie verstummte.

»Erzähl weiter«, sagte er, während er ihr den Rücken zukehrte. »Ich kann im Moment einfach nicht still sitzen.«

Er hörte zu und starrte durch die Glastüren nach draußen. Aber er hatte keine Augen für die wild wachsenden Glyzinien oder die gewundenen Wege durch den Garten. Er sah ein düsteres Treppenhaus und eine verletzte, hilflose Phoebe, die mit einem gesichtslosen Mistkerl kämpfte, der sie quälte, betatschte, terrorisierte.

Dafür würde er bezahlen müssen, dachte Duncan. Er glaubte fest an Vergeltung.

»Du weißt, wer es war«, sagte er, als sie geendet hatte.

»Ich hab ihn nicht gesehen.«

Jetzt drehte Duncan sich um. Sein Gesicht war leer und ausdruckslos, sodass seine blauen Augen nur noch stählerner wirkten. »Du weißt, wer es war.«

»Ich hab einen Verdacht. Aber das ist noch lange kein Beweis.«

»So reden Polizisten. Aber was ist mit dir als Mensch?«

»Ich weiß, wer es war, und ich werde Mittel und Wege finden, das auch zu beweisen. Du glaubst doch nicht etwa, dass ich das einfach so *hinnehme*? Für wen hältst du mich eigentlich?« Sie hielt abwehrend eine Hand hoch, um sich selbst Einhalt zu gebieten.

»Nein, sprich weiter. Ein anständiger Wutanfall tut mindestens ebenso gut, wie sich einmal richtig auszuweinen.«

»Er hat mir *wehgetan*. Dieses Arschloch hat mir wehgetan und mich erniedrigt. Er hat mich glauben lassen, dass er mich umbringt, meine Tochter zur Waise macht und meine Mutter, meine ganze Familie in Trauer stürzt. Er hat mich nackt liegen lassen, auf allen vieren, sodass ich mich kriechend in Sicherheit bringen musste, während meine Kleider nur noch in Fetzen hingen. Und das direkt an meinem *Arbeitsplatz*, wo ich jeden Tag hinmuss, wo ich den Kollegen ins Gesicht sehen muss, die alle mitbekommen haben, dass er mir das antun konnte. Und weißt du auch, warum?«

»Nein, warum?«

»Weil er es einfach nicht ertragen konnte, Befehle von mir zu empfangen. Er kann es nicht ertragen, jemanden über sich zu haben, und erst recht keine Frau, die ihm eine

Disziplinarmaßnahme erteilt und ihm die Konsequenzen seines Verhaltens aufzeigt.«

»Du willst mir doch nicht etwa erzählen, dass ein Kollege dir das angetan hat?«

Entsetzt, dass sie sich so weit hatte hinreißen lassen, wiederholte sie nur: »Ich habe einen Verdacht.«

»Wie heißt er?«

Die Frau in ihr, diejenige, die verletzt und erniedrigt worden war, genoss diesen Ton. Ein Ton, der eindeutig sagte, lass nur, ich regle das für dich. Aber sie schüttelte den Kopf. »Du brauchst hier nicht den Helden zu spielen, Duncan. Man kümmert sich schon darum, man kümmert sich um ihn. Meine Aufgabe besteht jetzt darin, genau das sicherzustellen. Aber dass du mir deine Zeit geopfert und diesen Ort zur Verfügung gestellt hast, hat mir wirklich sehr geholfen.«

»Phoebe, ich weiß noch nicht, was das ist zwischen uns. Ich habe nicht damit gerechnet, mir schon jetzt darüber klar werden zu müssen. Aber einmal ganz abgesehen davon, solltest du doch wissen, wie ich ganz spontan auf so etwas reagiere. Das kannst du machomäßig oder altmodisch oder sonst irgendwas finden, aber wenn so ein feiger Mistkerl eine Frau zusammenschlägt, dann ist meine spontane Reaktion, den Helden zu spielen und jemandem mal so richtig Feuer unterm Hintern zu machen.«

Sie sah, dass er dazu durchaus in der Lage wäre, auch wenn sie das zunächst übersehen hatte. Aber als sie ihn jetzt ansah und seine Wut sowie seinen kalten Hass spürte, begriff sie, dass er weitaus mehr war als ein Charmebolzen und ein Glückspilz.

»Gut, ich weiß jetzt, dass deine spontane Reaktion darin besteht, mich verteidigen zu wollen, und ich höre …«

»Jetzt fang bloß nicht mit diesem Verhandlerscheiß an.«

»Das ist nun mal meine spontane Reaktion«, erwiderte sie. »Genauso wie die, zu sagen, dass ich deinen Schutz nicht brauche, was unter den gegebenen Umständen allerdings wenig überzeugend ist. In meinem Leben war ich bisher meist diejenige, die andere beschützt und verteidigt hat, und zwar schon lange bevor ich eine Dienstmarke besaß. Ich weiß nicht recht, wie ich reagieren soll, wenn mich plötzlich jemand beschützen und verteidigen will.«

Er ging zu ihr, zögerte und beugte sich dann vor. »Ich werde sehr vorsichtig sein, aber bitte sag Bescheid, wenn es wehtut.« Und dann berührten seine Lippen ganz sanft ihren Mund.

»Es tut nicht weh.«

Er küsste sie noch einmal, bevor er sich aufrichtete. »Du hast eine Woche Zeit.«

»Wie bitte?«

»Du hast eine Woche Zeit, deine derzeitige Aufgabe zu erfüllen. Aber dann will ich seinen Namen wissen und werde mich selbst darum kümmern.«

»Wenn das so was wie ein Ultimatum sein soll …«

»Das ist kein Ultimatum. Das ist eine Tatsache.« Er saß gegenüber von ihr auf dem Couchtisch, nahm ihr die Erbsen ab, die sie hatte sinken lassen, drehte die Packung um und legte die kühlere Seite auf ihren geschwollenen Kiefer. »Ich weiß bereits, dass es ein Polizist war, und zwar jemand, den du aus irgendeinem Grund verwarnen musstest. So gesehen brauche ich bestimmt keine Stunde, um seinen Namen herauszufinden. Aber du bekommst eine Woche Zeit, die Sache auf deine Art zu regeln.«

»Du meinst, nur weil du Geld hast …«

»Nein, Phoebe, ich meine das, *weil* ich Geld habe.« Er hob sanft ihre Hände und küsste sie auf die verbundenen Handgelenke, was sie tröstlich fand. »Geld ist nun mal ein Schmiermittel. Du bist intelligent und hast diesen eisernen Willen, den ich so attraktiv finde. Ich wette, du hast den Mistkerl innerhalb einer Woche fertiggemacht. Wenn nicht, bin ich an der Reihe.«

»Du? Das ist einzig und allein eine Sache der Polizei und hat nichts damit zu tun, wer gerade an der Reihe ist. Wir sind hier doch nicht im Kindergarten.«

Er lächelte sie an, aber nur so lange, um sein Grübchen aufblitzen zu lassen. »Weißt du eigentlich, wie fantastisch du gerade aussiehst?«

»Wie bitte?«

»Was ich damit sagen will: Du siehst ziemlich schlimm aus mit diesem zugerichteten Gesicht. Warum ich dich trotzdem ansehen kann und mich mit jeder Faser meines Körpers zu dir hingezogen fühle, ist mir selbst ein Rätsel. Aber so ist es nun mal.«

»Du lenkst ab.«

»Richtig. Du hast deine Sicht der Dinge, und ich habe meine. Was sollen wir uns noch länger rumstreiten, wo doch niemand von uns auch nur einen Millimeter nachgeben wird? Du bist momentan sowieso nicht in Hochform, also möchte ich auch gar nicht mit dir streiten. Noch etwas Tee?«

»Nein, ich will keinen Tee mehr, danke. Und du hast recht, ich bin wirklich nicht in Hochform. Trotzdem möchte ich, dass du begreifst, dass es einen großen Unterschied zwischen Vergeltung und einer gerechten Strafe gibt.«

»Darüber sollten wir ein andermal reden, wenn du wieder im Vollbesitz deiner Kräfte bist. Möchtest du ein

Bad nehmen? Vielleicht lindert das deine Schmerzen ein wenig.«

Der Mann war unglaublich stur. »Das ist lieb gemeint, aber nein, danke. Ich brauche eher jemanden, der mich nach Hause bringt.« Beim Gedanken daran sah sie an sich herunter. »Ach, herrje.«

»Willst du vorher lieber anrufen und sie seelisch darauf vorbereiten?«

»Nein, denn sonst machen sie sich schon Sorgen, bis ich da bin. Es tut mir leid, Duncan, dass du den ganzen Weg noch mal machen musst.«

»Du bist mir also noch was schuldig.«

Er half ihr zum Wagen. Selbst der kurze Spaziergang ermüdete sie, sodass sie einfach nur keuchend dasaß und sich von ihm anschnallen ließ.

Carly müsste jede Minute von der Schule nach Hause kommen, dachte sie, während er sie heimfuhr. Mama würde gerade ihre Internetbestellungen fertig haben oder ihre Handarbeiten für den Versand vorbereiten. Und Ava war bestimmt schon wieder vom Einkaufen zurück und machte sich in der Küche zu schaffen.

Ein ganz normaler Montagnachmittag.

»Wer spielt auf dem Klavier?«

»Niemand. Ich ein bisschen, aber nur nach Gehör. Ich fand schon immer, dass ein Klavier einem Raum Klasse verleiht.«

»Bess hat darauf bestanden, dass Carter und ich Klavierunterricht nehmen. Ich hab die Technik gelernt, aber Carter war mit ganzem Herzen dabei.« Sie ließ ihren Kopf zurückfallen. »Ich wünschte, ich hätte es schon hinter mir und müsste diesen furchtbaren Vorfall nicht noch mal erzählen und alles erklären.«

»Ich kann das für dich tun, wenn du willst.«

»Ich muss es selbst tun. Wo lebt deine Familie, Duncan?« Ihr fiel ein, dass sie in dem großen Haus nirgendwo Familienfotos gesehen hatte.

»Überall verstreut.«

»Eine lange Geschichte?«

»Unendlich lang. Die heben wir uns für ein andermal auf.«

Ihr Handy klingelte. Mit Mühe griff sie nach ihrer Handtasche und zog es heraus. »Phoebe am Apparat. Ja, Dave, es geht mir gut, es geht mir schon viel besser. Nein, ich bin auf dem Heimweg. Ein Freund bringt mich nach Hause. Es könnte schlimmer sein.«

Sie hörte einen Moment lang zu. »Ich verstehe. Ich werde morgen reinkommen, um – Sir. Captain Dave.« Sie atmete frustriert aus. »Na dann eben in zwei Tagen. In drei. Ja, Sir, danke. Und ich möchte, dass unser Treffen auf Donnerstag verschoben wird, wenn das möglich ist. Ich weiß das sehr zu schätzen. Ja, das mache ich, ja, versprochen.«

»Alles in Ordnung?«, fragte Duncan.

»Nicht wirklich, aber es könnte schlimmer sein. Er wollte, dass ich mich zwei Wochen krankschreiben lasse.«

»Dieser Mistkerl.«

Sie musste laut lachen und hielt gleich darauf die Luft an, weil ihre Rippen schmerzten. »Ich würde wahnsinnig werden, wenn ich zwei Wochen zu Hause sitzen müsste, während Mama und Ava ein Riesentrara um mich machen. Und das weiß Dave auch. Ich werde schneller wieder gesund, wenn ich arbeite, außerdem stelle ich damit gleich etwas klar, das dringend klargestellt werden muss. Und das weiß Dave auch. Dieser gerissene Kerl hatte bestimmt von Anfang an vor, mich drei, vier Tage nach Hause zu schicken.«

»Ich glaube, der könnte mir gefallen.«

»Bestimmt. Er ist mit meiner Waffe abgehauen.«

»Wer? Captain Dave?«

»Nein, nicht der Captain. Tut mir leid, ich bin noch immer ganz durcheinander und tue mich schwer, einen klaren Gedanken zu fassen.«

Der Polizist, der ihr wehgetan hatte, begriff Duncan. Er ließ sie in Ruhe weiter darüber nachgrübeln. Sie wurde zunehmend nervös, als sie sich der Jones Street näherten. »Möchtest du erst noch einen Whiskey und eine Zigarette?«

»Schön wär's. Aber ich muss es jetzt gleich mit zwei hysterischen Weibsbildern aufnehmen.« Sie bereitete sich mit zwei tiefen Atemzügen darauf vor, während er die kopfsteingepflasterte Straße hinunterfuhr. »O Gott, das hat mir gerade noch gefehlt.«

»Was?« Duncan warf ihr einen Blick zu und sah, wie ihr stoisches Lächeln erstarrte. Dann sah er den Mann, der die sonnengesprenkelte Straße entlanggegangen war und ihnen nun entgegenrannte.

»Phoebe, Phoebe, was ist passiert?« Der Mann riss die Wagentür auf und beugte sich vor. »Meine Güte, was ist denn mit dir los? Wer sind Sie?« Er schleuderte Duncan die Worte nur so entgegen. »Was zum Teufel haben Sie mit meiner Schwester gemacht?«

»Carter, beruhige dich. Er hat gar nichts gemacht – im Gegenteil, er hat mir geholfen.«

»Wer hat dir das angetan? Wo ist er?«

»Hör auf, dich in der Öffentlichkeit aufzuführen wie ein Wahnsinniger. Lass uns reingehen.«

An der Eingangstür kam Essie ihnen bereits entgegen.

»Ich dachte, ich hätte dich rufen hören, Carter. Ich … Phoebe! Um Himmels willen!«

Sie wurde weiß wie die Wand und schwankte hin und her.

Phoebe eilte zu ihr. »Mama. Es geht mir gut, Mama. Ruhig durchatmen. Es geht mir gut, ich bin zu Hause. Carter, hol ihr ein Glas Wasser.«

»Nein, nein.« Immer noch kreideweiß, führte Essie eine Hand an Phoebes Wange.

»Mein kleines Mädchen.«

»Es geht mir gut.«

»Dein Gesicht. Reuben …«

»Er ist tot, Mama, und das weißt du auch.«

»Ja. Ja, tut mir leid. Es tut mir leid. O Phoebe. Was ist passiert? Dein Gesicht, dein Arm. Ava!«

Sie hatte sich wieder gefangen. Sie war zwar immer noch leichenblass, aber sie hatte sich wieder gefangen.

Ava kam ebenfalls herbeigeeilt. In den nächsten Minuten gab es einen ziemlichen Aufruhr, der von Tränen begleitet wurde. »Ich werde euch alles erklären«, sagte Phoebe. »Aber zuerst will ich, dass ihr aufhört, alle durcheinanderzureden. Wie man sieht, wurde ich zusammengeschlagen, und da hilft mir euer Jammern auch nicht weiter. Jetzt …«

»Mama …«

So wie Phoebes Worte die allgemeine Hysterie beendet hatten, genügte dieses eine Wort, um Phoebe in ihrer Rede zu stoppen. Sie wandte sich dem kleinen Mädchen zu, das einen knallroten Ball in der Hand hielt.

»Es geht mir gut, Carly, auch wenn ich verletzt bin.«

»Mama.« Der Ball hüpfte davon, als Carly losrannte, um Phoebe zu umarmen und ihr Gesicht gegen die Taille ihrer Mutter schmiegte. Duncan sah den Schmerz auf Phoebes Gesicht, der sie ganz blass werden ließ.

»Hey, tut mir leid, wenn das jetzt etwas ungelegen kommt, aber ich glaube, Phoebe muss sich hinlegen.« Er trat vor und hob Phoebe einfach hoch. »Carly, vielleicht kannst du mir zeigen, wo das Zimmer deiner Mutter ist.«

»Es ist oben.«

»Ich kann laufen, Duncan, ich kann laufen.«

»Klar, aber nun hab ich dich schon mal auf dem Arm. Miss MacNamara? Phoebe hat Medikamente bekommen. Ich glaube, sie sollte jetzt noch mal welche einnehmen. Könnten Sie ein Glas Wasser …«

»Aber natürlich, natürlich.«

»Ich hol ihr eines.« Ava berührte Essies Arm. »Geh du nur mit Phoebe nach oben. Ich hole Wasser und etwas Eis. Carter, hilf mir, etwas Eis für Phoebe zu holen.«

»Ich geh hoch und mach ihr Bett fertig. Ich geh sofort hoch.« Essie rannte zur Treppe.

»Bist du gestürzt?« Carlys Stimme zitterte immer noch, als sie neben Duncan die Treppe hochlief und ihre Finger in den Saum des Krankenhauskittels krallte.

»Das auch. Ich bin böse gestürzt und musste ins Krankenhaus. Dort hat man mich verarztet und wieder nach Hause geschickt.«

»Ist dein Arm gebrochen?«

»Nein, nur verletzt. Deshalb liegt er in der Schlinge, damit ich ihn nicht zu viel bewege.«

Duncan trug Phoebe in das Zimmer, in dem Essie bereits die Decke zurückgeschlagen und die Kissen aufgeklopft hatte. »Legen Sie sie hier aufs Bett. Vielen Dank, Duncan. Phoebe, es tut mir leid, dass ich vorhin die Nerven verloren habe.«

»Das ist schon in Ordnung, Mama. Alles wird gut.«

»Aber natürlich.« Obwohl ihr Mund sichtlich zitterte, schenkte Essie Carly ein strahlendes Lächeln. »Wir werden uns gut um deine Mama kümmern, stimmt's? Sie braucht jetzt etwas Medizin.«

»Die ist in meiner Handtasche. Ich …«

»Hier.« Duncan stellte sie aufs Bett.

»Du bist sehr aufmerksam«, bemerkte Phoebe.

»Möchten Sie nicht hinuntergehen und im Wohnzimmer Platz nehmen, Duncan?«, schlug Essie vor. »Carter wird Ihnen etwas zu trinken anbieten. Und …« – sie kratzte sich an der Schläfe – »… bitte bleiben Sie zum Abendessen. Sie müssen unbedingt zum Abendessen bleiben.«

»Das ist sehr nett von Ihnen, aber ich lasse Sie jetzt lieber mit Phoebe allein. Ich hoffe, ich darf ein andermal wiederkommen.«

»Sie sind uns jederzeit willkommen. Jederzeit. Ich bringe Sie noch zur Tür.«

»Sie bleiben hier.« Er tätschelte Essies Schulter und sah dann auf Phoebe herunter. »Und das gilt auch für dich.«

»Ich glaube, das tu ich auch. Duncan …«

»Wir reden später weiter.«

Als er ging, kam Carter die Treppe hochgeeilt. Carter blieb stehen, er hatte einige Eisbeutel in der Hand. »Tut mir leid, dass ich Sie da draußen so angefahren habe.«

»Vergessen Sie's. Das ist doch ganz normal.«

»Wissen Sie, wer meine Schwester ins Gesicht geschlagen hat? Ich habe genügend Prügel bezogen, um zu wissen, wie so etwas aussieht«, sagte er, als Duncan fragend die Brauen hob.

»Ich weiß nicht, wer ihr das angetan hat, aber ich werde es herausfinden.«

»Sollte Ihnen das vor mir gelingen, geben Sie mir bitte Bescheid.«

»Klar.«

»Carter MacNamara.« Carter nahm die Eisbeutel in eine Hand und reichte die andere Duncan.

»Duncan Swift. Wir sehen uns bestimmt bald wieder.«

Duncan ging hinaus zu seinem Wagen und schaute zu Phoebes Fenster hoch. Ein fantastisches Haus, dachte er, aber voller Probleme. Er hatte genügend Erfahrung damit, um zu wissen, dass sie die unterschiedlichsten Formen annehmen konnten.

Genauso, wie er wusste, dass es Phoebe war, die die Familie trotz aller Probleme zusammenhielt. Ein kluger Mann würde sich so weit wie möglich von diesem fantastischen Haus mit seinen vielen Problemen entfernen, und zwar so schnell wie möglich. Aber es gibt Momente im Leben, dachte Duncan, da ist es interessanter und auf jeden Fall befriedigender, einfach dumm zu sein.

Er landete in seiner Bar. Bis die Massen nach der Arbeit ins Slam Dunc's strömten, dauerte es noch gut eine Stunde. Trotz der zahlreichen Flachbildschirme, auf denen ausschließlich Sport lief, und den vereinzelten Gästen, die Poolbillard oder Air Hockey spielten, fand es Duncan hier ruhig genug für ein Treffen.

Außerdem brauchte er jetzt ein Bier, das er sich nach diesem Nachmittag eindeutig verdient hatte. Er hielt nach Phin Ausschau, und als er seinen Freund hereinkommen sah, gab Duncan dem Mädchen an der Bar ein Zeichen.

»Ich hab dir ein Corona und ein paar Nachos bestellt.«

Phin rutschte zu ihm auf die Bank. »Du hast mich heute ganz schön hängen lassen.«

»Ich weiß. Es tut mir leid, aber es ging nicht anders. Was meinst du?«

Phin blies die Backen auf. »Jake, den du auch hast hängen lassen und der zwei Minuten nach dir ankam, hat sich das Ganze gründlich angesehen. Er wird dir einen detaillierten Kostenvoranschlag für deine Pläne mit dem Gebäude machen. Aber grob geschätzt wirst du mindestens eins Komma fünf Millionen reinstecken müssen.«

»Gut.«

Phin lehnte sich zurück, während die Nachos zwischen sie geschoben wurden und das Mädchen das Corona mit einem Schnitz Zitrone vor ihm auf den Tisch stellte. »Denkst du noch manchmal an früher und fragst dich, wie es kommt, dass wir hier sitzen und uns über anderthalb Millionen Dollar unterhalten, als wäre es Spielgeld?«

»Wie viel hat dieser Anzug gekostet?«

Phin grinste und griff nach seinem Bier. »Chic, was?«

»Mensch, du bist modisch absolut mein Vorbild! Sagen wir, rund zwei Millionen, lass uns nicht kleinlich sein. Plus das, was ich diesem Wahnsinnigen für sein Eigentum bezahlen muss. Hast du einen Stift?«

Phin zog einen Montblanc-Füller aus der Innentasche seines Jacketts. »Warum hast du nie einen verdammten Stift dabei?«

»Wo soll ich den denn hintun? Außerdem hast du doch immer einen dabei.« Duncan machte ein paar Skizzen auf einer Serviette.

Das sagte eigentlich alles, dachte Phin. Der Mann mochte vollkommen durchschnittlich aussehen mit seiner verwaschenen Jeans, dem über der Hose getragenen Hemd mit den hochgekrempelten Ärmeln und mit der Frisur, die dringend mal wieder nachgeschnitten werden musste. Die meisten sahen in ihm bestimmt nur den Glückspilz, der zur rechten Zeit die richtigen Zahlen angekreuzt hatte. Aber dieser Eindruck täuschte, wenn es um Duncan Swift ging. Er würde diesen geliehenen Füller und die Serviette nämlich dafür verwenden, laufende Kosten, indirekte Kosten, Liquiditätsreserven und die zu erwartenden Einnahmen auszurechnen. Und am Ende würde er die voraussichtlichen Aufwendungen und zukünftigen Erträge genauso gut berechnet haben wie eine ganze Armee von Buchhaltern.

Der Mann hat Talent, dachte Phin. »Wo bist du hin verschwunden?«

»Darüber möchte ich auch gern mit dir reden. Oder besser gesagt, mit deiner hübschen Frau.«

»Loo ist auf dem Gericht.«

Duncan sah kurz auf und zur Tür, er lächelte. »Nicht in diesem Moment.«

Sie trug ein konservatives dunkelblaues Kostüm, das ihre ellenlangen Beine trotzdem perfekt zur Geltung brachte. Ihre sexy Locken wurden von einer Haarspange so im Zaum gehalten, dass sie ihre markanten Wangenknochen, dunkelbraunen Augen und ihren üppigen Mund nur leicht umspielten. Ihre Haut besaß einen tiefen Karamellton.

Duncan fragte sich immer, wie die Richter nur in dieses Gesicht sehen und nicht zu allem, was sie wollte, Ja und Amen sagen konnten. Als sie näher kam, stand er auf, umarmte sie und flüsterte ihr so laut ins Ohr, dass Phin mithören konnte: »Verlass ihn. Ich kauf dir Fidschi.«

Sie hatte eine laute, markante Lache und hielt sich damit nicht zurück. »Darf ich ihn wenigstens behalten, um mit ihm zu spielen, wenn du beschäftigt bist?«

»Gib mir meine Frau zurück!«

»Erst wenn ich mit ihr fertig bin.« Duncan ließ sich bewusst Zeit und gab ihr einen langen, theatralischen Kuss auf die Wange. »Das muss reichen. Danke, dass du gekommen bist, Loo.«

»Ich dachte, du bist auf dem Gericht.«

»Da war ich auch.« Sie setzte sich neben Phin und küsste ihn auf den Mund. »Der Staatsanwalt hat die Verhandlung vertagt. Ich hab ihn in die Enge getrieben. Und wer von euch Hübschen lädt mich jetzt auf einen Martini ein?«

»Der wird schon geschüttelt, während wir hier sprechen. Noch eine Minute. Das hier bieten wir dem Wahnsinnigen an, und das hier legen wir noch drauf.« Duncan schob Phin die Serviette hin. »Einverstanden?«

Phin warf einen Blick auf die Zahlen und zuckte die Achseln. »Es ist schließlich dein Geld.«

»Ganz genau.« Duncan griff nach seinem Bier. Er wusste, dass Phin und Loo unter dem Tisch Händchen hielten. Sie besaßen es, das gewisse Etwas, das zwei Menschen zusammenhält und richtig glücklich sein lässt.

»Wollt ihr etwas essen?«, fragte Duncan.

»Nein, danke. Da unser fantastischer, intelligenter Nachwuchs bei ihrer Kusine übernachtet, werde ich mich von diesem gut aussehenden Mann zum Abendessen ausführen lassen.«

»Was du nicht sagst.«

Loo zwinkerte Duncan zu. »Also, was kann ich für dich tun?«

»Einer Freundin von mir ist heute etwas passiert. Ich bin einfach neugierig, was den Kerl, der ihr das angetan hat, erwartet, wenn sie ihn kriegen.«

»Straf- oder Zivilrecht?«

»Eindeutig Strafrecht.«

Loo hob angesichts des Tons, in dem er das sagte, die Brauen, und ließ sich dann den Martini servieren. Sie nahm einen ersten langsamen Schluck. »Falls diese Person jemals angeklagt wird, willst du bestimmt nicht, dass ich oder meine Kanzlei sie vertrete.«

»Ich kann dir keine Vorschriften machen, aber du weißt bestimmt, welche legalen Tricks er nutzen kann, falls sie ihn kriegen.«

»Nicht falls, sondern wenn. Und jetzt sag mir, was dieser Mann angeblich getan hat.«

»Aber vorher sollte ich dir vielleicht noch sagen, dass er ein Bulle ist.«

»Oh. Na ja. Mist.« Loo atmete hörbar aus und nahm noch einen Schluck. »Erzähl schon.«

Interessant. Er saß an der Bar hinter seinem Bier, aß eine Kleinigkeit und gab vor, sich für den Bericht über die March Madness zu interessieren, der gerade über den Bildschirm flimmerte. So hatte er freie Sicht auf die Nische, wo Phoebes Freund mit dem aufgerüschten schwarzen Pärchen saß.

Was für ein glücklicher Zufall, dass er das Haus in der Jones Street beobachtet hatte, als das schicke Auto vorfuhr.

Phoebe hatte nicht unbedingt gut ausgesehen. Er hatte ein Lachen unterdrücken müssen, um keine Aufmerksamkeit zu erregen. Nein, diese rothaarige Schlampe hatte alles andere als gut ausgesehen.

Aber bevor alles vorbei war, würde sie noch viel schlimmer aussehen. Doch noch würde er sich ein bisschen Zeit lassen und sich die Mühe machen, herauszufinden, wer dieser Typ mit dem schicken Auto und seine Freunde waren.

Man weiß ja nie.

9

Während sie mit einem Ohr in Richtung Phoebes Zimmer lauschte, faltete Essie sorgfältig die weiße Tagesdecke zusammen. Wie so oft hatte ihr die feine Handarbeit dabei geholfen, sich wieder zu beruhigen. Sie hatte festgestellt, dass sie, wenn sie produktiv – oder sogar kreativ – war, ihre Gedanken besser im Zaum halten und sie daran hindern konnte, dorthin abzuschweifen, wo die Panik lauerte. Und die Braut, die dieses Hochzeitsgeschenk bekam, würde etwas Einzigartiges und ganz Besonderes besitzen, das sie noch vielen Generationen weitervererben konnte. Sie bereitete das silbergraue Seidenpapier vor. Während sie das fertige Produkt sorgfältig einpackte, waren ihre Hände beschäftigt, sodass ihre Gedanken zur Ruhe kamen.

Sie wollte nicht jedes Mal Angst haben, wenn Phoebe das Haus verließ, oder ihre Familie wie sie zu Gefangenen dieser vier Wände machen. Sie durfte nicht zulassen, dass diese Angst von ihr Besitz ergriff, sich ihrer bemächtigte. Sie kam bekanntermaßen schleichend, durchdrang sie langsam und engte ihren Bewegungsradius immer mehr ein.

Sie konnte immer noch hinaus auf die Terrasse gehen oder in den Garten, aber auch das fiel ihr zunehmend schwerer. Wenn Carly nicht gewesen wäre, hätte Essie längst nicht mehr die Kraft dazu. Auch dieser Tag würde kommen, sie spürte, wie er näher rückte, jener Tag, an dem sie nicht mehr auf der Veranda sitzen und mit ihrer heiß geliebten Enkelin ein Buch lesen konnte.

Aber wer konnte ihr schon einen Vorwurf machen?, dachte Essie, während sie das hübsche ovale Etikett mit ihren Initialen auf das Seidenpapier klebte, um es an Ort und Stelle zu halten. Da draußen, außerhalb ihrer vier Wände, passierten die furchtbarsten Dinge, und zwar in jeder Minute eines jeden Tages, in den Straßen, auf den Bürgersteigen, auf dem Markt und in der Reinigung.

Einerseits hätte sie die Familie am liebsten ans Haus gefesselt, alle Türen verschlossen und die Fenster verbarrikadiert. Sie wünschte, sie könnte sie im Haus behalten, wo alle in Sicherheit waren, wo niemandem etwas zustoßen konnte, niemals. Andererseits wusste sie, dass ihr das die Krankheit einflüsterte, die versuchte, sich ihrer noch ein Stück mehr zu bemächtigen.

Sie legte die Karte mit den Pflegehinweisen für die Tagesdecke bei und schloss die silberne Schachtel. Allmählich beruhigte sie sich wieder. Ihr Blick ging hin und wieder zum Fenster, aber das war nur ein kurzer Test, ein flüchtiger Blick auf die Außenwelt. Sie war froh, dass es regnete. Sie liebte den Regen, wenn es drinnen gemütlich wurde und es *vernünftig* war, zu Hause zu bleiben.

Nachdem sie das Geschenk in einen Karton gepackt, mit Styroporkugeln gepolstert, verschlossen und etikettiert hatte, summte sie vor sich hin.

Sie trug es aus ihrem Zimmer und hielt kurz inne, um einen Blick hinein zu Phoebe zu werfen. Als sie sah, dass ihre Kleine schlief, lächelte sie. Viel Schlaf und Ruhe, das brauchte Phoebe jetzt, um wieder gesund zu werden. Wenn sie wach würde, wollte ihr Essie ein Tablett mit Tee und einer kleinen Mahlzeit bringen. Sie wollte sich zu ihr setzen wie vor all den Jahren, als ihre Tochter mit einer Erkältung oder einem Anflug von Grippe im Bett gelegen war.

Sie war schon halb die Treppe hinuntergegangen, als es klingelte. Sie zuckte heftig zusammen, ließ ihre rechte Hand sinken. Ihre Beine gaben nach, ihr Herz raste, und sie musste sich auf eine Treppenstufe setzen. Sie umklammerte den Karton wie einen Schutzschild.

Diese plötzliche Umklammerung der Angst, die ihre kleine weiße Narbe auf der Wange pochen ließ wie eine frische Wunde, war anderen unmöglich zu vermitteln. Aber wenn sie nicht hinging, würde es gleich noch einmal klingeln – da, es klingelte erneut. Davon würde Phoebe aufwachen, und sie musste doch dringend schlafen.

Wer beschützte ihr kleines Mädchen, wenn sie jetzt weglief und sich versteckte? Sie würde nicht zulassen, dass ihre Angst sie daran hinderte, die Tür zu öffnen, auch wenn sie es nicht schaffen würde, das Haus zu verlassen.

Sie stand auf, zwang sich zur Tür zu gehen, umklammerte aber nach wie vor den Karton. Vor lauter Erleichterung kam sie sich ganz dumm vor und schämte sich, als sie Duncan auf der anderen Seite erkannte.

Was für ein netter Junge, dachte Essie, während sie noch einen Moment wartete, einen kurzen Moment, bis sich ihre Atmung wieder beruhigt hatte. Ein anständiger, gut erzogener junger Mann, der ihre Kleine hoch ins Bett getragen hatte.

Es gab keinen Grund, Angst zu haben.

Essie ließ den Karton sinken, schloss die Tür auf und schenkte ihm ein strahlendes Lächeln.

»Duncan! Wie schön, dass Sie vorbeikommen. Und das bei dem Regen und ohne Schirm. Kommen Sie herein!«

»Warten Sie, ich nehme Ihnen das ab.«

»Nein, das geht schon, ich wollte ihn sowieso hier abstellen.« Sie drehte ihm den Rücken zu und hoffte, dass er nicht sah, wie ihre Hände zitterten. »Ich habe einen Kurier bestellt. Wie wär's mit einem Kaffee?«

»Bitte machen Sie sich keine Umstände. He!« Er nahm ihre Hände, also hatte er es doch bemerkt.

»Alles in Ordnung?«

»Ich bin ein bisschen nervös, das ist alles. Albern, nicht wahr?«

»Kein bisschen, nach allem, was passiert ist. Meine Nerven waren auch ganz schön mitgenommen.«

»Bitte erzählen Sie das Phoebe nicht, aber ich finde es beruhigend, einen großen, starken Mann im Haus zu haben.«

»Wieso? Ist noch jemand hier?«, sagte er und brachte sie damit zum Lachen. »Bei mir sind Geheimnisse gut aufgehoben. Ich wollte nur kurz vorbeischauen und nach der Patientin sehen.«

»Sie hatte eine schlaflose Nacht.« Essie nahm seinen Arm und führte ihn ins Wohnzimmer. »Aber im Moment schläft sie. Bitte setzen Sie sich, und leisten Sie mir etwas Gesellschaft. Ava ist im Blumenladen. Sie arbeitet manchmal dort, drei Tage die Woche, wenn man sie brauchen kann. Meine Schwiegertochter kommt später auch noch. Josie ist Krankenschwester, eine private Pflegeschwester. Sie hat sich Phoebe gestern kurz angesehen und schaut nachher mit Carter vorbei, wenn er mit seinem Unterricht fertig ist. Wissen Sie, warum ich so viel rede?«

»Tun Sie das?«

»Duncan, mir ist mein Verhalten von gestern so peinlich.«

»Aber das muss Ihnen nicht peinlich sein. Sie haben sich erschreckt.«

»Aber mit diesem Schrecken bin ich alles andere als gut umgegangen.«

»Essie, Sie sollten sich mal eine Pause gönnen.« Er sah Überraschung in ihr aufkeimen, als sei ihr das noch nie in den Sinn gekommen. »Was haben Sie heute alles schon gemacht?«

»Ich habe mich beschäftigt und Phoebe so lange mit Mahlzeiten traktiert, bis sie sie mir am liebsten ins Gesicht geworfen hätte. Ich habe ein Projekt fertiggestellt und ein halbes Dutzend Einkaufslisten mit lauter Sachen angefertigt, die ich gar nicht brauche.«

Bei dem Wort *Projekt* wurde Duncan sofort hellhörig. Er streckte die Beine aus und stellte sich auf ein gemütliches Gespräch ein. »Was denn für ein Projekt?«

»Oh, ich mache Handarbeiten.« Essie zeigte auf die Halle, wo der Karton darauf wartete, abgeholt zu werden. »Ich habe erst gestern Abend eine Tagesdecke fertiggestellt – sie ist ein Hochzeitsgeschenk.«

»Wer heiratet denn?«

»Oh, irgendein Kunde von meiner Patentochter. Ich verkaufe meine Handarbeiten an Leute aus der Gegend und manchmal auch über das Internet.«

»Ehrlich?« Ein solcher Unternehmergeist ließ ihn noch hellhöriger werden. »Sie produzieren also in Heimarbeit?«

»Ich würde das eher als eine Art Hobby bezeichnen«, sagte sie lachend.

Während er äußerlich ruhig dasaß, begann es in seinem Kopf zu rattern: Handarbeit. Sonderanfertigungen. Einzelstücke. »Was sind denn das für Handarbeiten?«

»Häkelarbeiten. Meine Mutter hat mir das beigebracht,

und die hat es wiederum von ihrer Mutter gelernt. Es war eine ziemliche Enttäuschung, dass ich Phoebe nie lang genug zum Stillsitzen bewegen konnte, um ihr das beizubringen. Aber Carly stellt sich schon ziemlich geschickt an.«

Er sah sich im Zimmer um, und sein Blick blieb an dem blauen Sofaüberwurf mit dem auffälligen Rosenmuster hängen. Er stand auf, griff danach und sah ihn sich genauer an.

O ja, er war fein gearbeitet und wirklich etwas Besonderes.

»Haben Sie das gemacht?«

»Ja.«

»Das ist hübsch. Wirklich hübsch. Es sieht aus wie etwas, das Ihre Großmutter an vielen langen Abenden angefertigt und Ihnen weitervererbt hat.«

Essies Gesicht begann zu strahlen. »Ein schöneres Kompliment hätten Sie mir gar nicht machen können.«

»Haben Sie sich auf bestimmte Artikel oder Muster spezialisiert, oder richten Sie sich nach den Wünschen Ihrer Kunden?«

»Oh, das kommt ganz drauf an. Aber jetzt hole ich Ihnen erst mal einen Kaffee.«

»Ich muss leider schon wieder los. Haben Sie je daran gedacht … He!«

So, wie er plötzlich strahlte, setzte auch Essie ein Lächeln auf, bevor sie sich umdrehte und Phoebe in der Tür stehen sah.

»Was fällt dir ein, aufzustehen und allein die Treppe herunterzukommen?« Schimpfend eilte Essie an die Seite ihrer Tochter. »Hab ich dir nicht extra die Glocke auf den Nachttisch gelegt, damit du klingeln kannst, wenn du irgendetwas brauchst?«

»Ich hab es einfach nicht mehr im Bett ausgehalten. Ich kann nicht den ganzen Tag rumliegen.«

Duncan sah den mütterlich-missbilligenden Blick, bevor Essie sich wieder zu ihm umdrehte. »Sie müssen entschuldigen, Duncan. Wenn es ihr nicht gut geht, wird sie gereizt. Ich werd uns jetzt erst mal wie versprochen einen Kaffee machen.«

»Mama?« Phoebe strich Essie sanft über den Arm. »Tut mir leid. Ich wollte dich nicht so anfahren.«

»Weil du krank bist, werde ich diesmal gern darüber hinwegsehen. Unterhalte dich in der Zwischenzeit mit Duncan. Er ist trotz des Regens hergekommen, nur um zu sehen, wie es dir geht.«

Phoebe sah ihn nur stirnrunzelnd an, während ihre Mutter aus dem Zimmer ging. »Mir ist durchaus bewusst, dass ich heute noch schlimmer aussehe als gestern.«

»Dann brauch ich es ja nicht mehr zu erwähnen. Fühlst du dich auch schlechter?«

»Teilweise, ja. Aber vor allem bin ich gereizter.« Sie warf einen Blick zurück in die Halle und seufzte. »Ich kann es einfach nicht haben, wenn man so ein Trara um mich macht.«

»Dann halte ich mich lieber etwas zurück und nehme das hier wieder mit.« Er hielt die Einkaufstüte hoch, die er mitgebracht hatte. »Denn damit berühre ich gleich zwei wunde Punkte auf einmal, nämlich das Imbettliegen und das Traramachen. Denn ein Geschenk ist vermutlich gleichbedeutend mit Traramachen.«

»Das kommt ganz auf das Geschenk an. Aber bitte setz dich doch wieder, Duncan. Ich bin schon selbst ganz genervt von meiner schlechten Laune.«

»Ich muss jetzt wirklich los. Da sind mehrere Sachen

drin.« Er hielt die Tüte hoch und schüttelte sie leicht. »Willst du sie haben – ja oder nein?«

»Woher soll ich denn das wissen, wenn ich gar nicht weiß, was drin ist?« Sie humpelte zu ihm und spähte in die Tüte. »DVDs? Meine Güte, das müssen über zwanzig Stück sein!«

»Ich lese gern oder seh mir Filme an, wenn es mir nicht gut geht. Aber da dir das Lesen wegen deines flügellahmen Arms bestimmt schwerfällt, habe ich mich für Filme entschieden.«

Neugierig beäugte Phoebe die Tüte. »Das ist wirklich sehr lieb von dir …«

»So war es auch gemeint. Aber jetzt muss ich los. Sag deiner Mutter liebe Grüße.« Er küsste sie auf die Stirn neben dem Verband. »Gönn dir ein wenig Unterhaltung, und ruf mich morgen an.«

»Wenn ich dich nicht zur Tür bringe, muss ich meine Mutter anlügen und sagen, dass ich es getan habe.« Sie stellte die Tüte ab und begleitete ihn zur Tür. »Ich weiß deine Hilfe sehr zu schätzen. Und danke, dass du keine Bemerkung über meine Frisur und meine verheerende Laune gemacht hast.«

»Wenn es dir besser geht, darfst du dich gerne revanchieren und noch einmal mit mir zu Abend essen.«

»Versuchst du mich etwa mit den DVDs zu bestechen?«

»Aber natürlich. Auch wenn ich finde, dass meine Diskretion in Bezug auf deine Frisur und deine Laune noch weitaus kostbarer ist.« Da er sich freute, ein kurzes Lächeln auf ihre Lippen zaubern zu können, beugte er sich vor und gab ihr einen Kuss. »Wir sehen uns später.«

Er öffnete die Tür, als eine Frau die Stufen hochgerannt kam. »Hallo«, sagte er.

»Ebenfalls Hallo. Lieutenant.«

»Detective. Detective Liz Alberta. Duncan Swift.«

»O ja, wir haben bereits telefoniert.« Er reichte ihr die Hand. »Schön, Sie kennenzulernen – ich überlasse Ihnen das Feld. Wir sprechen uns später, Phoebe.«

Liz drehte sich um und musterte Duncan, während er durch den Regen davoneilte. Während sie den Schirm sinken ließ, hob sie bewundernd die Brauen. »Hübsch.«

Ihr Tonfall und ihr Blick sagten Phoebe, dass sie damit Duncan meinte. »O ja, in der Tat. Kommen Sie ins Trockene.«

»Danke. Ich hätte nicht gedacht, dass Sie heute schon auf den Beinen sind.«

»Wenn ich nicht bald wieder arbeiten kann, werd ich wahnsinnig.« Sie nahm Liz den Schirm ab und stellte ihn in den Schirmständer aus Porzellan.

»Sie sind also keine brave Patientin?«

»Nein, im Gegenteil. Sind Sie hier, weil Sie die Befragung fortsetzen wollen?«

»Wenn Sie das verkraften.«

»Ja.« Phoebe zeigte in Richtung Wohnzimmer. »Gibt es sonst noch was, das ich wissen müsste?«

»Ihre Waffe wurde bisher nicht gefunden, dafür habe ich Ihnen das hier mitgebracht.« Sie zog einen Beweisbeutel aus ihrer Aktentasche. Darin befand sich Phoebes Dienstmarke. »Sie lag am Fuß der Treppe, wo der Angreifer sie weggeworfen haben muss. Keinerlei Fingerabdrücke, nur Ihre.«

»Er trug Handschuhe«, murmelte Phoebe.

»Ja, das sagten Sie bereits. Wie geht es Ihrer Schulter?«

»Ich rede mir ein, es könnte schlimmer sein. Aber das stimmt ja auch. Alles könnte schlimmer sein.«

»Lieutenant …«

»Bitte nennen Sie mich Phoebe. Das mag zwar eine offizielle Befragung sein, aber wir sind hier ja nicht auf dem Revier.«

»Gut, Phoebe. Wir beide wissen, dass seelische Verletzungen häufig langsamer heilen als körperliche.«

Es zu wissen oder es am eigenen Leib erfahren zu müssen war ein großer Unterschied. »Ich kümmere mich darum.«

»Gut.«

»Er hat mir aufgelauert. Arnie Meeks hat mir aufgelauert und mich zu Boden geworfen.«

Bevor Liz etwas sagen konnte, schob Essie einen Teewagen herein. »Oh, das tut mir leid, ich wusste nicht, dass weiterer Besuch gekommen ist. Wo ist Duncan?«

»Er musste weg, Mama. Das ist Detective Alberta. Meine Mutter Essie MacNamara.«

»Sie haben sich um meine Tochter gekümmert, als sie gestern verletzt wurde. Danke.«

»Gern geschehen. Schön, Sie kennenzulernen, Mrs. MacNamara.«

»Ich hoffe, Sie mögen Kaffee und probieren auch von dem Kuchen hier.« Essie stellte Tassen, Untertassen und Teller auf den Couchtisch. »Ich muss nur noch mal kurz zurück in die Küche.« Sie nahm das Tablett mit der Kaffeekanne, der Sahne und dem Zucker. »Ihr sagt mir Bescheid, wenn ihr noch etwas braucht.«

»Danke, Mama. Detective Alberta, es macht Ihnen doch nichts aus, sich selbst einzuschenken?«

»Nein, Ma'am.« Liz kam ihr zu Hilfe, griff nach der Kaffeekanne und schenkte ein. Sie warf einen kurzen Blick zur Tür, während Essie aus dem Zimmer ging. »Ich dachte,

Teewagen wie diesen gibt es nur noch in Filmen oder vornehmen Hotels.«

»Manchmal komme ich mir in diesem Haus auch vor wie in einem Film oder einem Hotel. Sie werden mir jetzt bestimmt erzählen, dass Sie heftige Nachforschungen anstellen, aber noch keine eindeutigen Beweise gegen Arnold Meeks in der Hand haben.«

»Ja und nein. Ich habe mit ihm gesprochen. Er war auf dem Revier und klug genug, das nicht zu leugnen. Er behauptet, während des Angriffs ein paar Sachen aus seinem Spind geholt zu haben.«

»Das war Rache, Liz.«

Sie sah aus dem Fenster wie ihre Mutter vorher, aber anstatt den Regen tröstlich zu empfinden, fühlte sie sich von ihm gefangen. Gefangen in diesem Haus, obwohl es doch noch so viel *zu tun* gab.

»Ich bin auch schon mit anderen Polizisten aneinandergeraten, wie das eben so ist. Aber nicht in letzter Zeit, und nie so heftig wie mit Mr. Meeks. Ich habe mich gewehrt, ich habe ihn vom Dienst suspendiert und ihm empfohlen, sich psychologisch untersuchen zu lassen. Er wollte mir dafür sofort eins auswischen, ja überlegte sogar, auf mich loszugehen. Das sah ich in seinen Augen, an seiner Körpersprache. Und Sykes auch, der deshalb eingeschritten ist.«

»Ja, ich habe mit Detective Sykes gesprochen, und er hat bestätigt, dass Meeks seinem Gefühl nach an diesem Tag Ärger in Ihrem Büro gemacht hat. Aber dass er ›das Gefühl hatte‹, reicht eben nicht. Ich habe keine Beweise, dass er in diesem Treppenhaus war. Er war auf dem Revier. Und er war wütend auf Sie, das schon. Er hat seinen Polizeibeauftragten benachrichtigt, und er weiß, dass sein Vater hinter ihm steht, der großen Einfluss hat. Können Sie mir nicht noch mehr sagen, und sei es noch so unwichtig?«

»Ich habe Ihnen alles gesagt, was ich weiß.«

»Dann gehen wir das Ganze noch einmal von vorn durch. Nicht nur den Angriff, sondern alles, nachdem Sie an jenem Morgen aus dem Haus gegangen sind.«

Phoebe wusste, wie das funktionierte. Jede Wiederholung der Geschichte konnte ein weiteres Detail zutage fördern, und das konnte wiederum eine entscheidende Wende bei den Ermittlungen herbeiführen.

Sie ging noch mal alles durch.

Sie erinnerte sich, mit welchen Officers und Detectives sie gesprochen, was sie getan hatte. Alles reine Routine, dachte sie. Ein ganz normaler Montagmorgen.

»Nach meinem Gespräch mit dem Captain nahm ich die Treppe zu den Unterrichtsräumen.«

»Sie nehmen immer die Treppe.«

»Ja, das ist so eine Angewohnheit von mir.«

»Sind Sie stehen geblieben, haben Sie sich mit irgendjemandem unterhalten?«

»Nein … Doch. Ich bin kurz zu meiner Sekretärin und habe ihr gesagt, dass ich nach unten gehen würde, um meinen Unterricht zu halten. Moment mal.« Phoebe stellte ihren Kaffee ab, lehnte sich zurück und schloss die Augen. Sie versuchte sich wieder an alles zu erinnern. Daran, wie sie mit schnellen Schritten ihr Büro verlassen und den Büroraum ihrer Einheit durchquert hatte.

»Sie hat mich eine Minute aufgehalten, mit mir geplaudert, aber nichts, was dringend gewesen wäre – obwohl sie wusste, dass ich schon ziemlich spät dran war. Ich hab mir nichts dabei gedacht und war höchstens ein wenig genervt, weil ich unter Zeitdruck stand und sie wusste – oder es zumindest hätte wissen müssen –, dass der Unterricht auf mich wartete.«

»Wer ist Ihre Sekretärin?«, fragte Liz, während sie ihren Notizblock zückte.

»Annie Utz. Sie arbeitet erst seit ein paar Monaten für mich. Sie hat mich aufgehalten.« Während sie versuchte, sich die Situation in Erinnerung zu rufen, schloss Phoebe die Augen. »Ich glaube, sie hat mich aufgehalten, vielleicht ein, zwei Minuten.«

Phoebe öffnete die Augen, die jetzt funkelten vor Wut. »Sie hat ihm ein Zeichen gegeben, über Funk oder übers Telefon. Dieser Mistkerl! Sie hat ihm Bescheid gesagt, dass ich auf dem Weg nach unten bin.«

»Wissen Sie, ob Arnie Meeks und Ihre Sekretärin eine Affäre haben?«

»Nein. Sie ist neu bei uns und sitzt, wie gesagt, erst ein paar Monate an diesem Schreibtisch. Sie sieht sexy aus, ist unverheiratet, freundlich. Manchmal vielleicht ein bisschen zu sexy, aber nicht übertrieben. Sie war nervös, sie war ein bisschen nervös gestern. Ich war in Eile und habe mir deshalb nichts weiter dabei gedacht. Ich habe bis jetzt gar nicht mehr an sie oder die kurze Unterhaltung mit ihr gedacht.«

»Ich werd mit ihr reden.«

»Nein. Wir werden mit ihr reden. Ich komme mit.«

»Lieutenant, Phoebe …«

»Versetzen Sie sich doch mal in meine Lage!«

Liz holte tief Luft. »Brauchen Sie Hilfe beim Anziehen?«

Phoebe kämpfte sich gerade schwitzend und fluchend in eine Bluse, als Essie ins Zimmer stürmte. »Bist du wahnsinnig geworden? Was tust du da?«

»Ich versuche, in diese verdammte Bluse zu kommen. Ich muss mit Detective Alberta aufs Revier.«

»Du gehst nirgendwohin, Phoebe Katherine MacNamara, außer zurück ins Bett.«

»Ich bin in einer Stunde zurück.«

»Soll ich dich etwa mit Gewalt zurück ins Bett befördern, du Sturkopf?«

»Mama, um Himmels willen!« Frustriert ließ Phoebe ihren Arm sinken, der wieder anfing, stark zu schmerzen. »Würdest du mir bitte helfen, diese verdammte Bluse zuzuknöpfen?«

»Nein. Ich sagte, du gehst nirgendwohin.«

»Und ich sagte, doch. Es gibt einen neuen Hinweis in meinem Fall, und ich …«

»Du bist kein Fall. Du bist mein Kind.«

Erschöpft hielt sich Phoebe ihren verletzten Arm. Doch trotz ihres Ärgers und ihrer Genervtheit sah sie eine besorgniserregende Panik in den Augen ihrer Mutter aufblitzen. »Mama … komm, am besten, wir beruhigen uns beide wieder ein bisschen.«

»Ich beruhige mich erst, wenn du deinen zusammengeschlagenen Körper zurück ins Bett beförderst, wo er auch hingehört.« Essie schlug die Bettdecke zurück. »Und zwar sofort. Ich werde nicht zulassen, dass …«

»Mama, jetzt hör mir mal gut zu. Mein Arm wird heilen, und meine sonstigen körperlichen Verletzungen werden auch heilen. Aber wir beide wissen sehr gut, dass die seelischen Verletzungen entscheidend sind. Deshalb wirst du sicherlich verstehen, dass ich nicht gesund werden kann, bis derjenige, der mir das angetan hat, zur Rechenschaft gezogen wird.«

»Es gibt andere, die sich darum kümmern können.«

»Ich weiß, dass du so denkst, so denken musst. Aber bitte verstehe auch, dass ich das anders sehe und genauso wenig dagegen ankann. Ich kann nicht in Angst leben, Mama, das kann ich einfach nicht.«

»Das möchte ich auch gar nicht, und darum bitte ich dich auch nicht.«

»Aber ich habe Angst. Ich schließe die Augen und bin wieder in diesem Treppenhaus.«

»Ach, Kleines.« Tränen rannen über Essies Gesicht, während sie auf ihre Tochter zulief und ihr über die Wange strich.

»Ein Teil von mir hört einfach nicht auf, Angst zu haben, und bis ich das nicht erledigt habe, werde ich in diesem Treppenhaus gefangen sein. Und jetzt hilf mir mit der Bluse. Bitte.«

Obwohl ihre Augen feucht waren, musterte Essie Phoebes Gesicht und wusste Bescheid. »Ich will nicht, dass du so leben musst wie ich. Ich will nicht, dass du Angst hast.«

»Das weiß ich doch.«

Langsam knöpfte Essie Phoebe die Bluse zu und ließ ihre Tochter dabei nicht aus den Augen. »Aber musst du dich so weit vorwagen?«

»Ich fürchte schon. Es tut mir leid.«

»Phoebe.« Sanft schob Essie Phoebes Arm zurück in die Schlinge. Dann fuhr sie ihr mit den Fingerspitzen übers Haar. »Aber wenn du zurückkommst, gehst du sofort ins Bett.«

»Versprochen.«

»Und du isst brav auf, was ich dir zum Abendessen koche.«

»Bis auf den letzten Krümel.« Phoebe küsste Essie auf die

Wange, wo sich die kleine weiße Narbe unter einer sorgfältig aufgetragenen Make-up-Schicht verbarg. »Danke.«

Als Phoebe in Begleitung ihrer Mutter zurück ins Wohnzimmer kam, sah Liz von einer zur anderen. »Ihre Sekretärin hat sich heute Morgen krankgemeldet. Ich habe ihre Privatadresse.«

»Dann suchen wir sie eben bei sich zu Hause auf.«

»Detective? Auch wenn sie Ihre Vorgesetzte ist – bitte passen Sie gut auf meine Kleine auf, und bringen Sie sie mir heil nach Hause.«

»Das versprech ich Ihnen, Mrs. MacNamara. Danke für den Kaffee.« Liz wartete, bis sie draußen waren, dann sagte sie in bestimmtem Ton: »Auch wenn Sie meine Vorgesetzte sind – diese Ermittlung leite ich.«

»Lassen Sie mich zuerst mit ihr reden. Mein Gefühl sagt mir, dass er ihr nicht verraten hat, dass er mir wehtun will. Höchstens, dass er mich ein bisschen erschrecken oder noch mal mit mir reden will.« Trotz des Regens setzte sich Phoebe ihre Sonnenbrille auf. »Ich glaube nicht, dass sie mitgemacht hätte, wenn sie von seinem Plan gewusst hätte. Am Tag darauf meldet sie sich krank. Sie hat wahrscheinlich Angst, Schuldgefühle, fragt sich, was passiert ist. Sie hat bestimmt schone mehrere Varianten der Geschichte zu hören bekommen. Wenn Sie zuerst mich sieht, wird sie sofort einknicken.«

Annie sah krank aus, als sie die Tür zu ihrer Wohnung öffnete. Ihr erschöpftes Gesicht hob sich kalkweiß gegen den rosafarbenen Schlafanzug ab. Sie riss die Augen auf, als sie Phoebe sah, taumelte zurück und stammelte Phoebes Namen.

»Annie Utz? Ich bin Detective Alberta. Dürfen wir reinkommen?«

»Ich, ich …«

»Danke.« Liz drückte die Tür auf, damit Phoebe vor ihr hineingehen konnte. Im Hintergrund lief der Fernseher.

»Lieutenant MacNamara muss sich setzen. Sie wurde ziemlich übel zugerichtet.«

»Ich … ich bin erkältet. Ich bin wahrscheinlich ansteckend.«

»Das Risiko gehen wir ein. Sie haben gehört, was Lieutenant MacNamara zugestoßen ist, stimmt's?«

»Ja, ich glaube schon. Es tut mir so leid, Lieutenant. Sie sollten zu Hause sein und sich ausruhen.«

»Annie … dürfen wir das ausmachen?« Ohne eine Antwort abzuwarten, griff Liz nach der Fernbedienung. »Ich ermittle wegen des Überfalls auf Lieutenant MacNamara. Sie waren die Letzte, die mit ihr gesprochen hat, bevor sie angegriffen wurde.«

»Ich … ich weiß nicht.«

»Sie wissen nicht mehr, dass sie an Ihrem Schreibtisch stehen blieb, bevor sie ins Treppenhaus ging?«

»Nein, das natürlich schon. Sie haben gesagt, Sie gehen jetzt runter in den Unterricht.« Als sie sich Phoebe zuwandte, war Annies Blick auf einen Punkt irgendwo über ihrer Schulter gerichtet.

»Wann war das genau?«

»Kurz vor zehn. Ein paar Minuten vor zehn.«

»Sie wussten, dass Lieutenant MacNamara die Treppe nehmen würde?«

»Jeder weiß das.« Annie spielte an einem herzförmigen Knopf an ihrem Pyjama herum. »Ich fühle mich wirklich nicht besonders. Es tut mir leid.«

»Lieutenant MacNamara fühlt sich gerade auch nicht besonders. Stimmt's, Lieutenant?«

»Nein.« Ihre Sonnenbrille befand sich wieder in der Handtasche, in die sie sie beim Betreten der Wohnung gesteckt hatte. Phoebe wusste, dass das blaue Auge, die Kratzer und Verbände ein ebenso schockierender wie unangenehmer Anblick waren. Und sie wusste auch, dass sie Geduld haben und das Schweigen nutzen musste, um Annies Blicke auf sich zu ziehen. »Er hat mich zu Boden geschlagen, bevor er meine Arme auf den Rücken gedreht und mit Handschellen gefesselt hat, damit ich mich beim Stürzen nicht abfangen kann.«

Phoebe fixierte Annies weinerlichen Blick und hob die Hände, um ihr die bandagierten Handgelenke zu zeigen. »Nachdem er mir den Mund mit Isolierband zugeklebt hat, hat er mir eine Kapuze über den Kopf gezogen.« Sie strich ihr Haar aus der Stirn, damit die blauen Flecken noch besser sichtbar wurden. »Danach hat er meinen Kopf gegen die Wand gerammt.«

Tränen kullerten blasse Wangen herunter. »Ich ... ich habe gehört, das sei alles nur ein dummer Unfall gewesen. Ich habe gehört, dass Sie gestürzt sind. Dass Sie die Treppe heruntergestürzt sind.«

»War es ein Unfall, als er ihr mit der Faust mitten ins Gesicht schlug?«, fragte Liz. »Als Handschellen um ihre Handgelenke zuschnappten?« Sie hob Phoebes Arm hoch und zeigte auf die Handgelenke. »Sind ihre Kleider rein zufällig in Fetzen gefallen, weshalb sie halb nackt auf allen vieren nach Hilfe suchen musste?«

»Es tut mir leid, es geht mir nicht gut. Wenn Sie jetzt bitte gehen könnten? Würden Sie jetzt bitte gehen?«

»Hat er Ihnen gesagt, dass er nur mit mir reden will, Annie?« Phoebe sprach leise und vollkommen ruhig. »Dass er nur unter vier Augen mit mir sprechen will? Mich vielleicht ein bisschen erschrecken, mir seine Position klarmachen will, nachdem ich ihn so unfair behandelt habe? War es das, was er Ihnen erzählt hat, als er Sie bat, ihm Bescheid zu geben, wenn ich die Treppe nehme?«

»Ich weiß gar nicht, wovon Sie reden. Ich habe nichts damit zu tun. Wenn Sie gestürzt sind …«

»Ich bin nicht gestürzt. Sehen Sie mich doch an, Annie!«, brach es so wütend aus Phoebe hervor, dass Annie zusammenzuckte und den Kopf einzog. »Sie wissen ganz genau, dass ich nicht gestürzt bin. Deswegen sitzen Sie auch hier, krank vor Angst, und versuchen sich einzureden, dass es nur ein Unfall war. Er hat Ihnen das gesagt. Er hat Ihnen gesagt, dass es ein Unfall war und dass ich … ja, was? Dass ich gelogen habe, um mein Gesicht zu wahren? Dass ich den Überfall nur vorgetäuscht habe, weil mir der Sturz so peinlich war?«

»Wie lange schlafen Sie schon mit Officer Arnold Meeks, Annie?«, fragte Liz.

»Das habe ich nicht, wir haben nicht … wirklich nicht. Ich wollte das nicht. Ich habe nichts getan.« Als der Damm brach, griff Annie nach Tüchern aus einer geblümten Kleenexbox und verbarg ihr Gesicht darin. »Er hat gesagt, es sei ein Unfall gewesen und dass Sie das hochspielen würden, ja versuchen würden, ihn in Schwierigkeiten zu bringen. Er hat mir erzählt, wie Sie ihn angemacht haben und …«

»Officer Meeks hat Ihnen erzählt, Lieutenant MacNamara habe ihm sexuelle Avancen gemacht?«

»Er hat sie abblitzen lassen, und seitdem versucht sie, seinen Ruf zu ruinieren.« Annie ließ die Kleenextücher sinken und sah Liz flehentlich an. »Wenn ihm das Ganze nicht so peinlich wäre, hätte er sie längst wegen sexueller

Belästigung angezeigt, aber seine Frau ist auch dagegen. Außerdem schläft sie mit Captain McVee, also welchen Sinn hätte das schon?«

»Das alles hat er Ihnen erzählt, und Sie haben es geglaubt?« Liz schüttelte heftig den Kopf. »Vielleicht entschuldigt das Ihr Verhalten, vielleicht auch nicht. Vielleicht haben Sie ja wirklich geglaubt, Arnie einen Gefallen zu tun. Vielleicht wollten Sie einfach nicht wahrhaben, dass er Sie wiederholt belogen hat. Aber jetzt wissen Sie ganz genau, dass er gelogen hat, stimmt's, Annie? Sie können Lieutenant MacNamara nicht ansehen und ihm dann immer noch glauben.«

»Ich weiß nicht. Ich weiß nicht.«

»Wie wär's mit ein paar Fotos?« Liz holte ein paar aus ihrer Aktentasche. »Das ist das Blut von Lieutenant MacNamara im Treppenhaus. Oh, und das hier sind ihre zerfetzten Kleider. Und was ist mit dem Wäschesack, den er ihr über den Kopf gezogen hat? Dieses Foto ist besonders schön, es zeigt das Blut auf den Handschellen, die er ihr angelegt hat. Was für ein dummer Unfall!«

»O Gott.« Sie versteckte sich erneut hinter ihren Taschentüchern. »O Gott.«

»Welcher Mensch tut so was, Annie? Vielleicht jemand, der vorhat, Ihnen genau dasselbe anzutun oder sogar noch Schlimmeres. Weil Sie diejenige sind, die ihn damit in Verbindung bringen kann.«

»Ich habe nichts davon gewusst, gar nichts«, schluchzte Annie. »Ich habe nichts getan. Er wollte nur kurz mit ihr sprechen, ihr zeigen, dass er sich nicht einschüchtern lässt. Mehr nicht. Ich hab nur seine Nummer gewählt und das Telefon zweimal klingeln lassen. Das war das verabredete Zeichen. Mehr habe ich nicht getan. Ich wusste von nichts.«

»Aber jetzt wissen Sie's. Sie werden sich jetzt anziehen und mit mir kommen müssen.«

»Verhaften Sie mich? O Gott, bin ich verhaftet?«

»Noch nicht. Wenn Sie sich anziehen, gleich mitkommen und eine wahrheitsgemäße Aussage machen – und wirklich die Wahrheit sagen, Annie –, werde ich für Sie mit dem Staatsanwalt reden. Er hat Sie angelogen. Ich glaube Ihnen, dass er Sie angelogen hat.«

»Ich auch.« Phoebe unterdrückte ihre Wut und sprach beruhigend auf sie ein. »Ich glaube Ihnen, Annie.«

»Es tut mir so leid, Lieutenant, es tut mir wirklich leid.«

»Ja, das glaube ich Ihnen.«

Liz warf Phoebe einen Blick zu. »Ich setze Sie zu Hause ab und mach dann allein weiter.«

10

»Ich will dabei sein. Ich muss unbedingt dabei sein.«

Dave lehnte sich in seinem Schreibtischstuhl zurück und ließ Phoebe nicht aus den Augen.

»Erstens bin ich dafür nicht zuständig. Und zweitens ist das Liz Albertas Fall. Du bist das Opfer. Und falls du das vergessen haben solltest, lass ich gern einen Spiegel reinbringen.«

Sie wusste, wie sie aussah. Während der letzten Tage hatten die blauen Flecken sich langsam gelb und dunkellila verfärbt. Ihr Kiefer und ihr Auge schillerten in allen Regenbogenfarben. Zum Glück wurde das Schlimmste von ihrer Kleidung verhüllt.

»Das Opfer braucht das. Ich muss in diesem Raum sitzen und Arnold Meeks in die Augen schauen, damit er weiß, dass ich keine Angst vor ihm habe.«

»Stimmt das denn?«

»Zumindest nicht so viel, dass ich mir und ihm nicht das Gegenteil weismachen kann. Wir wissen beide, was die Psychologen sagen. Wie sich jemand fühlt, der gegen seinen Willen festgehalten oder in einer Situation, die er nicht kontrollieren kann, bedroht oder verletzt wird.«

»Hier geht es nicht darum, einen Angreifer bei einer Gegenüberstellung zu identifizieren, Phoebe. Und auch nicht darum, dem Angreifer bei Gericht gegenüberzustehen.«

»Umso offensiver kann ich auftreten. Meine Mutter und ich haben Reuben bei Gericht gegenübergesessen. Sie ist in den Zeugenstand getreten, um ihre Aussage zu machen, während er nur wenige Zentimeter von ihr entfernt war. Und ich weiß, dass das fast genauso schlimm für sie war, wie all die Stunden mit ihm in dem Haus gefangen zu sein. Aber sie hat es getan und ist immer noch eine Gefangene.«

Er blickte sie verständnisvoll an. »Aber du bist nicht deine Mutter.«

»Nein, aber …« Phoebe legte ihre geballte Hand aufs Herz. »Ich spüre ihre Angst, und ich will nicht, dass sie in mir weiterlebt. Wie kann ich auch weiterhin meine Arbeit tun, wenn sie sich bei mir einnistet? Das Opfer braucht das einfach.«

»Also gut, du kannst zusehen«, hob er an, obwohl sie beide wussten, dass er bereits an Boden verlor.

»Das reicht mir nicht.« Sie schüttelte den Kopf. »Ich will ihm gegenübersitzen, diesmal in dem Wissen, dass er die Situation nicht kontrollieren kann. Die Polizistin möchte mit ihm im selben Zimmer sein, weil sie Liz helfen kann, ihn zu einem Geständnis zu bringen. Ich war da. Ich bin Opfer, Zeugin und Polizistin in einer Person. So gesehen bin ich eine dreifache Bedrohung für ihn.«

»Aber zuständig bin ich trotzdem nicht. Das müssen Detective Alberta, ihr Captain und der Staatsanwalt entscheiden. Der Staatsanwalt«, fuhr Dave fort, noch bevor sie etwas entgegnen konnte, »der mit Arnies Vater angeln geht.«

»Egal, mit wem er angelt – ich habe Parnell immer als ziemlich zuverlässig empfunden. Glaubst du wirklich, dass er die Ermittlungen im Fall einer überfallenen Polizistin behindern wird, nur weil er mit dem Vater des Verdächtigen befreundet ist?«

»In Savannah spielen Beziehungen eine große Rolle, Phoebe, so wie überall anders auch. Aber in einem gebe ich dir recht: Auf Parnell ist Verlass. Meeks bringt seinen Polizeibeauftragten und einen Anwalt mit. Annie Utz lässt sich auch durch einen Anwalt vertreten.«

»Ein Grund mehr, Detective Alberta Rückendeckung zu geben. Jemand, dem es scheißegal ist, mit wem Arnies Daddy Würmer versenkt. Und jetzt sage ich dir noch etwas: Wenn er von zwei Frauen in die Zange genommen wird, setzt ihn das erst recht unter Druck.«

Sie ging im Büro auf und ab, während sie sprach, und sah die Situation bereits vor sich. »Oh, das wird Arnie ganz und gar nicht gefallen. Er wird einen Fehler begehen. Sein Ego wird die Oberhand gewinnen, vor allem, wenn ich dabei bin. Du magst in dieser Sache nicht zuständig sein, Captain, aber du könntest dich für mich einsetzen. Du könntest bei Detective Albertas Captain oder ihrem Lieutenant ein Wort für mich einlegen und darum bitten, dass ich dabei sein darf.«

»Ich werde dort anrufen, aber ich kann dir nichts versprechen.«

Sie legte ihm die Hand auf die Schulter. »Ein Anruf reicht. Ich danke dir.«

»Ich weiß nicht, ob ich dir wirklich einen Gefallen tue, wenn ich erreiche, dass du bei der Befragung dabei sein darfst. Wie verkraftet deine Familie das alles?«

»Es macht sie fertig. Meine Mutter … du weißt ja, wie sie ist.«

»Ja. Hilft es, wenn ich vorbeikomme, oder macht es das eher noch schlimmer?«

»Mama geht es immer besser, wenn du zu Besuch kommst. Wir alle freuen uns über deinen Besuch. Warum kommst du am Sonntag nicht zum Abendessen?«

Er lehnte sich in seinem Stuhl zurück. »Gibt es dann auch karamellisierten Schinkenkrustenbraten?«

»Das lässt sich bestimmt einrichten. Danke noch mal.«

Phoebe hatte einen Moment für sich allein im Beobachtungsraum und musterte Arnie Meeks durch den Spionspiegel. Er wirkte sorglos. Und selbstbewusst, wie ein Mann, der denkt, ihr könnt mich alle mal. Jemand, der glaubt, er kann sich alles erlauben. Es war ihm alles scheißegal, dachte Phoebe.

Als sie sich wieder daran erinnerte, wie seine Hände in sie eingedrungen waren, drehte sich ihr beinahe der Magen um. Ihr war das alles viel zu wenig egal.

»Lieutenant.« Liz betrat mit einer großen, extrem dürren Brünetten den Raum. »Assistant District Attorney Monica Witt, Lieutenant Phoebe MacNamara.«

»Lieutenant.« Monica gab Phoebe die Hand. »Wie geht es Ihnen?«

»Besser, danke. Ich nehme an, Sie verfolgen den Fall?«

»Wenn er vor Gericht kommt. Wir haben Annie Utz' Aussage und konnten nachweisen, dass von ihrem Telefon um neun Uhr achtundfünfzig telefoniert wurde. Aber es war uns leider nicht möglich, die Nummer zurückzuverfolgen. Wir haben keinerlei Beweise, die Meeks eindeutig mit dem Überfall in Verbindung bringen.«

»Aber Sie haben ein Motiv. Und Sie kennen seine Drohungen mir gegenüber.«

»Mein Chef will deutlich mehr, um einen Polizisten wegen eines Gewaltüberfalls inklusive sexuellen Missbrauchs einer Kollegin anzuklagen. Wenn Sie mir weitere Beweise bringen, werde ich ihn anklagen.«

Zwei Männer kamen herein. Phoebe erkannte Liz' Lieutenant und nickte ihm zu. Den zweiten identifizierte sie aufgrund der großen Ähnlichkeit sofort als Arnie Meeks' Vater. Er hatte ein breiteres Kreuz als sein Sohn, ein markanteres Kinn und einen stählernen Blick.

»Lieutenant Anthony und Sergeant Meeks werden ebenfalls zusehen.«

»Dann fangen wir mal an.« Liz ging zur Tür und hielt sie auf, Phoebe folgte ihr.

»Wenn mein Junge aus dieser Sache raus ist«, sagte Sergeant Meeks, während er Phoebe den Weg verstellte, »und seine Suspendierung aufgehoben wurde, bin ich noch lange nicht fertig mit Ihnen, Lieutenant MacNamara.«

»Sergeant, Sie sind nur hier, weil wir Ihnen einen Gefallen tun. Bitte übertreiben Sie es nicht.«

Phoebe machte auf dem Weg zum Verhörraum einen großen Bogen um ihn.

»Wie der Vater, so der Sohn«, murmelte sie in sich hinein.

»Ich leite das Verhör«, ermahnte Liz sie.

»Das haben wir bereits besprochen.«

»Ich meine ja nur.« Sie öffnete die Tür und ging hinein.

Arnie würdigte Liz keines Blickes. Seine Augen waren ausschließlich auf sie gerichtet und ließen sie nicht mehr los.

»Also, Leute.« Liz lächelte entspannt und nickte dem Trio am Tisch zu. Sie stellte das Aufnahmegerät an, füllte das Formular aus und las Arnie seine Rechte vor. »Haben Sie das verstanden, Officer Meeks?«

»Ich hab den Sermon schon oft genug selbst aufgesagt, also sollte ich das wohl.«

»Ist das ein Ja?«

»Ja, ich kenne meine Rechte. Sollten Sie nicht lieber mit einem Eisbeutel und ein paar Schmerztabletten im Bett liegen?«, fragte er Phoebe.

»Arnie.«

Arnie beachtete die leise Warnung seines Anwalts nicht.

»Ich staune über Ihre Besorgnis, Arnie«, hob Liz an. »Soweit ich weiß, sind Sie nicht gerade ein Fan von Lieutenant MacNamara.«

»Ich finde nicht, dass sie eine gute Polizistin ist. Eigentlich ist sie ja auch keine, wenn man bedenkt, dass sie bloß redet.«

»Wenn Sie nichts dagegen haben, werden wir später noch auf Ihre Definition einer guten Polizistin zurückkommen.« Liz lächelte ungerührt weiter. »Sie und Lieutenant MacNamara hatten in letzter Zeit einige Auseinandersetzungen. Stimmt das?«

»Mein Mandant legt Wert auf die Feststellung, dass er

und Lieutenant MacNamara unterschiedliche Vorstellungen vom Polizeiberuf haben. Aber das ist noch lange kein Grund, eine Vorgesetzte körperlich anzugreifen. Der Mangel an Beweisen …«

»Wir leiten hier das Verhör«, sagte Liz. »Wir wollen uns nur einen Überblick über die Fakten verschaffen. Arnie, Sie mögen Lieutenant MacNamara nicht besonders. Kann man das so sagen?«

Arnie behielt sein dreckiges Grinsen bei, mit dem er Phoebe bedachte. »Ja, das kann man so sagen.«

»Haben Sie Lieutenant MacNamara bei Gelegenheit eine Schlampe genannt?«

»Ich scheue mich nicht davor, die Dinge beim Namen zu nennen.«

»Also ist sie eine Schlampe?« Als Arnie die Achseln zuckte, nickte Liz. »Sie haben also kein Problem damit, eine Vorgesetzte als Schlampe zu bezeichnen? Und auch nicht damit, ihr zu drohen, als sie Sie mit einer Disziplinarmaßnahme bestraft hat?«

»Was die Drohung anbelangt, liegt uns nur die Aussage von Lieutenant MacNamara vor«, unterbrach sie der Anwalt.

»Sie …«, Liz ging ihre Akten durch, »… und die Aussagen von zwei Detectives, die Ihren Mandanten dabei ertappt haben, wie er ihrer Meinung nach Lieutenant MacNamara in ihrem Büro bedrohte.«

»Meinungen sind Meinungen und keine Fakten.«

»Arnie, wissen Sie noch, weshalb Sie letzten Donnerstag in Lieutenant MacNamaras Büro waren?«

»Natürlich. Nachdem sie die Verhandlung mit einem Geiselnehmer in den Sand gesetzt hatte, wollte sie ihren Arsch retten, indem sie mich vom Dienst suspendierte.«

»Wirklich?« Liz sah Phoebe mit großen Augen an. »Meine Güte, wenn das stimmt, kann Ihnen Ihr Verhalten niemand übel nehmen. Aber sehen wir uns doch mal ein paar Aussagen und Berichte zu dieser Verhandlung an – die Sie übrigens zuerst führten –, nur um uns einen Überblick zu verschaffen. Hmmmm. Der Beamte forderte keine Verstärkung an. Der Beamte schrieb kein Protokoll …, aber es kommt noch besser: Der Beamte provozierte den Geiselnehmer. Bemerkenswert ist auch, dass Officer Meeks sogar versuchte, MacNamaras Kontaktaufnahme zu dem Geiselnehmer zu behindern.«

Arnie kippelte mit seinem Stuhl hin und her. »Sie kann schließlich schreiben, was sie will. Aber deswegen muss es noch lange nicht die Wahrheit sein.«

»Fakt ist, dass diese Aussagen alle von Zeugen stammen – von Zivilzeugen ebenso wie von Polizeizeugen. So gesehen weist alles daraufhin, dass Sie die Sache in den Sand gesetzt haben, Arnie.«

»Ich hatte die Situation unter Kontrolle, bis sie gekommen ist.«

»Sie hätten also nur noch etwas mehr Zeit gebraucht, um die Angelegenheit in Ordnung zu bringen, und die wollte sie Ihnen nicht geben.« Liz nickte mit gespitzten Lippen. »Der Typ schießt sich das Hirn weg, und Sie werden dafür verantwortlich gemacht. Danach suspendiert Sie die Schlampe auch noch. Da wäre ich auch ganz schön wütend. Kein Wunder, dass Sie Rachegefühle hegten.«

Arnie grinste und hinderte seinen Anwalt mit einer Geste, sich einzuschalten. »Ach, sie denkt, sie muss mich nur beleidigen, damit ich etwas Falsches sage.«

»Ich frage mich gerade, wie Ihre Frau das eigentlich

alles sieht. Wie sie es findet, dass Sie mit Annie Utz rumgemacht haben, zum Beispiel.«

Sein Grinsen wurde nur noch breiter. »Annie ist süß, aber dumm wie Bohnenstroh. Ich habe mit ihr geflirtet, das gebe ich gerne zu. Wie jeder Mann in meiner Einheit. Aber als sie mich angemacht hat, habe ich ihr klar zu verstehen gegeben, dass das nicht geht. Ich muss wohl ihre Gefühle verletzt haben, wenn sie mir das jetzt mit dieser Räuberpistole heimzahlen will. Oder aber man hat sie gezwungen, zu lügen.«

Phoebe sah Liz an. »Dieser Mann ist ausschließlich von Lügnern und Schlampen umgeben. Da grenzt es fast schon an ein Wunder, wie er den Tag durchsteht. Annie lügt also, wenn sie sagt, dass Sie beide eine sexuelle Beziehung hatten?«

Er grinste breit und wackelte mit dem Zeigefinger. »Ich hatte niemals Sex mit dieser Frau.«

»Süß«, bemerkte Liz. »Und ziemlich bewundernswert, wenn man bedenkt, dass sich die Beziehung laut Annie nur auf Oralsex beschränkt hat. Da scheinen die Grenzen wohl fließend zu sein. Sie sagten, sie habe Sie angemacht, was ich auch sehr interessant finde. Sie hat nämlich genau dasselbe von Ihnen erzählt. Sie haben ihr gegenüber behauptet, Lieutenant MacNamara habe Sie angemacht. Und als Sie sie, moralisch wie Sie sind, zurückgewiesen haben, sann sie auf Rache. Meine Güte, Sie Ärmster, die Frauen machen Ihnen das Leben ja regelrecht zur Hölle. Ich selbst muss mich auch schwer zurückhalten, Sie im Moment nicht anzubaggern.«

»Wenn Sie so weitermachen, Detective«, warnte sie der Anwalt, »ist dieses Verhör schnell beendet.«

»Ich möchte nur auf ein typisches Verhaltensmuster

hinweisen. Sie waren am Montagmorgen zwischen neun und zehn auf dem Revier, Officer?«

»Das stimmt. Ich wollte ein paar Sachen aus meinem Spind holen.«

»Und dafür brauchten Sie eine ganze Stunde?«

»Ich habe mich verquatscht. Ich bin schließlich Polizist«, sagte er gereizt. »Das ist mein Department. Ich sollte eigentlich hier sein und meinen Job machen. Und das würde ich auch, wenn diese verfickte Schlampe nicht wäre.«

»Jetzt ist sie also nicht nur eine Schlampe, sondern auch noch eine verfickte Schlampe, die Sie angemacht hat.«

»Ich sagte ja schon, ich scheue mich nicht, die Dinge beim Namen zu nennen.«

»Aber es war Annie, die gesagt hat, Lieutenant MacNamara habe Sie angemacht.« Liz lächelte freundlich, während Arnie zunehmend verärgert wirkte. »Ich fürchte, Sie verstricken sich gerade in Ihren Lügen und Ausreden. Aber das ist auch nicht weiter verwunderlich. Es ist schließlich nicht so einfach, eine Schlampe von der anderen zu unterscheiden, nicht wahr? Im Grunde sind wir doch alle gleich. Da brauchten Sie Phoebe gar nicht groß ansehen, bevor Sie ihr die Faust ins Gesicht rammten. Sie brauchten nicht hinhören, als sie schrie, weinte und fluchte. Natürlich brauchten Sie dafür auch nicht besonders viel Mut, weil ihre Hände mit Handschellen gefesselt waren. Was der eine Rache nennt, würden andere einfach nur als Feigheit bezeichnen.«

»Ich bin nicht feige.«

»Feige genug, eine Frau zu benutzen, um eine andere in die Falle zu locken.« Der zuckersüße Ton war jetzt vollkommen aus Liz' Stimme verschwunden. »Feige genug, sich wie eine Schlange im hohen Gras auf die Lauer zu legen. Die einzige Möglichkeit, Hand an sie zu legen und sie zu begrapschen, bestand darin, ihr Handschellen anzulegen und sie zu Boden zu schlagen. Nur so konnten Sie sie nackt sehen und sich über sie hermachen.«

»Ich war nie in diesem Treppenhaus«, wehrte sich Arnie. »Ich habe sie nie angefasst. Ich hab Besseres zu tun, vor allem mit meinen Fingern.« Er zeigte Phoebe den Stinkefinger.

»Sie hat überhaupt nicht von Fingern gesprochen«, sagte Phoebe, »sondern von Händen.«

Er lehnte sich zurück. »Hände, Finger, das ist doch ein und dasselbe.«

»Nein, das ist es nicht.« Sie spürte einen heißen, harten Knoten im Magen. Sie musste ihn lösen.

Das Opfer braucht das, dachte sie, um die Angst zu vertreiben.

»Du hast sie in mich hineingerammt, du Arschloch.« Sie sprang auf und ignorierte die Einwände seines Anwalts, während sie sich weit über den Tisch vorbeugte. »Du hast nach Babypuder gerochen, genau wie jetzt. Unter deinem Schweiß. Denn du gerätst so langsam ins Schwitzen, Arnie. Weißt du noch, was du zu mir gesagt hast?«

»Nein, und zwar ganz einfach deswegen, weil ich gar nicht da war.«

»Du sagtest, du vögelst keine Frauen wie mich. Ich nehme an, du hast deinen Schwanz nur deshalb nicht benutzt, weil er zu klein ist, um einen bleibenden Eindruck zu hinterlassen. Männer wie du kriegen sowieso keinen hoch.«

»Zu dumm, dass Sie sich bei dem Sturz nicht das Genick gebrochen haben.«

»Hiermit erkläre ich dieses Verhör für beendet«, verkündete der Anwalt.

»Dann hättest du mich eben fester schubsen müssen. Wenn ich mir was gebrochen hätte, hättest du vielleicht auch einen Steifen bekommen.«

»Ich hätte Sie die verdammte Treppe runterschubsen sollen.«

Sie lehnte sich zurück und nickte, während sich der heiße Knoten langsam auflöste.

»Ihr Pech.«

»Ich sagte, dieses Verhör ist beendet.«

»Gern.« Liz erhob sich. »Dann können wir ja weitermachen. Officer Meeks, Sie sind verhaftet.«

Phoebe ging direkt in ihr Büro, machte die Tür hinter sich zu und tat etwas, das nur sehr selten vorkam. Sie ließ ihre Rollläden herunter. Vorsichtig setzte sie sich hinter ihren Schreibtisch.

Plötzlich schienen alle Verletzungen wie wild zu pochen. Das lag an der Anspannung, sagte sie sich, die ihre Schmerzen noch verschlimmert hatte. Sie konnte keine richtig starken Tabletten einnehmen, nicht hier. Sie wurde schläfrig und schwindelig davon, also entschied sie sich für Aspirin. Und sah, wie ihre Hände um das Fläschchen zitterten.

Ja, dachte sie, der Knoten begann sich zu lösen, aber um welchen Preis?

Sie reagierte nicht auf das Klopfen an ihrer Tür und dachte nur, geht weg, lasst mich wenigstens für fünf Minuten in Ruhe.

Aber die Tür ging auf, und Liz kam rein. »Tut mir leid. Wie geht es Ihnen?«

»Ich zittere wie Espenlaub.«

»Nicht während des Verhörs, als es drauf ankam.«

»Er hat mich angesehen, er hat mir in die Augen gesehen. Er war froh, mir wehgetan zu haben. Er hat sich gewünscht, er hätte mir noch mehr wehgetan.«

»Und genau das hat ihn reingeritten«, rief ihr Liz wieder in Erinnerung. »Egal, was ihm sein Anwalt eingetrichtert hat – er kann sich einfach nicht beherrschen. Er hat keine Kontrolle über sich. Wenn dieser Fall vor Gericht kommt …«

»Er wird nicht vor Gericht kommen, Liz. Und das wissen Sie so gut wie ich.«

Liz ging um den Schreibtisch herum und setzte sich auf die Kante. »Na gut, wahrscheinlich nicht. Sie werden sich außergerichtlich einigen. Das Department, der Staatsanwalt – niemand von denen will eine öffentliche Verhandlung wegen des damit einhergehenden Medienrummels. Und trotz Arnies Reaktion während des Verhörs ist der Fall nicht wirklich hieb- und stichfest. Aber doch eindeutig genug, dass Arnies Anwalt weiß, wann er in eine außergerichtliche Einigung einwilligen sollte, wenn man sie ihm anbietet. Er wird seine Dienstmarke abgeben müssen, Phoebe, und unehrenhaft entlassen werden. Reicht Ihnen das?«

»Das muss es wohl. Danke für alles, was Sie für mich getan haben.«

»Sie haben einen Großteil dazu beigetragen.«

»Moment«, sagte Phoebe, als Liz aufstand. »Ich kenne da eine nette Bar, diesen Irish Pub in der River Street. Ich würde Sie dort gern auf einen Drink einladen. Aber ich brauch noch ein paar Tage Schonfrist, bis meine Eitelkeit es zulässt, dass ich mich wieder in die Öffentlichkeit wage.«

»Gern, sagen Sie mir einfach Bescheid. Passen Sie auf sich auf, Phoebe.«

Inzwischen lief Arnie in seiner Zelle auf und ab. Sie hatten ihn verhaftet, ihn eingesperrt. Dieser verdammte, nutzlose Anwalt.

Diese verdammten Schlampen hatten alles ruiniert. Körperverletzung, tätliche Bedrohung, sexueller Missbrauch. Sie hatten ihn reingelegt, nur weil diese *Fotze* nicht einmal ein paar blaue Flecken wegstecken konnte, die sie weiß Gott verdient hatte.

Aber sie würden damit nicht weit kommen. Nie im Leben würden sie es schaffen, ihm das nachzuweisen.

Er fuhr herum, als die Tür aufging, und unterdrückte den in ihm aufsteigenden Fluch, weil sein Vater den Kopf schüttelte, als er hereinkam.

»Die kommen da unmöglich mit durch«, hob Arnie an, als der Wachmann wieder weg war. »Die können mich hier nicht festhalten und dem Gespött der Kollegen aussetzen. Diese Schlampe …«

»Setz dich. Halt den Mund.«

Arnie ließ sich auf einen Stuhl plumpsen, den Mund konnte er aber nicht halten. »Hast du etwa nicht gesehen, dass sie eine stellvertretende Staatsanwältin geschickt haben? Ich bin von diesen Weibern verdammt noch mal umzingelt. Was sagt denn Chuck dazu?«, zeterte Arnie und meinte den eigentlichen Staatsanwalt. »Warum konnte er die Sache nicht verhindern?«

»Er setzt sich dafür ein, dass keine Anklage erhoben wird, und wird sich dafür aussprechen, dass du ohne Kaution entlassen wirst.«

»Na toll!« Angewidert warf Arnie die Hände hoch. »Erst werde ich wegen diesem Mist verhaftet, aber dann ohne Kaution freigelassen. Und das soll dann okay sein? Vergiss es, Pa. Ich könnte meine Dienstmarke verlieren.

Du musst Kontakt zum Büro für interne Angelegenheiten aufnehmen und gegen MacNamara ermitteln lassen. Du weißt doch, dass McVee sie fickt. Du weißt doch, dass ich nur deshalb hier festsitze.«

Mit zusammengepressten Lippen starrte Sergeant Meeks seinen Sohn an. »Du bist hier, weil du deinen Mund nicht halten konntest, genau wie jetzt. Ich werde dich jetzt etwas fragen, und zwar nur einmal, unter vier Augen. Ich werde dir jetzt eine Frage stellen und danach nie wieder, und ich will die Wahrheit wissen. Wenn du lügst, seh ich das. Und in dem Fall werde ich hier rausgehen und keinen Finger mehr für dich krumm machen.«

Seine Wut wich einer Art Schock, und zum ersten Mal machte sich eine leise Angst bemerkbar.

»Sieh mich an, Arnie. Hast du das getan?«

»Ich …«

»Lüg mich verdammt noch mal nicht an.«

»Sie hat mich suspendiert. Sie hat mich zum Sündenbock gemacht. Du hast mir beigebracht, mich zu wehren und mich von niemandem fertigmachen zu lassen. Wenn man jemandem in den Arsch treten muss, muss man eben jemandem in den Arsch treten.«

Meeks starrte ihn an. »Habe ich dir beigebracht, eine Frau zu schlagen, mein Sohn? Habe ich dir das beigebracht?«

»Sie hat mich einfach nicht in Ruhe gelassen. Sie …« Er verstummte, und Tränen brannten in seinen Augen, als ihm sein Vater eine saftige Ohrfeige verpasste.

»Hab ich dir beigebracht, eine Vorgesetzte hinterrücks zu überfallen wie ein Feigling? Ich dachte, du wärst ein Mann, verdammt, und nicht jemand, der einer Frau im Treppenhaus auflauert, um sie zusammenzuschlagen. Du bist eine Schande, eine Schande für unsere Familie, unseren guten Namen und eine Schande für die Polizei.«

»Wenn man dich angreift, musst du zurückschlagen. Genau das hast du mir beigebracht. Und das habe ich getan.«

»Wenn du den Unterschied nicht begreifst, weiß ich auch nicht mehr, was ich dir sagen soll.« Erschöpft erhob sich Meeks. »Ich seh zu, was ich tun kann, um dich da rauszuholen. Weil du mein Sohn bist. Ich tue es für deine Mutter und meinen Enkel. Aber deinen Job bist du los, Arnie. Dagegen kann und will ich nichts tun. Deinen Job bist du los.«

Meeks ging fest entschlossen zur Zellentür. »Wache!«, rief er und ließ seinen Sohn allein.

Am Sonntag beschloss Phoebe, die Armschlinge wegzulassen. Sie war es leid, damit rumzulaufen, und sie hatte genug von den Medikamenten und den blauen Flecken.

Heute ging es ihr auch schon etwas besser, als sie aus der Dusche kam, zumal sie es vermieden hatte, sich im Spiegel anzusehen. Es gelang ihr, sich ohne größere Schwierigkeiten den Bademantel überzuziehen. So, wie es aussah, würde sie es vielleicht nicht nur schaffen, mit den anderen zu Abend zu essen, sondern auch, bis zehn Uhr aufzubleiben, bevor sie ihre Kräfte wieder im Stich ließen.

Zurück in ihrem Zimmer, kam ihre Schwägerin herein. »Klopf, klopf«, sagte Josie mit einem herzlichen Lächeln. »Wie geht es denn unserer Patientin heute so?«

»Ich habe mich aus der Behindertenstatistik gelöscht, danke der Nachfrage.«

»Das lass mal lieber mich entscheiden. Zieh den Bademantel aus.«

»Ach, komm schon, Josie.«

Josies Lächeln wurde breiter. Sie war gerade mal 1,58 m groß und wog mit Kleidern höchstens knapp fünfzig Kilo. Aber hinter dem engelsgleichen Lächeln verbarg sich ein Sturkopf, der der schlimmsten Oberschwester Konkurrenz machte.

»Zieh den Bademantel aus, Süße, sonst sag ich's deiner Mutter.«

»Das ist gemein.«

»Ich bin gemein.«

»Ich glaube, ich fliehe nach Atlanta und miete mir dort eine Wohnung, ohne eine Adresse zu hinterlassen.« Trotzdem ließ Phoebe den Bademantel fallen.

Mitleid leuchtete in Josies großen braunen Augen auf, aber ihre Stimme blieb sachlich. »Die blauen Flecken werden immer blasser. Auch die Hüfte sieht schon viel besser aus. Aber die Schulter muss nach wie vor ziemlich wehtun.«

»Es geht so.«

»Wie weit kannst du sie bewegen?«

»Ich bin immer noch froh, ein paar BHs zu haben, die vorne zugehakt werden, aber es wird langsam.«

Josie nahm Phoebes Hände und drehte sie um. Diese Verletzungen machten ihr seelisch mehr zu schaffen als alle anderen. »Die Schürfwunden an den Handgelenken sehen schon sehr gut aus.«

»Diese verdammten Krusten! Darf ich mich jetzt wieder anziehen?« Josie hob den Bademantel auf und half Phoebe hinein. »Hast du irgendwelche Probleme mit dem Auge?«

»Nein, alles bestens. Und auch die Kopfschmerzen sind nicht mehr so schlimm, falls es dich interessiert. Ich kann meinen Kiefer berühren, ohne das Gefühl zu haben, dass er und mein Gehirn von Nägeln durchbohrt werden. Im Großen und Ganzen geht es mir gar nicht so schlecht.«

»Deine Verletzungen verheilen gut. Du bist eben noch jung und körperlich topfit.«

»Wusst' ich's doch, dass diese Pilatesübungen zu irgendwas gut sind! Du hättest nicht extra herkommen brauchen, um mich zu untersuchen, Josie.«

»Du hast auch nur deshalb das Vergnügen, weil ich hergekommen bin, damit mir Ava zeigt, wie man die Zitronenbaisertorte backt. Die sie bekanntlich nur macht, weil es Daves Lieblingskuchen ist. Warum krallt sie sich den Mann nicht endlich und sieht zu, dass die Geschichte richtig in Gang kommt?«

»Ich wünschte, ich wüsste, warum.« Phoebe ging zur Kommode mit ihrer Unterwäsche. »In all den Jahren ist es das erste Mal, dass beide gleichzeitig Singles sind. Er ist jetzt schon seit zwei Jahren geschieden. Und trotzdem tun beide so, als wären sie nur gute Freunde.«

»Wir könnten ein Blind Date für sie arrangieren. Du erzählst ihm einfach, du kennst da jemanden, und ich erzähl ihr dasselbe, aber nicht, um wen es sich handelt. Und dann …«

»Wenn wir versuchen, sie zu verkuppeln, werden wir uns garantiert die Finger verbrennen.«

Josie schmollte. »Dasselbe hat Carter auch gesagt. Na gut, ich gebe ihnen noch ein halbes Jahr, aber dann geh ich das Risiko ein. Soll ich dir beim Anziehen helfen?«

»Ich komm schon klar.«

»Aber jetzt mal unter uns.« Josie beobachtete Phoebe, während diese in eine Bluse schlüpfte, und sah, dass sie wieder beweglicher war. »Wie geht es dir sonst so?«

»Gut. Ich kenne die Symptome einer posttraumatischen

Belastungsstörung. Ich hatte ein paar Albträume, aber das ist ganz normal.«

»Es ist auch normal, dass sich der Stress aufstaut, wenn man meint, ihn unterdrücken zu müssen, um die Familie nicht zu beunruhigen.«

»Wenn ich mich abreagieren muss, hab ich schon meine Methoden, keine Sorge. Nächste Woche fange ich wieder Vollzeit an zu arbeiten. Das wird mir helfen.«

»Gut. Ruf mich an, wenn du mich brauchst.«

Um sich selbst und ihrer Familie zu beweisen, dass wieder Normalität eingekehrt war, kleidete sich Phoebe extra sorgfältig und gab sich mit ihrem Make-up besonders viel Mühe.

Als sie die Treppe herunterkam, war die Küche voller kochender Frauen. Es störte sie nicht weiter, in den Garten und in die Sonne zu Carly und Carter verbannt zu werden.

»Mama!« Carly rannte über die Terrasse. »Ich habe Onkel Carter beim Ballspielen geschlagen!«

»Braves Mädchen.«

»Das ist ein blödes Spiel.«

»Das sagt er immer, wenn er verliert«, verkündete Carly. »Möchtest du mitspielen?«

»Ich glaube, ich bin noch nicht so weit, Süße. Aber in einer Woche sieht das anders aus. Mal sehen, wer dann gewinnt. Am besten, du übst schon mal.«

»Ich geh kurz rein, was trinken, einverstanden? Onkel Carter zu besiegen hat mich durstig gemacht.«

»Angeberin!«

Carly grinste ihren Onkel an und rannte zur Tür. Seufzend ließ sich Phoebe auf die runde Bank um den kleinen Brunnen sinken. Hier konnte sie Avas Rosen nicht nur sehen, sondern auch riechen. Sie konnte die Vögel singen hören und die Hartnäckigkeit der Thymian- und Kamillepflanzen bewundern, die zwischen den Terrassenfliesen Fuß gefasst hatten, sowie die hübschen Veilchen um die kupferne Vogeltränke, die mit ihren Köpfen wippten.

»Ach, tut das gut, hier draußen zu sitzen!«

»Hat Josie dir grünes Licht gegeben?«

»Ja, ja.«

Er setzte sich zu ihr und legte einen Arm um Phoebes Schultern. »Wir machen uns Sorgen um dich. Aber das gehört wohl dazu.«

Sie lehnte ihren Kopf gegen seine Schulter. »Wir haben alle einen ziemlichen Schreck bekommen. Aber jetzt ist es vorbei.«

»Ich weiß noch, wie lange ich gebraucht habe, um über meine Ängste hinwegzukommen.«

»Carter, du warst damals noch ein kleiner Junge.«

»Das spielt keine Rolle, und das weißt du auch. Du hast dich um mich gekümmert und dich noch Jahre später zwischen mich und Bess gestellt.«

»Was für eine böse alte Frau. Ich weiß, das klingt gemein und undankbar, vor allem, wo wir gerade in ihrem hübschen Garten sitzen, während die anderen in ihrer Küche Torten und Braten zubereiten.«

»Das ist Avas Garten«, sagte Carter und brachte Phoebe zum Lächeln.

»Ja, das stimmt. Sogar, als die Tyrannin hier noch geherrscht hat, war es Avas Garten. Weißt du eigentlich, dass sie damals jünger war als wir heute, als sie hier anfing zu arbeiten? Sie war gerade mal zweiundzwanzig, stimmt's? Was sie für Nerven gehabt haben muss, um es mit Bess auszuhalten.«

»Die hattest du schon mit zwölf«, erinnerte Carter sie. »Und du kümmerst dich immer noch um uns. Sie wusste, dass du bleiben würdest, weil Mama nicht anders kann. Sie hätte Mama das Haus vererben können, nach allem, was sie für sie getan hat. Aber sie hat es dir vererbt und Bedingungen daran geknüpft. Sie hat dich hier eingesperrt.«

Es hatte keinen Sinn, zu widersprechen, jedes Wort davon war wahr. Und trotzdem war es ein viel zu schöner Tag, um ihn sich von unschönen Erinnerungen verderben zu lassen. »Sie hat mich in dieses schöne Haus gesperrt, wo meine Tochter wächst und gedeiht. Ich würde das nicht gerade als Opfer bezeichnen.«

»Aber für dich ist es das. Und mich hast du ziehen lassen.«

Sie packte seine Hand. »Aber nicht sehr weit. Ich glaube, ich könnte es nicht ertragen, wenn du weit weg wohnen würdest.«

Er lächelte und küsste sie auf ihren Scheitel. »Ich würde dich auch viel zu sehr vermissen. Aber eines kann ich dir sagen, Phoebe: Mir war gar nicht bewusst, wie dringend ich aus diesem Haus rausmusste, bis es so weit war. Du hattest nie die Chance dazu.«

»Ich war lange genug weg.« Das College, Quantico, die gescheiterte Ehe. »Ich freue mich, wieder da zu sein, vor allem, wenn ich hier sitzen kann, während drei andere Frauen das Sonntagsmahl zubereiten.«

»Na ja, wenn du dich nicht ganz blöd anstellst mit dem reichen Knaben, wirst du nie mehr kochen müssen. Er hat bestimmt mehrere Küchenchefs unter seinen Angestellten.«

»Jetzt hör mir mal gut zu.« Sie knuffte ihn erneut, aber diesmal heftiger. »Das geht nur mich etwas an. Außerdem hat er, glaube ich, gar keine Angestellten.« Sie runzelte kurz nachdenklich die Stirn. Vorstellen konnte sie sich das nicht, aber woher wollte sie das eigentlich so genau wissen?

»Wie ich sehe, hat er dir wieder Blumen geschickt. Das müssen Tausende sein, wenn mich mein Blick ins Wohnzimmer nicht getäuscht hat.«

»Ein paar Dutzend Fliederzweige.«

»Er scheint sehr aufmerksam zu sein. Josie hat mich so merkwürdig angesehen, als sie ihr auffielen.« Carter schnaubte und spähte durch das Küchenfenster. »Männer, die aufmerksam sind, zwingen andere, ebenfalls aufmerksam zu sein. Jetzt sehe ich mich schon gezwungen, ihr nächste Woche Blumen zu schenken und so zu tun, als sei ich ganz von allein drauf gekommen!«

»Das solltest du auch. In diesem Punkt habe ich leider kein Mitleid mit dir.«

Sie sahen sich um, als Carly laut rufend aus dem Haus stürmte.

»Mama! Onkel Dave ist da!«

Sobald er den Garten betrat und Phoebe sein Gesicht sah, wusste sie Bescheid. Sie stand auf und ließ sich nichts anmerken. »Carter, ich würde gern kurz mit Dave reden. Nimmst du Carly mit rein und beschäftigst sie so lange?«

»Na klar. Hallo, Dave.« Die beiden umarmten sich herzlich, und Phoebe freute sich wie immer darüber. Es war eine lange, feste Umarmung, so wie Vater und Sohn sich umarmen. »Ihr werdet Carly und mich jetzt entschuldigen müssen. Ich muss ihr dringend zeigen, wer hier der Champion ist!«

Jubelnd über die Herausforderung raste Carly zurück ins Haus.

»Du siehst besser aus«, ergriff Dave das Wort.

»Das habe ich heute schon mal gehört. Und zwar öfter. Was ist passiert?«

»Sie haben sich außergerichtlich geeinigt. Ich wollte es dir gern persönlich sagen. Phoebe, es gab da ziemlich viel Druck von oben, vom Büro des Staatsanwalts …«

»Das geht schon in Ordnung.« Sie setzte sich wieder, musste sich setzen. »Und was ist mit ihm?«

»Er ist seinen Job los, mit sofortiger Wirkung. Ohne Abfindung. Er wurde einer leichten Körperverletzung für schuldig befunden …«

»Leichte Körperverletzung«, wiederholte sie. Sie hatte schon so was geahnt, trotzdem traf es sie härter als gedacht.

»Das gibt ein bis drei Jahre, aber man wird ihn auf Bewährung freilassen. Er wird ein Antiaggressionstraining machen und zwanzig Stunden Sozialdienst ableisten müssen.«

»Muss er auch hundertmal an die Tafel schreiben: ›Ich werde von nun an ein braver Junge sein?‹«

»Es tut mir leid, Phoebe.« Er ging vor ihr in die Hocke und legte eine Hand auf ihr Knie. »Das ist schlecht für dich ausgegangen. Sie wollen die Sache vertuschen. Aber du musst da nicht mitmachen. Wenn du Anklage gegen ihn erheben willst, werde ich dich dabei unterstützen. Und damit werde ich auf dem Revier nicht der Einzige sein.«

»Das kann ich meiner Familie nicht antun. Und ehrlich gesagt, weiß ich auch nicht, ob ich mir das selbst antun will.« Sie schloss die Augen und ermahnte sich, dass es nicht immer Gerechtigkeit gibt. »Er war es. Und alle, auf die es ankommt, wissen das.« Sie atmete laut aus, bevor sie Dave wieder in die Augen sah. »Er wird nie mehr Polizist sein. Der Rest ist nicht so wichtig. Er ist seinen Job los, und das ist auch gut so. Das war dringend notwendig. Damit kann ich leben.«

»Dann bist du härter im Nehmen als ich, Kleine.«

»Nein. Ich bin stinksauer, wirklich stinksauer, aber ich kann damit leben. Wir werden gleich karamellisierten Schinkenkrustenbraten und Zitronenbaisertorte essen. Und Arnie Meeks? Der wird noch ziemlich lange an dieser Schande zu kauen haben.« Sie nickte. »Ja, ich kann damit leben.«

VERHANDLUNGSPHASE

»Oh, to be torn 'twixt love an' duty.«

AUS DEM TITELSONG VON *HIGH NOON –*
ZWÖLF UHR MITTAGS

11

Selbst nach so vielen Jahren fand Duncan Besprechungen merkwürdig. Diese Anzugträger, Tagesordnungspunkte, Wortmeldungen, Protokolle, Kaffeekannen, Kekse und das abschließende *Danke, dass Sie sich die Zeit genommen haben*. Und dann noch diese Vetternwirtschaft und die Hackordnungen.

Vielleicht besaß er deswegen kein richtiges Büro. Wenn man ein Büro besaß, kam man um solche Besprechungen einfach nicht umhin. Außerdem brauchte man dann Angestellte, die regelmäßig mit Projekten versorgt werden mussten. Als Chef hatte man für diese Projekte zu sorgen und musste sich wahrscheinlich endlose Protokolle über geplante, derzeitige und zukünftige Projekte durchlesen. Bei so viel Projekten blieb einem dann gar nichts anderes übrig, als noch mehr Besprechungen einzuberufen.

Ein Teufelskreis.

Phin brachte das Thema Büro immer wieder aufs Tapet, aber bisher hatte er sich noch jedes Mal erfolgreich darum drücken können. Er traf die Leute am liebsten in einer seiner Bars oder in einem Restaurant. Und wenn es gar nicht anders ging, in Phins Büro, das in Duncans Augen das Hauptquartier war. Sich nicht im eigenen Büro zu treffen war nicht nur lässiger, sondern hatte auch andere Vorteile: Er hatte nämlich festgestellt, dass seine Gesprächspartner über einem Bier im Pub wesentlich offener redeten, als sie es bei Mineralwasser in einem Konferenzraum je getan hätten. Und er hatte auch festgestellt, dass es meist wesentlich interessanter und aufschlussreicher war, sich bei den jeweiligen Gesprächspartnern zu treffen. In ihrer eigenen Umgebung fühlten sie sich deutlich wohler, was Duncan zugute kam.

Gemäß dieser Philosophie hatte er sich bereits zum Frühstück in einem Café in der Altstadt getroffen, um dann bei einem schrägen kleinen Theater auf der Southside vorbeizuschauen und schließlich den Weg zu einem heruntergekommenen Haus im viktorianischen Viertel zu finden. Jedes Mal hatte er das Gefühl gehabt, auf diese Weise mehr erreicht und seine Zeit besser genutzt zu haben, als wenn er die Beteiligten in ein vollgestopftes Büro gebeten hätte, wo er hinter einem Schreibtisch festsäße.

Als er in die Jones Street einbog, hoffte er, dass das auch für seine letzte Verabredung an diesem Tag gelten würde. Er hatte eigentlich einen anderen Zeitpunkt wählen und nur vorbeischauen wollen, wenn Phoebe da war. Aber das war ihm dann doch ein wenig zu hinterhältig vorgekommen. Das war zwar durchaus eine bewährte Strategie, aber sie wäre ihm so oder so auf die Schliche gekommen.

Er parkte seinen Wagen und machte einen hübschen kleinen Spaziergang durch die Allee.

Er wollte sie sehen – und nicht nur kurz vorbeischauen, wie es ihr ging, so wie in den letzten beiden Wochen. Er hatte Zeit geschunden, vielleicht spielte er auch ein kleines Spielchen mit ihr. Sie wusste nicht genau, wie sie ihn einschätzen sollte, und das war ihm nur recht.

Er konnte sich oft nicht mal selbst richtig einschätzen, und auch das war ihm recht.

Aber wenn er etwas wusste, dann dass sie ein schweres Trauma erlitten hatte und gerade dabei war, es zu verarbeiten. Es hatte also keinen Sinn, sie zu einer Verabredung drängen oder sie ins Bett kriegen zu wollen. Nicht, solange sie noch vollkommen neben sich stand.

Er hatte andere Pläne. Er machte gerne Pläne und hatte auch nichts dagegen, sie an die äußeren Gegebenheiten anzupassen, ja sie entsprechend zu ändern, bevor er sie in die Tat umsetzte.

Er lief die Auffahrt zum Haus der MacNamaras hinauf und klingelte. Während er wartete, bewunderte er die Töpfe und Körbe voller Blumen auf der Veranda. Ava war die mit dem grünen Daumen, fiel ihm wieder ein. Vielleicht konnte er sie überreden …

»Hallo.« Er schenkte Essie ein strahlendes Lächeln. »Haben Sie kurz Zeit für einen ungebetenen Gast?«

»Sie sind kein ungebetener Gast, und ich habe immer Zeit für gut aussehende junge Männer.«

Wegen seiner zahlreichen Stippvisiten waren sie dazu übergegangen, sich auf die Wange zu küssen. Auch jetzt streiften seine Lippen ihre Haut, und er roch einen Hauch ihres Parfüms.

Wie fühlt sich das an, fragte er sich, jeden Morgen aufzustehen, sich anzuziehen und zu schminken, obwohl man genau weiß, dass man niemals einen Fuß vor die Tür setzen wird?

»Woher wussten Sie, dass ich gerade Kekse backe?«, fragte sie, woraufhin sein Lächeln einem breiten Grinsen wich.

»Was denn für Kekse?«

»Chocolate-Chip-Cookies.«

»Ehrlich? Einfach so? Nur gut, dass ich vorbeigekommen bin, um sie zu testen.«

»Es ist mir ein Vergnügen. Phoebe kommt erst in ein paar Stunden nach Hause«, fügte sie hinzu, während sie vor ihm her ging. »Und Ava ist gerade einkaufen. Sie fährt noch an der Schule vorbei, um Carly von der Theatergruppe abzuholen. Unsere Carly ist eine der bösen Stiefschwestern in *Aschenputtel.* Sie *liebt* es, so richtig schön gemein und herrisch sein zu dürfen.«

»Ich war mal der Frosch. Aber nicht die Sorte, die sich in einen Prinzen verwandelt, wenn man sie küsst. Nur ein Frosch. Ich musste auf Befehl quaken. Ein wirklich unvergesslicher Moment.«

Sie lachte und bat ihn an den Küchentisch. »Ich wette, Ihre Mutter war sehr stolz auf Sie.«

Er sagte nichts darauf. Was hätte er auch darauf antworten sollen? Stattdessen schnupperte er hörbar. »Das duftet ja himmlisch.«

»Und was haben Sie heute Schönes gemacht?«

»Ich habe hauptsächlich mit Leuten geredet. Und wenn ich ehrlich sein soll, hoffte ich, den Tag damit zu beschließen, auch mit Ihnen zu reden. Es geht um dieses Anwesen, das ich im Auge habe. Es liegt im viktorianischen Viertel, nicht weit vom Universitätsgelände, gleich beim Savannah College of Art and Design.«

»Was Sie nicht sagen.« Sie konnte sich kaum noch daran erinnern, was es außerhalb dieses Hauses alles gab. Die Straßen, Gebäude und Plätze waren nichts weiter als ein undurchdringliches Labyrinth in ihrem Kopf.

»Was denn für ein Anwesen?«

»Es ist sehr heruntergekommen, aber die Eleganz des Gebäudes ist noch deutlich zu ahnen.« Er griff nach einem Keks und biss hinein. Daraufhin vergaß er alles andere, so gut schmeckte er.

»O Gott. Heiraten Sie mich!«

Diesmal lachte sie nicht, sie kicherte. »Wenn Sie schon

für einen Keks zu haben sind, wundere ich mich sehr, dass die Bäckereien im Staate Georgia nicht Überstunden machen.« Sie streckte die Hand aus und nahm sich auch einen. Ihre Augen funkelten. »Aber die hier sind wirklich gut.«

»Wenn ich Sie ganz lieb darum bitte – darf ich dann ein paar mit nach Hause nehmen? Wie kann ich danach jemals wieder Chips Ahoy essen?«

»Ich denke schon, dass wir ein paar für Sie erübrigen können.«

Sie ging zum Ofen, um ein Blech herauszunehmen und ein bereits vorbereitetes hineinzuschieben.

»Jetzt habe ich wegen dieser himmlischen Kekse vollkommen den Faden verloren. Also, es geht um dieses traurige Haus in der Nähe der Universität.«

»Hm-hm. Sie überlegen, es zu kaufen und zu renovieren.«

»Das hängt sozusagen von Ihnen ab.«

Verwirrt hob sie die Brauen und wandte sich vom Ofen ab. »Von mir?«

»Ich überlege in der Tat, es zu kaufen und zu renovieren. Ich dachte da an einen Laden. Ich weiß, was Sie jetzt denken«, sagte er und fuchtelte mit dem letzten Bissen seines ersten Kekses in der Luft herum, bevor er ihn in den Mund steckte.

»Wohl kaum, da ich im Moment gar nicht weiß, was ich denken soll.«

»Na gut. Die meisten würden denken, ach komm, in Savannah gibt es bereits Millionen von Läden. Und das stimmt bestimmt auch. Aber die Leute lieben es, einzukaufen – hab ich recht?«

»Ich … ich denke schon. Ich liebe es, online zu shoppen.«

»Eben.« Er nahm sich noch einen Keks. »Und weil der Laden ganz in der Nähe der Kunst-und-Design-Fakultät liegt, könnte man dort doch Kunsthandwerk verkaufen. Ich weiß«, sagte er, noch bevor sie etwas einwenden konnte. »Es gibt hier schon viele solcher Läden und Galerien. Aber die verkaufen nur Kitsch.«

»Wenn Sie das so sagen.«

»Und der Stil, den ich da im Auge habe und der definitiv hochpreisig ist, ist auch nicht wirklich neu. Ich dachte da eher an eine Art Boutique – verstehen Sie?«

»So in etwa.« Sie schüttelte den Kopf und lachte erneut. »Duncan, wenn Sie sich von mir einen Rat in dieser Sache erhoffen, fühle ich mich sehr geschmeichelt. Aber ich habe keine Ahnung von den Immobilien, Standorten und Boutiquen da draußen. Ich bin da nie.«

»Aber Sie kennen sich doch mit Kunsthandwerk aus. Na gut.« Er nahm noch einen dritten Keks, auch auf die Gefahr hin, dass ihm schlecht davon würde. »Zumindest wissen Sie, wie man welches herstellt und verkauft.«

»Sie meinen meine Häkelarbeiten.« Sie winkte ab. »Das ist nur ein Hobby, auf das ich rein zufällig gekommen bin.«

»Von mir aus. Aber wie wär's, wenn Sie rein zufällig für mich arbeiten würden? Ich hab da so eine Idee. Lassen Sie sich nicht auch gern von Ideen begeistern? Ich hatte schon immer gute Ideen, aber die meisten konnte ich nicht umsetzen. Aber jetzt schon. Es ist wie ein Rausch.«

»Das scheint mir auch so.«

»Die Idee ist ein Laden mit Kunsthandwerk von Leuten direkt aus Savannah, und zwar ausschließlich. Waren von Einheimischen, die in einem prächtigen zweistöckigen Holzhaus ausgestellt und verkauft werden – der Inbegriff von Savannah. Es wird diese Riesenveranda haben. Ich kenne da einen Schreiner, der fantastische Möbel macht. Und dann noch diese Frau, diese großartige Kunstschmiedin. Wir könnten also …, aber ich sehe, meine Gedanken überschlagen sich«, sagte er, als er sah, wie sie ihn anstarrte.

»Sie wollen meine Häkelarbeiten in Ihrem Laden verkaufen?«

»Essie, ich möchte am liebsten ganze Waschkörbe voll, ja Wagenladungen davon mitnehmen. Ich will, dass sie überall im Laden ausgestellt werden. Wie heißen die Dinger gleich wieder? Zierdeckchen, Platzdeckchen, Sofaüberwürfe. Sagten Sie nicht, dass Sie auch Tagesdecken machen? Und was ist mit Tischdecken und so Zeug? Und Kleidung. Pullis, Schals.«

»Na ja, aber …«

»Wir könnten die Zimmer einrichten wie in einem ganz normalen Haus. Schlafzimmer, Esszimmer, Wohnzimmer. Und dort stellen wir dann Ihre Arbeiten aus. Zum Verkauf, natürlich, aber auch, um eine gewisse Atmosphäre zu schaffen. Babysachen im Kinderzimmer, Schals und Pullis für die Schränke. Sie dürfen natürlich trotzdem weiter übers Internet verkaufen. Aber auch das könnten wir für Sie organisieren, im großen Stil.«

»Mir schwirrt schon der Kopf.« Sie legte die Hand an die Schläfe, wie um sich zu beruhigen. »Wie kommen Sie darauf, dass ich das überhaupt alles kann?«

»Sie tun es doch bereits. Sie machen einfach weiter wie bisher – bis auf das Einpacken und Verschicken, je nachdem, wie Sie das organisieren wollen. Bitte kommen Sie doch kurz einen Moment mit.« Er nahm ihre Hand, während er sich vom Tisch erhob, und zog sie ins Esszimmer.

»Wie nennt man das hier?«

Sie sah stirnrunzelnd auf den langen pastellfarbenen

Tischläufer herab, den sie für den Esstisch entworfen hatte. »Einen Tischläufer.«

»Einen Tischläufer. Verstehe. Wenn Sie so einen machen und mir verkaufen würden, was würde das kosten?«

»Mal sehen.« Sie musste kurz rechnen. Sie hatte im Lauf der Jahre mal einen ganz ähnlichen für einen Kunden gemacht und ein paar kürzere für andere. Sie überschlug den Preis, so gut es ging ohne Taschenrechner.

Duncan nickte und stellte eigene Berechnungen an. »Ich könnte Ihnen fünfzehn Prozent mehr bieten und immer noch anständig damit verdienen.«

Sie wurde erst blass und bekam dann ganz rosige Wangen. »Fünfzehn Prozent mehr?« Sie griff nach einem Ende des Tischläufers. »Wollen Sie ihn gleich mitnehmen? Ich kann ihn sofort für Sie einpacken.«

Er grinste. »Den behalten Sie und denken sich andere dafür aus. Und was Sie sonst noch alles machen wollen. Es wird noch eine Weile dauern, bis das alles steht. Aber bis zur Vorweihnachtszeit wird alles fertig, das versprech ich Ihnen.« Er streckte ihr die Hand hin. »Wir kommen also ins Geschäft?«

Duncan betrachtete einen Tag als Erfolg, wenn er um sieben mit einer Pizza und einem Bier auf der Veranda sitzen konnte, und zwar ganz egal, was vorher passiert war.

Er hatte Kerzen angezündet, einerseits, um die Mücken zu verjagen, andererseits um für zusätzliche Beleuchtung zu sorgen. Seine nackten Füße ruhten auf dem gepolsterten Weidenhocker.

Für heute hatte er genug geredet. So gesellig er auch war, er genoss es auch, allein zu sein. Das leise Rauschen der Bäume im Wind, das Summen der Insekten, das ständige Gezwitscher der Vögel waren wie Musik in seinen Ohren. Hier auf der Veranda war es herrlich – hier fand er die Ruhe, um neue Ideen auszubrüten.

Er hatte mit dem Gedanken gespielt, in Essies Küche sitzen zu bleiben, bis Phoebe von der Arbeit kam. Aber er hatte schon so oft vorbeigeschaut und wollte sich nicht aufdrängen. Auf das rechte Maß kommt es an, fand er. Außerdem wollte er die Frau, auf die er es abgesehen hatte, noch ein wenig umwerben.

Er aß ein Stück von seiner Pizza. Als er ein Auto hörte, sah er sich um. Er hob die Brauen, weil er merkte, dass der Wagen nicht weiterfuhr, sondern näher kam. Die Frau, die ausstieg, war ihm wohl vertraut.

»Hallo, Phoebe.«

»Duncan.« Sie strich sich das Haar aus dem Gesicht und lief auf die Veranda zu. »Ich war schon auf der Brücke, als mir einfiel, dass du wahrscheinlich gar nicht zu Hause bist. Aber da war es bereits zu spät. Und wie ich sehe, bist du doch zu Hause.«

»Ich bin oft zu Hause. Ich lebe schließlich hier. Möchtest du ein Stück Pizza? Ein Bier?«

»Nein, weder noch, danke.«

Ihr förmlicher Ton ließ ihn erneut die Stirn runzeln. »Wie wär's mit einem Stuhl?«

»Nein, danke. Ich will wissen, was du mit meiner Mutter vorhast.«

Aha. »Na ja, ich hab sie gebeten, mich zu heiraten, aber sie hat sich geweigert, mir darauf zu antworten. Ich fürchte, sie hat mich nicht ernst genommen, also musste ich mich wohl oder übel mit ihren Keksen zufriedengeben.«

»Ich frage mich, wie ernst du sie wohl nimmst oder dich selbst.«

»Warum sagst du mir nicht gleich, dass du sauer auf mich bist, und wir reden normal weiter?«

»Ich bin nicht sauer. Ich mach mir Sorgen.«

Quatsch, dachte er. Er wusste, wann eine Frau sauer war, vor allem wenn sie auf seiner Veranda stand und ihn mit diesem Blick ansah. »Warum?«

»Meine Mutter ist ganz aus dem Häuschen wegen dieser Geschäftsidee, die du ihr in den Kopf gesetzt hast.«

»Wieso darf sie nicht aus dem Häuschen sein?«

»Ich möchte vor allem nicht, dass sie enttäuscht, desillusioniert oder verletzt wird.«

»Was selbstverständlich eintreten wird, wenn es um das Projekt geht, über das ich mit ihr gesprochen habe. Und das dich, soweit ich weiß, nicht das Geringste angeht.«

»Das Seelenheil meiner Mutter geht mich sehr wohl etwas an. Du kannst nicht einfach so bei ihr aufkreuzen und von irgendeinem Laden reden, den du vielleicht eines Tages eröffnen wirst, in einem Haus, das du vielleicht einmal kaufen wirst. Ein Laden, bei dem sie eine große Rolle spielen soll. Es geht mich ja nichts an, wie du Geschäfte machst, aber …«

»Vielen Dank.«

»Aber«, platzte Phoebe heraus, »jetzt ist sie ganz aufgeregt deswegen, macht Pläne und Entwürfe und redet schon davon, dass sie jetzt mehr zum Haushaltsgeld beitragen kann. Aber was ist, wenn du deine Meinung änderst, nichts aus der Sache wird oder du ein interessanteres Spielzeug entdeckst?«

»Warum sollte ich meine Meinung ändern?«

»Bist du nicht derjenige, der eine Bar eröffnet und sie dann wieder verkauft hat?«

»Ich habe einen Teil verkauft«, verbesserte er sie.

»Um dir dann einen Pub zu kaufen, und was weiß ich noch alles.« Und genau das war ihr Problem. Sie wusste viel zu wenig von ihm, und er lockte ihre Mutter in unbekannte Gefilde. »Du bist sprunghaft, Duncan, und daran ist ja auch gar nichts auszusetzen. Aber meine Mutter ist alles andere als sprunghaft.«

»Lass mich hier bitte eines klarstellen: Du hältst mich also für unverantwortlich und unzuverlässig.«

»Nein, nein.« Sie seufzte laut auf, und ihre Gereiztheit wich Verwirrtheit. »Du bist ein lässiger Typ, Duncan, und genau das macht dich ja auch so interessant. Aber du kannst es dir leisten, lässig zu sein, und zwar nicht nur wegen des Geldes. Du bist ausschließlich für dich selbst verantwortlich, also kannst du tun und lassen, was du willst, kommen und gehen, wie es dir gefällt.«

»Ist das jetzt lässig oder unzuverlässig?«

»Ich meine, was ich sage, und ich sagte lässig. Ich halte dich nicht für unzuverlässig. Aber meine Mutter ist äußerst labil, und ...«

»Deine Mutter ist fantastisch. Weißt du, dass ich ihr neulich gesagt habe, dass sie sich mehr Ruhe gönnen soll? Aber im Moment finde ich eher, *du* solltest ihr mehr Ruhe gönnen. Ist sie, nur weil sie das Haus nicht mehr verlassen kann, etwa weniger fantastisch?«

»Nein, verdammt noch mal, nein.« Weil ihr das Gespräch entglitten war, fuhr sich Phoebe durchs Haar und versuchte sich wieder auf das Wesentliche zu konzentrieren. »Aber sie ist in ihrem Leben schon zu oft verletzt und herumgeschubst worden.«

»Ich habe nicht vor, Essie zu verletzen.«

»Natürlich nicht mit Absicht. Das meinte ich auch gar

nicht. Aber was, wenn du dieses Haus aus irgendeinem Grund nicht kaufst, und …«

»Ich habe es heute gekauft.«

Das verschlug ihr die Sprache. Duncan sagte nichts mehr, griff nur nach seinem Bier und beobachtete sie, während er die Flasche wieder absetzte.

»Na gut, du hast also das Haus gekauft. Aber was, wenn du feststellst, dass eine Renovierung nicht rentabel ist, oder wenn du …«

»Meine Güte! Was, wenn ich Stimmen höre und mir einbilde, ich könnte fliegen? Was, wenn, was, wenn – damit kannst du noch bis in alle Ewigkeit weitermachen, aber was hat das schon zu bedeuten? Was ich einmal anfange, bringe ich auch zu Ende, verdammt. Ich bin schließlich nicht blöd.«

»Du bist nicht blöd. Das wollte ich damit auch gar nicht sagen.« Aber dummerweise hatte sie schon zu viel gesagt. »Das Ganze kam nur so plötzlich, und meiner Mutter bedeutet es unglaublich viel. Ich versuche nur, dir die Risiken aufzuzeigen und zu verstehen, warum du sie da mit reingezogen hast. Mir ist nicht klar, was du vorhast und was du eigentlich willst. Von ihr. Von mir.«

»Mir ist zwar nicht klar, was das eine mit dem anderen zu tun hat«, murmelte er und stand auf. »Aber irgendwas scheine ich wohl von dir zu wollen, weshalb ich sie vorschieben muss. Aber eins nach dem anderen: Du willst also wissen, was ich von dir will?«

»Ja. Fangen wir ruhig damit an.«

Er packte sie, noch bevor sie ihren Satz zu Ende gesprochen hatte. Zum Teufel mit der Schonfrist! Er war zu wütend, um sie zu schonen.

Er presste seinen Mund auf ihre Lippen und zeigte ihr,

was er wollte, mit einer wütenden Ungeduld, zu der er sich nur selten hinreißen ließ.

Vor Lust drängte er sie mit dem Rücken gegen eine Säule. Sie zitterte am ganzen Körper, allerdings weder aus Protest, noch aus Angst. Als er innehielt, loderte Leidenschaft in seinen Augen.

»Weißt du's jetzt?«, fragte er. »Hätten wir das fürs Erste geklärt?«

»Ja.«

»Dann …«

Jetzt war sie an der Reihe, nur sie. Sie legte einen Arm um seinen Nacken und zog seinen Mund wieder auf den ihren. Sie hätte ihn mit beiden Armen fest an sich gepresst, wenn es ihre verletzte Schulter zugelassen hätte. Als er sie erneut gegen die Säule drückte, sog sie an seiner Lippe und drängte ihren Unterleib gegen den seinen.

Sie ließ sich von der monatelang verdrängten Lust überwältigen. Sie spürte seine Hände auf ihren Brüsten, spürte die kühle Nachtluft auf ihrer Haut, als er mit geschickten Fingern ihre Bluse aufknöpfte und ihren BH aufhakte. Ein köstlicher Schauer durchfuhr sie und machte sich mit einem leisen Stöhnen Luft. Sie wurde ganz feucht und erregt, bäumte sich unter seinen Händen und Lippen auf und zitterte wie wild, als er an ihrem Gürtel zog. Sie wollte, dass er sie hier und jetzt nahm, ohne noch weiter darüber nachzudenken, ohne jede Rücksicht. Voller Verlangen streckte sie die Arme nach ihm aus, als sie ein furchtbarer Schmerz in ihrer Schulter laut aufschreien ließ.

Er zuckte zurück, wie von einer Ohrfeige getroffen. »O mein Gott, o mein Gott.«

»Das ist schon in Ordnung, ich habe eine falsche Bewegung gemacht, mehr nicht. Bitte …«

Aber er hob abwehrend die Hand und wandte sich ab. Er lief nervös auf und ab. Blieb stehen und nahm einen tiefen Schluck von seinem warm gewordenen Bier.

»Du bist verletzt. Du bist immer noch verletzt.« Er stellte sein Bier ab und schlug die Hände vors Gesicht.

»So schlimm ist es nun auch wieder nicht. Wirklich nicht.«

»Du bist immer noch verletzt, und ich werde dich nicht gegen die Säule pressen und vögeln wie eine … Moment, Moment.«

Er begann wieder, nervös auf und ab zu laufen. »Du hast mich wütend gemacht. Ich weiß, das ist keine Entschuldigung, aber trotzdem.«

»Du brauchst dich nicht zu entschuldigen, es beruhte schließlich auf Gegenseitigkeit.«

»Trotzdem. Aber das dürfte deine Frage fürs Erste beantwortet haben, auch wenn ich mich kaum noch an sie erinnern kann, weil ich nicht mehr weiß, wo mir der Kopf steht. Die zweite Frage betraf …« Er drehte sich erneut zu ihr um und starrte sie nur an.

Sie stand da, an die Säule gelehnt, mit offener Bluse, zerzaustem Haar und roten Wangen.

»Wow. Ehrlich. Bleib so«, sagte er, als sie an sich heruntersah und begann, sich die Bluse wieder zuzuknöpfen. »Bitte warte noch eine Minute. Vielleicht auch zwei? Wenn ich dich schon nicht anfassen darf, finde ich es nur fair, dich wenigstens anschauen zu dürfen. Du hast wirklich eine fantastische Figur. Alles genau … an Ort und Stelle. So wie du jetzt dastehst, in diesem Licht, und … na gut, knöpf dich lieber wieder bis oben hin zu, denn sonst kann ich mich nicht mehr beherrschen.«

»Du bist ein komischer Vogel, Duncan.«

»Das kommt mir bekannt vor. Ich will dich und habe schlaflose Nächte deswegen. Aber du bist es wert.«

»Danke.«

»Aber um auf unser Gespräch von vorhin zurückzukommen: Ich dürfte dir soeben klargemacht haben, dass ich nicht auf Essie angewiesen bin, um mich an dich ranzumachen. Und weißt du was? Du solltest ihr mehr zutrauen. Und das gilt auch für uns beide.«

»Du hast ja recht. Du hast vollkommen recht, ich habe mich geirrt. Und ich hasse mich dafür. Zu meiner Entschuldigung kann ich nichts anderes vorbringen, als dass ich sie wahnsinnig liebe.«

»Das verstehe ich. Du kannst froh sein, dass du sie hast.«

Phoebe fuhr sich mit der Hand durchs Haar. Er meinte es genau so, wie er es gesagt hatte. »Willst du jetzt ein Bier?«

»Lieber nicht – ich muss noch fahren. Duncan, bitte versteh mich jetzt nicht falsch. Aber ich kann mir einfach nicht vorstellen, dass du was von Kunsthandwerkläden verstehst.«

»Das werden wir ja sehen. Außerdem werde ich den Laden nicht alleine leiten. Ich habe da schon eine geeignete Person im Auge. Du denkst bestimmt, was soll's, er kann es sich ja leisten, da und dort ein paar Hunderttausender in den Sand zu setzen.«

»Nein, ehrlich gesagt glaube ich schon, dass du das irgendwie hinkriegst. Vermutlich bekam ich es einfach mit der Angst zu tun, als ich heimkam und meine Mutter plötzlich überglücklich und mit dem Kopf voller Pläne vorfand.«

»Ich hätte ihr das nie angeboten, wenn ich nicht fest

davon überzeugt wäre, dass sich Essies Sachen gut verkaufen werden.« Er verzog den Mund langsam zu einem Lächeln. »Wie lange wird es noch dauern, bis du zu hundert Prozent wiederhergestellt bist?«

Sie hob ihren gesunden Arm und strich ihm übers Haar. Sie mochte es, dass es immer so zerzaust aussah wie nach einer Spritztour mit seinem Wagen. »Ich werde mir von meiner privaten Krankenschwester einen Bescheid ausstellen lassen, der mir jegliche körperliche Aktivität erlaubt.«

»Den werde ich gelten lassen. Und bis es so weit ist – wie wär's, wenn wir am Sonntag gemeinsam etwas essen gehen? Ein Freund von mir macht am Sonntagnachmittag ein Grillfest.«

»Gerne!«

»Ich hol dich so gegen zwei Uhr ab.«

»Um zwei also. Ich muss jetzt nach Hause.« Sie stellte sich auf die Zehenspitzen und küsste ihn sanft und ausgiebig auf beide Wangen. »Ich hoffe, du verbringst heute wieder eine schlaflose Nacht wegen mir.«

Er sah ihr nach und merkte, wie sie sich noch einmal umdrehte, um ihm ein entwaffnendes Lächeln zu schenken.

Nachdem ihr Wagen verschwunden war, setzte er sich wieder und legte seine Füße hoch. Er aß kalte Pizza, trank warmes Bier und dachte, dass heute in der Tat ein guter Tag gewesen war.

12 Der Anruf ging um sieben Uhr achtundfünfzig ein. Das Kind hatte sich klug, sehr klug verhalten. Es war nicht in Panik verfallen und hatte nicht versucht, den Helden zu spielen. Es hatte seinen Kopf und seine Beine benutzt, war von dem Bungalow in Gordonston weggelaufen, über die Zäune zwischen den hübschen Gärten gesprungen und zurück nach Hause gerannt, um den Notruf zu wählen. Phoebe war bereits auf dem Weg in den Osten Savannahs.

Er hat sie gezwungen, sich um den Küchentisch zu setzen. Mr. Brinker, meine ich. Mrs. Brinker, Jessie, Aaron, ja sogar die kleine Penny, in ihrem Hochstuhl. Er hat eine Waffe, ich glaube, er hat sogar zwei Waffen. Jessie weint, Sie müssen dringend etwas unternehmen.

Soeben erreichten sie noch mehr Informationen, während sie mit Sykes zu diesem angesehenen Wohnviertel raste. Stuart Brinker, 43, außerordentlicher Professor. Vater von drei Kindern: der sechzehnjährigen Jessica, dem zwölfjährigen Aaron und der zweijährigen Penelope. Seit Kurzem geschieden von seiner Frau, Katherine, einer 38-jährigen Kunstlehrerin, mit der er achtzehn Jahre lang verheiratet war.

Zwanzig Minuten nach dem Notruf bahnte sich Phoebe ihren Weg durch die äußere Absperrung. Die Medien hatten sich bereits vor dem Haus versammelt. Einige Journalisten riefen ihr etwas zu. Phoebe ignorierte es. Sie gab einem der Polizisten vor Ort ein Zeichen.

»Lieutenant MacNamara und Detective Sykes, Verhandler. Wie ist die Lage?«

»Vier Geiseln, drei minderjährige Kinder. Der Geiselnehmer ist gerade mit ihnen im Wohnzimmer.« Er zeigte auf den ordentlichen weißen Bungalow mit den rosa-weiß blühenden Azaleen im Vorgarten. »Bei allen Fenstern wurden die Vorhänge vorgezogen. Wir können nichts sehen. Der Geiselnehmer besitzt eine Reihe von Faustfeuerwaffen. Bisher wurde noch nicht geschossen. Der erste Beamte vor Ort redet von Zeit zu Zeit mit ihm. Soweit ich weiß, ist der Kerl sehr höflich, spricht aber nicht viel mit uns. Der Junge, der den Notruf gewählt hat, steht da drüben bei seiner Mutter.«

Phoebe sah kurz hinüber und entdeckte einen schlaksigen Teenager, der auf dem Boden saß, das Gesicht in seine Hände gestützt. Eine Frau saß neben ihm, sie hatte den Arm um ihn gelegt und war leichenblass.

»Sykes?«

»Ja, ich habe ihn.«

Phoebe lief zum Funkstreifenwagen an den Rand der inneren Absperrung, während Sykes auf den Jungen zuging. »Lieutenant MacNamara, die Verhandlerin.«

Immer mehr Informationen erreichten sie. Das Spezialeinsatzkommando hatte das Haus umstellt, die direkten Nachbarn waren evakuiert worden. Scharfschützen begaben sich auf ihre Plätze.

»Er redet nicht viel«, hatte sie der erste Beamte vor Ort gewarnt. »Ich hab versucht, ihn in ein Gespräch zu verwickeln. Er klingt erschöpft. Traurig, nicht wütend. Er und seine Frau haben sich getrennt – sie wollte die Trennung, sagt er. Als ich ihn das letzte Mal zum Reden gebracht habe, hat er sich sogar für den Anruf bedankt, bevor er wieder aufgelegt hat.«

»Gut, halten Sie sich bereit.« Sie las das Protokoll durch, besah sich den Lageplan und griff nach Notizblock und Telefon. »Versuchen wir, ihn erneut an den Apparat zu bekommen.«

Er hob beim dritten Klingeln ab, und seine Stimme klang unglaublich erschöpft. »Bitte, ist das wirklich notwendig? Ich möchte ein wenig mit meiner Familie allein sein und ganz in Ruhe mit ihr reden.«

»Mr. Brinker? Hier spricht Lieutenant MacNamara. Ich bin Verhandlerin vom Savannah-Chatham-Department. Ich würde Ihnen gerne helfen. Wie geht es Ihnen allen? Geht es allen gut?«

»Es geht uns gut, danke. Aber jetzt lassen Sie uns bitte in Ruhe.«

»Mr. Brinker, wenn ich Sie richtig verstehe, wollen Sie Zeit mit Ihrer Familie verbringen. Das klingt, als ob Sie sie sehr lieben.«

»Natürlich liebe ich meine Familie. Familien gehören zusammen.«

»Sie möchten also, dass Ihre Familie zusammenbleibt. Warum bringen Sie nicht alle nach draußen? Und zwar wirklich alle. Ich möchte, dass Sie jetzt Ihre Waffen fallen lassen, Mr. Brinker, und mit Ihrer Familie das Haus verlassen.«

»Es tut mir sehr leid, aber das geht nicht.«

»Können Sie mir sagen, warum?«

»Das ist mein Haus. Und das ist der einzige Ort, wo wir zusammen sein können. Ich habe mir das sorgfältig überlegt.«

Das Ganze war also geplant und keine impulsive Handlung, dachte sie und machte sich eine entsprechende Notiz. Er war nicht wütend, sondern traurig. »Sie klingen erschöpft.«

»Das bin ich auch. Ich bin sehr müde. Ich habe getan, was ich konnte, aber das war anscheinend nicht genug.«

»Ich bin mir sicher, dass Sie getan haben, was Sie konnten. Aber es fällt schwer, wichtige Entscheidungen zu fällen, wenn man müde und traurig ist, finden Sie nicht? Sie klingen müde und traurig. Ich möchte Ihnen gerne helfen, Mr. Brinker, ich möchte Ihnen helfen, eine Lösung zu finden, damit Sie die richtige Entscheidung für Ihre Familie fällen können.«

»Ich habe das Wohnzimmer gestrichen. Kate hat die Farbe ausgesucht. Sie hat mir nicht gefallen – zu gelb –, und wir haben gestritten. Aber Kate hat sich durchgesetzt, und sie hatte recht. Es ist ein sonniges Gelb. Sie hatte recht.«

Wohnzimmer, schrieb Phoebe auf ihren Block und kringelte das Wort ein. »Sie haben das Wohnzimmer gestrichen. Ich selbst kann überhaupt nicht streichen, mir fehlt die Geduld. Wohnen Sie und Ihre Familie schon lange hier?«

»Seit zehn Jahren. Es ist ein gutes Viertel, um Kinder großzuziehen. Das dachten wir zumindest. Eine gute Nachbarschaft, gute Schulen. Wir bräuchten ein größeres Haus, aber …«

»Ihre Familie hat sich vergrößert.« Familie, Familie, Familie, sagte sich Phoebe. Konzentrier dich auf die Familie. »Wie viele Kinder haben Sie?«

»Drei. Wir haben drei. Penny war nicht geplant. Wir können uns das eigentlich gar nicht leisten …«

»Dann ist Penny also die Jüngste? Wie alt ist Penny?«

»Zwei. Penny ist zwei.«

Phoebe hörte den aufgeregten Ruf eines Kindes: »Daddy!«

»Ist sie das gerade?« Dann hörte sie ein ersticktes Schluchzen von Brinker und redete weiter. »Sie klingt sehr niedlich. Ich habe auch eine kleine Tochter. Sie ist sieben, und ich frage mich, wo all die Jahre hin sind. Ich liebe sie über alles. Aber sie hält mich natürlich ganz schön auf Trab. Ich kann mir vorstellen, dass Ihre Familie Sie auch sehr auf Trab hält.«

»Ich habe getan, was ich konnte. Ich weiß auch nicht, warum es nicht reicht. Wenn ich die ganze Professorenstelle bekommen hätte, hätten wir uns ein größeres Haus leisten können.«

»Sie klingen verzweifelt. Das muss schwer für Sie sein. Sie haben noch eine ältere Tochter, Jessie, nicht wahr? Und dann noch einen Jungen namens Aaron, Ihr mittleres Kind. Ihre Frau Kate und Sie müssen sehr stolz sein. Trotzdem, das bedeutet natürlich viel Arbeit. Ich verstehe das. Und viele Sorgen.«

»Ich brauchte diese Professorenstelle. Ich brauchte die Festanstellung. Kate hätte mich verstehen müssen.«

Dass er jetzt in der Vergangenheitsform sprach, mit dieser Verzweiflung, ließ bei ihr sämtliche Alarmsirenen losgehen. »Was genau hätte Kate verstehen müssen, Mr. Brinker?«

»Dass ich nicht mehr tun kann. Ich bin ein Ehemann und Vater. Es ist meine Aufgabe, die Familie zusammenzuhalten. Aber jetzt: Alles zerfällt, die Mitte hält es nicht.«

»Das ist Yeats, stimmt's?« Sie schloss die Augen und konnte nur hoffen, dass sie sich nicht geirrt hatte.

Es entstand eine kurze Pause. »Ja. Sie kennen Yeats?«

»Ein bisschen. Und ich glaube, da ist was Wahres dran. Zumindest scheinbar. Die Mitte kann nicht alles halten. Aber ich glaube auch daran, dass man diesem Zerfall etwas entgegensetzen kann, dass man Dinge reparieren oder verbessern kann, um der Mitte neuen Halt zu geben. Oder was meinen Sie?«

»Zerfall ist Zerfall.«

»Nein, denn das, worauf es ankommt, ist immer noch da.«

»Meine Familie ist zerfallen.«

»Aber sie ist immer noch da, Mr. Brinker, und ich höre an Ihrer Stimme, wie sehr Sie sie lieben, und zwar jedes einzelne Familienmitglied. Ich kann mir nicht vorstellen, dass Sie Ihrer Familie etwas antun oder ihr wehtun wollen, indem Sie sich selbst etwas antun. Sie sind der Vater.«

»Der Wochenendvater.«

»Sie haben sich noch nicht aufgegeben. Sie und Kate waren achtzehn Jahre lang ein Paar und haben diese wunderbaren Kinder in die Welt gesetzt. Sie wollen doch jetzt nicht aufgeben! Dafür lieben Sie sie viel zu sehr.«

»Sie will mich nicht mehr. Was hat das also alles noch für einen Sinn? Wir haben immer alles zusammen gemacht, und da dachte ich, wir sollten es auch gemeinsam beenden. Hier, bei uns zu Hause. Wir fünf sollten zusammen gehen.«

Ich dachte, wir sollten. »Alle fünf sollten das Haus verlassen, Mr. Brinker. Ihre Kinder klingen verängstigt. Ich kann sie weinen hören. Sie und Ihre Frau sind die Eltern, Sie und Ihre Frau sind für ihr Wohlergehen verantwortlich.«

»Ich weiß nicht mehr ein noch aus.«

»Sehen Sie sich Ihre Kinder und Ihre Frau doch mal an, Mr. Brinker. Ich glaube nicht, dass es etwas Kostbareres für Sie gibt. Sie möchten Ihnen nicht wirklich wehtun. Sie können dafür sorgen, dass die Mitte hält. Schauen Sie sich die gelben Wände an. Sie haben Ihrer Familie diesen sonnengelben Raum geschenkt, auch wenn Sie anfangs Zweifel hatten. Bitte legen Sie jetzt die Waffen nieder, Mr. Brinker. Legen Sie sie nieder, und bringen Sie Ihre Familie nach draußen. Sie sagten, Sie hätten getan, was Sie konnten, und das glaube ich Ihnen auch. Und Sie können es auch jetzt tun und die Waffen niederlegen. Bringen Sie Ihre Frau und die Kinder nach draußen.«

»Und was passiert dann? Ich weiß nicht, was dann werden soll.«

»Wir werden Ihnen helfen. Ihnen und Ihrer Familie. Kommen Sie jetzt mit Ihrer Familie da raus, bitte. Das ist das einzig Richtige.«

»Ich will nicht ohne sie abtreten.«

»Sie müssen überhaupt nicht abtreten. Würden Sie jetzt bitte die Waffen niederlegen?«

»Es tut mir leid, es tut mir so leid.«

»Ich weiß. Hören Sie mir noch zu, Mr. Brinker?«

»Ja, ja.«

»Legen Sie die Waffen nieder. Bitte legen Sie sie nieder, und treten Sie ein paar Schritte zurück. Würden Sie das für mich tun?«

»Ja. In Ordnung. Es tut mir leid.«

Sie schrieb *Kommt raus und ergibt sich* auf ihren Notizblock. Und schickte diese Nachricht an das Sondereinsatzkommando. »Alles wird gut. Haben Sie die Waffen niedergelegt?«

»Ja, ich hab sie ins Regal gelegt. Aufs oberste Brett, wo Penny nicht hinkommt.«

»Sie haben genau das Richtige getan. Und jetzt gehen Sie bitte zur Haustür. Sie und Ihre Familie. Haben Sie keine Angst! Niemand wird Ihnen etwas tun. Sie müssen allerdings mit erhobenen Händen rauskommen, damit jeder sehen kann, dass Sie das Richtige getan und die Waffen niedergelegt haben. Draußen steht Polizei, aber niemand wird Ihnen etwas tun, verstanden?«

»Mir schwirrt der Kopf.«

»Das geht schon in Ordnung. Würden Sie bitte Ihre Familie rausbringen?«

»Ich … ich kann nicht die Hände hochnehmen und gleichzeitig telefonieren.«

Phoebe schloss die Augen und atmete tief durch. »Das stimmt. Warum geben Sie das Telefon jetzt nicht Kate? Dann können Sie gemeinsam das Haus verlassen.«

»Na gut. Kate? Für dich.«

»O Gott«, brachte die Frau nur mühsam hervor. »Wir kommen jetzt raus. Er ist unbewaffnet. Bitte, bitte nicht schießen. Bitte tun Sie ihm nichts, tun Sie ihm nichts.«

»Niemand wird verletzt. Hier wird niemand verletzt.«

Als sie herauskamen, hörte Phoebe, wie das kleine Mädchen nach ihrem Daddy rief.

Dort, wo jetzt sein Arbeitszimmer war, trank er kalten, gesüßten Tee mit frischer Minze und sah sich den Nachrichtenbeitrag über die Geiselnahme in Gordonston an.

Er hoffte, sie würden alle sterben.

Die Brinkers waren ihm egal – sie bedeuteten ihm nichts. Aber wenn dieser Jammerlappen von einem Collegetypen erst seine Familie und dann sich selbst erschoss, würde Phoebe mächtig Ärger bekommen.

Das wäre wirklich eine Nachricht wert.

Wenn sie allerdings zu viel Ärger bekäme, könnte es sein, dass er keine Gelegenheit mehr hätte, sich auf seine Art an ihr zu rächen.

Aber die Schlampe würde wahrscheinlich so oder so unbeschadet bleiben. Sogar, wenn sie es versaute und der Idiot dem pausbäckigen Kleinkind das Gehirn wegblies. Sie würde keine Verantwortung dafür übernehmen, auch wenn sie es doppelt und dreifach verdient hätte.

Mit seinem Tee setzte er sich an die Werkbank. Er hatte den Notruf über sein Funkgerät mithören können, während er noch beim Frühstück saß. Das hatte seine Stimmung gleich deutlich gehoben. Ein Typ, seine Frau und drei Kinder. Ein solches Blutbad würde großes Aufsehen erregen.

Auf dem Fernseher in seinem Arbeitsraum verfolgte er die Live-Berichterstattung von der Geiselnahme. Er sah, wie Phoebe an den Kameras vorbeilief und die Journalisten auf diese überhebliche, *Mann-bin-ich-wichtig*-Manier ignorierte.

Er ließ den Fernseher an, während er arbeitete. Normalerweise hatte er hier unten das Funkgerät an, vielleicht noch das Radio. Der Fernseher lenkte ihn zu sehr von seiner Arbeit ab. Aber das hier war eine Ausnahme.

Seine Lippen bildeten einen schmalen Strich, als der Reporter verkündete, die Familie Brinker habe das Haus unversehrt verlassen. Dieses Arschloch hatte sich also friedlich ergeben.

»Da bist du wohl gerade noch mal davongekommen, was?«, murmelte er vor sich hin, während er die Schrauben festzog. Ja, dieser Fall war einfach. Davon geriet man nicht ins Schwitzen. Eine nette Familie in einem netten Viertel. Nur so ein Depp, der auf sich aufmerksam machen will. Diese Krisensituation hast du mal wieder fantastisch entschärft, was, *Phoebe*?

Er musste innehalten, sein Werkzeug aus der Hand legen, da seine Finger zitterten vor lauter Wut. Er brauchte jetzt dringend eine Zigarette. Aber er hatte das Rauchen aufgegeben. Das war alles eine Frage des Willens und eine Kosten-Nutzen-Rechnung. Er brauchte keine Krücken, er konnte sich keine Krücken leisten. Er konnte sich nicht einmal diese Wut leisten. Reg dich nicht auf, befahl er sich. Behalte einen kühlen Kopf. War der Zeitpunkt seiner Rache erst mal gekommen, würde er ihn brauchen, einen durchtrainierten Körper und ein klares Ziel vor Augen.

Also schloss er die Augen und zwang sich, wieder ganz ruhig zu werden.

Es war ihre Stimme, die ihn wieder zum Fernseher hinsehen ließ.

»Stuart Brinker hat sich friedlich ergeben. Seine Frau und seine Kinder sind unverletzt.«

»Lieutenant MacNamara, Sie waren die Verhandlerin. Wie haben Sie Professor Brinker dazu gebracht, sich der Polizei zu stellen?«

»Ich habe ihm zugehört.«

Das Glas flog quer durch den Raum und zerschellte am Fernseher, noch bevor er merkte, dass es seine linke Hand verlassen hatte. Daran muss ich noch arbeiten, sagte er sich. Daran, mich besser zu beherrschen. Wenn ich so reizbar bin, bekomme ich die Sache nie geregelt. Nein, Sir. Aber er lächelte über die Teeschlieren auf Phoebes Gesicht. Er stellte sich vor, sie seien Blut.

Weil ihm diese Vorstellung gut tat, konnte er wieder mit ruhiger Hand nach seinem Werkzeug greifen und seine Arbeit an der Zeitschaltuhr fortsetzen.

»Der Fall hat mich mitgenommen. Manche Fälle nehmen mich mehr mit als andere.«

Nach ihrer Schicht saß Phoebe mit Liz auf ein Glas Bier im Swifty's zusammen. Es war noch zu früh für die Livemusik, deshalb war es in ihrer Nische noch ruhig.

»Wieso?«

Phoebe wollte etwas sagen, schüttelte dann nur den Kopf. »Ich hatte eigentlich nicht vor, über die Arbeit zu reden. Wir sollten uns lieber über Schuhe oder so was unterhalten.«

»Ich hab mir erst vor ein paar Wochen welche gekauft. Und zwar Leopardenpumps. Keine Ahnung, was ich mir dabei gedacht habe. Wo soll ich bloß Leopardenpumps anziehen? Aber bevor wir weiter über Schuhe reden, erzähl mir von diesem Vorfall. Ich weiß, wie das ist«, fuhr Liz fort. »Ich spreche mit vielen Vergewaltigungsopfern, mit vielen sexuell missbrauchten Kindern. Und manchmal nimmt mich das besonders stark mit. Dann muss man drüber reden, sonst bekommt man diese Fälle nicht mehr aus dem Kopf. Also?«

»Die Kinder. Man muss versuchen, sie nicht als Kinder, sondern nur als Geiseln zu sehen. Aber …«

»Es sind nun mal Kinder.«

»Ja. Und in diesem Fall konnte ich sie benutzen, um ihn zum Aufgeben zu bringen. Er hat sie geliebt. Das konnte man hören.«

»Aber wie kann jemand ausgerechnet die Menschen, die er am allermeisten liebt, mit der Waffe bedrohen?«

»Wenn etwas in ihm kaputtgegangen ist. Irgendetwas in ihm ist kaputtgegangen. Er war nicht außer sich, er war kein bisschen wütend. Er wollte sich auch nicht rächen oder sie bestrafen. Die Situation ist oft unberechenbarer, wenn es nicht um Rache geht. Vielleicht hat mich das so mitgenommen. Ich kann diesen Menschen hören, höre, wie er am Abgrund steht. Und er hält es nicht mehr für möglich, einen Schritt zurückzutreten – und auch nicht, dass er es verdient hat, zurückzutreten.«

»Was soll das für einen Sinn haben, die Familie mit in den Tod zu nehmen?«

»Ohne sie stellt er nichts dar. Er definiert sich großteils über die Familie und möchte nicht ohne sie sterben. Also …« Phoebe hob ihr Glas Bier. »Auf uns.« Sie trank einen Schluck und seufzte. »Er leidet schon seit mehr als einem Jahr an Depressionen; sein ganzes Leben ist ihm entglitten. Seine Karriere, die Ehe, alles stand nur noch auf einem sehr wackeligen Fundament. Die Frau will ein größeres Haus, die älteste Tochter ein eigenes Auto, und er bekommt die feste Professorenstelle nicht. Damit muss man umgehen können oder aber kämpfen. Doch er ist einfach in sich zusammengesackt und immer tiefer gefallen. Die Frau hat alle Hände voll zu tun mit den Kindern und dem Haus, weil er kaum noch in der Lage ist, das Bett zu verlassen. Sie ist zunehmend genervt und wirft ihn raus. ›Alles zerfällt, die Mitte hält es nicht.‹«

»Du hast ihnen die Chance gegeben, es noch einmal zu versuchen.«

»Ja. Na ja. Zumindest ist niemand gestorben. Du bist eine gute Zuhörerin.«

»Das gehört auch zu unserem Job.« Liz prostete Phoebe zu.

»Wolltest du schon immer Polizistin werden?«

»Ich wollte Rockstar werden.«

»Wer wollte das nicht?«

Liz lachte. »Ich war sogar ein paar Jahre in einer Band, als ich noch aufs College ging.«

»Ehrlich? Als was?«

»Ich hab ein ziemlich lautes Organ, Süße.« Liz zeigte auf ihren Hals. »Und ich war total verknallt in den Gitarristen. Wir hatten Pläne. Die entstanden, als wir es nicht gerade trieben wie zwei Karnickel.«

»College.« Phoebe seufzte. »Das waren noch Zeiten. Und was ist aus dem Gitarristen geworden?«

»Er hat mich verlassen. Nein, das ist nicht fair. Er war überfordert. Ich wurde vergewaltigt.«

»Das tut mir leid.«

»Den nächsten Drink übernehme ich. Es gab da so eine Wohnung, ganz in unserer Nähe. Da war die ganze Zeit Party. Ich war gerade auf dem Parkplatz, als sie mich überfallen haben. Es waren zwei, sie haben gelacht wie verrückt. Sie waren total zugedröhnt. Sie haben mich auf den Rücksitz eines Lieferwagens gezerrt und sich abgewechselt, während ein Dritter fuhr. Dann ließen sie den Fahrer ran. Ich weiß nicht, wie oft ich vergewaltigt wurde, denn nach der ersten Runde bin ich ohnmächtig geworden. Danach haben sie mich einfach auf die Straße gesetzt. Ich stolperte durch die Dunkelheit, meine Kleider waren zerrissen, ich blutete, stand völlig unter Schock, war nur noch hysterisch. Das volle Programm. Und dann hat mich die Polizei aufgelesen.«

Sie nippte an ihrem Bier. »Nun, die drei wurden gefasst, alle drei. Ich hab aufgepasst, bevor ich weggetreten bin, ich hab gut aufgepasst. Ich konnte sie genau beschreiben und erkannte alle drei Arschlöcher bei einer Gegenüberstellung wieder. Das war das Schlimmste, was ich je tun musste: da stehen und sie durch die Glasscheibe ansehen. Und der Gitarrist? Der kam damit einfach nicht klar. Er konnte mich nicht mehr ansehen, mich nicht mehr berühren, nicht mehr mit mir zusammen sein. Danach wollte ich kein Rockstar mehr sein.«

»Wie viel Jahre haben diese Arschlöcher denn bekommen?«

»Sie sitzen immer noch.« Zum ersten Mal lächelte Liz. »Die Idioten haben mich über die Staatsgrenze nach South Carolina gefahren. Sie haben mich in zwei Staaten vergewaltigt, hatten Koks im Auto, alle drei waren vorbestraft, zwei hatten Bewährung. Wie dem auch sei, ich habe mich von der Band verabschiedet und der glamourösen Welt der Polizei zugewandt.«

»Das war bestimmt ein großer Verlust für die Musikindustrie, aber ein echter Gewinn für uns.«

»So, jetzt habe ich aber genug geredet. Erzähl du mir lieber was von dem Typen mit dem knackigen Po. Seid ihr ein Paar?«

»So was in der Art, aber was genau, muss sich erst noch herausstellen.« Nachdenklich stützte Phoebe ihren Kopf in die Hand. »Ich bin völlig aus der Übung. Carly, mein Job, die verpatzte Ehe. Aber er ist so was von süß!«

»Aber hallo. Leihst du ihn mir, wenn du mit ihm fertig bist?«

»Nichts da. Hör mal, ich muss jetzt nach Hause – meine Tochter. Aber wenn wir uns das nächste Mal treffen, widmen wir uns deinem Liebesleben.«

»Im Moment könnten wir das genauso gut bei einem Tütchen Erdnüsse im Pausenraum tun. Vielleicht hat Mr. Niedlich ja einen netten Freund.«

»Ich frag ihn mal.«

»Ich bin noch zu haben.«

Zu Hause angekommen, sah Phoebe einen Mann vor ihrer Einfahrt die Straße entlangschlendern. Er grüßte Mrs. Tiffany, indem er die Hand an den Schirm seiner Baseballmütze legte. Über seiner dunkelblauen Windjacke hing eine Kamera, die auf seiner Hüfte ruhte. Ein Tourist, dachte Phoebe träge, obwohl er ihr irgendwie bekannt vorkam.

Phoebe lief die Treppe hoch. Sie sah nicht, wie der Mann sich umdrehte, die Kamera hob und den Sucher auf sie richtete. Als sie ein Kitzeln am Ende ihrer Wirbelsäule spürte, sah sie sich kurz um. Aber er schlenderte lässig weiter. Sie konnte ihn pfeifen hören, eine langsame, traurige Melodie, die ihr ebenfalls bekannt vorkam.

Keine Ahnung, warum sie davon Gänsehaut bekam.

13

Sie würde kein schlechtes Gewissen haben, nur weil sie den Sonntagabend nicht zu Hause mit ihrer Familie verbrachte, dachte sie, während sie am Morgen mit Carly im Bett kuschelte.

Was hatte sie nur getan, um so ein perfektes, kostbares Kind zu verdienen?, fragte sich Phoebe. Wie schaffte sie es nur, nicht jede freie Minute mit diesem unglaublichen kleinen Mädchen zu verbringen?

Doch als sie dann später mit Carly aneinandergeriet, weil diese unbedingt die lila Schmetterlingssandalen wollte, die sie in einem der Versandhauskataloge ihrer Großmutter gesehen hatte, fragte sich Phoebe, wie sie es wagen konnte, dieses Wesen mit den winzigen Füßen auch nur für zehn Minuten aus den Augen zu lassen.

Aber sie würde kein schlechtes Gewissen haben.

Und ging Carly nicht ohnehin auf eine Geburtstagsparty ihrer derzeitigen besten Freundin? Hatte Ava nicht bereits versprochen, sie dort abzusetzen und anschließend wieder abzuholen, während sie sich in der Zwischenzeit eine Gartenschau ansah?

Und Mama? Nun, Mama war so damit beschäftigt, neue Muster zu entwerfen und Wolle und Garn zu bestellen, dass sie es kaum bemerkt hätte, wenn Phoebe übers Wochenende nach Antigua geflogen wäre.

Sie brauchte wirklich kein schlechtes Gewissen zu haben.

Und trotzdem hatte sie Gewissensbisse, als sie Carlys glänzendes Haar bürstete und ihr half, die perfekten Haarklammern auszuwählen. Sie kämpfte dagegen an, während sie Carlys kluge Wahl lobte, die, nachdem sie etliche verworfen hatte, endlich die richtigen gefunden hatte.

Als sie auf der vorderen Veranda stand und Ava und ihrem topmodischen kleinen Mädchen zum Abschied winkte, machte sich ihr Gewissen erneut bemerkbar.

Sie ging zurück ins Haus und beeilte sich, nach ihrer Mutter zu sehen. Sie war am Chatten, die schönste Beschäftigung für einen Agoraphobiker. Schweigend lehnte sich Phoebe gegen den Türrahmen und sah zu, wie die Finger ihrer Mutter über die Tastatur huschten und ihre Augen fröhlich funkelten. Wenigstens eine sichere Möglichkeit, Kontakt zur Außenwelt zu pflegen. Gut, dass es das Internet gab. Wenn ihre Mutter schon nicht hinaus in die Welt konnte, kam die Welt mithilfe des Computers doch zu ihr.

»Hallo, meine Liebe.« Essies Finger verharrten über der Tastatur, als sie Phoebe entdeckte. »Brauchst du irgendetwas?«

»Nein. Nein, ich wollte nur kurz reinschauen, um dir zu sagen, dass ich hochgehe und etwas Sport mache. Anschließend ziehe ich mich zum Ausgehen um.«

Essie lächelte, und ihre Grübchen wurden immer tiefer. »Mit Duncan.«

»Wir gehen auf ein Grillfest zu Freunden von ihm.«

»Dann amüsier dich gut, und vergiss die Blumen nicht, die du in den leeren Kühlschrank gelegt hast.«

»Nein, keine Sorge.«

»Und zieh dein grünes Sommerkleid an«, rief Essie Phoebe hinterher, die sich bereits zur Tür wandte. »Zeig deine hübschen Schultern. Du trainierst sie schließlich hart genug.«

Phoebe brauchte länger als gewöhnlich, um sich zurechtzumachen, wenn auch nicht so lange wie Carly, die Modeprinzessin, für ihren Kindergeburtstag. Die erste Belohnung für ihre Mühe war das strahlende Lächeln, das ihre Mutter ihr schenkte, als sie kurz darauf in Essies Zimmer vorbeischaute.

Essie war jetzt nicht mehr im Chatroom, sondern machte Entwürfe, hörte jedoch sofort damit auf, als sich Phoebe in der Tür um ihre eigene Achse drehte. »Und?«

»O Phoebe, du siehst bildschön aus!«

»Ist das nicht zu übertrieben?«

»Schätzchen, das ist ein ganz schlichtes Kleid und genau richtig für eine Grillparty. Aber es steht dir nun mal ausgezeichnet. Du siehst jung und sexy darin aus.«

»Genau das, was ich will. Duncan wird gleich hier sein. Ich geh runter und nehm die Blumen aus dem Kühlschrank. Brauchst du noch etwas, bevor ich gehe?«

»Nein, danke. Und jetzt amüsier dich.«

»Versprochen. Ich bin zurück, bevor Carly ins Bett muss, aber …«

»Und wenn nicht, können Ava und ich sie genauso gut ins Bett bringen. Ich will nicht, dass du ständig auf die Uhr sehen musst.«

Das würde sie auch nicht, schwor sich Phoebe. Sie würde sich amüsieren.

Sie ging nach unten in die Verandaküche. Als Bess noch gelebt hatte, war sie regelmäßig benutzt worden. Für die großen Feste, die sie so gerne gab, zum Einmachen und für die Zubereitung einfacher Mahlzeiten an heißen Sommertagen. Jetzt benutzten sie sie nur noch sporadisch, aber der zweite Kühlschrank war praktisch, um kalte Getränke darin aufzubewahren. Phoebe holte die Margeriten heraus, die sie als Mitbringsel besorgt hatte.

Es würde ein schöner Abend werden, beschloss sie. »O Gott!« Mit offenem Mund starrte sie auf die tote Ratte am Fuß der Treppe.

Als sie hinging, um sie sich näher anzuschauen, musste sie ein Gefühl von Übelkeit unterdrücken. Ja. Sie war eindeutig tot, sah aber nicht so übel zugerichtet aus, als ob eine Katze sie erwischt und dann gelangweilt wie das Geschenk eines gehässigen Nachbarn liegen gelassen hätte. Diese Ratte war eher durch eine Mausefalle zu Tode gekommen, die ihr das Genick gebrochen hatte. Allein beim Gedanken daran bekam sie Gänsehaut und trat einen Schritt zurück. Ein Kinderstreich?

Sie ging zurück ins Haus, kramte einen Schuhkarton hervor und holte einen Besen. Irgendwie schaffte sie es, das tote Tier hineinzufegen. Sie schämte sich nicht dafür, mit halb geschlossenen Augen wegzusehen, als sie den Deckel zumachte und die Schachtel mit ausgestreckten Armen zum Müll trug.

Sie schüttelte sich und trat vom Mülleimer zurück, um gleich darauf ins Haus zu rennen. Sie schrubbte sich die Hände wie ein Chirurg vor einer Operation, wobei sie sich heftig ermahnte, sich nicht so anzustellen. Sie hatte das eklige Ding schließlich nicht berührt. Sie hatte sich beinahe wieder beruhigt, als es an der Tür klingelte. Das spontane bewundernde Grinsen auf Duncans Gesicht erledigte den Rest.

»Hallo, meine Schöne.«

»Ebenfalls hallo.«

»Sind die für mich?«

Sie legte die Blumen in ihren Arm, als sie die Tür hinter sich schloss. »Natürlich nicht. Die sind für die Gastgeberin. Oder den Gastgeber. Du hast mir noch gar nicht erzählt, um wen es sich eigentlich handelt.«

»Um eine Gastgeberin. Wie geht es deiner Schulter?«

»Immer besser, danke.« Sie schenkte ihm einen vielsagenden Blick. »Ich glaube, ich kann wieder in den Ring steigen.«

»Als ich noch Barmann war, kannte ich einen Russen, der hatte Arme wie Zahnstocher. Trotzdem konnte ihn niemand besiegen. Ich glaube nicht, dass er je ein Getränk selbst bezahlt hat.« Er hielt ihr die Beifahrertür auf. »Du riechst übrigens fantastisch.«

»Ich weiß.« Sie lachte und glitt hinein. Nachdem er eingestiegen war, rutschte sie zu ihm. »Und jetzt erzähl mir von dieser Freundin.«

»Sie ist einfach unglaublich nett. Sie wird dir gefallen. Ehrlich gesagt, ist sie die Mutter meines besten Freundes, der zufällig auch mein Anwalt ist.«

»Du bist mit deinem Anwalt befreundet? Das ist aber interessant.«

»Ich habe Phin kennengelernt, als ich noch Taxi fuhr. Er hat mich herbeigewinkt. Er war auf dem Weg zum Gericht und sehr in Eile. Wie ich später herausfand, war er einer dieser schwer schuftenden jungen Kanzleipartner, den sie gerufen hatten, damit er irgendwelche Unterlagen brachte. Wie dem auch sei, ich habe ihn hingefahren. Und dann zückt er seinen Geldbeutel, und der ist leer.«

»O je.«

»Er ist entsetzt. Manchmal versuchen dich Fahrgäste zu

linken und erzählen dir irgendeine rührselige Geschichte. Aber ich besitze eine ziemlich gute Menschenkenntnis, und diesem Kerl ist es wirklich hochnotpeinlich. Er entschuldigt sich noch und nöcher, notiert sich meinen Namen, die Nummer meines Taxis und schwört beim Leben seiner Mutter, dass er das Geld sowie ein dickes Trinkgeld zur Taxizentrale bringen wird. Bla, bla, bla.«

»Wer's glaubt ...«, bemerkte Phoebe und genoss seine Erzählung.

»Ich streiche ihn bereits von meiner Liste und denke, den werd ich nie wieder sehen. Nie im Leben fährt dieser Kerl wegen einem so lächerlichen Betrag wie acht Dollar extra zur Taxizentrale.«

»Aber?«

»Richtig: Ich beende gerade meine Schicht, als er reinkommt. Er gibt mir zwanzig Dollar. Ich bin baff, dass er überhaupt gekommen ist, und zwanzig Dollar statt acht sind wirklich übertrieben. He, Kumpel, sag ich, zehn sind genug, danke. Aber er besteht auf den zwanzig. Also sage ich, na gut, dann trinken wir von den restlichen zehn eben ein paar Bier. Und das haben wir dann auch getan.«

»Und seitdem seid ihr befreundet.«

»Ja.«

»Ich würde sagen, diese Geschichte sagt so einiges über euch aus.« Sie sah sich um, als er durch die hübsche Wohngegend von Midtown fuhr. »Ich bin hier ganz in der Nähe aufgewachsen – als kleines Kind zumindest. Wir hatten ein nettes kleines Häuschen beim Columbus Drive.«

»Sind das schöne Erinnerungen oder schlimme?«

»Oh, beides. Aber ich hab die Gegend immer gemocht, die bunt zusammengewürfelte Architektur und die vielen Kinder.«

Er fuhr in die bereits ziemlich zugeparkte Auffahrt eines ansprechenden Hauses, dessen Vorgarten sorgfältig gemäht und von Blumenbeeten umgeben war.

»Ich auch«, sagte er.

Er ging um den Wagen herum und nahm ihre Hand. Sie hörte Kinder rufen und ausgelassen kreischen sowie den Motor eines Rasenmähers. Sie roch Pfingstrosen und Fleisch, das bereits jemand auf den Grill gelegt hatte.

So war sie aufgewachsen, dachte sie. Danach war alles anders geworden, vollkommen anders.

Die Schiebetür öffnete sich mit einem fröhlichen Klacken. Die Frau, die auf die große Veranda hinaustrat, war hochschwanger. Ihre Haut hatte die Farbe von Halbbitterschokolade, und sie hatte gepflegte Dreadlocks.

Ein Junge kam hinter ihr hergerannt, beide Knie voller Schorf. »Dunc, Dunc, Dunc!«, schrie er, während er wie von der Pistole geschossen auf ihn zuraste. »Fang mich!« Und schon sprang er an ihm hoch.

Duncan, der offensichtlich Erfahrung mit diesem Spiel hatte, fing den Jungen noch in der Luft auf und wirbelte ihn herum. »Dieses merkwürdige Wesen hier ist Ellis.«

»Hallo, Ellis.«

»Hallo! Noch mal, Duncan, bitte!«

»Ellis Tyler, würdest du Duncan erst mal ins Haus lassen, bevor du ihn so überfällst?«

Der Junge hing zwar mit dem Kopf nach unten, schaffte es aber trotzdem, die Augen zu verdrehen. »Ja, Ma'am.« Als ihn Duncan wieder absetzte, grinste er.

»Es gibt Kirschkuchen. Komm rein, Duncan, komm rein! Sie natürlich auch, Ma'am.« Mit diesen Worten rannte er zurück zum Haus.

»Mein Sohn gibt gern das Empfangskomitee. Sie müssen

Phoebe sein. Ich bin Celia. Ich hoffe, Sie haben ordentlich Appetit mitgebracht.« Sie reckte den Kopf, um Duncans Kuss entgegenzunehmen. »Dich muss ich so was gar nicht erst fragen.«

»Wie viele Kirschkuchen?«, wollte Duncan wissen.

»Immer mit der Ruhe. Duncan ist da!«, rief sie, während sie sie hineinscheuchte.

Phoebe sah, dass jede Menge Leute da waren, in allen Formen und Größen. Babys, Kleinkinder, schlaksige Teenager und ein uralter Mann, der Onkel Walter genannt wurde, Männer und Frauen, die alle einen entsprechenden Lärm veranstalteten. Die meisten saßen hinten im Garten, ruhten sich auf Stühlen oder im Gras aus, spielten Fangen mit den Kindern und schoben sie auf der knallroten Schaukel an. Ein paar Männer standen am Grill und betrachteten ihn mit demselben Entzücken wie das Aufklappposter einer nackten Frau. Wenn sich Phoebe nicht täuschte, waren fünf Generationen anwesend, aber das absolute Zentrum war eindeutig die Frau, die gerade dabei zusah, wie zwei jüngere Familienmitglieder zwei Picknicktische zu einem großen zusammenschoben.

Sie war auf eine tröstliche Art mollig. Phoebe konnte sich vorstellen, wie gern sich jedes Kind auf ihren Schoß flüchten und seinen Kopf an ihre Brust lehnen würde. Ihr hübsches Gesicht mit den tief liegenden Augen, der großen Nase und dem ebenso großen Mund wurde von schwarzen Locken umspielt. Sie wandte sich einem alten Mann zu, der neben ihr saß und gestikulierte. Phoebe brauchte einen Moment, um zu begreifen, dass sie nicht nur in der Luft herumfuchtelte, sondern die Gebärdensprache benutzte. Der alte Mann ließ ein heiseres Lachen ertönen und machte ihr ebenfalls Zeichen.

Duncan legte den Arm um Phoebes Schulter, und als sie zu ihm aufsah, um ihn anzulächeln, sah sie, wie er zu der lachenden Frau hinübersah. Auf seinem Gesicht und in seinen tiefblauen Augen stand eine absolute, bedingungslose Liebe.

Plötzlich begriff sie, wenn auch mit leisem Schrecken, dass dies ein wichtiger Moment war und nicht nur irgendeine Grillparty. Sie kämpfte dagegen an, sich instinktiv davonzuschleichen, als Duncan sie nach vorn führte. »Ma Bee.«

Bee packte ihn zuerst, umarmte ihn mit ihren dicken Armen und zog ihn fest an sich. Als sie ihn wieder losließ, tätschelte sie sein Gesicht mit beiden Händen. »Du bist immer noch dünn und immer noch weiß.«

»Und du bist immer noch die Liebe meines Lebens.«

Sie lachte mit ihrem ganzen Körper, während ihr Blick zärtlich auf seinem Gesicht ruhte. Dann richtete sie ihn fragend auf Phoebe.

»Ma Bee, das ist Phoebe MacNamara. Phoebe, Beatrice Hector.«

»Ich freue mich sehr, Sie kennenzulernen, Mrs. Hector. Danke, dass ich heute mit Ihnen essen darf.«

»Ihre Mutter muss sie gut erzogen haben.« Sie zwinkerte Duncan zu. »Sie sind uns herzlich willkommen«, sagte sie zu Phoebe. »Und Sie haben mir Margeriten mitgebracht? Ich habe eine Schwäche für Margeriten, vielen Dank.« Sie nahm sie ihr ab, hielt sie im Arm. »Die wirken immer so fröhlich. Tisha? Kannst du mir diese Blumen in die blaue Glasvase stellen, die mir Arnette zum letzten Muttertag geschenkt hat? Sie ist im Schrank, rechts unter der großen Servierplatte. Die blaue Vase ist genau richtig für diese Margeriten.«

Als eines der jungen Mädchen kam, um ihr die Blumen abzunehmen, stellte Bee sie einander vor. Phoebe wurde höflich, aber auch forschend gemustert, während Duncan wehmütig beäugt wurde.

»Onkel Walter ist taub, seit er aus dem Koreakrieg zurückkam«, erklärte Bee und gebärdete ihm Phoebes Namen. Als er darauf antwortete, kicherte sie. »Er sagt, Sie sind hübscher als die Letzte, die dieser dünne weiße Kerl mitgebracht hat.«

Lächelnd bedankte sich Phoebe in der Gebärdensprache. »Das ist eines der wenigen Zeichen, die ich weiß«, sagte sie, als Bee staunend den Mund öffnete: »Hallo, auf Wiedersehen und danke.«

»Falls Sie sich mit ihm unterhalten wollen: Wenn Sie ihm direkt Ihr Gesicht zuwenden und langsam sprechen, kann er auch von den Lippen lesen. Aber meist schläft er. Und das hier ist meine Schwiegertochter, die Frau meines zweiten Sohnes, Phin. Loo …«

»Wir kennen uns«, sagten Phoebe und Loo gleichzeitig.

»Lieutenant MacNamara.«

»Louisa Hector, Rechtsanwältin. Die Welt ist wirklich klein.«

»Sieht ganz so aus, auch wenn wir bislang immer die jeweils andere Seite vertreten haben. Herzlich willkommen bei Ma.«

»Wenn ihr euch kennt, kannst du Phoebe gleich was zu trinken holen und sie den anderen vorstellen.« Bee wies mit dem Kinn auf die Picknicktische. »Wir müssen das Essen auf diese Tische hier stellen.«

Perfekt, dachte Phoebe, dann kann ich mich gleich nützlich machen. Das ist genau das Richtige, um mit den Menschen hier warm zu werden. »Kann ich irgendetwas helfen?«

»Unsere Gäste müssen keine schweren Teller schleppen. Das macht die Familie. Duncan, wir brauchen noch mehr Stühle.«

»Ja, Ma'am. Darf ich den Damen erst noch ein Getränk holen?«

»Darum kümmern wir uns schon«, sagte Loo und führte Phoebe ein Stück zur Seite. »Was möchtest du trinken?«

Na gut, Alkohol. Auch das hilft, mit den anderen warm zu werden. »Was gibt es denn?«

Am Ende bekam Phoebe einen Plastikbecher mit gut gekühltem Chardonnay. Der Kopf schwirrte ihr von den vielen Namen, die sie versuchte, alphabetisch zu sortieren, um sie nicht gleich wieder zu vergessen.

»Ich wäre nie auf die Idee gekommen, die Phoebe, von der Duncan sprach, mit Lieutenant MacNamara aus der Geiselnahme- und Kriseneinheit in Verbindung zu bringen.« Loo sah sich nach ihr um, als sie über den Rasen mit den bunten Blumenbeeten und üppigen Sträuchern schlenderten. »Es tut mir leid, dass du vor ein paar Wochen angegriffen wurdest.«

»Es geht mir schon wieder besser.«

»Das sieht man. Das Kleid gefällt mir. Am besten, ich stelle dich den Männern am Grill vor. Phoebe MacNamara, mein Schwager Zachary und mein Mann Phineas. Phoebe ist Polizistin, also passt auf, was ihr tut.«

»Aber im Moment bin ich nicht im Dienst«, lachte Phoebe und hob ihr Weinglas.

»Können Sie mir bei meinen Bußgeldbescheiden wegen Geschwindigkeitsübertretung helfen?«, fragte Zachary und bekam von Phineas sofort einen Stoß zwischen die Rippen.

»Beachte ihn nicht weiter.«

»Im Ernst. Tisha hat schon zwei seit Januar.«

Zachary schenkte Phoebe ein breites Grinsen. »Wenn du erst mal von meinem Hähnchen probiert hast, reden wir weiter. Dann lässt du dich vielleicht umstimmen.«

»Mom!« Ein Mädchen kam auf sie zugerannt. Über beiden Ohren wippten gelockte Zöpfe. »Hero will einfach nicht mehr vom Baum runterkommen. Bitte mach, dass er wieder runterkommt.«

»Er kommt schon wieder runter, wenn er will. Und jetzt sag Miz MacNamara guten Tag, Livvy.«

»Guten Tag, nett, Sie kennenzulernen.«

»Ebenfalls.«

»Die Katze kommt nicht mehr runter.«

»Die klettern gern auf Bäume«, erklärte Phoebe.

»Warum?«

»Damit sie sich uns überlegen fühlen.«

»Aber Willy hat gesagt, sie fällt gleich runter und bricht sich das Genick.«

»Ach, komm schon, Livvy, das hat er doch nur gesagt, um dich zu ärgern.« Loo zupfte liebevoll an einem von Livs Zöpfen. »Gleich gibt es Hähnchen. Die Katze wird bald wieder unten sein. Und jetzt geh und wasch dir die Hände – wir essen gleich.«

»Bist du sicher, dass es ihm da oben gefällt?«, fragte das Kind Phoebe.

»Absolut.« Sie sah zu, wie Livvy davonrannte. »Wie alt ist sie?«

»Im Juni wird sie sieben.«

»Ich habe auch eine kleine Tochter, die gerade sieben geworden ist.«

»He, ihr!«, hallte Ma Bees Stimme durch den Garten. »Wird das heute noch was mit eurem Hähnchen?«

»Das ist schon unterwegs, Ma«, riefen die Männer und legten es auf eine Servierplatte.

Es gab diverse Salate und unzählige Leckereien. Phoebe verlor vollkommen den Überblick, bei all den Tellern und Schüsseln, die an sie weitergereicht wurden. Im selben Tempo, wie das Essen herumgereicht wurde, neckte man sich und erzählte Witze.

Hier ging es vollkommen anders zu als in ihrer Familie, die sehr überschaubar war und fast nur aus Frauen bestand. Armer Carter, dachte Phoebe, du wirst wohl immer in der Minderzahl bleiben. Auf ihren Gartenfesten hatte es noch nie einen alten Mann gegeben, um den man sich bemühte, bis er in seinem Sessel einschlief. Genauso wenig wie mehrere kleine Jungen, die sich mit funkelnden Augen um einen Maiskolben stritten.

Schon etwas gelöster unterhielt Phoebe sich mit Celia über die Kinder, von denen sie bereits zwei hatte – neben dem, das sie gerade erwartete. Sie lächelte Livvy zu, als der Kater wieder den Baum hinabkletterte, um zum Tisch zu kommen und zu betteln.

Irgendwann diskutierten Duncan und Phin heftig über Basketball, wobei sie wild mit ihren Gabeln fuchtelten und ihre Ausdrucksweise immer mehr zu wünschen übrig ließ. Während sie ihre jeweilige Intelligenz und Mannesehre beleidigten, wurden sie von allen anderen ignoriert.

Das waren nicht nur Freunde, dachte Phoebe, als ihre Beleidigungen fast schon absurd wurden. Sondern Brüder. Und zwar völlig unabhängig von ihrem familiären Hintergrund, ihrer Erziehung und ihrer Hautfarbe. Niemand sonst kann sich so streiten, das tun nur Geschwister – seien es nun leibliche oder welche im Geiste.

Sie befand sich also auf der Grillparty von Duncans Familie. Das war nicht nur ein wichtiger, sondern ein denkwürdiger Moment.

»Sind Sie mit Elizabeth MacNamara verwandt, die in der Jones Street gewohnt hat?«

Phoebe wurde aus ihren Gedanken gerissen und spürte Bees Blick. »Ja. Sie war die Cousine meines Vaters. Kannten Sie sie?«

»Ich habe von ihr gehört.«

Der Ton, in dem sie das sagte, ließ vermuten, dass sie keine besonders hohe Meinung von Bess MacNamara hatte, und Phoebes Schultern begannen sich zu verspannen. Es gab genügend Leute in Savannah, die sämtliche Mitglieder einer Familie über einen Kamm scherten.

»Ich habe lange für Miz Tidebar in der Jones Street geputzt«, fuhr Bee fort, »bis sie schließlich starb. Das ist bestimmt gut zwölf Jahre her.«

»Ich kannte Mrs. Tidebar nur dem Namen nach.«

»Es hätte mich auch gewundert, wenn es anders gewesen wäre. Sie und Miz MacNamara sprachen nämlich nicht mehr miteinander.« Der Satz klang mehr als vorwurfsvoll.

»Ja, ich erinnere mich da an eine Art Familienstreit.«

Die Fehde lag schon weiter zurück als ihr Einzug ins Haus der MacNamaras. Da er sich mit den Jahren immer mehr verschärft hatte, durfte niemand, der unter Bess' Dach lebte, auch nur ein Wort mit den Tidebars sprechen, geschweige denn Umgang mit ihnen pflegen.

»Und Miz Tiffany? Sie hatte bereits zwei Putzfrauen, aber ich half manchmal aus, wenn sie eine Party gab oder zusätzliche Hilfe brauchte. Lebt sie noch?«

»O ja.« Phoebe entspannte sich wieder. Die exzentrische Nachbarin war ein wesentlich unverfänglicheres Gesprächsthema. »Sie ist so schrill wie eh und je.«

»Als ich für sie gearbeitet habe, war sie zum vierten Mal verheiratet.«

»Sie hatte noch mehr Männer. Im Moment hält sie, glaube ich, gerade nach Nummer sechs Ausschau.«

»Aber ihren Namen hat sie stets beibehalten, stimmt's?«

»Das ist der Name ihres zweiten Mannes«, erklärte Phoebe. »Und dabei ist sie dann geblieben, egal, wie viele noch kamen. Weil er so glamourös klingt, zumindest behauptet sie das.«

Bees Lippen zuckten. »Bess verstand sich meines Wissens nach nicht besonders mit Miz Tiffany.«

»Sie verstand sich mit niemandem. Sie war eine … schwierige Frau.«

»Jeder Mensch ist anders. Als ich für Miz Tidebar gearbeitet habe, sah ich manchmal Ihre Mutter, aber gerade lang genug, um Hallo zu sagen. Sie sehen ihr ähnlich.«

»Ein bisschen. Meine Tochter noch viel mehr. Carly ist ihrer Großmutter wie aus dem Gesicht geschnitten.«

»Sie muss ein hübsches Mädchen sein. Sagen Sie Ihrer Mutter bitte schöne Grüße von Bee Hector.«

»Gern. Sie wird sich bestimmt über die Verbindung freuen. Duncan hat sie nämlich ziemlich ins Herz geschlossen.«

»Wir ihn auch.« Bee beugte sich ein wenig vor, während die Männer weiterstritten. »Was haben Sie mit dem Jungen vor?«

»Mit Duncan?« Vielleicht war es der Wein oder auch das Strahlen in Bees Augen, aber Phoebe sagte, was ihr spontan dazu einfiel. »Ich überlege noch, was er alles mit mir anstellen darf.«

Bees Gelächter war die reinste Explosion an Heiterkeit. Ihre dicken Finger tätschelten Phoebes Schulter. »Er hat schon andere hübsche Mädchen mit hergebracht.«

»Das kann ich mir vorstellen.«

»Aber noch keine, die ich gutheißen konnte.«

Phoebe beschloss, dass sie einen weiteren Schluck Wein vertragen konnte. »Und, habe ich den Test bestanden?«

Bee lächelte herzlich und ließ ihre Hände dann energisch auf den Tisch plumpsen. »Wenn ihr Kuchen und Eis wollt, müssen wir den Tisch abräumen.« Während des darauffolgenden Chaos warf Bee Phoebe erneut einen Blick zu. »Warum nimmst du nicht ein paar von den Tellern und trägst sie in die Küche?«

Und das bedeutete, dass sie von nun an mit zur Familie gehörte.

Sie beendeten den Abend vor Phoebes Haustür. »Ich kann dich leider nicht mit reinbitten.« Als er sie wieder auf eine andere Art küsste, wusste sie nicht, wie ihr geschah. »Mit anderen Worten: Du kannst nicht mit nach oben kommen und mich ausziehen.«

»Wann dann?« Seine Hände wanderten an ihrem Körper empor, sodass sie es beide kaum noch aushielten. »Wo?«

»Ich … ich weiß nicht. Ich will mich nicht anstellen – es ist nur wegen Carly. Und wegen meiner Mutter.« Sie zeigte auf das Haus. »Es ist alles so kompliziert.«

»Komm mit zu mir zum Abendessen.«

Sie wurde wieder schwach, als seine Lippen ihren Hals hinunterwanderten. Ein Abendessen bei ihm bedeutete eindeutig Sex. Zum Glück.

»Und wer kocht? Du?«

»Nein, ich will dich schließlich nicht vergiften. Ich werde Pizza bestellen.«

»Ich mag Pizza.«

»Wann?«

»Ich … morgen kann ich nicht. Ich muss …« Sie sollte sich das lieber noch mal gut überlegen. Sei vorsichtig, Phoebe. »Am Dienstag, Dienstagabend. Ich komme nach meiner Schicht direkt zu dir. Außer …«

»Außer irgendjemand sitzt auf einem Dachvorsprung oder nimmt Geiseln, logisch. Bis Dienstag also.« Er lehnte sich zurück. »Was für eine Pizza möchtest du denn?«

»Überrasch mich.«

»Das hab ich auch vor. Gute Nacht, Phoebe.«

»Gut. Warte.« Sie schlang ihre Arme erneut um seinen Hals und gab sich ganz dem darauffolgenden Kuss hin, bis ihre Lust sie fast schmerzte. »Gut.«

Dann ging sie ganz schnell hinein, bevor sie so etwas Verrücktes tun konnte, wie ihm die Kleider vom Leib zu reißen. Verträumt ging sie die Treppe hinauf. Dieser Mann konnte küssen, dass einem Hören und Sehen verging. Und sie musste zugeben, dass sie zwar kaum noch bis Dienstag warten konnte, aber die Vorfreude ihr Herz schneller schlagen ließ und ihr ein schönes, warmes Gefühl gab. Wenn sie jemals so viel Lust auf einen Mann gehabt hatte, konnte sie sich nicht mehr daran erinnern, und das sollte schon was heißen.

Sie hörte den Fernseher im Wohnzimmer und Carlys Lachen. Noch musste sie nicht ins Bett, und außerdem brauchte sie noch einen Augenblick, einen kurzen Augenblick für sich allein, bevor sie mit einem reichlich dämlichen Grinsen das Wohnzimmer betreten würde.

Sie beschloss, in ihrem Zimmer das Kleid gegen ihren Schlafanzug zu tauschen, bevor sie zu ihren Mädels ging. Sie war nackt bis auf die Unterwäsche, als sie das Pfeifen hörte. Es kam durchs offene Fenster und machte ihr Gänsehaut. Diese Melodie. Da war sie wieder, diese Melodie. Der Mann mit der Kamera.

Plötzlich sah sie ihn wieder vor sich, allein auf der River Street. Aber das konnte doch unmöglich derselbe Mann sein, oder? Mit gespitzten Ohren griff sie nach ihrem Bademantel und warf ihn sich über. Als sie die Balkontür erreicht hatte und nachsehen wollte, hatte das Pfeifen aufgehört. Auf dem breiten, weißen Bürgersteig der Jones Street war keine Menschenseele zu sehen.

14

Frauenstimmen trillerten fröhlich in der Küche, als sie hineinging, um einen Kaffee zu trinken. Da sie Carlys Stimme, ein helles Flöten, heraushören konnte, wunderte sie sich ein wenig. Das war ungewöhnlich für einen Montagmorgen.

Doch als sie die Modenschau sah, begriff Phoebe, warum ihr kleines Mädchen so überglücklich war. Nichts konnte Carly so sehr zum Strahlen bringen wie ein neuer Pulli oder ein anderes Kleidungsstück. Das Teil, das sie im Moment vorführte wie ein Topmodel, war hellblau. Es sah aus wie aus Wolken gemacht, dachte Phoebe, so, wie es sich über den Schultern kräuselte und ihr um die Taille flatterte.

Carly drehte sich gekonnt um die eigene Achse und entdeckte ihre Mutter. »Schau mal, Mama! Schau mal, was Gran für mich gemacht hat!«

»Das ist ja fantastisch!« Phoebe berührte vorsichtig einen der Ärmel. Es fühlte sich auch an wie eine Wolke. »Du sollst sie doch nicht so verwöhnen, Mama.«

»Das muss so sein. Außerdem ist das nur ein Muster. Eine Art Prototyp. Ich werde auch ein paar für Erwachsene machen, wollte aber erst mal mit einer Kindergröße anfangen.«

»Gran hat gesagt, dass sie mir noch eine passende Tasche dazu machen kann.«

»Gib's auf«, sagte Ava leise, während sie Phoebe den Kaffee reichte. »Gegen die beiden kommst du sowieso nicht an. Wie wär's mit einem warmen Frühstück?«

»Nein, danke. Mir reicht ein Toast.«

»Und wie wär's hiermit?« Ava hielt ihr einen Korb voller Muffins hin. »Die hab ich heute Morgen frisch gebacken.«

Phoebe nahm einen Muffin und biss hinein. »Nicht nur Carly wird hier verwöhnt. Komm, Carly, Zeit fürs Frühstück. Ich setz dich auf dem Weg zur Arbeit vor der Schule ab.«

»Wir müssen aber Poppy und Sherrilynn auch mitnehmen.«

»Stimmt. Da war doch noch was.«

»Ich kann sie auch fahren, wenn dir das lieber ist«, bot Ava an.

»Nein, das krieg ich schon hin. Übrigens würde ich morgen gern bei Duncan zu Abend essen, wenn ihr nichts dagegen habt.«

Phoebe sah, wie Ava und Essie hinter Carlys Rücken verstohlene Blicke tauschten, während das Mädchen Frosties in eine Schüssel schüttete.

»Was ist denn?«

»Nichts.« Essie schenkte ihr ein unschuldiges Lächeln. »Natürlich haben wir nichts dagegen. Nicht im Geringsten. Ava, ich glaube, du schuldest mir fünf Dollar.«

»Ihr schließt Wetten darauf ab, wann ich …« Phoebe zwang sich zu schweigen, weil Carly sie erwartungsvoll ansah.

»Ist er jetzt dein Freund?«

»Ich bin zu alt für einen Freund. Ich bin nur zum Abendessen eingeladen.« Um Sex mit ihm zu haben, dachte sie. Höchstwahrscheinlich jede Menge richtig guten Sex. Sollte sie Kondome kaufen? Er würde doch bestimmt welche im Haus haben. Hauptsache, sie konnte sich wegen irgendetwas Sorgen machen.

»Ich würde auch gern mal wieder mit jemandem essen gehen«, bemerkte Ava. »Einfach nur jemandem gegenübersitzen und sich ein paar Stunden unterhalten. Wirst du dich schick machen?«

»Äh, nein.« Sollte sie sich neue Unterwäsche kaufen? »Wir werden nur Pizza bestellen.«

»Das ist nett. Und gemütlich.«

»Ich mag Pizza«, sagte Carly erwartungsvoll.

Schuldgefühle, Schuldgefühle, Schuldgefühle. Na toll. Aber erst einmal musste sie endlich diese unbändige Lust stillen, bevor sie es bei der Kleinen wiedergutmachen konnte. »Nun …«

»Wir essen doch einmal die Woche Pizza«, kam ihr Essie zu Hilfe. Als Phoebe bereits dachte, *danke, Mama, gut gemacht*, fügte Essie hinzu: »Du solltest Duncan bald mal zu uns zum Abendessen einladen, Phoebe.«

»Oh … ich …«

»Zu einem richtig schönen Essen im Kreis der Familie. Soweit ich weiß, hat er dich neulich mit zu seiner Familie genommen. Du solltest also eine Gegeneinladung aussprechen. Warum fragst du ihn nicht, wann er Zeit hat?«

»Gern.« Ach, war das alles kompliziert. Warum musste nur immer alles so kompliziert sein? Durfte eine erwachsene Frau nicht einfach eine Affäre haben?

Die Antwort auf diese Frage lautete selbstverständlich nein. Nicht, wenn sie mit ihrer Tochter, ihrer Mutter und einer Art älterer Schwester unter einem Dach lebte.

»Iss das auf, Carly, wir wollen schließlich nicht zu spät kommen. Außerdem habe ich ganz vergessen euch zu fragen, ob jemand Neues in die Nachbarschaft gezogen ist.«

»Lissette und Morgan Fryes Tochter Mirri ist auf Besuch …«

»Nein, ich dachte eher an einen Mann.«

»Falls es mit Duncan nicht klappt?«, fragte Ava lachend.

»Nein, nein, das nicht.« Phoebe schüttelte amüsiert den Kopf. »Ich dachte, ich hätte hier ein neues Gesicht gesehen, mehr nicht.« Dabei hatte sie sein Gesicht gar nicht richtig gesehen, fiel Phoebe auf. »Jemand, der pfeift. Was ist das nur für eine Melodie? Sie geht mir nicht mehr aus dem Kopf, ohne dass ich sie richtig zuordnen kann.«

Sobald sie zu summen begann, schaltete sich Essie ein. »*High Noon – Zwölf Uhr mittags*. Du weißt ja, wie sehr ich diese alten Streifen liebe. Das ist die Titelmelodie des Films mit Gary Cooper und Grace Kelly. Ach, war das eine Schönheit! Und er erst, das war ein Mann nach meinem Geschmack! ›*Do not forsake me, oh, my darlin'*‹«, sang sie mit ihrer hohen, hübschen Stimme.

»Stimmt, genau das ist es. Ein komisches Lied zum Pfeifen. Na ja.«

Zumindest dieses Rätsel war gelöst. »Carly, jetzt aber schnell.«

Sobald sie im Auto saßen, drehte Phoebe sich zu Carly um. »Stört es dich, wenn ich mit Duncan ausgehe? Oder überhaupt mit einem Mann?«

»Nein. Aber wenn du zu alt für einen Freund bist, warum machst du's dann?«

Ertappt. »Damit meinte ich nur, dass das Wort Freund etwas albern klingt bei einer erwachsenen Frau.« Bei einer geschiedenen Frau mit Kind, dachte Phoebe.

»Celenes Mutter gibt richtig an mit ihren Freunden. Davor hatte sie drei und ...«

»Ich bin aber nicht Celenes Mutter. Und ich weiß auch nicht, ob ich es gut finden soll, dass sie vor euch so viel von ihren *Freunden* spricht.«

»Sie redet hauptsächlich mit ihren Freundinnen darüber, aber Celene belauscht sie. Und dann reden wir darüber.«

»Oh.« Phoebe atmete hörbar aus und ließ den Motor an. »Stört es Celene, dass ihre Mutter so oft ausgeht?«

»Sie mag den Babysitter. Terri ist fünfzehn, sie schminken sich zusammen und sehen fern. Außerdem bringen die Freunde Celene manchmal Geschenke mit oder nehmen sie irgendwo mit hin.«

»Ich weiß *genau*, was du jetzt denkst«, sagte Phoebe lachend. »Du bist so was von berechnend.«

Phoebe kehrte von einem Selbstmordversuch zurück, der nichts weiter war als ein trauriger, lächerlicher Schrei nach Aufmerksamkeit, und traf Sykes, der sie aus dem Aufenthaltsraum winkte.

»Ich will Sie nur kurz vorwarnen, Lieutenant. Sie haben das *rat squad* im Büro.«

»Das Büro für interne Angelegenheiten ist hier?«

»Einer davon. Er ist seit fünf Minuten da.«

»Danke.« Das musste ja kommen.

Lieutenant Blackman war ein angegrauter Mann um die fünfzig. Er hatte einen Bierbauch, ein rotes Gesicht und knochige, trockene Hände.

»Es tut mir leid, dass ich Sie warten ließ, Lieutenant. Hatten wir heute Nachmittag einen Termin?«

»Sie haben mich nicht warten lassen. Ich dachte, wir könnten ein paar Worte wechseln, anstatt ein offizielles Gespräch zu führen. Aber wenn Sie Letzteres bevorzugen, lässt sich das natürlich auch einrichten.«

Wie in ein modisches Kostüm schlüpfte Phoebe in die Rolle der höflichen Südstaatenfrau. »Ich glaube, Letzteres wäre mir lieber, bis ich weiß, was für eine Art Unterhaltung Sie sich vorstellen.«

»Es geht um die Aussagen und Anschuldigungen von Officer Arnold Meeks gegen Sie.«

»Wie Sie sicherlich wissen, ist Arnold Meeks kein Officer mehr.«

»Aber wie Sie sicherlich wissen, war er einer, als er diese Aussagen und Anschuldigungen vorbrachte. Ich hoffe, Sie erholen sich gut von Ihren Verletzungen.«

»Ja, das tue ich, vielen Dank. Lieutenant Blackman, wenn wir ein inoffizielles Gespräch führen – möchten Sie dann einen Kaffee?«

»Nein, danke, ich will nichts. Bevor Sie angegriffen wurden, haben Sie da Officer Arnold Meeks vom Dienst suspendiert?«

»Ja.«

»Und aus welchem Grund?«

»Das wurde alles ausführlich in den Akten vermerkt.« Sie schenkte ihm ihr strahlendstes Lächeln. »Brauchen Sie eine Kopie?«

»Ich habe eine.«

Ein harter Brocken, dachte Phoebe, lächelte aber ungerührt weiter und legte den Kopf schräg. »Na dann.«

»Officer Meeks hat die Gründe für seine Suspendierung infrage gestellt.«

Phoebe lehnte sich zurück: Jetzt lächelte sie nicht mehr und änderte ihren Tonfall. »Wir beide wissen ganz genau, dass er mich angegriffen, mir aufgelauert und mich überfallen hat. Wir beide wissen, dass es zu einer außergerichtlichen Einigung kam. Und ich denke, wir beide wissen auch, dass Arnold Meeks erhebliche Probleme mit Autoritäten hat – vor allem, wenn es sich um weibliche Vorgesetzte handelt. Er kann sich nur sehr schlecht beherrschen.«

Blackmans dunkle Augen ließen sie nicht mehr los. »Er erhebt schwere Anschuldigungen gegen Sie und den Captain dieser Abteilung.«

Sie wäre am liebsten aufgesprungen und hätte losgeschrien vor lauter Wut. Aber genau das hätte nur mehr Öl ins Feuer gegossen, das so schnell wie möglich gelöscht werden musste. »Ja, das hat er. Und zwar unter anderem in meinem Büro. Er hat sie mir direkt ins Gesicht gesagt.«

»Unterhalten Sie eine private Beziehung zu Captain David McVee oder nicht?«

»Ja. Sie ist privat und rein platonisch. Ich kenne den Captain seit gut zwanzig Jahren und schätze ihn sehr. Wenn Sie sich mit mir und diesem Fall eingehend beschäftigt haben, wissen Sie auch, unter welchen Umständen ich Captain McVee kennengelernt habe.«

»Sie haben das FBI verlassen, um in seiner Abteilung zu arbeiten.«

»Ja, und zwar aus mehreren Gründen. Und keiner davon ist ungehörig oder verstößt gegen die Dienstvorschriften. Ich arbeite jetzt seit fast sieben Jahren in dieser Abteilung, und nie ist mir etwas vorgeworfen worden. Ich glaube, mein Ruf und vor allem der des Captains sind über jeden Zweifel erhaben. Und erst recht, wenn dieser auf den Anschuldigungen eines unehrenhaft entlassenen Polizisten beruht, der auf eine Disziplinierungsmaßnahme dergestalt reagiert hat, dass er mich zusammenschlug.«

Blackman blies die Backen auf, die erste menschliche Regung seit Beginn ihres Gesprächs. »Ich kann verstehen, Lieutenant, dass Sie diese Unterhaltung, ja allein die Tatsache, dass sie überhaupt geführt werden muss, als geschmacklos empfinden.«

»Geschmacklos? Lieutenant Blackman, als Polizistin und Frau finde ich das einfach *ungeheuerlich*.«

»Das merke ich. Der betreffende Officer behauptet auch, dass Sie ihn sexuell belästigt und Ihre Autorität benutzt hätten, um ihn sexuell zu bedrängen.«

»Das durfte ich mir auch schon anhören.« Aber was genug war, war genug, beschloss Phoebe. »Ich habe Arnold Meeks *niemals* irgendwelche sexuellen Avancen gemacht. Sie können ihm glauben oder mir. Ich frage mich, welche Rolle der Vater und/oder Großvater des betreffenden Officer dabei spielt, dass Sie diesen Anschuldigungen überhaupt nachgehen.«

»Es wurde eine Beschwerde gegen Sie und Captain McVee eingereicht.«

»Sie sollten sich lieber mal den Urheber dieser Beschwerde näher ansehen. Bitte berücksichtigen Sie, dass Captain McVee diesem Department und dieser Stadt seit mehr als fünfundzwanzig Jahren dient und es absolut nicht verdient hat, dass seine Personalakte von so einem Mistkerl wie Arnold Meeks befleckt wird.«

»Lieutenant …«

»Ich bin noch nicht fertig. Ich möchte, dass Sie das in Ihrem Gesprächsprotokoll festhalten: Arnold Meeks ist ein verdammter Lügner und ein Arschloch, jemand, der versucht, sein ebenso peinliches wie kriminelles Verhalten dadurch zu decken, dass er den Ruf eines ehrenhaften und guten Polizisten ruiniert.«

Sie erhob sich. »Und jetzt verlassen Sie bitte mein Büro. Ich habe noch zu tun. Wenn Sie ein weiteres Gespräch wünschen, dann ein hochoffizielles, und zwar in Anwesenheit meines Anwalts.«

»Das liegt ganz bei Ihnen.«

»Ja, allerdings. Auf Wiedersehen, Lieutenant Blackman.«

Phoebe brauchte keine Minute, um zu begreifen, dass sie viel zu wütend und verletzt war, um jetzt ihren Papierkram zu erledigen. Sie konnte nicht mal so tun, als ob.

Sie griff nach ihrer Handtasche und verließ unter den neugierigen und mitleidigen Blicken ihrer Kollegen schleunigst das Büro. »Reine Zeitverschwendung«, sagte sie zu der neuen Sekretärin. »Ich bin in einer Stunde wieder da.«

Sie musste dringend einen Spaziergang machen, die Bewegung an der frischen Luft würde ihr helfen, sich wieder zu beruhigen. Sie eilte aus dem Gebäude, bevor sie irgendetwas sagen oder tun konnte, das sie hinterher bereuen würde.

Sie hatte hingenommen, was in ihren Augen nicht mehr als ein Klaps auf das Handgelenk desjenigen gewesen war, der mit beiden Fäusten auf sie eingeprügelt hatte. Sie akzeptierte die dahinterstehende Logik, akzeptierte, dass gewisse Leute ihr Gesicht wahren mussten. Ehrlich gesagt, war sie auch ein Stück weit erleichtert darüber, nicht vor Gericht wiederholen zu müssen, was er ihr angetan hatte.

Aber das hier? Ob sie das auch noch schlucken konnte, wusste sie nicht.

Aber was blieb ihr anderes übrig?, fragte Phoebe sich. Sie konnte dem Department den Stinkefinger zeigen und gehen. Womit rund zwölf Jahre Ausbildung und Erfahrung völlig umsonst gewesen wären, obwohl sie ihre Arbeit stets gut gemacht hatte. Oder sie konnte sich noch einmal vor Augen führen, dass der eigene Stolz manchmal weniger wichtig ist als die Arbeit, die getan werden muss.

Sie ließ sich auf eine Bank fallen – und hatte sich schon wieder etwas beruhigt. Es war gut, dass sie diesem Arschloch von Blackman gesagt hatte, was einfach mal gesagt werden musste. Dass sie ihm klargemacht hatte, dass sie sich wehren würde und sich weder vom Büro für interne Angelegenheiten noch von irgendwelchen Beziehungen einschüchtern lassen würde.

Von ihr aus konnte er gerne überall herumschnüffeln – sie hatte nichts zu verbergen.

Sie würde an ihren Arbeitsplatz zurückkehren, und zwar nicht nur, weil ihr nichts anderes übrig blieb, sondern weil sie es so wollte.

Während sie dort saß, machte er Fotos. Das war wirklich ein Geschenk des Himmels! Er hätte nie gedacht, sie auf diesem Platz zu treffen. Aber da saß sie, während ihre Augen von einer Sonnenbrille verborgen wurden. Er wünschte, er könnte sie sehen. Aber es war trotzdem ein Geschenk des Himmels. Er hatte sich nur umgesehen, und schon kam Phoebe daher.

Mit Riesenschritten und stinksauer, da war er sich sicher. Allein die Vorstellung, wie wütend und aufgebracht sie jetzt war, erregte ihn.

Er fragte sich, wie ihr wohl die kleine Aufmerksamkeit gefallen hatte, die er ihr hinterlassen hatte. Wirklich schade, zu schade, dass er nicht hatte bleiben und zuschauen können, wie sie die tote Ratte fand.

Aber sie würden noch jede Menge Zeit haben, sich besser kennenzulernen, sich erneut zu begegnen, sich in die Augen zu sehen.

Er machte noch mehr Fotos. Weil sie so in die Unterhaltung vertieft war, würde sie ihn gar nicht bemerken.

Als sie sich erhob und davonging, hauchte er ihr hinter ihrem Rücken einen Kuss hinterher.

»Bis bald, Süße.«

Dave wartete, bis ihre Schicht fast zu Ende war, bevor er sie zu sich rief. Er telefonierte gerade, als sie sein Büro betrat, und er hob kurz die Hand.

»Das denke ich auch, ja. Ich weiß das sehr zu schätzen. Ich melde mich wieder.«

Er legte auf und ließ seinen Stuhl leicht nach rechts und nach links kreisen, während er Phoebe musterte. »Ich habe gehört, dass das Büro für interne Angelegenheiten da war.«

»Ja.«

»Und auch, dass du wütend bist.«

»Ja.«

»Die Sache wird schon bald eingestellt werden, Phoebe. Das Ganze ist eine Sackgasse. Aber Meeks hat nun mal einflussreiche Freunde im Department und im Rathaus. Es ist wichtig für sie, bis zu einem gewissen Grad ihr Gesicht wahren zu können.«

»Während du und ich unseren Kopf hinhalten müssen«, gab sie scharf zurück.

»Es tut mir leid, dass du dich nach diesem Überfall auch noch beleidigen lassen musst. Aber das packst du auch noch.«

»Ich habe ernsthaft überlegt, ihnen den Vogel zu zeigen und mich als Therapeutin niederzulassen. Vielleicht als Ehetherapeutin.« Sie sah, wie sich sein Mund zu einem kurzen Lächeln verzog. »Aber angesichts meiner persönlichen Erfahrungen auf diesem Gebiet habe ich mich doch dagegen entschieden und darüber nachgedacht, zu einem Voodoo-Priester zu gehen und mir eine Verwünschung zu kaufen. Ich bin immer noch dabei, die Vorteile gegen die Nachteile abzuwägen.«

»Sag mir Bescheid, wie du dich entschieden hast. Das Ganze ist nichts als heiße Luft, Phoebe, und das weißt du auch.«

»Aber auch an heißer Luft kann man sich verbrennen. Sie kann sogar tödlich sein.«

»Sergeant Meeks hat seine Beziehungen spielen lassen. Er hat seinem Sohn einen Job als Wachmann besorgt. Das ist ein ziemlicher Abstieg für jemanden wie Arnie. Und eine ziemliche Enttäuschung für seinen Vater, der mit ansehen musste, wie die Familientradition zerstört wurde. Er versucht sich gewissermaßen dafür zu rächen.«

Sie sagte nichts darauf, und er ließ wieder seinen Schreibtischstuhl kreisen. »Aber solange du die Nerven behältst, wird ihm das nicht gelingen. Und jetzt geh nach Hause, und denk nicht weiter darüber nach.«

Es hatte keinen Sinn, noch weiter mit ihm darüber zu diskutieren, dachte sie, zumal er recht hatte. Sie musste nur die Nerven behalten. »Was hast du heute Abend noch vor?«

»Ich mach hier noch etwas fertig und geh dann nach Hause zu meinem Bier und meinem Fertiggericht.«

»Apropos Abendessen. Wie wär's …« Sie hielt inne und spürte, wie Wut und Trauer in ihr aufstiegen, als sie seinen Gesichtsausdruck sah. »Muss das wirklich sein? Wegen dieser dämlichen Anschuldigungen? Können wir jetzt keine Freunde mehr sein?«

»Natürlich bleiben wir Freunde, und daran wird sich auch nie etwas ändern. Aber im Moment bleibe ich lieber bei meinen Fertiggerichten. Warten wir, bis die heiße Luft verpufft ist, Phoebe. Sie wird keinerlei Spuren hinterlassen, das versprech ich dir.«

»Ich glaube, ich muss doch noch zu diesem Voodoo-Priester.«

Er lächelte sie auf diese ruhige, geduldige Art an, die sie so an ihm liebte. »Wir machen hier gute Arbeit und werden das auch weiterhin tun.«

Es war schon komisch, fand Ava, dass sich der Mann, mit dem ihre Freundin ausging, mit ihr verabreden wollte. Sie wusste auch nicht recht, warum sie eingewilligt hatte, ihn zu treffen. Vielleicht aus Neugier oder wegen seiner guten Manieren und seinem überwältigenden Charme. Wahrscheinlich war es die Mischung aus allen dreien gewesen, gestand sie sich ein, während sie die Whitaker Street hinunterging.

Sie hatte beschlossen, nicht das Auto zu nehmen. Die Parkplatzsuche war oft der reinste Albtraum, und so konnte sie ein wenig durch die Straßen von Savannah schlendern.

Sie liebte Savannah. Sie liebte das MacNamara-Haus – nirgendwo hätte sie sich mehr zu Hause gefühlt. Natürlich hatte sie auch ihr hübsches kleines Haus in West Chatham geliebt. Ein Haus wie aus dem Bilderbuch. Sie hatte einen erfolgreichen Ehemann gehabt, einen entzückenden kleinen Sohn, ja sogar den obligatorischen Golden Retriever. Aber nichts davon war wirklich bilderbuchreif gewesen, und als sie das feststellte, war das wirklich ein schwerer Schlag für sie gewesen. Es war nicht gerade angenehm, einen notorischen Ehebrecher zum Mann zu haben – vor allem nicht für eine Ehefrau, die lange blind gewesen und sämtliche Signale übersehen hatte.

Und so war sie wieder im MacNamara-Haus gelandet. Ohne ihren Mann und ohne ihren Hund. Den Hund hatte sie vermisst, dachte sie belustigt. Aber sie war froh gewesen, einen Ort zu haben, wo sie hinkonnte, einen Ort, an dem ihr Sohn aufwuchs und wo sie sich nützlich machen konnte.

Und wenn sie sich hin und wieder immer noch wünschte, dass dieser widerliche Betrüger bei einem Autounfall ums Leben käme, war das schon ein deutlicher Fortschritt im Vergleich zu jener Zeit, in der sie regelmäßig darum gebetet hatte, er möge von einem Schnellzug enthauptet werden.

Sie war so in Gedanken, dass sie beinahe an dem Haus vorbeigelaufen wäre.

»Hallo, Ava!«

Sie blieb stehen und sah, wie Duncan die Stufen eines bemitleidenswerten, heruntergekommenen Hauses hinabging.

Kein Wunder, dass Phoebe so viel Zeit mit diesem Exemplar verbrachte, dachte Ava. Diese Muskeln, dieses zerzaustes Haar und dann noch dieses entwaffnende Lächeln.

Obwohl sie bei Männern nicht gerade die beste Menschenkenntnis bewiesen hatte, hielt sie auf diesen hier große Stücke.

»Entschuldigen Sie, ich war ganz in Gedanken. O je, ist das etwa das Haus, das Sie gekauft haben? Das, von dem Sie Essie erzählt haben?«

»Ja.« Er drehte sich um und betrachtete es voller Begeisterung. »Es braucht nur ein wenig Hilfe.«

»Allerdings.«

Die Hälfte der Fenster war vernagelt, und die vordere Veranda sah aus wie ein hängender Unterkiefer. Der Putz – beziehungsweise das, was noch davon übrig war – war ein verblichenes Gelb und bröckelte vom Holz.

»Da haben Sie aber noch jede Menge zu tun.«

»Genau das macht ja solchen Spaß. Und darüber wollte ich mit Ihnen reden.«

»Über was?«

»Kommen Sie doch hoch – die Stufen sind in Ordnung.« Er nahm ihre Hand und zog sie hoch. »Die Statik ist noch einwandfrei. Was fehlt, ist hauptsächlich Kosmetik.«

»Ich fürchte, da werden Sie aber viel Make-up brauchen, Duncan.«

»Ja, das ist mir klar. Und hier muss eine Art Vorgarten hin. Das MacNamara-Haus besitzt einen fantastischen Vorgarten. Wie ich hörte, machen Sie die ganze Gartenarbeit selbst.«

»Überwiegend schon.« Sie holte eine Flasche Wasser aus ihrer Handtasche und bot sie ihm an.

»Sie schleppen Wasser mit sich herum?«

»Mit dem, was ich alles mitschleppe, könnte ich einen ganzen Krämerladen aufmachen. Es ist mir ein Rätsel, wie ihr Männer mit euren Hosentaschen auskommt. Möchten Sie eine Flasche? Ich hab zwei dabei.«

»Nein, danke. Wo waren wir stehen geblieben? Ach ja, bei Ihrem Talent für Gartenarbeit.«

»Hm-hm.« Während sie einen Schluck Wasser nahm, begutachtete Ava den verwahrlosten Vorgarten sowie das Unkraut, das dort heimtückischerweise wuchs und gedieh. »Essie hilft mir ein wenig, und Phoebe hat nicht die Zeit, sie jätet höchstens mal ein bisschen Unkraut. Aber ich liebe die Gartenarbeit und übernehme einen Großteil davon.«

»Um es kurz zu machen: Ich dachte, Sie könnten mir hier vielleicht ein bisschen helfen.«

»Hier?«

»Ich fürchte, wir müssen ziemlich bei null anfangen. Was da ist, ist fast alles verholzt oder abgestorben, bis auf das Unkraut. Das muss natürlich als Erstes beseitigt werden. Dann brauchen wir ein paar Basispflanzen sowie den ein oder anderen Hingucker. Vielleicht irgendwelche Zwergpflanzen, wie eine kleine Trauerweide hier auf der Seite. Und ein Spalier mit wildem Wein.«

Ava war verblüfft. »Was für ein Spalier?«

»Das, das ich hier anbringen lassen will. Oder eine Laube. Ich habe eine Schwäche für Lauben.« Gedankenverloren klimperte er mit dem Kleingeld in seiner Hosentasche. »Und dann brauchen wir noch Blumenkübel und -kästen. Und zwar richtig große, die sofort ins Auge springen. Hinterm Haus gibt es auch noch einen kleinen Garten. Aber wirklich nur einen kleinen. Ich dachte da an eine hübsche kleine Terrasse mit kleinen Tischen und Stühlen, so was in der Art. Sie sollte von ein paar Beeten gesäumt werden. Topfpflanzen und so. Meinen Sie, Sie könnten mir dabei helfen?«

»Ich bin ganz durcheinander. Ich soll Ihnen helfen, hier einen Garten anzulegen?«

»Ich würde Sie gern als Gartenbauarchitektin engagieren.«

Das verschlug Ava erst mal die Sprache. Sie nahm einen großen Schluck von ihrem Wasser, bevor sie wieder etwas sagen konnte. »Duncan … glauben Sie wirklich, dass ich ein so großes Projekt stemmen kann? Ich bin keine Gartenbauarchitektin. Ich arbeite nur ganz gern im Garten.«

»Das ist doch wunderbar. Ich möchte etwas Individuelles. Mir gefällt, was Sie in der Jones Street gemacht haben. Etwas ganz Ähnliches stelle ich mir auch hier vor. Ich hab Fotos dabei.«

Noch auf der Treppe zog er einen Ordner aus seiner Aktentasche und gab ihn ihr. »Das sind Fotos vom Haus, vom Grundstück in seinem jetzigen Zustand, von der Veranda und so weiter. Und ich habe schon ein paar Skizzen gemacht. Das sind selbstverständlich alles nur Vorschläge. Und das hier ist das Budget, an das ich gedacht habe.«

Die Neugier gewann die Oberhand, und so öffnete sie den Ordner und ging die Fotos durch, bis sie zum Budget kam. »Ich glaube, ich muss mich erst mal setzen.«

»Gut.« Er setzte sich neben sie. Er liebte es, mitten in der Stadt auf einer Treppe zu sitzen und die Passanten zu beobachten. Und genau das genoss er jetzt, während sie eine Weile schwieg.

»Duncan, Sie sind wirklich reizend, aber irgendwas stimmt nicht mit Ihnen.« Als er lachte, schüttelte sie nur den Kopf. »So ein großes Projekt gibt man nicht einfach jemandem, der keinerlei Erfahrung mit so etwas hat.«

»Na ja, groß ist relativ. Ich habe noch ein wirklich großes Projekt für Sie in petto, aber darüber sollten wir ein andermal reden. Ich will, dass das hier aussieht wie ein richtiges Zuhause.« Denn als solches sollte es wahrgenommen werden. »Und damit haben Sie durchaus Erfahrung.«

Sie dachte an den Garten, den sie in diesem ordentlich parzellierten West Chatham gehabt hatte. Daran, mit welcher Begeisterung sie ihn in einen echten Hingucker verwandelt hatte. Wie sie Erde, Dünger, Torfmoose herbeigeschleppt hatte. Wie sie gebuddelt, geplant, geschwitzt, gejätet und sich ein Zuhause geschaffen hatte. Ohne zu ahnen, welche Schlange in diesem Paradies lebte. Ohne zu ahnen, dass sie das Idyll, das sie mit so viel Mühe geschaffen hatte, bald schon wieder würde verlassen müssen.

Wäre es nicht toll, diese Aufgabe hier zu übernehmen? All das abgestorbene, hässliche Zeug rauszureißen und etwas Wunderschönes zu erschaffen? Um der reinen Schönheit willen.

Ja, beschloss sie. Sie würde ernsthaft darüber nachdenken.

15

Sie war schon drauf und dran, Duncan abzusagen. Aber das wäre natürlich der helle Wahnsinn. Sie wollte zu ihm. Sie wollte unbedingt fortsetzen, was ein paar Abende zuvor auf seiner Veranda begonnen hatte.

Aber die vernünftige Phoebe beschloss, mit der leidenschaftlichen Phoebe zu hadern. Sie sollten sich lieber erst besser kennenlernen. Er war zweifellos ein attraktiver, interessanter Mann. Aber wozu die Eile? Wäre es nicht vernünftiger – und sicherer –, sich erst noch ein paarmal zum

Essen zu treffen, bevor sie zu ihm nach Hause gingen, wo klar war, zu was das führen würde? Aber sie mochte ihn, genoss seine Gesellschaft, fühlte sich körperlich unheimlich zu ihm hingezogen. Sie war dreiunddreißig.

Was wusste sie schon von ihm, was wusste sie wirklich von ihm? Vielleicht benutzte er sein umgängliches Wesen ja auch dazu, jede Woche eine andere Frau flachzulegen. Vielleicht war er ja das männliche Pendant zu Celenes Mutter und hatte mehrere Freundinnen auf einmal. Wollte sie wirklich eine unter vielen sein? Ach was, konnte sie denn nicht einfach mit einem Mann ausgehen und mit ihm schlafen, ohne gleich daraus ein Exklusivrecht abzuleiten? Hatte sie es nicht verdient, sich in netter Gesellschaft zu amüsieren und verdammt noch mal Sex zu haben?

Also Schluss damit!

Er mischte sich in ihr Leben ein. Zumindest jemand mit ihrem Zynismus und ihrem Misstrauen konnte das so sehen. Erst der Laden für die Häkelarbeiten ihrer Mutter, dann ein Gartenprojekt für Ava. Was kam wohl als Nächstes? Würde er Carly anbieten, ein Schuhgeschäft zu kaufen?

Das war natürlich lächerlich. Sie übertrieb es mal wieder. Sie stellte sich an. Weder ihre Mutter noch Ava empfanden diese Chancen als Einmischung in ihr Leben. Und es war schließlich nicht so, dass sie keine Ahnung von dem Handwerk hatten, für das er ihnen ein Betätigungsfeld geboten hatte.

Außerdem war sie jetzt schon viel zu nahe am Ziel – es war albern, jetzt noch umkehren zu wollen.

Als sie in Duncans Auffahrt einbog, fiel ihr auf, dass sie vollkommen traumatisiert gewesen war, als sie sein Haus zum ersten Mal gesehen hatte. Beim zweiten Mal war es schon dunkel gewesen. Als sie es jetzt bei vollem Tageslicht vor sich liegen sah, im Vollbesitz ihrer geistigen Kräfte, war es eine vollkommen neue Erfahrung.

Es sah fantastisch aus, mit diesen hohen Fenstern und den weißen Zierleisten, die sich von dem meerblauen Holz abhoben.

Der Charme dieses umlaufenden Balkons. Sie konnte sich gut vorstellen, dort zu stehen und auf die Sumpflandschaft, den Garten, den Fluss hinauszusehen. Vor allem auf den Garten. Auf die Büsche und Wiesen, die Blütenähren und Wege. Der Mann verstand etwas von Gärten, das musste man ihm lassen. Oder aber er beschäftigte jede Menge Leute, die etwas davon verstanden. Was im Grunde ein und dasselbe war. Das Ergebnis jedenfalls stimmte: Sonne und Schatten, Blüten und Duft, das Grün und die vielen anderen Farben, die das Haus umgaben, es vornehm und gleichzeitig anheimelnd wirken ließen.

Sie schlenderte den Weg zum Haus entlang, genoss die verträumte, romantische Stimmung und hoffte, dass sie draußen auf der Veranda Wein trinken, Pizza essen und sich unterhalten würden, in der warmen Luft, deren Duft ihr schon jetzt zu Kopf stieg.

Duncan öffnete die Tür, bevor sie das Haus erreicht hatte, wartete in dem weißen Türrahmen und sah zu, wie sie auf ihn zulief.

»Du bist wunderschön. Dein Kleid sieht toll aus.«

»Danke.« Es war ein Kleid, das sie öfter zu Elternabenden hervorholte, aber im Moment fühlte sich der schlichte Baumwollstoff genau richtig an. »Du warst heute sehr beschäftigt.«

»Das ist alles relativ.« Er streckte die Hand aus, um sie ins Haus zu ziehen.

Damit hatte sie nicht gerechnet. So viel zu ihrem Instinkt, sei es nun als Polizistin oder als Frau. Aber jetzt, wo sie mit dem Rücken zur Tür stand und er seinen Mund begierig auf den ihren presste, kam sie nicht groß zum Nachdenken.

Sie hätte ihre Hände auf seinen Schultern ruhen lassen können, wie um ihm zu sagen, he, Moment mal, nicht so stürmisch, mein Lieber, aber sie wanderten automatisch nach oben und schlangen sich um seinen Hals.

Sie hatten lange genug gewartet.

Seine Hände fassten in ihr Haar und glitten derart geschickt und erfahren über Schultern und Körper, dass sie das *He, Moment mal* sofort wieder verwarf und einfach nur abhob.

Die vernünftige Phoebe hatte keine Chance.

Er roch so gut und fühlte sich noch besser an – fest, muskulös und männlich. Während er sich über ihren Mund hermachte und ihre Körpertemperatur von angenehm warm auf unerträglich heiß stieg, überließ sie sich vollkommen ihren Gefühlen.

Ihre Handtasche schlug dumpf auf dem Boden auf. Dann umklammerte sie ihn, seine kräftigen, nackten Arme, und ihre Zähne knabberten an seiner Unterlippe. Sie stöhnte und zitterte. Und ihr Duft verwandelte sich von einem dezenten, köstlichen Versprechen in ein überwältigendes Rauschmittel.

Er fuhr unter ihrem Kleid an ihren fantastischen Beine entlang, über ihre warmen Schenkel, über den Hauch von Spitze, und glitt darunter.

Dort war es nicht nur warm, sondern heiß. Heiß und feucht und offen. Sie stemmte ihren Unterleib gegen ihn und ließ ein leises, katzenartiges Stöhnen hören, das ihm sofort in die Lenden fuhr. Sie krallte sich an ihn, biss ihm in die Schulter.

Dann machten sich ihre Finger am Knopf seiner Hose zu schaffen.

Jetzt, jetzt, jetzt, sofort. O Gott! Sie wusste nicht, ob sie das laut sagte oder nur dachte. Ihre Gefühle überschlugen sich, und da war jeder Widerstand zwecklos, jede Vernunft machtlos. Sie wusste nicht, wie sie es aushalten sollte, wenn er nicht innerhalb von zehn Sekunden in ihr war.

Und als es dann so weit war und er in sie eindrang, war ihr alles andere egal.

Er stieß schnell, ja fast schon grob in sie, wieder und wieder. Er füllte Stellen in ihr aus, von denen sie gar nicht gewusst hatte, dass sie leer waren, belebte Stellen, von deren Absterben sie gar nichts bemerkt hatte. Das war ein Überfall, für den sie ausnahmsweise einmal richtig dankbar war.

Sie ließ los, ließ alle Vernunft fahren. Er hatte ihr Kleid bis zur Taille hochgeschoben, ihre Arme über ihren Kopf gezogen und umfasste ihre Handgelenke.

Er stieß sie wiederholt gegen die Haustür, bis ihr Orgasmus sie in Stücke riss.

Und als er selbst kam, spürte sie seinen Atem stoßweise in ihrem Ohr. Er drückte sie gegen die Tür. Als sie wieder zur Besinnung kam, merkte sie, dass er es gerade so schaffte, das Gleichgewicht zu halten und sie hochzuheben.

»Danke«, brachte sie hervor.

»Mindestens zur Hälfte war es auch mein Vergnügen.«

Als sie ein heiseres Lachen ausstieß, lehnte er sich zurück und betrachtete ihr Gesicht, während er ihr das Haar hinter die Ohren strich. »Ich hatte eigentlich eine andere Reihenfolge im Kopf. Ursprünglich.«

So langsam sah sie wieder klar. O Gott, wie sehr sie die Farbe seiner Augen liebte! »Reihenfolge?«

»Du weißt schon, ein paar Drinks auf der Veranda, ein kleiner Spaziergang durch den Garten. Ein gepflegtes Abendessen. Aber dann wurde mir klar, dass ich dabei nur an Sex denken würde, und das hätte mir den Appetit verdorben.«

Er fuhr mit einer Hand an ihrem Bein hoch und brachte sie sofort wieder zum Zittern. Sanft zog er ihr Kleid wieder dahin, wo es hingehörte. »Und ich dachte, dass es dir höchstwahrscheinlich genauso geht. Dann hätte ich dich zum Essen eingeladen und würde dir nur den Appetit verderben. Und so behandelt man seine Gäste nicht.«

»Verstehe. Wir haben es also sofort an der Haustür getrieben, weil du nicht unhöflich sein wolltest?«

Er grinste sie an. »Ganz genau. Nur deswegen. Kannst du jetzt wieder auf eigenen Füßen stehen?«

»Ich glaube schon.«

Er trat einen Schritt zurück, sah nach unten und bückte sich, um ihren Slip aufzuheben. »Hups«, sagte er.

Sie lachte. »Keine Ahnung, warum ich mir so viel Mühe gegeben habe, schöne Unterwäsche auszusuchen.«

»Sie ist mir für kurze Zeit durchaus angenehm aufgefallen.«

»Ich geh nur mal kurz ins Bad.«

»Ja, klar. Hör mal, Phoebe … Zu meiner ursprünglich geplanten Reihenfolge gehörte es auch, mich etwas professioneller zu verpacken.«

Sie starrte ihn mit einem fragenden Lächeln an. Als sie begriff, was er da soeben gesagt hatte, brachte sie nur noch ein »Oh, oh, mein Gott« hervor.

»Ich konnte keinen klaren Gedanken mehr fassen«, hob er an. »Ich …«

»Mir ging es ganz genauso.« Betäubt strich sie über die Stelle zwischen ihren Brüsten, wo ihr Herz heftig klopfte. »Ich nehm die Pille, aber …«

»Aber«, sagte er und nickte. »Ich kann dir nur sagen, dass ich normalerweise vorsichtiger bin. Wir können auch einen Test machen lassen, wenn du willst. Ehrlich gesagt, ist es auch das erste Mal, dass ich von dieser Haustür einen so interessanten Gebrauch gemacht habe. Vielleicht lass ich sie in Bronze gießen, aber bis dahin tut es mir leid, und ich bin willens, ein wenig Blut zu spenden, damit du beruhigt bist.«

»Sagen wir lieber, dass wir von nun an vorsichtiger sein werden.«

»Einverstanden.«

Sie hob die Handtasche auf, die sie hatte fallen lassen. »Ich bin gleich wieder da …«

Im Badezimmerspiegel musterte sie sich gründlich. Ihre Wangen waren gerötet, ihre Augen sahen aus wie die einer Katze, die gerade ein Sahnetöpfchen ausgeschleckt hat, ihr Haar war zerzaust.

Das war ja alles schön und gut, dachte sie, und es war weiß Gott gut gewesen. Aber sie durfte nicht so leichtsinnig sein, durfte das nie wieder zulassen. Bei der nächsten Verabredung würde sie Kondome dabeihaben, schwor sie sich.

Als sie wieder aus dem Bad kam, war er weder im Foyer noch im Wohnzimmer. Sie rief nach ihm und folgte seiner Stimme in die Küche, die allerdings mehr Ähnlichkeit mit einem Partyraum besaß. Sie verfügte über eine edle alte Bar, jede Menge gepolsterte Sitzbänke und gerahmte Poster, die Reproduktionen alter Werbeanzeigen waren. Alles sehr stylish.

Es gab einen Spieltisch, der genauso antik zu sein schien wie die Bar, und Schränke mit allem Möglichen. Unter anderem mit PEZ-Spendern, wie sie amüsiert feststellte.

»Das Herrenzimmer«, sagte sie.

»Sozusagen.« Er kam mit zwei Gläsern Wein hinter der Bar hervor. »Hast du Hunger?«

»Ich glaube, den hast du schon gestillt.«

Er strahlte sie zufrieden an. »Das ist gut, denn ich habe zwar den Pizzaservice bestellt, dem Boten aber gesagt, dass er erst in einer Stunde kommen soll. Ich dachte, du willst vielleicht draußen etwas trinken, vielleicht im Garten. Und dir den Sonnenuntergang ansehen.«

»Genau danach ist mir jetzt.«

Sie ging mit ihm durch die Terrassentür auf die hintere Veranda. Dort sah sie sich um und nahm einen Schluck Wein. »Gut, der Wein«, erklärte sie. »Ansonsten sieht es hier fast aus wie im Feenreich, oder?«

»Hier gibt es jede Menge lauschige Plätzchen. Als ich einmal damit angefangen hatte, konnte ich einfach nicht mehr aufhören.«

»Und warum engagierst du dann nicht die Person, die das entworfen hat, um den Garten für deinen Laden zu planen?«, sagte sie, während sie über die Terrasse ging.

»Du hast mit Ava gesprochen.«

»Sie ist schon ganz aufgeregt.«

»Die Sache ist so: Das hier habe ich größtenteils selbst entworfen. Nicht wirklich entworfen; ich habe mich eben ein bisschen ausgetobt. Ich hatte professionelle Hilfe, und der ursprüngliche Entwurf wurde immer weiterentwickelt und verändert.«

»Egal, wie der Originalentwurf ausgesehen hat: Das hier passt zu dir.« Phoebe drehte langsam eine Runde. »Der Garten wirkt irgendwie verspielt. Er ist eigenwillig, und genau das macht seinen Charme aus.«

Er sah sie an, und zwar nur sie. »Wenn du darin spazieren gehst, besitzt er erst recht Charme.«

Sie deutete einen Knicks an. »Meine Güte, bist du aber galant!«

»Wenn ich galant wäre, hätte ich irgendwas mit Blumen und Blüten zitiert.«

»Du hast dich tapfer geschlagen. Aber um auf Ava zurückzukommen …«

»Ja, Ava und das Haus. Ich glaube nicht, dass ich die Zeit haben werde, mich ausgiebig mit diesem Projekt zu beschäftigen. Und ein professionelles Gartenbauteam fand ich irgendwie unpassend. Ich wollte eine Frau, eine Frau, die ein Gespür für so ein Haus hat und weiß, worauf es ankommt.«

Er drückte ein schmiedeeisernes Tor auf. Phoebe begriff sofort, was er mit lauschigen Plätzchen gemeint hatte. Das hier war eine kleine Insel auf der Insel, eine Oase der Stille, mit dem kleinen Seerosenteich und der Statue einer geflügelten Fee.

Sie ging zu einer kleinen runden Bank aus weißem Marmor und setzte sich. »Das ist also nicht nur eine gute Tat?«

»Ich habe nichts gegen gute Taten, und auch nichts gegen misstrauische Menschen, wie du einer bist. Aber ich habe auch nichts dagegen, davon zu profitieren, indem ich genau hinsehe und nur Leute für meine Projekte auswähle, die wirklich dafür geeignet sind.«

»Hast du schon einmal die falsche Person erwischt?«

»Ein paarmal. Aber ich glaube nicht, dass Ava dazugehört.«

»Nein, bestimmt nicht. Als sie noch verheiratet war, hatte sie bei sich zu Hause auch einen unglaublichen Garten geschaffen. Es gab sogar einen Bericht in *Southern Homes* … Du kanntest den Artikel, stimmt's?«

Sein Grübchen machte sich erneut bemerkbar. »Kann sein, dass ich zufällig darüber gestolpert bin.«

»Du bist raffinierter, als du aussiehst, und das ist nur als Kompliment gemeint.«

»Du auch.« Er beugte sich vor und küsste sie flüchtig. »Möchtest du einen kleinen Spaziergang machen, vielleicht runter zum Bootssteg?«

»Ja, gern.«

Die Sonne ging gerade unter und tauchte die Sumpflandschaft in ein glitzerndes Licht. Vom Bootssteg aus konnte sie andere Häuser sehen, andere Gärten und eine Gestalt, die sie für einen kleinen Jungen hielt, der am Ende eines Stegs saß und angelte.

»Machst du das auch manchmal? Hier angeln?«

»Ich bin kein guter Angler. Ich sitze lieber einfach nur mit einem Bier in der Hand da und lass andere die Würmer auswerfen.«

Sie drehte sich um und bemerkte, wie weit sie gegangen waren. »Das Grundstück ist größer, als ich dachte.« In diesem Moment sah sie plötzlich die glitzernde Wasseroberfläche eines Swimmingpools. »Das alles in Schuss zu halten macht viel Arbeit. Trotzdem fällt es mir immer noch schwer, dich als Landedelmann zu sehen. Wie wär's, wenn du mir die lange Geschichte erzählst, wie du hier gelandet bist?«

»So interessant ist das nun auch wieder nicht.«

»Für dich oder für mich?«

»Wahrscheinlich weder noch.«

»Jetzt hast du mich natürlich neugierig gemacht und meine Fantasie angeregt. Hast du das Ganze vielleicht für eine Frau gebaut – für eine unerwiderte Liebe, die dir das Herz gebrochen und dich für einen anderen verlassen hat?«

»So ähnlich.«

Sie wurde sofort wieder nüchtern. »Tut mir leid, das war wirklich eine dumme Bemerkung. Wir sollten zum Haus zurückgehen, findest du nicht? Es wäre doch schade, wenn wir den Pizzaboten verpassen. Ich liebe es, auf der Veranda oder im Garten zu essen«, fuhr sie fort, während sie den Steg betraten. »Wäre es nicht …«

»Ich hab es für meine Mutter gebaut.«

»Oh.« Sie hörte die tiefe Traurigkeit in seiner Stimme, sagte aber nichts dazu.

»Aber ich fürchte, das ist nicht der Anfang der Geschichte. Meine Mutter war siebzehn, als sie mich bekam. Ich war also eher ein Missgeschick. Mein Vater war auch kaum älter. Aber aus irgendeinem Grund beschloss sie, das Kind auszutragen und zu heiraten. Ich bin ihr natürlich dankbar dafür, zumindest, was den ersten Teil ihrer Entscheidung anbelangt. Aber das mit dem Heiraten war von beiden nicht besonders klug. Solange sie zusammen waren, haben sie sich die ganze Zeit gestritten. Er war faul und sie eine blöde Zicke, er hat zu viel getrunken, und sie hat ihm nicht ordentlich den Haushalt geführt. Es ging hoch her bei den Swifts.«

»Es ist schwer für ein Kind, in solchen Verhältnissen aufzuwachsen.«

»Ja, das Dumme ist nur, dass beide recht hatten. Er war

faul und trank zu viel. Und sie war eine Zicke und führte einen chaotischen Haushalt. Ich war zehn, als er abhaute. Er war schon ein paarmal abgehauen – genau wie sie. Aber diesmal kam er nicht mehr zurück.«

»Heißt das etwa, du hast ihn nie wieder gesehen?«

»Nein, aber jahrelang nicht. Mann, war sie sauer. Sie hat es ihm heimgezahlt, indem sie ständig ausging und zur Abwechslung tat, was sie wollte. Ich habe mich die meiste Zeit über gefragt, ob sie überhaupt wusste, dass es mich auch noch gab. Um mich wieder in Erinnerung zu bringen, machte ich so viel Ärger wie möglich. Ich wurde ständig in Raufereien verwickelt. Die nächsten fünf Jahre war ich der Schrecken der Nachbarschaft.«

Wortlos hob sie die Hand und strich über die Narbe quer durch seine rechte Augenbraue.

»Ja, eine Kampfwunde. Keine große Sache.«

»Sie hat mich neugierig gemacht, als ich dich das erste Mal sah. Diese Narbe hier und das Grübchen.« Sie tippte auf seinen Mundwinkel. »Ganz schön widersprüchlich. Auch du hast etwas Widersprüchliches an dir, Duncan. Und was ist im sechsten Jahr passiert? Wie bist du deinen schlechten Ruf wieder losgeworden?«

»Du bist wirklich klug. Ich nahm es mit diesem Jungen auf, der wesentlich tougher war, als er aussah.«

»Und dann wurdet ihr die besten Freunde«, riet Phoebe. »Ist das nicht ein typisches Männerklischee?«

»Ich hasse es, vorhersehbar zu sein, aber du liegst gar nicht so daneben. Während wir uns bis aufs Blut prügelten und ich mir schon Sorgen machte, dass mir mein Ruf streitig gemacht wird, erwischte uns der Vater des Jungen. Ein Riesenkerl, der uns sofort getrennt hat. Wir dürften gerne kämpfen, aber dann mit Boxhandschuhen, wie richtige

Männer. Der Vater des Jungen verdiente sich seinen Lebensunterhalt mit Boxen. Kein Wunder, dass mich Jake beinahe vermöbelt hätte.«

»Und wer gewann den Titel am Ende?«

»Keiner von uns beiden. Es kam gar nicht mehr dazu. Jakes Vater schleifte mich mit zu ihnen nach Hause und säuberte uns beide an der Küchenspüle, während seine Frau mich mit einem Eisbeutel und einem Glas Limonade versorgte. Und, langweilst du dich schon? Ich hab dir ja gesagt, es ist eine lange Geschichte.«

»Ich bin weit davon entfernt, mich zu langweilen.«

»Wenn du dir den Rest auch noch anhören willst, brauchst du vorher noch einen Wein.« Er nahm ihr Glas. Phoebe lehnte sich gegen das Geländer und wartete, bis er mit den vollen Gläsern wieder zurückkam.

»Wo war ich stehen geblieben?«

»Bei Jakes Küche und der Limonade.«

»Und dann bekam ich eine richtige Standpauke. Von meinen Lehrern einmal abgesehen, die ich damals überhaupt nicht ernst nahm, hielt mir zum ersten Mal jemand eine Standpauke. In dem Moment begriff ich, dass ich wegen meines schlechten Rufs in der Nachbarschaft ständig eine reingewürgt bekam. Aber wozu das Ganze? Meine Mutter verlor sowieso kein Wort darüber, wenn ich blutend nach Hause kam. Und so gab ich meinen Titel freiwillig her.«

»Und wie alt warst du damals – so um die fünfzehn?«

»So ungefähr.«

»Noch etwas jung für eine göttliche Vision, aber ich kenne mich aus mit göttlichen Visionen.«

Er drehte sich um und sah ihr in die Augen. »Das dachte ich mir.«

»Da haben wir ja schon mal etwas gemeinsam. Ich bin nach meiner Vision ins MacNamara-Haus gezogen, aber das ist eine andere Geschichte. Was hast du getan, nachdem du nicht mehr der Bösewicht warst?«

»Ich habe mir einen Job gesucht und dachte, ich könnte ihr damit eine Freude machen – meiner Mutter, meine ich. Und ich hoffte, das wäre weniger schmerzhaft als aufgeplatzte Knöchel.«

»Eine weise Entscheidung.« Aber er hatte ihr nie eine Freude gemacht, dachte Phoebe, das hörte sie an seiner Stimme. »Was für einen Job?«

»Ich hab Tische abgeräumt und ihr die Hälfte des Geldes gegeben, das ich jede Woche verdiente. Das war okay. Das änderte zwar nichts zwischen uns, war aber trotzdem okay. Ich dachte, so ist das nun mal bei Leuten wie uns. Mit einer alleinerziehenden Mutter, die zusehen muss, wie sie über die Runden kommt. Sie hatte einfach keine Zeit, sich mehr um mich zu kümmern.«

Er schwieg eine Weile, als in der Dämmerung eine Nachtschwalbe ihr Abendlied anstimmte. »Aber als alleinerziehende Mutter weißt du natürlich, dass das nicht zwingend so sein muss.«

»Zumindest sollte es das nicht.«

»Als ich achtzehn war, sagte sie mir, ich müsse mir eine eigene Bleibe suchen, was ich dann auch tat. Die Jahre vergingen, und eines Tages hatte ich einen Fahrgast, dessen Geldbeutel leer war. Eines führte zum anderen, und ich lernte seine Familie kennen. Einen Vater gab es nicht – der starb, als Phin noch ein Kind war, aber das Resultat war dasselbe. Es gab zwar keinen Vater, aber die Mutter kümmerte sich wirklich um alles und passte auf wie ein Schießhund.«

Phoebe dachte an Ma Bee – an ihre großen Hände, ihren ruhigen Blick. »Auch wenn du dir manchmal gewünscht hast, sie würde es nicht tun.«

»Genau. Sie hatte einen ganzen Stall voller Kinder, behielt aber jedes im Auge, mich eingeschlossen.«

Duncan schaute in Richtung Haus. Ein Auto fuhr vor.

»Das wird die Pizza sein.« Er rannte den Weg entlang. »Ich bin gleich wieder da. Wenn es Teto ist, dauert es etwas länger, denn er macht gern ein Schwätzchen.«

»Okay.«

Sie nippte an ihrem Wein und betrachtete den Garten, während die ersten Sterne sichtbar wurden. Er hatte geglaubt, seine Mutter mit dem Haus, dem Garten, dieser überwältigenden Pracht, endlich auf sich aufmerksam machen zu können. Aber es hatte nicht funktioniert.

Aber warum blieb er dann hier?, fragte sie sich. Tat das nicht weh?

Er kam mit dem Pizzakarton zurück, auf dem er zwei Teller und Servietten balancierte.

»Ich richte alles her. Erzählst du mir, wie es weiterging?«

»Ich glaube, die Ereignisse bis zum Lottogewinn können wir getrost überspringen.«

Er zündete Kerzen an, während sie Teller und Servietten auf einen Korbtisch stellte.

»Ein Junge von hier macht sein Glück und feiert wie verrückt. Ich glaube, ich war zwei Tage lang sturzbetrunken. Als ich wieder nüchtern war, ging ich zuerst zu Ma Bee. Ich kaufte diesen komischen kleinen Kupferkessel, so was wie Aladins Wunderlampe. Ich befahl ihr, daran zu reiben und mir drei Wünsche zu nennen. Ich würde ihr alle drei erfüllen.«

»Bist du süß!«, sagte Phoebe leise und setzte sich an den Tisch.

»Ich fand mich unheimlich clever. Sie sagte, in Ordnung, ich denk mir drei Wünsche aus. Als Erstes wünschte sie sich, dass ich das Geld nicht aus dem Fenster werfe wie ein Vollidiot, anstatt meinen Verstand zu gebrauchen. Als Zweites wünschte sie sich, dass ich diese Chance, dieses Geschenk nutze, um etwas aus mir zu machen. Ich muss ausgesehen haben wie ein Luftballon, aus dem die ganze Luft entwichen ist, denn sie hat sich halb totgelacht und mir einen Klaps auf den Arm gegeben. Wenn ich ihr wirklich etwas schenken wolle, sagte sie, wenn ich das bräuchte für meinen Seelenfrieden, hätte sie gern ein paar rote Open-toe-Pumps, Schuhgröße 40. Da würden die Leute bestimmt staunen, wenn sie am Sonntag mit diesen roten Schuhen in die Kirche ginge.«

»Du musst sie unglaublich lieben.«

»Ja, das tu ich auch. Und ich habe mich auch größtenteils bemüht, Wort zu halten und alle ihre Wünsche zu erfüllen. Das mit den roten Schuhen war einfach. Aber kein Vollidiot zu sein ist schon wesentlich schwieriger. Die Leute stürzen sich auf dich wie die Fliegen, das ist nun mal so. Und wenn man Geld zu verteilen hat, fühlt man sich wichtig. Bis man merkt, wie dumm man eigentlich ist, wie damals beim Boxen.«

»Aber du bist nicht dumm.«

»Ich hab Fehler gemacht.« Er legte erst ihr ein Stück Pizza auf den Teller und dann sich selbst. »Ich habe dieses Stück Land für meine Mutter gekauft und dann dieses Haus bauen lassen. Ich weiß noch, wie sie immer gesagt hat, sie wolle nur aus dieser verdammten Stadt raus. Ich dachte, ich könnte das ändern und würde dadurch bestimmt sehr in ihrer Achtung steigen. Bis alles fertig war, gab ich ihr natürlich auch Geld. Ich holte sie aus dieser Wohnung und mietete ihr ein kleines Haus.« Er aß Pizza, trank Wein.

»Als das Haus so gut wie fertig war und man absehen konnte, wie es einmal aussehen würde, habe ich meine Mutter hier rausgebracht. Ich sagte ihr, es sei für sie. Ich würde es ganz nach ihrem Geschmack einrichten. Sie würde nie mehr arbeiten müssen. Sie ging durch die leeren Räume. Sie fragte mich, wie ich bloß darauf käme, dass sie je hier wohnen würde, in einem Haus, das größer sei als jede Scheune. Ich sagte, sie könne sich nur noch nicht vorstellen, wie es einmal aussehen würde. Ich würde ihr eine Haushälterin besorgen, einen Koch, alles, was sie wolle. Sie drehte sich um und sah mich einfach nur an. ›Willst du mir etwas schenken, was ich mir wirklich wünsche? Dann kauf mir ein Haus in Las Vegas, und gib mir fünfzigtausend Dollar Spielgeld. Das wünsch ich mir.‹ Aber das tat ich nicht, noch nicht. Ich dachte, sie würde ihre Meinung bestimmt noch ändern, wenn sie erst einmal das fertige Haus sah. Als alles so weit war, fuhr ich sie wieder hier raus, ja schleifte sie geradezu hierher. Die Gärten waren angelegt, und ich hatte ein paar der Zimmer möbliert, damit sie ein Gefühl dafür bekam.«

Phoebe berührte sanft seine Hände. »Aber es war nicht das, was sie wollte.«

»Nein. Sie wollte ein Haus in Las Vegas und fünfzigtausend. Ich hab versucht, mit ihr zu handeln. Zieh für ein halbes Jahr hier ein. Wenn du deine Meinung dann immer noch nicht änderst, kauf ich dir ein Haus, wo du willst, und geb dir hunderttausend. Sie ging darauf ein, und ein halbes Jahr später ließ sie mich herkommen. Sie hatte bereits alles gepackt. Sie besaß die Nummer eines Maklers, für den sie mal gearbeitet hatte, das Haus war bereits ausgesucht. Ich könnte mich um den Kauf kümmern und ihr in der Zwischenzeit einen Scheck schicken. Ich beschloss, dass es an der Zeit war, keine Prügel dieser Art mehr zu beziehen, und ließ Phin eine Vereinbarung aufsetzen, dass sie nicht noch ein zweites Mal etwas einfordern könnte. Dann fuhr ich nach Las Vegas, machte den Deal perfekt, gab ihr die Papiere, die sie unterschrieb, ohne mit der Wimper zu zucken. Sie nahm den Scheck, und das war's.«

»Wie lang ist das jetzt her?«

»Etwa fünf Jahre. Sie hat als Kellnerin gejobbt und es geschafft, irgendein hohes Tier für sich zu begeistern. Er hat dafür bezahlt, meinen Vater ausfindig zu machen und die Scheidung einzureichen. Vor zwei Jahren haben sie geheiratet.«

»Und du lebst hier.«

»Ich fand es eine Schande, diesen Ort so zu verschwenden. Ich wollte ihn ursprünglich verkaufen, aber er ist mir irgendwie ans Herz gewachsen. Das Ganze hat mich auch etwas gelehrt, nämlich, dass man nicht immer bekommt, was man will, ob das nun gerecht ist oder nicht. Also muss man sich umorientieren.«

Phoebe war gerührt. Sie hatte nicht nur fantastischen Sex gehabt, ihn nicht nur besser kennengelernt, sondern verstand ihn auch.

»Ich muss dir wohl nicht sagen, dass sie dich nicht verdient hat.«

»Nein. Sie hatte vielleicht den sich prügelnden Tunichtgut verdient, aber nicht den Menschen, zu dem ich mithilfe einiger Freunde geworden bin.«

»Hast du dieses Haus für Ma Bee gekauft, das, wo wir am Sonntag waren?«

»Alle Kinder, darunter auch ich, haben es vor drei Jahren ausgesucht. Sie wollte es nur von allen annehmen, von ihrer ganzen Familie, nicht nur von einem Familienmitglied, wenn du verstehst, was ich meine.«

»Ja. Und was ist mit Jake? Was ist aus ihm geworden?«

»Er macht die Verträge, wenn ich ein Haus kaufe. Sein Vater ist ins Baugeschäft eingestiegen, nachdem er mit dem Boxen aufgehört hat, ein paar Jahre vor unserer schicksalhaften Begegnung. Jake ist mit im Boot und macht seine Sache sehr gut.«

»Das kann ich mir vorstellen.« Fürsorglich schob sie ein weiteres Stück Pizza auf seinen Teller. »Du hast wirklich ein Gespür für so was.«

»Das stimmt.« Er legte eine Hand auf die ihre. »Bis auf ein paar wenige Enttäuschungen habe ich wirklich ein Gespür für so was.«

16

Die Luft war voller nächtlicher Geräusche, als Duncan sie zu ihrem Wagen brachte. »Was hältst du davon, eines Abends mit mir segeln zu gehen?«

»Das wäre schön – irgendwann. Ich kann leider nicht allzu viele Abende wegbleiben. Außerdem hast du bisher Glück gehabt, dass ich an unseren gemeinsamen Abenden noch nicht zu einem Notfall gerufen wurde.«

Sie drehte sich um und lehnte sich gegen den Wagen. »Du machst es dir wirklich nicht leicht mit einer Polizistin, die noch dazu eine alleinerziehende Mutter ist.«

»Ich mag es gern kompliziert, vor allem, wenn man Mittel und Wege findet, die Dinge einfacher zu gestalten.« Er beugte sich vor, um sie zu küssen. »Also bis demnächst.«

»Einverstanden.« Sie griff nach der Wagentür, ließ sie aber spontan wieder los. »Warum kommst du diese Woche nicht einmal zu uns zum Abendessen? Das ist natürlich auch nicht ganz unkompliziert, aber meine Mutter ist dir jetzt schon verfallen.«

»Ach ja? Nun, wenn ich bei dir nicht weitergekommen wäre, hätte ich es als Nächstes auf sie abgesehen. Sie backt fantastische Kekse.«

»Allerdings. Passt dir der Donnerstag? Dann haben sie genügend Zeit, ein bisschen Aufwand zu betreiben, ohne sich mit allzu vielen Details verrückt zu machen.«

»Donnerstag passt mir ausgezeichnet.«

Sie legte den Kopf schräg. »Hast du keinen Kalender, in dem du nachsehen musst?«

»Donnerstag passt mir ausgezeichnet«, wiederholte er, und als er sie küsste, spürte sie erneut dieses warme Gefühl in ihrem Bauch.

»Na gut. Dann fahr ich mal lieber los, bevor ich mich doch noch dazu entschließe, hier zu übernachten. Denn das geht leider nicht«, sagte sie und erstickte damit jede Widerrede im Keim. »Dann also bis Donnerstag. Um achtzehn Uhr.« Sie lächelte beim Einsteigen.

»Fahr vorsichtig, Phoebe. Und denk erst zu Hause wieder an mich, sonst kommst du mir noch von der Straße ab, vor lauter Aufregung.«

Sie fuhr lachend davon, und genau das hatte er auch beabsichtigt. Trotzdem würde sie ein bisschen Aufregung riskieren müssen, denn er hatte ihr einiges zum Nachdenken mit auf den Weg gegeben.

Er war amüsant, interessant und nur auf den ersten Blick

ein unverbindlicher Typ. Er war gut im Bett – besser gesagt, an der Haustür. Obwohl sie nicht besonders viel Erfahrung hatte, war auch sie nicht ganz unbegabt auf diesem Gebiet. Immerhin war sie ein paar Jahre verheiratet gewesen. Aber so eine Begrüßung wie die von Duncan heute hatte sie noch nie erlebt.

Sie war froh darüber, dass er ihr das Gefühl gab, dass er auch ohne das viele Geld klarkommen würde. Das Geld hatte offenbar eher seinen Ehrgeiz geweckt oder ihm zumindest klargemacht, dass er *überhaupt* so etwas wie Ehrgeiz besaß und dementsprechend etwas auf die Beine stellen konnte.

Sie war schon immer ehrgeizig und äußerst zielstrebig gewesen. Die meisten Ziele hatte sie auch erreicht. Sie bezweifelte stark, dass sie länger Interesse an einem Mann haben könnte – und sei er auch noch so gut an der Haustür –, der weder Ziele noch Ehrgeiz besaß.

Aber was wusste sie schon von Duncans Zielen? Bars, ein Laden, der noch in Planung war. Angesichts seines unglaublichen Vermögens waren das ziemlich kleine Fische. Was tat er sonst noch so, was wollte er vom Leben? Was hatte er vor?

Sie fing schon wieder an, alles zu zerpflücken, dachte sie seufzend. Eine Eigenschaft, die einer Verhandlerin durchaus angemessen war, aber auch eine, die sicherlich mit dafür verantwortlich war, dass sie bis vor Kurzem kaum ein Liebesleben gehabt hatte, das diesen Namen wirklich verdiente.

Besser, sie überließ sich zur Abwechslung mal ihren Gefühlen, statt ständig dagegen anzukämpfen. Das fiel ihr zwar nicht gerade leicht, aber daran ließ sich ja noch arbeiten.

Er würde am Donnerstagabend zum Essen kommen. Vielleicht würden sie auch bald diesen Segelausflug machen. Sie würden sich regelmäßig sehen, die gemeinsam verbrachten Stunden genießen und hoffentlich viel guten Sex haben. Und dann würden sie weitersehen.

Einfach weitersehen.

Als sie vor dem Haus hielt, hätte sie sich gar nicht besser fühlen können. Sie würde noch zu Carly hineinschauen, die hoffentlich fest schlief, sich vielleicht ein Glas Eistee mit nach oben nehmen und ein bisschen mit ihrer Mutter und Ava plaudern.

Laut vor sich hin summend schloss sie den Wagen ab und lief den Bürgersteig entlang.

Als Nächstes wäre sie beinahe hingefallen vor lauter Schreck. Sie schaffte es gerade noch, ein lautes Kreischen zu unterdrücken. Polizistin hin oder her – sie war verdammt noch mal auch eine Frau. Und jede Frau kreischt, wenn sie eine meterlange Schlange auf den Stufen ihres Hauses vorfindet.

Wahrscheinlich aus Gummi, dachte sie, als sie sich an ihr wild schlagendes Herz fasste. Wahrscheinlich hatte sich wieder einer der Nachbarsjungen einen dummen Scherz erlaubt. Dieser neunmalkluge Johnnie Porter von nebenan – so etwas wäre typisch für ihn. Sie würde ein ernstes Wörtchen mit ihm reden müssen. Und zwar gleich morgen fr…

Die war nicht aus Gummi, sah sie beim Näherkommen. Das war kein Scherzartikel aus dem Spielwarengeschäft. Die hier war echt und so dick wie ihr Handgelenk. Und obwohl sie nicht in der Lage war, sie genauer anzuschauen, sah sie ziemlich tot aus.

Aber vielleicht schlief sie auch nur.

Sie trat ein Stück zurück, fuhr sich durchs Haar und ließ die Schlange nicht aus den Augen, falls sie sich doch noch bewegte. Ob tot oder lebendig – sie konnte sie hier unmöglich liegen lassen. Sie war tot, unappetitlich und einfach nur eklig. Wenn sie wach wäre, wäre sie längst weggekrochen. Vielleicht sogar ins Haus.

Allein der Gedanke daran ließ sie zu ihrem Wagen zurückrennen. Sie sah zwischen der Schlange und dem geöffneten Kofferraum hin und her. Sie wünschte sich inständig, dass sie ihre Waffe dabeihätte, obwohl sie unter Umständen viel zu sehr gezittert hätte, um sie zu treffen, falls sie sich doch noch bewegte.

»Ich muss dringend mal wieder zum Schießstand«, murmelte sie vor sich hin, wie ein Mantra, während sie ihren Schirm aus dem Kofferraum holte. »Ich muss zum Schießstand und Schießen üben. O Gott, o Gott. Ich will das nicht.«

Aber was hatte sie schon für eine Wahl? Sie könnte sich an einen der Nachbarn wenden oder ihr Handy nehmen und Carter anrufen. Bitte nimm diese tote oder schlafende Schlange da weg. Vielen Dank. O Gott, o Gott.

Sie schluckte mehrfach, als sie sich Zentimeter für Zentimeter weiter vorwagte. Mit halb geschlossenen Augen versetzte sie der Schlange einen Stups mit dem Schirm.

Dieses Mal tat sie sich schon deutlich schwerer, ein Kreischen zu unterdrücken. Sie hüpfte zurück, während ihr Herz raste. Das hässliche, schwarze Ding lag ganz still da. Nach zwei weiteren Versuchen erklärte sie die Schlange offiziell für tot.

Also gut. Also gut. Mach's einfach. Denk nicht weiter drüber nach. »Ohhh!«

Sie schob das Ende des Schirms unter die Schlange und

zwang sich, die Arme ruhig zu halten, um das schlaffe Etwas zu balancieren. Sie ließ es zweimal fallen, wobei sie jedes Mal fluchte. Sie tänzelte rückwärts, als liefe sie auf glühenden Kohlen.

Sie schaffte es, sie zum Seitentor und über den Hof zu tragen. Ihr wurde ganz flau, und sie unterdrückte ein hysterisches Lachen. Sie warf die Schlange mitsamt dem fast neuen Schirm in den Müll und schlug laut den Tonnendeckel zu.

Es war wahrscheinlich nicht legal, ein totes Reptil unverpackt und ungesichert in die Mülltonne zu werfen. Aber das war ihr egal. Sie hatte getan, was sie konnte.

Sie würde die Müllfirma anrufen. Den Müllmann bestechen. Sie würde ihm sexuelle Gefälligkeiten anbieten.

Sie wich vor der Mülltonne zurück. Ihre Beine trugen sie bis zu den Stufen der hinteren Veranda, wo sie sich einfach fallen ließ. Diese verdammte Katze. Sie würde herausfinden, wessen verdammte Katze da frei herumstreunte, Tiere tötete und deren Leichen auf ihrem Grundstück zurückließ.

Aber wo eine Katze eine Schlange von dieser Größe aufgetrieben haben sollte, und das mitten in der Stadt, konnte sie auch nicht sagen. Nein, das musste irgendein dämlicher Junge gewesen sein.

Sie hatte keine Lust mehr auf Eistee oder einen netten Plausch. Stattdessen würde sie sofort ins Bett gehen.

Sie hörte das Pfeifen, als sie direkt vor der Tür stand, und dieses Mal bekam sie nicht nur eine Gänsehaut, sondern auch Magenkrämpfe.

Er hätte sich beinahe bepisst vor Lachen. Er konnte sich nicht daran erinnern, wann er das letzte Mal so gelacht, ja Tränen gelacht hatte. Er hatte sie sich mehrfach aus den

Augen wischen müssen, um durch das Nachtsichtobjektiv seiner Kamera sehen zu können.

Wie sie zusammengezuckt war! Sie hatte sich beinahe in die Hosen gemacht vor lauter Angst. Sein ganzer Brustkorb tat weh, weil er das Lachen unterdrücken musste und höchstens ein Kichern von sich geben durfte.

Er hatte erwartet, dass sie absolut ausflippen würde, aber er musste zugeben, dass sie aus anderem Holz geschnitzt war. Doch das machte es umso lustiger und interessanter.

Wetten, sie tat die halbe Nacht kein Auge zu? Und wenn doch, würde sie von Schlangen träumen.

Und er? Er würde heimfahren, die Bilder ausdrucken und sich noch einmal köstlich amüsieren. Danach würde er schlafen wie ein Baby.

Phoebe schlief nicht besonders gut, und ihr gingen so viele Szenarien durch den Kopf, dass sie kurz nach Sonnenaufgang aufgab und Carter anrief. Als Josie dranging, entschuldigte sich Phoebe wortreich und bekam nur ein Grunzen als Antwort. Dann kam Carters verschlafene Stimme aus dem Hörer.

»Es tut mir leid. Es tut mir so leid! Ich hätte warten und zu einer vernünftigeren Zeit anrufen sollen.«

»Dafür ist es jetzt zu spät.«

»Bitte, Carter, du musst sofort herkommen und dir etwas ansehen.«

»Was denn? Du musst schon einen guten Grund haben, ansonsten schlafe ich nämlich lieber weiter.«

»Im Ernst, Carter. Ich will, dass du sofort herkommst. Ich will nicht, dass hier jemand im Haus wach wird, also komm bitte von der Hofseite her, verstanden?«

»Also gut. Ich hoffe, es gibt wenigstens Kaffee.«

Er würde kommen. Nicht ohne zu murren, aber er würde kommen. Also zog sie sich eilig an und ging auf Zehenspitzen nach unten, um Kaffee zu machen. Sie goss zwei Becher ein und ging raus, um auf ihn zu warten.

In dieser Nacht hatte es zwei Gewitter gegeben – sie hatte beide mitbekommen. Das Pflaster im Hof war immer noch ganz nass von den heftigen Regengüssen. Nebel hing in der Luft, aber er würde in ein bis zwei Stunden verdunsten und alles wie frisch gewaschen erscheinen lassen.

Sie hörte Carters Schritte vor dem Tor und öffnete das schwere schmiedeeiserne Ding, bevor er es erreicht hatte. Sein Haar war noch ganz zerzaust vom Schlaf, und er trug einen Jogginganzug.

Er griff stirnrunzelnd nach dem Kaffee. »Wo ist die verdammte Leiche?«, fragte er.

»Im Müll.«

Prompt verschluckte er sich an seinem Kaffee. »Wie bitte?«

Sie zeigte darauf, hielt aber gehörig Abstand.

»Du hast jemanden umgebracht, Phoebe? Und ich soll dir jetzt helfen, den Kerl in Avas Garten zu vergraben?«

Sie zeigte nur wortlos erneut auf die Mülltonne. Achselzuckend riss er den Deckel auf. Der Kaffee schwappte über, so sehr zuckte er zusammen, was ihr eine gewisse Befriedigung verschaffte. Aber dann griff er einfach nur in die Tonne und zog die tote Schlange trotz ihres angewiderten Protests heraus.

»Cool.«

»O bitte, musst du …« Sie quietschte und machte einen Satz nach hinten, als er grinsend mit der Schlange vor ihr herumfuchtelte. »Hör verdammt noch mal auf damit, Carter.«

»Sorry. Das ist ein ziemliches Exemplar, das sich da die Jones Street hinunter und in Avas Garten geschlängelt hat.«

»Ich hab sie nicht im Garten gefunden. Würdest du bitte aufhören, mit diesem Ding herumzuspielen? Ich hab sie auf den Stufen zur Vordertür gefunden, und sie war bereits tot.«

»Hm.« Er bewegte den Kopf der Schlange, so als wolle er sich mit ihr unterhalten. »Was hattest du denn da zu suchen?«

»Ich dachte, vielleicht hat eine Katze sie getötet. Vor nicht allzu langer Zeit lag eine tote Ratte im Hof. Aber dieses Ding hier ist so was von riesig, dass sich eine Katze mit so einer Schlange ziemlich schwertun würde. Aber vielleicht täusche ich mich auch. Trotzdem, warum lässt diese verdammte Katze ihre Opfer ausgerechnet auf unserem Grundstück liegen, und zwar ganz in der Nähe des Hauses? Also dachte ich mir …«

»Die fragliche Katze müsste schon einen großen Baseballschläger schwingen können.« Er wackelte mit dem Kopf der Schlange vor Phoebe hin und her. »Die Katze hätte vielleicht ein bisschen an ihr rumgeknabbert, aber sie hätte ihren Kopf nie im Leben platt hauen können wie einen Pfannkuchen.«

»Ja.« Sie atmete hörbar aus. »So was in der Art habe ich mir auch schon gedacht.« Sie versetzte der Schachtel, die sie mit rausgebracht hatte, einen Fußtritt. »Würdest du dieses eklige tote Ding bitte da reinlegen und dann alles in die Mülltonne werfen? Und wage es nicht, mich oder sonst was hier anzufassen, bevor du dir die Hände gewaschen hast.«

Er ließ die Schlange in die Schachtel fallen. »Du sagst, du hast sie auf den Stufen zur Vordertür gefunden?«

»Ja.« Jetzt grinste er nicht mehr, was sie mit noch mehr Befriedigung erfüllte. »Ich bin gestern Abend gegen elf heimgekommen, und da …«

»Woher?«

»Ich hatte eine Verabredung, wenn du es genau wissen willst.«

»Mit dem Lottogewinner.«

»Ja, genau, der Mann heißt übrigens Duncan. Wie dem auch sei, dieses Ding lag auf den Stufen. Jemand hat es also mit Absicht dahin gelegt.«

»Irgendein bescheuertes Kind.«

»Johnnie. Du kennst doch Johnnie Porter, der gleich um die Ecke wohnt? Er ist der Erste auf meiner Liste.«

»Soll ich mit ihm reden?«

»Nein, das mach ich schon selber. Ich konnte mich nur nicht überwinden, zur Mülltonne zu gehen und dieses Ding noch einmal aus der Nähe zu betrachten.«

»Wozu hat man einen Bruder?« Er warf die Schachtel in die Tonne, machte den Deckel zu und lächelte sie dann verschmitzt an. »Arme kleine Phoebe.«

»Wag es bloß nicht, mich mit diesen Schlangenfingern anzufassen. Ich meine es ernst.«

»Ich möchte meiner Schwester nur einen zärtlichen Klaps geben, sie trösten, in ihrer schweren …«

»Wenn du mich auch nur anrührst, tret ich dir in die Eier.« Sie hob drohend die geballten Fäuste. »Du weißt, dass ich es locker mit dir aufnehmen kann.«

»Das hab ich schon eine ganze Weile nicht mehr getestet. Ich habe auch trainiert.«

»Ach, komm rein, und wasch dir die Hände. Ich werde mich dafür erkenntlich zeigen, dass du zu meiner Rettung herbeigeeilt bist, und das um diese Uhrzeit.«

Sie führte ihn ins Haus und lehnte sich gegen die Küchentheke, während er sich an der Spüle die Hände wusch. »Carter, mir geht da noch eine andere Möglichkeit durch den Kopf. Was, wenn es kein blödes Kind war?«

Er sah sie an. »Du denkst irgend so ein Riesenarschloch?«

»Ganz genau. Das sind zwar nur dumme Streiche, nichts Lebensbedrohliches, aber trotzdem ... Und dann wäre da noch diese andere unangenehme Sache«, sagte sie und dachte an die Puppe. »Ich werd mit Johnnie reden, aber ich hab das unangenehme Gefühl, dass wir den vergessen können. Deshalb wollte ich dich fragen, ob es dir wohl was ausmacht, hier öfter mal nach der Schule einen Kontrollgang zu machen, nur für eine Weile. Du musst auch nicht reinkommen, denn sonst sitzt du hier gleich mehrere Stunden fest. Aber wenn du ein paarmal vorbeischauen könntest, wenn ich nicht da bin, hätte ich gleich ein besseres Gefühl.«

»Aber natürlich mach ich das. Trotzdem, wenn du dir ernsthaft Sorgen machst ...«

»Ich hab nur so ein mulmiges Gefühl«, verbesserte sie ihn. »Richtig Sorgen mach ich mir noch nicht. Ich musste nur wieder daran denken, was ...«

»Was Reuben getan hat.« Mit zusammengekniffenen Lippen trocknete Carter sich die Hände ab. »Zum Beispiel die Luft aus den Autoreifen lassen und die Pflanzen vergiften, die Mama im Garten gepflanzt hatte.«

Phoebe strich ihm über den Arm. Die Erinnerung daran machte Carter mehr zu schaffen als ihr. »Ja, lauter kleine Gemeinheiten. Wenn Arnie Meeks hierfür verantwortlich ist, wird er es bestimmt bald leid sein.«

»Oder aber die Sache eskaliert.« Seine Fingerspitzen berührten sie jetzt ganz vorsichtig unter den Augen, wo ihre blauen Flecken gerade erst verblasst waren. »Er könnte dich erneut angreifen, Phoebe.«

»Er ist nicht der Typ für eine offene Konfrontation, und glaub mir, Carter, er wird mich kein zweites Mal überraschen. Ich kann mich wehren. Ich bin nicht so hilflos wie Mama damals.«

»Nein, du hast schließlich alles dafür getan, nicht hilflos zu sein. Und trotzdem hat dich der Kerl krankenhausreif geschlagen.«

»Aber das wird ihm nicht noch einmal gelingen«, sie drückte seinen Arm, »das versprech ich dir.« Sie schüttelte den Kopf, noch bevor er etwas sagen konnte. »Mama kommt. Du bist joggen gewesen, verstanden? Du hast nur auf einen Kaffee vorbeigeschaut. Wenn sie davon erfährt, traut sie sich nicht mal mehr in den Hof.«

Er wusste, dass sie recht hatte, nickte und versuchte seinen grimmigen Gesichtsausdruck loszuwerden, als seine Mutter in die Küche kam.

»Sieh mal einer an! Meine beiden Hübschen!«

Die Puppe war eine Sackgasse gewesen. Die Produktion dieses Modells war vor drei Jahren eingestellt worden, und kein Laden in Savannah oder den umliegenden Shoppingmalls hatte sie noch im Angebot. Natürlich gab es jede Menge andere Beschaffungsmöglichkeiten. Aber da es bei dieser Angelegenheit nicht um Leben und Tod ging, war es für die Polizei den Aufwand nicht wert, ihre Spur weiter zurückzuverfolgen.

Johnnie Porter war zu Unrecht verdächtigt worden, da er die ganze Woche mit seiner Klasse im Ferienlager gewesen war. Es gab natürlich noch mehr nervige Jugendliche, aber Phoebe fiel niemand Konkretes ein. Außerdem wusste sie nicht, warum der Betreffende ihr Haus gleich zweimal ins Visier hätte nehmen sollen. Nicht einmal Johnnie hätte das getan. Dezente Nachforschungen bei den Nachbarn hatten ergeben, dass nur ihr Haus betroffen war.

Also machte sie es sich zur Angewohnheit, nach ihrer Schicht einen langen Spaziergang um den Platz und durch den Park zu machen und die Ohren zu spitzen, ob wieder jemand diese traurige Melodie pfiff. In dieser Nacht bezog sie ihren Wachtposten hinter der Terrassentür, falls jemand beschloss, noch ein Geschenk vorbeizubringen.

Sie saß da und wiegte sich vor und zurück Wenn das mulmige Gefühl schlimmer würde, müsste sie einen Streifenwagen beantragen, der nachts mehrfach hier vorbeifuhr und tagsüber vielleicht auch ein, zwei Mal. Das Haus besaß eine gute Alarmanlage, darauf hatte Bess bestanden. Normalerweise war sie diejenige, die das Haus für die Nacht dichtmachte und eine letzte Runde ging, wenn alle schon im Bett lagen.

Die Menschen da draußen taugen nichts, keiner von denen taugt etwas. Das war Kusine Bess' Credo gewesen. *Aber du bist eine Blutsverwandte und musst wohl oder übel was taugen.*

Aber Mama hatte natürlich auch nichts getaugt, erinnerte sich Phoebe. Außer, um Einkäufe zu erledigen, zu putzen und zu schuften – als Dank für das Dach über dem Kopf, das Bess ihr und den Kindern gab.

Bess hatte auch Carter mit abgrundtiefer Verachtung gestraft. Seine Albträume und nächtlichen Panikattacken in den Monaten nach Reuben waren für sie nur der Beweis für ein von Mama verunreinigtes Blut gewesen. Ein echter MacNamara hätte sich niemals in den Schlaf geweint, nicht mal, wenn er sieben Jahre alt war.

Phoebe dagegen genoss Bess' Wohlwollen, da sie eine

kämpferische Natur hatte, auch wenn sie sich vehement dagegen aussprach, dass Phoebe zum FBI ging, aber eher, weil Phoebe dafür weit in den Norden zog und ihren Einflussbereich verließ. Roy hatte sie dagegen merkwürdigerweise von Anfang an gemocht.

Und trotzdem war ihr Lächeln mehr als triumphierend, als Phoebe mit einem Baby, aber ohne Mann ins Haus der MacNamaras zurückkehrte. »Kein Wunder, dass du diesen Mann nicht halten konntest, wenn du eine eigene Karriere anstrebst. Eine Frau hat genau zwei Möglichkeiten: Kinder oder Karriere.«

»Das ist doch Quatsch. Meine Arbeit hatte überhaupt nichts mit dem Scheitern meiner Ehe zu tun.«

Phoebe sah, dass sie im Sterben lag, und roch es auch. In den Wochen seit ihrem letzten Besuch war Bess' Gesicht eingefallen bis auf die Knochen, die nur noch von einer pergamentenen Haut bedeckt wurden. Aber ihre Augen waren so quicklebendig und verbittert wie eh und je.

»Er hat dich nur des Hauses wegen geheiratet, und das kann ich ihm gar nicht mal übel nehmen. Wegen Grundbesitz zu heiraten ist schließlich nicht das Schlechteste.«

»Ich will dein Haus gar nicht.«

»Du bekommst es aber eines Tages. Ich habe dir eine Zuflucht in diesem Haus geboten, dir, deinem weinerlichen Bruder und deiner willensschwachen Mutter.«

»Pass auf, was du sagst.« Phoebe trat näher an ihr Bett heran.

Kusine Bess' vertrocknete Lippen krümmten sich zu einem Lächeln. »Du denkst, du kannst selbst für dich sorgen, nachdem ich unter der Erde bin. Du denkst, das wird nicht mehr lange dauern. Mit Letzterem hast du sogar recht. Ich habe nicht mehr lange zu leben.«

»Das tut mir leid.« Trotz allem spürte Phoebe einen Stich. »Ich weiß, dass du Schmerzen hast. Kann ich irgendetwas für dich tun?«

»Du hast immer noch diese Schwäche, aber das wird sich mit der Zeit geben. Du erbst das Haus. Glaub bloß nicht, dass du es an deine Mutter oder deinen Bruder weitervererben kannst. Ich habe dafür gesorgt, dass das nicht geht. Ich habe genügend Geld zur Seite gelegt, dass du es unterhalten kannst. Du kriegst es von den Anwälten. Es steckt in einer Treuhandgesellschaft und ist nur für das Haus gedacht, daran habe ich keinen Zweifel gelassen.«

»Auch dein Geld will ich nicht.«

»Schön für dich, denn du wirst rein gar nichts von mir bekommen. Niemand von euch. Alles ist einzig und allein für das Haus bestimt. Wenn du stirbst, kannst du es weitervererben, an wen du willst. Aber nur, wenn du dich an die Regeln hältst. Wenn du willst, dass deine Mutter ein Dach über dem Kopf hat, wirst du hier leben müssen und es als Wohnhaus nutzen.« Niemand hielt ihr eine Waffe an den Kopf oder ein Messer an die Kehle, dachte Phoebe. Das wäre Bess viel zu offensichtlich gewesen. Stattdessen erpresste sie sie mit den Menschen, die sie über alles liebte.

»Ich brauche weder dein Haus noch dein Geld, noch deinen Segen – begreif das doch endlich. Ich kann und werde für mein Kind sorgen, und zwar so, wie ich es für richtig halte, und nicht, wie du das für mich vorgesehen hast.«

»Doch, genau das wirst du tun. Oder aber deine Mutter verlässt noch heute dieses Haus. Das Haus, das sie schon seit Jahren nicht mehr zu verlassen wagt. Glaubst du etwa, ich wüsste das nicht? Ich setze sie noch in der nächsten Stunde vor die Tür, egal, wie sehr sie sich dagegen wehrt.

Wahrscheinlich wird sie eine Weile in eine Gummizelle müssen, oder was meinst du?«

»Warum solltest du ihr so was antun? Sie hat dir nichts getan, im Gegenteil, sie hat dich die ganze Zeit über aufopfernd gepflegt. Sie hat dich gewaschen und gebadet und deine Bettpfanne geleert, und zwar seit Monaten. Sie hat in ihrem ganzen Leben keiner Fliege etwas zuleide getan.«

»Vielleicht hätte man sie dann mehr respektiert. Außerdem werde nicht ich ihr das antun, sondern du. Sie kann nur hierbleiben, wenn du auch bleibst. Wenn du hier ausziehst, wird sie hinausgeworfen. Ich habe sie aufgenommen, ich habe euch alle aufgenommen. Und ich kann euch auch wieder vor die Tür setzen.«

»Woraus du auch nie einen Hehl gemacht hast.«

»Diesmal«, sagte Bess mit einem Lächeln, »ist es für immer.«

Phoebe fuhr aus dem Schlaf hoch. Hatte sie ein Pfeifen gehört? Hatte sie es gehört oder nur davon geträumt?

Sie suchte mit dem Feldstecher die Straße und den Park ab, sah aber nichts.

Sie rieb sich die Augen, rieb sich den Hals.

Bess. Wie lange hatte sie noch gelebt, nach diesem Besuch am Totenbett? Noch mehrere Wochen. Schlimme Wochen, in denen sie die meiste Zeit über verwirrt gewesen war oder wegen der Medikamente geschlafen hatte. Sie hatte es nicht mehr geschafft, mit der alten Frau noch einmal ein vernünftiges Gespräch zu führen.

Und jetzt saß sie viele Jahre später hier in diesem Haus und starrte nach draußen. So, wie es aussah, würde das auch immer so bleiben.

17

Razz Johnson musste etwas beweisen. Und zwar noch heute. Die Lords glaubten, sie könnten in sein Revier kommen und seine Jungs aufmischen? Sie hatten sich schon weit vorgewagt. Und jetzt wollten sie auch noch die Westside und ihren Mist vor *seine Haustür* sprayen?

Von wegen! Er würde sich schon Respekt verschaffen.

In diesem Moment lag sein Bruder im Krankenhaus und würde vielleicht sterben. Sie hatten die Kugeln rausoperiert, die ihm diese Scheißkerle reinjagten, als sein Bruder die Gang ins Revier der Lords führte, um es ihnen verdammt noch mal heimzuzahlen.

Aber T-Bone hatte Razz befohlen, zu Hause zu bleiben, weil er noch nicht so weit war. Er wünschte, er wäre dabei gewesen, denn dann würde sein Bruder jetzt nicht im Krankenhaus liegen und vielleicht sterben. Und selbst wenn er nicht starb, musste er wahrscheinlich für den Rest seines Lebens in einen Beutel scheißen und pissen.

Razz wusste, was er zu tun hatte. Auge um Auge, Zahn um Zahn.

Er fuhr die Hitch Street entlang, feindliches Gebiet. Das Auto hatte er gestohlen, und die blaue Baseballkappe, die Teil seiner Gang-Uniform war, lag auf dem Beifahrersitz. Falls ein paar von den Lords auf der Straße abhingen, wollte er nicht sofort als Feind erkannt werden. Nicht, bis er so weit war.

Er war undercover hier, scheiß drauf.

Seinen Platz in der Gang hatte er sich mit Schlägereien hart erkämpfen müssen. Obwohl sein Bruder ein hohes Tier war, musste er sich erst mal beweisen. Im Kampf wurde er zum Dämon und ließ Fäuste und Füße sprechen. Er gab niemals auf.

Er wusste, wie man Autos knackte, und war ein verlässlicher Drogenkurier, da er den Scheiß nicht selbst konsumierte. Aber Waffen und Messer hatte er bisher noch nie eingesetzt. T-Bone fand, er könne kein bisschen schießen, was auch ein Grund war, warum man ihn gestern Abend zu Hause gelassen hatte.

Aber unter der Baseballkappe auf dem Beifahrersitz lag eine .45er Halbautomatik, deren erste Munitionsladung bereits abgefeuert worden war. Und im Moment hatte Razz kein bisschen Schiss.

Er würde diese Kugeln demjenigen, der seinen Bruder auf dem Gewissen hatte, direkt zwischen die Augen jagen. Und wer es wagte, ihn aufzuhalten, würde ebenfalls eine Kugel abbekommen.

Er würde da reingehen, am helllichten Tag, und die Farben seiner Gang tragen. Und wenn er da nicht wieder lebend rauskäme, dann war das eben so.

Er war sechzehn.

Er hielt gegenüber dem Spirituosenladen. Er wusste, dass Clip das Hinterzimmer als »Büro« benutzte. Dort hing er ab, machte seine Deals, redete Müll und ließ sich den Schwanz von irgendwelchen Schlampen lutschen, die sich in die Gang ficken wollten.

Er würde den Hintereingang nehmen, jawohl, und die Wachen niedermähen, falls welche da waren. Und dann rein durch die Tür, um dem Arschloch eine Kugel ins Hirn zu jagen.

T-Bone würde stolz auf ihn sein. T-Bone würde wieder neuen Lebensmut bekommen, wenn er hörte, dass man ihn gerächt hatte.

Er setzte seine Baseballkappe auf und schob den Schirm stolz nach rechts. Unter seinem langen blauen Trikot steckte er die .45er in seinen Hosenbund. Sie war schwer wie eine Kanone.

Er war so weit. Er war verdammt noch mal so weit, es ihnen zu zeigen und jemanden umzulegen.

Vielleicht sah man ihm das sogar an, hoffentlich. Sein Mund war zu einem schiefen Grinsen verzogen. Als eine Gruppe von Frauen, die auf der Stufe gesessen hatten, ihn entdeckten und nun nach drinnen eilten, gab ihm das ein unglaubliches Gefühl von Macht. Genau, ihr Schlampen, verkriecht euch besser.

Während er die Allee das kurze Stück zum Spirituosenladen entlangschlenderte, zog er die Waffe aus dem Hosenbund. Und redete sich ein, dass seine Hand vor lauter Erregung zitterte und nicht vor Angst. Er beschwor T-Bones Gesicht herauf, so, wie es im Krankenhaus ausgesehen hatte.

Er war so gut wie tot, auch wenn die Maschine noch für ihn atmete. Und ihre Mutter saß mit der Bibel an seinem Bett und weinte. Sie redete kein Wort, rührte sich nicht, sondern saß einfach nur da, während ihr die Tränen über die Wangen liefen.

Diese Bilder ließen ihn um die Ecke biegen und führten dazu, dass sich ein Schrei aus seiner Kehle löste, während sein Finger am Abzug zitterte.

Aber die Hintertür war unbewacht.

Das Blut rauschte in seinen Ohren. Er konnte nichts anderes mehr hören, als er den von der Hitze weichen Asphalt mit dem sich verzweifelt darin festkrallenden Unkraut überquerte. Er fuhr sich mit dem Handrücken über die Oberlippe, wo sich Schweißperlen gesammelt hatten. Ich tue es für T-Bone, dachte er und trat die Tür ein.

Die Waffe ging los, als sei sie in seiner Hand lebendig.

Er spürte nicht, wie sein Finger den Abzug betätigte. Sie schien wie von selbst zu explodieren, und die Kugel schlug ein Loch in die Wand, etwa dreißig Zentimeter über dem verkratzten Ladentisch. Niemand stand dahinter.

Sein Arm zitterte, als er die Waffe sinken ließ und in den leeren Raum, das leere Zimmer starrte. Jetzt stand er da wie ein Opfer. Er hatte sich lächerlich gemacht, womit T-Bone ebenfalls ein Opfer wäre, und das durfte er nicht zulassen.

Er musste etwas tun. Etwas Großes.

Als die Innentür aufging und der Mann herauskam, wusste er, was er tun musste.

»Der Name des Geiselnehmers ist Charles Johnson, genannt Razz.« Detective Ricks von der Gang-Unit gab Phoebe die notwendigen Informationen. »Es wurde geschossen, aber bisher gibt es anscheinend noch keine Verletzten. Er hat vier Leute da drin.«

»Was will er?«

»Er will Blut sehen. Es gab gestern Abend eine Schießerei – zwischen der Westside-Gang, zu der auch der Geiselnehmer gehört, und den Eastside-Lords. Der ältere Bruder des Geiselnehmers hat drei Kugeln abbekommen. Sein Zustand ist kritisch. Dieser Razz will, dass wir den Kerl finden, der das angeblich gewesen ist. Ein gewisser Jerome Clip Sagget. Wenn wir ihm Sagget reinschicken, lässt er die Geiseln frei.«

»Wie alt ist er?«

»Sechzehn. Keine Vorstrafen, nur Kleinkram. Aber der ältere Bruder ist ein anderes Kaliber. Ein knallharter Typ.«

»Gut.« Phoebe sah sich den Lageplan und das Protokoll

an. Am Tisch des Diners, wo sie sich eingerichtet hatten, öffnete sie ihre Aktentasche. »Hat er mit dir geredet?«

»Ja, aber er sagt immer dasselbe. Er ist in Phase eins. Gib mir, was ich will, oder hier ist die Hölle los. Er hat ein Ultimatum gestellt, das in zwanzig Minuten abläuft.«

»Gut.« Sie griff nach dem Telefon. Er ging beim ersten Klingeln dran.

»Habt ihr diesen Motherfucker?«

»Razz, hier spricht Phoebe MacNamara. Ich bin die Verhandlerin der Polizei.«

»Fick dich, Bitch.«

Seine Stimme klang wütend, aber sie hörte auch so etwas wie Angst. »Du klingst wütend, und das verstehe ich. Ich habe auch einen Bruder.«

»Dein Bruder interessiert mich einen Scheiß. Bringt mir lieber den Motherfucker, der auf ihn geschossen hat, oder ich lege eines von den Arschlöchern hier um.«

»Wir sind bereits dabei, Razz. Aber sag mir zuerst, ob da drin alle okay sind. Braucht jemand einen Arzt?«

»Nein, aber bald. Beziehungsweise einen Leichensack.« Seine Stimme wurde schrill vor lauter Wut und Fassungslosigkeit.

»Noch hast du niemanden verletzt, Razz, stimmt das? Wir versuchen hier eine Lösung zu finden, mit der alle zufrieden sind.«

»Ich bin erst zufrieden, wenn ich diesem Clip eine Kugel in den Kopf gejagt habe. Danach ist sowieso alles vorbei.«

»Du willst also denjenigen bestrafen, der deinen Bruder verletzt haben soll.«

»Ich weiß genau, was er getan hat. Meine Family hat mir das gesagt. Glaubst du etwa, meine Family lügt?«

»Willst du damit sagen, dass deine Family gesehen hat, was T-Bone passiert ist?«

»Und ob sie das gesehen hat. Es wurden noch zwei von uns angeschossen, aber T-Bone ist so gut wie tot. Und der Fucker, der ihm das angetan hat, soll mir ins Gesicht sehen. Du bringst ihn mir her, verstanden? Du bringst ihn mir her, oder hier stirbt jemand.«

Family = Gang, notierte sie auf ihrem Block. *Stolz & Rache*. »Du willst, dass wir diesen Mann finden und ihn dir bringen, damit du ihn selbst bestrafen kannst.«

»Wie oft soll ich das denn noch sagen?«

»Ich will nur nicht, dass es irgendwelche Missverständnisse gibt, Razz. Ich versuche nur zu verstehen, was die Leute da drin dafür können, dass dein Bruder verletzt wurde. Glaubst du, sie haben was damit zu tun?«

»Die bedeuten nichts.«

»Die bedeuten dir gar nichts?«

»Ich kann auch sofort einen umblasen, wenn du mir nicht glaubst.«

»Ich glaube dir, Razz. Aber, Razz, du musst auch wissen, dass wir das Problem nicht lösen können, wenn du hier irgendjemanden verletzt. Dann können wir deine Forderungen nicht erfüllen. Ich versuche auch, das Krankenhaus zu erreichen. Mit den Ärzten zu reden, die sich um deinen Bruder kümmern. Du willst doch bestimmt wissen, wie es ihm geht. Hast du ihn heute schon gesehen?«

Sie versuchte ihn dazu zu bringen, über seinen Bruder zu reden, und zwar bis über das erste Ultimatum hinaus. Heldenverehrung. Absolute Loyalität. Als er begann, von seiner Mutter zu erzählen, die weinend am Bett seines Bruders saß, bekam sie mehr aus ihm heraus. *Keine weiteren Geschwister, von einem Vater keine Spur.*

Finden Sie sofort die Mutter!, kritzelte sie auf ein Stück Papier und drückte es Ricks in die Hand.

»Bekommt ihr schon Hunger da drin, Razz? Ich kann ein paar Sandwichs reinschicken.«

»Ich hab hier jede Menge Bier und Chips. Hältst du mich etwa für blöd? Glaubst du, ich schau nicht fern? Niemand kommt hier rein, niemand außer Clip.«

»Niemand geht da rein, wenn du nicht damit einverstanden bist.«

»Kann sein, dass ich diese Arschlöcher nicht umbringe. Vielleicht aber schon. Aber bis es so weit ist, liegen sie noch ’ne ganze Weile mit dem Gesicht nach unten in ihrer eigenen Pisse. Ich hab keinen Bock mehr, mit dir zu quatschen. Wenn du Neuigkeiten hast, kannst du wieder anrufen und mir sagen, dass ihr den Motherfucker habt.«

Als er die Verbindung unterbrach, lehnte sich Phoebe zurück. »Wie weit seid ihr mit diesem Clip?«

»Er hat sich versteckt. Wir haben Leute auf ihn angesetzt.«

»Wenn wir dem Geiselnehmer sagen können, dass Sagget in U-Haft ist, dass er im Gefängnis sitzt, könnte das etwas bewirken. Ich will sofort Bescheid wissen, wenn ihr ihn findet.«

Sie sah auf die Uhr mit dem weißen Zifferblatt an der Wand. Viertel vor fünf.

So, wie es aussah, würde sie zu spät zum Abendessen kommen.

Duncan war hochzufrieden mit sich, als er in der Jones Street klingelte. Und er war noch zufriedener, als ihm Essie aufmachte und ihn anstrahlte.

»Ach du meine Güte. Wer versteckt sich denn da?«

Er sprach hinter einem riesigen Korb roter Mohnblumen hervor. »Dreimal dürfen Sie raten. Wo darf ich die abstellen?«

»Am besten gleich hier, bis wir ein geeignetes Plätzchen dafür ausgewählt haben. Sind die aber schön! Bitte kommen Sie doch ins Wohnzimmer. Sie sind absolut pünktlich. Oh, und Wein haben Sie auch noch mitgebracht?«

»Ich werde nicht oft von vier wunderschönen Frauen zum Abendessen eingeladen. Das ist eine besondere Gelegenheit für mich.«

»Für uns auch.« Sie nahm den Wein und zeigte auf Josie. »Ich habe Ihnen meine Schwiegertochter Josie noch nicht vorgestellt. Josie, das ist Duncan Swift.«

»Womit wir schon bei fünf schönen Frauen wären. Nett, Sie kennenzulernen.«

»Die fünfte ist allerdings bereits vergeben«, sagte Carter, der ein Tablett mit Kanapees hereintrug. Carly lief direkt hinter ihm und trug ein kleineres Tablett. »Wie geht's dir so, Duncan?«

»Gut. Hallo, Carly.«

»Mama verspätet sich. Sie muss noch arbeiten.«

»Ich fürchte, das passiert öfter. Aber anscheinend gibt es hier so viel zu essen, dass ich noch eine ganze Weile bleiben werde. Oh, ich hab dir was mitgebracht.«

Ihr Blick erfasste sofort die kleine rosa Geschenktüte in seiner Hand. »Ein Geschenk?«

»Ein Mitbringsel für eine meiner Gastgeberinnen.«

»Vielen Dank«, sagte sie höflich unter den Argusaugen ihrer Großmutter. Dann quietschte sie entzückt auf, als sie die Haarspange herauszog. Sie sah aus wie ein Blumensträußchen aus lila und weißen Veilchen, an denen lange, glänzend weiße Bänder flatterten.

»Die ist wunderschön, danke!« Sofort vergaß Carly ihr gutes Benehmen, schlang ihre Arme um Duncans Taille und hüpfte dann wieder zurück. »Darf ich sie anziehen? Gran, *bitte*, darf ich sie sofort anziehen?«

»Na dann lauf!«

Carly sauste los und blieb noch einmal stehen, um Duncan anzustrahlen.

»Ganz schön clever«, bemerkte Essie.

»Ich weiß.«

Gegen Viertel nach sechs rief Phoebe erneut zu Hause an und bat Ava, nicht mit dem Essen auf sie zu warten. Selbst wenn es ihr gelingen sollte, die Geiselnahme unblutig zu beenden, hatte es keinen Sinn, sie alle warten zu lassen, während sie noch mit dem Papierkram und der Einsatzbesprechung beschäftigt wäre.

Sie trank einen eisgekühlten Kaffee und war dankbar, dass jemand auf die Idee gekommen war, die Küche des Diners zu benutzen. Ihr gegenüber saß Opal Johnson, Razz' Mutter.

Es hatte eine Weile gedauert, sie ausfindig zu machen, weil sie das Krankenbett ihres ältesten Sohnes verlassen hatte, um sich draußen auf eine Bank zu setzen und dort um sein Leben zu beten.

Jetzt war sie hier, in einem Diner voller Polizisten, und kämpfte um ihr zweites Kind.

Es waren bereits erste Fortschritte zu verzeichnen. Obwohl er sich nach wie vor weigerte, rauszukommen oder Geiseln freizulassen, hörte Phoebe, dass sich seine Stimme und auch seine Wortwahl verändert hatten. Sein fester Entschluss geriet ins Wanken.

»Er kommt ins Gefängnis, stimmt's?«

»Er wird leben«, sagte Phoebe. »Noch hat er niemanden verletzt.«

Opal starrte wie blind aus dem Fenster des Diners. Sie war klapperdürr, ihr Gesicht war ganz aufgedunsen vom vielen Weinen, und ihre Augen waren müde vor lauter Sorgen. »Ich hab getan, was ich konnte, was ich für richtig hielt. Ich hab zwei Jobs angenommen, die Jungs auf die Schule und in die Kirche geschickt. Aber mein Franklin ging seinen eigenen Weg. Und hat Charlie mitgenommen. Die Gang.« Sie spuckte das Wort förmlich aus. »Dagegen komme ich nicht an.«

»Mrs. Johnson, wir tun, was wir können, um Ihren Sohn da unverletzt rauszuholen. Um alle unverletzt rauszuholen, damit er eine zweite Chance bekommt.«

»Sie glauben, das macht sie zu Männern.« Ihr hoffnungsloser Blick traf den von Phoebe. »Die Gangs, die Drogen, das Morden. Sie glauben, das macht sie zu Männern.«

»Ich werde jetzt noch mal mit ihm reden.« Phoebe streckte den Arm aus und berührte kurz Opals Hand. »Einverstanden?«

»Haben Sie auch Kinder, Miss?«

»Ich heiße Phoebe. Ja, ich habe eine Tochter. Sie ist sieben.«

»Kinder reißen einem das Herz aus dem Leib. Und da liegt es dann und schlägt immer noch für sie. Egal, was passiert.«

»Sehen wir zu, dass wir ihn da lebend rausholen.« Phoebe wollte gerade wieder Kontakt zu ihm aufnehmen, als Ricks hereingeeilt kam.

»Wir haben Sagget in Gewahrsam genommen. Wir haben ihn wegen Drogenbesitzes und unrechtmäßigen Waffenbesitzes angeklagt. Er hat eine Waffe aus der Wohnung geklaut, wo er sich versteckt hat. Sie passt zu dem Kaliber der Waffe, mit der Franklin Johnson angeschossen wurde. Wir lassen sie gerade ballistisch untersuchen.«

»Das ist gut. Das ist sogar sehr gut.« Phoebe sah Opal erneut in die Augen. »Das ist ausgezeichnet. Aber jetzt brauche ich Ihre Hilfe, Mrs. Johnson. Derjenige, der Ihren Sohn, Charlies Bruder, angeschossen hat, wurde verhaftet. Er wird dafür bestraft werden. Wir müssen Charlie davon überzeugen, dass das reicht, dass das fürs Erste reicht und er rauskommen muss. Dass das Problem jetzt gelöst ist.«

Sie rief im Spirituosenladen an. Jetzt klang seine Stimme in erster Linie erschöpft und nicht mehr so aggressiv. Ein weiteres gutes Zeichen. »Razz, ich habe gute Neuigkeiten für dich.«

»Ist mein Bruder aufgewacht?«

»Der Zustand deines Bruders ist unverändert, was allerdings auch bedeutet, dass er sich nicht verschlechtert hat. Er ist stark, stimmt's?«

»Es gibt niemanden, der stärker ist.«

»Das ist gut. Ich wollte dir sagen, dass Clip in Gewahrsam genommen wurde.«

»Ihr habt dieses Arschloch?«

»Deine Mutter macht sich große Sorgen, Razz. Und zwar um dich *und* T-Bone. Aber ich glaube, wir wissen, wie wir das Problem lösen können, sodass alle zufrieden sind. Die Polizei hat Clip angeklagt, und er sitzt bereits im Gefängnis. Er …«

»Sie bringen diesen Scheißer sofort *zu mir*!«

»Ich weiß, dass du ihn sehen willst, und das lässt sich auch einrichten. Wenn du die Waffe niederlegst und rauskommst, werde ich dafür sorgen, dass man dich dorthin bringt, wo er festgehalten wird. Dann kannst du ihn hinter Gittern sehen.«

»Ich will ihn unter der Erde sehen. Denn dorthin werde ich ihn schicken.«

»Du klingst müde, Razz. Das war ein langer Tag für uns alle. Ich wollte dir auch sagen, dass sie eine Waffe bei Clip gefunden haben, dieselbe Art von Waffe, mit der dein Bruder angeschossen wurde. Sie wird gerade noch näher untersucht. Wenn die Untersuchungen ergeben, dass das die Waffe ist, mit der dein Bruder angeschossen wurde, wird man ihn wegen versuchten Mordes anklagen. Weißt du, wie lange er dann hinter Gitter muss? Viele, viele Jahre. Vielleicht sogar für den Rest seines Lebens. Wenn jemand meinen Bruder schwer verletzt hätte, würde ich mir wünschen, dass er möglichst lange dafür bezahlen muss. Und zwar sehr, sehr lange.«

»Er soll in der Hölle schmoren.«

»Ich glaube, das Staatsgefängnis von Georgia ist auch eine Art Hölle. Razz, man hat mir gesagt, dass er sich versteckt hat. Er hat sich versteckt! Keine Ahnung, was seine Gang sagen wird, wenn sie erfährt, dass er sich versteckt hat. Das Gefängnis ist schlimmer, als zu bluten. Vor allem für einen Typen wie Clip. Sein ganzer Ruf ist jetzt futsch. Er hat sich als Feigling erwiesen. Ein Feigling, der jahrelang für das bezahlen wird, was er getan hat. Deine Mutter braucht dich, Razz. Sie will, dass du die Waffe niederlegst und rauskommst. Um allen zu zeigen, dass du kein Feigling bist. Du hast den Mumm, da rauszukommen.«

»Und du sorgst dafür, dass ich diesen Scheißkerl sehen kann? Ihn hinter Gittern sehen kann? Versprochen?«

»Ja. Mein Wort darauf. Und jetzt leg deine Waffe nieder.« Phoebe gab ein Zeichen, damit das Spezialkommando mitbekam, dass der Geiselnehmer aufgab. »Du darfst keine Waffe dabeihaben, wenn du rauskommst, verstanden?«

»Seid ihr da draußen bewaffnet?«

»Ja. Aber mach dir deswegen keine Sorgen. Halt die Hände hoch, sodass das alle sehen können, und komm mit hoch erhobenen Händen aus der Tür. Wirst du das tun?«

»Na gut. Ich komme raus. Ich leg jetzt auf.«

»Ich seh dich draußen, Razz.«

Phoebe legte auf und stand auf. »Kommen Sie, lassen Sie uns zu Ihrem Jungen gehen.« Sie nahm Opals Arm und führte sie zur Tür des Diners. »Hören Sie mir gut zu. Man wird die Waffen auf ihn richten, sobald er da rauskommt. Man wird auf ihn zugehen, ihm befehlen, sich auf den Boden zu legen, und ihm Handschellen anlegen. Das muss sein.«

Phoebe ließ ihren Blick über einige Dächer und Fenster gleiten und entdeckte das Spezialkommando. Bis Razz da draußen und in Gewahrsam war, konnte sie es nicht riskieren, seine Mutter zu nah an die innere Absperrung zu bringen. »Ich möchte, dass Sie hier bei diesem Officer warten, es dauert nur ein paar Minuten. Ich hole Sie gleich ab und sorge dafür, dass man Sie zu Charlie bringt.«

»Danke für alles, was Sie getan haben. Danke.«

Phoebe lief nach vorn und stellte sich so hin, dass sie die Tür des Spirituosenladens im Blick behalten konnte. Als sie sah, wie die Tür aufging und der Junge mit hoch erhobenen Händen herauskam, seufzte sie erleichtert auf.

Das Mündungsfeuer war eine überwältigende Explosion. Sie war einen Moment lang wie gelähmt und sah hilflos zu, wie Charlies Körper zuckte, tanzte, fiel. Sie hörte sich selbst schreien, während sie nach vorn lief und ein Dutzend Polizisten in Deckung ging.

Jemand warf sie zu Boden. Keuchend hörte sie, wie in dem Laden geschrien wurde. »Es wurde geschossen, es wurde geschossen!«, dröhnte es in ihren Ohren.

Das war *fantastisch*! Und kinderleicht. Man brauchte sich nur heimlich in Position zu bringen, so gehörte man dazu. Und dann einfach abzuwarten.

Sie hatte Stunden mit dem Gequatsche zugebracht, um dieses Arschloch zum Aufgeben zu bringen. Zeitverschwendung, reine Zeitverschwendung, was, du Schlampe? Dieses widerliche Arschloch verdiente es, zu sterben. Die Gangs waren die reinste Plage für die Stadt. Er hätte ihr auch gleich ein paar Kugeln verpassen können. Das wäre kinderleicht gewesen. Aber das hier war noch besser. Damit hatte er ein Ziel erreicht und die Dinge ins Rollen gebracht.

Er hatte ja gar nicht geahnt, wie viel Spaß ihm das alles machen würde. Warum jetzt schon damit aufhören?

Er hatte die Waffe liegen lassen und sich unauffällig verdrückt. Auch das war kinderleicht gewesen. Er hatte die Waffennummer abgerissen und sich in dem allgemeinen Chaos davongemacht.

Aber er hatte gerade noch gesehen, wie Phoebe sich aufgerappelt hatte, zu den anderen an die Tür dieses beschissenen Spirituosenladens gerannt war und sich neben den toten Jungen geworfen hatte.

Die Presse würde sich nur so auf diesen Fall stürzen, dachte er, während er nach Westen lief, wo er sein Auto stehen gelassen hatte. Sie würde sich darauf stürzen wie auf ein gefundenes Fressen.

Diese Schlampe von einer MacNamara hatte dieses Arschloch zum Aufgeben gebracht. Und direkt in den Kugelhagel geschickt.

Als Phoebe nach Hause kam, hörte sie schon die Stimmen im Wohnzimmer. Das Abendessen ist längst vorbei, dachte sie. Die Teller sind gewaschen und weggeräumt.

Sie wollte einfach nur die Treppe hoch und sofort ins Bett. Oder sich darunter verstecken. Aber das ging nicht. Wieder etwas, das nicht ging. Also ging sie zur Tür.

Carter erzählte irgendeine Anekdote – das erkannte sie daran, dass er gestikulierte. Er konnte hervorragend Geschichten erzählen. Sie wusste, dass er gern Schriftsteller wäre und schrieb, sooft er konnte. Aber seine Lehrtätigkeit beanspruchte fast seine gesamte Zeit. Neben ihm verdrehte Josie die Augen, aber sie lachte dabei. Es war so rührend, wie sehr sich die beiden liebten. Sie wirkten wie frisch verliebt.

Und da war Mama, sie sah so glücklich aus. Entspannt und glücklich, im Kreis der Menschen, die ihr dieses Gefühl gaben. Und Ava, die auf Mamas Sessellehne kauerte.

Ihr kleines Mädchen, das auf dem Sofa neben Duncan saß. Ach du meine Güte, mit welchem Gesichtsausdruck lächelte denn Carly zu ihm hoch? Ihre Kleine war eindeutig zum ersten Mal verliebt. Und auch Mr. Duncan Swift schien sich ganz wie zu Hause zu fühlen, so entspannt und lässig, wie er sich zurücklehnte und ihrer Kleinen zuzwinkerte, als teilten sie beide ein großes Geheimnis.

Wie weit von hier war die Hitch Street entfernt? Welche Welten dazwischenlagen!

Duncan entdeckte sie zuerst. Seine Augen begannen sofort zu strahlen, blickten sie jedoch gleich darauf besorgt an. War sie so leicht zu durchschauen?

Er stand auf und ging zu ihr. »Alles in Ordnung?«

»Nein. Ich bin unverletzt, aber es geht mir nicht gut. Es tut mir leid, dass ich das Essen versäumt habe«, sagte sie so laut, dass alle sie hören konnten.

»Mama, wir haben eine Menge Spaß! Und Duncan hat gesagt …« Carlys Worte erstarben, als sie auf sie zugerast kam. Phoebe sah, wie ihre strahlend blauen Augen das Blut an ihrer Hose entdeckten.

»Das ist nicht mein Blut. Ich bin unverletzt, wirklich. Aber ich brauche dringend eine Umarmung von dir, eine Riesen-Carly-Umarmung, und zwar sofort.« Sie ging in die Hocke und drückte Carly fest an sich, die ihre Arme um sie schlang.

Sie blieb in der Hocke. Sie hatte ihr Kind noch, es war hier, wohlbehalten in ihren Armen. Anderen war das nicht vergönnt.

Sie ließ Carly los und küsste sie auf beide Wangen. Dann richtete sie sich auf und sah ihre Mutter an. Essie war aufgestanden. Sie war ganz blass und hatte die Hände zu Fäusten geballt.

»Mir ist nichts passiert, und das ist das Wichtigste. Sieh mich an, Mama. Mir ist nichts passiert. Nicht das Geringste. Verstanden?«

»Okay.«

»Ich werd dir Wein und etwas zu essen bringen.« Ava kam auf sie zu und berührte ihren Arm. »Du solltest dich setzen.«

»Ja, das werde ich auch. Aber zuerst will ich mir eine andere Hose anziehen. Ich bin gleich wieder zurück«, sagte sie zu Carly.

Duncan holte Phoebe noch auf der Treppe ein.

»Du siehst erschöpft aus.«

»Es war ein schlimmer Tag. Ein furchtbarer Tag. Aber ich kann im Moment noch nicht drüber reden. Später.«

»Ich werde einfach nur da sein, du brauchst gar nichts zu sagen.«

In ihrem Zimmer zog sie eine Baumwollhose aus dem Schrank. Sie schlüpfte aus der blutbeschmierten Hose und warf sie in die schmutzige Wäsche. »Mama wird bestimmt irgendein chemisches Wunder vollbringen und das Blut dieses armen Jungen da rauskriegen.« Sie presste die Hand zwischen ihre Augen und wurde von ihrer Trauer schier überwältigt. Doch bevor Duncan sie in den Arm nehmen konnte, trat sie einen Schritt zurück und schüttelte den Kopf.

»Nein, jetzt bitte keine Tränen. Wenn ich weinen muss, hat das bis später Zeit. Meine Mutter macht sich Sorgen. Sie wird sich so lange Sorgen machen, bis ich wieder unten bin.«

»Dann lass uns runtergehen.«

Er ging mit ihr hinunter. Ava hatte bereits etwas zu essen und ein Glas Wein für sie hingestellt.

»Es wird in den Nachrichten sein«, hob sie an. »Wahrscheinlich war es das schon. Es gab eine Geiselnahme in der Hitch Street. Es ging um Gangs. Der Geiselnehmer war sechzehn. Erst sechzehn! Es hat lange gedauert, bis ich ihn zum Aufgeben überreden konnte, aber ich habe ihn überredet und ihm gesagt, dass jetzt alles gut wird. Also ist er rausgekommen, mit erhobenen Händen, genau, wie ich es ihm gesagt habe. Unbewaffnet, mit erhobenen Händen, sodass es alle sehen konnten. Und jemand hat auf ihn geschossen. Man hat ihn erschossen, während er mit erhobenen Händen dastand und sich ergab. Seine Mutter war auch da – sie war ganz in der Nähe und hat alles mitbekommen.«

»Wird er wieder gesund?«, fragte Carly.

»Nein, Schatz. Er ist gestorben.« Noch bevor ich bei ihm war, dachte Phoebe.

»Aber warum hat man auf ihn geschossen?«

»Das weiß ich nicht.« Sie strich Carly übers Haar und beugte sich vor, um ihren Scheitel zu küssen. »Wir wissen weder, wer es war, noch warum er es getan hat. Noch nicht. Im Fernsehen wird darüber spekuliert werden. Ich will nur, dass ihr alle wisst, was passiert ist.«

»Ich wünschte, das wäre nicht passiert.«

»Ach, Schätzchen, ich auch.«

Carly schmiegte sich an sie. »Wenn du etwas isst, geht es dir gleich besser. Das sagst du doch auch immer.«

»Ja, das stimmt.« Fest entschlossen tat sie sich etwas auf ihren Teller. Egal, was es war, sie würde jetzt sowieso nichts schmecken. Aber sie aß es zügig auf. »Und ich habe wie immer recht. So, und jetzt hört bitte auf, euch Sorgen zu machen, und erzählt mir, was ihr heute Abend Schönes getan habt.«

»Onkel Carter und Duncan haben ein Duelett gespielt.«

»Ein Duelett?«

»Ja, so hat Onkel Carter das genannt. Auf dem Klavier. Das hat Spaß gemacht. Und Tante Josie hat den Witz mit dem Huhn erzählt.«

»Nicht *den* schon wieder.«

»Ich mochte ihn.« Duncan rang sich ein Lächeln ab. Er begriff, was sie da tat, tun musste. Alle mussten wieder ganz normal werden.

»Und Duncan hat gesagt, dass wir am Samstag mit ihm segeln gehen dürfen, wenn du es erlaubst. Erlaubst du's? Bitte! Ich war noch nie auf einem Segelboot, noch nie.«

»Du bist wirklich ein höchst vernachlässigtes, schlecht behandeltes Kind. Aber ich denke, das lässt sich einrichten.«

»O ja!«

»Jetzt ist es allerdings längst Zeit für dich, ins Bett zu gehen. Sag allen Gute Nacht, ich komme dann gleich nach oben.«

Carly ging im Zeitlupentempo quer durchs Zimmer und sah die anderen Erwachsenen flehentlich an. Sie ging langsam zu Duncan und seufzte schwer. »Ich wünschte, ich müsste noch nicht ins Bett, aber danke, dass du zum Abendessen gekommen bist.«

»Danke für die Einladung. Und bis Samstag!«

Sofort hörte sie auf zu schmollen. »Ja. Gute Nacht.«

Sobald sie weg war, ließ Phoebe die Gabel sinken.

»Ich sollte lieber gehen.« Duncan erhob sich.

»Ich bring dich hinaus.«

Es tat so gut, hinaus an die frische Luft zu kommen, tief durchzuatmen. »Es tut mir leid, dass ich den ganzen Abend verdorben habe.«

»Das seh ich aber anders.« Während sie zu seinem Wagen gingen, legte er ihr den Arm um die Schultern. »Das muss schlimm für dich sein.«

»Es war furchtbar.« Sie hing kurz ihren Erinnerungen nach, drehte sich zu ihm und hielt sich an ihm fest. »Ich weiß nicht, ob ich das jemals vergessen kann. Vielleicht sollte ich das auch nicht. Ich begreife nicht, wie das passieren konnte. Es heißt schon, wir wären das gewesen. Wir nehmen an, dass es ein rivalisierendes Gangmitglied war. Wir haben die Waffe gefunden. Eine AK-47. Das war keine von uns. Man hat den Jungen regelrecht *durchsiebt*. Innerhalb weniger Sekunden. Eine der Geiseln in dem Laden wurde auch getroffen. Sie wird wieder gesund, aber …« Sie sog hörbar die Luft ein. »Aber das gehört nicht hierher.«

»Ich höre dir zu, egal, was es ist.«

»Ich muss hier weg, sooft es geht.« Sie warf einen Blick auf das Haus zurück. »Sobald es geht. Also bis … Samstag.«

»Ich werd Carly und dich so gegen zehn abholen. Einverstanden?«

»Es ist nett von dir, sie so zu verwöhnen. Aber ich will nicht, dass du dich verpflichtet fühlst …«

»Psst!« Er legte einen Finger auf ihre Lippen und küsste sie ausgiebig und sehr sanft.

»Wir sehen uns am Samstag.«

»Bis Samstag. Ich werd ein paar Liter Sonnenmilch für uns Rothaarige einpacken.«

Sie winkte ihm nach und blieb noch eine Weile draußen stehen. Anschließend setzte sie sich noch einen Moment auf die Stufen zum Haus. Sie sollte dringend reingehen, Carly Gute Nacht sagen und Mama im Auge behalten, nur für alle Fälle. Aber sie blieb noch eine Weile sitzen.

Carter kam heraus. Er sagte nichts, setzte sich nur neben sie und nahm ihre Hand.

18

Phoebe hatte sich nicht geirrt, was den Ansturm der Medien betraf. Die Schlammschlacht wurde im Fernsehen, in den Schlagzeilen der Zeitungen, dem Internet ausgetragen. Der Tod von Charlie Johnson wurde zum Symbol für gewalttätige Gangs, Rassismus und die Inkompetenz der korrumpierten Polizei.

Sie wehrte Dutzende von Anrufen von Journalisten ab und bekam zum ersten Mal in ihrer Karriere Morddrohungen. Erneut wurde sie vom Büro für interne Angelegenheiten befragt.

»Wie kommst du zurecht?« Dave sah zu, wie sie Linien in das Kondenswasser an ihrem Glas Eistee malte. Er hatte sie auf ein schnelles Mittagessen eingeladen.

»Ich seh immer noch vor mir, wie er mit hoch erhobenen Händen aus dem Gebäude kommt. Ich erinnere mich noch genau an die Sekunde, in der ich gedacht habe, gut gemacht, Phoebe. Alles paletti. Dann hörte ich plötzlich diese Schüsse, und sein Körper hat gezuckt wie der einer Marionette. Es hat gerade mal eine Sekunde gedauert, und plötzlich brach die Hölle los.«

»Du hast deine Arbeit gut gemacht.« Als er ihren Gesichtsausdruck sah, schüttelte er den Kopf. »Wirklich. Das wollen wir doch mal festhalten.«

»Der Verhandler ist Teil eines Teams, Dave. Und jetzt rate mal, wer mir das beigebracht hat? Das Team hat bei diesem Jungen und den Geiseln versagt. Das Team hat komplett versagt.«

»Irgendwas ist schiefgelaufen, und wir wissen immer noch nicht, was. Aber du hast nichts damit zu tun«, fuhr er fort, »auch, wenn ein Junge sterben musste und eine Geisel verletzt wurde. Kein Mitglied unseres Spezialeinsatzkommandos hat seine Waffe abgefeuert. Die abgefeuerte und gefundene Waffe war nicht von uns. Und trotzdem«, wiederholte er, »sind wir dafür verantwortlich. Irgendjemand hat sich eingeschlichen oder wurde übersehen, als wir das Gebiet evakuiert haben.«

»Auf der East- und auf der Westside kam es gestern Nacht zu weiteren gewalttätigen Ausschreitungen«, erklärte sie. »Zu noch mehr Schießereien. Die Gangs benutzen diesen Jungen, um das Morden zu rechtfertigen. Die

Medien und Politiker benutzen ihn, um die Sache runterzuspielen oder hochzukochen – was genau überwiegt, weiß ich noch nicht. Ich glaube nicht, dass Charles Johnson es verdient hat, dass sein Tod derart missbraucht wird.«

Sie schwieg, während die Sandwiches gebracht wurden, die sie bestellt hatten.

»Franklin Johnson ist heute Morgen gestorben.«

»Ich weiß.«

»Opal Johnson hat beide Söhne verloren. Ihre Kinder sind tot. Für den Tod des Erstgeborenen können wir nichts, zumindest nicht direkt. Wir haben den Mann gefunden und verhaftet, der ihn umgebracht hat. Wäre das auch so schnell passiert, wenn Charlie gestern nicht in diesen Spirituosenladen spaziert wäre? Ich weiß selbst nicht, was ich auf diese Frage antworten soll, und das macht mir Sorgen.«

»Ich auch nicht, aber ich mache meinen Job, so gut ich kann. Und du auch. Wir retten, wen wir können, Phoebe, bei jedem Fall, zu dem wir gerufen werden, aufs Neue.«

»Das kann schon sein.« Sie nahm einen Happen von ihrem Sandwich. »Ich hab ihm gesagt, dass alles gut wird. Wenn er rauskäme, würde alles gut.«

»Du hast nichts falsch gemacht. Normalerweise *wäre* auch alles gut geworden. Dann wäre er jetzt in Haft, und sein Pflichtanwalt würde einen Deal mit dem Staatsanwalt ausarbeiten. Das Spezialeinsatzkommando hat etwas falsch gemacht, und wir werden den Fehler finden. Jede Minute dieses Einsatzes wird untersucht werden. Jede Bewegung, jeder Befehl. Aber in der Zwischenzeit müssen wir uns mit der Wut der schwarzen Bevölkerung herumschlagen, diesem PR-Albtraum und dem leider sehr realen Problem, dafür zu sorgen, dass es keine gewaltsamen Aufstände deswegen gibt. Du wirst heute Nachmittag eine Pressekonferenz geben, zusammen mit dem Commander des Spezialeinsatzkommandos. Ihr werdet beide eine kurze Erklärung abgeben und Fragen beantworten. Es wird nicht lange dauern, aber es ist wichtig.«

»Um wie viel Uhr?«

»Um drei.«

Sie nickte. »Gut. Dann habe ich noch genug Zeit, in die Hitch Street zu fahren. Ich möchte mir den Tatort ansehen. Beide Tatorte.«

Sie stand an dem Fenster, aus dem die Schüsse abgegeben worden waren und das die Spurensicherung identifiziert hatte. Es war ein schmales Fenster, ein Flügelfenster im zweiten Stock eines Gebäudes gegenüber dem Spirituosenladen.

Laut Protokoll war das Gebäude mit den fünfzehn Wohnungen evakuiert worden, während Mitglieder der Spezialeinheit auf dem Dach und im dritten Stock Stellung bezogen hatten. Da es innerhalb der ersten Absperrung lag, hätten sich keine Zivilisten in oder vor dem Gebäude befinden dürfen.

Aber das wäre nicht das erste Mal, dass die innere Absperrung durchbrochen würde. Von hier aus hatte der Scharfschütze einen guten Überblick und freies Schussfeld gehabt, erkannte Phoebe. Nicht so gut wie vom Dach oder vom dritten Stock aus, aber immer noch gut genug.

Vor allem, wenn er vorgehabt hatte, einen unbewaffneten Mann zu erschießen, der ihm direkt vor die Mündung lief. Es war wirklich nicht besonders schwer, ein Ziel zu treffen, das sich nicht bewegt und die Hände erhoben hat. Nichts als ein Rumpf, der nur darauf wartete, durchsiebt zu werden.

»Die Mieterin ist eine gewisse Reeanna Curtis, unverheiratet«, sagte Detective Sykes hinter ihr. »Zwei Kinder, ein fünfjähriger Junge und ein dreijähriges Mädchen. Keinerlei Vorstrafen. Sie waren außerhalb der Absperrung, als geschossen wurde, Zeugen konnten das bestätigen. Ihr Freund hat zu diesem Zeitpunkt gearbeitet. Auch das wurde bestätigt.«

Phoebe nickte. »Ich habe ihre Aussage gelesen. Sie hat gesagt, ein Polizist sei zu ihr an die Tür gekommen und habe ihr befohlen, die Wohnung zu verlassen. Er habe sie hinausbegleitet. Überall im Gebäude seien Polizisten gewesen und auch davor. Sie ist mit den Kindern sofort zu ihrer Schwester, die ein paar Blocks weiter wohnt.«

»Sie kann sich nicht mehr daran erinnern, ob sie hinter sich abgeschlossen hat, ja sie weiß nicht mal mehr mit Sicherheit, ob sie die Tür hinter sich zugemacht hat. Sie sagte, alles sei so schnell gegangen und sie habe Angst gehabt.«

»Noch jemand wird nach draußen begleitet«, mutmaßte Sykes laut, »will sich das Spektakel aber nicht entgehen lassen. Er versteckt sich hier.«

»Bewaffnet?« Phoebe drehte sich um. »Wer auch immer hier reinkam, war bewaffnet, vorausgesetzt es war nicht die alleinerziehende Mutter mit den zwei Vorschulkindern und einer AK-47 im Besenschrank. Und wenn er es nicht auf die Zielperson abgesehen hatte – warum hat er dann nicht einen Haufen Polizisten umgenietet?«

»Es wohnen Mitglieder der Lords in diesem Gebäude, und weitere in der näheren Umgebung. Wir werden sie alle gründlich unter die Lupe nehmen.«

Aber davon wird Charlie auch nicht wieder lebendig, dachte Phoebe. Dann riss sie sich zusammen. Darum ging es nicht mehr, der Fall war erledigt. Jetzt ging es nur noch darum herauszufinden, was schiefgelaufen war.

»Woher wusste der Schütze, dass ausgerechnet Charles Johnson da drin war?« Phoebe lief durch die enge, vollgestopfte Wohnung.

»Vielleicht wusste er es gar nicht, sondern nur, dass einer von der Gang da drin war.«

»Na gut, aber woher sollte er das wissen? Hat er Charlie reingehen sehen? Er trug die Farben seiner Gang und war mindestens zehn Minuten in dem Spirituosenladen, bevor die erste Meldung kam. Und die kam ziemlich schnell, denn eine der Mieterinnen im Nebengebäude hat die Schießerei gemeldet. Sie sagt, sie hätte gesehen, wie Charlie wenige Minuten vor dem ersten Schuss die Straße überquert hätte.«

»Der Schütze sieht ihn beziehungsweise hört davon. Er nimmt die Waffe und hat das Glück, eine gute Schussposition zu finden.«

»Lass uns rausfinden, ob sie schon die abgehenden und eingehenden Telefonate in dieser Wohnung – in diesem Gebäude – überprüft haben. Und ob von hier aus irgendwelche Anrufe getätigt wurden, nachdem die Wohnung eigentlich hätte evakuiert sein sollen. Wahrscheinlich hat er eher ein Handy benutzt, aber man weiß ja nie.«

Sie trat ans Fenster eines kleinen Zimmers, das sich offensichtlich die beiden Kinder teilten. Von hier aus konnte sie den Diner sehen, wo sie an einem Vierertisch gesessen und Charlie überredet hatte, sich zu ergeben und das Gebäude zu verlassen. »Ich frage mich, wie viele Gangmitglieder wohl der Versuchung widerstehen können, auch Polizisten zu erschießen. Dass man es schafft zu warten, bis die Zielperson rauskommt – oder da rausgeholt wird –, kann ich ja noch verstehen. Aber warum versucht man dann nicht, auch ein paar Polizisten hopsgehen zu lassen, wenn man schon mal dabei ist? Noch mehr Blut, noch mehr Chaos. Aber der einzige andere Treffer stammt von einer verirrten Kugel, die eine Geisel in dem Spirituosenladen getroffen hat. Das ist doch komisch – findest du nicht?«

Er schürzte die Lippen. »Das ist wirklich rätselhaft. Aber wenn es kein Racheakt von der rivalisierenden Gang war, was dann?«

»Ich werde es dich wissen lassen, wenn ich so weit bin.«

Phoebe befragte selbst noch mehrere Mieter des Gebäudes und füllte ihre Aktentasche mit Unterlagen. Sie achtete darauf, noch vor Einbruch der Dunkelheit zu Hause zu sein – ihre gesamte Familie sollte dort in Sicherheit sein, bevor es dunkel wurde –, nur für den Fall, dass sich der Aufruhr in der Stadt in einen wirklichen Aufstand verwandelte und die Blocks zwischen der Jones und der Hitch Street nicht ausreichten, um ein Übergreifen zu verhindern.

Sie brach ihre eigene eiserne Regel, indem sie ihre Waffe zwar in das oberste Fach ihres Schranks legte, sie aber vorher lud und entsicherte.

Nachdem sie Carly ins Bett gebracht hatte, kontrollierte Phoebe, ob alle Türen abgeschlossen waren und die Alarmanlage funktionierte. Anschließend setzte sie sich an ihren Schreibtisch. Im Hintergrund ließ sie leise den Fernseher laufen, für den Fall, dass es eine Nachrichtensondersendung gab, und begann, die Protokolle, Berichte und Zeugenaussagen durchzulesen.

Als ihr Handy klingelte, ging sie geistesabwesend dran und dachte noch über den Grundriss des Wohngebäudes in der Hitch Street nach. »Phoebe MacNamara.«

»Duncan Swift. Hallo, Süße.«

Die Vorstellung, Süße genannt zu werden, während sie von ballistischen Untersuchungen, Grundrissen und diversen Berichten der Spurensicherung umgeben war, entlockte ihr ein Lächeln. »Hallo, Duncan.«

»Ich wollte nur mal hören, ob ich morgen noch eine Crew habe.«

»Ob man uns als Crew bezeichnen kann, weiß ich nicht, aber wir sind fest entschlossen. Wenn ich diese Bootstour absage, wird Carly nämlich bis zu ihrem achtzehnten Geburtstag nicht mehr mit mir reden.«

»Jemanden mit Schweigen strafen ist eine hocheffektive Erpressungsmethode. Ich knicke dann immer sofort ein.«

»Gut zu wissen.«

»Dumm, dass ich das zugegeben habe. Wie dem auch sei, ich habe mich heute mit Phin getroffen und ihn gefragt, ob er und seine Familie auch mitkommen wollen. Ich hoffe, du hast nichts dagegen?«

»Nein, ganz und gar nicht. Carly wird begeistert sein, wenn jemand in ihrem Alter dabei ist. Sie liebt mich zwar, aber nach einer Weile bin ich einfach nur langweilig.« Sie lehnte sich in ihrem Schreibtischstuhl zurück und stand dann auf, um an die Balkontür zu treten. »Das klingt ja nach einer richtigen Party. Und die kann ich jetzt, glaube ich, gut gebrauchen.«

»Ich dachte mir schon, dass du einen harten Tag hattest. Ich hab dich heute Nachmittag im Fernsehen gesehen. Ist es sehr unangebracht, wenn ich sage, dass du sexy ausgesehen hast?«

Sie lachte. »Ja, trotzdem vielen Dank. Das Ganze ist wirklich eine Katastrophe, Duncan. Die reinste Katastrophe.«

»Wie wär's, wenn ich kurz bei dir vorbeischaue? Ich werde wieder etwas ganz Unangebrachtes tun, nämlich hoch in dein Zimmer schleichen und dich mit fantastischem Sex ablenken.«

Sie hatte die alberne Vorstellung, er klettere die Hauswand zu ihrem Balkon empor. »Ja, schön wär's. Aber das geht nicht. Bist du zu Hause? Auf der Insel?«

»Ja, ich hatte heute hier zu tun. Trotzdem habe ich viel erledigt, der Rest kann warten. Wenn fantastischer Sex heute nicht für dich infrage kommt, könnten wir uns auch wie Teenager im Wohnzimmer necken oder einen schlechten Film ansehen.«

»Glaub mir, es gibt nichts, was ich lieber tun würde. Am liebsten alles zusammen. Aber ich will nicht, dass du heute in die Stadt kommst, nicht heute Abend. Heute geht es hier heiß her. Bleib lieber, wo du bist.« Sie deaktivierte die Alarmanlage für ihr Zimmer, damit sie auf den Balkon gehen konnte. »Es ist warm heute Abend. Nicht heiß, sondern warm, und das ist gut. Wenn es extrem heiß ist, gibt es noch mehr Unruhen.«

»Was, wenn ich dir erzähle, dass du nicht nur heiß ausgesehen hast, sondern dich wirklich gut geschlagen hast bei dieser Pressekonferenz? Wer dich gesehen und nicht gemerkt hat, wie nah dir das alles geht, muss auf beiden Augen blind sein.«

»Vieles an dem Fall hat mit Blindheit zu tun. Ich hätte kaum deprimierter rüberkommen können.«

»Was hast du an?«, fragte er nach einer Weile.

»Wie bitte?«

»Ich munter dich mit etwas Telefonsex auf. Also, was hast du an?«

»Oh. Hmmmmm.« Sie sah an ihrer Baumwollhose und

dem Trägerhemdchen herunter. Das ging natürlich gar nicht. »Och, nicht sehr viel, nur diesen kleinen Slip, den ich in einem Dessousladen entdeckt habe.«

»Hübsch. Und sonst?«

»Einen Tropfen Parfüm hie und da.«

»Sehr hübsch.«

»Und du? Was hast du an?«

»Rate mal.«

»Jeans. Bloß Jeans, diese verwaschenen Levi's, die so tief auf der Hüfte sitzen. Den obersten Hosenknopf hast du offen gelassen.«

»Meine Güte, kannst du hellsehen?«

Amüsiert setzte sie sich hin. Zum ersten Mal in den letzten vierundzwanzig Stunden hatte sie keinen Knoten im Magen. »Oops, diese Spaghettiträger rutschen mir ständig von den Schultern. Von meinen zarten, alabasterfarbenen Schultern. Ich sollte in diesem Aufzug lieber nicht draußen rumstehen und mich über das Balkongeländer beugen, denn sonst könnten meine weichen, aber doch festen Brüste … huch … glatt rausfallen. Was sollen da bloß die Nachbarn denken?«

»Hör auf, Phoebe, ich kann nicht mehr.«

»Aber Schätzchen, ich habe doch gerade erst angefangen.«

Am nächsten Tag fiel es ihr leicht, nicht mehr an die Arbeit zu denken und diese in den hintersten Winkel ihres Gedächtnisses zu verbannen.

Carly konnte sich kaum noch einkriegen, als sie das Boot sah.

»Es ist riesig! Das wird der schönste Tag meines Lebens!«

»Dann sollten wir aber schleunigst los«, beschloss Duncan.

»Aber wo sind die Segel? Du hast doch gesagt, es ist ein Segelboot.«

»Die sind noch zusammengerollt. Wenn wir weiter draußen sind, hissen wir sie.« Er betrat das Boot und streckte dem Mädchen seine Hand entgegen. »Siehst du? Willkommen an Bord.«

»Darf ich mich umschauen?«

»Aber klar doch.«

»Aber nichts anfassen!«, rief Phoebe, während sie ebenfalls an Bord ging. »Wow, ich hätte dich vorher lieber fragen sollen, ob du überhaupt mit so was umgehen kannst.«

»Ich hab sie erst viermal benutzt. Quatsch, das war nur Spaß. Trotzdem, die Kinder müssen Schwimmwesten anziehen. Das gilt auch für Biff.«

»Wer ist Biff?«

»Das da ist Biff.«

Phoebe entdeckte Phin, seine Frau und deren kleine Tochter, die den Steg herunterliefen. Ihnen voraus stürmte eine krummbeinige, gutmütig wirkende Bulldogge.

»Phins Hund. Seiner Meinung nach verleiht ihm eine Bulldogge eine gewisse Würde. Was auch stimmt, wenn sie nur nicht so furchtbar sabbern würde.«

Biff war offensichtlich ein erfahrener Matrose, denn er sprang sofort an Bord und wackelte mit seinem Hintern, bis Duncan in die Hocke ging, um ihn zu kraulen.

»Was für ein wunderschöner Tag zum Segeln. Ich werde versuchen, so wenig zu tun wie möglich.« Loo reckte und streckte sich. »Hallo, Phoebe, ich hoffe, du wirst mir dabei Gesellschaft leisten.«

»Aber gern. Hi, Phin. Hi, Livvy.«

»Ein Welpe!« Carly raste von der Kajüte an Deck und überfiel Biff regelrecht. »Oh, ist der süß! Wie heißt er? Mama, können wir uns nicht auch einen Welpen anschaffen?«

»Sie ist unglaublich schüchtern«, verkündete Phoebe. »Ich hoffe, ihr seht darüber hinweg.«

»Das ist Biff.« Livvy, die nicht ganz so extrovertiert war wie Carly, klammerte sich an die Hand ihrer Mutter. »Er mag es, wenn man ihn am Bauch krault.«

Carly strahlte und tat dem mittlerweile in Ekstase geratenen Biff den Gefallen. »Unten gibt es Betten und Tische, eine Küche, ein Bad, einfach alles. Willst du mal sehen?«

»Ich kenn das schon.«

»Lass es uns trotzdem noch mal ansehen. Zusammen mit Biff.«

Livvy sah ihre Mutter an. »Na gut.«

»Das sind schöne Schuhe«, sagte Carly, als sie in die Kajüte hüpften. »Meinst du, ich darf sie mal anprobieren? Du kannst meine anprobieren.«

Es war wirklich fantastisch, den Steg hinter sich zu lassen und durch das Wasser zu gleiten, dachte Phoebe, während die beiden Mädchen dicht zusammengekauert im Heck saßen und der nicht ganz so würdevolle Hund auf der Ruderbank hockte und sein lustiges Gesicht in die Sonne hielt.

Aber das war alles nichts gegen den Moment, in dem die weißen Segel gehisst wurden und sich im Wind blähten. Wie der Hund streckte auch Phoebe ihr Gesicht dem Himmel entgegen.

»Champagner mit Orangensaft«, verkündete Loo und hielt Phoebe ein Glas hin, während sie neben ihr Platz nahm.

»O Gott, das ist ja das reinste Paradies hier. Müssen wir jetzt einen Spinnaker setzen oder so was in der Art?«

»Nur, wenn wir Lust haben. Phin hat nicht die geringste Ahnung, er tut einfach nur, was Duncan ihm sagt. Aber er macht sich gern wichtig.« Sie lächelte den Männern zu. »Er ist absolut begeistert. Ich hab ja versucht, Duncan zu überreden, eine Motoryacht zu kaufen. Aber nein, es musste unbedingt ein Segelboot sein.« Sie atmete tief durch und streckte ihre unglaublich langen Beine aus. »Im Moment habe ich allerdings nicht das Geringste daran auszusetzen.«

»Du kennst ihn schon sehr lange.«

»Ja, und ich war schon immer verrückt nach ihm. Wenn du ihm irgendwie wehtun solltest, finde ich eine Möglichkeit, es dir heimzuzahlen. Ansonsten werden wir beide uns gut verstehen.«

»Tun ihm denn viele Leute weh?«

»Nicht viele, und auch nicht sehr oft. Er hat feine Antennen dafür. Aber vor ein paar Jahren gab es mal eine Frau, die sich an diesen Antennen vorbeigemogelt hat. Sie sah aus, als könne sie kein Wässerchen trüben.« Loo nippte an ihrem Getränk. »Ich konnte sie nicht ausstehen. Aber Dunc war sehr von ihr angetan, und sie erzählte ihm die glaubwürdigsten Schicksalsgeschichten. Sie hat mehrere Tausender aus ihm rausgeleiert, bis er endlich aufgewacht ist.«

»Was hat er gegen sie unternommen?«

Loo schnippte mit den Fingern. »Er lässt ziemlich viel durchgehen, aber wenn er etwas nicht ausstehen kann, dann Lügen. Schöne Schuhe, übrigens«, bemerkte Loo und wies mit dem Kinn auf Phoebes Sandalen. »Vielleicht darf ich sie mal anprobieren?«

Lachend entspannte sich Phoebe wieder und genoss die Bootsfahrt.

Sie aßen auf dem Boot zu Mittag und schwammen anschließend eine Runde im See. Carly war so aufgeregt wie noch nie, als sie an die Ruderpinne durfte.

»Und, macht's Spaß?«, fragte Duncan, als Phoebe ihm vorn im Bug Gesellschaft leistete.

»Das ist der schönste Tag seit Langem.«

»Und er ist noch lange nicht zu Ende. Komm doch nachher mit zu mir. Wir können Carly ins Bett stecken, wenn sie müde ist, und woanders ins Bett gehen.«

»Und was ist mit Biff und deinen Freunden?«

»Die werf ich einfach über Bord.« Er beugte sich vor und küsste sie auf ihren lachenden Mund. »Sag ja.«

»Ich mag deine Freunde viel zu sehr, um sie über Bord zu werfen.«

»Das habe ich befürchtet.«

»Aber ich werde dir bei uns im Garten noch einen Drink servieren, wenn du uns nach Hause bringst.«

»Einverstanden. Hör mal …« Er umfasste ihren Nacken und küsste sie erneut.

»Was denn?«, brachte Phoebe gerade noch heraus.

»Ach nichts.«

»Warum machen die Leute immer die Augen zu, wenn sie sich küssen?«, fragte Carly. Als Phoebe sich umdrehte, sah sie, dass ihre Tochter sie höchst interessiert beäugte.

»Keine Ahnung.« Duncan runzelte nachdenklich die Stirn. »Versuchen wir es mal anders.« Er zog Phoebe für einen weiteren Kuss an sich, die amüsiert die Augen offen hielt.

»Das ist auch schön.«

»Mama hat gesagt, sie ist zu alt für einen Freund.«

»Carly …«

»Und was meinst du?«, fragte Duncan und erstickte Phoebes Protest.

»Wenn man sich ständig mit ihr verabredet und sie küsst, sollte man auch ihr Freund sein. Außerdem hat Ava zu Grandma gesagt, dass es gut ist, wenn Phoebe sich mal verliebt, weil …«

»Carly, nimm dir ein paar Kekse, mit denen du dir das Maul stopfen kannst.«

»Du hast gesagt, ich hätte schon genug Kekse gegessen.«

»Dann habe ich meine Meinung eben geändert. Außerdem habt ihr jetzt genug gekichert«, sagte Phoebe und winkte Phin und Loo zu. »Und das gilt auch für dich«, fügte sie, an Duncan gewandt, hinzu.

»Sind wir etwa verliebt?«, fragte er und umarmte sie theatralisch. »Ich kann gar nicht genug davon bekommen.«

Verliebt, dachte sie, nachdem sie Duncan einen letzten Gutenachtkuss gegeben hatte. Das war zweifellos komplizierter, als eine Affäre zu haben. Aber es wäre lächerlich gewesen zu behaupten, sie sei nicht verliebt. Sie würde es lieber genießen, so lange es dauerte.

Sie zog sich aus und dachte, wie herrlich es jetzt wäre zu duschen, nachdem sie den ganzen Tag auf dem Wasser verbracht hatte. Als ihr Telefon klingelte, vermutete sie, es sei Duncan, der sie, kaum dass sie sich verabschiedet hatten, anrief, um sie zum Lachen zu bringen.

Aber die Nummer auf dem Display bereitete ihr sofort Magenschmerzen. »Hallo, Roy.«

Nicht einmal zehn Minuten später ging sie nach unten

und holte sich eine Riesenpackung Eis aus dem Gefrierschrank.

Essie kam gerade herein, als Phoebe es direkt aus der Packung in sich hineinlöffelte. »Oh! Du hast mit Duncan gestritten!«

»Nein, ich habe nicht mit Duncan gestritten. Ich habe mit niemandem gestritten. Ich hatte einfach nur Lust auf ein Eis, verdammt!«

»Pass auf, wie du mit mir redest«, sagte Essie kühl. »Sonst isst du nur Eis, wenn dich etwas aufregt. Duncan ist kaum aus der Tür, also …«

»Ich sagte, ich habe nicht mit Duncan gestritten. Es dreht sich hier schließlich nicht alles nur um Duncan oder irgendwelche Männer, und ich habe auch nicht vor …« Plötzlich spürte sie, wie gehässig ihre Worte klangen. »Es tut mir leid. Ich habe mich aufgeregt.« Sie setzte sich an den Tisch und löffelte noch mehr Eis in sich hinein. »Und noch hab ich nicht genügend intus, um mich wieder zu beruhigen.«

Essie ging zur Küchenschublade und holte ebenfalls einen Löffel heraus. Sie setzte sich und aß auch etwas von dem Eis. »Was ist passiert?«

»Roy hat angerufen. Er hat wieder geheiratet.«

»Oh.« Essie nahm noch einen zweiten Löffel voll Eis. »Irgendjemanden, den wir kennen? Damit wir wissen, an wen wir unser Beileidsschreiben adressieren müssen?«

»Danke, Mama. Er heiratet eine gewisse Mizzy. Kannst du dir das vorstellen? Sie ist vierundzwanzig.«

»Ein Kind. Armes Ding.«

»Das Kind hat jede Menge Geld, und sie ziehen nach Cannes oder Marseille oder so was. Ab da hat es mir nur so in den Ohren geklingelt. Ihre Familie macht dort Geschäfte, in die er mit einsteigt. Und das alles erzählt er mir nur, damit ich mich nicht aufrege, wenn seine nächsten Unterhaltszahlungen etwas auf sich warten lassen. Wegen seines Umzugs, seiner geänderten Bankverbindung und so weiter.«

»Aber er hat doch bisher immer pünktlich bezahlt.«

»Ja, aber nur, weil er mir eine Einzugsermächtigung gegeben hat, damit er nicht selbst daran denken muss. An Carly denken muss.« Jetzt war es nicht mehr Wut, die ihr ins Gesicht geschrieben stand und in ihrer Stimme mitschwang. Jetzt war es Trauer. »Er hat sich noch nicht mal nach ihr erkundigt, Mama. Geschweige denn, dass er ihr die Neuigkeiten selbst hätte erzählen wollen. Oder sie zur Hochzeit einladen.«

»Sie würde doch sowieso nicht hingehen. Abgesehen davon, würde dir das kein bisschen gefallen.«

»Aber darum geht es doch gar nicht! Ich weiß, dass ich mich über Dinge aufrege, die immer schon so waren. Nur, dass dieser Mistkerl jetzt eine Frau heiratet, die beinahe zehn Jahre jünger ist als ich und Mizzy heißt, ohne dass er auch nur einen Gedanken an seine Tochter verschwendet.«

»Was hat meine Großmutter immer so schön gesagt? Was Hänschen nicht lernt, lernt Hans nimmermehr. Der Mann ist nun mal vollkommen oberflächlich. Und es ist ihr egal, Phoebe. Roy bedeutet Carly so gut wie nichts. Also nimm dir die Sache nicht so zu Herzen.«

»Du hast recht. Ich weiß ja, dass du recht hast. Sie hat ihn viel zu selten gesehen, um ihn überhaupt vermissen zu können.«

»Aber du hast ihn vermisst.«

»Zumindest habe ich mir das eingebildet.« Phoebe

häufte sich noch mehr Eis auf ihren Löffel, musterte es und aß es. »Aber genau das ist ja das Schlimme. Dabei war er schon immer so. Danke, Mama.«

Roy war es nicht wert, dass sie sich ärgerte, redete Phoebe sich ein, während sie nach oben ging, um zu duschen. Aber der Anruf hatte sie daran erinnert, wie gefährlich es war, verliebt zu sein. Besser, man nahm das Ganze nicht so ernst, dann konnte einem auch niemand wehtun.

Vielleicht war es an der Zeit, ein wenig auf Abstand zu Duncan zu gehen. Sie hatte sich schon wieder mit ihm verabredet, allerdings als der Zauber des heutigen Tages noch gewirkt hatte. Egal, sie würde ihm einfach erklären, dass sie nur mit ihm befreundet sein wollte und seine Gesellschaft sowie ab und an ein wenig Sex zu schätzen wusste.

Welcher Mann konnte dagegen schon etwas einwenden?

19

Auf ihren ausdrücklichen Wunsch hin wurde Phoebe verständigt, als Charles Johnsons Leiche freigegeben wurde. Anschließend setzte sie sich mit dem Bestattungsinstitut in Verbindung, um sich zu erkundigen, wann er aufgebahrt würde.

Von den Auseinandersetzungen und der öffentlichen Debatte einmal abgesehen, wollte sie ihm unbedingt die letzte Ehre erweisen. Das bedeutete zwar, dass sie ihre Verabredung mit Duncan absagen musste, aber das war wahrscheinlich ohnehin besser. Eine kleine Auszeit, beschloss sie. Eine kleine Pause, in der sie alles noch einmal gründlich überdenken konnte.

Sie rief ihn an, und obwohl das feige war, spürte sie Erleichterung, als sein Anrufbeantworter dranging.

»Duncan, ich bin's, Phoebe. Ich muss dir für heute Abend leider absagen. Mir ist etwas dazwischen…« Das war nicht fair, ermahnte sie sich selbst. Er hatte nichts getan, was eine so lahme Ausrede gerechtfertigt hätte. »… also, man kann heute Abend Charles Johnson die letzte Ehre erweisen, und ich will da unbedingt hin. Wir müssen es also verschieben. Wir telefonieren später noch mal, ja? Ich hab jetzt gleich eine Besprechung.«

Wahrscheinlich würde das Department nach einem Sündenbock suchen. Aber Phoebe würde ihr eigenes Vorgehen vehement verteidigen. Sie saß in der Besprechung mit dem Krisenteam, dem Chief und den Vertretern des Büros für interne Angelegenheiten.

Fragen wurden gestellt und beantwortet. Ihr Protokoll wurde verteilt, und der Mitschnitt ihrer Verhandlung wurde abgespielt. Sie hörte ihre Stimme, die von Commander Harrison, Charlie und Opal, sie hörte die Mitteilungen, die zwischen ihr, dem zweiten Verhandler und der Einsatzleitung hin und her gingen und an das Sondereinsatzkommando weitergeleitet wurden.

»Lieutenant MacNamara hat das Team eindeutig informiert, dass sich der Geiselnehmer bereit erklärt hatte, aufzugeben und das Gebäude unbewaffnet zu verlassen.« Der Chief hob die Hand. »Die Funkverbindung war zu keiner Zeit unterbrochen. Der Commander des Sondereinsatzkommandos hat keinen Schießbefehl erteilt, und die Schüsse wurden von keinem Mitglied unseres Departments abgegeben.«

Er schwieg. »Die Schüsse wurden aus einer inzwischen

sichergestellten Waffe abgefeuert, die keinem Mitglied des Sondereinsatzkommandos gehörte, und von einer Position aus, wo kein Mitglied unseres Teams postiert war. Die uns bekannten Mitglieder der rivalisierenden Gang wohnen in dem Gebäude, von dem aus die Schüsse abgegeben wurden. Andere bekannte oder vermutliche Mitglieder leben innerhalb der Absperrung, die in diesem Fall vorgenommen wurde. So weit die Fakten. Aber wir haben noch mehr. Die Absperrung wurde durchbrochen. Und das zieht weitere Fragen nach sich. Von wem, wie und wann? Dass die Absperrung durchbrochen wurde, gibt Anlass zu Kritik und Spekulationen, von möglichen Zivilklagen ganz zu schweigen.«

»Wer das gewesen sein könnte, wird gerade untersucht«, hob Commander Harrison an. Er war ein durchsetzungsfähiger Mann mit einer ziemlichen Präsenz und einer tiefen Bassstimme, die wie dazu geschaffen war, Befehle zu erteilen. »Jedes bekannte Gangmitglied der Lords wird derzeit befragt. Aber das wird lange dauern, Sir.«

»Und das Wie?« Der Chief sah dem Commander direkt in die Augen.

»Das Gebäude wurde Stockwerk für Stockwerk evakuiert.« Harrison erhob sich und ging zum Schaubild hinüber. »Ein dreiköpfiges Team hat das Gebäude an dieser Stelle betreten. Die Zivilisten wurden evakuiert und aus dem abgesperrten Gebiet entfernt. Da dieses Gebäude nicht optimal dazu geeignet ist, die Geiselnahme unter Kontrolle zu behalten, wurden Mitglieder des Einsatzkommandos auf dem Dach sowie im dritten Stock postiert. Andere bezogen in dem Nebengebäude südlich davon Stellung, weil man die Front des Spirituosenladens von dort aus am besten im Visier hat. Wieder andere wurden hier postiert, um den Hinterausgang zu überwachen, sowie hier an den Seiten.«

»Jedes dieser Gebäude wurde evakuiert, zumindest dachten wir das, und das gesamte Gelände wurde abgesperrt und bewacht. Während der Verhandlung mit dem Geiselnehmer gab es ein paar Probleme. Zwischenrufe und Drohungen der üblichen Gaffer. Und hier kam es zu einer körperlichen Auseinandersetzung zwischen Anwohnern.« Er atmete tief durch und drehte sich dann um. »Es kann sein, dass uns jemand in der ersten, chaotischen Phase durchgerutscht ist. Aber meiner Meinung nach ist es wesentlich wahrscheinlicher, dass sich jemand, der bereits im Gebäude war, in die evakuierte Wohnung geschlichen und dort seine Stellung als Scharfschütze bezogen hat. Unser Ziel bestand darin, die Zivilisten so schnell wie möglich in Sicherheit zu bringen. Unter diesen Umständen kann das Team nicht jeden Schrank inspizieren und unter jedes Bett schauen. Jemand, der nicht entdeckt werden wollte, konnte sich problemlos verstecken und hat es wahrscheinlich auch getan.«

»Jemand, der mit einer AK-47 bewaffnet ist?«

Harrisons Lippen bildeten einen schmalen Strich. »Ja, Sir, anscheinend schon.«

»Chief.« Phoebe sah, wie Dave die Stirn runzelte, als sie sich einschaltete. »Sie fragten nach dem Wer, dem Wie und Wann. Aber bei allem Respekt – sollten wir uns nicht lieber nach dem Warum fragen? Wegen des bekannten Gewaltpotenzials der Gangs, der benutzten Waffe und der Tatsache, dass deren Nummer abgefeilt worden war, können wir annehmen, dass ein Mitglied – oder Sympathisant – der East-Side-Lords dafür verantwortlich ist. Aber ich bin noch mal am Tatort gewesen und hab mich an das Fenster gestellt, aus dem die Schüsse abgefeuert wurden.

Ich habe mir die Schaubilder angesehen, die Berichte gelesen und die Bänder angehört.«

»Dasselbe habe ich auch getan«, gab der Chief zurück.

»Dann ist Ihnen bestimmt auch aufgefallen, Sir, dass dort in diesen Stunden konstant Dutzende von Polizisten und Beamten herumstanden. Direkt in der Schusslinie des Scharfschützen. Und trotzdem wurde auf niemanden von ihnen geschossen. Als Johnson erschossen wurde, wurde kein einziger Polizist getroffen. Fast alle Kugeln trafen den Jungen. Jedes Mitglied unseres Sondereinsatzkommandos wird Ihnen bestätigen, dass das ein äußerst begabter Schütze gewesen sein muss.«

»Der Mann wusste genau, was er tat«, pflichtete ihr Harrison bei und erwiderte Phoebes fragenden Blick.

»Als Verhandlerin und jemand, der sich eingehend mit Verhaltenspsychologie beschäftigt hat, muss ich auch sagen, dass es jemand war, der sich sehr gut im Griff hatte. Warum wollte diese Person Charles Johnson umbringen?«, fuhr sie fort. »Er stand ganz weit unten in der Hierarchie der Gang.«

»Er hat ihr Revier beschmutzt«, meinte der Chief. »Er hat verlangt, dass man ihm ihren Anführer ausliefert. Das ist respektlos.«

»Einverstanden. Also ist es gut möglich, dass ein oder zwei Mitglieder der rivalisierenden Gang versuchen, ihn umzulegen, um ein Exempel an ihm zu statuieren. Aber wenn einer davon bereits im Gebäude war oder anderweitig durch die Absperrung gelangte – und zwar bewaffnet –, spricht viel dafür, dass die Sache sorgfältig geplant war. Das Ganze war von Anfang an geplant, Sir.«

»Soll das eine Verschwörungstheorie werden, Lieutenant?«

Sie hörte die Erschöpfung in der Stimme des Chiefs. Phoebe wusste, dass er mehr Politiker war als Polizist, und Politiker mögen keine Verschwörungstheorien. »Ich will damit nur sagen, dass es auch noch andere Möglichkeiten gibt. Vielleicht hat man Johnson ja auch dazu angestachelt, in den Spirituosenladen zu gehen. Vielleicht war es jemand, der weder zur einen noch zur anderen Gang gehört und den Vorfall nutzen wollte, um Chaos und Aufruhr zu provozieren. Oder aber …«

Sie verstummte, weil der Chief die Hand hob. »Lieutenant, wir versuchen hier eine tickende Bombe zu entschärfen. Wir haben eine ganze Reihe von Fragen zu beantworten. Die wichtigsten kreisen darum, inwieweit wir für diese Sache verantwortlich sind. Die Protokolle, Berichte, Aussagen und Mitschnitte beweisen, dass Sie Ihrer Verantwortung korrekt nachgekommen sind.« Er wandte sich wieder an den Commander. »Als dann geschossen wurde …«

Nach der Besprechung ging Phoebe zum Schießstand, um ihren Frust abzulassen. Sie setzte ihre Ohrenschützer auf und schoss einen Clip.

Angesichts ihrer Ergebnisse konnte sie nur laut aufseufzen. Sie versuchte es erneut.

»Du warst schon immer eine katastrophale Schützin«, sagte Dave, der zu ihr gekommen war.

Phoebe setzte die Ohrenschützer wieder ab, musterte die Zielscheibe und zuckte nur mit den Schultern. »Total katastrophal. Ich übe auch viel zu selten.«

»Eine gute Verhandlerin wird nur selten die Waffe ziehen, geschweige denn schießen müssen. Nicht, wenn sie so gut zuhören und reden kann wie du. Was wolltest du vorhin in der Besprechung eigentlich bezwecken?«

»Ich habe Fragen gestellt, so, wie es mir beigebracht wurde. Ich will nicht das Wesentliche übersehen, die Erklärung ist mir zu einfach.«

»Phoebe, du machst den Job eigentlich schon lange genug, um zu wissen, was für Folgen es für die Psyche hat, wenn man jemanden verliert.«

Während er sprach, visierte er ein neues Ziel an. Nachdem er seinen Clip abgefeuert hatte, betrachteten Phoebe und er seine Ergebnisse. »Du bist ebenfalls ein katastrophaler Schütze.«

»Ja, aber nicht so katastrophal wie du. Wie hast du heute Nacht geschlafen?«

»Schlecht. Ich kenne die Symptome, Dave. Ich fühle mich betrogen, gestresst, unruhig, gereizt. Aber das ist mir *bewusst*, und ich kenne auch den Grund dafür. Aber was ich nach wie vor nicht verstehe, ist, warum dieser Junge tot ist. Deswegen habe ich in der Besprechung meinen Mund aufgemacht.«

»Phoebe, der Chief ist nicht gerade ein besonders kreativer Denker. Er ist mehr Politiker als Polizist ...«

»Dasselbe habe ich mir auch schon gedacht. Ich glaube, wir haben noch mehr gemeinsam, als nur schlechte Schützen zu sein.«

Er lachte kurz auf und klopfte ihr auf die Schulter. »Glaub mir, der macht sich Sorgen um den Ruf. Er will den Fall nicht hochkochen lassen. Es ist nun mal so, Phoebe, dass sowohl der gesunde Menschenverstand als auch die Umstände dafür sprechen, dass ein Gangmitglied für die Sache verantwortlich ist. Revierstreitigkeiten. Und genau dieser Spur wird nachgegangen.«

»Vielleicht sollte man sich mal nach anderen Spuren umsehen.« Sie hob die Waffe und schoss erneut.

Wie dumm sie doch gewesen war, dachte Phoebe später. Es war dumm gewesen, Salz in die Wunde zu streuen und alle Beteiligten nur noch mehr zu verärgern. Jetzt waren politisches Kalkül und eine gute Pressearbeit gefragt, ermahnte sie sich, während sie in ein graues Kostüm schlüpfte – Schwarz kam ihr dann doch zu übertrieben vor.

Sie hatte dem Fall nichts hinzuzufügen, was nicht bereits offiziell bekannt war, wenn man von den wenigen Minuten, bevor sie mit dem Geiselnehmer verhandelte, und der schrecklichen Katastrophe, die sich anschließend im Diner abgespielt hatte, einmal absah.

Niemand mag Besserwisser, ermahnte sie sich.

Sie würde Charles Johnson die letzte Ehre erweisen und dann mit der Sache abschließen. Kein Kommentar, befahl sie sich, außer sie erhielt andere Anweisungen. Was hätte sie auch sagen sollen?

Sie betrat das Wohnzimmer. Ihre Mutter häkelte vor dem Fernseher, und Carly lag auf dem Boden und blätterte in einem Buch.

»Ich bin kurz weg, aber in einer Stunde wieder da.«

»Mama, warte mal. Mama, schau! Sind die nicht süß?«

Carly rappelte sich auf und streckte ihr das Buch entgegen. Die Seite zeigte ein paar drollige Hunde. »Und ob, mein Schatz. Sie könnten gar nicht süßer sein. Aber sie müssen auch Fressen und Wasser bekommen und ausgeführt werden. Ihre Häufchen müssen entsorgt, und sie müssen erzogen werden, außerdem …«

»Aber du hast doch selbst gesagt, dass wir uns irgendwann einen Hund anschaffen.«

»Ich hab gesagt, ›vielleicht irgendwann‹.« Und auch das nur, weil sie den großen blauen flehenden Augen nicht hatte widerstehen können. »Aber ob dieses ›irgendwann‹ schon sehr bald ist, wage ich doch zu bezweifeln. Lass uns ein andermal weiterreden, denn ich muss jetzt los. Außerdem kann ich das nicht allein entscheiden. Ich muss den ganzen Tag arbeiten, und du bist in der Schule. Also muss ich erst mit Gran und Ava sprechen, bevor wir weiter über so etwas nachdenken. Wo steckt Ava überhaupt?«

»In ihrem Literaturkreis.« Essie sah Phoebe besorgt an. »Sie hat doch beim Abendessen davon erzählt.«

»Ach so, stimmt, das hatte ich ganz vergessen.« Nein, musste Phoebe zugeben. Sie hatte von den Tischgesprächen so gut wie nichts mitbekommen. Anscheinend hatte sie überhaupt nicht zugehört. Es wurde höchste Zeit, dass sie sich wieder zusammenriss. »Sei lieb zu Gran.« Phoebe beugte sich vor und küsste Carly auf den Scheitel. »Ich bin bald wieder da.«

Während sie hinausging, hörte sie, wie Carly zuckersüß sagte: »Gran, du magst doch Hunde, oder?«

Das hätte sie eigentlich amüsieren müssen. Sie wünschte, sie könnte sich darüber amüsieren. Aber während sie die Treppe hinunterging, konnte sie an nichts anderes denken, als dass Carly die beiden Erwachsenen so lange beschwatzen würde, bis sie mit einem hilflosen Welpen dastünden, der Schuhe zernagte, überall hinpinkelte und mitten in der Nacht Gassi gehen wollte. Sie *mochte* Hunde, verdammt noch mal. Aber sie konnte sich im Moment einfach nicht vorstellen, noch mehr Verantwortung zu übernehmen. Aber natürlich fühlte sie sich herzlos, sodass sie bereits finster die Stirn runzelte, als sie die Haustür öffnete.

Duncan kam ihr entgegen. »Das nenne ich perfektes Timing.«

»Was machst du denn hier? Hast du meine Nachricht denn nicht bekommen? Es tut mir leid, aber …«

»Nein, ich weiß Bescheid. Ich begleite dich.«

»Zum Bestattungsinstitut?« Kopfschüttelnd zog sie die Tür fest hinter sich ins Schloss. »Nein, das kommt gar nicht infrage. Warum solltest du? Du hast ihn doch gar nicht gekannt.«

»Aber ich kenne dich, und ich finde, du solltest da nicht alleine hingehen. Warum solltest du?«

»Ich komme bestens allein zurecht.«

»Na gut.« Was für ein Sturkopf, dachte er wieder. Aber warum reizte ihn das so? »Willst du hier draußen stehen bleiben und diskutieren, oder willst du wirklich dahin?«

»Ich werde nicht in einem Porsche zur Aufbahrung dieses armen Jungen fahren und dort mit einem reichen Knacker im Armani-Anzug auftauchen.«

»Erstens.« Er trat zur Seite und zeigte auf einen schwarzen Sedan, der halb auf dem Bürgersteig parkte. »Zweitens: Das ist Hugo Boss oder vielleicht auch Calvin Klein. Ich verwechsle das immer – aber wenn ich drüber nachdenke, könnte es durchaus Armani sein. Ich mag zwar reich sein, bin aber ganz in der Nähe der Gegend aufgewachsen, in der dieser Junge sein kurzes, sechzehnjähriges Leben verbracht hat. Und nicht in einem Herrenhaus in der Jones Street. Also pass auf, was du sagst, Schätzchen.«

Sie starrte ihn einen Moment an und schüttelte dann nur den Kopf. »Na gut, gewonnen.« Sie streckte die Hand aus und schlug sein Jackett zurück, um nach dem Etikett zu suchen. »Ich hatte recht, was den Designer betrifft. Man sollte die Mutter einer kleinen Modeexpertin niemals auf die Probe stellen.«

»Eins zu null für dich.«

»Nein, für dich.« Sie war gereizt und fühlte sich betrogen, merkte sie. Ja, sie kannte die Symptome. »Danke, dass du mich begleiten willst. Ich hab versucht, einen auf wütend zu machen, damit ich nicht allzu traurig werde. Und habe dabei eine Sache ganz vergessen.«

»Und zwar?«

»Dass es hierbei ausnahmsweise mal nicht um mich geht.« Sie nahm die letzten Stufen. »Du besitzt also einen auf Hochglanz polierten schwarzen Sedan. Sehr würdevoll.«

»Ich wollte eigentlich mit dem Pick-up kommen, aber das erschien mir dann doch ein wenig unangebracht. Und der Geländewagen ist einfach zu groß.« Er zuckte die Achseln und öffnete die Wagentür. »Ich bin ein Mann. Ich besitze Autos. Wir sind nun mal so.«

»Da ich ein Auto besitze, das kaum mehr als ein Schrotthaufen ist, weiß ich es sehr zu schätzen, in einem Wagen deiner Flotte mitfahren zu dürfen.« Sie legte ihre Hand auf die seine, die noch auf der Türklinke ruhte. »Ich bin es nun mal gewohnt, alles allein zu machen. Deswegen denke ich wahrscheinlich, ich müsste auch alles allein machen. Dabei will ich das gar nicht immer, und ich danke dir sehr, dass du das vor mir begriffen hast.«

Weil sie so aussah, als ob sie es nötig hätte, beugte sich Duncan vor und küsste sie auf den Mund. »Ich bin noch dabei, dich richtig zu erforschen.«

Das Bestattungsinstitut war klein, und auf dem Parkplatz wimmelte es bereits von Autos und Menschen. Phoebe sah Journalisten an der Grundstücksgrenze stehen. Manche führten Interviews, andere versuchten, welche zu erzwingen.

»Es muss noch einen anderen Eingang geben«, sagte Duncan.

Der Presse zu entkommen, war ihre oberste Priorität, also hatte sie sich bereits entsprechend vorbereitet. »Es gibt einen Seiteneingang. Ich hatte vor, dort unbemerkt hinein- und wieder hinauszuschlüpfen. Nur fünf Minuten. Es wird auch eine Abordnung der Polizei hier sein. Das ist so Usus, bei einem Tötungsdelikt – und in diesem Fall geht es natürlich auch ums Image. Ich bin inoffiziell hier.«

»Verstehe.« Er entdeckte einen Parkplatz und warf dann einen Blick auf ihre Absätze. »Kannst du in den Schuhen einen Block weit laufen?«

»Ich bin eine Frau. Wir sind nun mal so.«

Als sie auf dem Bürgersteig standen und er ihre Hand nahm, sah sie zu ihm auf. Und zum zweiten Mal, seit sie sich kannten, dachte Phoebe, *Wow, verdammt.*

»Was ist?«

»Nichts, nichts.« Sie sah wieder weg.

Das war nicht der richtige Zeitpunkt für Schmetterlinge im Bauch. Sie würden gleich der Mutter eines toten Jungen ihr Beileid bekunden. Und trotzdem.

Das war doch wirklich verrückt.

»Bist du sicher, dass du das tun willst?«

Ehrlich gesagt, war sie sich gar nicht sicher. Wenn es ihr schon zu viel war, einen Welpen zu erziehen, wie sollte sie es dann schaffen, wirklich zu lieben? Aber da er nun mal keine Gedanken lesen konnte, meinte er etwas ganz anderes.

»Ja. Ich will es für Charlie und seine Mutter tun. Und auch für mein eigenes Seelenheil. Ich brauche dieses Ritual. Es geht mir nicht gut, wenn ich wütend und traurig bin und diese Gefühle lange mit mir herumschleppen muss.«

Als sie eintraten, fuhren sämtliche Köpfe herum, und alle verstummten. Sie waren nicht die einzigen Weißen hier, bemerkte Phoebe. Aber ihr Gesicht war im Fernsehen gewesen. Sie sah so etwas wie Wiedererkennen in den auf sie gerichteten Blicken aufblitzen, aber auch unverhohlene Abneigung.

Die Menge teilte sich, um einem großen Mann Platz zu machen, vielleicht wich sie auch nur vor der Wut aus, die er ausstrahlte. »Sie haben hier nichts zu suchen. Sehen Sie zu, dass Sie von hier wegkommen, bevor …«

»Du hast hier gar nichts zu sagen.« Opal drängte sich nach vorn. Sie wirkte zehn Jahre älter als in dem Diner. Ihre Augen sahen aus wie erloschen. »Du sprichst weder im Namen meines Jungen noch in meinem Namen.«

»Das hier ist für unsere Familie, für unser Viertel.«

»Ausgerechnet du redest plötzlich von Familie, Bruder? Wo war denn meine Familie, als ich sie gebraucht habe? Du warst in Charlotte. Du gehörtest nicht zu *unserem Viertel*. Du sprichst nicht in meinem Namen.« Sie straffte die Schultern. »Lieutenant MacNamara.«

»Mrs. Johnson, es tut mir leid, dass ich hier so einfach reinplatze. Ich wollte Ihnen mein Beileid aussprechen und Charlie die letzte Ehre erweisen. Ich bleibe auch nicht lange.«

»Lieutenant MacNamara.« Opal trat einen Schritt vor und umarmte Phoebe. »Danke, dass Sie gekommen sind«, sagte sie leise. »Danke, dass Sie es nicht vergessen haben.«

Phoebe bekam einen Kloß im Hals vor lauter Rührung. In ihren Augen brannten Tränen, und ihr Herz krampfte sich schmerzhaft zusammen. »Ich werde das nie vergessen.«

»Wenn Sie jetzt bitte mitkommen würden?« Opal nahm Phoebes Hand und drehte sich um. Der Mann, der soeben gesprochen hatte, versperrte ihnen den Weg. »Mach mir keine Schande. Mach mir keine Schande, sonst brauchst du mir nie mehr unter die Augen zu treten.«

»Deine Söhne sind tot, Opal.«

»Meine Söhne sind tot. Und ich möchte jetzt etwas sagen.« Sie bahnte sich einen Weg durch die Trauernden bis zur Vordertür.

Ihre Hand umklammerte Phoebes zitternde Finger.

»Opal …«

»Ich habe mich vor so vielen Dingen gefürchtet«, sagte Opal. »Beinahe mein ganzes Leben lang. Wenn ich tapferer gewesen wäre, wäre jetzt vielleicht alles anders. Aber sicher weiß ich das nicht, und es fällt mir schwer, Gottes Willen nicht zu hinterfragen. Aber eines werde ich tun, eines werde ich jetzt tun. Und vielleicht habe ich dann nicht mehr solche Angst.«

Als sie mit Phoebe aus der Vordertür trat, schrien die Journalisten laut auf und richteten ihre Kameras auf sie. Ihre erste Priorität konnte sie jetzt vergessen. Aber hier stand eine Frau, die beide Söhne verloren hatte, die sich an sie klammerte und sich einen Dreck um das Protokoll scherte.

»Ich möchte etwas sagen.« Opals Stimme brach, und sie umklammerte Phoebes Hand so fest, dass es wehtat. »Ihr habt mein Zuhause belagert, und das Zuhause meiner Mutter. Ihr habt mich an meinem Arbeitsplatz belagert. Ich hab euch gesagt, dass ihr meine Privatsphäre respektieren sollt, aber ihr hört nicht auf mich. Ich verspüre eine unheimliche Trauer und habe darum gebeten, in meiner Trauer respektiert zu werden. Aber ihr seid zu meinem

Haus gekommen, zu dem meiner Mutter, ihr hört nicht auf, mich anzurufen. Ihr behauptet, wissen zu wollen, was ich denke, was ich fühle. Manche von euch haben mir sogar Geld geboten, damit ich etwas sage.«

Fragen wurden laut. *Haben Sie … Hatten Sie … Wie haben Sie …* Opals Arm zuckte, als sie ihre erloschenen Augen auf Phoebe richtete. »Lieutenant MacNamara.«

»Lassen Sie uns wieder hineingehen, Opal«, murmelte Phoebe. »Ich bringe Sie rein, zu Ihrer Familie.«

»Bitte bleiben Sie hier neben mir stehen. Bleiben Sie bei mir, damit ich das schaffe?«

Opal schloss die Augen und sprach dann laut gegen die Meute an. »Ich habe euch etwas mitzuteilen, und zwar gratis. Und ihr seid jetzt gefälligst leise, wenn ihr was hören wollt. Meine Söhne sind tot.«

In dem darauffolgenden Schweigen konnte Phoebe Opals ersticktes Schluchzen hören. »Meine Söhne sind tot. Beide wurden umgebracht. Waffen und Kugeln haben mir sie weggenommen, aber vorher hatte ich sie bereits verloren. Sie hatten keine Hoffnung. Sie spürten so viel Wut und Hass, aber keine Hoffnung konnte das lindern. Ich wünschte, ich hätte ihnen diese Hoffnung geben können, aber das konnte ich nicht. Ihr wollt, dass ich irgendjemandem die Schuld dafür gebe. Ihr wollt, dass ich mit dem Finger auf jemanden zeige, schreie, weine und fluche. Aber den Gefallen tu ich euch nicht. Ihr wollt, dass ich den Gangs die Schuld gebe? Zum Teil sind sie auch schuld. Der Polizei? Zum Teil ist sie auch schuld. Aber genauso trifft auch mich und meine beiden Kinder Schuld. Es gibt viele Schuldige, aber das hilft hier keinem weiter.«

Sie zog ein Taschentuch hervor, um ihre Tränen zu

trocknen. »Ich weiß, dass die Frau hier neben mir mit meinem Jungen geredet hat. Sie hat ihm zugehört. Stundenlang. Und als dieser schreckliche Moment kam und mir meinen Jungen für immer weggenommen hat? Da ist sie zu ihm hingerannt. Es war ihr egal, wer *Schuld* hat. Sie rannte zu ihm hin und hat versucht, ihm zu helfen. Und als ich wieder etwas sehen konnte, sah ich, dass sie meinen Sohn in ihren Armen hielt. Und allein darauf kommt es an. So, mehr habe ich nicht zu sagen.«

Opal ignorierte den Ansturm an Fragen und wandte sich zur Tür. Sie zitterte leicht, als Phoebe schützend den Arm um sie legte.

»Und jetzt begleite ich Sie zu meinem Charlie.«

»Gut, Opal.« Phoebe stützte Opal und betrat den Raum, wo der Sarg aufgebahrt war. »Gehen wir zu Charlie.«

Phoebe hatte leicht wackelige Knie, als sie wieder zum Wagen gingen. Komisch, dachte sie, wie sehr sich emotionaler Stress auf die Gelenke auswirkt.

Duncan strich ihr unmerklich über den Arm und ließ dann den Motor an.

»Ich muss kurz telefonieren«, sagte sie und zog ihr Handy hervor. »Mama? Ich bleib noch eine Weile weg, falls du mich nicht brauchst. Ja, gut. Sag Carly, dass ich ihr später noch Gute Nacht sage, wenn ich nach Hause komme. Ja, das mach ich. Tschüss.«

Sie holte tief Luft. »Einverstanden?«

»Klar. Wo willst du hin?«

»Ich glaube, am liebsten zu dir. Dann kannst du mir einen gut gekühlten Drink mit viel Alkohol servieren. Und mich anschließend mit ins Bett nehmen.«

»Das passt ausgezeichnet in meinen Terminplan.«

»Gut.« Sie lehnte sich zurück und dachte an das, was sie so bedrückte. »Duncan, was hältst du von einem Mann, der beschließt, eine gewisse Mizzy zu heiraten, die zwölf Jahre jünger ist als er?«

»Wie groß sind ihre Brüste?«

Phoebes Lippen kräuselten sich zu einem Lächeln, während sie durch das Glasdach nach oben schaute. »Das weiß ich leider nicht.«

»Aber das ist eine äußerst wichtige Information. Wer heiratet Mizzy?«

»Carlys Vater.«

»Oh.«

Mitgefühl und eine Vermutung, dachte Phoebe, verdichtet zu einer einzigen Silbe. »Ich weiß, dass mir das eigentlich egal sein müsste, aber es ist mir nun mal nicht egal. Ich weiß, dass ich darüber hinwegkommen werde, und das ist tröstlich. Er zieht mit ihr nach Europa, was mich wütend macht und was ich ihm einfach nicht verzeihe, auch wenn ich weiß, dass das blöd ist. Es spielt gar keine Rolle, ob er um die Ecke wohnt oder Tausende Kilometer weit weg, denn er wird dieses wunderbare Kind niemals lieben, ja er tut nicht einmal so, als ob.«

»Aber wenn er um die Ecke wohnt, hast du wenigstens noch die Hoffnung, dass er es eines Tages tun wird.«

»Ja, das stimmt.« Und ob das stimmte. »Opal Johnson konnte ihren Söhnen keine Hoffnung einflößen, obwohl sie es dringend gebraucht hätten. Und ich kann mich von meinen Hoffnungen einfach nicht verabschieden. Oder konnte es nicht, obwohl ich weiß, dass sie mich nur belasten.«

»Und was sagt Carly dazu?«

»Carly ist das vollkommen egal.« Sie fuhren über die

Brücke, während unter ihnen die Boote über das Wasser glitten. »Sie hat eine gesündere Einstellung dazu als ich.«

»Sie hat dich. Ein Kind, das weiß, dass es bedingungslos geliebt wird, besitzt ein gesundes Fundament.«

Er hatte diese bedingungslose Liebe nicht gekannt, fiel ihr wieder ein, und sich sein eigenes Fundament geschaffen. »Ich habe ihr noch gar nichts von der Hochzeit erzählt. Aber ich erzähl es ihr noch, wenn ich mich wieder etwas beruhigt habe. Ich glaube, er hätte sich sowieso nicht die Mühe gemacht, mich zu informieren, wenn sich die Unterhaltszahlungen wegen der neuen Bankverbindung nicht verspäten würden. Weil seine verdammten Dollar erst in Euro und dann wieder in Dollar gewechselt werden müssen oder so was.«

»Du bist also stinksauer, weil er nach Europa geht.«

»Ach, ich bin einfach generell stinksauer.« Und plötzlich war sie fast ein wenig belustigt darüber. »Es ist mir auch egal, wer sie ist, aber keine Frau lässt sich gern gegen eine wie Mizzy eintauschen. Ich erzähle dir das nur, weil es mich so beschäftigt. Es macht mich nervös und auch ein bisschen aggressiv.« Die Andeutung eines Lächelns umspielte ihre Lippen, als sie den Kopf drehte, um sein Profil zu betrachten. »Ich frage mich, was du wohl von aggressiven Frauen hältst.«

»Habe ich eine Chance, das herauszufinden?«

»Ich denke schon.«

»Wow!«

Als sie bei ihm waren, beschloss sie, dass der kühle Drink genauso gut warten konnte. Da er so aufmerksam gewesen war, Krawatte zu tragen, griff sie danach und zog ihn sofort die Treppe hoch.

»Das Schlafzimmer ist oben, nehme ich an? Bis dahin haben wir es letztes Mal einfach nicht mehr geschafft.«

»Rechts und dann den Flur runter. Das letzte Zimmer auf der linken Seite.«

Als sie sich umsah, trafen sich ihre Blicke. »Ich wette, von dort aus hat man eine wunderschöne Aussicht. Auch wenn wir sie eine ganze Weile ignorieren werden.«

Sie zog ihn ins Zimmer und nahm einen großzügigen Raum, kräftige Farben und große Fenster wahr. Aber das Beste daran war das große gusseiserne Bett.

»So.« Sie drehte sich um und lockerte seinen Krawattenknoten. »Das kann jetzt ein bisschen wehtun.«

»Meine Fähigkeit, Schmerz auszuhalten, wächst von Minute zu Minute.«

Lachend griff sie nach seinem Jackett und warf es zur Seite. Dann drängte sie ihn zum Bett und brachte ihn mit einem Schubs zum Sitzen. Sie setzte sich ebenso langsam wie gezielt rittlings auf ihn, und zwar so, dass ihr Kostümrock weit nach oben rutschte.

»Und jetzt zeig mir deinen Mund.«

Sie benutzte ihre Zähne, ihre Zunge, und alle ihre ungestümen Gefühle verschmolzen zu einem einzigen Feuerball aus Lust. Ihre Finger machten sich an seinem Hemd zu schaffen, knöpften es nach und nach auf, bis ihre Hände über seine Haut fahren und sich ihre Nägel in ihn graben konnten. So wie sein Atem schneller ging und sie seine Hände streichelten, hatte sie das Gefühl, unbesiegbar zu sein.

Sie ließ zu, dass er sie aus ihrem Jackett schälte und ihr das Oberteil über den Kopf zog. Sie lehnte sich zurück und lud seine Lippen und Hände dazu ein, sich an ihr zu weiden. Wie er das tat, elektrisierte sie.

Sie umklammerte ihn mit Armen und Beinen, die erotischste Falle überhaupt. Eine lässige Bewegung seiner Finger, und schon fiel ihr Haar herab wie roter, duftender Regen.

Fleisch gewordene Seide, dachte er, als er ihre Brüste in den Händen hielt. Alles an ihr war glatt und weich, alles in ihr drängte sich ihm entgegen.

Sie keuchte lachend, als er sie auf den Rücken drehte, und stöhnte dann lustvoll auf, während seine Hände und Lippen über sie hinwegglitten. Ganz langsam ließ er den Rock jetzt über ihre Hüften und Beine gleiten und folgte der Bewegung mit seinen Lippen. Die Innenseite ihrer Schenkel fühlte sich fest und warm an. Ihre Kniekehle reagierte dermaßen empfindlich, dass sie erschauderte.

Und als er eine andere Route nahm und ihre Mitte fand, wurde aus dem Zittern ein Zucken.

Ein dunkles, tiefes Wohlgefühl ergriff von ihr Besitz. Eine Gefühlswoge nach der anderen überrollte sie, und sie ließ sich mitreißen, ertrank in seinen Fluten, bis er sie japsend an die Wasseroberfläche ließ, nur um sie wieder mit hinunterzuziehen.

Sie ließen sich gemeinsam treiben, während ihre Hände über schweißbedeckte Haut glitten und streichelten. Ihr Mund suchte in hektischer Gier den seinen. Bis sie sich endlich, endlich wieder rittlings auf ihn setzte und ihn in sich aufnahm. Ganz tief in sich aufnahm, während ihre Herzen laut klopften. Ihre Körper vereinigten sich.

Sie ritt ihn fest und lang. Seine Hände umfassten ihre Hüften, während sie sich vor und zurück bog. Die unverhüllte Schönheit dieses Körpers, dieser Silhouette, nahm alle seine Gedanken gefangen, während sein Körper von purer Lust beherrscht wurde.

Während sie auf ihm zusammensank, zusammenbrach, entschlüpfte ihm ein letztes Stöhnen.

»Ich hatte ganz vergessen …« Sie hielt kurz inne, um wieder zu Atem zu kommen.

»Ich nicht. Diesmal habe ich daran gedacht.« Er zog das Kondom ab.

Sie lachte leise auf. »Nein, nicht das – aber du hast wirklich ein gutes Gedächtnis, Kompliment. Ich wollte eigentlich sagen, … wie sehr ich den Sex genieße.«

Er lehnte seine Stirn gegen ihre Schulter und hoffte, bald wieder einen klaren Gedanken fassen zu können. »Ich erinnere dich gern daran, sooft es geht.«

»Oh, Duncan, jetzt würde ich fast alles für ein Glas Wasser geben. Für ein halbes Glas. Einen winzigen Schluck.«

»Okay, okay, du brauchst mich nicht so anzubetteln, das ist ja entwürdigend.« Sie ließ zu, dass er sie auf den Bauch drehte.

»Du bist ein Held«, murmelte sie ins Kissen.

20

Nachdem Duncan angehalten hatte, beugte sich Phoebe vor. »Danke, dass du mich begleitet hast.« Sie küsste ihn sanft. »Danke für den Sex. Und danke, dass du mich nach Hause gefahren hast.«

»Gern geschehen. Und was das andere anbelangt: Jederzeit gerne.«

»Und danke …«, sie küsste ihn erneut, »… dass du Verständnis dafür hast, dass ich meistens noch früher zu Hause sein muss als Aschenputtel.«

Er fuhr mit einem Finger zärtlich ihr Ohrläppchen nach. »Wenn ich dir ein Paar gläserne Pantoffeln kaufe – meinst du, du könntest dann mal bei mir übernachten?«

Lachend stieg sie aus dem Wagen. »Weißt du, dass ich mich eigentlich schon wieder zurückziehen wollte?«

»Ach ja?« Er stieg ebenfalls aus, und sie musterten sich eine Weile über das Wagendach hinweg. »Und warum, wenn ich fragen darf?«

»Ich versuche krampfhaft, mich daran zu erinnern. Aber ich hatte meine Gründe, Duncan. Ich lasse mich nun mal ungern umhauen.«

Ein paar Lichter drangen aus dem Forsythe Park, und die ersten Schatten fielen auf den Asphalt. Der Duft von Avas Blumen erfüllte die Luft.

»Hat man dir jemals das Herz gebrochen? Nein, du musst diese Frage jetzt nicht beantworten«, sagte sie rasch. »Sonst wird das wieder eine von diesen langen Geschichten, und ich muss jetzt heim.«

»Geh morgen Abend mit mir aus, dann erzähl ich dir von meinem armen misshandelten, in tausend Stücke zerbrochenen Herzen.«

»Und wie viel davon ist frei erfunden?«

»Du musst mit mir ausgehen, um das herauszufinden.«

»Du bist einfach eine Spur zu attraktiv, um mir gutzutun.« Sie seufzte und sah zurück zum Haus. »Morgen kann ich nicht – das heißt, ich sollte zur Abwechslung mal wieder zu Hause bleiben.«

»Dann such dir einen anderen Abend aus.«

»Weißt du nicht, wie man sich rar macht?«

Er ging auf sie zu. »Ich spiele keine Spielchen.«

Ihr Herz setzte einmal aus. »Nein, das nicht. Ich … na ja.« Nervös sah sie erneut zum Haus hinüber. »Diese

Woche ist es ein bisschen kompliziert. Am Donnerstag ist Carlys Schulaufführung, und Freitag ist Feiertag, also …«

»Darf ich mitkommen?« Er kam noch näher und berührte sie. Nur seine Fingerspitzen glitten an ihren Armen hinab, sodass sie am liebsten gezittert und laut geseufzt hätte. »Zu der Schulaufführung.«

Sie rang sich ein Lachen ab. »Oh, glaub mir, du wirst deine kostbare Zeit bestimmt nicht mit einer Grundschulaufführung verschwenden wollen.«

»Ich finde, das klingt lustig.« Sie war wirklich hochempfindlich, dachte er lächelnd. Es gab wohl kaum eine *interessantere*, widersprüchlichere Frau als sie. »Aschenputtel, stimmt's? Und sie ist eine von den bösen Stiefschwestern.«

»Woher weißt du das?«

»Essie hat mir davon erzählt. Am Donnerstagabend also, um wie viel Uhr?«

»Um sieben, aber …«

»Um sieben beginnt die Aufführung? Wollen wir uns dort treffen, oder soll ich euch abholen? In meinem Auto ist genügend Platz für Carly, Ava und … Ach so, Essie kann ja nicht mit«, fiel ihm ein, und er wurde sofort wieder ernst. »Das muss wirklich schwer für sie sein.«

»Ja, das ist es auch. Wir nehmen alles auf Video auf, aber das ist nicht dasselbe. Duncan, wenn du wirklich mitkommen willst – was echt süß von dir ist –, sollten wir uns lieber direkt dort treffen. Ich muss Carly eine Stunde vorher hinbringen, wegen der Kostüme und so. Ich besorge dir eine Karte und hinterlege sie für dich. Aber du brauchst dich zu nichts verpflichtet zu fühlen.«

Er beschloss auf der Stelle, dass ihn nichts und niemand

davon abhalten konnte, sich am Donnerstag mit Aschenputtel zu verabreden. »Ich glaube, ich war noch nie bei einer Schulaufführung.«

»Das kann nicht sein.«

»Ich war mal ein quakender Frosch. Und ich kann mich noch vage daran erinnern, einmal eine Steckrübe gespielt zu haben, aber vielleicht war es auch ein Rettich. Das war allerdings ein derart traumatisches Erlebnis, dass ich es wieder verdrängt habe. Habt ihr am Wochenende schon was vor?«

»Na ja, äh, am Samstag wollten wir uns eigentlich mit Carlys bester Freundin zum Spielen verabreden. Aber etwas Genaueres ist noch nicht geplant.«

»Super. Vielleicht können mir die beiden ja einen Gefallen tun. *Playworld*, der Vergnügungspark – schon mal davon gehört?«

»Ich war schon mal da, ja.«

»Und, hat's Carly gefallen? Oder hat sie es gehasst? Ich überlege nämlich, in so etwas zu investieren, weiß aber noch nicht recht, ob es etwas Etabliertes sein soll wie *Playworld* oder lieber etwas Neues, Originelles. Wir könnten am Samstag gemeinsam hingehen. Und es die Kinder austesten lassen.«

Sie starrte ihn an, als ob ihm soeben ein zweiter Kopf gewachsen wäre. »Du willst deinen Samstag mit zwei kleinen Mädchen im Vergnügungspark verbringen?«

»So, wie du das sagst, klingt das fast schon pervers. Wenn es mehr als nur zwei Mädchen wären, wäre es mir ehrlich gesagt noch lieber. Ich versuche Phin schon seit Ewigkeiten zu überreden, mit Livvy und ein paar anderen Kindern hinzugehen. Hättest du Lust?«

»Carly wäre bestimmt begeistert. Aber warum ein Vergnügungspark?«, fragte sie, während sie sich wieder dem Haus zuwandte.

»Ach, in erster Linie, weil es mir Spaß macht. Wenn du … Pass auf!« Er packte sie am Arm und riss sie zurück.

Auf der obersten Stufe lag im Schein der Straßenlaterne ein totes Kaninchen. Sein Nacken war voll mit getrocknetem Blut, das sich schwarz gegen das braune Fell abhob.

»O Gott, nicht schon wieder. Ich muss … Bitte fass das Ding bloß nicht mit den Händen an«, rief Phoebe.

»Ich benutze nun mal meine Hände zum Anfassen und nicht meine Füße. Das geht ganz schnell.« Er hob es an den Hinterläufen hoch. »Was soll das heißen, nicht schon wieder?«

Weil sich ihr Magen umdrehte, gestattete sich Phoebe, wegzusehen. »Warte, ich hol schnell was. Eine Tüte oder Schachtel. Trag es bitte nach hinten in den Garten – ich bin gleich wieder da.«

Sie sauste ins Haus, während Duncan stirnrunzelnd das Kaninchen betrachtete. Von einem Auto war dieses Tier bestimmt nicht angefahren worden. Wenn er sich nicht täuschte, war das Kaninchen erschossen worden, mit einem kleinkalibrigen Gewehr. Aber warum sollte jemand ein Kaninchen erschießen, um es dann auf Phoebes Treppe abzulegen?

Er trug es durch das Gartentor zum Hinterausgang, während sie mit einer Plastiktüte herausgerannt kam. »Wir müssen es hier reintun. Keine Ahnung, aber wenn das nicht bald aufhört, werde ich hier noch einen Friedhof anlegen müssen. Das ist schon das dritte Tier, nach der Ratte vor ein paar Wochen und der Schlange vor ein paar Tagen.«

»Hattest du irgendwelche Auseinandersetzungen mit den Nachbarjungs?«

»Nein, diese Spur habe ich bereits verfolgt. Ich glaube nicht, dass die üblichen Rabauken dafür verantwortlich sind. Und jetzt sei so gut und wirf das Ding weg.«

Als er den Ekel in ihrer Stimme hörte, ließ Duncan das tote Tier in die Tüte fallen. »Du solltest das hier mit aufs Revier nehmen und in der Forensikabteilung abgeben oder so. Ich bin mir ziemlich sicher, dass eine Kugel darin steckt.«

Sie seufzte laut. »Ich werde mich morgen darum kümmern. Aber jetzt komm erst mal mit rein, und wasch dir die Hände.«

Er würde mit reinkommen, dachte Duncan, aber es gab Wichtigeres, als sich die Hände zu waschen, nur weil er ein totes Kaninchen angefasst hatte.

Er folgte ihr und trat an die Küchenspüle. »Hast du Bier da?«, fragte er.

»Nein. Ja. Keine Ahnung.«

Nachdem er seine Hände abgetrocknet hatte, ging er direkt zum Kühlschrank und machte ihn auf. Überwiegend Sachen, die Frauen gerne essen, dachte er. Viel Obst, frisches Gemüse, jede Menge Joghurt und fettarme Milch. Wer war nur auf die Idee mit der fettarmen Milch gekommen? Egal.

Er konnte kein Bier entdecken und nahm stattdessen eine geöffnete Flasche kalifornischen Chardonnay heraus. »Gläser?«

»Oh.« Sie fuhr sich durchs Haar und wandte sich dem Küchenschrank zu. Sie holte nur deshalb Gläser heraus, weil sich das so gehörte, dachte er. Ihr wäre es lieber gewesen, wenn er sich verabschiedet hätte. Damit sie nachdenken und verstehen konnte, was in ihr vorging.

Pech für sie, beschloss er. Das war nun mal nicht seine Art.

Er schenkte sich selbst ein und setzte sich an den kleinen Tisch.

Aus Höflichkeit setzte sie sich zu ihm. »Ich bin dir wirklich dankbar, dass du dich darum gekümmert hast«, hob sie an. »Ich hasse mich dafür, dass ich zu zimperlich bin, um das selbst zu erledigen.«

»Wer hat sich um die Ratte gekümmert?«

»Na ja, ich selbst – allerdings nicht ohne viel peinliches Gequietsche. Bei der Schlange habe ich Carter angerufen. Die ging einfach über meine Kräfte.«

»Hast du Anzeige erstattet?«

Sie seufzte. »Ich dachte, irgendeine Katze hätte den Nager in unserem Garten liegen lassen. Ich hab nicht weiter drüber nachgedacht. Bei der Schlange vermutete ich erst dasselbe, aber Carter sah, dass sie erschlagen worden war. Daraufhin habe ich mit der Mutter eines berüchtigten Rabauken aus der Nachbarschaft gesprochen. Aber der war es nicht und kann es auch jetzt nicht gewesen sein. Also gut, ich werde das Ding morgen mit aufs Revier nehmen, Anzeige erstatten und es untersuchen lassen.«

»Hat sonst noch jemand was gegen dich außer Meeks?«

Sie genehmigte sich einen Schluck Wein. »Du bist ganz schön schlau.«

»Darauf zu kommen war nicht besonders schwer, Phoebe. Sieht ganz so aus, als müsste mal jemand ein ernstes Wörtchen mit Arnie reden.«

Nicht nur schlau, begriff sie. Wütend. »Du willst doch gar nicht mit ihm reden, außerdem möchte ich nicht, dass du dich da einmischst«, sagte sie bestimmt. »Ich finde, deine Reaktion … Ehrlich gesagt, weiß ich nicht recht, wie ich deine Reaktion finden soll, aber darüber können wir uns ein andermal unterhalten. Wenn mit Arnie geredet werden muss, dann inoffiziell offiziell, wenn du verstehst, was ich meine. Aber wenn du dich auf ihn stürzt, als seist du mein …«

»Wir werden wohl einen neuen Begriff dafür finden müssen«, sagte Duncan trocken, »da du etwas gegen das Wort ›Freund‹ zu haben scheinst.«

»Wie dem auch sei, das würde ihm nur den Rücken stärken und mich schwach aussehen lassen. Ich kann es mir aber nicht leisten, Schwäche zu zeigen. Ich kann ihm die Befriedigung unmöglich gönnen, dass es ihm tatsächlich gelungen ist, mich damit zu erschrecken.«

»Aber es ist ihm gelungen.«

»Ich wünschte, es wäre anders. Ich glaube …«

»Du glaubst was?«

Sie trank noch mehr Wein. Sie war es nicht gewohnt, mit anderen über ihren Job zu sprechen. Kein schwieriger Job. Das Wichtigste war, dafür zu sorgen, dass das Haus sicher war. »Ich glaube, dass jemand das Haus beobachtet. Ich habe ihn schon ein paarmal bemerkt, besser gesagt, gehört. Er pfeift.«

»Wie bitte? Er pfeift?«

»Ich weiß, das klingt komisch. Aber ich glaube, jemand treibt sich hier herum. Er ist am Haus vorbeigelaufen und hat jedes Mal diese Melodie gepfiffen. Wenn es Meeks ist – und ich habe ihn nicht gut genug erkennen können, um das bestätigen zu können –, geht er ein ziemliches Risiko ein, um es mir heimzuzahlen. Aber vielleicht hat er ja einen Freund auf mich angesetzt oder jemanden dafür bezahlt. Trotzdem wäre es dumm von ihm und ziemlich riskant.«

»Er hat einen ganz schönen Tritt in den Hintern bekommen. Das könnte ihm das Risiko wert sein. Solche Sachen können eskalieren, stimmt's?«

»Ja, natürlich.« Sie sah vor ihrem inneren Auge, wie sie ihre Familie für die Nacht in Sicherheit brachte. »Ich will diese Möglichkeit auch gar nicht ganz außer Acht lassen. Ich werde mit den entsprechenden Leuten reden, und zwar gleich morgen früh.«

»Ich kann hier übernachten. In irgendeinem Gästezimmer oder auf dem Sofa.«

»Das ist nett von dir. Aber ich möchte nicht, dass sich hier irgendjemand, und schon gar nicht meine Mutter, Sorgen machen muss. Sie reißt sich sehr zusammen. Erst dieser Überfall auf mich und dann diese Schießerei, das waren harte Schläge für sie. Ich glaube nicht, dass sie die letzten Tage im Garten war. Ich kann den Gedanken nicht ertragen, dass ihr das auch noch genommen wird.«

Duncan betrachtete sein Glas und nahm noch einen großen Schluck Wein. »Ich glaube, ich habe zu viel getrunken. Ich fürchte, ich kann nicht mehr fahren. Als Ordnungshüterin und meine Gastgeberin solltest du mich dringend davon abhalten.«

Diese unglaublich blauen Augen sahen sie mit festem Blick an. »So einfach ist das, Phoebe, wenn du nur willst.«

»Ich weiß nicht, wie Männer darauf kommen, dass Frauen sich und ihr Zuhause nicht selbst verteidigen können.«

Er lächelte nur. »Muss ich dir wirklich erklären, welche Macht ein Penis hat – so kurz nachdem du das am eigenen Leib erleben durftest?«

Sie gab nach. »Du kannst im Zimmer von Steve – von Avas Sohn – übernachten. Aber wenn es dir nichts ausmacht, werden wir nicht sagen, dass du zu viel getrunken hast. Es ist einfach spät geworden, und da war es praktischer, hier zu übernachten, als die lange Fahrt nach Hause anzutreten.«

»Von mir aus. Darf ich dich etwas fragen, was mich eigentlich gar nichts angeht?«

»Solange ich darauf antworten kann, dass dich das nichts angeht, gern.«

»Macht Essie irgendeine Therapie?«

»Früher hat sie das«, sagte Phoebe und seufzte. »Da es selbst bei einer Agoraphobikerin nicht einfach ist, einen Therapeuten zu finden, der ins Haus kommt, fand die Therapie überwiegend am Telefon statt. Eine Zeit lang gab es wöchentliche Telefonsitzungen, sie hat auch Medikamente genommen. Wir dachten, sie macht Fortschritte.«

»Aber?«

»Ihr Therapeut hat sie dazu ermutigt, das Haus zu verlassen. Nur für zehn Minuten, irgendwohin, wo sie sich auskennt. Er hat ihr den Forsythe Park vorgeschlagen. Sie sollte nur zum Brunnen laufen und wieder zurück. Sie hat es bis zum Brunnen geschafft und dort eine Riesenpanikattacke bekommen. Sie bekam einfach keine Luft mehr und fand nicht mehr zurück. Ich war ihr nachgegangen, aber da sie schon beinahe aus meinem Blickfeld verschwunden war, brauchte ich ein wenig, bis ich bei ihr war.«

Sie konnte sich noch immer daran erinnern, an ihre verängstigte, verwirrte Mutter, daran, wie ihr das Herz schmerzhaft gegen die Rippen schlug, als sie über Kopfsteinpflaster und Gras bis zu ihr rannte.

»Sie rang nach Luft und lief los. Sie ist gestürzt. Es war furchtbar für sie. Die Leute wollten ihr helfen, aber das machte ihr nur noch mehr Angst, erniedrigte sie noch mehr.«

»Das tut mir leid.«

»Ich hab sie nach Hause gebracht. Ich hab sie festgehalten, ihr gesagt, sie soll die Augen zumachen. Seitdem hat sie sich nur noch bis in den Garten gewagt. Das ist jetzt vier Jahre her. Anschließend wollte sie nichts mehr von einer Therapie wissen. In dieser Hinsicht ist sie sehr stur.« Phoebe lächelte kurz. »Im Haus geht es ihr gut. Dort fühlt sie sich wohl. Ich weiß nicht, ob das richtig ist, aber wir lassen sie in Ruhe.«

»Und das muss fürs Erste reichen. Was heute richtig erscheint, muss morgen noch lange nicht richtig sein. Man sollte immer tun, was sich im Moment richtig anfühlt.«

Nachdem sie ihm gezeigt hatte, wo er schlafen konnte, eine Zahnbürste und frische Handtücher für ihn aufgetrieben hatte, dachte sie immer noch über seine Worte nach.

Das, was heute richtig ist, muss morgen noch lange nicht richtig sein – wohl wahr. Und manchmal denkt man, dass etwas richtig ist, was sich später als falsch herausstellt. Trotzdem ist es ein notwendiger Schritt auf dem richtigen Weg. Sie wusste nicht, ob das mit Duncan richtig oder falsch war, aber sie hatte sich in ihn verliebt.

Jetzt blieb ihr nichts anderes übrig, als herauszufinden, was richtig war, und sich dementsprechend zu verhalten. Zumindest für den Moment.

Ein großer Vorteil, in einem reinen Frauenhaushalt aufzuwachen, war, dass es Frühstück gab, dachte Duncan.

Ava bereitete das Frühstück zu, was sie anscheinend jeden Tag tat. Aber weil Herrenbesuch da war, deckte Essie den Tisch mit dem guten Service und mit Leinenservietten. So vergnügt, wie sie in der Küche hantierte, schien ihr das genauso viel Freude zu bereiten wie ihm.

»Jetzt geh Duncan nicht auf die Nerven, Carly. Er hat noch nicht mal seinen Kaffee ausgetrunken.«

»Schmeckt übrigens himmlisch«, sagte Duncan.

»Wieso bekomme ich heute keine Cornflakes?«, wollte Carly wissen.

»Weil Ava Omelett macht. Aber wenn du Cornflakes willst, kannst du gern welche haben.«

»Och nö.«

Duncan versetzte Carly einen sanften Stoß zwischen die Rippen. Trotz ihres Schmollmunds sah sie bildhübsch aus in ihrer gelben Rüschenbluse und der blauen Hose. »Wartet ein harter Arbeitstag auf dich?«

Sie verdrehte die Augen. »Ich geh doch noch in die *Schule*. Außerdem schreiben wir heute eine Mathearbeit. Ich versteh nicht, warum wir die ganze Zeit teilen und malnehmen müssen. Das sind doch nur Zahlen. Die *machen* doch nichts.«

»Du magst keine Zahlen? Ich liebe Zahlen. Zahlen sind wunderschön.«

Carly schnaubte. »Ich brauch keine Zahlen. Ich werde Schauspielerin.«

»Aber wenn du Schauspielerin bist, wie willst du dann einen Überblick über deine Einsätze behalten, ohne zählen zu können?«

»Zählen kann doch jeder.«

»Aber nur, weil es diese wunderbaren Zahlen gibt. Außerdem musst du ausrechnen können, wie viel Geld du verdienst, damit du dir die Villa in Malibu kaufen kannst. Und zwar nachdem du die Kosten für deinen Agenten und deine Leibwächter abgezogen hast, damit dich die Paparazzi nicht verfolgen. Du musst dir das richtige Umfeld zulegen, Schätzchen, und Mathe lernen, damit du deine Stylistin anrufen kannst, wenn es Zeit für die Oscarverleihung ist.«

Carly überlegte. »Vielleicht bin *ich* die Stylistin. Dann muss ich mich nur mit Kleidern auskennen. Und damit *kenn* ich mich schon aus.«

»Wie hoch ist deine Provision?«

Diesmal erntete er ein Stirnrunzeln, ohne dass sie die Augen verdrehte. »Wie meinst du das?«

»Das ist das, was du verdienst, wenn du Jennifer Aniston einkleidest. Du bekommst einen Prozentsatz von dem, was sie kostet. Sagen wir mal, sie kostet fünftausend, und du bekommst zehn Prozent. Außerdem braucht sie noch Schuhe und eine Handtasche. Wie hoch ist also deine Provision? Dafür musst du Mathe können.«

Ihre Augen waren nur noch zwei schmale Schlitze. »Ich bekomme jedes Mal Geld dafür, wenn die sich etwas kaufen? Ich bekomme jedes Mal Geld dafür?«

»Ich bin mir ziemlich sicher, dass das so funktioniert.«

Plötzlich war ihr Interesse geweckt und der Schmollmund wie weggeblasen. »Ich kann aber nicht Prozentrechnen.«

»Aber ich. Hast du ein Blatt Papier?«

Als Phoebe hereinkam, saß ihre Familie um den Tisch. Lockere Omeletts, in Streifen geschnittener French Toast, für den Ava so berühmt war, und knuspriger Bacon machten so richtig Appetit.

Duncan ließ es sich schmecken, während er gleichzeitig schrieb. »Sie braucht Ohrringe! Sie braucht unbedingt noch Ohrringe.«

»Gut. Wie viel kosten diese Bammeldinger?«

»Eine Million Dollar!«

»Du bist eine ziemlich anspruchsvolle Stylistin!« Er sah kurz auf und lächelte. »Guten Morgen!«

»Mama, wir machen Prozentrechnen, damit ich weiß, wie viel ich verdiene, wenn ich Stylistin bin. Ich hab schon eine Provision von sechstausend Dollar verdient!«

»Jennifer Aniston wird einen Oscar bekommen«, erklärte Ava. »Dafür braucht sie natürlich ein entsprechendes Outfit.«

»Natürlich.«

Phoebe ging um den Tisch herum, um sich die Liste anzusehen, die Duncan notiert hatte. »Die macht ja eine richtige Einkaufsorgie.«

»Zahlen machen Spaß!«

Phoebe sah ihre Tochter erstaunt an. »Ich glaube, ich befinde mich gerade in einem Paralleluniversum, wo Zahlen Spaß machen und es an einem ganz normalen Dienstagmorgen Omelett gibt.«

»Setz dich«, befahl ihr Essie. »Wir haben deines im Ofen warm gehalten.«

Phoebe sah auf die Uhr. »Ein bisschen Zeit habe ich noch. Zahlen machen Spaß«, wiederholte sie, während sie auf der anderen Seite ihrer Tochter Platz nahm. »Wieso haben sie eigentlich keinen Spaß gemacht, als ich kleine Häschen und Kätzchen daraus gemacht habe, um dir das Malnehmen beizubringen?«

»Zahlen machen mehr Spaß, wenn sie Geld bedeuten.«

Phoebe griff kopfschüttelnd nach ihrem Kaffee. »Pass bloß auf, Duncan. Sie ist unglaublich gierig.«

»Wenn sie noch so ein paar Kunden wie Jen findet, lass ich mich bald von ihr aushalten.« Und dann flüsterte er ihr zu: »Erstaunlich, wie appetitlich du um diese Uhrzeit schon aussiehst, sogar noch appetitlicher als Avas Omeletts – und das will was heißen. Ich glaube, in ganz Savannah gibt es keinen Mann mit einer besseren Aussicht als ich hier, in dieser Küche.«

Er aß das Müsli direkt aus der Schachtel und spülte es mit bitterem schwarzem Kaffee hinunter. Er hatte sich heute Morgen nicht rasiert. Er hatte nicht geduscht. Er wusste, dass er in tiefe Depressionen zu versinken drohte.

Er wünschte sich die Wut zurück. Die Wut und Zielstrebigkeit. Die konnten einem in diesem tiefen Tal der Depression leicht verloren gehen, das wusste er. Das war ihm schon mal passiert.

Es gab Medikamente, die man ihm offiziell verordnet hatte. Aber er bevorzugte das Speed, das er vom Freund eines Freundes bekam. Trotzdem wusste er, dass diese Stimmungsaufheller eine schlechte Wahl waren. Er wurde unvorsichtig und unbekümmert, wenn ihm das Zeug zu Kopf stieg.

Und er war bereits unvorsichtig geworden – oder etwa nicht? Dieses dämliche Kaninchen abzumurksen war eine Sache. Aber er hätte es lieber noch ein paar Tage im Kühlschrank aufheben sollen, um Phoebe irgendwann mitten in der Nacht damit zu bewerfen.

Er wäre fast erwischt worden, nur weil er es nicht erwarten konnte. Aber er hatte sich so geärgert! Sie war mit dieser Johnson-Sache davongekommen. Niemand hatte Druck gegen sie gemacht, weder die Polizei noch die Presse oder die Öffentlichkeit. Diese beschissene, verfluchte Mutter hatte Phoebe als ihre beste Freundin auserkoren. Diese rührselige, *herzzerreißende* Rede vor dem

Bestattungsinstitut, die immer wieder in den Nachrichten und Talkshows gezeigt wurde. Sie ließ diese verdammte Schlampe aussehen wie Mutter Teresa, anstatt sie als die von Ehrgeiz zerfressene, habgierige, dämliche Fotze zu entlarven, die sie war.

Er hatte zugelassen, dass die Wut die Oberhand bekam – und das war immer ein Fehler. Er hatte sich völlig von ihr beherrschen lassen, sodass er direkt zu ihr nach Hause gefahren war und das tote Kaninchen über die Mauer geworfen hatte. Es hatte eigentlich auf der Veranda landen sollen, aber seine Hand hatte vor Wut gezittert und ihr Ziel verfehlt.

Er wäre beinahe hinterhergeklettert, als im Nebenhaus das Licht anging. Was, wenn ihn die Nachbarin, diese bescheuerte Kuh, und ihr lächerlicher Hund bemerkt hätten? Dafür war es eindeutig noch zu früh.

Er hatte sich sogar schon überlegt, beide zu töten. Ihre Hälse umzudrehen wie Selleriestängel und *sie* auf Phoebes Stufen liegen zu lassen.

Aber noch war es nicht so weit.

Er hatte einen Plan. Einen Plan und ein Ziel. Ein *Vorhaben*.

Jetzt war die Wut verraucht, und er nahm sein Ziel nur noch verschwommen wahr, fühlte sich wie ein Versager. Das mit diesem Arschloch aus der Gang war reine Zeitverschwendung gewesen – ein zusätzliches Risiko.

Er sah sich in seiner Werkstatt um und brach vor lauter Verzweiflung beinahe in Tränen aus. Alles war umsonst gewesen. Er hatte alles verloren, was ihm wichtig war, und sie gar nichts.

Jetzt blieb ihm nichts anderes mehr übrig, als ihr tote Tiere hinzulegen.

Er hätte die verrückte Alte und ihren Hund erschießen sollen, dachte er. Hätte. Sollen. Das hätte Eindruck gemacht.

Er nahm eine von den kleinen schwarzen Pillen heraus und betrachtete sie. Nur eine, dachte er. Nur eine, damit er wieder etwas in Schwung kam. Denn es wurde höchste Zeit, dass er einen bleibenden Eindruck hinterließ. Dass er aufhörte, herumzuspielen, und eine härtere Gangart einlegte.

Über Johnson war sie nicht gestolpert. Aber über etwas anderes – oder einen anderen – würde sie sehr wohl stolpern.

»Kaliber zweiundzwanzig.« Der Kriminalist, ein dünner Kerl namens Ottis, hielt die Kugel mit seinen behandschuhten Fingern hoch. »Um ein Kaninchen umzulegen, reicht die locker aus.«

»Nur ein Schuss?«

»Ja.« Ottis sah Phoebe nachdenklich an. »Soll ich eine ballistische Untersuchung veranlassen? Das … äh … Opfer auf weitere Spuren untersuchen lassen?«

»Ehrlich gesagt, ja. Wenn das ein Scherz sein soll, finde ich ihn gar nicht komisch. Und ich fürchte, das ist mehr als nur ein Scherz. Alles, was Sie mir über das Kaninchen oder die Kugel sagen können, bringt mich weiter.«

»Klar, kein Problem. Ich melde mich.«

Sie ging zurück in ihr Büro und schrieb einen offiziellen Bericht über den Vorfall. Dann nahm sie eine Kopie davon mit zu Sykes und weihte ihn ein.

»Soll ich mal mit Arnie reden?«

»Nein, zumindest noch nicht jetzt. Aber ich hätte gern, dass Sie ein paar Dinge für mich in Erfahrung bringen.

Finden Sie heraus, wie er sich bei seinem Job als Wachmann macht, wie sein Tagesablauf aussieht. Finden Sie heraus, ob er sich in meinem Viertel aufgehalten hat. Er hat ein ziemlich loses Mundwerk«, fügte Phoebe hinzu. »Wenn er es war, der mir Ärger gemacht hat, hat er sich bestimmt damit gebrüstet. Vor einem Saufkumpan oder Kollegen.«

»Ich werd mich umhören.«

»Danke. Danke, Bull.«

Das war im Moment das Beste, was sie tun konnte, beschloss Phoebe. Aber noch lange nicht alles.

Zurück in ihrem Büro, schrieb sie ein Protokoll und notierte die jeweilige Uhrzeit und das Datum, an dem die Vorfälle stattgefunden hatten. Daneben notierte sie ihre eigenen Vermutungen.

Die Ratte – das Symbol für einen Verräter, einen Überläufer, für jemanden, der das sinkende Schiff verlässt.

Die Schlange – das Symbol für das Böse schlechthin, für Heimtücke, für die Vertreibung aus dem Paradies.

Das Kaninchen – das Symbol für Feigheit und Flucht.

Vielleicht war das übertrieben und viel zu psychologisierend, aber man konnte nicht vorsichtig genug sein.

Er pfeift, verrät sich nicht durch seine Stimme, bleibt anonym. Was hat dieses Lied zu bedeuten? *Do not forsake me*. Wer hat hier wen im Stich gelassen?

High Noon – Zwölf Uhr mittags. Ein Mann im Kampf gegen Korruption und Feigheit. War das Kaninchen ein Symbol für Feigheit? Die Ratte war das Symbol dafür, die Dorfbewohner im Stich zu lassen. Die Schlange stand für Korruption. Gary Cooper spielte den Sheriff, der seinen Mann steht, als es am Ende zum Showdown kommt. Oder? Sie sollte sich den verdammten Film ausleihen, dachte Phoebe.

Ging es ihm um den Film oder nur um das Lied? Sie recherchierte, fand den Text, druckte ihn aus und nahm ihn zu ihren Unterlagen.

High Noon – Zwölf Uhr mittags: Das war eine Art Ultimatum, oder? Wenn du diese Sache nicht bis zu einem bestimmten Zeitpunkt erledigt hast, wirst du dafür büßen.

Sie lehnte sich zurück. Wenn Arnie Meeks sie belästigte, würde er sich keine Gedanken über Symbole und verborgene Bedeutungen machen. Das war nicht sein Stil. Trotzdem legte sie eine Akte an. Und auf dem Heimweg würde sie sich den Film besorgen.

SCHLUSSPHASE

»I do not know what fate awaits me.«

AUS DEM TITELSONG VON *HIGH NOON – ZWÖLF UHR MITTAGS*

21

Kindergeschrei und die Launen kleiner Mädchen schienen Duncan nicht das Geringste auszumachen. Im Gegenteil, er wurde selbst wieder zum Kind.

Auch Phoebe spielte gern und hatte in ihrem Leben weiß Gott genügend Vergnügungsparks besucht. Dennoch gönnte sie sich eine Pause, während Duncan jede Herausforderung beim Minigolf annahm.

Carly amüsierte sich wie noch nie, und die anderen Kinder, die sie mitgenommen hatten, scharten sich um ihn wie um den Rattenfänger von Hameln. Doch was hatten stundenlange virtuelle Autorennen oder das Manövrieren eines roten Balls durch ein rotierendes Windrad mit dem Eruieren neuer Investitionsmöglichkeiten zu tun?

Loo ließ sich neben sie plumpsen. »Ich hätte lieber zur Maniküre gehen sollen. Diese Vergnügungsparks machen mich fertig, aber natürlich hat es dieser Mann wieder geschafft, mich zum Mitkommen zu überreden.«

»Phin sieht auch etwas erschöpft aus.«

»Von dem rede ich nicht. Seine Tricks kenne ich inzwischen. Ich meine Duncan. Ihm gelingt es immer wieder, mich um den Finger zu wickeln.«

Phoebe beobachtete ihn. Er hatte die gesamte Aschenputtel-Schulaufführung über sich ergehen lassen, es schien ihm sogar gefallen zu haben. Anschließend hatte er außerdem noch darauf bestanden, der rothaarigen Stiefschwester ein Eis zu spendieren.

Kein Wunder, dass Carly ganz verrückt nach ihm war.

Und jetzt schien er nichts toller zu finden, als mit einem Haufen überdrehter Kinder Minigolf zu spielen.

»Duncan sieht kein bisschen erschöpft aus«, bemerkte Phoebe.

»Wahrscheinlich würde er am liebsten hier wohnen, wenn er könnte.« Loo befreite ihre schmerzenden Füße von den Sandalen. »Die Kinder lechzen nach ihm wie nach einem Eisbecher, auf den er bestimmt auch noch bestehen wird, wenn wir das hier hinter uns haben.«

»Er wollte einfach nur zum Spielen herkommen. Die Idee, in einen Vergnügungspark zu investieren, war also nur ein Vorwand.«

»Nein, nein, er hat ernsthaft darüber nachgedacht. Im Geist geht er jetzt bestimmt schon die Vor- und Nachteile durch. Im Ernst, er hat sich einen genauen Überblick darüber verschafft, wie viele Kinder und Erwachsene heute schon die Drehkreuze passiert haben, welche Attraktionen am begehrtesten sind und welche weniger. Außerdem wette ich mit dir, dass er unsere, aber auch wildfremde Kinder gefragt hat, was ihnen am besten gefällt.«

»Irgendwie fällt es mir schwer, den Geschäftsmann in ihm zu sehen.«

Loos Lächeln strahlte eine unheimliche Zuneigung aus. »Er ist wirklich einzigartig.«

»Sieht ganz so aus.«

»Und einen knackigen Po hat er auch.«

»Zweifellos.«

»Und er hat nur Augen für dich.«

»Wirklich? Ich kann das schlecht beurteilen, weil ich selbst blind bin vor Liebe. Dabei wollte ich doch nur eine heiße Affäre.« Sie rutschte zu Loo hinüber und flüsterte: »Ich dachte, das hätte ich verdammt noch mal verdient.«

»Wer hat das nicht?« Jetzt rutschte Loo näher. »Wie wär's mit ein paar pikanten Details?«

»Ein andermal vielleicht. Ich weiß nur nicht, ob ich verkrafte, was sich hier drin abspielt.« Sie legte die Hand aufs Herz. »Keine Ahnung, ob ich wirklich in der Lage bin …«

»Aber warum denn? Du …«

»Warte. Du bist offensichtlich glücklich verheiratet. Du hast eine hübsche kleine Tochter und einen hässlichen Hund. Du hast eine große Familie. Du und dein Mann, ihr ergänzt euch beruflich und habt beide einen ausgezeichneten Schuhgeschmack.«

»Das stimmt.« Loo spitzte die Lippen und betrachtete ihre kupferfarbenen Stilettosandalen. »Die Schuhe sind echt der Hammer.«

»Ich bin geschieden und habe einen Beruf, der mich ständig in schwierige Situationen bringt. Ich habe eine Familie, die ich liebe, aber das ist nicht dasselbe. All das beruht auf einem äußerst wackligen Fundament, und was ich darauf aufgebaut habe, braucht viel Zeit und Pflege. Aus mehreren Gründen konnte ich nie nur an mich denken. Ich darf nie nur an mich denken.«

»Du meinst, Duncan kommt mit deinem komplizierten Leben nicht zurecht?«

»Ich bin mir nicht sicher, ob er das will. Warum sollte er? Im Moment ist er verknallt. Der Sex mit ihm ist ein echter Hammer. Aber im Alltag bin ich wirklich nicht gerade einfach. Und es gibt nun mal Dinge, die ich nicht ändern kann.«

Loo hörte zu und dachte nach. »Analysierst du eigentlich immer alles zu Tode und rechnest stets mit dem Super-GAU?«

»Ja. Ist wohl eine Art Berufskrankheit. Insofern ist ein Mann, der sich sofort einen Überblick verschafft und sich von allem das Beste herauspickt, genau richtig für mich. Ich versuche mich gewissermaßen ständig zum Aufgeben zu überreden und zwinge mich, vom Abgrund zurückzutreten. Ich sage mir, dein Leben ist doch gut so, wie es ist, Phoebe, akzeptier das endlich. Denn wenn du diesen Schritt wagst, gibt es kein Zurück mehr, ohne dass du unglaublich verletzt wirst.«

»Liebe ist Selbstmord?«

»Vielleicht schon. Zumindest bedeutet es, sich ein Stück weit aufzugeben und die Konsequenzen dafür zu tragen.«

»Oder aber endlich frei zu sein und die Geiselhaft zu beenden.«

»Da könntest du auch wieder recht haben. Ich weiß, was ich tue, muss fast immer wissen, was ich tue. Es ist anstrengend und verdammt verunsichernd, nicht zu wissen, was ich eigentlich von ihm will.«

»Das kann ich dir auch nicht sagen. Aber ich glaube, du solltest es herausfinden.«

Spaß war anstrengend. Carly gab auf und schlief die ganze Heimfahrt über auf dem Rücksitz.

»Falls sie zu erschöpft ist, um sich bei dir zu bedanken, kann ich dir sagen, dass sie einen unvergesslichen Tag erlebt hat.«

»Ich auch.«

»Das ist mir nicht entgangen. Jungs und Spielzeug! Sie ist völlig hingerissen von dir.«

»Das beruht auf Gegenseitigkeit.«

»Das ist mir auch nicht entgangen, Duncan. Trotzdem

muss ich dich um einen Gefallen bitten, und ich hoffe, du verstehst auch, warum.«

»Klar.«

»Angenommen, unsere Beziehung geht schief oder wir sind genervt voneinander, können uns irgendwann nicht mehr ausstehen und du musst dich von Carly zurückziehen. Dann lass ihr Zeit, sich daran zu gewöhnen. Das ist kein schönes Thema nach einem so wundervollen Tag, aber …«

»Du denkst immer noch an diesen Ralph – oder wie hieß er gleich wieder?«

»Roy«, verbesserte sie ihn. »Ja, das auch. Obwohl du ihm nicht im Geringsten ähnlich bist.«

»Wenn du das weißt, müsste dir auch klar sein, dass du mich gar nicht erst um so etwas bitten musst. Ich weiß aus eigener Erfahrung, wie es ist, enttäuscht zu werden.«

»Das stimmt.« Sie berührte seinen Arm. »Ich bin eine schreckliche Glucke, die sich übertrieben viel Sorgen macht.«

»Carly kann froh sein, dass sie dich hat.« Er sah sie an. »Auch, wenn du dich als unausstehlich entpuppen solltest.«

Sie spreizte ihre müden Zehen, während er die Straße zu ihrem Haus einbog. »Wie wär's, wenn du mit reinkommst und wir im Garten einen gut gekühlten Wein trinken?«

»Genau dasselbe habe ich auch gerade gedacht.«

Eine Woche später saß Phoebe in Duncans Garten. Carly übernachtete bei ihrer neuen zweitbesten Freundin, Livvy, sodass ihre Mutter in den Genuss einer echten Erwachsenenübernachtung kam.

Sie schwammen eine Runde und liebten sich. Sie aßen

zusammen und liebten sich wieder. Jetzt war es kurz vor Mitternacht – was völlig egal war! –, und Phoebe saß im Freien, roch den duftenden Jasmin und hielt ein Glas Wein in der Hand. Sie trug einen Hauch von einem Nachthemd, für das sie eindeutig viel zu viel Geld ausgegeben hatte. Aber wenn sich eine Frau für so einen Anlass nichts gönnen darf, wann dann?

Es war eine wunderbare, laue Nacht. Phoebe nippte an ihrem Wein und überlegte träge, wie es wäre, sich noch einmal zu lieben.

»Ich fühle mich wie im Urlaub«, sagte sie zu Duncan. »Ich glaube, ich bleibe einfach hier.« Sie drehte den Kopf, um ihn anzulächeln. »Du solltest anfangen, Miete zu verlangen.«

»Ich lass mich lieber in Naturalien bezahlen.«

»Ich bin so froh, dass du heute Abend nicht ausgehen wolltest. Clubs, Bars, Kino. Es ist so schön, einfach nur hier zu sein.«

»Die Clubs, Bars und Kinos laufen uns ja nicht weg. Es tut gut, mal so richtig zu relaxen.«

»Du hattest eine anstrengende Woche.«

»Ava ist die reinste Sklaventreiberin. Ich glaube, ich habe mir gestern jeden zum Verkauf angebotenen Baum und Strauch in ganz Savannah angesehen. Und jede Menge Zeichnungen und Skizzen. Brunnen. Statuen. Vogeltränken, Vogelhäuschen und was weiß ich noch alles. Wenn sie etwas anpackt, dann richtig.«

»Sie hat mir erzählt, dass du sie neulich zu einem alten Lagerhaus mitgenommen hast. Dass du es in Wohnungen und Geschäfte umwandeln willst.«

»Ja. Das sollte sie auf andere Gedanken bringen, damit sie mich nicht zu einer weiteren Gärtnerei schleifen kann.

Wie wär's, wenn wir morgen früh segeln gehen? Wir könnten sogar nach Savannah rübersegeln.«

»Das klingt perfekt. Alles hier ist perfekt.«

»Gib mir noch ein paar Minuten Zeit.« Er rutschte neben sie auf den breiten Sessel und knöpfte ihr dünnes Nachthemd auf. »Dann sorge ich dafür, dass es wirklich perfekt wird.«

Daran zweifelte sie keine Sekunde, als sein Mund den ihren fand und seine Hände auf Wanderschaft gingen. Sie streckte die Hand aus und stellte blindlings ihr Glas ab. Jetzt, wo ihre Hände frei waren, zerzauste sie sein Haar.

Die kühle Brise umschmeichelte ihre pulsierende Haut. Als sie den Kopf in den Nacken legte, damit seine Lippen ihren Hals hinuntergleiten konnten, sah sie den Vollmond am Himmel stehen.

Sie schmiegte sich an ihn, öffnete sich für ihn, und als ihre Münder sich trafen, glitt er in sie hinein. Inzwischen bewegten sie sich ganz langsam und entspannt, gelöst und träge. Sie ließ die Augen offen, damit sie sich in seinen spiegeln konnte. Sie spüre, wie sie sich hob und senkte, hob und senkte, während sie von Wogen der Lust und Erregung mitgerissen wurde. Als diese sich schließlich brachen, sah sie sich immer noch im Blau seiner Augen.

Es gab keinen anderen Ort auf der Welt, wo sie jetzt lieber gewesen wäre.

»Noch einmal«, murmelte er und ergriff erneut von ihrem Mund Besitz. Leidenschaftlich. Ihr Herz begann zu rasen, und sie schmolz dahin.

Ich liebe dich. Die Worte warteten nur darauf, ausgesprochen zu werden.

Worte, die richtig waren, sagte sich Phoebe. Worte, die es wert waren, dass man sie aussprach. Aber jetzt, wo sie immer noch mit diesem Mann auf seiner Gartenliege vereinigt war, war vielleicht nicht der richtige Moment dafür. Stattdessen nahm sie sein Gesicht in beide Hände. »Du hattest recht. Du hast es erst noch perfekt gemacht.«

»Wenn ich mit dir zusammen bin …« Er drehte den Kopf und presste seinen Mund auf ihre Handfläche.

Diese Geste ließ ihr Herz erneut aussetzen. Sie spürte Schmetterlinge in ihrem Bauch. »Wenn du mit mir zusammen bist …?«

Sein Blick fand den ihren. »Phoebe …«

Ihr Handy klingelte.

»Typisch!« Sie rappelte sich auf. »Ich hätte das Wort perfekt nie in den Mund nehmen dürfen!«

Sie dachte an Carly, an ihre Mutter, ihren Bruder. Und griff nach dem Handy. »Phoebe MacNamara.« Daves Stimme konnte den Knoten in ihrem Magen auch nicht lösen, bis sie nicht sicher wusste, dass es ihrer Familie gut ging.

»Bonaventure? Wo?« Ohne Stift, Papier oder sonst irgendwas machte sich Phoebe mental Notizen. »Ja. Ich persönlich? Ich bin auf Whitfield Island, bei einem Freund. Ich komme, so schnell ich kann. Gut. In Ordnung. Ich fahr hier in fünf Minuten los.«

Noch während sie telefonierte, rannte sie schon zum Haus. »Sag ihm, ich bin schon unterwegs. Nein, nein, bitte nicht.« Sie warf Duncan einen kurzen Blick zu, der ihr die Tür aufhielt. »Ich habe einen wirklich schnellen Wagen zur Verfügung, aber ich brauche einen Notfallkoffer. Ich ruf dich von unterwegs zurück.«

Sie legte auf.

»Ich muss mir deinen Porsche ausleihen.«

»Kein Problem, aber nur, wenn ich fahre.«

»Dorthin kann ich dich aber nicht mitnehmen.«

»O doch«, verbesserte er sie, während sie gemeinsam die Treppe hochrannten.

»Duncan.« Sie streifte ihr Nachthemd ab und eilte in sein Schlafzimmer. »Ein Mann hat sich auf dem Friedhof von Bonaventure an eines der Gräber gekettet.« Sie griff nach ihren Kleidern. »Alles, was er am Leib hat, scheint ein Sprengstoffgürtel zu sein.«

»Wenn er vorhat, sich in die Luft zu sprengen, kann ich nur hoffen, dass er bereits reserviert hat. In Bonaventure gibt es kaum noch freie Grabstellen.«

»Er ist die Geisel«, sagte sie gereizt, während sie sich anzog. »Zumindest behauptet er das. Und wer immer ihm diese Bombe umgeschnallt hat, soll ihm befohlen haben, zu einer bestimmten Uhrzeit den Notruf zu wählen und nach mir zu verlangen. Wenn ich bis eins nicht da bin, wird derjenige, der für diese Situation verantwortlich ist, die Bombe zünden, und der Kerl fliegt in die Luft.«

»Noch ein Grund mehr, dass ich fahre. Im Gegensatz zu mir kennst du den Wagen nicht – außerdem kenne ich die Straßen besser. Ich fahr dich hin. Wann bist du zum letzten Mal mit einem Sechsganggetriebe gefahren?«, fragte er, als er den Protest in ihren Augen sah.

Phoebe zog sich nickend die Schuhe an. »Du hast recht. Lass uns fahren.«

Es war sinnvoller, dass er den Porsche fuhr und wie ein Wahnsinniger über die Insel in Richtung Brücke raste. So hatte sie nicht nur die Hände, sondern auch den Kopf frei, um Dave zu kontaktieren und sich Notizen zu machen.

»Er behauptet, dass er seinen Namen nicht nennen darf, nicht, bevor du da bist«, berichtete Dave. »Er sagt, er sei voll verkabelt, genau wie die Bombe, und der Typ, der dahintersteckt, hört jedes Wort mit. Er trägt einen Kopfhörer und ein Mikrofon.«

»Lügt er?«

»Ich glaube nicht. Ich werde in fünf Minuten am Einsatzort sein, aber dem Klang seiner Stimme nach scheint er sich zu Tode zu fürchten. Laut dem Bericht der Einsatzleitung hat er jede Menge blaue Flecken im Gesicht, am Rumpf, an Armen und Beinen. Noch hat er uns nicht erzählt, wer das war, wie es genau passiert ist, wann und warum. Angeblich darf er das nicht. Er darf es nur dir sagen.«

»Wenn alles gut geht, bin ich in einer Viertelstunde da. An welches Grab ist er gekettet?«

»Jocelyn Ambuceau, 1898 bis 1916.«

»Ich glaube nicht, dass das ein Zufall ist. Das, beziehungsweise die Tote, hat etwas zu bedeuten.«

»Wir untersuchen das gerade.«

»Erzähl mir mehr über den noch nicht identifizierten Mann.«

»Er ist weiß, Mitte dreißig, hat braune Haare und braune Augen. Muskulös. Dem Dialekt nach scheint er von hier zu sein. Kein Schmuck, keine Tätowierungen. Arme und Beine sind mit Eisenketten gefesselt, die an in die Erde getriebenen Pfosten befestigt sind. Er trägt Boxershorts und ist barfuß. Er ist zweimal zusammengebrochen, seit die Polizei am Einsatzort ist. Er hat geweint wie ein kleines Kind. Er fleht uns an, ihn nicht sterben zu lassen. Er fleht uns an, dich herzuholen. Holt Phoebe.«

»Er hat mich beim Vornamen genannt? So, als ob er mich kennt?«

»Das ist auch meine Vermutung, ja.«

»Sag ihm, ich bin gleich da.« Als sie in eine Kurve rasten, stützte sie sich mit einer Hand am Armaturenbrett ab.

»Sorg dafür, dass derjenige, der zuhört, mitbekommt, dass ich so gut wie da bin.« Sie sah auf ihre Uhr. »Ich weiß, dass das Ultimatum fast vorbei ist, aber wir schaffen das schon. Sorg dafür, dass sie wissen, dass ich komme. Noch zehn Minuten, Captain.«

»Ich geh jetzt dahin. Ich halte die Stellung, bis du da bist.«

Sie legte auf und sah Duncan an.

»Du schaffst es.« Seine Augen konzentrierten sich auf die Straße, während er mit hundertzehn in die kleine zweispurige Straße einbog. »Hattest du jemals einen ähnlichen Fall?«

»Nein. So etwas nicht.« Sie entdeckte die Lichter und holte Dave erneut ans Telefon. »Ich sehe die Streifenwagen. Sag Bescheid, dass wir nicht am Tor halten werden. Sorg dafür, dass man uns aufmacht.«

Der Porsche brach hinten aus, als sie die Kurve nahmen, gewann wieder an Boden und schoss vorwärts. Verschwommen sah sie moosbewachsene Bäume und prächtige Statuen an sich vorbeisausen, die im Mondlicht aufblitzten. Es lag noch ein Rest Hitze in der Luft, über einer dünnen Schicht Bodennebel. Dann waren die Lichter direkt vor ihr, schienen durch die weit überhängenden Bäume. Der Porsche machte eine Vollbremsung hinter dem Streifenwagen, und Phoebe sprang heraus.

»Bleib hier weg«, rief sie Duncan zu, während sie vorbei an Grabsteinen und geflügelten Engeln auf Dave zurannte.

Dave packte sie am Arm. »Die Bombenexperten haben einen Mindestsicherheitsabstand festgelegt. Niemand durchbricht diese Absperrung. Darüber wird nicht verhandelt.«

»Gut, okay. Irgendwelche Neuigkeiten?«

»Ich bin selbst erst vor zwei Minuten angekommen.«

»Dann lass mich loslegen.«

Sie ging ganz langsam vorwärts. Trotz der Scheinwerfer gab es dunkle Löcher. Irgendjemand reichte ihr eine Weste, und sie schlüpfte hinein, während sie den weinenden Mann musterte, der auf dem Grab saß. Ein Engel wachte über ihn, dessen Gesicht heiter war und dessen Flügel weit ausgebreitet waren. Er hielt eine Laute an seine Brust gedrückt.

Darunter kauerte der Mann, sein Gesicht war gegen die Oberschenkel gepresst. Sein Weinen klang rau und schrill und übertönte das Gebrumm der Insekten. Rosa Rosenblätter – die, soweit sie das beurteilen konnte, noch ganz frisch waren – waren um ihn herum verstreut. »Ich bin Phoebe MacNamara«, hob sie an, woraufhin er den Kopf hochriss.

Sie erstarrte und blieb weit hinter der Absperrung stehen. Das Blut gefror ihr in den Adern und begann dann in heißer Panik wieder zu pulsieren.

»Roy.«

»O mein Gott.« Dave packte ihr Handgelenk. »Ich habe sein Gesicht nicht gesehen. Ich habe ihn nicht erkannt. Phoebe, du darfst nicht näher rangehen«, sagte Dave über Roys wildes Geschrei hinweg. »Du darfst nicht näher rangehen.«

»Ich weiß, ich hab schon verstanden.« Ihr brach der Angstschweiß aus. »Roy, bitte beruhige dich. Du musst dich beruhigen. Atme tief durch und beruhige dich. Ich bin jetzt da.« Während sie sprach, machte sie sich ein paar kurze Notizen. *Bitte sieh nach, ob mit meiner Familie alles in Ordnung ist. Sorg dafür, dass ein Polizist vor dem Haus postiert wird. Carly ist bei Freunden.* Sie kritzelte Phins Adresse auf das Blatt Papier. »Alles wird gut.«

»Er wird mich umbringen. Er wird mich umbringen.«

»Wer?«

»Ich kenne ihn nicht. Verdammt, ich kenne ihn nicht. Warum nur, warum?«

»Kann er uns hören, Roy?«

»Er behauptet, dass er uns hören kann. Ja, er kann uns hören. Du … du verdammte Schlampe. Ich muss sagen, was er sagt, sonst sprengt er mich in die Luft.«

»Das ist schon in Ordnung. Wenn er mich hören kann, kann er dann auch sagen, was er will?«

»Ich … ich will dir was von diesem Sprengstoff in die Möse schieben, du jämmerliche Fotze.«

»Kennen wir uns?«

»Du hast mich ruiniert«, sagte Roy, während ihm die Tränen übers Gesicht liefen, »und jetzt ruinier ich dich.«

»Wieso habe ich Sie ruiniert?«

»Das wird dir schon noch einfallen. Phoebe, hilf mir, um Gottes willen, hilf mir.«

»Alles wird gut, Roy, alles wird gut. Lass mich mit ihm reden. Sie müssen wütend auf mich sein. Können Sie mir auch sagen, warum?«

»Nein … noch nicht.«

»Sie haben mich hier rausbeordert, und ich bin gekommen. Sie müssen also etwas von mir wollen, mir irgendetwas sagen wollen. Wenn Sie mir erklären, warum …«

»Fick dich«, sagte Roy mit einem erstickten Schluchzen.

»Anscheinend wollen Sie noch nicht mit mir reden. Darf ich dann mit Roy reden? Darf ich Roy ein paar Fragen stellen?«

»Er lacht. Er lacht. Er … Nur zu, plaudert nur schön. Ich brauch ein Bier.«

»Roy, wie bist du hierhergekommen?«

»Er … ist gefahren.« Seine vom vielen Weinen und den Schlägen verquollenen Augen wanderten panisch über den Friedhof. »Das glaube ich zumindest. Mit meinem Wagen.«

»Was für einen Wagen fährst du?«

»Einen Mercedes. Ich hab ihn erst seit ein paar Wochen. Ich …«

»Ist schon gut.« Sie machte eine Notiz. *Finden!*, schrieb sie.

»Er ist mit deinem Wagen von Hilton Head hierhergefahren?«

»Ich war im Kofferraum, ich konnte nichts sehen. Er hat mir die Augen verbunden und mich geknebelt. Ich kam gerade nach Hause und fuhr in die Garage. In die Garage. Da hat er mir eine Waffe an den Hinterkopf gehalten.« Er presste sein verprügeltes Gesicht erneut gegen die Oberschenkel. »Er ist plötzlich hinter mir aufgetaucht. Was dann passiert ist, weiß ich nicht mehr. Ich weiß nichts mehr, bis ich wieder aufgewacht bin. Aber ich konnte nichts sehen und auch nicht sprechen. Ich bekam kaum noch Luft in dem Kofferraum, mit dem Isolierband über dem Mund. Ich bekam kaum noch Luft.«

Sie atmete erleichtert auf, als Dave kam und *Alle in Sicherheit. Polizei ist bereits postiert* schrieb. »Wie lange hat das gedauert?«

»Das *weiß* ich nicht.«

»Gut, ist ja gut. Wie bist du hierhergekommen?«

»Ich hab gehört, wie der Kofferraum aufgemacht wurde.« Er hob erneut den Kopf und zitterte. Phoebe konnte sehen, wie die Insekten über ihn herfielen. »Er hat mir irgendwas vors Gesicht gehalten, und mir wurde schwindelig. Ich hab versucht, mich zu wehren. Er hat mich geschlagen, er hat mir ins Gesicht geschlagen. Ich bin aufgewacht und war hier, so wie jetzt. Seine Stimme war in meinem Kopf. In meinem Kopf. Ich hab geschrien und gerufen, aber niemand ist gekommen. Seine Stimme war in meinem Kopf und hat mir gesagt, was ich tun muss. Mein Handy, er hat mir mein Handy dagelassen. Er hat mir befohlen, den Notruf zu wählen und zu sagen, was er mir vorsagt. Sonst würde er die Bombe zünden.«

»Du hast ihn nie gesehen«, sagte Phoebe, während sie Roys vollständigen Namen samt Adresse und Telefonnummer notierte, *Seit wann vermisst?* darunter schrieb und zweimal einkringelte, bevor sie den Zettel an Dave weitergab.

»Roy …«

Aber er schluchzte jetzt. »Ich hab nichts getan. Warum nur, warum?«

»Das hilft uns jetzt auch nicht weiter. Roy. Roy!« Ihre Stimme wurde so scharf, dass sie zu ihm durchdrang. »Du musst jetzt Ruhe bewahren. Wir müssen unbedingt zusammenarbeiten, damit wir dieses Problem lösen können. Ich würde gern noch einmal mit ihm reden, wenn er so weit ist. Ich würde gern wissen, ob er mir einen Namen nennen kann – es muss nicht sein richtiger Name sein, einfach irgendein Name, der ihm gefällt. Damit ich ihn ansprechen kann.«

»Mir ist schlecht. Mir ist … Nein! Nein! Bitte nicht! Bitte, bitte nicht!« Roys Augen rotierten, während er an seinen Ketten zerrte. »Bitte, o Gott … Gut. Gut. Ich … ich bin es leid, dein Gejammer mitanzuhören, du jämmerliches Dreckstück. Wenn du so weitermachst, jag ich dich zur Hölle, und die Sache ist erledigt.«

»Wenn Sie das tun, weiß ich nicht, warum ausgerechnet ich heute Nacht hier sein soll. Und auch nicht, warum Sie wütend sind. Können Sie mir irgendeinen Namen nennen, mit dem ich Sie anreden kann?«

»Er …« Roys Zähne schlugen gegeneinander. »Kl-klar, Phoebe. Du darfst mich Cooper nennen.«

Obwohl der Kloß in ihrer Kehle immer größer wurde, schrieb sie den Namen deutlich auf ihren Block, gefolgt von *High Noon – Zwölf Uhr mittags*. »Na gut, Cooper. Da ich nicht direkt mit Ihnen reden kann, kann ich auch nicht hören, wie Sie sich fühlen. Können Sie mir sagen, wie Sie sich fühlen?«

»Bestens. Ich habe verdammt noch mal alles unter Kontrolle.«

»Ist es wichtig für Sie, alles unter Kontrolle zu haben?«

»Und ob.«

»Wäre es nicht besser, wenn wir uns von Angesicht zu Angesicht unterhalten könnten? Das wäre direkter und Sie hätten mich noch mehr unter Kontrolle.«

»Noch nicht.«

Sie starrte in Roys blutunterlaufene Augen, hörte seine gequälte Stimme und kämpfte darum, in den Kopf eines Mannes vorzudringen, den sie weder sehen noch hören konnte.

»Können Sie mir sagen, woher wir uns kennen, Cooper? Woher kennen wir uns?«

»Erzähl mir was.«

»Gut. Was soll ich Ihnen erzählen?«

»Liegt dir was an diesem … jämmerlichen Hurensohn?«

Ganz schön schlau, dachte sie. Je nachdem, ob ihr zu viel oder zu wenig an ihm lag, konnte er durchdrehen. »Meinen Sie Roy?«

»Du weißt ganz genau, dass ich diesen Scheiß Roy Squire meine.«

»Er ist mein Exmann. Ich will weder, dass ihm noch sonst wem was passiert. Noch haben Sie niemanden verletzt, Cooper. Wir können das Problem lösen, ohne dass …«

»Erzähl das lieber Charles Johnson. Hast du gesehen … hast du … – na, was soll's –, hast du gesehen, wie erstaunt er ausgesehen hat, als ihn die Kugeln getroffen haben?«

»Wollen Sie mir damit sagen, dass Sie für den Tod von Charles Johnson verantwortlich sind?«

»Hörst du schlecht, du blöde Schlampe? Ich hab ihn unter die Erde gebracht. Das ist nicht das erste Mal, dass du mit daran beteiligt warst, jemanden unter die Erde zu bringen, was? Und das wird auch nicht das letzte Mal gewesen sein, das versprech ich dir. Bitte«, jammerte Roy. »Bitte, bitte, bitte.« Er zitterte unter den ausgebreiteten Flügeln des Engels.

»Kannten Sie Charles Johnson?«

»Das war doch nur einer von diesen überflüssigen Halbstarken. Aber du hast ihn dazu überredet, rauszukommen, stimmt's? Du hast ihn überredet, rauszukommen, ohne die Geiseln umzulegen. Niemand in diesem Laden war auch nur das Geringste wert, aber du hast die Geiseln gerettet, stimmt's?«

»Wen habe ich nicht gerettet, Cooper? Sind die Rosen für sie? Wen haben Sie geliebt, den ich nicht gerettet habe?«

»Dreimal darfst du raten, Phoebe, und dann gnade dir Gott. Vielleicht verschone ich dich ja.«

»Ich bitte Sie jetzt schon um Gnade. Wenn ich nicht gut oder intelligent genug war, um jemanden zu retten, möchte ich Sie jetzt schon um Vergebung bitten. Sagen Sie mir, was ich sagen soll, und ich sag es Ihnen.«

»Dann legen wir mal los. Sag … was? Nein, nein, nein!« Roy versuchte sich aufzurichten, konnte aber nur knien. »Bitte. Okay, okay. Er sagt, die Zeit ist um. Auf Wiedersehen, Phoebe.«

»Cooper, wenn Sie …«

Die Explosion riss sie um und ließ sie durch eine heiße Wolke fallen. Sie sackte zu Boden, auf das Grab eines Fremden.

Sie wusste genau, was da durch die Luft flog und sich in den Boden bohrte. Bestandteile eines Engels, Dreck, Bestandteile von Roy.

Eine Reihe von Bildern rasten vor ihrem inneren Auge vorbei, schnell und bruchstückhaft. Das erste Kennenlernen auf einer Party, sein umwerfendes Lächeln, mit dem er sie so verzaubert hatte. Wie sie sich auf dem großen Bett in der Hotelsuite geliebt hatten, als er sie mit einem Wochenendtrip, Rosen und Champagner überrascht hatte. Der Moment, bevor ihre Lippen sich zum ersten Mal als Mann und Frau trafen. Wie sie zusammen tanzten. Sie sah Lichter.

Dann wurde alles dunkel um sie herum.

Irgendjemand rief nach ihr.

Phoebe stützte sich auf. Sie sah verschwommen, wie Duncan auf sie zurannte. Dann warf er sich auf sie, drückte sie zu Boden. Wie durch einen Tunnel hörte sie weitere Schreie, Schritte, das Knacken der Funkverbindung.

Sie kämpfte nicht mehr, es gab nichts mehr, wofür sie kämpfen konnte.

»Was habe ich nur getan?«, flüsterte sie. »Um Himmels willen, was habe ich getan?«

22 Sie hatte ihm befohlen, nach Hause zu gehen. Das machte ihn wütend. Für wen hielt sie sich eigentlich?

Duncan lief vor dem Büro ihrer Einheit auf und ab. Er konnte sich nicht hinsetzen, konnte sich nicht beruhigen und wünschte sich nur, wieder einen klaren Gedanken fassen zu können. Was ihm leider auch gelang, sodass er immer wieder an diesen Moment zurückdachte, an diesen furchtbaren Moment, als ein Menschenleben … einfach ausgelöscht wurde.

Fleischfetzen und Knochen und so etwas wie ein furchtbarer blutroter Nebel.

Er konnte sich nicht mehr daran erinnern, losgerannt zu sein, nicht richtig. Er erinnerte sich daran, etwas zu spüren, eine Art kurzen Luftstoß, dann die Geräusche, das Zischen und Schreien, Fetzen, die durch die Luft flogen; Bruchstücke der Statue, Erdklumpen und Unaussprechliches, das gegen die Bäume und auf die Erde prallte, noch mehr Steine und Splitter von Statuen.

Er wusste, dass er einen Teil von Roy in den Baumflechten hatte hängen sehen. Er hatte das dumpfe Gefühl, gesehen zu haben, wie der abgetrennte Kopf des Engels durch die Luft flog, das friedliche, heitere Gesicht blutbespritzt. Aber vielleicht hatte er sich das auch nur eingebildet.

Er konnte sich nicht daran erinnern, wie er losgerannt war, um Phoebe zu schützen. Er wusste nur noch, wie er bei ihr gewesen war, auf ihr, während um sie herum die Hölle losbrach. Er erinnerte sich, wie sie gesagt hatte *Was habe ich nur getan?* Sie wiederholte es immer wieder, bis jemand – vermutlich Dave, der Captain – an ihm, an ihnen beiden gezerrt hatte.

Seid ihr verletzt? Wurdet ihr getroffen? Das hatte er zuallererst gefragt, da war sich Duncan ziemlich sicher. Sein Gesicht war so weiß gewesen wie das von dem durch die Luft fliegenden Engel. Danach verblassten seine Erinnerungen. Viel Gerenne, viel Lärm, noch mehr Polizeisirenen.

Dann hatte sie ihm befohlen, nach Hause zu gehen. Sie steckte mitten in diesem Albtraum und befahl ihm, nach Hause zu gehen! Sie war jetzt beim Captain, zumindest hatte man ihm das gesagt. Bei Captain McVee, zusammen mit ein paar anderen Leuten. Dann würde er eben auf sie warten. Er würde, verdammt noch mal, auf sie warten.

Er wollte etwas trinken. Er wollte sich übergeben. Er wollte sie berühren, nur um sich noch einmal davon zu überzeugen, dass sie da beide heil rausgekommen waren.

Aber er konnte nichts tun, außer warten.

»Dunc.«

Er drehte sich um, und sein Magen sackte ihm in die Kniekehlen, als er Phin aus dem Lift kommen sah. Aus irgendeinem Grund, den er sich nicht erklären konnte, führte der Anblick seines Freundes dazu, dass er weiche Knie bekam und sich auf eine Bank sinken ließ.

»O Gott, o Gott.«

»Hey, ich bin da.« Phin packte Duncans Arm und setzte sich neben ihn. »Du blutest. Alles in Ordnung?«

Wie betäubt sah Duncan an seinem Hemd herunter. »Das ist nicht mein Blut.« Nur ein kleines Souvenir vom Bonaventure-Friedhof, eine kleine Erinnerung an Roy. »Aber ich glaube, es wird noch lange dauern, bis mit mir alles wieder einigermaßen in Ordnung ist. Meine Güte, Phin, wie schrecklich.«

»Was ist da nur passiert? Weiß man inzwischen, was genau passiert ist?«

»Er wurde in die Luft gesprengt. Er wurde einfach … Es ist nicht so wie im Film. Scheiße, es ist kein bisschen so wie im Film.« Er fuhr sich mit der Hand durchs Haar. »Wie geht es Loo? Und den Kindern?«

»Gut. Die Kinder schlafen. Polizisten bewachen unser Haus. War das Carlys Vater?«

»Roy. Roy Squire. Er hat ihn an ein Grab gekettet, ihm einen Sprengstoffgürtel umgebunden. Das arme Schwein. Er soll aus seiner Garage entführt, zusammengeschlagen, vielleicht sogar unter Drogen gesetzt worden sein. Phoebe hat mit dem Kerl geredet, der das getan hat, und zwar über Roy, ihren Ex. Er hatte so …« Duncan zeigte hilflos auf sein Ohr.

»Verstehe.« Phin musterte das Gesicht seines Freundes und zog einen Flachmann aus seiner Hosentasche. »Hier, nimm einen Schluck, Kumpel.«

»Dafür hättest du einen Kuss verdient, aber ich bin im Moment in keiner besonders romantischen Stimmung.« Dankbar griff Duncan nach dem Flachmann und nahm einen großen Schluck Whiskey. »Roy hat geweint und gefleht. Dieser Typ … Cooper«, fiel Duncan wieder ein. »Er hat Phoebe gesagt, dass sie ihn Cooper nennen soll. Er wollte ihr nicht sagen, was er will, und er wollte ihr auch nicht sagen, warum. Dann muss er Roy befohlen haben, sich zu verabschieden. Er hat auf den Knopf gedrückt und die Bombe gezündet. Er wurde in Stücke gerissen, Phin. Scheiße, er wurde einfach in Stücke gerissen.«

»Duncan, hast du die Alarmanlage angestellt, bevor du von zu Hause weg bist?«

»Wie bitte? Nein.« Oder doch? Nein. »Wir haben uns viel zu sehr beeilt, wegzukommen.«

»Gut. Ich werde jetzt Folgendes tun. Ich werde ein paar

Anrufe machen und dafür sorgen, dass man das Haus kontrolliert und bewacht.«

Duncan ließ den Kopf in den Nacken fallen. »Weil er hinter Phoebes Ex her war, kann er es auch auf mich abgesehen haben.«

»Warum ein Risiko eingehen?«

»Stimmt, das muss nun wirklich nicht sein.«

In ihrem Büro saß Phoebe kerzengerade am Schreibtisch. Ihre Familie war in Sicherheit, und ihr Haus wurde bewacht. Darüber musste sie sich keine Sorgen machen. Roy war tot, und daran ließ sich auch nichts mehr ändern. Sie musste die Schuldgefühle verdrängen, aus ihrem Kopf ebenso wie aus ihrem Herzen.

»Das Police Department Hilton Head ermittelt schon. Die Spurensicherung ist bereits unterwegs zum Haus und zur Garage. Wir suchen nach dem Auto des Opfers.«

»Das Grab muss ein Symbol für irgendwas oder irgendwen sein.«

»Wir stellen noch Nachforschungen an.«

»Ich will, dass meine Familie bewacht wird, und zwar nicht nur heute Nacht …«

»Phoebe.« Dave sprach leise. »Natürlich wird sie bewacht.«

»Gut. Er war verlobt. Ich kenne nur ihren Vornamen – Mizzy. Ich weiß nicht, ob sie zusammengelebt haben oder …«

»Auch darum wird man sich kümmern.«

Natürlich. Natürlich würde man sich darum kümmern. »Ein derart persönlicher Angriff lässt auf einen ungeheuren Hass schließen. Wen habe ich nur so wütend gemacht, so verletzt und in die Enge getrieben?«

»Wir werden mit Arnold Meeks reden müssen.«

»Ja.« Sie atmete tief ein. »Er muss verhört werden, und wir müssen herausfinden, wo er sich zur Tatzeit aufgehalten hat. Aber das war er nicht. Er war ein miserabler Polizist, er ist zweifellos gewaltbereit und ein Riesenarschloch. Aber er ist kein Killer. Wenn das stimmt, was mir dieser Cooper heute Nacht erzählt hat, hat er schon mindestens zweimal gemordet. Und zwar auf kaltblütigste Weise. Meeks handelt aus Wut, plant kurzfristig, ohne an die Konsequenzen zu denken.«

»Vielleicht tut das ja jemand für ihn. Mit oder ohne sein Wissen.«

»Vielleicht. Aber ich glaube, das ist etwas ganz Persönliches. Du hast mir wehgetan, also tue ich dir auch weh, aber noch tausendmal schlimmer. Es muss irgendetwas geben, das ich getan oder nicht getan habe. Jemanden, den ich nicht gerettet habe.«

Als sie die Augen schloss und ihre Finger gegen die Lider presste, sah sie nur Roy vor sich. Sie ließ die Hände in den Schoß fallen. »Etwas, wo ich versagt, beruflich versagt habe, und wovon er persönlich betroffen war. Wen habe ich verloren, Dave? Wann? Wie? Ich muss meine Akten noch mal durchgehen, bis weit in die Vergangenheit. Ich muss mir alle Geiseln oder Geiselnehmer, alle Polizisten oder Passanten, alle, die verletzt oder getötet wurden, als ich Verhandlerin war, ansehen. Es ist bestimmt eine Frau«, fügte sie hinzu.

»Warum?«

»Weil er Gary Cooper ist. Weil Roy an das Grab einer Frau gekettet war. Wir dürfen niemand außer Acht lassen, trotzdem glaube ich, dass es eine Frau war. Er weiß oder hat gelernt, wie man mit Waffen und Sprengstoff umgeht.

Vielleicht hat er eine Ausbildung beim Militär oder bei der Polizei absolviert. Oder aber er hat sich das alles selbst beigebracht. Denn das war sorgfältig geplant. Das mit Roy war keine spontane Idee, keine Tat im Affekt.«

Sie schlug mit der Faust auf ihren Oberschenkel. »Ich konnte ihn nicht hören. Wie sollte ich da zuhören und auf ihn eingehen? Wie sollte ich ihn von seiner Tat abbringen, wenn ich nicht mal seine Stimme hören konnte, seinen Tonfall, die Gefühle, die darin mitschwingen?«

»Phoebe, dich trifft keine Schuld.«

»Warum hat er dann die Bombe gezündet? Habe ich ihm eine falsche Frage gestellt, die falsche Taktik verfolgt? Er nimmt sich die Zeit, macht sich die Mühe, ja geht das Risiko ein, Roy da rauszuschaffen, mich herzubefehlen, nur um alles zu beenden? Ich muss mir das Band anhören, ich muss rausfinden, was ich gesagt – oder nicht gesagt habe. Was hat ihn dazu gebracht, das Ganze zu beenden?«

Er ließ den Schreibtischstuhl kreisen, bis sie sich ins Gesicht sahen.

»Du weißt, dass das keine gute Idee ist.«

»Unter normalen Umständen wäre das sicherlich keine gute Idee. Aber das waren keine normalen Umstände. Diesmal ging es um mich.«

»Was du gesagt oder nicht gesagt hast, muss nicht die Lösung sein.«

»Nein, das stimmt nicht. Er hat zwei Menschen umgebracht, wegen ihrer Verbindung zu mir. Und ich muss wissen, warum. Wir müssen eine Antwort auf diese Frage finden, Dave, denn warum soll er sich mit zweien zufrieden geben? Er war vor meinem Haus.« Sie schloss erneut die Augen. »Demnächst kommt ein anderer dran, den ich liebe.«

»Er wird nicht mal in seine Nähe kommen.«

»Nicht, wenn wir herausbekommen, wer es ist, ihn finden und ihn davon abhalten. Ich … ich muss Roys Verlobte verständigen. Und ich muss Carly Bescheid sagen. Irgendwie muss ich es ihr sagen.«

»Du musst jetzt vor allem nach Hause gehen und ein bisschen schlafen. Nimm dir etwas Zeit, Phoebe. Vielleicht solltest du auch mit einem Psychologen über all das reden.«

»Das beste Mittel gegen falsche Schuldgefühle besteht für einen Verhandler darin, sich in die Arbeit zu stürzen, sich fortzubilden und in Übung zu bleiben.« Sie rang sich die Andeutung eines Lächelns ab. »Ein sehr kluger Mann sagt das immer wieder.«

»Vielleicht habe ich durchaus so etwas gesagt, aber im Moment brauchst du vor allem etwas Schlaf. Wir reden später weiter.«

Nachdem sie Daves Büro verlassen hatte, ging sie sofort auf die Damentoilette und übergab sich heftig, bis sie schweißnass war und ihre Augen tränten. Als sie fertig war, lehnte sie sich gegen die Klotür, um wieder zu Atem zu kommen. Sie weinte nicht. Das hier ging tiefer als alles, was sich mit Tränen wegschwemmen lässt. Sie setzte sich einfach auf den Boden und wartete, bis es vorbei war.

Dann erhob sie sich und ging zum Waschbecken, um sich kaltes Wasser ins Gesicht zu spritzen und den Mund auszuspülen. Er hatte ihr in die Augen gesehen, dachte sie, als sie den Kopf hob, um selbst hineinzuschauen. Er hatte ihr direkt in die Augen gesehen, mit diesem angstgeweiteten, flehenden Blick. Der Mann, den sie einmal geliebt hatte. Der Mann, von dem sie ein Kind hatte.

Dann war er weg. Weg, dachte sie, nur weil sie ihn mal

geliebt und ein Kind von ihm hatte. Nicht, weil er irgendetwas verbrochen hatte, sondern nur, weil sie ihn eines Abends auf einer Party kennengelernt und ihre Liebe zu ihm zugelassen hatte.

Sie musste eine Antwort darauf finden. Sie würde so lange suchen, bis sie sie gefunden hatte.

Nachdem sie ihr Gesicht abgetrocknet und das feuchte Haar zurückgestrichen hatte, ging sie zu ihrem Büro. Sie würde nach Hause fahren – was das anbelangte, hatte Dave recht. Aber sie würde ein paar Akten mitnehmen. Die Chance, dass sie jetzt schlafen konnte, war äußerst gering, also konnte sie genauso gut arbeiten und vielleicht ein paar Antworten finden.

Sie sah Duncan nicht, bis er sich erhob und auf sie zukam.

»Du solltest doch nach Hause fahren.«

»Fang bloß nicht wieder mit diesem Scheiß an, verstanden?«

»Wie bitte?«

»Verdammt noch mal, Phoebe.« Er packte sie an den Armen und zog sie einfach an sich. »Streiten können wir später immer noch. Aber jetzt lass dich erst mal umarmen.«

»Es tut mir leid. Es tut mir leid, dass du das durchmachen musstest.«

»Blablabla.« Er schob sie von sich, um ihr ins Gesicht zu sehen. Ihre Augen waren gerötet und müde, und sie hatte tiefe Augenringe. »Ich werde dich jetzt nach Hause fahren.«

Sie war ohne Auto da, fiel ihr wieder ein. »Ich muss erst noch ein paar Sachen aus meinem Büro holen.«

»Ich warte.«

»Duncan …« Als sie sah, dass Phin auf sie zukam und gerade sein Handy zuklappte, verstummte sie.

»Carly.«

»Es geht ihr gut. Es geht ihr gut.« Phin breitete die Arme aus und zog Phoebe an sich. »Sie schläft tief und fest. Vor unserer Haustür steht ein Streifenwagen, hinter dem Haus schieben mehrere Polizisten Wache, und meine tapfere Frau sowie mein tapferer Hund passen auch auf sie auf.«

Überrascht lachte sie erstickt auf. »Danke. Ich sollte sie abholen und nach Hause bringen.«

»Schätzchen, es ist vier Uhr morgens. Da es fast schon Mitternacht war, als das Gekicher endlich aufhörte, werden die Mädels bestimmt noch ein paar Stunden schlafen wollen. Wie wär's, wenn Loo und ich sie nach Hause bringen, sobald sie munter ist? Wir rufen vorher an und bringen sie dann nach Hause, einverstanden?«

»Ja. Danke. Es bringt schließlich nichts, sie aufzuwecken, nur um ihr … Das bringt wirklich nichts. Ich bin dir sehr dankbar, Phin, dir und Loo, und es tut mir leid.«

»Keine Ursache.«

»Ich muss noch ein paar Sachen holen. Es dauert nur eine Minute.«

Phin sah ihr nach. »Sie reißt sich unglaublich zusammen.«

»Sie hat ein starkes Rückgrat. Das ist mir von Anfang an aufgefallen. Alles in Ordnung bei mir zu Hause?«

»Alles bestens. Ich fahr dann mal. Sieh zu, dass du ein wenig Schlaf bekommst, verstanden? Wir reden später weiter.«

Duncan klopfte ihm auf die Schulter. »Danke.«

Als Phoebe zurückkam, nahm ihr Duncan die schwere

Aktentasche ab. »Gute Idee. Du wirst eine Weile von zu Hause aus arbeiten.«

»Nicht stattdessen, sondern zusätzlich.«

»Der Tag hat auch nicht mehr als vierundzwanzig Stunden, Phoebe.«

»Und die muss ich nutzen, so gut ich kann. Das ist nun mal so, wenn man bei der Polizei ist, Duncan.«

»Ach, jetzt fang nicht wieder mit dem Mist an.«

Sie schwieg einen Moment und zwang sich, nichts darauf zu sagen. Aber als sie den Lift verließen, konnte sie nicht anders. »Ich scheine ja heute Abend ziemlich viel Mist zu reden.«

»Ja, und der ist mir, ehrlich gesagt, auch ziemlich egal.«

»Dann solltest du jetzt lieber fahren. Ich komm schon allein nach Hause.«

»Wenn du nicht sofort damit aufhörst, passiert irgendwas, Phoebe. Ich hatte auch eine schlimme Nacht, also pass auf, was du sagst.«

»Ich hab dir doch gesagt, dass du nach Hause fahren sollst, oder etwa nicht? Hab ich dir nicht …«

Sie verstummte und keuchte nur noch, als er sie herumriss und gegen seinen Wagen drückte. Sie hatte ihn schon ein paarmal gereizt erlebt. Aber das war das erste Mal, dass sie ihn wirklich wütend erlebte.

Sein Blick war der energische, wütende Blick eines Mannes, der sich nichts bieten lässt.

»Wir haben herausgefunden, dass ich aggressive Frauen mag – vielen Dank. Ich mag starke und intelligente Frauen. Ich mag Frauen, die allein zurechtkommen. Und ich mag ganz besonders eine Frau, die weiß, was sie tut und wie sie ihre Ziele erreichen kann, kapiert?«

»Du tust mir weh, Duncan.«

Er lockerte seinen Griff für eine Sekunde. »Aber was ich nicht mag, ist, gesagt zu bekommen, was ich tun, fühlen oder denken soll. Ich mag es nicht, nach Hause geschickt zu werden, wenn …«

»Ich wollte dich nicht …«

»Unterbrich mich nicht, Phoebe, ich bin noch nicht fertig. Ich mag es nicht, nach Hause geschickt zu werden, wenn eine intelligente, starke Frau, die weiß, wie man allein zurechtkommt, beschließt, dass sie mich nicht mehr brauchen kann. Ich mag es nicht und werde es auch nicht zulassen, dass man mir sagt, das ginge mich alles verdammt noch mal nichts an, obwohl ich heute Nacht da draußen war und mit ansehen musste, wie dieses arme Schwein in Stücke gerissen wurde. Also, schieß los, Phoebe, und sag mir noch einmal, dass ich nach Hause gehen soll.«

Ihr Atem ging stoßweise, bis sie ihn wieder kontrollieren konnte. »Ich dachte, ich ertrag es nicht, dir heute Nacht noch mal in die Augen zu sehen.«

»Wie bitte? Warum denn das?«

»Ich wusste nicht … Ich hatte Angst, zusammenzubrechen, oder, noch schlimmer, Angst, du könntest mich jetzt mit anderen Augen betrachten. Keine Ahnung, warum. Vom Verstand her weiß ich, dass das Quatsch ist, aber vom Gefühl her … Ich bin emotional völlig durcheinander.«

»Jetzt lass mich mal was sagen: Selbst wenn du zusammengebrochen wärst, Phoebe …«

»Aber wenn ich dir doch sage, dass das nichts mit Logik zu tun hat!« Der Schubs, den sie ihm gab, war eine Spur wütend. »Du brauchst gar nicht erst versuchen, es logisch zu machen.«

»Wo du recht hast, hast du recht.« Er überlegte einen

Moment und griff dann nach dem Flachmann in seiner hinteren Hosentasche, den ihm Phin gegeben hatte.

»Oh, gut. Danke.« Sie nahm einen kurzen Schluck und dann einen langen Zug. »Meine Güte.« Sie lehnte sich gegen den Wagen. »O Gott, Duncan.«

»Ich werde nie …« Er nahm ihr die Flasche für einen kurzen Schluck aus der Hand. »Es ist ganz anders, als ich es mir vorgestellt habe. Was da mit einem Menschen passiert.«

»Die Bombenexperten nennen das *pink mist.*«

Er schraubte den Flachmann zu und öffnete ihr die Beifahrertür. »Hast du das schon mal erlebt?«

»Nein, so noch nie.« Sie wartete, bis er hinterm Steuer saß. »Es gab Fälle, wo wir nicht schnell genug da waren oder etwas schiefgegangen ist. Aber so etwas … habe ich noch nie gesehen. Ich war so sauer auf ihn, so was von *wütend.* Weil er wieder heiraten und nach Europa ziehen wollte, ohne auch nur einen Gedanken an Carly zu verschwenden.« Sie rieb sich mit den Handballen über die Augen. »Dass ich so empfunden habe, macht es, glaube ich, noch schlimmer, als wenn wir Freunde geblieben wären oder es wenigstens geschafft hätten, nett miteinander umzugehen. Aber so habe ich nun mal empfunden.«

»Davon habe ich auf dem Bonaventure-Friedhof nichts bemerkt. Du hast keine Sekunde lang daran gedacht, wie wütend du auf ihn warst. Du hast alles getan, um sein Leben zu retten.«

»Aber eben nicht genug. Das ist Selbstzerfleischung«, sagte sie, noch bevor er den Mund aufmachen konnte. »Und das weiß ich auch. Das ist selbstmitleidig und egoistisch. Duncan, wirst du sagen, dass ich schon wieder Mist rede, wenn ich finde, dass wir uns eine Weile nicht sehen sollten? Ganz einfach deshalb, weil der Mann, der Roy ermordet hat, auf die Idee kommen könnte, dass es noch mehr Spaß macht, sich jemanden aus meinem derzeitigen Leben zu krallen. So gesehen ist es besser, wenn wir etwas auf Abstand gehen.«

»Zwischen dir und Roy gab es genügend Abstand.«

»Ja, aber …«

»Ich finde in der Tat, dass du Mist redest. Und wenn ich dir zugestehe, dass du für dich selbst sorgen kannst, solltest du das mir ebenfalls zugestehen.«

Sie sagte nichts, sondern zückte nur ihre Dienstmarke, als sie sich dem Haus näherten. »Warte, ich muss mich erst vor den Streifenbeamten ausweisen.« Sie stieg aus und ging zu ihren Kollegen hinüber.

Er wartete am Wagen, während sie ein paar Worte wechselten. Im Haus brannten mehrere Lichter. In dieser Nacht würde wohl keiner mehr gut schlafen.

Als sie die Veranda betraten, machte Ava die Tür auf. »Ich bin so froh, dass du zu Hause bist!« Sie eilte barfuß heraus, um Phoebe zu umarmen. »Sie haben gesagt, du seist unverletzt.«

»Ich bin auch nicht verletzt. Mama?«

»Ich bin hier.« Essie stand knapp hinter der offenen Tür, ihr Gesicht war grau. »Phoebe. Phoebe.«

Nun hatte sie die Veranda also auch verloren, dachte Phoebe und ging schnell ins Haus, um ihre Mutter zu umarmen. »Es geht mir gut. Wirklich.«

»Sie haben gesagt, dass es Schwierigkeiten gab, dass etwas Schlimmes passiert ist. Carly …«

»… geht es gut. Du weißt, dass es ihr gut geht. Sie schläft.«

»Und … und Carter und …«

»Mama. Mama. Du musst atmen, ganz ruhig atmen. Und jetzt sieh mich bitte an, und hör mir genau zu: Allen geht es gut. Carter und Josie und Carly. Dir und Ava. Und ich bin auch wieder da. Duncan ist da. Er hat mich nach Hause gefahren.«

Noch während sie das sagte, merkte Phoebe, dass ihre Mutter eine Panikattacke bekam. Ihr Atem ging kurz und stoßweise, sie rang mühsam nach Luft. Jetzt fing sie auch noch an zu zittern. Schweißperlen standen auf Essies Stirn.

»Ava.«

Gemeinsam ließen Phoebe und Ava Essie sanft auf den Boden gleiten, bevor ihre Beine nachgaben.

»Mama. Ich bin bei dir, Mama. Spürst du meine Hand?« Sie sah auf, als Duncan den Sofaüberwurf um Essies zitternde Schultern legte. »Spürst du meine Hände, Mama? Spürst du, wie ich dir die Arme reibe? Kannst du mich hören? Und jetzt tief durchatmen!«

Der Anfall ließ von Minute zu Minute nach, obwohl er ihnen endlos lange vorkam.

»So. Gut so.« Phoebe zog Essie an sich und strich ihr übers Haar. »Schön weiteratmen. Siehst du, so ist es gut.«

»Ich konnte einfach nicht anders. Es tut mir so leid, Phoebe.«

»Psssst, es ist ja vorbei.«

»Hier, Essie, wie wär's mit einem Schluck Wasser?«

Essie drehte sich um, als Duncan mit einem Glas Wasser neben ihr in die Hocke ging. »O Duncan, ist mir das peinlich!«

»Trinken Sie ein bisschen Wasser. Ich werde uns allen Tee machen.«

»Oh, aber …«

»Sie wollen mich doch jetzt nicht behandeln wie einen x-beliebigen Gast, Essie?«

Eine Träne lief über ihre Wange, als sie den Kopf schüttelte. »Phoebe, es tut mir so leid. Du sollst nicht nach Hause kommen und dir solche Sorgen um mich machen müssen. Du siehst so müde aus.«

»Wir sind alle müde. Und jetzt komm – Ava und ich helfen dir auf und setzen dich aufs Sofa.«

»Ava, du solltest in die Küche gehen und Tee machen. Der arme Mann. Was wird er nur von uns denken?«

»Mach dir mal wegen Duncan keine Sorgen.« Ava half Essie auf das Sofa. »Ist dir kalt?«

»Nein, jetzt geht es mir wieder gut. Ich …« Sie fuhr sich übers Gesicht und zog eine Grimasse wegen der vielen Schweißperlen. »Seht mich nur an! Ich hatte unglaubliche Hitzewallungen.«

»Ich hol dir ein kühles Tuch.«

»Ich kann einfach nichts dagegen tun«, sagte Essie zu Phoebe, sobald sie allein waren.

»Ich weiß.«

»Du denkst bestimmt, ich sollte die Medikamente nehmen. Aber die meiste Zeit geht es mir gut. Ich hab mir nur solche Sorgen gemacht. Wir haben uns beide Sorgen gemacht. Und wenn ich nicht weiß, dass du zu Hause in Sicherheit bist, bekomme ich diese Anfälle.«

Sie streckte die Hand aus und berührte Phoebes Gesicht. »Etwas Schlimmes ist passiert.«

»Ja, etwas sehr Schlimmes. Mama, ich habe hier eine von deinen Tabletten. Du solltest eine nehmen, ich möchte nicht, dass du dich noch mehr aufregst.«

»Es geht mir schon wieder gut. Du hast gesagt, dass Carly, Carter und Josie nichts passiert ist. Was ist mit Dave?«

»Dave geht es gut.«

»Gut. Das ist gut. Alles andere ist nicht so schlimm.«

Ava kehrte mit einem kleinen weißen Gefäß und einem feuchten Tuch zurück.

»Es ist besser, du setzt dich, Ava.«

Sie erzählte ihnen von Roy. Obwohl Essies Gesicht erneut leichenblass wurde, bekam sie keinen Anfall. Ava und sie saßen zusammen auf der Couch und hielten sich an den Händen fest. Duncan kam wortlos herein, reichte den Tee herum und setzte sich, während Phoebe ihren Bericht beendete.

Es war Essie, die aufstand, um sich auf die Lehne von Phoebes Sessel zu setzen. Sie legte ihrer Tochter den Arm um die Schultern, zog ihren Kopf an sich und strich ihr übers Haar.

»Oh, Mama.«

»Es tut mir so leid, mein Kleines. Es tut mir so leid. Wie furchtbar. Armer Roy. Armer Roy. Der Mann hat wirklich nichts getaugt, aber diesen Tod hat er nicht verdient.«

»Mama!«

»Leute, die sagen, dass man nicht schlecht über Tote reden soll, sind scheinheilig, mehr nicht. Denn was sie denken, ist etwas ganz anderes.«

Essie sah zu Duncan hinüber, der nur mühsam ein Grinsen unterdrücken konnte. »Und Sie sind auch völlig geschafft, stimmt's? Aber alle Türen sind abgeschlossen, und wir sind hier in Sicherheit. Sie müssen sich eine Weile ausruhen.«

»Ja, wir müssen uns alle ausruhen.« Phoebe nahm Essies Hand. »Ich werde niemals zulassen, dass man dir etwas antut.«

»Wir werden jetzt alle schlafen gehen. Duncan, du

bleibst hier. Im Haus ist es sicher, also bleibst du hier. Komm schon, Kleines. Duncan wird in deinem Zimmer übernachten, damit du nicht alleine bist. Dann schläfst du besser.«

Als Phoebe die Brauen hob, schüttelte Essie nur den Kopf und scheuchte sie aus dem Wohnzimmer. »Als ob ich nicht wüsste, dass ihr ohnehin schon im Bett wart! Bald geht die Sonne auf. Und vorher brauchen wir dringend noch etwas Schlaf. Wir werden erst spät frühstücken.«

Ava nickte Phoebe über Essies Kopf hinweg zu und schlang dann ihren Arm um Essies Taille. »*Eggs Benedict*? Wär das nicht lecker, Essie? Und frische Beeren.«

Phoebe seufzte, als Ava ihre Mutter den Flur hinunter auf ihr Zimmer begleitete. »Das Schlimmste hat sie vorerst verdrängt. Es ist zu viel für sie, deshalb lässt sie es nicht an sich ran.«

»Das scheint mir vernünftig zu sein.«

Sie gingen in Phoebes Zimmer.

Sie setzte sich auf die Bettkante und sah erschöpft auf, während sie sich die Schuhe auszog.

»Puh. Ich bin zu müde, um mich auszuziehen.« Sie legte sich einfach auf den Bettüberwurf und ringelte sich auf der Seite zusammen.

Duncan legte sich neben sie, die beiden lagen Löffelchen. »Ich hätte nicht gedacht, dass unsere erste gemeinsame Übernachtung damit endet, dass wir beide angezogen bleiben.«

Sie nahm seine Hand und drückte sie an ihre Brust.

Essie sollte recht behalten: Phoebe schlief besser in seiner Gegenwart.

23

Mit Carly auf ihrem Schoß wiegte sich Phoebe vor und zurück, wie damals, als Carly noch ein Baby gewesen war. Sie wusste, wie es war, den Vater zu verlieren, erzählt zu bekommen, dass er weg war und nie mehr zurückkommen würde.

Dieser Schock, dieser Schlag, die Unmöglichkeit für ein Kind, so etwas wie den Tod oder die Worte ›nie mehr‹ zu begreifen.

Aber sie wusste nicht, wie es war, einen Vater zu verlieren, den man nie gehabt hat. Oder wie es war, jemanden durch einen so plötzlichen, brutalen Gewaltakt zu verlieren.

Egal, wie sehr sie sich bemühte, die Details zu glätten oder sie zu zensieren – es war und blieb entsetzlich. Und diese Details würden bis zu ihr durchdringen wie Wasser durch einen Riss in der Wand. Ein Riss, der aufgrund von Gerüchten, Nachrichten im Fernsehen und Fragen von Mitschülern immer breiter werden würde.

Es hatte keinen Sinn, ihr die Wahrheit zu verheimlichen, um sie davor zu schützen. Wie immer war es stets das Beste, so ehrlich wie möglich zu sein.

»Hat es wehgetan?«, wollte Carly wissen.

»Das weiß ich nicht. Ich weiß es einfach nicht. Ich hoffe, nicht.«

»Wieso musste er hier sterben, wo er doch gar nicht hier gewohnt hat?«

»Das weiß ich auch nicht, aber ich werde es herausfinden.«

Carly kuschelte sich noch enger an sie. »Ist es schlimm, dass ich ihn nicht lieb gehabt habe?«

»Nein, Kleines.« Phoebe konnte sie nur fester an sich ziehen. »Nein.«

»Ich habe ihn nicht lieb gehabt, aber ich wollte nie, dass er stirbt.«

»Ich weiß. Mir ging es ganz genauso.«

»Poppys Opa ist gestorben, und sie ist zur Beerdigung gegangen. Er lag tot in einer großen Kiste. Muss ich auch auf die Beerdigung?«

»Nein. Ich weiß nicht, ob es eine geben wird, geschweige denn, wo oder wann. Wir waren nicht … Das ist nicht unsere Aufgabe. Aber das kann ich herausfinden, und wenn du hingehen willst …«

»Ich will da nicht hin. Geht das? Bitte, ich will da nicht hin.«

»Ganz wie du willst.« Die Angst in Carlys Stimme führte dazu, dass Phoebe sie erneut hin und her wiegte. »Mach dir darüber keine Sorgen, mein Schatz.«

»Was, wenn er dir wehtut? Der Mann, der Roy wehgetan hat. Was, wenn er …«

»Das werde ich niemals zulassen. Carly …«

»Der andere Mann hat dir wehgetan. Er hat dir ins Gesicht und gegen deinen Arm geschlagen.« Tränen liefen über ihre Wangen, als Carly ihr übers Gesicht strich. »Was, wenn er zurückkommt und dir wieder wehtut oder dich umbringt, wie er Roy umgebracht hat? Mama.«

»Er wird nicht wiederkommen. Die Polizei wird dafür sorgen, dass das nie passiert. Ist das nicht genau mein Job, Carly? Du musst mir vertrauen und wissen, dass ich dich, Gran, Ava und mich selbst beschützen kann. Sogar Carter und Josie. Wir werden vorsichtig sein. Bitte wein jetzt nicht, sondern hör mir gut zu. Wir werden vorsichtig sein«, sagte Phoebe sanft. »Die Polizei wird unser Haus eine Zeit lang bewachen, auch von innen, wenn du dich dann sicherer fühlst.«

»Wenn er ins Haus kommt – erschießen sie ihn dann mit ihren Pistolen? Erschießt du ihn dann?«

Arme Carly. »Er wird nicht ins Haus kommen. Und wenn, tun wir alles, was nötig ist, um uns in Sicherheit zu bringen, das versprech ich dir. Wir werden alle vorsichtig sein, einverstanden? Also denk bitte an das, was ich dir gesagt habe: Du darfst nicht mit Fremden reden und zu niemandem ins Auto steigen. Du darfst nicht mal in die Nähe seines Autos kommen. Egal, was man dir sagt. Und was tust du, anstatt in die Nähe seines Autos zu gehen?«

»Ich schrei ›Nein!‹, so laut ich kann, und laufe weg.«

»Ganz genau. Uns wird nichts passieren, mein Schatz, denn ich werde rausfinden, wer Roy das angetan hat. Und dann kommt er ins Gefängnis und nie wieder raus.«

»Wirst du das bald herausfinden?«

»Ich versuch's jedenfalls. Und Onkel Dave auch. Alle meine Kollegen helfen mir dabei.«

Zufrieden und getröstet lehnte Carly ihren Kopf gegen Phoebes Brust. »Bist du traurig, Mama?«

»Ja. Ich bin traurig.«

»Hast du Angst?«

Die Wahrheit, dachte Phoebe, nichts als die Wahrheit. »Ich habe so viel Angst, dass ich vorsichtig sein und hart arbeiten werde, um herauszufinden, warum das passiert ist. Du weißt, was passiert, wenn ich hart arbeite?«

Die Andeutung eines Lächelns erschien auf Carlys Gesicht. »Dann löst du den Fall.«

»Genau.« Sie zog Carly fest an sich und sagte wie zu sich selbst: »Genau.«

Sie bekam einen Anruf und musste los. Es fiel ihr schwer, ihre Familie allein zu lassen, schwerer, als sie gedacht hatte.

Die Polizei stand vor der Tür, rief sie sich wieder in Erinnerung. Aber keiner der Polizisten war wie sie. Sie würde sich ihrem Kontrollzwang ein andermal widmen müssen, ermahnte sich Phoebe. Aber im Moment hätte sie sich am liebsten zweigeteilt, um auch noch das Haus und alle, die sich darin befanden, bewachen zu können.

Sie hasste es, Carter und Josie bitten zu müssen, vorübergehend zu ihnen zu ziehen. Es war sicherer und effizienter, die Menschen, die am meisten gefährdet waren, unter einem Dach zu versammeln.

Es war ein Unding, einem Paar so etwas abzuverlangen, das sich gewissermaßen immer noch auf Hochzeitsreise befand. Dennoch hatten sie eingewilligt. Es gab kaum etwas, das Carter nicht für sie tun würde, das wusste sie. Und erst recht, wenn es dafür sorgte, dass seine Frau in Sicherheit war.

Doch sobald es Morgen wurde, musste jeder von ihnen sein gewohntes Leben wieder aufnehmen, zumindest bis zu einem gewissen Ausmaß. Sie mussten arbeiten, einkaufen, auf die Bank gehen. Carly würde sie noch ein, zwei Tage zu Hause behalten, bis sie sich sicher war, dass Carly auch außerhalb des Hauses und in der Schule geschützt war.

Aber jetzt ging sie die Treppe hinunter, um ihrer Familie zu sagen, dass sie wegmüsse.

Sie war überrascht, Duncan mit Carter und Josie im Wohnzimmer vorzufinden. Sie hatte angenommen, dass er nach Hause gefahren war, nachdem sie Carly mit hochgenommen hatte, um ihr von ihrem Vater zu erzählen.

Als sie hereinkam, erstarb das Gespräch, und alle Augen waren auf sie gerichtet.

»Ist hier irgendeine Verschwörung im Gange?«, fragte

sie und bemühte sich halbherzig, scherzhaft zu klingen. »Duncan, ich wusste gar nicht, dass du noch hier bist.«

»Ich dachte, ich bleib noch ein wenig. Wie geht es der Kleinen?«

»Sie ist ein tapferes kleines Mädchen. Sie packt das schon. Gerade ist sie bei meiner Mutter in der Küche. Carter, Jo … wir befinden uns in einer wirklich heiklen Lage, mehr kann ich dazu auch nicht sagen. Ich habe eine Telefonnummer, die ihr bitte alle in eure Handys einspeichert. Das ist eine Standleitung zum Revier und dem Team, das für eure Sicherheit verantwortlich ist. Alles, was euch ansatzweise merkwürdig vorkommt, meldet ihr bitte sofort. Duncan, ich wäre froh, wenn du die Nummer auch einspeicherst.«

»Glaubst du wirklich, dass uns dieser Verrückte etwas antun will?«, fragte Josie.

»Ich möchte kein Risiko eingehen.« Josies sonst so strahlender Blick wirkte mitgenommen, fiel Phoebe auf. Todesdrohungen gehörten nicht gerade zum Alltag einer Krankenschwester, die mit einem Lehrer verheiratet war. »Du musst gleich zu einem Patienten, stimmt's?«

»Ja, ich habe die Schicht von sieben bis vier. Ein Krebspatient, in einer Privatklinik in der Bull Street.«

»Gut, das ist ganz in der Nähe meines Reviers. Wenn du uns alle Details und Namen aufschreiben könntest – die der anderen Schwestern, deiner sonstigen Patienten und deine Schichten –, wäre das äußerst hilfreich. Dasselbe gilt auch für dich, Carter – deinen Stundenplan, deine Besprechungen mit Kollegen und Eltern, einfach alles. Duncan …«

»Mein Stundenplan ist leider deutlich weniger überschaubar.«

»Hast du mal über einen privaten Sicherheitsdienst nachgedacht? Nur für eine gewisse Zeit.«

»Ich will nicht, dass mich so ein Hüne auf Schritt und Tritt verfolgt. Mein Haus wird bewacht, dafür habe ich gesorgt. Du musst dich auch so schon um einiges kümmern, ich kümmer mich um mich selbst.«

»Ich muss jetzt weg.«

»Du gehst?« Carter trat sofort einen Schritt vor und packte sie am Arm. »Phoebe, der Kerl hat in erster Linie dich im Visier. Wenn du uns hier zusammentreibst, kann er zwar uns nichts tun, wird es aber erst recht auf dich absehen.«

»Und wenn schon, darauf bin ich vorbereitet. Carter, ich habe eine Tochter, die mich braucht. Ich habe nicht vor, leichtsinnig zu sein oder irgendwelche Dummheiten zu begehen. Dave kommt vorbei und holt mich ab. Wir fahren aufs Revier, wo ich von anderen Polizisten umgeben sein werde.«

»Was einen davon auch nicht daran gehindert hat, dich krankenhausreif zu schlagen«, rief Josie ihr wieder ins Gedächtnis.

»Nein, aber so leicht werde ich es niemandem mehr machen. Arnie Meeks ist der Grund, warum ich aufs Revier muss. Er wird für ein Verhör hergebracht. Ich muss dabei sein. Ich will, dass du hierbleibst und so weit wie möglich für Normalität sorgst.« Sie berührte Carters Wange. »Roy war vollkommen unvorbereitet. Er konnte das ja nicht ahnen. Aber wir sind vorbereitet. Wir werden das durchstehen. Und genau das tun wir jetzt.«

»Mama fürchtet sich zu Tode.«

»Ich weiß.« Daran ließ sich leider nichts ändern. »Ich verlass mich auf dich. Es beruhigt mich einfach zu wissen, dass eine Krankenschwester bei uns wohnt. Das ist eine große Entlastung für mich, Josie.«

»Wir kriegen das schon hin. Gerade haben wir darüber geredet, was wir alles tun können, um den Alltag so normal zu gestalten wie möglich. Essen, spielen, Musik hören. Und arbeiten«, sagte sie lächelnd zu Duncan.

»Ich dachte, Essie und ich könnten einen Businessplan schreiben.«

»Gut. Das ist sehr gut. Lenk sie ab, einverstanden? Und wenn sie dich etwas fragen, sag ihnen, dass Dave bei mir ist. Ich bin bald wieder da. Duncan, würdest du mich bitte hinausbegleiten?«

»Klar.«

Sie wartete, bis sie auf der Veranda waren. »Ich muss dir das einfach sagen«, hob sie an. »Es wäre schlauer, sicherer und bestimmt vernünftiger, wenn du nach Hause fahren und auf Distanz gehen würdest. Nicht nur von mir, sondern auch von meiner Familie.«

Er nickte und musterte die hübsche, von Bäumen gesäumte Straße. »Das hat Roy auch nicht viel genützt, oder?«

»Nein.« Besser, sie wurde noch deutlicher. »Du hast die finanziellen Möglichkeiten. Du könntest Savannah eine Weile verlassen. Und wegen deines Geldes muss außer deinen engsten Freunden auch niemand wissen, wo du bist.«

»Ich soll also Reißaus nehmen. Kommt nicht infrage. Savannah ist meine Heimat, und ich habe hier Projekte laufen, die ich auf keinen Fall verschieben möchte. Außerdem werde ich die Rotschöpfe hier nicht im Stich lassen. Aber das dürfte dich eigentlich nicht weiter überraschen.«

»Ich hab mir schon so was gedacht«, gab sie zu. »Trotzdem, das musste einfach mal gesagt werden. Ich glaube dir gern, dass du dich um dich selbst kümmern kannst, aber das heißt nicht, dass ich mir keine Sorgen mache. Und das wiederum dürfte dich nicht überraschen. Also möchte ich dich bitten, dich alle zwei Stunden bei mir zu melden. Ein kurzer Anruf, eine SMS. Egal wie, aber das musst du für mich tun.«

»Gern, aber nur, wenn das umgekehrt auch gilt.«

Sie hob die Brauen. »Du willst, dass ich mich bei dir melde?« Stirnrunzelnd schlug sie ihr Jackett zurück und zeigte ihm ihre am Bund befestigte Dienstmarke.

»Ja, wirklich hübsch. Ich ruf dich an, und zwei Stunden später rufst du mich an. So machen wir das.«

Sie trommelte mit den Fingern auf ihre Dienstmarke und musterte ihn. »Du wärst bestimmt ein guter Verhandler. Einverstanden. Hier.« Sie gab ihm einen Zettel. »Da stehen die Notrufnummern drauf. Wenn du dich darum kümmern könntest, dass alle sie in ihren Handys und im Telefon gespeichert haben, wäre ich dir äußerst dankbar.«

Sie drehte sich um, betrachtete kurz die Straße, die Bäume und Autos und sah dann hinüber in den Park. »Vielleicht beobachtet er das Haus. Er kann überall sein.«

»Dann zeigen wir ihm mal was Schönes.« Er zog sie an sich und presste seine Lippen auf ihren Mund.

Als er sie wieder loslassen wollte, umarmte sie ihn und drückte ihn fest an sich. »Geh kein Risiko ein. Null Risiko. Wenn es auch nur aussieht wie der Hauch eines Risikos – tu's nicht.«

»Hu-hu!«

Phoebes Nerven waren bis zum Zerreißen gespannt, sodass sie nach ihrer Waffe griff, obwohl die Stimme eindeutig der Nachbarin, Lorelei Tiffany, gehörte. Trotzdem sprach sie ganz gelassen, als sie sich umdrehte und ihr winkte. »Hallo, Miz Tiffany.«

»Ihr beide gebt wirklich ein fantastisches Paar ab! Das ist aber ein gut aussehender Mann, den Sie da haben, Phoebe. Noch vor wenigen Jahren hätte ich Ihnen den rücksichtslos ausgespannt.«

Ganz in Narzissengelb und mit ihrem Hund Maximillian Dufree, dessen Leine, Halsband und Fliege ein und dieselbe Farbe hatten, schenkte Mrs. Tiffany Duncan ein kokettes Lächeln.

»Ma'am, ich bin sicher, Sie hätten gute Chancen gehabt.«

Mrs. Tiffany gab ein mädchenhaftes Kichern von sich. »Sie Charmeur! Passen Sie lieber gut auf ihn auf, Phoebe. Maximillian Dufree und ich brechen gerade zu unserer Runde in den Park auf. Vielleicht wollen Sie uns ja begleiten?«

»Nichts lieber als das, aber …«

»Ja, natürlich! Wenn ich einen so gut aussehenden Mann an meiner Seite hätte, hätte ich auch was Besseres vor als Gassigehen. Auf Wiedersehen.«

»Zum Glück gibt es hier in der Gegend noch jede Menge normale Leute«, murmelte Phoebe.

»In Savannah ist ein Hund mit einer gelben Fliege offenbar nichts Besonderes. Neulich hab ich gesehen, wie dieses kahle Vieh einen rosa Zwergpudel bestiegen hat.«

»Der rosa Pudel wird Lady Delovely gewesen sein, die Maximillian Dufree rücksichtslos verführt – und zwar trotz seiner kläglichen Ausstattung. Das versucht er mit schöner Regelmäßigkeit auch bei allen anderen Hunden aus der Nachbarschaft, unter denen sich sogar einige Weibchen befinden.«

Sie sah zu, wie Mrs. Tiffany in ihrer gelben Pracht in den Park tänzelte. »Ich wünschte, wir könnten auch einfach so durch den Park schlendern.«

Duncan strich gerade über Phoebes Arm, als Dave vorfuhr. »Pass auf dich auf, Phoebe. Wir werden schon bald genügend Normalität haben.«

»Na hoffentlich.« Sie sah ihn und das Haus nachdenklich an, bevor sie auf Daves Wagen zuging.

»Alles in Ordnung?«, fragte Dave.

»Es geht so.«

»Unser Glückspilz scheint ja gar nicht mehr von deiner Seite zu weichen.«

Sie warf einen Blick zurück und merkte, dass Duncan immer noch auf der Veranda stand. »In der Tat. Und darin ist er sogar richtig gut. Genau wie du«, fügte sie hinzu. »Du warst in all den Jahren stets für mich und meine Familie da. Was dich ebenfalls zur Zielscheibe macht, Dave. Du stehst mir genauso nahe wie jedes Familienmitglied, ja näher, als mir Roy je gestanden hat.«

»Ich treffe schon meine Vorsichtsmaßnahmen.« Er nahm eine Hand vom Steuer, um ihre festzuhalten.

»Ich bitte darum.« Sie rückte näher an ihn heran. »Du bist mein Vater, seit ich zwölf bin. Zu dir habe ich aufgeschaut, auf dich habe ich mich verlassen, und dir habe ich in vielerlei Hinsicht nachgeeifert. Wenn er mich kennt, und das muss er wohl, weiß er das.«

Diesmal drückte er ihre Hand. »Ich war schon stolz auf dich, bevor ich dich zum ersten Mal zu Gesicht bekommen habe. Und ich liebe dich wie meine eigene Tochter. Ich werde nicht zulassen, dass er mich benutzt, um dir wehzutun, verstanden?«

»Ja. In Ordnung.« Sie atmete tief ein und hörbar wieder

aus. »Warum hat man Arnie geholt? Ich dachte, man wollte ihn inoffiziell bei sich zu Hause befragen?«

»Das hat man auch, zumindest wollte man das, bis er auf einen unserer Leute losgegangen ist. Das Ganze hat sich der kleine Mistkerl selbst zuzuschreiben.«

»Eine Kurzschlussreaktion«, entgegnete Phoebe. »Der Mann, der Roy umgebracht hat, tickt vollkommen anders. Der hat einen langen Atem und handelt eiskalt. Arnie Meeks passt einfach nicht zu diesem Profil, Dave.«

»Vielleicht nicht. Aber vielleicht hat er ja einen Freund, oder es könnte auch ein Familienmitglied sein. Am besten, wir gehen immer schön der Reihe nach vor, Phoebe. Lass uns einen Schritt nach dem anderen machen.«

Er hatte nicht nach einem Anwalt verlangt. Das sollte wohl beweisen, was für ein ausgebuffter Kerl er war, dachte Phoebe, während sie Arnie durch den Spiegel beobachtete. Aber es war eben auch unglaublich dumm. Er war lange genug Polizist gewesen, um es besser zu wissen, schien aber beweisen zu wollen, dass das keine große Sache war.

Er trug ein graues T-Shirt und Jeans, dazu abgewetzte Nike-Turnschuhe. Unrasiert, wie er war, wirkte er mal wieder sehr von sich überzeugt. Die rauen Bartstoppeln sprachen dieselbe Sprache wie seine Augen – ihr könnt mich alle mal, stand darin geschrieben.

Er hatte sie verletzt und erniedrigt, hatte ihr aufgelauert und sie missbraucht. Sie wusste, dass der Mühlstein, der auf ihrer Brust lastete, normal und eine ganz natürliche Reaktion war, während sie den Mann betrachtete, der sie gefesselt, zusammengeschlagen und ihr die Kleider vom Leib gerissen hatte.

Aber sie wurde ihn einfach nicht los.

»Du musst das nicht tun.« Dave legte ihr eine Hand auf die Schulter.

»O doch.«

»Du hast ihn schon einmal in die Schranken gewiesen, Phoebe, du musst dir nichts mehr beweisen.«

»Ich muss das einfach tun. Ich muss sehen, wie er verhört wird. *Ich muss ihm in die Augen sehen, muss seine Stimme hören.* Nur so kann ich mir wirklich sicher sein, dass er es war, der Roy umgebracht hat. Oder denjenigen kennt, der es getan hat.«

»Einer muss es dir ja sagen: Du schuldest Roy nicht das Geringste.«

»Ihm vielleicht nicht. Aber Carly. Es geht mir gut.«

Das war vielleicht etwas übertrieben, aber sie hielt durch, und das war das Wichtigste. Sie verfolgte, wie Sykes und Liz ihn gemeinsam verhörten, ihn ausfragten und versuchten, Arnies Schweigen zu durchbrechen. Alle drei wussten, wie so etwas geht, dachte sie. Aber Arnie war in der Minderheit und ihnen deutlich unterlegen.

»Wir wollen Ihnen gar nicht verschweigen, dass wir Sie wegen Lieutenant MacNamara reingeholt haben«, sagte Sykes leichthin.

»Da sagen Sie mir nichts Neues.«

»Ein Mann, der eine Frau derart zusammenschlägt, gerät nicht so schnell in Vergessenheit. Was ist das für ein Mann, der so etwas tut?« Sykes hielt kopfschüttelnd inne. »Meiner Meinung nach ist dem alles zuzutrauen.«

»Dann sollten Sie Ihre Meinung vielleicht noch mal überdenken.«

»Ich sag Ihnen jetzt mal, was ich denke, Arnie.« Liz ging um ihn herum und sprach ihn von hinten an. »Jemand, der so was tut, ist ein verdammter Feigling. Einer, der so krank im Kopf ist, dass er auch in der Lage wäre, einen hilflosen Mann in die Luft zu sprengen. Haben Sie sich unbesiegbar dabei gefühlt? Sind Sie sich *wichtig* vorgekommen, als Sie ihn ausgelöscht haben?«

»Ich kannte dieses Arschloch nicht mal! Das habe ich Ihnen doch alles längst erzählt. Ich hab mit dem Kerl nichts zu tun. Warum auch? Immerhin war er so schlau, die Schlampe sitzen zu lassen. Ich hätte ihm einen Drink spendiert, wenn ich ihn kennengelernt hätte.«

»Er hat Ihnen nichts bedeutet, stimmt's?«, schaltete sich Liz ein. »Er war nur ein Mittel zum Zweck, sich an Lieutenant MacNamara rächen zu können.«

»So was hab ich nicht nötig. Das ist vorbei.«

»Und wie gefällt es Ihnen so, Arnie, einen Haufen Yuppies in Calvin-Klein-Anzügen oder Touristen in Flipflops zu bewachen? Ich fürchte, das ist noch lange nicht vorbei.«

Arnies Gesicht verfinsterte sich. Wut, dachte Phoebe, und noch etwas anderes, Scham.

»Das ist nur vorübergehend.«

»Ach ja? Sie glauben, Ihr Daddy wird schon dafür sorgen, dass Sie Ihren Job zurückkriegen?« Sykes trommelte sich mit beiden Händen auf den Bauch und johlte laut auf. »Wenn Sie sich da mal nicht sauber getäuscht haben. Und das wissen Sie auch. Sie sind erledigt, Sie haben die Familientradition gebrochen. Wenn mich so eine Schlampe den Job gekostet hätte, würde ich ihr das nur zu gerne heimzahlen. Warum sagen Sie uns nicht, wo Sie gestern Nacht gewesen sind, Arnie? Wo waren Sie von zehn vor drei bis heute früh?«

»Das hab ich Ihnen doch alles schon *gesagt*. Ich war zu Hause, bei meiner Frau.«

»Es ist nicht besonders schlau, jetzt zu lügen.« Sykes

tippte gegen seine Schläfe. »Vor allem, wenn die Frau ohnehin nicht besonders glücklich mit einem ist.« Sykes blätterte die Akte durch, die vor ihm lag. »Sie hat ausgesagt, dass sie nicht weiß, wann Sie nach Hause gekommen sind. Als sie um elf ins Bett ging, waren Sie jedenfalls noch nicht da.«

Nach einem Achselzucken legte Arnie den Kopf in den Nacken, um die Decke zu betrachten. »Ich war unten im Hobbyraum und bin vor dem Fernseher eingeschlafen.«

»Sie hat das Haus abgeschlossen, Arnie. Sie ist durch alle Räume gegangen, bevor sie ins Bett ist. Wenn Sie vor der Glotze gesessen und geschnarcht hätten, wo war dann Ihr Wagen?«

»Sie hat ihn nicht gesehen. Sie ist sauer auf mich, das stimmt. Sie will mir nur das Leben schwer machen.«

»Er lügt«, stellte Phoebe fest. »Er war nicht zu Hause. Und er ist nervös.«

»Wo Sie an dem Tag waren, als Johnson erschossen wurde, weiß sie leider auch nicht.«

»Das war an meinem freien Tag, verdammt noch mal.« Wut überdeckte die gespielte Lässigkeit. »Ich war einkaufen. Ich hatte was zu erledigen.«

»Allerdings«, pflichtete ihm Liz bei. »Zum Beispiel am Fenster einer Wohnung Stellung beziehen und einen unbewaffneten Mann erschießen, einen Teenager, der sich gerade ergeben wollte.«

»*Fuck*. Fickt euch doch alle ins Knie! Das lass ich mir nicht anhängen, nur weil diese Schlampe MacNamara immer noch nicht zufrieden ist. Ich seh doch, wie ihr alle vor ihr kuscht und tut, was sie verlangt. Wenn ich jemanden hätte umbringen wollen, dann sie und niemand anders!«

»Ihren Exmann vor ihren Augen umzubringen ist eine nette Art, es ihr heimzuzahlen. Johnson umzubringen, nachdem sie stundenlang versucht hat, ihn zum Aufgeben zu überreden, ist auch eine Art von Rache.« Sykes zeigte mit seinen Fingern auf ihn wie mit einer Pistole. »Sie besitzen eine Zweiundzwanziger, Arnie. Sie hätten die Patrone vorher aus diesem verdammten Kaninchen entfernen sollen.«

»Wie bitte? Was denn für ein Kaninchen? Von was reden Sie überhaupt?«

»Jetzt lügt er nicht mehr.« Phoebe schüttelte den Kopf. »Er hat keine Ahnung, wovon sie reden.«

»Sobald wir die Kugel und die Waffe miteinander verglichen haben, werden wir Anzeige wegen Stalking und Belästigung erstatten. Damit haben Sie Ihre Bewährungsauflagen verletzt und wandern in den Bau. Und dieses Mal wird Sie Ihr Vater nicht wieder rauspauken können.«

»Halten Sie meinen Vater da raus.«

»Aber Sie werden ihn da nicht raushalten«, schoss Liz zurück. »Sie werden doch sofort Ihren Daddy anrufen und ihn um Hilfe anflehen. Wir werden die Kugeln aus dem Kaninchen mit Ihrer Waffe abgleichen. Und dann wären da noch die tote Schlange und die tote Ratte. Nach der verstümmelten Puppe, die Sie für sie hinterlegt haben, mussten Sie sich wohl noch etwas Heftigeres einfallen lassen. Und nach den Tieren musste es eben Roy Squire sein.«

»Ich weiß nichts von einem toten Kaninchen, verdammt noch mal.«

»Die Puppe«, sagte Phoebe leise, während Sykes die Augen schmalzog.

»Sie wissen was von dieser Puppe, stimmt's? Sie geraten ins Schwitzen wegen dieser Puppe.«

»Ich weiß gar nicht, wovon Sie reden.«

»Sie haben die Puppe verstümmelt, wie Sie auch Lieutenant MacNamara verstümmeln wollten«, fuhr Sykes fort. »Sie haben eines Abends bei ihr geklingelt und sie vor ihrer Tür liegen lassen. Dann die tote Ratte, bis hin zu Roy Squire. Ich kann da durchaus ein Verhaltensmuster erkennen.«

»Das ist doch Quatsch. Vielleicht habe ich ja eine Puppe vor ihrer Haustür liegen lassen. Na und? Das ist doch alles Wochen her, und ich bin seitdem nie wieder da gewesen. Ich war nicht mehr in ihrer Nähe, seit …«

»Seit Sie sie im Treppenhaus zusammengeschlagen haben?«, beendete Sykes seinen Satz. »Seit Sie ihr einen verdammten Wäschesack über den Kopf gezogen und ihr die Kleider vom Leib gerissen haben? Sie haben hier keine Freunde mehr, Arnie. Niemand wird Ihnen helfen, also lügen Sie ruhig weiter. Prima. Wenn Sie so weitermachen, wandern Sie wirklich ins Gefängnis, und diesmal wird ein Trip ins Jenseits daraus. Auf Sie wartet die Todesspritze, Sie erbärmlicher Scheißkerl.«

»Sie haben sie ja nicht mehr alle!« Arnie war jetzt leichenblass und schwitzte wie ein Schwein. »Ich habe niemanden umgebracht. Und ich habe auch kein verdammtes Kaninchen umgebracht.«

»Sie haben ein Motiv, die Mittel und die Gelegenheit. Ja, lügen Sie nur weiter, Sie Idiot. Sie wissen ja, wie sehr wir es lieben, wenn ein feiger Mörder hier sitzt und jammert und lügt. Auf ihn wartet die Todesspritze, gar keine Frage.«

»Ich kannte diesen Kerl doch gar nicht. Und ich war auch nicht in Hilton Head, wo er angeblich gelebt haben soll. Das können Sie mir nicht nachweisen.«

»Noch nicht, aber bald. Mir war es sowieso ein Dorn im Auge, wie dieses Arschloch nach dem Überfall auf Lieutenant MacNamara seinen Kopf aus der Schlinge gezogen hat, stimmt's, Liz?«

»Ich hätte gern gesehen, dass das ernste Konsequenzen gehabt hätte. Aber diesmal ...«

»Sie steckt dahinter.« Arnie wischte sich mit dem Handrücken über den Mund. »Und das wissen Sie ganz genau. Sie versucht mich reinzulegen. Ich hab diese verdammte Puppe auf einem Flohmarkt gefunden und wollte ihr damit nur einen Denkzettel verpassen. Ich habe niemanden umgebracht und war auch nie in diesem beschissenen Hilton Head. Sie versucht, mich fertigzumachen. Von mir aus kann sie zur Hölle fahren! Ich war gestern Nacht nicht mal ansatzweise in der Nähe vom Bonaventure-Friedhof.«

»Wo waren Sie dann, Arnie? Liefern Sie uns einen Beweis, dann lassen wir Sie in Ruhe.«

»Ich hab eine Freundin, zufrieden? Von meiner Frau bekomme ich weder Unterstützung, noch Sex, noch sonst irgendwas. Also hab ich mir jemanden gesucht, der mir genau das gibt. Ich war bei ihr gestern Nacht, bei ihr zu Hause. Und wir haben es getrieben bis weit nach zwei Uhr morgens.«

»Name.« Liz schob ihm einen Notizblock hin. »Und Adresse. Wir werden sie fragen, wie oft Sie es getrieben haben.«

»Sie ist verheiratet, kapiert? Er war für ein paar Tage zum Golfen in Myrtle Beach, deshalb waren wir bei ihr. Lassen Sie mich erst mit ihr reden und ihr sagen, dass es echt ernst ist, damit sie es nicht versaut. Wenn das ihr Mann erfährt, schlägt er sie grün und blau. Sie muss sich darauf verlassen können, dass sie anonym bleibt.«

»Wir sollen zulassen, dass Sie zuerst mit ihr reden und sie unter Druck setzen?« Sykes schnaubte verächtlich auf. »Das können Sie sich abschminken, Arnie. Wenn Sie die Wahrheit sagen, halten wir sie da raus. Da scheint sich ja ein sauberes Pärchen gefunden zu haben.«

»Meine Frau redet schon von Scheidung, und das alles nur, weil Lieutenant MacNamara …«

»Ach so, ja, das ist natürlich alles nur Lieutenant MacNamaras Schuld. Logisch. Sie hat Sie reingelegt, indem sie Sie dazu gebracht hat, sie zusammenzuschlagen, damit Sie Ihren Job verlieren. Und jetzt schreiben Sie uns ihren Namen auf, Arnie.«

»Sie ist Geschäftsführerin bei Terrance Inc. Befragen Sie sie dort und nicht bei ihr zu Hause. Sie müssen sie in ihrem Büro befragen. Sie müssen mir den Gefallen tun, diskret vorzugehen.«

Sykes Blick war eiskalt. »Nach Ihrem Überfall auf Lieutenant MacNamara im Treppenhaus haben Sie jeglichen Anspruch auf Gefälligkeiten verloren. Vergessen Sie das nicht, Sie Arschloch. Hier ist niemand auf Ihrer Seite. Wenn Sie Ihren Arsch retten wollen, schreiben Sie jetzt ihren Namen auf. Sonst behalten wir Sie hier, weil Sie einen Polizisten angegriffen haben, bis wir unsere Arbeit erledigt haben.«

Während er schrieb, wandte sich Phoebe an Dave.

»Noch mal: Er war es nicht. Er ist ein Arschloch und ein Idiot. Aber er hat weder Charles Johnson noch Roy umgebracht. Er hat weder das Zeug noch den Grips dazu.« Sie betrachtete ihn wieder durch den Spiegel. »Er würde mir wirklich gerne etwas antun. Er würde es mir immer noch gern heimzahlen. Aber er würde gar nicht darauf kommen, dass der Mord an diesem Jungen, der Mord an Roy, auch eine Art Rache sein könnte. Er kennt mich kein bisschen. Derjenige, der das getan hat, schon.«

»Wir werden diese Frau überprüfen und sehen, ob er wirklich ein Alibi hat.«

»Ja. Ich fahre jetzt nach Hause. Ich werde mit der Durchsicht der Akten anfangen. Er wird darin vorkommen. Er muss darin vorkommen.«

Als Phoebe den Beobachtungsraum verließ, kam Liz aus dem Verhörraum. »Ich will kurz mit dir reden. Hast du Zeit?«

»Klar.«

»Lass uns …«, Liz deutete auf die Damentoilette, »lass uns dort reden.«

Als sie auf der Toilette waren, lehnte sich Liz gegen eines der Waschbecken. »Es muss schlimm für dich sein, das mit anzusehen. Ihn anzusehen. Der Spiegel ist nicht gerade ein Schutz.«

»Ja, das stimmt. Andererseits ging es nicht anders.«

»Er war es nicht, Phoebe.«

»Nein, er war es nicht. Du und Bull, ihr habt da drin gute Arbeit geleistet. Sein Alibi wird stimmen, und damit können wir diese Spur aufgeben.«

»Wie kommst du klar?«

»Willst du die Wahrheit wissen? Ich habe keine Ahnung.« Phoebe schlug die Hände vors Gesicht und fuhr sich dann durch die Haare. »Ich halte meine Familienmitglieder in meinem Haus fest, als wären es Geiseln. Aber ich habe keine andere Wahl. Wer immer Roy das angetan hat, hat uns alle zu Geiseln gemacht. Nur dass ich seine Forderungen nicht kenne. Ich weiß nicht, was er will und warum. Ich kann nicht mit ihm verhandeln, weil ich die Bedingungen nicht kenne.«

»Wollen wir einen Kaffee trinken?« Liz sah kurz auf die Uhr. »Ich kann hier eine halbe Stunde weg, während Bull die Unterlagen fertig macht.«

»Seh ich so schlimm aus?«

»Du siehst aus, als ob du eine Tasse Kaffee und eine Freundin gebrauchen könntest.«

»Das kann schon sein, aber ich muss jetzt dringend nach Hause. Wenn ich zu spät komme, flippen alle aus. Ich bin ihre einzige Stütze. Gibst du mir Bescheid, ob und wann sein Alibi bestätigt wurde?«

»Kein Problem.«

Phoebe öffnete die Tür und machte sie dann wieder zu. »Ich wünschte, er wäre es gewesen. Ich wünschte, er wäre dieses Arschloch. Roy ist tot, und das lässt sich auch nicht mehr rückgängig machen. Ein Teil von mir wünscht sich, dass es Meeks war, damit die Sache endlich vorbei ist und ich meine Familie wieder in Sicherheit weiß. Aber es gibt noch einen anderen Teil, Liz, der sich mindestens genauso inbrünstig wünscht, dass es mit ihm vorbei ist, endgültig vorbei ist. Und zwar nicht wegen Roy, wenn du verstehst, was ich meine. Sondern wegen jeder Minute in diesem Treppenhaus. Ich dachte, ich hätte diese Erfahrung einigermaßen bewältigt, schließlich hat er dafür bezahlt. Aber als ich da drinstand und ihn ansah … Ich habe das noch lange nicht verarbeitet.«

»Das ist mehr als verständlich.«

»Findest du?«

»Recht ist nur dann geschehen, wenn einem das auch der Bauch sagt. Du musst seine Strafe akzeptieren, aber deswegen muss sie dir noch lange nicht gefallen.«

»Sie gefällt mir nicht.« Irgendwo löste sich ein Knoten, weil sie das endlich einmal losgeworden war und sich verstanden fühlte. »Sie gefällt mir kein bisschen. Ich würde mir wünschen, dass er eine Zeit lang ins Gefängnis wandert, hilflos und verängstigt. Vielleicht ginge es mir dann …« Phoebe schüttelte den Kopf. »Aber das ist eine andere Baustelle. Ich glaube, ich habe im Moment Dringenderes zu tun.«

»Du solltest mit einem Psychologen reden.«

»Ja, das werde ich auch, ehrlich. Aber erst, wenn das vorbei ist.« Sie rang sich ein Lächeln ab. »Das war besser als jede Tasse Kaffee. Danke, dass du mir zugehört hast, Liz.«

24

Sie versuchte nicht mehr daran zu denken, welche Gefühle es in ihr ausgelöst hatte, Arnie Meeks zu sehen und sprechen zu hören. Das war weder der rechte Ort noch der richtige Zeitpunkt dafür. Sie würde sich erneut damit auseinandersetzen müssen und noch so manchen Knoten im Magen spüren. Wenn es so weit war, würde sie eine Möglichkeit finden, sie zu lösen. Aber vorher hatte sie noch eine Liste mit anderen Prioritäten abzuarbeiten.

Sie parkte in der Jones Street und stieg aus ihrem Wagen. Warum, dachte sie, wirkte das Haus manchmal so *bedrohlich*? Es konnten Wochen, ja sogar Monate ins Land gehen, in denen sie es einfach nur als ihr Zuhause betrachtete – als einen schönen, eleganten Ort, an dem ihr Kind aufwuchs und der ihre Mutter sowie ihre Freundin beherbergte. Als einen Ort, wo man zusammen aß, schlief, lebte und manchmal Gäste empfing.

Was spielte es da schon für eine Rolle, dass sie sich nicht freiwillig dazu entschieden hatte, hier zu wohnen, hier zu *leben*? Es war schließlich nur ein Haus. Nichts als Ziegel und Glas. Bess' Geist war längst weitergezogen.

Sie hatte keine Wahl gehabt, dachte sie. Deshalb.

Obwohl sie im Haus gebraucht wurde, ging Phoebe nach hinten in den Garten. Weit weg vom Streifenwagen und der bedrohlichen Fassade aus Ziegeln und Glas.

Sie setzte sich auf die Stufen zur Veranda, sah auf die hübschen Beete und Wege hinaus und stellte sich vor, sie lägen ganz woanders. In New Orleans vielleicht oder einfach nur in einem anderen Stadtteil Savannahs. In Atlanta oder in Charlotte.

Aber würde das wirklich einen Unterschied machen?

O ja, musste sie zugeben. Und ob.

Sie hörte, wie die Tür aufging, drehte sich aber nicht um. Sie wollte einfach noch einen Moment lang ihren Gedanken nachhängen.

Carter setzte sich neben sie und drückte ihr ein Glas Wein in die Hand. Er schwieg.

Sie nahm schweigend einen ersten Schluck und lauschte nur auf das köstliche Plätschern des Brunnens. »Ich schwelge gerade in Selbstmitleid.«

»Deswegen der Wein. Soll ich wieder reingehen?«

»Nein. Ich habe beschlossen, alte Wunden aufzureißen. Bess, dieses Haus und die Ketten, mit denen sie mich daran gefesselt hat. Aber das lässt sich nun mal nicht ändern, und weil ich keine Lösung dafür finden muss, kann ich auch herrlich darin schwelgen.«

»Dafür findest du sonst immer für alles eine Lösung.«

Sie sah ihn an. »Und genau das ist im Grunde meine Aufgabe, stimmt's?«

»Die du dir selbst ausgesucht hast, und zwar schon seit ich denken kann. Reuben war ein einschneidendes Erlebnis, aber es gab schon vorher Anzeichen dafür, auch wenn ich mich an die Zeit kaum noch erinnern kann.«

Sie lehnte kurz ihren Kopf an seine Schulter. »Als Daddy starb, wurde alles anders. An das Davor kann ich mich kaum noch erinnern. Sie hätte uns damals schon helfen können, findest du nicht? Die böse Bess. Wenn sie sich korrekt verhalten hätte, wäre so was wie mit Reuben vielleicht nie passiert. Aber sie hat es nun mal nicht getan, und es ist sinnlos, darüber nachzudenken, was gewesen wäre, wenn.«

Sie schwieg eine Weile, trank Wein und musterte den Brunnen. »Mama hat uns durchgebracht, Tag für Tag.«

»Ich weiß.«

»Es muss wahnsinnig schwer für sie gewesen sein. Ich weiß nicht, wie sie das alles geschafft hat. Die Sorgen, die Arbeit, die Trauer. Die Angst. Aber sie hat uns durchgebracht und war immer für uns da. Dann beschließt sie, es mit jemandem zu versuchen, der ihr das Gefühl gibt, etwas Besonderes zu sein, und sie anfangs auf Händen trägt. Und der sie und ihre Kinder beinahe umbringt. Kein Wunder, dass sie irgendwann damit angefangen hat, sich zu verbarrikadieren.«

»Ich habe ihr das nie übel genommen.«

»Nein, du nie. Ich schon, manchmal. Ich schäme mich weiß Gott dafür. Manchmal nervt es mich wider besseres Wissen, dass sie nicht raus, nicht einkaufen, ja nicht einmal ins Kino geht. Egal was. Auch wenn ich weiß, warum sie das nicht kann. Manchmal …«

Sie schüttelte den Kopf und nahm noch einen Schluck Wein. »Vor allem jetzt, in dieser Situation, weil ich sie und

Carly nicht einfach woanders hinschicken kann. Wenn ich sie einfach in irgendein Flugzeug setzen und weit fortschicken könnte, bis das hier vorbei ist, müsste ich mir nicht solche Sorgen machen.«

»Wir müssen noch einmal wegen einer Therapie mit ihr reden. Aber nicht jetzt«, sagte er, bevor Phoebe etwas einwenden konnte. »Nicht jetzt, wo sie ohnehin angespannt ist. Aber später, wenn … wenn das alles vorbei ist, wie du sagst. Josie und ich könnten hier einziehen. Und zwar nicht nur vorübergehend.«

»Ihr würdet hier nicht glücklich.«

»Phoebe …«

»Ihr würdet hier nicht glücklich. Und ich fühle mich wohl hier, meistens zumindest. Ich mache gerade nur eine verdammt schwere Zeit durch. Ich weiß kaum noch, wo mir der Kopf steht. Arnie Meeks hat nichts mit dem Mord an Roy zu tun. Das wusste ich schon, bevor ich aufs Revier gefahren bin, um bei seiner Vernehmung mit dabei zu sein. Aber allein, ihn zu sehen, hat mich wieder völlig fertiggemacht und verängstigt. Deswegen sitze ich hier und versuche, damit umzugehen.«

»Du kannst das.«

»Ja, und das ist das Wichtigste.«

Im Garten flirtete ein bunt gefiederter Kolibri mit den üppigen Prunkwinden und kletterte dann an dem eisernen Spalier an der Hauswand hoch. Er hat eine Riesenauswahl an Blüten, dachte Phoebe, kann fliegen, wohin er will.

Aber Menschen waren nun mal keine Vögel.

»Wie geht es Mama?«

»Sie häkelt. Bevor Duncan gegangen ist, hat er mit ihr über das Sortiment und die Preise gesprochen. Genau das

Richtige, um sie auf andere Gedanken zu bringen. Er ist gut darin, andere anzustacheln.«

Sie hob die Brauen. »Soll das ein Kompliment sein oder …?«

»Ich mag ihn. Er hat Carly in das Gespräch mit einbezogen. Als Modeberaterin. Sie war Feuer und Flamme.«

»Das sollte sie auch sein, wenn sie mal Stylistin werden will.«

»Wenn man weiß, welchen Knopf man drücken muss, ist das eine Riesenbegabung, mit der er geradezu verschwenderisch gesegnet ist. Wie, wann und wo man diesen Knopf drückt, zeigt, aus welchem Holz man geschnitzt ist. So gesehen mag ich ihn wirklich sehr, Phoebe.«

»Ich mag ihn mehr als das.«

»Wirklich?« Carter musterte sie kritisch. »Und warum bedrückt dich das dann, wenn man fragen darf?«

»Ich habe nicht gesagt, dass mich das bedrückt.«

Er verdrehte die Augen und tippte dann auf die kaum angedeutete Steilfalte zwischen ihren Brauen. »Aber die hier spricht eine ganz andere Sprache.«

Sie zuckte die Achseln und wischte die Falte weg. »Komm schon, Carter. Auf dem Gebiet kann ich nicht gerade glänzen.«

»Roy war ein Depp. Jeder hat das Recht, einmal einen Fehler zu machen. Und es tut mir leid, dass ich das gesagt habe, weil mir gerade wieder eingefallen ist, dass er tot ist. Trotzdem.«

»Ein Depp, ob tot oder lebendig. Das stimmt schon. Wie gesagt, auf dem Gebiet kann ich nicht gerade glänzen«, wiederholte sie. »Wer Karriere machen will, muss in der Liebe oft Kompromisse machen.«

»Ein Mann, der sich mit einer Polizistin einlässt, wird

wissen, was das bedeutet. Tut mir leid, aber dass dich das bedrückt, kauf ich dir nicht ab. Nenn mir einen besseren Grund.«

»Ich habe eine siebenjährige Tochter. Damit meine ich nicht, dass das ein Problem oder eine Belastung ist. Sie ist die Liebe meines Lebens. Aber sie ist nun mal da. Sie steht für mich an erster Stelle. Und eine ernste, dauerhafte Beziehung zu jemandem, der automatisch ein Kind mit dazubekommt, ist nicht so einfach.«

Carter winkte ab. »So etwas passiert doch jeden Tag.«

»Gut möglich, aber das ist noch keine Erfolgsgarantie. Und dann noch dieses Haus. Er hat dieses fantastische Anwesen auf Whitfield Island. Er hat es selbst gebaut. Angenommen, die Sache entwickelt sich weiter – ich könnte niemals dort leben. Ich kann hier nicht weg. Und dann ist da noch Mama. Wer mich nimmt, muss auch sie nehmen. Eines dieser Argumente ist vielleicht keine große Sache. Aber alle zusammen sind schon eine ziemliche Belastung. Außerdem weiß ich gar nicht, ob er mich mehr als nur mag.«

»Du kannst ihn ja fragen.«

»Ja, du hast leicht reden.« Sie seufzte laut. »Aber jetzt habe ich es wenigstens geschafft, mich mit diesem Liebesthema von meinem Selbstmitleid abzulenken, das mich wiederum von dieser entsetzlichen Geschichte abgelenkt hat. Trotzdem wird es jetzt höchste Zeit, dass ich mich wieder um diese entsetzliche Geschichte kümmere.« Sie stand auf. »Ich muss eine Weile arbeiten.« Sie beugte sich vor und küsste Carter auf die Wange. »Danke für den Wein und alles.«

»Das war dein Wein. Ansonsten stehe ich dir jederzeit zur Verfügung.«

Es könnte schlimmer sein, dachte Phoebe. Jetzt, wo sich Ava und Josie in der Küche zu schaffen machten und ihre Mutter sowie ihre Tochter mit Häkelentwürfen beschäftigt waren, hatte Phoebe Zeit, ungestört zu arbeiten. Für ein Haus, das observiert wurde, verlief der Tag beinahe schon normal.

Am nächsten Morgen wollte sie das FBI kontaktieren, ihre Situation schildern und Kopien jener Fälle anfordern, wo sie Teil eines Sondereinsatzkommandos gewesen war.

Lang, lang ist's her, dachte sie, als sie sich in ihre Akten vertiefte. Aber sie wollte kein Risiko eingehen.

Jeder Fall, mit dem sie sich erneut beschäftigte, versetzte sie in die jeweilige Situation zurück. Sie registrierte erstaunt, wie gut sie sich noch an jedes Detail erinnern konnte, egal, ob der Vorfall nun vier, fünf oder noch mehr Jahre her war. Sobald sie das Protokoll vor sich hatte, fiel ihr alles wieder ein.

Fälle von häuslicher Gewalt, misslungene Überfälle, Sorgerechtsstreitigkeiten, verbitterte Angestellte, Rache, Habgier, Trauer, Fälle von Geisteskrankheit oder psychische Krisen – all das konnte zu Geiselnahmen führen. Doch egal, wie sehr man sich anstrengte, manchmal hatten die Verhandlungen auch nichts ausrichten können. Hatte sie nichts ausrichten können.

Sie sortierte die Akten chronologisch und begann mit ihrem ersten Fall bei der Polizei von Savannah. Am Ende diesen Jahres hatte sie drei Menschen verloren. Einen Selbstmörder, eine Geisel und einen Geiselnehmer. Es spielte keine Rolle, dass sie Dutzende zum Aufgeben gebracht hatte. Sie hatte drei Menschen verloren und sah jeden davon noch einmal genau vor sich.

So genau, dass sie begann, ihre damalige Taktik zu hinterfragen, ihr Handeln, ihre Worte, ihren Tonfall. Damit verlor sie Zeit und wurde den Menschen trotzdem nicht gerecht. Sie wusste, dass das sinnlos, wenn nicht sogar gefährlich war. Trotzdem, drei Menschen waren ihr entglitten. War Roy wegen einem von ihnen tot?

Sie legte eine neue Akte mit den Namen der Toten an, schrieb das jeweilige Jahr, den Ort und den Anlass für die jeweilige Krise dazu. Dann begann sie die Namen derjenigen, die mit den Toten privat oder beruflich zu tun gehabt hatten, zu notieren.

Sie war gerade mit dem zweiten Jahr durch, als Ava an die Tür klopfte. »Du brauchst eine Verschnaufpause. Und etwas zu essen.«

»Es geht mir gut, Ava, ehrlich.«

»Es geht dir nicht gut, niemandem hier geht es gut. Aber wir brauchen alle mal eine Pause und müssen essen und schlafen.« Sie kam zum Schreibtisch. »Deine Mutter und deine Tochter sollten sehen, dass du etwas isst und schläfst, wenn auch nur stundenweise.«

»Na gut, ich komme runter. Ava, ich weiß, dass du diesen Sommer noch mit Steven durch den Westen reisen willst. Ich habe mir überlegt, dass du das lieber etwas vorziehen solltest. Das Semester ist sowieso in wenigen Tagen zu Ende. So kämst du hier weg, könntest ihn sogar noch früher sehen und …«

»Damit ich in Sicherheit bin, falls man es auch auf mich abgesehen hat? Da wir hier alle auf ungewisse Zeit festsitzen, finde ich es nicht sehr klug von dir, dich schon am ersten Tag mit mir anzulegen.«

»Ich will mich nicht mit dir anlegen, Ava. Ich will mich nur um eine Person weniger sorgen müssen – beziehungsweise um zwei Personen weniger, wenn man bedenkt, dass

Steven auch noch nach Hause kommen wollte. Du würdest mir also einen großen Gefallen tun, wenn ihr jetzt schon in Urlaub fahren würdet.«

Ava hob den Kopf. »Aber den Gefallen tue ich dir nicht, Phoebe. Ich lasse weder Essie noch Carly im Stich, und das ist mein letztes Wort. Wenn es nur um dich ginge, würde ich fahren, denn eine selbstgenügsamere Person als dich habe ich nie kennengelernt. Selbstgenügsam bis zur Schmerzgrenze, so wie jetzt.«

Phoebe rutschte auf ihrem Stuhl hin und her. »Auch du solltest dich nicht gleich am ersten Tag mit mir anlegen.«

»Dann kann ich nur hoffen, dass sich das vermeiden lässt, und dir sagen, dass ich bereits mit Steven geredet habe. Ich habe ihm gesagt, dass er mit der Familie seines Zimmergenossen, mit dem er sich so gut versteht, nach Bar Harbor fahren soll. Er wird nicht vor Juni nach Hause kommen. Und wenn bis dahin nicht alles wieder normal sein sollte …« Ava fuhr sich mit einer Hand durchs Haar. »… werde ich mir was anderes ausdenken, um ihn davon abzuhalten, nach Hause zu kommen.«

»Du hast ihm also *nicht* gesagt, warum du so begeistert davon bist, dass er nach Maine fährt?«

»Er ist mein Kleiner, so wie Carly deine Kleine ist, und zwar unabhängig vom Alter. Ich will ihn da nicht mit hineinziehen. Essie braucht mich, und obwohl Carly etwas von deiner Selbstgenügsamkeit besitzt, ist sie noch ein kleines Mädchen, das mich ebenfalls braucht. Und auch du brauchst mich, Phoebe, also behandle mich nicht länger wie jemanden, der dir zur Last fällt, anstatt dir zu helfen.«

»Wenn ich dich nicht so schätzen würde, würde ich dich nicht in Sicherheit bringen wollen. Du könntest Carly mitnehmen und …« Phoebe schlug die Hände vors Gesicht. »Ich weiß, dass das nicht funktioniert, ich *weiß* es, aber deswegen höre ich noch lange nicht auf, es mir zu wünschen. Wenn ich Carly wegschicken würde, wäre sie noch aufgeregter und verängstigter als ohnehin schon. Mama würde ausflippen. Ich *weiß* das alles, Ava. Genauso wie ich weiß, dass ich Mama nicht Tag für Tag im Haus allein lassen kann. Ich brauche dich hier, aber ich liebe dich und wünschte, du könntest wegfahren.«

»Siehst du, und schon habe ich keine Lust mehr, mich mit dir anzulegen.« Sie ging um Schreibtisch und Stuhl herum, umarmte Phoebe von hinten und schmiegte ihre Wange an die ihre. »Wir sind alle mit den Nerven am Ende.«

»Genau das will er damit bezwecken«, sagte Phoebe leise. »Wer immer das ist – genau das will er bezwecken.«

»Aber wenn wir uns jetzt zu einem schönen Abendessen hinsetzen, zeigen wir ihm gewissermaßen den Stinkefinger. Ich hab ein Hühnchen im Ofen und Josie beigebracht, wie man Kartoffelgratin macht.«

»Dann werde ich ihm zweimal den Stinkefinger zeigen und mir mehr als eine Portion von diesem verdammten Kartoffelgratin nehmen.«

»Ich würde lieber nur eine Portion essen und noch etwas Platz für ein Stück Erdbeertorte lassen.«

»O Gott, warum quälst du mich so?«

»Wenn ich nervös bin, koche ich«, entgegnete Ava gelassen. »Und heute habe ich ziemlich viel gekocht.«

Es war atemberaubend gewesen. Überwältigend perfekt – er konnte es selbst kaum fassen. Seit er diesen jämmerlichen Roy in den Kofferraum seines Mercedes geworfen hatte, bis hin zu jenem Moment, in dem er ihn zur Hölle gejagt hatte, war jede Minute, jeder Atemzug ein einziger Ecstasy-Flash gewesen. Noch besser, als diesen Gangtypen abzuknallen. Das war viel zu schnell vorbei und längst nicht so dramatisch gewesen.

Trotzdem hätte er gern Phoebes Gesicht gesehen, als Roy in die Luft geflogen war. Das wäre das Tüpfelchen auf dem i gewesen.

Dafür sah er es sich jetzt an, das Gesicht, das er an die Wand seiner Werkstatt gehängt hatte. Ein Gesicht von vielen. Alle Bilder zeigten sie, Phoebe MacNamara. Wie sie von einem anstrengenden Arbeitstag nach Hause kam, nachdem sie sich in das Leben wildfremder Menschen eingemischt hatte. Wie sie dastand und mit einer ihrer bescheuerten Nachbarinnen redete. Wie sie mit ihrem verzogenen Blag in den Park ging oder die River Street entlangspazierte. Wie sie Speichel mit diesem reichen Geldsack tauschte, von dem sie sich ficken ließ.

»Jetzt bist du ganz schön ins Schwitzen geraten, was, du Schlampe? Und ob du das bist! Und du wirst noch literweise Schweiß vergießen, bis ich mit dir fertig bin.«

Sie würde versuchen, dahinterzukommen, dachte er. Doch an diesem Fall würde sie sich die Zähne ausbeißen. Wer würde bloß den armen Roy umbringen wollen? Wer konnte nur so etwas Grausames tun? Buhu!

Als er ihre Stimme in seinem Kopf hörte, lachte er so sehr, dass er sich setzen musste. Zu dumm, dass sie und dieser Geldsack nicht schon länger fickten. Wenn er etwas mehr Zeit gehabt hätte, etwas mehr hätte recherchieren können, wenn er sich nur ein bisschen mehr angestrengt hätte, hätte er den neuen Lover statt ihres Exmanns erwischen können. Aber vielleicht fiel ihm diesbezüglich ja noch was ein. Er brauchte nur etwas nachzudenken, zu überlegen. Seine Chance zu ergreifen oder eine herbeizuführen.

»Wir werden sehen«, murmelte er. »Ich hab einen Zeitplan für uns aufgestellt, Phoebe.« Er hob erneut sein Bier. »Der Countdown läuft. Die Bombe tickt. Und beim letzten Ticken wird alles in einer einzigen Wolke aus Rauch und Blut aufgehen.«

Genau wie sie, dachte er, während sich ein anderes Gesicht vor sein inneres Auge schob. Und mit diesem schmerzlichen Bild vor Augen weinte er.

Nachdem sie zu Abend gegessen hatten und ihre Tochter wohlbehalten im Bett lag, nachdem ihr Captain sie ein letztes Mal angerufen hatte, starrte Phoebe auf ihre Akten. Im Moment spürte sie nichts als Leere, so, als sei alles Leben aus ihr gewichen.

Sie musste da durch, musste begreifen. Wenn sie sich erst wieder konzentrieren konnte, konnte sie sich auch wieder mit den Namen, Fällen und Motiven beschäftigen. Aber diese Leere blieb und drohte sie vollständig zu verschlingen.

Sie griff zum Telefon und wählte Duncans Nummer, ohne recht zu wissen, warum. Ohne zu wissen, warum sie innerlich zu zittern begann, als er dranging.

»Ich ... Duncan.«

»Phoebe. Gerade hab ich an dich gedacht. Und überlegt, ob ich dich anrufen oder lieber noch eine Weile in Ruhe lassen soll. Bist du zu Hause?«

»Ja.« Die Hand, die das Handy hielt, drohte ebenfalls zu zittern. »Ich bin zu Hause. Und du?«

»Ja. Ist das ein Kontrollanruf?«

»Ich will nicht …« Ja, was? »Ich will mich nicht aufdrängen.«

»Hör auf damit. Normalerweise würde ich fragen, was los ist, aber das ist ja mehr als offensichtlich. Gibt es Neuigkeiten?«

»Ich habe gerade mit Dave telefoniert. Alle sind hier in Sicherheit, so gut es eben geht. Ich wollte sie nicht belasten, nicht wenn … Puh. Also hab ich dich angerufen. Tut mir leid, ich sollte eigentlich …«

»Was hat Dave dir denn so Belastendes erzählt?«

»Du durchschaust mich wirklich schnell. Das gefällt mir an dir. Irgendwann wird mich das wahrscheinlich nerven. Falls es je dazu kommen sollte. Er hat angerufen, um mir zu sagen … Er fand, ich sollte wissen, dass … Moment.« Sie ließ das Telefon sinken und versuchte ihre Atmung wieder zu beruhigen. »Man hat festgestellt, dass Roy mit einer Zeitbombe verkabelt war. Es war eine Zeitbombe. Die Fernbedienung war nur für den Notfall gedacht, oder für den Fall, dass er die Dinge beschleunigen will. Die Bombe war so eingestellt, dass sie um Viertel vor zwei losgeht. Er hatte nie vor, Roy am Leben zu lassen. Egal, was ich gesagt oder getan hätte – es wäre immer so ausgegangen, wie es ausgegangen ist.«

Am anderen Ende der Leitung entstand ein Schweigen, und sie hörte, wie Duncan hörbar ausatmete. »Er hat genügend Zeit einkalkuliert, damit du noch rechtzeitig eintreffen kannst. Genügend Zeit, um mit dir spielen zu können. Er wollte, dass du zusiehst. Er wollte, dass du dabei bist. Aber damit erzähl ich dir wohl nichts Neues, Phoebe.«

»Er wollte, dass ich mit ihm verhandle, ihn anflehe und anbettle. Er wollte mir zeigen, dass nichts davon eine Rolle spielt. Nichts, was ich tue, kann irgendetwas daran ändern, weil er die Bombe längst programmiert hat. Der Countdown läuft.«

»Aber genau darin täuscht er sich. Denn dein Verhalten spielt durchaus eine Rolle.«

»Er ängstigt mich zu Tode. Und genau das will er erreichen.«

»Wenn du glaubst, dass ich dir jetzt sage, dass du keine Angst haben musst, hast du den Falschen angerufen. Was willst du jetzt unternehmen?«

»Dagegen, Todesängste auszustehen?«

»Nein, was willst du unternehmen, um ihn zu finden?«

»Ich lese Akten und suche nach …«

»Wie wär's, wenn ich zu dir komme? Ich kann auch Akten lesen.«

Sie drehte ihren Schreibtischstuhl, sodass sie in die bedrohliche Dunkelheit vor ihrem Fenster hinaussehen konnte. Die Leere in ihr begann zu verschwinden. »Mit diesem Angebot hast du mir schon sehr geholfen.«

»Gib mir eine halbe Stunde, und ich …«

»Nein, nein, du musst nicht mehr herkommen. Ich habe wahrscheinlich nur gebraucht, dass du mir das sagst. Ich musste einfach hören, dass … dass ich eine Wahl habe. Ich möchte dich gern etwas fragen, und bitte denk dran, dass ich eine aktive Zuhörerin bin und weiß, wann du lügst. Tut es dir unter den gegebenen Umständen leid, dass du mich auf einen Drink eingeladen hast?«

»Ich glaube, das war das Beste, was ich je getan habe, und zwar unabhängig von den Umständen.«

Sie schaffte es, zu lächeln. »Vielleicht das Zweitbeste, nachdem du beschlossen hattest, einen Lottoschein zu kaufen.«

»Wahrscheinlich war beides gleich wichtig. Phoebe, warum machst du nicht Schluss für heute und versuchst etwas zu schlafen?«

»Ja, vielleicht hast du recht.«

»Hey, auch ich merke, wenn man mich anlügt.«

»Vielleicht in ein paar Stunden. Danke, dass du mir gesagt hast, was ich am dringendsten gebraucht habe.«

»Wenn du noch mehr brauchst – ich komme sofort.«

»Gute Nacht, Duncan.«

Nach einer kurzen, unruhigen Nacht zog Phoebe in Erwägung, von zu Hause aus zu arbeiten. Doch dann würde sie kaum zum Arbeiten kommen, da sie beschlossen hatte, Carly in den nächsten Tagen noch nicht wieder zur Schule zu schicken.

Selbst wenn Carly sich selbst beschäftigte, wusste Phoebe, dass sie abgelenkt wäre. Sie würde Schuldgefühle haben, zu Hause zu sein und sich trotzdem von ihrer Tochter abzuschirmen. Und von ihrer Mutter. Es war besser, ins Büro zu gehen, beschäftigt zu bleiben, produktiv zu sein. Das Haus wurde von Polizisten bewacht, darüber musste sie sich also keine Sorgen machen. Außer, er schaffte es, sich an den Polizisten vorbeizumogeln, dachte sie, während sie versuchte, mithilfe von Make-up ein Wunder zu vollbringen. Aber das würde natürlich nicht passieren, und wenn, gab es immer noch die Alarmanlage.

Trotzdem: Jemand, der eine Zeitbombe basteln konnte, schaffte es bestimmt auch, eine Alarmanlage zu überlisten.

Aber das würde nicht passieren, redete sie sich ein.

Das würde nicht passieren.

Sie gab es auf, ihre Frisur in Form zu bringen, und machte einfach nur einen Pferdeschwanz.

Alle Anstrengungen waren darauf gerichtet, Roys Mörder zu finden und ihn zu verhaften. Bis dahin würden der Papierkram und ihr Unterricht warten müssen.

Weil sie so wenig geschlafen hatte, besaß sie eine lange Liste mit Namen. Sie würde heute Morgen damit anfangen, Besuche abzustatten, Leute zu befragen, sich einen Überblick zu verschaffen. Vielleicht war schon am Ende ihrer Schicht alles vorbei, redete sie sich gut zu, während sie nach ihren Akten griff. Und wenn nicht, würde sie so lange dranbleiben, bis es vorbei war.

Sie verließ ihr Zimmer und wollte nach unten gehen, um sich noch kurz einen Kaffee zu machen und einen Zettel zu hinterlassen, bevor die anderen aufwachten.

Sie blieb vor Carlys Zimmer stehen und spähte hinein. Ihre Tochter lag quer im Bett und hatte sich freigestrampelt. Der abgenutzte Teddy, den sich Carly meist als Schlafgefährten auserkor, döste in Reichweite.

Beruhigt trat Phoebe wieder einen Schritt zurück. Wenn sie ihren Gefühlen nachgab und sich über Carly beugte, um ihr einen Kuss zu geben, wäre es vorbei mit der Ruhe. Das Kind hatte morgens einen leichten Schlaf. Dann würde es die blauen Augen aufschlagen und anfangen, Fragen zu stellen.

Stattdessen nahm Phoebe die Treppe. Kaffee, dachte sie erneut, und vielleicht einen Magerjoghurt, an dem sie seit Neuestem versuchte, Gefallen zu finden. Sie würde eine Nachricht am Kühlschrank hinterlassen, sich beim diensthabenden Polizisten melden und losfahren.

Als sie die Küche betrat, fand sie Essie am Herd vor. Beide Frauen bekamen einen Schreck.

»Ich dachte, du bist oben und schläfst«, sagte Phoebe.

»Dasselbe dachte ich eigentlich von dir.« Essie fasste

sich ans Herz. »Wenn du vorhast, mich zu erschießen, anstatt mich zu Tode zu erschrecken, dann nur zu. Erschieß mich«, sagte sie und wies mit dem Kinn auf die Hand, die Phoebe bereits an ihrem Waffenholster hatte.

»Tut mir leid.« Phoebe zwang sich, die Hand wegzunehmen. »Es ist nicht einmal sechs Uhr, Mama. Warum bist du nicht oben und schläfst?« Als sie merkte, wie ihre Mutter sie ansah, schüttelte Phoebe nur den Kopf und ging zu ihr. »Mama.« Sie umarmte Essie und wiegte sich mit ihr hin und her. »Das ist ja eine schöne Bescherung.«

»Du hast dich fürs Büro angezogen.«

Phoebe hörte nicht auf, sie zu umarmen, sie hin und her zu wiegen, machte aber wieder die Augen auf. »Ich muss.«

»Ich wünschte, du würdest hierbleiben. Wirklich. Ich wünschte … Hör auf, mich zu tätscheln.« Essies Stimme wurde scharf, während sie sich umso fester an Phoebe klammerte. »Du bist immer noch mein kleines Mädchen, und ich wünschte, ich wüsste dich hier in Sicherheit. Meine ganze Familie ist unter diesem Dach versammelt, und ich wünschte … Ich weiß, wie krank und egoistisch das ist, aber ich wünschte mir weiß Gott, ich könnte euch alle hierbehalten.«

Jetzt machte Essie sich los. »Aber mir ist klar, dass das nicht geht. Warte, ich hol dir Kaffee.«

Phoebe wollte schon sagen, dass sie sich selbst welchen holen konnte, verkniff sich die Bemerkung aber gerade noch rechtzeitig. Wenn ihre Mutter etwas zu tun hatte, war sie abgelenkt und musste sich nicht mehr solche Sorgen machen. »Ich weiß, dass du Angst hast, Mama.«

»Natürlich habe ich Angst. Es wäre dumm, keine Angst

zu haben. Dieser Nichtsnutz Roy wurde in die Luft gesprengt.« Sie sah sich nach ihr um, während sie eine Tasse aus dem Schrank holte. »Ich müsste eigentlich ein schlechtes Gewissen haben, so etwas zu sagen, aber ich habe kein schlechtes Gewissen. Du hast ihm kaum Vorwürfe gemacht, soweit ich weiß, aber ich umso mehr. Ich habe Angst um dich, Kleines. Um alle hier.«

Sie schenkte Kaffee ein, gab Sahne und Zucker hinzu, genau wie Phoebe es mochte. »Ich weiß, dass du befürchtest, mein Zustand könnte sich verschlechtert haben.«

»Das befürchte ich tatsächlich«, gab Phoebe zu. »Ich bin immer noch dein kleines Mädchen, stimmt's? Nun, und du wirst immer meine Mama bleiben.«

»Setz dich, Kleines. Ich mach dir Frühstück.«

»Ich habe keine Zeit zum Frühstücken. Ich werd bloß einen Joghurt essen.«

»Du hasst dieses Zeug.«

»Ich weiß. Aber ich versuche, Geschmack daran zu finden.« Entschlossen öffnete Phoebe den Kühlschrank und griff aufs Geratewohl nach einem Joghurt. Nachdem sie ihn aufgerissen und sich einen Löffel genommen hatte, lehnte sie sich gegen die Küchentheke. »Nach allem, was passiert ist, musst du zu Recht Angst haben. Aber mir ist aufgefallen, dass du dich nicht mehr in den Garten oder auf die vordere Veranda traust und …«

»Damit habe ich schon länger Probleme.« Essie griff träge nach einem Geschirrtuch, um damit über die bereits makellose Arbeitsfläche zu wischen. »Mit der Veranda und dem Schlafzimmerbalkon ganz besonders. Herzrasen«, sagte sie. »Auch wenn ich weiß, dass das alles nur psychisch ist, bekomme ich deswegen nicht weniger Herzrasen. Aber was du nie verstanden hast, ist, dass ich ganz zufrieden in diesem Haus bin. Ich brauche die Außenwelt nicht.«

Phoebe aß ein wenig Joghurt. Er schmeckte säuerlich. »Die Außenwelt?«

»Ich habe mir hier eine schöne Welt geschaffen, und wenn ich mehr über die Außenwelt wissen muss, gibt es immer noch den Computer. Bitte Schätzchen, ich mach dir ein Rührei.«

»Das ist schon in Ordnung so.« Sie griff nach ihrem Kaffee, um den sauren Geschmack hinunterzuspülen. »Hast du Panikattacken, wenn ich nicht da bin?«

»Keine wirklich schlimmen. Nur hin und wieder einen Anflug. Phoebe, es gibt nur einen Grund, warum ich mir wünsche, durch diese Tür treten zu können. Und zwar, damit du hier weg kannst, wenn du das willst. Damit du dieses Haus verlassen kannst. Wenn ich es könnte, würdest du es dann verlassen?«

»Mama, ich hab jetzt keine Zeit, über so etwas zu reden.«

»Es ist noch nicht mal halb sieben, und wenn du in Eile bist, brauchst du mir nur eine kurze Antwort auf diese Frage zu geben.«

Phoebe öffnete einen Küchenschrank und warf den angefangenen Joghurt in den Müll. »Keine Ahnung. Irgendwann schon, nehme ich an. Allein, um es Bess heimzuzahlen. Sie hatte nicht das Recht, dich wie ein Tier schuften zu lassen und dir nichts zu vermachen.«

»Sie hat mich und meine Kinder bei sich aufgenommen, als ich es am dringendsten brauchte.«

»Um dich dafür jeden Tag aufs Neue bezahlen zu lassen.«

»Glaubst du wirklich, das hat mir was ausgemacht?« Die

kleine weiße Narbe war deutlich zu sehen, als Essie vor Aufregung ganz rot wurde. »Glaubst du, das hat mir jemals etwas ausgemacht?«

»Es hätte dir etwas ausmachen sollen.«

»Das bist du, Phoebe. Du bist die Starke hier, aber manchmal übertreibst du es.«

»Mama …«

»Vielleicht musst du so stark sein, und vielleicht musst du manchmal übertreiben. Und trotzdem, meine Kleine, was würdest du nicht alles tun, um Carly wohlauf und in Sicherheit zu wissen? Hast du Roy etwa nicht verlassen, obwohl du nichts mehr hasst, als aufzugeben? Bist du deinetwegen vom FBI weg oder weil du dachtest, dass es für sie besser ist, wenn du bei der örtlichen Polizei arbeitest? Für sie, aber auch für mich – und glaub bloß nicht, ich hätte das nicht gewusst. Und, haderst du ständig damit?«

»Das ist nicht dasselbe, Mama. Sie hat dich behandelt wie den letzten Dreck und Carter kaum besser.«

»Und ich war mir immer ziemlich sicher, dass sie eines Tages in der Hölle schmoren wird, weil sie diesen armen Jungen dermaßen gequält hat. Aber er hatte ein Dach über dem Kopf und etwas zu essen, er hatte dich und mich. Und er hatte Ava.«

»Du hättest das Haus erben müssen, und zwar ohne Wenn und Aber.«

»Es ist doch so gut wie meines. Hasst du es denn so sehr, Phoebe?«

»Nein.« Sie seufzte. »Nein. Manchmal hasse ich das, was damit erreicht wurde. Ich hasse die Macht, die es Bess über uns gibt, sogar jetzt noch. Sie wusste, dass ich bleiben würde, und es tut mir in der Seele weh, Mama, dass sie recht damit behalten hat. Aber es ist nun mal so, dass

Carly dieses Haus liebt. Sie liebt den Garten, ihr Zimmer, das Viertel, den Park. So gesehen hadere ich nicht damit. Höchstens, wenn ich schlecht gelaunt bin. Deshalb weiß ich nicht, ob ich es verlassen würde, Mama, wenn du durch diese Tür gehen könntest.«

Sie trank ihren Kaffee aus. »Und jetzt muss ich ins Büro.«

»Ich weiß.«

Essie blieb, wo sie war, und hörte, wie Phoebe den Flur entlang und dann durch die Halle lief. Sie hörte, wie die Tür auf- und wieder zuging. Dann trat sie ans Fenster, um den Garten mit seinen hübschen Blumen und Sträuchern, seinem eleganten Brunnen und den lauschigen Schattenplätzen zu betrachten.

Doch sie sah nichts als bodenlose Schwärze.

25

Sie kam früh genug, um sich durch weitere Akten zu arbeiten und ihre Liste fortzuführen. Das FBI hätte ihr Steine in den Weg legen können, aber Phoebe kannte genug Leute in der hiesigen Außenstelle, die ihr halfen, an die ein oder andere Information zu kommen.

Inzwischen arbeitete sie bereits zehn Jahre beim FBI und jetzt bei der Polizei in Savannah. Beinahe ein Drittel ihres Lebens. Mehr als ein Drittel ihres Lebens, wenn sie die Zeit im College und auf der Polizeiakademie dazurechnete.

Seit zehn Jahren machte sie diesen Job.

Sie hatte vierzehn Leute verloren.

Ihre Mutter hatte recht, musste Phoebe zugeben. Sie hasste es, zu verlieren, und sie hatte vierzehn Menschen in weniger als elf Jahren verloren.

Da spielte es auch keine Rolle, dass drei davon an Verletzungen gestorben waren, die sie sich zugezogen hatten, bevor sie eingetroffen war. Und wenn es für sie selbst keine Rolle spielte, spielte es für Roys Mörder erst recht keine Rolle.

Alle diese Verluste würden erneut untersucht werden müssen.

Sie schob den Schreibtischstuhl zurück und wollte gerade aufbrechen, als Sykes gegen den Türrahmen klopfte. »Lieutenant?«

»Kommen Sie rein. Ach so, Arnie Meeks – stimmt sein Alibi?«

»Ja. Seine und ihre Geschichte decken sich.« Sykes schnitt eine säuerliche Grimasse, so, als schlucke er etwas herunter, das ihm quersaß. »Und nicht nur das: Die Frau, mit der er eine Affäre hat, hat eine von diesen neugierigen Nachbarinnen. Die will gesehen haben, wie Arnie das Haus kurz vor zweiundzwanzig Uhr betrat. Sie kennt auch sein Auto, da sie ihn schon mal gesehen hat. Er hat einen Block weiter geparkt, aber sie hat es trotzdem gesehen, als sie mit ihrem Hund Lulu gegen Mitternacht Gassi ging.«

»Verstehe.«

»Ich musste den Widerling noch heute Nacht laufen lassen. Haben Sie sich je gefragt, warum sich Leute Hunde anschaffen, wenn sie sie dann in aller Herrgottsfrühe ausführen müssen, damit sie die Petunien gießen können?«

»Allerdings. Vor allem in letzter Zeit.«

Er grinste amüsiert. »Die Kleine wünscht sich einen Welpen?«

»Sie sind ein äußerst scharfsichtiger Polizist, Bull. Ja, das tut sie in der Tat.«

»Wie dem auch sei. Die besagte Hündin tat, was sie tun musste, und währenddessen hat Lulus Frauchen Arnie gesehen …« Sykes schlug sein Notizbuch auf und blätterte darin. »In diesem Moment kam der eitle Gockel gerade mit stolzgeschwellter Brust aus Mayleen Hathaways Haustür.«

»Damit ist er aus der Sache raus.«

»Zu schade aber auch. Aber diese Mayleen hat er echt verdient. Sie hat Brüste wie eine Göttin, ein erdnussgroßes Gehirn und ist wütend wie ein Pitbull.« Er lächelte kurz. »Die wird ihm ganz schön die Hölle heißmachen. Und wenn seine Ehefrau dasselbe tut, ist er im Moment wirklich nicht zu beneiden.«

»Ich bin rachsüchtig genug, um Ihnen unter vier Augen zu gestehen, dass mich das diebisch freut.«

»Ich werd mich noch mal mit der Spurensicherung in Verbindung setzen und nachfragen, ob die noch irgendwas am Auto des Opfers gefunden haben. Wenn dieser Mistkerl auch nur ein Haar verloren hat, werden sie es finden, Lieutenant.«

»Vielleicht können Sie das unterwegs erledigen. Ich habe da ein paar Adressen, die ich aufsuchen möchte. Und dabei könnte ich Sie gut gebrauchen. Die restlichen Befragungen und Ermittlungen können wir dann vom Telefon aus machen. Ich erklär Ihnen alles, sobald wir im Auto sitzen.«

Sie griff nach ihrer Tasche und stellte sie gleich wieder ab, als sie sah, wie Sergeant Meeks in den Konferenzraum ging. »Noch eine Minute, Detective.«

Er blickte sich um und verzog grimmig das Gesicht. »Ich warte so lange, bis Sie wieder zurück sind.«

»Wirklich, es dauert nur eine Minute.«

Sein Gesichtsausdruck sagte ihr, dass er warten und sie die ganze Zeit über im Auge behalten würde. Sykes und Meeks musterten sich im Türrahmen wie zwei Kampfhunde, die gleich aufeinander losgelassen werden. Sie hatten eine ganz ähnliche Statur, bemerkte sie, und waren wahrscheinlich beide nicht zimperlich, wenn es darum ging, das eigene Revier zu verteidigen.

Nur wie sie das taten, unterschied sich grundlegend.

Ohne den Blick von Meeks abzuwenden, sagte Sykes: »Ich warte in meinem Büro auf Sie, Lieutenant.«

»Danke, Detective. Sergeant?«

»Lieutenant.«

Sie behielt ihren neutralen Gesichtsausdruck bei, während Sergeant Meeks energisch die Tür hinter sich schloss.

»Kann ich Ihnen irgendwie helfen?«

»Sie wurden verletzt«, hob er an, »und deshalb ist mein Sohn seinen Job los. Seine Frau und sein Sohn sind deswegen ganz verzweifelt.«

»Ich bedaure sehr, dass Ihre Schwiegertochter und Ihr Enkel verzweifelt sind, weil Ihr Sohn mich krankenhausreif geprügelt hat, Sergeant Meeks.« Ihre Stimme war südstaatenzuckersüß, doch darunter eiskalt. »Meine Familie war und ist auch sehr verzweifelt wegen dieses Vorfalls. Vor allem meine siebenjährige Tochter.«

»Von den Umständen Ihrer Verletzung einmal abgesehen, trägt man als Polizistin immer ein gewisses Risiko. Als Mutter eines kleinen Kindes sollte man das eigentlich wissen, bevor man zur Polizei geht.«

»Verstehe. Jetzt weiß ich auch, woher Ihr Sohn sein Frauenbild hat. Wollen Sie sonst noch etwas mit mir besprechen, Sergeant? Denn was auch immer Sie von meiner Berufswahl halten, ich habe hier noch einiges zu erledigen.«

Nichts von der Wut, die jetzt bestimmt in ihm hochkam, spiegelte sich auf seinem Gesicht wider. Und genau diese Selbstbeherrschung, dachte Phoebe, fehlte seinem Sohn leider.

»Sie werden in Zukunft etwas vorsichtiger ermitteln müssen.«

»Ist das nur eine weitere Meinungsäußerung oder eine Drohung?«

»Ich drohe nicht«, sagte Meeks gelassen. »Sie haben ein paar blaue Flecken davongetragen, die gut verheilt zu sein scheinen. Aber mein Sohn ist seinen Job und seinen guten Ruf für immer los.«

»Aber er sitzt auch nicht im Gefängnis.«

»Ist es das, was Sie wollen? Haben Sie deshalb einen Beamten an seinen Arbeitsplatz geschickt, um ihn zu verhören? Sie haben die Polizei direkt zu ihm nach Hause geschickt, um ihn zu einem Verhör abholen zu lassen, und zwar vor den Augen seiner Familie und Nachbarn. Sie haben seine Frau verhört.«

»Was ich will, spielt hier überhaupt keine Rolle. Das Verhör hat er einzig und allein seinem bisherigen Verhalten zu verdanken. Und ich hätte ihn auch nicht vor seiner Familie und den Nachbarn aufs Revier schaffen lassen, wenn er nicht auf Detective Sykes losgegangen wäre. Oder kennen Sie diesen Teil des Berichts nicht?« Sie legte den Kopf schräg. »Wollen Sie, dass ich Ihnen eine Kopie zuschicke?«

»Wenn man ihn provoziert hat …«

»Als sein Vater dürfen Sie ihn entschuldigen, so lange Sie wollen. Aber wenn Sie in Uniform hierherkommen, repräsentieren Sie auch dieses Revier. Und das sollten *Sie* eigentlich wissen. Aber wie ich sehe, beschweren Sie sich nicht, dass ich auch die Geliebte Ihres Sohnes verhören ließ, um sein Alibi für den fraglichen Zeitpunkt bestätigen zu lassen. Oder aber haben Sie den Teil des Berichts nicht zu lesen bekommen?«

Sie sah, wie ihn diese Bemerkung traf. Überraschung und Enttäuschung zeichneten sich kurz auf seinem Gesicht ab. Dann wurde sein Blick wieder ausdruckslos. »Wir haben einen Deal gemacht, Lieutenant MacNamara. Wenn Sie meinen Sohn weiterhin belästigen, werde ich mich offiziell bei der Staatsanwaltschaft, beim Polizeichef und beim Bürgermeister beschweren.«

»Sie haben das Recht, sich zu beschweren, wo Sie wollen, Sergeant.« Heiße Wut stieg in ihr auf. »Aber bevor Sie das tun, möchte ich Ihnen noch sagen, dass Ihr Sohn, statt sich ganz normal zu Hause befragen zu lassen oder darum zu bitten, dass die Befragung woanders stattfindet, zwei meiner Kollegen verbal angegriffen, bedroht und einen davon tätlich angegriffen hat. Ich könnte dafür sorgen, dass seine Bewährung kassiert wird und er im Georgia-Staatsgefängnis einsitzen muss.«

Sie ließ ihre Worte auf ihn wirken. Dann stütze sie sich mit beiden Handflächen auf ihren Schreibtisch und beugte sich vor.

»Ach ja, und noch etwas, Sergeant Meeks. Ehrlich gesagt, könnte ich mir gar nichts Schöneres vorstellen. Aber im Moment möchte ich Ihnen vorschlagen, dass Sie, anstatt in mein Büro zu kommen und sich wichtig zu machen oder zu versuchen, mir mit ihren Angel- und Golfkumpanen Angst einzujagen, lieber dafür sorgen, dass Ihr Sohn professionelle Hilfe bekommt. Denn die Art, wie er mit Wut umgeht, schadet ihm eindeutig.«

»Wenn Sie glauben, Sie können ihm diesen Mord in die Schuhe schieben …«

»Das tue ich gar nicht. Was das anbelangt, hat er sich als unschuldig erwiesen. Und nachdem wir seine Unschuld festgestellt haben – obwohl er zweifellos einen ungesunden Hass auf mich hat –, können wir die Spuren im Mordfall Roy Squire weiterverfolgen. Und wenn Sie mich jetzt bitte entschuldigen, werde ich genau das tun.«

»Sie hätten ihn nicht in Handschellen aus seinem eigenen Haus schleifen müssen.«

Er klang mittlerweile erschöpft, und ihr ging es auch nicht anders. Wut gibt einem Kraft, aber wenn sie der Erschöpfung weicht, verwandelt sie sich schnell in Bitterkeit.

»Nein, und das hätte ich auch nicht getan, wenn er nicht Detective Alberta neben vielen anderen schmeichelhaften Dingen als verfickte Fotze bezeichnet und Detective Sykes angegriffen hätte, und zwar mit der Drohung, ihn grün und blau zu schlagen. Er wollte sich auch auf Lieutenant Alberta stürzen, also sahen sich die Polizisten gezwungen, ihn unschädlich zu machen. Soweit ich weiß, ist Ihr Sohn siebenundzwanzig Jahre alt. Ich kann nur hoffen, dass meine Tochter in zwanzig Jahren den Mumm hat, für sich selbst einzustehen und nicht erwartet, dass ich das für sie tue.«

Entnervt öffnete Phoebe die Tür. »Nur, um mit dem Säbel zu rasseln, brauchen Sie nicht mehr zu mir zu kommen. Das nächste Mal wenden Sie sich direkt an das Büro für interne Angelegenheiten, den Polizeichef, den Bürgermeister oder an den Gouverneur von Georgia höchstpersönlich, wenn es denn sein muss. Aber wagen Sie es nicht, noch einmal herzukommen, um sich wegen Ihres erbärmlichen Sohnes bei mir aufzuspielen.«

Sie verließ den Konferenzraum. »Detective Sykes? Würden Sie jetzt bitte mitkommen?«

»Ja, Ma'am.« Sykes stand von seinem Schreibtisch auf und machte sich nicht die Mühe, ein gehässiges Grinsen zu unterdrücken, als er zu Sergeant Meeks hinübersah. Dann verließ er hinter Phoebe das Gebäude.

Als Erstes knöpften sie sich den am weitesten zurückliegenden Fall vor. Damals war sie noch Special Agent MacNamara gewesen, frisch aus Quantico. Wenige Wochen später hatte sie Roy kennengelernt.

Es war ein schöner Tag im Spätherbst, es wehte eine warme Brise. Ihre Haare waren damals länger gewesen, oder? Ja, damals trug sie die Haare mehr als schulterlang und schlang sie normalerweise zum Knoten, um offizieller, professioneller zu wirken. Außerdem fand sie es sexy, abends die Haarnadeln zu lösen und die Locken offen zu tragen.

Ava lebte noch in irgendeinem Vorort. Carter ging auf die High School und war ein hoch aufgeschossener, schlaksiger Junge. Und Mamas Welt war auf wenige Häuserblocks geschrumpft, aber damals redete noch keiner darüber.

»Eine gescheiterte Entführung. Die Frau verließ die Säuglingsstation von Biloxi mit einem neugeborenen kleinen Mädchen. Sie war als Krankenschwester verkleidet. Sie nahm das Baby mit nach Savannah und gab es als ihr eigenes Kind aus. Für ihren Mann, der geglaubt hatte, sie sei ein paar Tage zu ihrer Schwester gefahren, kam das allerdings mehr als überraschend. Sie hatte ihm erzählt, dass sie das Baby gefunden hätte. Es sei ausgesetzt worden und ein Geschenk Gottes, da sie es in ihrer achtjährigen Ehe trotz sündteurer Fruchtbarkeitsbehandlungen nicht geschafft hatte, schwanger zu werden.«

»Und das hat er ihr abgenommen?«

»Nein, aber er hat sie geliebt.«

Sie hielt an einer roten Ampel. Über das Summen der Autoklimaanlage hinweg hörte sie Hufgetrappel und sah, dass ein berittener Polizist in den Park einbog.

»Er hatte schon in den Nachrichten von dem entführten Baby gehört und zählte zwei und zwei zusammen. Er versuchte, mit seiner Frau – Brenda Anne Falk, zweiunddreißig – zu reden. Sie wollte einfach nicht auf ihn hören. Sah er denn nicht, dass das Baby ihre Augen hatte? Er rief ihre Schwester an, die sie auf ihrer Fahrt in Richtung Süden nie besucht hatte, sowie ihre Eltern, die Angst hatten und sich Sorgen machten. Weil er nicht wusste, was er sonst machen sollte, versuchte er, ihr das Baby wegzunehmen.«

Phoebe hielt vor einem schicken Bürogebäude und fuhr mit ihrem Bericht fort, während sie mit Sykes den Bürgersteig entlangging. »Sie nahm den .32er-Revolver ihres Mannes, richtete ihn auf seinen Kopf und befahl ihm, das Baby hinzulegen. Es sei Zeit für seinen Mittagsschlaf.«

»Völlig gaga.«

»Das kann man wohl sagen.« Im Gebäude drückte Phoebe den Knopf für den Lift. »Er hatte Angst, das Baby könnte verletzt werden, also legte er es hin und versuchte, mit seiner Frau zu reden, die daraufhin auf ihn schoss. Zum Glück traf sie nur seinen Bizeps – ein glatter Durchschuss. Sie schloss sich mit dem Baby ein und schob die Kommode vor die Tür. Er rief die Telefonnummer an, die er in den Nachrichten gesehen hatte. Kurz darauf traf ich als Verhandlerin ein.«

»Hat es das Baby geschafft?«

»Ja, dem Baby ist nichts passiert. Es hat geschrien und muss zu diesem Zeitpunkt Hunger gehabt haben, aber ihm wurde kein Haar gekrümmt.« Sie konnte es hören, merkte

Phoebe. Sie konnte hören, wie das Baby in ihrem Kopf weinte. »Aber Brenda Anne Falk hat es nicht geschafft. Nachdem ich über zwei Stunden mit ihr verhandelt hatte und eigentlich dachte, zu ihr durchgedrungen zu sein, sagte sie mir, es sei wohl an der Zeit, aufzugeben. Aber damit meinte sie, sich den .32er an den Kopf zu halten und abzudrücken.«

Sie verließ den Lift, las die Namen auf den Türen im Gang und öffnete eine, auf der COMPASS TRAVEL stand.

Es war ein kleines Büro mit zwei einander gegenüberstehenden Schreibtischen und einem langen Tresen dahinter. Es gab Ständer mit jeder Menge Broschüren, während die Wände große Poster mit exotischen Reisezielen zierten.

Sie erkannte den Mann sofort wieder, obwohl sein Haar dünner geworden war und eine Brille auf seiner Nase saß. Er gab gerade etwas in einen Computer ein, aber Phoebe schüttelte nur den Kopf, als die Frau am Tresen sie fragend ansah, und ging gleich zu Falks Schreibtisch hinüber.

»Entschuldigen Sie, sind Sie Mr. Falk?«

»Jawohl, der bin ich. Ich kümmere mich gleich um Sie, wenn Sie kurz warten können. Oder aber Charlotte wird Ihnen helfen.«

»Es tut mir leid, Mr. Falk, aber ich muss mit Ihnen sprechen.« Phoebe zeigte ihre Dienstmarke.

»Oh. Verstehe. Was kann ich für Sie …«

Sie sah, wie seine Verwirrung dem Schock des Wiedererkennens wich und sein Gesicht von Trauer überschattet wurde.

»Ich kenne Sie«, sagte er. »Sie haben … Sie haben mit Brenda gesprochen, als …«

»Ja, das war ich. Ich habe damals beim FBI gearbeitet.

Ich bin Phoebe MacNamara, Mr. Falk, und gehöre zur Polizei von Savannah. Das hier ist Detective Sykes.«

»Was wollen Sie von mir?«

»Es tut mir leid, Mr. Falk, aber können wir uns irgendwo ungestört unterhalten?«

Er setzte die Brille ab und legte sie auf den Tisch. »Charlotte? Würdest du bitte das ›Geschlossen‹-Schild raushängen und die Tür zumachen? Charlotte und ich sind verlobt. Es gibt nichts, was sie nicht wissen dürfte. Sie weiß alles über die Sache mit Brenda.«

Charlotte sah auf und trat sofort neben Falk. Sie war eine hübsche, pragmatisch wirkende Frau, die Phoebe auf etwa Anfang vierzig schätzte. Ihre Hand mit dem schlichten Diamantring lag tröstend auf der Schulter ihres Verlobten.

»Worum geht es denn?«, fragte sie.

»Sie werden heiraten?«

»Freitag in zwei Wochen.«

»Herzlichen Glückwunsch. Mr. Falk, ich weiß, dass Sie eine schwere Zeit hinter sich haben. Sie haben alles richtig gemacht, und ich konnte Ihnen trotzdem nicht helfen.«

»Ich habe alles richtig gemacht?« Er hob die Hand, um die von Charlotte zu drücken.

»Nein, das habe ich nicht.«

»Pete …«

»Nein, das habe ich nicht«, wiederholte er. »Ich habe mich nicht darum gekümmert, dass Brenda Hilfe bekommt. Ich wusste, wie sehr sie sich ein Baby wünscht … zumindest dachte ich das«, verbesserte er sich. »Aber ich habe mich nicht genug um sie gekümmert. Ich habe nichts gemerkt, wollte nichts merken, habe nicht gut genug aufgepasst. Wir hatten schließlich ein schönes Leben, und das habe ich ihr auch immer wieder gesagt. Ich hab ihr ein Kätzchen geschenkt, als sei das ein gleichwertiger Ersatz!«

»O Pete, bitte hör auf …«

Aber er schüttelte nur den Kopf. »Wir waren acht Jahre verheiratet und davor bereits zwei Jahre zusammen. Trotzdem habe ich nicht mitbekommen, was in ihr vorging. Ich habe von diesem wahnhaften Wunsch nichts mitbekommen. Ich habe nicht gesehen, wie sehr dieser Wunsch aus dem Ruder gelaufen ist. Sie will ihre Schwester besuchen. Fantastisch, habe ich noch gedacht. Endlich hört sie auf, dumpf vor sich hin zu brüten. Hätte ich nicht merken müssen, dass da bei ihr was völlig aus dem Ruder läuft?«

»Das kann ich Ihnen leider nicht sagen, Mr. Falk.«

»Irgendetwas in ihr ist kaputtgegangen, und ich habe nie versucht, es zu reparieren. Sie konnte so nicht weiterleben, nicht in dem Wissen, dass man ihr das Baby wegnehmen würde.«

»Heftig«, bemerkte Sykes, als sie hinaus in die schwüle Luft traten.

»Es ist ganz schön scheiße, ihm das alles wieder in Erinnerung zu bringen.«

»Es ist auch ganz schön scheiße, irgendein armes Schwein in die Luft zu sprengen, dass es spritzt.« Sykes zuckte zusammen. »Tut mir leid, Lieutenant, ich habe einen Moment lang vergessen, dass …«

»Ist schon gut. Was halten Sie von Falk?«

»Er hat Sie nicht erkannt, als Sie auf ihn zugegangen sind – unser Mann würde Sie erkennen. Vielleicht ist er ein guter Schauspieler, aber das glaube ich nicht. Er hat eine nette Frau, eine anständige Firma, ein anständiges Leben.

Ich kann mir nicht vorstellen, dass er das alles aufs Spiel setzt, nur um Rache zu üben.«

»Einverstanden.« Sie holte ihre Sonnenbrille hervor. »Der Nächste auf meiner Liste ist das Opfer eines Banküberfalls. Ein Blutbad – drei Männer überfielen auf ihrem Weg von Atlanta mehrere Banken. Sie versuchten es auch hier und stießen auf Schwierigkeiten. Gleich zu Anfang kam es zu einer Schießerei, eine Frau wurde getroffen. Nach mehrstündigen Verhandlungen konnte ich sie überreden, die Frau freizulassen. Aber es war zu spät. Sie war schon tot, bevor der Krankenwagen die Klinik erreichte.«

»Und was hat das mit Ihnen zu tun?«

»Sie ist gestorben, und das ist bereits ausreichend.« Sie wühlte erneut in ihrer Tasche, als ihr Handy klingelte. Sie musterte stirnrunzelnd das Display, auf dem »Unbekannter Anrufer« stand. »Phoebe MacNamara?«

»Guten Tag, Phoebe.«

Sie gab Sykes ein Zeichen, der sofort sein eigenes Handy benutzte, um eine Positionsbestimmung zu ordern. »Wer spricht da?«

»Dein heimlicher Verehrer, Süße. Es war wirklich nett von Roy, dass er deine Handynummer eingespeichert hatte. Ich wollte nur mal hören, wie es dir geht. Du sahst irgendwie verstört aus, als du heute Morgen das Revier verlassen hast.«

Sie klemmte das Handy zwischen Ohr und Schulter und suchte in ihrer Tasche nach dem Notizblock.

Dem Tonfall nach aus Georgia. Klingt zufrieden, sarkastisch.

»Roy hat mir übrigens erzählt, dass du verdammt gut im Bett bist.«

»Rufen Sie mich nur an, um mich mit Ihren Obszönitäten zu belästigen, oder haben Sie mir auch wirklich was zu sagen?«

Süße. Gut im Bett. Er versucht, mich als Frau einzuschüchtern.

»Ich ruf nur so zum Zeitvertreib an. Aber wenn du diesen Anruf zurückverfolgen willst, ist das reine Zeitverschwendung. Ist es nicht toll heutzutage, dass man schon ein aufgeladenes Wegwerftelefon kaufen kann? Ich hab heute Morgen gar nicht gesehen, dass deine süße kleine Tochter in die Schule gegangen ist. Ich hoffe nur, sie ist nicht krank.«

Der Block zitterte in ihrer Hand und fiel auf den Bürgersteig. Sie musste die Wut unterdrücken, diese blinde, heiße, rote Wut. »Spionieren Sie kleinen Mädchen nach? Das kommt mir aber ziemlich armselig vor, für so einen cleveren Kerl wie Sie.«

Sie bemühte sich, cool zu klingen, bückte sich, um ihren Block aufzuheben, und blieb in der Hocke, um sich weitere Notizen zu machen.

Er beobachtet das Haus, die Familie. Und er will, dass ich das weiß.

»Warum treffen wir uns nicht, unterhalten uns wie zwei erwachsene Menschen und kommen direkt auf den Punkt?«

»Das kommt schon noch, versprochen. Wir werden ein hübsches, langes Gespräch führen. Aber den genauen Zeitpunkt und den Grund dafür wirst du erst kennen, wenn es so weit ist.«

»Wer war sie? Haben Sie sie geliebt? Wie ist sie gestorben?«

»Darüber reden wir noch. Weißt du, ich hätte deinen

Freund ausschalten können, an jenem Abend, als ihr so romantisch auf seinem Boot zu Abend gegessen habt. Ich hatte freies Schussfeld. Vielleicht ein andermal. Vielleicht geb ich mir dann grünes Licht. Auf Wiedersehen, Phoebe.«

»Er ist weg«, sagte Phoebe zu Sykes.

»Leg nicht auf – sie werden versuchen, seine Position zu bestimmen.«

»Es benutzt ein unregistriertes Handy. Er wird sich bewegt haben, als er mit mir telefoniert hat. Ich konnte den Verkehrslärm hören. Er wird das Handy längst weggeworfen haben. Er ist zu klug, es nicht sofort loszuwerden.«

Sie sah sich um und musterte die Straße mit ihren Geschäften. Er konnte überall sein. Er konnte direkt an ihr vorbeigefahren sein, während sie mit ihm telefonierte.

Langsam richtete sie sich wieder auf und überflog ihre Notizen. »Ich glaube, er ist Polizist.«

»Wie bitte?«

»Er ist klug, aber auch ganz schön eingebildet.«

»Klug plus eingebildet ist gleich Polizist?«

»Er will mir beweisen, dass er klüger und besser ist als ich.« Sie klopfte mit ihrem Stift auf den Block. »Er hat mir erzählt, er hätte Duncan umbringen, ihn ausschalten können, wie er sagte, als wir auf Duncans Boot zu Abend gegessen haben. Er hätte freies Schussfeld gehabt. Aber vielleicht gäbe er sich ein andermal grünes Licht.«

»Wie passt das … Moment mal.« Sykes wandte sich ab und hielt sich sein Handy ans Ohr. »Sie haben ihn in der River Street geortet«, sagte er zu Phoebe. »Er hat sich in westlicher Richtung bewegt, danach haben sie ihn verloren.«

»Er hat es ins Wasser geworfen, genau das wird er getan

haben. Eine kleine Investition mit einem höchst befriedigenden Ergebnis. Er musste mir das unbedingt noch reinwürgen. Er hat nicht gesagt, ›ich hätte deinen Freund erschießen können‹ oder ›ich hätte freie Bahn gehabt‹. So wie er sprechen Polizisten oder Soldaten.«

Sie hob die Hand, noch bevor Sykes etwas sagen konnte, ging ein paarmal auf dem Bürgersteig auf und ab und dachte nach. »Na gut, jeder, der fernschaut, kann sich diesen Jargon aneignen. Aber so, wie er geredet hat, hat er ihn ganz selbstverständlich benutzt. Ich glaube nicht, dass er geplant hat, das zu sagen. Er wollte mich unbedingt noch mehr provozieren, und da ist ihm das so rausgerutscht. ›Grünes Licht geben.‹ So redet kein Zivilist. Er ist Polizist oder Soldat, oder aber er war mal einer.«

»Arnie ist sauber.«

»Diese Sache reicht weiter zurück in die Vergangenheit als die mit Arnie Meeks. Und sie reicht wesentlich tiefer. Dieser Kerl ist mehr als ein frauenfeindliches Arschloch. Die Lösung steht in diesen Akten, irgendwo in diesen Akten. Ich muss Duncan anrufen, sicherstellen, dass er bewacht wird. Und dann werden wir diesen Mistkerl verdammt noch mal finden.«

Sykes sah, wie sie zurück zum Wagen ging und wie wild auf ihr Handy eintippte. Es war nicht leicht, sich von so einer temperamentvollen Rothaarigen nicht beeindrucken zu lassen, also sagte er nur: »Ja, Ma'am.« Und ging ihr nach.

Duncan betrat das Haus von Ma Bee, ohne anzuklopfen. An dieser Tür hatte er noch nie anklopfen müssen. Er rief nach ihr, aber da weder Fernseher noch Radio an waren, lief er einfach quer durchs Haus.

Wenn sie zu Hause war, hatte sie bestimmt Gesellschaft, wie sie es nannte. Sie hielt nicht viel von Stille. Er bewegte sich so selbstverständlich in ihrem Haus, als wäre es sein eigenes. Da sah er sie durchs Küchenfenster.

Sie kniete vor einem ihrer Blumenbeete, hatte einen großen Strohhut mit einem wild geblümten Band auf dem Kopf und trug rosa Gartenhandschuhe.

Ein liebevolles Gefühl durchzog ihn.

Sie war ihm eine Mutter gewesen, als er schon längst erwachsen war, hatte ihm eine Familie geschenkt, zu der zu gehören er nie zu hoffen gewagt hätte, und ein Zuhause, das er nirgends sonst gefunden hätte.

Er wusste, dass ein Krug mit Tee im Kühlschrank stehen würde und Kekse in der Schale mit dem grinsenden Kuhgesicht lagen. Er holte zwei Gläser aus dem Schrank, füllte sie mit Eis und griff nach einem Teller für die Kekse. Er trug alles zu dem kleinen Tisch im Schatten eines roten Sonnenschirms und ging dann durch den Garten zu ihr.

Sie sang mit ihrer brüchigen, holprigen Stimme. Er erkannte »The Dock of the Bay«. Als er den MP3-Player sah, den sie an ihrem Rock befestigt hatte, vermutete er, dass sie ein Duett mit Otis sang.

Er wollte schon sanft ihre Schulter berühren, in der Hoffnung, sie nicht zu erschrecken, zuckte jedoch zusammen, als sie plötzlich sagte: »Junge, warum arbeitest du heute nicht?«

»Ich dachte, du hättest mich nicht gehört.«

»Das habe ich auch nicht.« Sie machte die Musik aus, während er in die Hocke ging. »Aber du wirfst immer noch einen Schatten.« Sie musterte ihn misstrauisch. »Du faulenzt also heute, Duncan?«

»Ich hatte heute Morgen bereits ein Treffen wegen des

Lagerhausprojekts und habe später auch noch zu tun. Aber wenn man nicht mal mehr kurz Pause machen darf, um mit der Liebe seines Lebens zu flirten, was hat das Leben dann noch für einen Sinn?«

Sie grinste breit und gab ihm einen zärtlichen Schubs. »Alles nur Gerede. Du kannst übrigens auch mit mir flirten, indem du mir hilfst, dieses verfluchte Unkraut zu jäten.«

Der Hut spendete ihrem Gesicht zwar Schatten, trotzdem standen ihr Schweißperlen auf der Stirn. Bei dieser Hitze hatte sie lange genug im Garten gearbeitet, beschloss Duncan. »Ich jäte für dich, nachdem wir bei ein paar Gläsern Eistee und Keksen geflirtet haben.«

Mit geschürzten Lippen sah sie zum Tisch hinüber. »Das sieht verführerisch aus. Dann hilf mir mal auf.«

Nachdem sie sich an den Tisch gesetzt hatten und Ma ihre rosa Gartenhandschuhe samt ihrer Gartenschürze verstaut hatte, trank sie durstig ihren Tee. »Es zieht immer mehr zu«, sagte sie. »Heute Nachmittag wird es bestimmt noch ordentlich regnen. Ich hoffe, du hast nichts draußen zu erledigen.«

»Teils, teils. Warum darf ich dir diesen Sommer keine Kreuzfahrt schenken, Ma Bee? Oder irgendeine andere Reise?«

»Ich bin gern hier, danke. Was hast du auf dem Herzen? Du bist doch nicht wirklich hergekommen, um mit mir zu flirten. Macht dir deine Rothaarige Sorgen? Phineas hat mir erzählt, was mit ihrem Exmann passiert ist. Er hat gesagt, du seist dabei gewesen.«

»Es war … Um das zu beschreiben, fehlen mir die Worte.« Er nahm einen großen Schluck.

»Es war abgrundtief böse. Das Wort böse wird so oft

verwendet, dass es fast schon harmlos wirkt. Aber es war abgrundtief böse. Kannst du nicht mehr schlafen? Ich kann dir einen Kräutertee mischen, der dir vielleicht hilft.«

»Nein, mir geht es gut. Aber das ist eine ganz schlimme Sache, Ma. Dieser Typ hat behauptet, diesen Jungen umgebracht zu haben. Den, der auf der East Side Geiseln in dem Spirituosenladen genommen hat. Er hat ihn erschossen, nachdem ihn Phoebe zum Aufgeben überredet hatte. So gesehen mache ich mir wirklich Sorgen um sie. Sie weiß, was sie tut, aber …«

»Wenn einem jemand wichtig ist, macht man sich Sorgen um ihn.«

»Ihre Familie sitzt jetzt mehr oder weniger in ihrem Haus in der Jones Street fest, während sie unterwegs ist und weiß, was sie tut. Ihre Mutter … Na ja, sie hat so manchen Schicksalsschlag erlitten.«

Er fing an, ihr davon zu erzählen, und hörte nicht mehr auf, bis sie genau wusste, was er wusste, was er dazu meinte, was ihm aufgefallen war.

»Das Mädchen hat es wirklich nicht leicht. Jede alleinerziehende Mutter hat es nicht leicht. Und dann noch die Sache mit ihrer Mutter.« Nachdenklich ließ Ma ihren Blick über den Garten schweifen. »Ich wüsste nicht, was ich tun würde, wenn ich nicht dahin gehen könnte, wohin ich will und wann ich das will. Die Nachbarn besuchen, auf den Markt fahren. Angst ist eine schlimme Last. Und Verantwortung ebenfalls. Das ist alles ziemlich kompliziert, Duncan, von dieser furchtbaren Sache einmal ganz abgesehen.«

»Sie scheinen einen Weg gefunden zu haben, sich damit zu arrangieren, und meist funktioniert es auch. Aber Phoebe – sie ist diejenige, die das alles aufrechterhält, verstehst du? Sie weiß, was sie tun muss. Das habe ich gleich gesehen, als sie an jenem Tag in Joes Wohnung gekommen ist. Das … das hat mich regelrecht hypnotisiert.«

»Du bist völlig vernarrt in sie, was?«

Er lächelte unmerklich, als er das Glas hob. »Ich denke schon. Schlechtes Timing, würde ich sagen. Es ist nicht gerade leicht, einer Frau unter diesen Umständen den Hof zu machen.« Er zuckte die Achseln. »Aber das kann warten. Doch das Arschloch, das es auf sie abgesehen hat, muss so schnell wie möglich gefasst werden.«

»Es ist ihre Aufgabe, ihn zu finden.« Sie fächelte sich mit ihrem Hut Luft zu und musterte ihn. »Es fällt dir schwer, dich zurückzuhalten und sie ihren Job machen zu lassen.«

»Ja. Ja, du hast ja recht. Vor allem unter den gegebenen Umständen. Ich meine, Himmelherrgott noch mal – entschuldige«, verbesserte er sich, als sie die Augen schmal zog. »Dieser Typ will sie tot sehen. Und nicht nur das, vorher will er sie so richtig leiden sehen. Wenn einem jemand wichtig ist – soll man sich dann zurückhalten, wenn andere ihn bedrohen?«

Ma brach einen Keks entzwei und gab ihm eine Hälfte. »Bist du deswegen zu mir gekommen? Damit ich dir sage, was du tun sollst?«

»Nein. Nicht direkt. Sie hat viel Ähnlichkeit mit dir. Sie tut, was getan werden muss. Sie kümmert sich um ihre Familie. Und sie kann es überhaupt nicht leiden, wenn man ihr sagt, was sie tun oder lassen soll. Ich versuche nur herauszufinden, wie ich ihr helfen kann, ohne sie zu nerven und ohne, dass sie mich aus verletztem Stolz oder Wut absägt. Die Frau hat nämlich ein ziemliches Temperament.«

»Hm-hm. So wie heute, als du fandest, dass Ma Bee lange genug in der Sonne war. Sie sollte sich lieber mal hinsetzen und etwas Kaltes trinken. Deshalb richtest du schon mal alles her, damit du mir das nicht so direkt sagen musst und wir streiten.«

Er grinste und biss in einen weiteren Keks. »So was in der Art.«

»Du bist äußerst raffiniert, mein Junge, ich hab das immer an dir bewundert. Dir wird schon was einfallen. Und jetzt geh Unkraut jäten, während ich mir noch ein Glas Tee genehmige.«

»Jawoll, Ma'am.«

Als er aufstand, klingelte sein Handy. »Es ist Phoebe«, sagte er, als er die Nummer auf dem Display sah. »Stell dir vor, ich bin gerade …«

Während sie sich noch einen Tee einschenkte, musterte Ma Duncans Gesicht. Sie kannte ihn gut genug, um die Gereiztheit in seinen Augen zu sehen. Nicht nur Phoebe besaß ein ziemliches Temperament, dachte sie.

»Ich hab heute noch ein paar Dinge zu erledigen. Nein, ich werde meine Pläne nicht über den Haufen werfen, nur weil … Phoebe, hör auf. Hör auf damit. Lass mich eines ein für alle Mal klarstellen: Du kannst mir keine Befehle erteilen, ganz einfach weil ich nicht für dich arbeite. Nein, jetzt sei *du* mal eine Minute ruhig, verdammt noch mal. Ich werde meine Pläne nicht ändern, nur weil mir *vielleicht* irgendein Geisteskranker auf den Fersen sitzt und *vielleicht* beschließt, mir irgendwas anzutun. Und ich werde auch ganz bestimmt nicht nach Hause fahren und mich wie eine hysterische Kuh daheim einsperren. Ich bin schon von genug Hysterikerinnen umgeben.«

Ma senkte nur den Kopf und seufzte.

»Ich und sexistisch? *Schutzhaft?* Du spinnst ja! Versuch's doch, du wirst dich noch wundern! Ganz genau, wir werden schon noch sehen, wer den längeren Atem hat. Wenn du darüber reden willst, können wir das gerne tun. Aber von Angesicht zu Angesicht. Später. Im Moment bin ich nämlich beschäftigt, Lieutenant MacNamara. Auf Wiederhören.«

Er legte auf und schob das Handy in seine Hosentasche. »Sie will, dass ich alles abblase, nach Hause fahre und mich verstecke wie eine Memme. Sie droht mir, mich in Schutzhaft nehmen zu lassen, zu meiner eigenen Sicherheit. Aber das kann sie vergessen!«

»Wen rufst du jetzt an?«, fragte Ma, als er erneut das Handy herausriss.

»Deinen Sohn, meinen Anwalt. Mal sehen, was sie sagt, wenn …«

»Leg auf, du Idiot. Leg sofort auf. Und jetzt jäte erst mal ein bisschen Unkraut, bis du dich wieder beruhigt hast.«

»Ich werde nicht zulassen, dass …«

»Du wirst es nicht zulassen, sie wird es nicht zulassen. Na prima! Red später mit ihr darüber, von Angesicht zu Angesicht, wie du so schön gesagt hast. Bis dahin gibt es keinerlei Notwendigkeit, alles noch schlimmer zu machen und einen Anwalt einzuschalten. Wenn bei dir die Polizei vor der Tür steht, kannst du Phineas immer noch anrufen. Aber im Moment muss hier Unkraut gejätet werden.«

Kinder!, dachte Ma, während Duncan grummelnd ihrer Aufforderung nachkam. Verliebte benehmen sich oft wie kabbelnde Kinder.

26

Im Mannschaftsraum benutzte Phoebe eine große Tafel, um ein Schaubild zu erstellen. Während sie Diagramme zeichnete und Namen ergänzte, musste sie sich zwingen, nicht immer wieder an ihre Auseinandersetzung mit Duncan zu denken.

Was für ein sturer Macho. Er fühlte sich in seinem männlichen Stolz verletzt und wollte ihr keinen Millimeter entgegenkommen, obwohl sie ihn nur bat, ein paar mehr als angebrachte Vorsichtsmaßnahmen zu ergreifen.

Das hätte sie nicht von ihm gedacht. Aber das zeigte wieder einmal, wie sehr man sich in einem Menschen täuschen kann.

Wenn man ihm jetzt den Kopf oder seine verdammten Eier wegsprengte, war er selbst schuld.

Sie musste dringend an etwas anderes denken, die Augen schließen und sich wieder beruhigen. Denn das würde nicht passieren. Wenn *sie* nicht mal wusste, wo sie Duncan erreichen konnte, woher sollte das dann Roys Mörder wissen? Und warum sollte er seine kostbare Zeit damit verschwenden, durch die Stadt zu fahren, Duncan zu suchen und zu riskieren, bei einer übereilten Aktion enttarnt zu werden?

Dafür war er viel zu klug.

Er hatte einen Plan, da war sie sich sicher. Und er hätte sich auch nicht gemeldet, wenn Duncan sein wichtigstes und nächstes Opfer wäre.

Sie hatte sich wider besseres Wissen von ihrer Panik überwältigen lassen. Aber sie würde nur Antworten auf ihre Fragen finden, wenn sie wieder ruhig und klar denken konnte.

Sie zog einen weiteren Detective und einen erfahrenen Officer hinzu.

»Wir glauben«, hob sie an, während sie ihr Schaubild vervollständigte, »dass ein Zusammenhang zwischen dem Unbekannten und einem weiblichen Opfer besteht, das bei einer früheren Geiselnahme oder Krisensituation ums Leben kam, wo ich als Verhandlerin beteiligt war. Wir wissen, dass er sich Roy Squire ausgesucht, ihn entführt und umgebracht hat, und zwar hauptsächlich wegen der Beziehung des Opfers zu mir. Wir wissen, dass er sich mit Sprengstoff auskennt. Wir wissen, dass er nach Hilton Head gefahren und mit Roys Wagen nach Savannah zurückgekehrt ist, der verlassen und gesäubert auf dem Dauerparkplatz des Flughafens aufgefunden wurde. Dort hatte er vermutlich seinen eigenen Wagen geparkt oder aber ein Taxi dorthin genommen. Aber noch wissen wir nicht, wie er nach Hilton Head gekommen ist.«

Sie drehte sich um. »Detective Peters, ich möchte, dass Sie alle Autovermieter überprüfen, ob sie einen Wagen ausgegeben haben, der in Savannah abgeholt und in Hilton Head zurückgegeben wurde. Finden Sie heraus, ob eine entsprechende einfache Zug- oder Busfahrt gelöst oder ein Flugticket gekauft wurde. Vielleicht war es auch eine Hin- und Rückfahrkarte, die er nur zur Hälfte benutzt hat. Er kann sich auch eine Privatmaschine gechartert haben. Wir wissen nicht, wie vermögend er ist. Überprüfen Sie alle privaten Fluggesellschaften, die in der letzten Woche Hilton Head angeflogen haben.«

»Warum ist er nicht mit seinem eigenen Wagen hin- und zurückgefahren?«, fragte Sykes. »Falls er denn einen besitzt. So weit ist es auch wieder nicht. Warum hat er das Auto des Opfers für den Transport benutzt?«

»Auch das wissen wir nicht. Vielleicht besitzt er keinen Wagen.«

»Oder«, wandte das neue Teammitglied Nably ein, »der, den er besitzt oder zu dem er Zugang hat, ist nicht geeignet, um einen erwachsenen, gefesselten und geknebelten Mann über sechzig bis achtzig Kilometer zu transportieren.«

»Er ist zu klein dafür«, überlegte Phoebe laut.

»Oder es ist ein großer Pick-up ohne Kofferraum, in dem man kein Entführungsopfer verstecken kann.« Nably sog an seiner vorstehenden Oberlippe. »Vielleicht gefällt es ihm einfach nur, uns Rätsel aufzugeben, damit wir viel Zeit damit verlieren, sie zu lösen.«

»Auch das ist durchaus möglich.« Sie schwieg kurz, um aus ihrer Wasserflasche zu trinken. »Genauso ist es möglich oder sogar sehr wahrscheinlich, dass der Unbekannte eine Ausbildung bei der Polizei oder beim Militär absolviert hat. Er weiß, wie wir arbeiten – so gesehen kann es sein, dass er uns bewusst Kopfzerbrechen machen möchte. Er verfügt über eine entsprechende Ausbildung. Er hat es geschafft, sich bei der Johnson-Sache durch die Absperrung zu schummeln, sein Opfer niederzuschießen und sich wieder davonzustehlen, ohne eine einzige Spur zu hinterlassen.«

»Vielleicht trug er eine Uniform«, schlug Sykes vor. »Oder er hatte einen Dienstausweis.«

»Ja. Er ist an den Wachposten vorbei ins Gebäude und in Reeanna Curtis' Wohnung gelangt. Sie war geräumt worden, und sie war bereits mit ihren Kindern hinausgeeilt. Sie weiß nicht mehr, ob sie hinter sich abgeschlossen hat oder nicht. Wie dem auch sei, er ist reingekommen. Er hat sich diese Wohnung ausgesucht, dieses Fenster. Warum?«

»Weil er wusste, dass man von dort aus eine perfekte Sicht hat und dass sie das Spezialeinsatzkommando nicht benutzen würde.«

»Das glaube ich auch.« Sie wandte sich wieder der Tafel

zu. »Die rosa Rosen auf dem Grab – die wir leider nicht zurückverfolgen konnten –, sprechen für eine große emotionale Bindung an eine Frau, höchstwahrscheinlich an eine tote Frau. Das sind die Namen aller weiblichen Opfer aus Krisensituationen, wo ich als Verhandlerin zugegen war – für dieses Revier und davor für das FBI.«

»Brenda Anne Falk, Selbstmord. Ihr Mann hat mit der Sache nichts zu tun. Sie hat einen Bruder und einen Vater. Beide hielten sich während Roys Entführung und dem Mord nachweislich in Mississippi auf. Noch gibt es keine Hinweise auf andere Personen, die ihr nahestanden und ein Motiv oder die passende Gelegenheit gehabt hätten. Diese Linie führt zu weiteren Polizeikollegen, die laut Protokoll mit diesem Fall zu tun hatten. Soweit wir wissen, unterhielt niemand von ihnen private Beziehungen zu Brenda Falk.«

»Vielleicht hat der Unbekannte auch gar keine Beziehung zu den Opfern«, wandte Sykes ein. »Vielleicht ist es ein Polizist oder FBI-Angehöriger, dem gekündigt wurde. Und der von diesen Fällen erfahren hat.« Er wies mit dem Kinn auf die Tafel. »Und/oder Sie, Lieutenant, einfach nur vom Hörensagen kennt.«

»Dann dürfte es noch schwerer werden, ihn zu finden. Wenn wir chronologisch vorgehen, ist das Opfer Nummer zwei Vendi, Christina. Sie gehörte einer Organisation namens ›Sunset‹ an, einer kleinen terroristischen Splittergruppe. Schlecht organisiert und unterfinanziert. Trotzdem gelang es ihr, während einer Dinnerparty ins Haus des Vorstandsvorsitzenden von Gulfstream Aerospace einzudringen und dort fünfzehn Geiseln zu nehmen.«

»Daran kann ich mich noch erinnern.« Nably zeigte auf sie. »Sie waren die Verhandlerin.«

»Genau. Die Forderungen waren so radikal und extrem wie die ganze Gruppe und ebenso schlecht durchdacht. Nach einer mehr als zwölfstündigen Verhandlung, bei der sich herausstellte, dass mindestens eine Geisel schwer verletzt, wenn nicht sogar tot war, beschloss das Spezialeinsatzkommando, das Haus zu stürmen.«

»Sie haben sie dazu gebracht, die Kinder und eine Schwangere freizulassen. Daran kann ich mich noch erinnern.«

»Sie erklärten sich bereit, die beiden kleineren Kinder des Vorstandsvorsitzenden und einen weiblichen Gast, der im siebten Monat schwanger war, freizulassen, womit noch zwölf Geiseln übrig waren. Das Spezialeinsatzkommando schaffte es, sich über ein Fenster im zweiten Stock Einlass zu verschaffen, und erschoss zwei Geiselnehmer. Vendi eröffnete das Feuer und wurde ausgeschaltet. Der einzige überlebende Terrorist wurde in Gewahrsam genommen. Er sitzt noch heute im Gefängnis.«

Sie wusste noch genau, wie schrecklich das gewesen war. Die Schreie, das Mündungsfeuer.

»Vendis Vater diente in der Army, bevor er kürzlich in Pension ging. Er hat ihr Verhalten immer missbilligt und war im fraglichen Zeitraum nachweislich weder in Savannah noch in Hilton Head. Allerdings kann es in diesem Fall noch weitere Verbindungen zur Army beziehungsweise zu verbleibenden Mitgliedern der sich aufgelösten Terrorgruppe geben.«

Sie zupfte an einer Strähne. »Ich hab das FBI gebeten, sich darum zu kümmern. Ich weiß«, sagte sie, als sie ihre Gesichter sah, »dass das unser Fall ist. Aber das FBI hat einfach das bessere Personal für solche Ermittlungen. Die Nächste ist Delray, Phillipa. Sie kam bei einem Autodiebstahl ums Leben. Ihre fünfjährige Tochter war mit im Auto und wurde von den beiden Autodieben als Geisel benutzt. Sie wurden bis zu einer Garage auf der Westside verfolgt und schafften es, da irgendwie reinzukommen. Die Verhandlungen waren erfolgreich, das Kind wurde freigelassen, und die Autodiebe ergaben sich. Delrays Bruder war in der Army und tat zum Zeitpunkt des Todes seiner Schwester Dienst in Deutschland. Er lebt heute in Savannah, genau wie Delrays Mann. Delrays Bruder, Ricardo Sanchez, ist bei der berittenen Polizei.«

»Den kenne ich.« Der Officer hob die Hand. »Ich kenne Rick Sanchez. Er ist ein netter Kerl.«

»Ich hoffe, Sie haben recht, trotzdem muss er verhört werden.«

Das gefiel ihm ganz und gar nicht, merkte sie. Polizisten mögen es nicht, wenn man einen von ihnen ins Visier nimmt. »Ich werd selbst mit ihm reden«, beschloss sie spontan. »Dann haben wir noch Brentine, Angela, die bei einem versuchten Bankraub getötet wurde. Sie wurde schon in der Anfangsphase verletzt, und alle unsere Bemühungen, ihr medizinische Hilfe zukommen zu lassen, scheiterten. Sie starb auf dem Weg ins Krankenhaus, nachdem wir vier Stunden über ihre Freilassung verhandelt hatten. Ihr Mann, Brentine, Joshua, war damals auf Geschäftsreise in New York. Neunzehn Monate nach dem Tod seiner ersten Frau hat er wieder geheiratet und ist inzwischen geschieden. Er war nie beim Militär oder bei der Polizei. Angela Brentine besitzt keine lebenden männlichen Verwandten mehr.«

»Dieser Fall hat ziemlich Schlagzeilen gemacht«, erinnerte Sykes sich. »Nicht nur weil der Bankraub blutig endete, sondern auch wegen Brentines Frau. Er gehört zum

Geldadel Savannahs, war ein angesehener Mann. Es gab Gerüchte, dass ihn ihr Tod vor einer teuren Scheidung bewahrt hat.«

»Ich werde schon bald mit Brentine sprechen. Officer Landow? Ich möchte, dass Sie noch einmal Reeanna Curtis vernehmen, die von der Geiselnahme in der Hitch Street. Vielleicht erinnert sie sich ja doch noch an irgendein Detail vor, während und nach ihrer Evakuierung. Reden Sie auch mit ihren Nachbarn. Nehmen Sie einen weiteren Officer Ihrer Wahl mit. Ich werde die Ermittlungen autorisieren. Detective Sykes, ich möchte, dass Sie Kontakt zu Mitgliedern des damaligen Spezialeinsatzkommandos aufnehmen. Ich glaube, dass sie auf Sie … entspannter reagieren als auf mich. Ich will niemandem Schwierigkeiten machen. Ich würde nur gern wissen, ob jemand einen Officer – in Uniform oder auch nur mit Dienstausweis – gesehen hat, den er nicht gleich erkannt hat. Falls man sich nicht als kooperativ erweist, schlage ich vor, dass Sie ein paar Fotos vom Tatort in Bonaventure herumzeigen. Und zwar nachdem Roy Squire in der Luft zerfetzt wurde.«

»Ich kümmere mich drum, Lieutenant.«

»Danke.« Sie nickte, weil sie sah, dass Dave hereinkam. »Lass uns loslegen.«

Als Dave auf ihr Büro zeigte, ging sie vor ihm hinein. »Du hast ziemlich viel erreicht in der kurzen Zeit, Phoebe. Hast du auch irgendwann mal geschlafen?«

»Ein bisschen. Willst du die Wahrheit wissen? Ich sah immer wieder diese Bilder vor mir, als ich eindöste. Roy, der an das Grab gekettet ist, die Explosion. Wenn ich wach und beschäftigt bin, geht es mir besser. Wenn ich etwas tue, habe ich nicht so viel Angst, als wenn ich mich ausruhe.«

»Und deine Familie?«

»Keine Ahnung. Wie lange kann ich sie in diesem Haus festhalten? Meiner Mutter macht das ja nichts aus«, sagte sie mit einem müden Lachen, das leicht verbittert klang. »Aber was ist mit den anderen? Ich weiß es einfach nicht. Ich werde losziehen, mit Zeugen reden und überprüfen, wer Beziehungen zu diesen vier weiblichen Opfern hatte. Irgendetwas wird sich schon ergeben, da bin ich mir sicher.«

»Nimm einen von den Männern mit.«

»Das kann ich mir nicht leisten. Wir sind auch so schon äußerst dünn besetzt, wenn man bedenkt, dass mein Haus bewacht wird und Josie und Carter zur Arbeit begleitet und ebenfalls bewacht werden müssen.«

Allein beim Gedanken daran wurde sie ganz krank. »Und mir ist auch klar, dass das nicht ewig so weitergehen kann. Ich weiß, dass wir kein Personal für unbegrenztes Babysitting haben.«

»Aber für heute ist alles geregelt, denken wir erst mal an heute. Und wie kommen Ava … und die anderen mit der Situation zurecht?«

»Allen, darunter auch Ava, geht es den Umständen entsprechend gut. Du kannst sie ja mal anrufen oder bei ihr vorbeischauen. Dann ist sie sicherlich beruhigt.«

»Na ja. Hmm.« Er steckte die Hände in die Hosentaschen. »Wegen der Vernehmungen … Ich würde ja selbst mitkommen, aber ich habe eine Besprechung im Rathaus. Wenn du dir jemanden aussuchen dürftest, und zwar nicht nur aus deinem Team – wen würdest du mitnehmen wollen?«

Vielleicht, vielleicht würden er und Ava doch noch zusammenkommen, bevor sie beide in Rente waren. Aber darauf wetten wollte sie nicht.

»Sykes ist äußerst verlässlich, und deshalb will ich, dass er sich um das Spezialeinsatzkommando kümmert. Liz Alberta. Sie hat ein feines Gespür. Keine Ahnung, wie beschäftigt sie gerade ist oder …«

»Ich kümmer mich drum und seh zu, was sich machen lässt. Nimm dir zehn Minuten Zeit und ruf zu Hause an. Danach wirst du dich besser fühlen und klarer sehen.«

»Du hast recht. Wenn du dir fünf Minuten Zeit nimmst und dasselbe tust, wird es dir genauso gehen.«

Sie trafen sich mit Sanchez im Forsythe Park und standen mit seinem weise dreinblickenden Pferd im Schatten. Die Luft wurde an diesem schwülen Tag immer drückender, sodass das tiefbraune Fell des Tiers feucht schimmerte.

Er war ziemlich nah dran am Haus der MacNamaras, dachte Phoebe. Nah genug, um ihr Zuhause als berittener Polizist problemlos beobachten zu können, ohne aufzufallen.

Sanchez war etwa 1,77 m groß, schätzte Phoebe, und kräftig gebaut. In seinem linken Augenwinkel befand sich eine kleine, eckige Narbe, und er hatte einen sturen, verbissenen Zug um den Mund.

War der pfeifende Mann mit der Baseballkappe größer gewesen? Sie hätte ihn drei bis sechs Zentimeter größer geschätzt. Aber hatte sie wirklich so genau darauf geachtet, um sich sicher sein zu können?

»Das Auto war ihr völlig egal«, sagte Sanchez und meinte seine Schwester. »Sie wollte einfach nur Marissa da raushaben. Sie wehrte sich, weil sie sich weigerte, ihre kleine Tochter zurückzulassen. Also haben sie sie abgestochen und auf der Straße verbluten lassen.«

»Sie waren in Deutschland, als das passiert ist?«

Er nickte. »Ich bekam Sonderurlaub, um auf ihre Beerdigung gehen zu können. Meine Mutter … Ich dachte, dass sie das nicht überlebt. Und mein Schwager stand noch Tage danach völlig neben sich.«

»Sie waren erst neunzehn, als es passiert ist. Sie machten gerade eine Ausbildung als Waffenspezialist.«

»Ich wollte in der Army Karriere machen. Ich wollte die Welt kennenlernen, für unser Land kämpfen. Aber nachdem Philli …, habe ich meinen Einsatz beendet und bin wieder nach Hause gekommen.«

»Zwei Jahre danach haben Sie bei der berittenen Polizei angefangen.«

»Ja, das stimmt.« Er zog die Augen zu schmalen Schlitzen zusammen. »Worum geht es hier eigentlich, Lieutenant MacNamara? Der Kerl, der sie abgestochen hat, sitzt immer noch im Gefängnis. Wollen Sie mir etwa sagen, dass er freikommt?«

»Nein. Aber können Sie mir sagen, wo Sie letzte Nacht waren, Officer Sanchez? Zwischen elf Uhr abends und drei Uhr früh?«

»Ja«, sagte er, »aber ich würde gerne wissen, warum. Ich würde wirklich gern wissen, warum Sie mich fragen, wo ich war, als ein Mann in Bonaventure in die Luft gesprengt wurde.«

»Ich frage Sie, *weil* ein Mann in Bonaventure in die Luft gesprengt wurde.«

»Und was hat das mit mir zu tun?«

»Beantworten Sie mir erst folgende Frage: Sie haben mir nicht erzählt, wie Ihre Nichte gerettet wurde, als man Ihre Schwester umgebracht hat.«

»Ich hab Ihnen doch gesagt, dass die Schweine Philli umgebracht haben, weil sie sich gewehrt hat. Die Polizei hat sie in einer Garage gestellt. Sie hatten sich mit Marissa im Wagen eingeschlossen. Die Polizei hat die Garage umstellt und sie dazu gebracht, das Kind gehen zu lassen und sich zu ergeben.«

»Und wer hat sie dazu gebracht, sich zu ergeben?«, fragte Phoebe ihn.

»Die Polizei.« Das Pferd schüttelte den Kopf wegen der Ungeduld in Sanchez' Stimme. Automatisch streichelte er es, um es zu beruhigen.

»Die Polizei hat ihr Leben gerettet. Was sind das nur für Männer, die so etwas tun? Männer, die eine Mutter umbringen, die versucht, ihr Kind zu beschützen? Was soll sie groß davon abhalten, einem kleinen Mädchen genau dasselbe anzutun? Die Polizei hat Marissa gerettet. Deswegen bin ich Polizist geworden.«

Das kann unmöglich der Kerl sein, dachte Phoebe, und als sie einen kurzen Blick mit Liz wechselte, sah sie, dass sie beide einer Meinung waren. »Ich war die Verhandlerin in der Krisensituation mit Ihrer Nichte.«

»Sie?« Er wurde leichenblass und anschließend puterrot. »Ich wusste gar nicht, dass überhaupt verhandelt wurde.« Seine Stimme klang brüchig.

»Sie haben sich nie nach den genauen Umständen erkundigt?«

»Ich … Als ich herkam … waren wir alle in einer Art Schockzustand, wir waren in Trauer. Ich sah alles wie verschwommen. Dann musste ich wieder zurück, meinen Dienst ableisten. Als ich nach meiner Entlassung nach Hause kam, wollte ich nichts mehr davon wissen. Ich wollte nicht zurückblicken. Ich wollte … ich wollte …«

»Zu denjenigen gehören, die Leben retten, die Menschen in Schwierigkeiten helfen.«

»Ja, Ma'am«, rang er sich nach einer Weile ab und nickte Liz zu. »Sie haben mich gefragt, wo ich letzte Nacht war. Ich hab bei meiner Freundin übernachtet. Hier.« Er holte Block und Stift heraus. »Hier ist ihr Name, ihre Adresse. Wollen Sie sonst noch etwas wissen?«

»Nein, das reicht. Danke, Officer Sanchez.«

Als sie den Zettel nahm, griff er in seine Tasche und zog seinen Geldbeutel heraus. »Marissa ist jetzt zehn. Das ist ihr Foto.«

Er klappte den Geldbeutel auf, und Phoebe sah eine dunkelhaarige, dunkeläugige kleine Schönheit. »Sie ist hinreißend.«

»Sie sieht aus wie ihre Mutter.« Er verstaute seinen Geldbeutel und gab ihr die Hand. »Ich danke Ihnen im Namen meiner Schwester.«

»Das Leben ist wirklich komisch, was?«, bemerkte Liz, als sie den breiten Weg zu Phoebes Auto zurückliefen. »Du hast sein ganzes Leben verändert. Du hast ihn nie kennengelernt und bis heute nie mit ihm gesprochen. Aber was er heute tut, ja was er heute ist, liegt unter Umständen nur an dem, was du vor fünf Jahren getan hast.«

»Kann sein. Andererseits hat die Interpretation meines Verhaltens in der Vergangenheit auch dazu geführt, dass zwei Menschen sterben mussten.«

Liz folgte Phoebes Blick und sah das Haus in der Jones Street. »Willst du kurz vorbeischauen und sehen, ob alles in Ordnung ist?«

»Nein. Reden wir lieber mit dem Ehemann, um die Sache abzuschließen. Dann machen wir mit Brentine weiter.«

Delray war ein stiller Mann mit sanften Augen. Nach fünf Minuten beschloss Phoebe, dass er es nicht mal über sich brächte, eine Spinne zu zertreten, geschweige denn kaltblütig einen Menschen zu ermorden.

Joshua Brentine dagegen vermittelte ihr einen ganz anderen Eindruck.

Er ließ sie in seinen Geschäftsräumen mit Flussblick zwanzig Minuten an der Rezeption warten. Wolken, die aussahen wie blaue Flecken, zogen von Nordosten her auf. Bald würde ein Gewitter losbrechen.

Brentines auffallend schöne, schmalhüftige Assistentin führte sie in ein Büro mit der besten Aussicht auf den Fluss. Es war eher eingerichtet wie ein elegantes Wohnzimmer und wirkte nicht wie ein Ort, an dem große Geschäfte abgeschlossen werden.

Die Mischung aus Eleganz und Machtgehabe charakterisierte den Mann gut, dachte Phoebe, der aussah, als sei er bereits im Maßanzug zur Welt gekommen. Sein goldbraunes Haar bildete eine Welle über der hohen, aristokratischen Stirn, und seine braunen Habichtaugen ließen nichts von dem Lächeln erkennen, das sein Mund vortäuschte.

»Es tut mir leid, dass ich Sie so lange warten ließ, meine Damen.« Er erhob sich hinter seinem antiken Schreibtisch und zeigte auf eine Sitzgruppe, die aus einem geschwungenen Sofa und den dazugehörigen Sesseln bestand. »Aber ich habe heute ziemlich viele Termine.«

»Wir wissen es sehr zu schätzen, dass Sie sich Zeit für uns nehmen, Mr. Brentine. Ich bin Lieutenant MacNamara, und das ist Detective Alberta.«

»Bitte nehmen Sie doch Platz. Ich muss gestehen, dass ich keine Ahnung habe, warum mich heute zwei derartig attraktive Angestellte des öffentlichen Dienstes mit ihrem Besuch beehren.«

»Der Bankraub, der mit dem tragischen Tod Ihrer Frau

endete, spielt bei aktuellen Ermittlungen wieder eine Rolle.«

»Ach ja?« Er lehnte sich in seinem Sessel zurück und machte ein höflich-verwirrtes Gesicht. »Inwiefern?«

»Ich darf Ihnen über laufende Ermittlungen keine Auskunft geben. Aber aus unseren Akten geht hervor, dass Sie zum Zeitpunkt des Todes Ihrer Frau nicht in Savannah waren.«

»Das stimmt. Ich war geschäftlich unterwegs. In New York.«

Phoebe sah sich in seinem Büro um. »Sie sind bei Ihrem Beruf sicherlich häufig unterwegs.«

»Ja, das bin ich auch.«

»Die Bank, in der Ihre Frau umgebracht wurde … Stimmt es, dass Sie die damals weder beruflich noch privat genutzt haben?«

»Nein, ich war kein Kunde dieser Bank. Aber ich verstehe nicht, was das mit irgendwelchen laufenden Ermittlungen zu tun haben soll, Lieutenant.«

»Wir überprüfen nur ein paar Details, und ich möchte mich jetzt schon dafür entschuldigen, dass wir wieder auf diesen tragischen Vorfall zu sprechen kommen müssen, der Ihnen solche Trauer bereitet hat.«

Das Ganze scheint dich allerdings nicht besonders zu berühren, dachte Phoebe. Nicht so wie den armen Mr. Falk, der den Tod von Brenda noch einmal durchlebt hatte.

»Laut Zeugenaussagen hatte Mrs. Brentine ein Konto bei dieser Bank. Die sie an jenem Tag aufsuchte, um ihr gesamtes Guthaben abzuheben und das Konto zu schließen. Vielleicht können Sie uns dazu etwas sagen, Mr. Brentine, da das schon über drei Jahre her ist. Wir hatten bislang noch keinen Zugang zu den betreffenden Bankunterlagen.«

»Stellen Sie sich vor«, er ließ die Schultern kreisen, »Angela hatte ein eigenes kleines Konto. Peanuts. Ein paar tausend Dollar. Das Schicksal wollte es, dass sie ausgerechnet an jenem Tag zur Bank ging, als diese überfallen wurde.«

»Sie wussten nichts von diesem Konto?«

»Ich habe nie gesagt, dass ich nichts davon wusste. Ich habe nur gesagt, dass es sozusagen ihr kleines privates Sparkonto war.«

»Entschuldigen Sie bitte, aber ich frage mich, wozu die Frau eines Mannes in Ihrer beneidenswerten finanziellen Lage ein kleines privates Sparkonto braucht.«

»Ich nehme an, sie genoss das Gefühl der damit verbundenen Unabhängigkeit.«

»Aber laut unseren Akten war sie während Ihrer Ehe nicht berufstätig.«

»Nein, sie war nicht berufstätig.« Er hob eine Hand von der Sessellehne. Die Handfläche zeigte nach oben, was sie als Zeichen von Ungeduld wertete. »Sie war voll und ganz damit beschäftigt, sich um unser Zuhause zu kümmern, Feste zu geben, Wohltätigkeitsveranstaltungen zu organisieren. Ich fürchte, ich kann Ihnen in dieser Angelegenheit nicht weiterhelfen. Wenn Sie mich jetzt also bitte entschuldigen …«

»Aber dass sie alles auf einmal abgehoben hat«, beharrte Phoebe, »kam mir doch komisch vor, als ich mir die Akte im Zusammenhang mit unseren laufenden Ermittlungen noch mal vornahm. Das ist schon auffällig.«

»Bedauerlicherweise können weder Sie noch ich sie heute dazu befragen.«

»Das ist in der Tat bedauerlich. Ich nehme an, sie wollte Ihnen ein Geschenk machen oder sich irgendwas Nettes gönnen. Ich kaufe mir immer irgendwas Nettes, wenn ich genügend Geld dafür habe. Ich wette, sie hatte mehrere enge Freundinnen. Wir Frauen haben Freundinnen und erzählen ihnen Dinge, die wir unseren Männern nicht erzählen.«

»Ich verstehe nicht, was diese Dinge mit irgendwelchen Ermittlungen zu tun haben sollen.«

»Da haben Sie wahrscheinlich auch wieder recht. Ich schweife ein wenig vom Thema ab. Die Sache macht mich einfach neugierig. Ich hasse es, wenn ich nicht jedes Detail eines Falls klären kann. Aber wenn Sie uns sagen könnten, wo Sie letzte Nacht waren, wäre das sehr hilfreich. Anschließend lassen wir Sie auch sofort wieder in Ruhe. So nach dreiundzwanzig Uhr?«

Eisige zehn Sekunden lang sagte er kein Wort. »Ich mag die damit einhergehende Unterstellung nicht.«

»Oh, wir unterstellen Ihnen gar nichts. Es tut uns leid, falls wir diesen Eindruck erweckt haben sollten. Es wäre allerdings hilfreich, wenn Sie uns Ihren Aufenthaltsort nennen könnten. Ansonsten …« Phoebe sah zu Liz hinüber.

»Das macht uns nämlich beide neugierig«, sagte Liz mit einem strahlenden Lächeln. »Dann müssen wir auch nicht mehr Ihre kostbare Zeit verschwenden.«

»Ich war bis kurz nach elf mit einer Freundin im Theater, danach sind wir noch was trinken gegangen. Ich bin gegen ein Uhr nachts nach Hause gekommen. Wenn ich Ihnen sonst noch irgendwie …«

»Eine Frage noch: der Name Ihrer Freundin. Nur, damit wir Bescheid wissen und Sie nicht noch mal stören müssen.«

»Catherine Nordic.« Er erhob sich. »Ich muss Sie jetzt bitten, zu gehen. Wenn Sie noch weitere Fragen haben, werde ich meinen Anwalt anrufen.«

»Das ist nicht nötig. Bitte entschuldigen Sie nochmals, dass wir diese furchtbare Sache erneut ansprechen mussten. Vielen Dank für Ihre Zeit.«

Während sie zurück zur Rezeption gingen, warf Liz Phoebe einen kurzen Blick zu. »Ich mag ihn nicht.«

»Ich auch nicht! Was für ein eingebildeter Lackaffe. Fandest du es nicht auch interessant, dass er uns nichts über die Freundinnen seiner toten Frau oder dieses Bankkonto sagen wollte? Wenn du mit einem äußerst wohlhabenden Mann verheiratet wärst, Liz, würdest du dann Geld auf einem eigenen Konto ansparen?«

»Höchstens zur Sicherheit. Falls der reiche Ehemann eines Tages beschließt, mich sitzen zu lassen, oder umgekehrt.«

»Und wenn es Eheprobleme gab?«

»Eine Freundin wird das wissen. Aber ich habe noch einen anderen Verdacht. Dieser Ehemann ist ein eiskalter Typ, der alles und jeden kontrollieren muss, darauf wette ich mit dir! Also musst du heimlich Geld auf ein privates Konto schaffen. Dieser Ehemann ist oft auf Reisen, während du Blumen arrangierst und dich mit anderen Ladys zum Mittagessen verabredest.«

»Eine Affäre.«

»Wir sind als Angestellte des öffentlichen Dienstes nicht nur attraktiv, sondern auch zynisch.«

»Hmmmm.« Phoebe ging in Gedanken noch mal alles durch, während sie mit dem Lift nach unten fuhren. »Ich glaube nicht, dass die Tote die Liebe seines Lebens war. Ich glaube eher, dass er sie abgehakt hat, wie man eine Besprechung abhakt. Aber wenn sie einen Liebhaber hatte … vielleicht einen, mit dem sie auf und davon wollte … Deswegen wollte sie auch an ihr Sparkonto.«

»Zur falschen Zeit und am falschen Ort. Ihr Mörder und seine Kumpanen bekamen lebenslänglich, aber einem Liebhaber mit gebrochenem Herzen reicht das vielleicht nicht. Er muss irgendjemandem die Schuld dafür geben.«

»Alle sind lebend da rausgekommen, nur sie nicht. Ich habe es nicht geschafft, Sanitäter zu ihr zu schicken, nicht rechzeitig.«

»Wie denn auch! Ich habe die Akte gelesen, Phoebe.«

»Wenn jemand in sie verliebt war, wenn jemand von Schuldgefühlen zerfressen wird, weil sie seinetwegen zur Bank gegangen ist, spielt das alles keine Rolle. Lass uns Angela Brentines Freundinnen aufspüren, ihre Friseurin, ihren *personal trainer*. Menschen, denen sich eine unglückliche Frau anvertraut.«

»Die beste Freundin mach ich schon ausfindig.« Liz griff nach ihrem Handy, während sie durch die Lobby gingen und hinaus auf den Bürgersteig traten. »Ich habe einen Freund bei der Zeitung. Ich werde ihn bitten, mir den Artikel über die Hochzeit zu besorgen. Die beste Freundin war bestimmt Brautjungfer. Zumindest gehörte sie zu den Hochzeitsgästen.«

»Ist es nicht toll, dich dabeizuhaben?«

»Der Typ, mit dem ich zusammengewohnt habe, fand das auch. Bis ich ihn vor die Tür gesetzt habe.«

Glynis Colby war eine blonde Bohnenstange in Jeans und Leinenbluse. Ihr Fotostudio befand sich im dritten Stock eines renovierten Altbaus unweit des Greene Square. Es gab verschiedene Requisiten, darunter auch eine riesige Teetasse, und in den Wandregalen befanden sich Heerscharen von Stofftieren.

Sie rief nach ihrem Assistenten Dub – ein kleiner Typ

mit Pferdeschwanz und einem Engelslächeln – und bat ihn, allen etwas Kaltes zu trinken zu bringen.

»Sie fehlt mir immer noch. Das Ganze ist inzwischen mehr als drei Jahre her, doch wenn ich etwas Besonderes sehe, denke ich immer noch, das muss ich unbedingt Angie erzählen. Aber sie ist nicht mehr da.«

Hier zeigte jemand genau die Gefühle, die Joshua Brentine vermissen ließ. »Waren Sie schon lange befreundet?«, fragte Phoebe.

»Seit wir vierzehn waren. Glyn, Angie und Dub – wir drei waren einfach unzertrennlich. Wir wollten gemeinsam berühmt werden.«

»Ich kenne Ihre Arbeit«, warf Liz ein. »Sie haben Schwangerschaftsfotos von einer Kusine von mir gemacht. Sie waren fantastisch. Dann ist sie mit ihrem kleinen Sohn wieder zu Ihnen gekommen. Sie haben verdientermaßen einen guten Ruf.«

»Wir können nicht klagen, stimmt's, Dub?«

Er stellte die Gläser ab und drückte ihre Hand. »Angie? Sie hatte ein Herz aus Gold.«

»Wir hatten ein Konzept«, fuhr Glynis fort. »Angie hatte sich auf Hochzeitsfotos spezialisiert und ich mich auf Schwangerschaft und Kinder. Keine schlechte Idee, um Kunden zum Wiederkommen zu motivieren. Außerdem liebte sie es, Hochzeiten zu fotografieren. Sie hatte einfach den Blick dafür. Und Dub …«

»Ich wollte mich um das Geschäftliche kümmern.«

»Ich dachte, Angela hätte zum Zeitpunkt ihres Todes nicht gearbeitet?«

»Nein. Joshua hatte was dagegen. Er hatte was gegen uns.« Glynis blickte Dub an und hob die Brauen. »Schlechter Einfluss.«

»Vor allem mich hat er gehasst«, ergänzte Dub. »Ein echter Schwulenhasser.«

Glynis versetzte ihm einen Stups. »Du musst dich wohl überall vordrängeln? Er hat mich mindestens ganz genauso gehasst. Ich war die Schlampe.«

»Und ich die schwule Schlampe. Was deutlich schlimmer ist. Er hat sie auf einer Hochzeit kennengelernt, für die man sie gebucht hatte«, fuhr Dub fort. »Ein großes Society-Event und ein Riesencoup für uns.«

»Das Studio gab es damals gerade erst acht Monate.«

»Sie war schön, richtig schön, und hatte wirklich ein Herz aus Gold.«

»Und sie besaß unglaublichen Charme. Joshua hat sie nach allen Regeln der Kunst erobert.«

Glynis holte mit beiden Händen weit aus. »Körbeweise Blumen – vor allem rosa Rosen, ihre Lieblingsblumen. Abendessen bei Kerzenlicht, romantische Wochenendtrips. Sechs Wochen später war sie verlobt. Drei Monate später war sie Mrs. Joshua Brentine.«

»Und dann hat es angefangen.« Dubs Mund wurde schmal wie ein Strich, als er begann, weiterzuerzählen. »Er hat sie dazu gedrängt, ihren Job aufzugeben. Wie konnte sie nur auf Hochzeiten Bilder knipsen, wie er es nannte, bei denen sie, falls sie wichtig genug waren, auf der Gästeliste stand?«

»Sie hatte schließlich Verpflichtungen … bla, bla, bla«, sagte Glynis achselzuckend. »Sie hat alles für ihn aufgegeben. Sie hat ihn vergöttert. Er mochte nicht, dass sie mit uns verkehrte, also hat er versucht, sie zu manipulieren. Wir trafen uns hin und wieder heimlich zum Mittagessen oder wenn er gerade auf Geschäftsreise war.«

»Eine gefährliche Liebschaft«, fügte Dub hinzu.

»Wann begann ihre Affäre?«

Glynis riss die Augen auf, als Phoebe das fragte. »Woher wissen Sie das?«

»Erzählen Sie uns davon.«

»Das war nichts Unmoralisches. So war es nicht, sie war nicht so. Alles musste stets nach Joshuas Kopf gehen. Er ließ sie nicht sein, wie sie war, und sie wurde immer unglücklicher. Er erwartete, dass sie ihm rund um die Uhr zur Verfügung stand, aber er durfte tun und lassen, was er wollte.«

»Und zwar in jeder Beziehung«, sagte Dub und strich Glynis über die Schulter.

»Na gut.« Glynis atmete tief durch. »Es ging ihr schlecht, und er kam ihr kein bisschen entgegen. Er wollte keine Eheberatung aufsuchen und war auch gegen eine Therapie, als sie Depressionen bekam. Damals hatte sie noch kein eigenes Geld. Sämtliche Konten liefen auf seinen Namen. Als sie merkte, dass alles auf eine Scheidung hinauslief, kam sie ein paarmal die Woche her, wenn es ging, sogar noch öfter. Sie half bei der Deko, entwickelte Fotos in der Dunkelkammer, kümmerte sich um die digitale Bildbearbeitung, was eben gerade so anfiel. Wir bezahlten sie in bar.«

»Sie lernte jemanden kennen. Wie, wo und wen, wollte sie uns nicht verraten. Aber sie war glücklich.« Dub zog ein blaues Taschentuch heraus und gab es Glynis, damit sie sich damit über die Augen wischen konnte. »Sie begann wieder zu strahlen.«

»Wann begann sie wieder zu strahlen?«

»Ungefähr ein halbes Jahr bevor sie starb. Sie nannte ihn Lancelot, das war sein Kosename.«

»Wie haben sie kommuniziert?«

»Sie hat sich ein Kartenhandy gekauft. Das war seine Idee, stimmt's, Dub?«

»Ja. Sie hat gesagt, dass er weiß, wie man so was macht. Hören Sie, die Kerle, die ihr das angetan haben, sitzen im Gefängnis. Warum müssen wir das ausgerechnet jetzt wieder aufwärmen?«

»Es hilft uns bei Ermittlungen in einem anderen Fall. Alles, was Sie uns über den Mann sagen können, mit dem sie eine Affäre hatte, kann uns weiterbringen.«

»Nun, ich glaube, er hatte eine Wohnung auf der Westside, in der sie sich trafen.« Glynis sah zu Dub, der bestätigend nickte. »Am Tag bevor es passiert ist, hab ich sie noch getroffen. Sie schwebte wie auf Wolken. Sie sagte, sie hätte beschlossen, auszuziehen und sich scheiden zu lassen. Danach wollten sie und Lancelot heiraten. Sie wollte das Geld abheben, das sie besaß, und nach Reno ziehen, um die für die Scheidung erforderliche Trennungsphase einzuleiten. Sie wollte die Sache so schnell wie möglich über die Bühne bringen. Sie war schon immer sehr entschlussfreudig.«

»Gibt es sonst noch irgendwas, das Sie über ihn wissen? Hat sie noch irgendwas über ihn erzählt? Jedes unbedeutende Detail ist wichtig.«

»Ich glaube, er hat trainiert. Sie hat erzählt, wie gut er gebaut wäre und wie hart er an seiner Figur arbeite. Er gab ihr Tipps, um körperlich kräftiger zu werden.«

»Er hatte blaue Augen«, fiel Dub ein. »Sie hat ihm einmal ein Hemd gekauft und bemerkt, das würde gut zu seiner Augenfarbe passen. Ein blaues Rugbyhemd. Hübsch. Und er konnte kochen.«

»Stimmt, genau. Sie sagte, wie sexy es sei, ihm zuzusehen, wenn er das Abendessen kocht. Ich weiß noch, wie ich mich darüber gewundert habe, denn dafür schien er gar nicht der Typ zu sein.«

»Warum nicht?«

»Alles, was sie sonst von ihm erzählte, ließ auf einen totalen Macho schließen. Das war zumindest mein Eindruck. Ehrlich gesagt, habe ich mir ein bisschen Sorgen um sie gemacht. Wir haben uns beide Sorgen gemacht. Er schien das genaue Gegenteil von Joshua zu sein, und wir haben uns gefragt, ob sie sich nicht hauptsächlich deswegen in ihn verliebt hat. Ein heißblütiger, zäher, muskulöser Typ. Jemand, der eher Blaumann trägt statt Maßanzug.«

»Wie kommen Sie darauf?«

»Manchmal nannte sie ihn ihren blauen Prinzen. Aber vielleicht lag das auch nur an seiner Augenfarbe. Ich hatte allerdings schon den Eindruck, dass er schwer schuftet, wenn Sie verstehen, was ich meine.«

Vielleicht trug er auch einfach nur eine blaue Uniform, dachte Phoebe.

»Er hat ihr ganz schön Druck gemacht, Joshua zu verlassen. Ihm gefiel die Vorstellung nicht, sie könne mit einem anderen schlafen, obwohl zwischen Angie und Joshua schon längst nichts mehr lief. Sie hat gesagt, allein der Gedanke mache Lancelot ganz wahnsinnig, aber ich glaube, das gefiel ihr. Sie fühlte sich dadurch wieder sexy und begehrenswert. Ich selbst habe das allerdings eher als weitere Manipulation empfunden.«

»Sie brauchte dringend eine Verschnaufpause«, sagte Dub. »Aber dieser Typ gab ihr das Gefühl, eine Göttin zu sein. Er gab ihr das Gefühl, nicht ohne sie leben zu können und dass ihr nichts zustoßen könne, wenn er bei ihr war. Das hat er ihr versprochen.«

»Aber ihr ist etwas zugestoßen«, sagte Glynis leise.

»Hat er sich nach ihrem Tod je bei Ihnen gemeldet?«

»Nein.«

»Wo sind ihre Kameras?«, fragte Phoebe.

»Keine Ahnung. Sie hat sie bei dem geheimnisvollen Unbekannten aufbewahrt. Sie hatte zwei. Eine Weile habe ich mich auf eBay, in Leihhäusern und Gebrauchtwarenläden umgesehen. Falls er sie verkauft hat. Es wäre schön gewesen, sie wiederzuhaben, als Andenken.«

»Würden Sie sie wiedererkennen?«

»Ja, wenn ich eine davon in die Hand bekäme, schon. Sie hat diese kleine rosa Knospe auf die Unterseite ihrer Ausrüstung gemalt. Gewissermaßen als Signatur. Rosa Rosen waren ihre Lieblingsblumen.«

»Rosa Rosen wie die auf dem Grab, an das Roy gekettet war.« Es gab Phoebe einen ungeheuren Energieschub, so viele Vermutungen bestätigt bekommen zu haben. »Lancelot ist unser Mann.«

»Ja. Jetzt müssen wir nur noch einen blauäugigen Muskelprotz finden, der kochen kann und auf der Westside lebt. Oder zumindest vor drei Jahren dort lebte.«

»Und der Polizist ist. Aber wo lernt ein Polizist von der Westside unsere unglückliche Prinzessin aus der Gaston Street kennen?« Phoebe schloss die Augen und überlegte. »Sie hat Wohltätigkeitsveranstaltungen organisiert, ging auf schicke Partys. Viele Polizisten arbeiten nach Dienstschluss noch bei einem privaten Sicherheitsdienst. Mal sehen, wer in den letzten drei Jahren freiwillig den Dienst quittiert hat. Jemand zwischen dreißig und vierzig, denn der Mann muss noch jung sein und hat keine Zeit mehr, Streife zu fahren, weil er seine Rache ausheckt.«

»Wenn wir die richtige Spur verfolgen, hatte sie das

Kartentelefon vielleicht dabei, als sie in die Bank ist. Ihre persönliche Habe wird man anschließend ihrem Mann überbracht haben.«

»Ja.« Daran hatte sie gar nicht gedacht, fiel Phoebe auf. Sie nickte Liz anerkennend zu. »Du hast recht. Und wenn, wird er sich die ein- und ausgehenden Anrufe genau angesehen haben. Er weiß Bescheid. Aber überlassen wir ihn lieber noch eine Weile sich selbst und verfolgen die andere Spur zuerst. Danach statten wir ihm noch mal einen Besuch ab.«

Phoebe sah nach Osten, als sie in den Wagen stieg. Das Gewitter würde nicht mehr lange auf sich warten lassen.

27

»Er könnte bei einer anderen Polizeieinheit sein, beim Militär, ja sogar bei einer paramilitärischen Einrichtung«, sagte Phoebe. »Aber für mich deutet alles auf einen Polizisten hin. Gary Cooper – ein Sheriff. Einer, der nicht verliert – weder Grace Kelly noch seine Ehre. So muss es sein. Doch ausgerechnet an dem Tag, den man beinahe als Hochzeitstag bezeichnen kann, als Angela Brentine ihre Unabhängigkeit einfordert und den nächsten Schritt unternimmt, um die Ehefrau ihres Liebhabers zu werden, kommt sie bei einer Schießerei ums Leben. Kriminelle haben sie umgebracht, das schon, aber aus Sicht dieses Mannes auch ich, und die Bevölkerung, weil wir tatenlos zugesehen haben beziehungsweise nicht erlaubt haben, dass eingeschritten wurde. Wir haben uns der Feigheit schuldig gemacht, und genau darum geht es auch in dem Film.«

»Du warst weder schuldig noch feige«, sagte Dave.

»Aber in seinen Augen bin ich beides. Seit drei Jahren ist er wie besessen von dieser Vorstellung. In diesem Zeitraum kann man so manches aushecken. Lancelot setzte nicht nur dem allmächtigen König Hörner auf, sondern war auch Guineveres Held. Er rettete sie, als Arthur nicht konnte oder wollte. Dieser Typ sieht sich als Held, und vor allem als Angelas Held. Er kann das Scheitern, das Schicksal einfach nicht akzeptieren. Irgendjemand muss an allem schuld sein. Und das bin ich. Und dann das Grab, auf dem er Roy umgebracht hat. Jocelyn Ambuceau war eine junge zukünftige Braut. Sie starb wenige Tage vor der Hochzeit und ertrank bei einem Unwetter im Fluss. Man erzählt sich, dass sie dabei war, zu ihrem Liebhaber nach Tybee Island zu fliehen, anstatt sich in die von ihrem Vater arrangierte Ehe zu fügen. Er hat eine Schwäche für Symbolik – der Engel, der über dem Grab wachte; das Grab einer Frau, die zu ihrer einzig wahren Liebe flieht; die rosa Rosen. Es macht ihm Spaß, mir den ein oder anderen Anhaltspunkt zu geben. Letztendlich möchte er schon, dass ich begreife, warum das alles passiert. Ich muss es begreifen, damit sein Plan die volle Wirkung entfalten kann.«

»Ich werd dir die infrage kommenden Namen besorgen.«

»Joshua Brentine wird auf gar keinen Fall zugeben, dass ihn seine Frau betrogen hat. Das ist beleidigend und erniedrigend. Sein Stolz ist ihm wichtiger als das Leben zweier Unbekannter oder möglicher neuer Opfer.«

»Zugeben ist etwas anderes als bestätigen.« Dave legte den Kopf schräg. »Er muss glauben, dass du ohnehin Bescheid weißt.«

Sie lächelte. »Du hast recht, danke für den Hinweis. Ich

kann ihm bestimmt weismachen, dass ich mehr Informationen habe, als das tatsächlich der Fall ist.«

»Ich werde kurz anrufen und nachhören, wie lange es dauert, bis wir die Informationen haben, die du benötigst.«

»Danke. Und ich werde in der Zwischenzeit kurz zu Hause anrufen und ihnen sagen, dass es spät werden kann.«

Sie ging hinaus und hatte soeben ihr Handy hervorgeholt, als Dave den Kopf aus seinem Büro steckte. »In der Personalabteilung sind die Computer ausgefallen. Es wurde anscheinend erst vor Kurzem eine neue Software installiert. Es kann also durchaus noch mehrere Stunden dauern.«

»Meine Güte, gibt es denn keine herkömmlichen Personalakten mehr?«

»Die durchzugehen dauert bestimmt länger, als zu warten, bis die Technik das Computerproblem behoben hat. Fahr nach Hause, besuch deine Familie, iss was zu Abend. Sie geben mir sofort Bescheid, sobald das System wieder gestartet wurde.«

»Na gut, einverstanden. Warum begleitest du mich nicht? Dann könntest du mit uns zu Abend essen?«

Das klang verführerisch, aber sie sah erschöpft aus. »Lieber ein andermal. Ich werde mich selbst kurz zu Hause bei einem Bier und einem Fußballspiel ausruhen. Wenn du recht hast, haben wir den Durchbruch fast erreicht, und zwar bald. Geh heim, und komm wieder ein bisschen zu Kräften.«

Schon beim Verlassen des Reviers verfluchte sich Dave dafür, dass er Phoebe nicht gebeten hatte, ihn nach Hause zu fahren. Obwohl es nur drei Blocks waren, konnte er von

Glück sagen, wenn er nach Hause kam, bevor das Unwetter losbrach.

Und er ärgerte sich auch, dass er die Einladung zum Abendessen ausgeschlagen hatte. Er hätte gern mit eigenen Augen gesehen, wie es Ava ging. Er hätte gern …

Schlechtes Timing, wieder einmal, sagte er sich. Sie, ja sie alle befanden sich mitten in einer Krisensituation.

Sie war verlobt gewesen, als er ihr das erste Mal begegnete. Er hätte sich nie in sie verlieben dürfen. Aber er hatte es trotzdem getan. Er hatte allerdings nichts weiter unternommen, erinnerte er sich, während er die Schultern hochzog, um sich gegen den Sturm zu schützen. Er war ein Freund der Familie geblieben, der gute alte Dave.

Nachdem sie bereits mehrere Jahre verheiratet war und ein Kind hatte, hatte er sich eingeredet, nicht mehr in sie verliebt zu sein. Er hatte sich eingeredet, dass es vorbei wäre, und selbst geheiratet.

Und dann ließ sich Ava scheiden.

Schlechtes Timing auf ganzer Linie. Sofort quälten ihn riesige Schuldgefühle. Denn sosehr er sich auch einredete, dass er seine Ehe retten wollte, sosehr er sich auch anstrengte, wusste er doch, dass es für ihn immer nur Ava gegeben hatte.

Und ausgerechnet jetzt, wo er es wagte, sich wieder neue Hoffnungen zu machen, befand sie sich genau wie alle anderen im MacNamara-Haus in einer tiefen Krise.

Was blieb ihm da anderes übrig, als wieder nur der Freund der Familie zu sein? Der gute alte Dave, der gerade in seine leere Wohnung eilte, um sich was in der Mikrowelle warm zu machen!

Es stürmte, dass sich die Bäume bogen, während er den Bürgersteig entlangeilte und sich über sein Selbstmitleid ärgerte. Wenn er schlau gewesen wäre, hätte er seinen Anzug gegen seine Joggingklamotten getauscht. Dann hätte er sich wenigstens abreagieren können.

Noch bevor er den ersten Block hinter sich gelassen hatte, zuckten Blitze über den Himmel, gefolgt von bedrohlichem Donnern.

Beim nächsten Blitz beschleunigte er seine Schritte und hoffte, es bis nach Hause zu schaffen, ohne vom Blitz erschlagen oder völlig durchnässt zu werden.

Zumindest sorgte der Sturm für etwas Abkühlung. Es war den ganzen Tag unerträglich schwül gewesen.

Jetzt konnte er immerhin schon sein Haus sehen, schälte sich in Gedanken bereits aus seinem Anzug und öffnete ein Bier.

Er bog in den kleinen Gartenweg ein und war schon fast an der Haustür, als ein kurzes Hupen ihn herumfahren ließ. Er sah, wie der flotte rote Sportwagen rechts ranfuhr, und rang sich ein Lächeln ab. Die zweimal geschiedene Maggie Grant, die mit ihm flirten wollte. Im besten Fall war es ihm peinlich, aber im Moment wollte er einfach nur nach Hause, die Tür hinter sich zumachen und eine Stunde allein sein.

Er winkte ihr fröhlich zu und lief weiter.

Sie hupte erneut – tutuuuut, diesmal schon drängender. Dave steckte den Schlüssel ins Schloss und drehte ihn darin um, während er ihr erneut zuwinkte.

»Huhu, David! Wie schön, dich zu sehen! Ich brauche dringend Hilfe von einem großen, starken Mann.«

Noch zehn Sekunden, dachte Dave. Noch zehn Sekunden, und er wäre im Haus und vor ihr sicher gewesen.

»Ah, bei mir klingelt das Telefon, Maggie. Lass mich nur kurz …«

»Es dauert höchstens zwei Minuten. Ich habe den Kofferraum voll mit Einkaufstüten. Keine Ahnung, was ich mir dabei gedacht habe. Es kann jede Minute losschütten. Rettest du mich und hilfst mir, das Zeug reinzutragen?« Sie machte den Kofferraum auf und schenkte ihm ein umwerfendes Lächeln. »Bitte!«

»Na klar.« Feigling, Depp, Trottel, schalt er sich. »Kein Problem.«

»Das gibt ein ziemliches Gewitter.« Sie warf ihre Mähne zurück. »An so einem Abend macht man es sich am besten mit einem guten Freund bei einem Glas Wein gemütlich.«

Jetzt musste er zusehen, wie er um den Wein und die Freundschaft herumkam, dachte Dave, als er erneut auf den Bürgersteig trat. Die ersten dicken Regentropfen fielen zu Boden. Der Wind zerrte an ihm, blies ihn fast um, und er fluchte, als er hörte, wie seine aufgeschlossene Tür aufflog. Er zögerte den Bruchteil einer Sekunde: Jetzt tu deine verdammte gute Tat, renn zurück und mach die Tür zu. Als er auf dem Absatz kehrtmachte, um Letzteres zu tun, sah er den Mann auf der anderen Straßenseite.

Eine blaue Baseballkappe, Sonnenbrille, Windjacke.

Und dann explodierte alles um ihn herum.

Phoebe wusste nicht, was sie denken sollte, als sie Duncans Wagen vor der Tür sah. Einerseits war sie erleichtert. Jetzt wusste sie wenigstens, wo er war und dass er in Sicherheit war. Andererseits war sie noch sauer, dass er heute Vormittag so unkooperativ gewesen war.

Als Nächstes betrat sie das Haus, brachte sich vor dem tosenden Sturm in Sicherheit und hörte, wie ihre Tochter entzückt auflachte. Es war schwer, wütend zu bleiben, wenn sie hörte, dass ihre Tochter so glücklich war.

Sie ging ins Wohnzimmer und sah Carly, Carter und Duncan, die auf dem Boden lagen und Monopoly spielten. So, wie es aussah, machte Carly gerade beiden Männern den Garaus.

»Ich kann unmöglich schon wieder auf deinem Feld gelandet sein«, beschwerte sich Duncan. »Diese Würfel sind verhext. Das ist doch echt Sch… Mist.«

»Du wolltest dieses Wort sagen.«

Er lächelte Carly verzweifelt an. »Welches Wort denn?«

»Schei…«

»Carly Anne MacNamara!«

Carly unterdrückte ein Kichern, drehte sich um und sah sie unschuldig an. »Hallo, Mama. Ich mach gerade Onkel Carter und Duncan fertig.«

»Das sehe ich. Wo sind die anderen?«

»Die Frauen sind in der Küche, dort, wo sie hingehören.« Carter schenkte ihr ein breites Grinsen. »Marsch, ab in die Küche, mach uns was zu naschen.«

»Oh, und an was hättest du da so gedacht?« Sie ging zu Carter hinüber, stellte ihre Tasche ab und gab ihm eine angedeutete Kopfnuss. »Mal sehen, ob du so wieder zur Vernunft kommst. So kurz vor dem Abendessen gibt es nichts zu naschen. Ich nehme an, du bleibst zum Abendessen?«, sagte sie zu Duncan.

»Ich habe die Einladung vernommen und nehme sie hiermit an. Bekomme ich jetzt auch eine Kopfnuss?«

Das Funkeln in seinen dunklen Augen zeigte ihr, dass er immer noch ein bisschen wütend war. Von ihr aus konnte er gern wütend sein. »Mal sehen, was der Abend noch so bringt. Ich nehme an, du hast deine wahnsinnig wichtigen Erledigungen geschafft?«

»Ja. Und du?«

»Ich habe Riesenfortschritte gemacht.«

»Warum bist du so böse auf Duncan, Mama?«

»Aus mehreren Gründen. Aber zuerst werde ich nach oben gehen und mich umziehen. Wenn du die beiden vernichtend geschlagen hast, Carly, würdest du dann bitte helfen, den Tisch zu decken? Die Männer können inzwischen aufräumen und für Teller und Besteck sorgen.«

»Und was trägt sie zum Abendessen bei?«, wollte Duncan von Carly wissen.

»Ich … ich muss kurz ans Telefon«, sagte Phoebe, als sie es in ihrer Tasche läuten hörte. Sie holte ihr Handy heraus. »Phoebe MacNamara.«

Jegliche Farbe wich aus ihrem Gesicht. Duncan war schon aufgesprungen, als sie mit zitternder Stimme sagte: »Was ist passiert? Wie …« Sie drehte sich um und verließ das Wohnzimmer. »Wie schwer ist er verletzt? Nein. Nein. Wo? Ich bin schon unterwegs.«

Sie hatte wieder ihr professionelles Gesicht aufgesetzt, merkte Duncan, als sie sich umdrehte. Aber in ihren Augen stand Angst. »Ich muss los.«

»Aber du bist doch gerade erst nach Hause gekommen.«

»Ich weiß. Es tut mir leid, Kleines.« Sie beugte sich vor und nahm Carly fest in den Arm. »Es tut mir leid. Würdest du bitte schnell loslaufen und Gran sagen, dass ich nicht zum Abendessen bleibe? Ich komme zurück, so schnell ich kann.«

»Wurde jemand verletzt?«

»Onkel Dave hatte einen Unfall, und ich muss nach ihm sehen. Sofort.«

Tränen schwammen in Carlys großen Augen. »Ist es schlimm?«

»Ich hoffe nicht. Er wurde sofort zum Arzt gebracht,

damit der sich um ihn kümmert. Aber ich muss jetzt los, Kleines. Ich ruf so schnell wie möglich an. Und jetzt lauf und sag Gran, dass ich mich so bald wie möglich melde, Carter«, fuhr sie fort, während Carly losrannte.

»Ich kümmere mich darum. Mach dir um uns keine Sorgen. Ein Autounfall?«

»Nein.« Sie packte seine Arme. »Bleibt im Haus. Bitte. Achte darauf, dass alle im Haus bleiben. Ich ruf an.«

»Ich fahr dich.«

Diesmal stritt sie nicht mit Duncan, sondern lief nur zur Vordertür und hinaus. »Sie haben ihn ins Memorial-Krankenhaus gebracht. Er hat Daves Haustür präpariert. Dieses Arschloch hat Daves Haustür präpariert. Das vermutet man zumindest. Man weiß noch nicht, wie es genau …«

»Das werden wir bald wissen.«

»Er lebt.« Phoebe schloss die Augen, während Duncan den Porsche beschleunigte. »Er lebt.« Sie drehte das Telefon in ihren Händen, aus Angst, es könnte klingeln und sie eines Besseren belehren. »Er muss ins Haus eingedrungen sein, wenn die Tür präpariert war. Er muss in Daves Haus eingedrungen sein.«

»Aber er wird nicht ins MacNamara-Haus eindringen, Phoebe.«

»Das will er auch gar nicht.« Gefühle von Angst, Trauer und Schuld durchdrangen sie. »Das wird nicht passieren. Wenn er das wollte, hätte er mich nicht vorgewarnt. Er will etwas anderes. Er will mich verletzen, und zwar dort, wo es so richtig wehtut. Und er hat mir wehgetan, Duncan, er hat mir weiß Gott wehgetan.«

Sie stürmte in die Notaufnahme, die Dienstmarke bereits in der Hand. Sie hielt sie der ersten Krankenschwester entgegen, die sie sah. »David McVee.«

»Sie müssen erst an der Anmeldung ...«

»Nein. *Sie* müssen. Und zwar sofort.«

»Lieutenant.«

Sie fuhr herum und prallte mit Sykes zusammen. »Wo ist er? Wie ist sein Zustand?«

»Sie behandeln ihn gerade. Noch konnte ich nicht viel aus ihnen herausbekommen, aber ich habe mit den Sanitätern gesprochen, die ihn hergebracht haben. Ein gebrochener Arm, ein paar Brandwunden, Abschürfungen. Ein Schädeltrauma – wie schlimm, wird sich erst noch zeigen. Er könnte auch innere Verletzungen haben. Ich war noch auf dem Revier, als der Anruf kam. Ich bin dem Krankenwagen sofort hinterhergefahren.«

»Ich will zwei Wachtposten, hier in der Notaufnahme. Zwei Wachtposten, die ihn nicht aus den Augen lassen.«

»Dafür ist bereits gesorgt.« Sykes nickte, als Duncan hinter Phoebe auftauchte. »Lieutenant, es gab eine Zeugin. Eine Nachbarin. Sie hat einen Schock erlitten, sich ein paar Schnittwunden zugezogen. Sie wird gerade genäht.«

»Ich will sie sehen, sobald sie fertig ist. Detective ... Bull, ich brauche jemanden, auf den ich mich verlassen kann, und zwar in Daves Haus. Jemand, der mit den Bombenexperten und der Spurensicherung redet. Ich weiß, dass Sie ihn hier nur ungern allein lassen.« Sie streckte den Arm aus und drückte seine Hand. »Ich verspreche Ihnen, dass ich mich sofort melde, sobald es etwas Neues gibt. Aber ich brauche jemanden am Tatort, auf den ich mich verlassen kann.«

»Na schön.« Sykes rieb sich das besorgte Gesicht. »Sagen Sie ihm, ich bin hier. Es wimmelt außerdem nur so von Polizisten, also sagen Sie ihm, er ist nicht allein.«

»Mach ich. Danke.«

»Warum setzt du dich nicht?«, fragte Duncan, als Sykes hinausstürmte.

»Ich glaube, das kann ich nicht. Ich kann warten, aber ich muss wissen ... Ich muss dringend etwas wissen.« Sie fasste nach Duncans Arm, als sie die Rollbahre und das Ärzteteam sah.

Sie sprang vor. Sein Gesicht wies Schnitt- und Brandwunden auf, an seiner linken Schläfe klaffte eine Platzwunde. Das Laken, das ihn bedeckte, war blutig.

»Wie geht es ihm? Wo bringen Sie ihn hin?«

»Gehören Sie zur Familie?«

»Ja.«

Der junge Arzt schob die Rollbahre eilig Richtung Aufzug. »Er muss in den OP. Er hat innere Blutungen. Jemand wird Ihnen Bescheid geben, sobald er wieder rauskommt.«

Phoebe gab beiden Polizisten ein Zeichen. »Sie werden ihn überallhin begleiten. Sie warten vor dem OP-Saal. Ich komme auch dorthin, sobald ich die Zeugin vernommen habe.«

Sie trat einen Schritt zurück und sah, wie man den Mann, der beinahe ihr ganzes Leben ihr Vater gewesen war, in den Aufzug schob.

»Das ist das beste Notfallzentrum der ganzen Stadt.« Duncan legte ihr die Hände auf die Schultern. »Eines der besten von ganz Georgia. Er kann sich kein besseres Krankenhaus wünschen.«

»Nein. Aber ich wünschte, ich könnte in Ohnmacht fallen. Ich wünschte, ich könnte so lange in Ohnmacht fallen, bis man mir sagt ... Wir hätten sein Haus bewachen lassen sollen. Jeder, der mich kennt, weiß, was mir Dave bedeutet, was er für mich ist.«

»Gönn dir eine Minute.« Sanft nahm Duncan sie in die Arme. »Du darfst dich für eine Minute gehen lassen.«

Sie ließ zu, dass sie sich zitternd an ihn klammerte. Er hielt sie fest, hielt sie in seinen starken Armen. »Ich hab solche Angst. Ich weiß nicht, was ich tun soll, ich hab solche Angst.«

»Halt dich an mir fest, bis du es weißt.«

»Bitte geh nicht weg, ja?« Sie umarmte ihn noch fester. »Bleibst du bei mir?«

»Natürlich bleibe ich bei dir, Phoebe.« Er hob ihr Kinn und sah ihr in die Augen. »Ich werde immer an deiner Seite sein.«

Sie seufzte und lehnte ihren Kopf an seine Schulter. Sie merkte, wie gut es tat, sich auch mal anlehnen zu können.

»Ich glaube, ich habe ganz vergessen, dass auch ich jemanden brauche, der bei mir bleibt.« Sie entwand sich ihm wieder. »Zum Glück ist mir das ausgerechnet in dem Moment eingefallen, in dem jemand da ist, auf den ich mich wirklich verlassen kann.«

Sie sah, wie Maggie aus einem der Behandlungsräume kam. »Das ist Daves Nachbarin.« Phoebe atmete hörbar aus. »Okay. Los geht's.« Sie trat zwei Schritte nach vorn. »Maggie?«

Als sie ihren Namen hörte, zuckte Maggie zusammen und fuhr herum. Dann brach sie in Tränen aus und sank in Phoebes Arme. »Ist ja gut. Ist ja gut.« Sogar, als Phoebe sich umsah und nach einem Raum suchte, in dem sie sich ungestört unterhalten konnten, nahm Duncan nicht die Hand von ihrer Schulter, sondern schob sie und Maggie zu einer Sitzecke.

»Ihr setzt euch jetzt beide da hin«, befahl er Phoebe. »Ich besorge euch einen Kaffee.«

»Gut. Das ist gut. Maggie, bitte hören Sie jetzt auf zu weinen. Sie müssen jetzt damit aufhören.« Phoebe löste sich von ihr und packte sie energisch an der Schulter. »Sie müssen jetzt damit aufhören und mit mir reden.«

»David. Er ist bestimmt tot. O mein Gott!«

»Nein, das ist er nicht. Er wird gerade operiert. Sie kümmern sich um ihn. Bitte werden Sie jetzt nicht wieder hysterisch. Ich möchte, dass Sie ein paarmal tief durchatmen. Ein und aus. *Tun Sie*, was ich Ihnen sage, verstanden? Ein und aus. So ist es gut. So ist es besser. Und jetzt erzählen Sie mir, was passiert ist. Von Anfang an.«

»Das *weiß* ich nicht.« Noch immer strömten Tränen über ihre Wangen, während sie aufgeregt gestikulierte. »Ich schwör es Ihnen, ich weiß es nicht.«

»Erzählen Sie mir einfach, was Sie wissen. Sie waren bei Dave?«

»Nein. Ja. Das heißt, ich war bei einer Freundin. Sie haben meine Freundin Delly doch kennengelernt, als David letzten Sommer dieses Grillfest gemacht hat? Wir sind zusammen zum Mittagessen gegangen und anschließend shoppen. Ich war gerade nach Hause gekommen, kurz bevor das Gewitter losging, als ich David sah.«

Sie schlug die Hände vors Gesicht, aber Phoebe riss sie ihr energisch weg. »Ich weiß, dass Sie unter Schock stehen, aber Sie müssen jetzt weiterreden. Wo war Dave, als Sie ihn gesehen haben?«

»Er lief gerade den Gartenweg entlang zu seiner Haustür. Ich habe gehupt, und er hat mir gewinkt. Ich dachte, er könnte mir beim Reintragen meiner Einkaufstüten helfen, also hab ich noch mal gehupt und bin schnell ausgestiegen, um ihn zu überreden. Es donnerte, und er schloss bereits seine Haustür auf. Aber er hat sich umgedreht. Er ist wirklich ein Schatz.«

Phoebe mahnte sich zur Geduld und drückte Maggie ein paar Taschentücher in die Hand. »Er hat das Haus nicht betreten?«

»Er … er ist noch mal umgekehrt, um mir zu helfen. Seine Tür ist aufgeflogen. Genau, ich weiß noch, wie seine Tür aufgeflogen ist. Es gab eine Wahnsinnssturmböe, und er muss gerade die Tür aufgeschlossen haben, bevor er kehrtmachte, um mir zu helfen. Und dann, o mein Gott, Phoebe, ist die Tür einfach explodiert.«

Maggie riss die feuchten Taschentücher in Fetzen, mit denen sie sich das Gesicht abgewischt hatte. »Wie genau, weiß ich nicht mehr, ich schwöre bei Gott, ich weiß es nicht mehr. Ich bin gestürzt – so, als hätte ich einen Schubs bekommen. Ich bin hingefallen. Ich habe mir beide Knie aufgeschürft, und mein Arm …« Sie streckte ihren Arm aus, um den Verband zu zeigen. »Fünf Stiche. Aber David … David.«

»Hier, Phoebe.« Duncan kam mit dem Kaffee zurück. »Ma'am? Ein Kaffee wird Ihnen guttun.«

»Oh, das ist aber wirklich nett.« Instinktiv warf Maggie ihre Mähne zurück. »Vielen, vielen Dank. Meine Güte, ich muss fürchterlich aussehen.«

»Sie sehen prima aus«, beruhigte sie Duncan, während er kleine Döschen mit Kaffeesahne und ein paar Zuckertütchen auf den Tisch zwischen den Stühlen legte. »Ich wusste nicht, wie Sie Ihren Kaffee trinken.«

»Ziemlich süß«, sagte Maggie. »Oh, Sie haben sogar Süßstoff mitgebracht. Sind Sie auch bei der Polizei?«

»Nein, Ma'am, ich bin nur ein Freund. Ich lasse Sie jetzt mit Phoebe weiterreden.«

»Oh. Würden Sie bitte bleiben? Ich weiß auch nicht, warum, aber in solchen Situationen fühle ich mich irgendwie sicherer, wenn ein Mann dabei ist.«

»Maggie, das ist Duncan. Duncan, bitte setz dich doch. So, Maggie, wie lange hat es etwa gedauert, von dem Moment an, als die Tür aufflog, bis zur Explosion?«

»Ach du meine Güte, das weiß ich nicht genau. Ein paar Sekunden. Fünf vielleicht? Ah, und er ist stehen geblieben. Ja, David ist stehen geblieben und hat sich umgesehen, als die Tür aufgeflogen ist. Ich glaube, er wollte zurückgehen und sie zumachen. Ich glaube, er hat gerade wieder ein, zwei Schritte auf das Haus zu gemacht, als … O mein Gott, Phoebe. Wenn er es bis zur Tür geschafft hätte …«

»Das hat er aber nicht. Dass Sie ihn vom Wagen aus gerufen haben, hat ihm das Leben gerettet. Überlegen Sie doch mal, Maggie. Sie haben ihn von dieser Tür weggeholt, und deswegen liegt er jetzt oben im Operationssaal und wird behandelt.«

»O mein Gott.« Ihr Gesicht spiegelte erst Schock und Entsetzen, danach Erleichterung und Stolz. »Daran hab ich noch gar nicht gedacht. Ich war so was von durcheinander und verängstigt.«

»Sie sagten, Sie waren heute Nachmittag nicht zu Hause. Ist Ihnen irgendwas oder irgendwer aufgefallen, bevor Sie weggegangen sind?«

»Nein. Ich wollte so gegen Mittag weg, war aber spät dran. Ich kann also nicht vor Viertel nach zwölf weggegangen sein. Delly kann es nicht ausstehen, wenn man zu spät kommt, deshalb war ich in Eile. Ich habe also nicht darauf geachtet und deshalb auch nichts bemerkt.«

»Und am Vormittag?«

»Ich war den ganzen Vormittag zu Hause. Ich habe lange mit meiner Mutter telefoniert, deshalb war ich ja so spät dran. Diese Frau findet einfach kein Ende. Dann bin ich nach draußen geeilt und zur Shoppingmall gefahren. Ich habe mich nur ein wenig verspätet, aber Delly hat sich trotzdem beschwert.«

Maggie ließ einen langen Seufzer hören und nippte an ihrem Kaffee.

»Vielleicht haben Sie ja aus dem Fenster gesehen, als Sie mit Ihrer Mutter telefoniert haben«, meinte Phoebe. »Vielleicht ist Ihnen ja ein unbekannter Wagen aufgefallen oder jemand, den Sie nicht kennen, als Sie zu Ihrer Verabredung geeilt sind.«

»Mir ist keine Menschenseele begegnet – es war so ein heißer, schwüler Tag, an dem man nur ungern vor die Tür geht. Ah, nur der UPS-Bote.«

Phoebe streckte den Arm aus und umklammerte Maggies Handgelenk. »Wo haben Sie diesen UPS-Boten gesehen, Maggie?«

»Er kam die Straße runter.«

»In seinem Lieferwagen?«

»Äh, nein. Habe ich seinen Lieferwagen gesehen? Ich kann mich nicht daran erinnern. Ich war so in Eile. Ich hab mir kaum Zeit genommen, ihm zuzuwinken und ihn zu fragen, ob er ein Päckchen für mich hat.«

»Ich nehme an, dass Sie den UPS-Boten mehrmals die Woche in Ihrem Viertel sehen.«

»Ja, sicher. Aber das war nicht der, der sonst immer kommt. Der hier war jünger und hübscher, deshalb habe ich auch meinen Namen gerufen, als ich ihn fragte, ob er was für mich hat. Er hat gesagt, nein, Ma'am. Heute nicht. Dann bin ich in mein Auto gesprungen und losgefahren.«

»Wie sah er aus, Maggie?«

»Na ja, er hatte dunkle Haare und so ein kleines Bärtchen. Schöne Beine. Muskulös. Ich habe durchaus ein Auge für junge, attraktive Männer«, fügte sie hinzu und sah Duncan lächelnd an.

»Wie groß?«

»Hmm. Ich bin mir nicht sicher. Vielleicht knapp eins achtzig? Nicht so groß wie Duncan. Er war ziemlich gut gebaut. Der UPS-Bote, der sonst immer kommt, ist ein echter Schatz, aber eher pummelig. Dieser hier hatte richtig Muskeln.«

»Wie alt?«

»Na ja, so genau habe ich auch wieder nicht hingesehen.« Maggie spielte mit ihrem Haar, so, als helfe ihr das beim Nachdenken. »Fünfunddreißig? Vielleicht ein bisschen älter.«

»Würden Sie ihn wiedererkennen?«

»Da bin ich mir nicht sicher. Er trug eine Sonnenbrille. O Gott, Phoebe, meinen Sie, er hatte was mit dem Anschlag auf David zu tun?« Sie fasste sich ans Herz. »Er hätte mich noch auf der Straße umbringen können. Ich stand nur wenige Meter von ihm entfernt.«

»Keine Ahnung, aber ich möchte, dass Sie der Polizei helfen, ein Phantombild von ihm zu erstellen. Ich werde Sie von einem Beamten aufs Revier bringen lassen. Bitte bleiben Sie hier bei Duncan, bis ich das organisiert habe.«

Maggie blinzelte verblüfft, als Phoebe aufsprang und davoneilte. »Himmelherrgott. Ich wünschte, Sie hätten mir etwas Bourbon in den Kaffee getan.«

»Ein andermal«, versprach Duncan. »Dann bring ich einen Flachmann mit.«

Nachdem sie Maggies Fahrt aufs Revier organisiert hatte, ging Phoebe mit Duncan zum Warteraum vor dem OP-Saal. »Auf dieser Route gab es heute keine Paketzustellungen«, sagte sie. »Keinerlei Lieferungen für diesen Wohnblock, nicht vor zwei Uhr. Sie hat ihn gesehen, sie hat mit ihm geredet. Aber das hat ihn nicht im Geringsten gestört.«

»Ein Mann kann sich einen Bart wachsen lassen und ihn wieder abrasieren.« Nachdenklich fuhr sich Duncan übers Kinn. »Das verändert das Aussehen ganz schön.«

»Wir haben einen guten Zeichner bei der Polizei. Er wird zwei verschiedene Phantombilder anfertigen. Er muss wissen, dass wir einen Zeugen haben. Wenn ihn Maggie nicht gesehen hätte, dann irgendein anderer Nachbar. Er ist klug genug, das zu wissen, aber das beunruhigt ihn nicht weiter.«

Sie verließ den Lift und ging direkt ins Schwesternzimmer. Sie zeigte ihre Dienstmarke. »Ich muss wissen, ob es irgendwelche Neuigkeiten über den Zustand von Captain David McVee gibt.«

»Er ist immer noch im OP.«

»Jemand muss da rein und mich über seinen Zustand informieren. Bitte.«

»Mal sehen, was ich tun kann. Wenn Sie bitte in den Wartebereich gehen – ich sage Ihnen dann Bescheid.«

Im Wartebereich saß schon ein halbes Dutzend Polizisten, die sie kannte. Sie begrüßte sie rasch und setzte sich dann in eine Ecke, von der aus sie die Tür zum OP im Blick hatte. »Ich muss ein paar Anrufe machen«, sagte sie zu Duncan.

»Möchtest du Kaffee? Du hast unten keinen getrunken. Ich würde dich auch fragen, ob du was zu essen willst, aber du wirst sowieso Nein sagen, deswegen frage ich gar nicht erst.«

»Ich könnte etwas Kaltes vertragen. Mir ist ganz heiß vor lauter Anspannung. Und, Duncan«, sagte sie, bevor er losging. »Wenn ich wieder klar denken kann, gibt es so einiges, was ich dir sagen will.«

»Heißt das, dass du dich unter anderem darüber beschweren willst, dass ich deine Anweisungen missachtet habe?«

Sie rang sich ein Lächeln ab und riss die Augen auf. »Ich habe nicht die geringste Ahnung, wovon du gerade redest.«

»Gut.« Er küsste sie kurz auf den Mund. »Dann werde ich dir gerne zuhören. Ich bin gleich wieder da.«

Sie musste zuerst Sykes anrufen und dafür sorgen, dass bei der Befragung von Daves Nachbarn auf den falschen UPS-Boten hingewiesen wurde. Sie hätte am liebsten selbst mit den Bombenexperten und der Spurensicherung gesprochen, aber schließlich hatte sie Sykes nicht umsonst dorthin geschickt.

Und da sie keine Krankenschwester und auch keinen Arzt dazu zwingen konnte, ihr zu sagen, dass alles in bester Ordnung war, riss sie sich zusammen, besann sich auf ihren Optimismus und machte den nächsten Anruf.

»Ava.«

»O Gott, Phoebe. Ist er …«

»Dave wird gerade operiert, und soweit ich weiß, geht alles gut.«

»Er wird operiert? Um Himmels willen, was ist denn passiert? Wie ist es passiert?«

»Das kann ich dir im Moment nicht sagen, aber du und die anderen sollt wissen, dass man sich um ihn kümmert.«

»Ich will zu ihm. Ich will mich selbst davon überzeugen.

Ich habe mich deswegen furchtbar mit Carter gestritten. Phoebe, du kannst nicht von mir erwarten, dass ich hierbleibe, wenn Dave verletzt ist.«

»Das muss ich aber. Es tut mir leid. Er würde das auch von dir erwarten. Er würde darauf bestehen. Ava, ich *verspreche* dir, ich verspreche dir hoch und heilig, dass du die Erste bist, die ich anrufe, wenn er aus dem OP kommt. Ich brauche dich, damit du auf Mama aufpasst. Ich brauche dich, damit du auf alle aufpasst. Ich verlass mich auf dich.«

»Es ist unfair von dir, so etwas zu sagen.« Avas Stimme klang tränenerstickt. »Natürlich kannst du dich auf mich verlassen. Aber … bitte sag ihm, sag ihm, dass ich – dass wir für ihn beten.«

»Versprochen. Ich ruf dich an, sobald ich mehr weiß.«

Es dauerte fast noch eine Stunde, bevor sie die kurze Nachricht bekamen, die Operation sei gut verlaufen.

Eine Stunde später kam Sykes vorbei, um ihr eine ausführlichere Mitteilung zu machen. »Seine Tür war mit einem Stolperdraht präpariert. Fünf Sekunden später …«

»Er wollte, dass Dave das Haus betritt. Im Innern sind die Chancen größer, dass er ums Leben kommt, als draußen.« Phoebe versuchte vergebens, den Druck in ihrem Kopf loszuwerden, indem sie sich die Nasenwurzel massierte. »Welchen Sprengstoff hat er verwendet?«

»Denselben wie bei Roy. Die Tür, die vorderen Fenster und ein Teil des verdammten Dachs sind in die Luft geflogen. Das Wohnzimmer sieht aus wie der dritte Kreis der Hölle. Wäre er nur wenige Meter näher am Haus gewesen, würden wir jetzt Totenwache halten, Lieutenant.«

»Er wird Maggie eine ganze Wagenladung Blumen kaufen müssen und sich ihrer amourösen Nachstellungen anschließend erst recht erwehren müssen. Was macht die Befragung der Nachbarn?«

»Die meisten Leute in diesem Wohnblock arbeiten tagsüber. Wir haben einen Zeugen, ein Kerl, der seinem Klempner entgegengehen wollte. Er wartete auf ihn und sah den Verdächtigen die Straße hinunterlaufen. Die Beschreibung ist äußerst vage. Ihm ist kaum etwas anderes aufgefallen als die UPS-Uniform. Aber die Zeit deckt sich mit Maggies Aussage.«

Er atmete hörbar aus. »Die Feuerwehr war schnell vor Ort, und ich glaube, dass sie das Haus gerettet hat. Trotzdem, Lieutenant, das Haus sieht aus … meine Güte!«

»Er liebt dieses Haus«, fügte Phoebe hinzu.

»Ich kenne da jemanden«, schaltete sich Duncan ein. »Jemand, der wirklich gute Arbeit leistet. Ich könnte ihn bitten, mal einen Blick darauf zu werfen, wenn euch das weiterhilft.«

»Vielleicht. Dann hat Dave schon mal eine Sorge weniger.« Sie sah erneut zur Tür. »Das könnte ihm durchaus weiterhelfen. Wissen wir, wie er da reingekommen ist?«

»Anscheinend wurde ein Fenster auf der Hausrückseite aufgebrochen. Auf diese Weise ist er ins Haus gelangt. Die Hintertür war unverschlossen, er muss sie also benutzt haben, als er das Haus verließ, ohne sich die Mühe zu machen, sie wieder abzuschließen. Damit …«

Er sprang kurz nach Phoebe auf. Das musste einer der Ärzte sein, dachte sie. Er hatte so was Gebieterisches an sich.

Sie machte einen Schritt auf ihn zu. Es war keine Frage der Rangordnung, dass sie zuerst fragte. Jeder Polizist in diesem Raum wusste, dass das privat war.

»Dave McVee«, sagte sie. »Ich bin Phoebe MacNamara.«

Sie hatten die Blutung stoppen und seine Milz retten können. Er hatte eine gequetschte Niere, einen gebrochenen Arm, zwei gebrochene Rippen, eine Gehirnerschütterung sowie Abschürfungen und Brandwunden davongetragen.

Aber sein Herz war stark. Das hatte ihr der Arzt gesagt, aber das wusste Phoebe bereits.

Sie setzte sich auf den Stuhl neben seinem Bett und wartete. Sie musste wieder daran denken, wie er vor langer Zeit an ihrem Bett gesessen hatte, als sie auf ihre Mutter wartete.

»Sie haben versucht, mich rauszuwerfen«, sagte sie ihm, während er schlief. »Aber da hatten sie sich geschnitten. Ich weiche nicht von deiner Seite, bis du aufwachst und meinen Namen sagst. Wenn das passiert, weiß ich, dass es dir wirklich gut geht. Ich lasse unten gerade jede Menge Polizisten Blut spenden. Sie stehen regelrecht Schlange dafür, weil du so unersättlich bist und so viele Transfusionen gebraucht hast. Und was Maggie angeht, sitzt du ganz schön in der Patsche, mein Lieber. Du schuldest ihr unglaublich viel.«

Sie nahm seine Hand und hob sie an ihre Lippen. »Wir alle schulden ihr unglaublich viel. Ich lasse mir die Phantombilder faxen. Und dann hetzen wir dieses Arschloch wie einen Hund, das schwör ich dir.« Sie atmete mühsam durch. »Ich will, dass du jetzt aufwachst, Dave, und darüber wird nicht verhandelt.« Sie drückte seine Hand gegen ihre Wange. »Ich will, dass du aufwachst und meinen Namen sagst.«

Es dauerte eine weitere halbe Stunde, bevor sie spürte, dass er sich rührte und sich seine Finger in ihrer Hand bewegten. Sie sprang auf, um sein Gesicht zu berühren.

»Dave? Kannst du die Augen aufmachen? Ich bin's,

Phoebe. Wach auf und mach die Augen auf!« Als seine Lider flatterten, ermahnte sie sich, auf den Knopf zu drücken und nach einer Schwester zu rufen, aber sie wollte ihn noch einen Moment für sich allein haben. »Hallo, Dave, ich bin's, Phoebe.«

»Ich weiß.« Seine Stimme war dünn, und er lallte wie ein alter Trunkenbold. »Ich habe dich gehört. Was ist passiert, verdammt noch mal?«

»Es geht dir gut.« Sie strich ihm übers Haar und sah, wie sein Blick langsam klar wurde. »Du wurdest verletzt, aber es geht dir gut. Du bist im Krankenhaus. Du hast ein paar Beulen und blaue Flecken, also bleib ganz ruhig liegen. Ich werde nach der Schwester rufen.«

»Warte. Was … es hat geregnet. Hat es geregnet?«

»Es gab ein unglaubliches Gewitter.«

»Was ist passiert?«

»Er hat deine Haustür präpariert. Er ist in dein Haus eingedrungen, Dave. Es tut mir so leid.«

»Die Tür ist in die Luft geflogen.« Er schloss einen Moment die Augen und konzentrierte sich. Der Schmerz grub eine Steilfalte zwischen seine Brauen. »Ich weiß noch, wie die Tür aufflog.«

»Du warst ein zuvorkommender Nachbar und wolltest Maggie helfen, ein paar Tüten hineinzutragen. Deshalb geht es dir gut. Nicht jede gute Tat wird bestraft. Alles wird gut.«

»Ich hab ihn gesehen.«

»Du hast was?«

»Ich hab ihn gesehen.« Seine Finger umschlossen die ihren. »Auf der anderen Straßenseite. Die Tür flog auf, und ich hab innegehalten. Da hab ich ihn auf der anderen Straßenseite gesehen.«

»Maggie hat ihn schon vor dir gesehen – wir bekommen also einige Phantombilder zusammen. Wir …«

»Ich kenne ihn. Du hattest recht. Du bist ein kluges Mädchen. Du warst schon immer ein kluges Mädchen.«

»Dave, Dave.« Ihre Stimme wurde scharf, damit er jetzt nicht wieder wegsackte. »Er ist Polizist? Du meinst, er ist Polizist?«

»Bei einer Spezialeinheit. Er gehörte zur Spezialeinheit. Litt er an einem Burnout-Syndrom und wurde versetzt? Ich weiß es nicht mehr so genau. Walker? Nein, nein, Walken. Ich hab mal ein Bier mit ihm getrunken, auf einem Kollegenabschied. Wir zischten ein Bier an der Bar und haben uns über Baseball unterhalten. Walken. Walken«, sagte er noch einmal und sah Phoebe in die Augen. »Lauf!«

Sie sauste zur Tür und rief nach einer Schwester. »Er ist aufgewacht und hat Schmerzen. Und Sie …« Sie zeigte auf den Wachtposten vor der Tür. »… Sie rühren sich nicht von der Stelle, verstanden? Es ist mir egal, ob es ein Erdbeben gibt, ob es Frösche regnet oder der Herrgott ein zweites Mal zurück auf die Erde kommt. Sie rühren sich nicht von der Stelle, bis Ihre Ablösung da ist. Und niemand betritt diesen Raum, ohne dass Sie die Personalien überprüft haben. Sie bleiben immer bei ihm.«

»Ja, Ma'am.«

»Duncan.« Zugegeben, dachte sie, es hatte wirklich Vorteile, einen Mann zu haben, der einem nicht von der Seite wich. »Ich wette, dieser Porsche ist echt schnell.«

»Und ob.«

»Dann beweis es mir. Ich habe einen Namen«, sagte sie und rannte gemeinsam mit Duncan zum Lift.

28

Walken, Jerald Dennis. Nach einer fünfsekündigen Unterhaltung mit Commander Harrison wusste sie seinen vollständigen Namen. Und als Harrison seine Beziehungen spielen ließ, dauerte es drei Minuten, bis sie seine zuletzt bekannte Adresse hatte.

»Er wird nicht zu Hause sein.« Sie klappte ihr Handy zu. »Dafür ist er viel zu schlau. Er wird nicht dort sein, aber unsere Leute werden vorbeischauen, um das zu überprüfen. Er wird noch eine Adresse haben. Einen Ort, wo er sich versteckt. Fahr dahin«, befahl sie Duncan und nannte eine Straße.

»Was ist da?«

»Laut Harrison war er mit Michael Vince befreundet und hat mit ihm trainiert. Ich möchte mit Michael Vince reden. Puh!« Sie stöhnte laut auf, als er um die Kurve sauste. »Du kannst fahren, was?«

»Damit habe ich mir mindestens einen Martini verdient.«

»Du darfst mir jede Menge Drinks mixen, wenn wir das hinter uns haben.«

»Gin oder Wodka?«

Sie lachte, schlug einfach nur die Hände vors Gesicht und lachte. »Ganz wie du willst. Duncan, wenn wir da sind, wenn wir bei Michael Vince sind, wartest du dann auf mich? Würdest du dann bei mir zu Hause anrufen und ihnen sagen, dass Dave aufgewacht ist und ich mit ihm geredet habe? Würdest du ihnen sagen, dass es ihm gut geht?«

»Natürlich. Und ich werde auf dich warten.«

Tränen brannten in ihren Augen. »O ja, ich habe dir später wirklich noch einiges zu sagen.«

Vince wohnte in einem gepflegten kleinen Haus am südlichen Stadtrand. Er öffnete in blau karierten Pyjamahosen die Tür und machte ein fragendes Gesicht. Als sie ihre Dienstmarke hochhielt und ihren Namen sagte, wurde es wieder ausdruckslos.

»Was ist das Problem, Lieutenant?«

»Ich muss mit Ihnen über Jerald Walken reden.«

»Jerry? Den hab ich schon seit Jahren nicht mehr gesehen. Er ist nach Montana gezogen. Worum geht es denn?«

»Ich würde gern kurz reinkommen.«

»Klar, aber wir haben gerade erst unser Baby beruhigt. Wir müssen also leise sein. Das Kleine bekommt sogar mit, wenn ich mich zwei Zimmer weiter am Hintern kratze, glauben Sie mir!«

»Wie alt ist Ihr Baby?«

»Ein halbes Jahr. Der Kleine zahnt gerade, sodass meine Frau und ich kaum noch ein Auge zutun. Ich war schon mal mit Ihnen bei einem Spezialeinsatzkommando. Diese Johnson-Sache war wirklich furchtbar.«

»Allerdings. Wissen Sie, wie Sie zu Walken Kontakt aufnehmen können?«

»Nein, ich habe nie mehr was von ihm gehört, seit er weg ist.«

»Soweit ich weiß, waren Sie befreundet.«

»Ja, das stimmt. Das dachte ich zumindest.« Achselzuckend ließ sich Vince in einen der Wohnzimmersessel fallen und gähnte herzhaft. »Entschuldigen Sie. Bitte setzen Sie sich. Jerry hätte mein Trauzeuge sein sollen, aber zwei Wochen vor meiner Hochzeit ist er verschwunden. Er hat mir nicht mal gesagt, dass er den Dienst quittieren will. Er hat mir eine beschissene E-Mail geschickt – 'tschuldigung – und ein paar Tage später noch eine. Er wolle zu sich selbst finden oder so 'nen Scheiß. Zwei Wochen vor meiner Hochzeit muss er zu sich selbst finden! Wenn ich nicht erfahren hätte, dass er den Dienst quittiert hat, hätte ich gedacht, er ist betrunken.«

Es war offensichtlich, dass der Mann unter extremem Schlafentzug litt. Phoebe konnte sich noch gut an diese Zeit erinnern – an die Nächte, diese endlosen Nächte mit einem unruhigen Baby. »Hat Jerry viel getrunken?«

»Er konnte ziemlich was vertragen. Bei unserem Job braucht man manchmal was zum Wiederrunterkommen.«

»Was ist mit der verheirateten Frau, mit der er eine Affäre hatte?«

Vince horchte auf. »Worum geht es hier eigentlich?«

»Sie waren bei der Johnson-Sache dabei. Es war Walken, der den Schuss abgegeben hat.«

Sein schläfriger Blick wurde auf einmal hellwach, als er sich in seinem Sessel aufrichtete. »Das kann nicht sein.«

»Sie haben bestimmt auch von dem Vorfall in Bonaventure gehört. Es war Walken, der Roy an dieses Grab gekettet und ihn ermordet hat. Captain McVee wurde heute schwer verletzt.«

»McVee? Was ist passiert?«

»Seine Haustür wurde mit einem Sprengsatz präpariert. Captain McVee hatte Glück im Unglück, er hat nicht nur überlebt, sondern auch Walken gesehen und identifiziert. Wenn Sie wissen, wie Sie mit Walken Kontakt aufnehmen können, müssen Sie mir das sagen, damit wir ihn festnehmen können, bevor noch mehr Menschen verletzt werden.«

»Ich weiß es nicht. Gott, allmächtiger. Jerry?« Vince ließ sich in seinen Sessel zurückfallen. »Captain McVee hat gesagt, dass es Jerry war?«

»Ja.«

»Mensch. Er war gegen Ende seiner Dienstzeit ziemlich fertig mit den Nerven. Manchmal sind Nerven nützlich, aber ...«

»Sie hatten also gewisse Bedenken?«, half Phoebe nach.

»Ja, ich glaube schon. Aber wissen Sie, ich hatte damals selbst wahnsinnig viel um die Ohren, mit der Hochzeit und so. Wir gingen nach unserer Schicht nicht mehr so oft einen trinken wie früher. Aber er war ein guter Polizist. Jerry behielt immer einen kühlen Kopf. Wenn er nicht im Dienst war, konnte er ganz schön ausflippen, aber im Dienst? Er war absolut zuverlässig.«

»Es gab da eine Frau.«

»Ja«, seufzte er. »Er hat sich mit ihr eingelassen und konnte nur noch an sie denken. Er hat immer davon geträumt, mit ihr nach Westen zu gehen – dahin, wo ein Mann noch ein Mann ist, und so ein Kram. Sie wollten sich zusammen eine Ranch in Montana kaufen. Ich dachte, das hätten sie auch getan. Ich dachte, er und die Frau sind nach Montana gezogen.«

»Wie hieß sie?«

»Er hat sie Gwen genannt oder Guinevere. Er hat sie mir nie vorgestellt. Ich machte mir Sorgen ...«

»Warum?«

»Mir gefällt das nicht, Lieutenant. Ich weiß nicht, wie ich das sonst sagen soll. Er war trotz allem Polizist, ein Freund und Kollege.«

»Captain McVee musste mehr als drei Stunden operiert werden.«

»Na gut.« Vince kratzte sich am Kinn. »Na gut, von mir aus. Jedenfalls, er war gereizt, wenn er ein paar Bier zu viel intus hatte oder sie länger nicht sehen konnte. Und manchmal fing er dann auch an, Blödsinn zu reden.«

»Zum Beispiel?«

»Dass es doch viel einfacher wäre, diesem Kerl – also ihrem Mann – eine Kugel in den Kopf zu jagen. Aber das meinte er nicht ernst und wechselte dann auch immer schnell das Thema. Er meinte, sie müssten eben einfach warten, bis sie genügend Geld für die Ranch beiseitegelegt hätten. Er hatte schon einen Namen dafür.«

»Camelot?«

»Ja, genau, weil sie Guinevere war. Er war verrückt nach ihr. Sie hat wahrscheinlich nur mit ihm gespielt, und dann wollte er nur noch weg.«

»Nein, ich glaube nicht, dass sie nur mit ihm gespielt hat. Gab es noch andere Freunde, Familienangehörige?«

»Er kam mit allen im Team gut aus. Seine Kollegen waren wie Brüder für ihn. Er nannte sie sogar seine Waffenbrüder, wenn Sie verstehen, was ich meine.«

Kein einziger Polizist war verletzt worden, als Charlie Johnsons Körper von Kugeln durchlöchert wurde.

»Hatte er auch irgendwelche Familienangehörigen?«

»Er hatte, beziehungsweise hat – genau weiß ich das nicht – eine Mutter und einen Stiefvater, aber sie standen sich nicht besonders nahe. Ich glaube, er hat mal erzählt, sie seien nach Kalifornien gezogen, als er so um die zwanzig war, aber er ist geblieben. Er kam auch alleine klar. Aber von mir mal abgesehen, war er eher ein Eigenbrötler«, sagte Vince. »Ich glaube, er war enttäuscht, als ich mit Marijay, meiner heutigen Frau, zusammenkam. Dann hat er sich mit dieser Frau eingelassen, und sie war sein Lebensinhalt.«

Phoebe stand auf. »Falls er Kontakt zu Ihnen aufnimmt

oder Sie ihn sehen, müssen Sie mich sofort verständigen. Haben Sie verstanden?«

»Lieutenant, wenn er wirklich getan hat, was Sie da sagen, muss er völlig durchgeknallt sein. Ich habe eine Frau und ein Baby. Glauben Sie mir, wenn ich etwas von Jerry höre, gebe ich Ihnen umgehend Bescheid. Ich will meine Familie nicht dem geringsten Risiko aussetzen.«

Phoebe verließ das Haus und griff nach ihrem Handy. Sie sah, wie sich Duncan mit den Händen in den Hosentaschen an seinen Wagen lehnte und zum Himmel hochschaute, wo die Sterne versuchten, durch die sich langsam auflösenden Wolken zu dringen.

Sie lehnte sich neben ihn, als sie erst mit dem Commander sprach, dann mit dem Krankenhaus, um sich nach Daves Zustand zu erkundigen, und schließlich mit Sykes, um ihn über die neuesten Entwicklungen zu informieren.

Danach steckte sie ihr Handy in die Hosentasche, blieb, wo sie war, und sah zu den hartnäckigen Sternen empor.

»Du hast unglaublich viel Geduld, Duncan.«

»Auf das meiste lohnt es sich zu warten.«

»Leider denkt Walken genauso, und er hat schon sehr lange gewartet. Der Mann da drin war sein engster Freund. Wenn ich zwischen den Zeilen lese, würde ich sogar sagen, dass er sein einziger Freund war. Ein Eigenbrötler, der auch allein klarkam, mit einem ziemlich hitzigen Temperament außerhalb der Arbeit. Er trank gerne und schien sich nicht sehr für seinen Freund zu freuen, als dieser sich verlobte. Und er hat sich in den letzten drei Jahren nicht einmal bei seinem einzigen Freund gemeldet. Er hat keine Freunde mehr. Und er will es auch nicht anders. Wir müssen ihn aufstöbern – irgendwo in dieser Stadt muss er ja sein. Aber das ist normalerweise nicht mein Job, und ich bin auch nicht ausgesprochen gut darin.« Sie fuhr sich mit der Hand durchs Haar. »Deshalb muss ich jetzt Geduld haben und darauf warten, bis andere ihn für mich ausfindig gemacht haben.«

»Ich hab gern Baseball gespielt, als ich noch ein Kind war.«

Verwirrt sah sie ihn an. »Wie bitte?«

»Ich hab gern Baseball gespielt und konnte den Ball sogar genau im richtigen Moment dem Cut-Off-Man zuspielen. Ich konnte rennen wie der Wind. Aber ich hatte einen Schläger, der so grün und schlapp war wie eine Stange Sellerie. Also war ich darauf angewiesen, dass jemand anders den Ball trifft. Wir tun, was wir können, Phoebe.«

»Ich liebe ihn mehr als meinen eigenen Vater.« Sie rieb sich die müden, tränenden Augen. »Ich kann mich an Daddy kaum noch erinnern. Ich weiß noch, wie ich ein Pony reiten durfte, wie er mich gekitzelt hat und dass er nach Dial-Seife roch. Aber schon an seine Stimme kann ich mich nicht mehr erinnern, und ich muss mir immer wieder Fotos von ihm ansehen, damit ich sein Gesicht im Gedächtnis behalte. Wenn ich an einen Vater denke, denke ich in erster Linie an Dave.«

»Komm schon, Kleines.« Er nahm ihre Hand. »Sehen wir zu, dass du nach Hause kommst.«

»Es gibt nichts, was ich heute noch tun kann. Nicht das Geringste.«

»Du wirst jetzt etwas schlafen, und morgen früh siehst du weiter.«

»Und du bleibst bei mir.« Sie stieg in den Wagen und sah zu ihm auf. »Du hast es mir versprochen.«

»Klar, kein Problem.«

Er erwartete, wieder im Zimmer von Avas Sohn zu übernachten. Umso überraschter war Duncan, als ihn Phoebe, nachdem sie nach Carly gesehen hatte, an der Hand nahm und mit in ihr Zimmer zog.

Sie hielt einen Finger an die Lippen und schloss die Tür hinter ihnen ab. »Du wirst sehr leise sein müssen, wenn wir uns jetzt gleich lieben.«

»Du bist doch diejenige, die laut wird.« Er drängte sie zum Bett. »Aber wenn du dich zu sehr mitreißen lässt, werde ich dich eben einfach knebeln.«

»Versuch's lieber hiermit.« Sie stellte sich auf die Zehenspitzen und suchte mit ihren Lippen seinen Mund. »Ach, Duncan«, sagte sie seufzend. »O Gott, ich will dich einfach nur überall spüren, auf mir, in mir, um mich herum und unter mir. Ich möchte ganz von dir umgeben sein, Duncan, damit ich an nichts anderes mehr denken kann.«

Er ließ sie aufs Bett fallen und strich sich die Haare aus dem Gesicht. Seine Lippen streiften ihre Braue, ihre Wange, ihr Kinn. Dann schlossen sie sich über ihrem Mund.

Er konnte spüren, wie sie sich entspannte, Millimeter für Millimeter. Ein kleines Zittern ihrer Schultern, und sie schmolz dahin. Sie hob die Arme, damit er ihr die Bluse ausziehen konnte. Dann wanderten seine Hände über ihren Körper nach unten und stießen auf ihre Waffe.

»Oh, ich fürchte, du bist bewaffnet und gefährlich.«

»Mist. Die hab ich ganz vergessen.« Sie machte sich los, damit sie sich umdrehen und ihr Holster abschnallen konnte. Sie legte ihn samt der Waffe auf ihren Nachttisch.

»Du lässt sie doch nicht einfach so herumliegen? Wegen Carly, meine ich.«

Wieder zog sich ihr Herz vor Rührung zusammen. Sie

nahm sein Gesicht in beide Hände. »Nein, ich habe einen Safe, ganz oben in meinem Schrank. Aber da die Zimmertür abgeschlossen ist, kann sie ruhig eine Weile da liegen bleiben.«

»Gut. Mal überlegen, ich glaube, ich war gerade dabei ...« Er zog sie erneut an sich. »Hier«, sagte er, bevor er sich wieder über ihren Mund hermachte.

Sie flüsterten und zogen sich gegenseitig aus. Dann sagten sie gar nichts mehr.

Er umfing sie, wie sie es sich gewünscht hatte, berührte und schmeckte sie, wild und leidenschaftlich. Im Dunkeln glitten ihre Hände und Lippen über seine Haut, und sie fand, was sie brauchte. Kleine Schauer steigerten sich zu einem schmerzhaften Sehnen, das purer Lust wich. Die Zeit verging. Vielleicht standen die Sterne schon klar am Himmel, aber sie brauchte ihr Strahlen nicht. Das ganze Entsetzen und die Anspannung dieses gar nicht mehr enden wollenden Tages waren wie weggeblasen. Sie drängte sich ihm entgegen, und er konnte sie wieder und wieder seufzen hören, während er sie ganz ausfüllte. Dann war sie es, die ihn umfing, von ihm Besitz ergriff und festhielt, bis er hinweggeschwemmt wurde.

Er konnte sehen, wie ihre Augen im Dunkeln funkelten, ihn beobachteten, sie beide beobachteten, während sich ihre Körper vereinigten. Das erregende Gefühl von nackter Haut auf nackter Haut, auch wenn ihr Rhythmus langsam und entspannt blieb, das Auf und Ab und Auf und Ab. Ihre Lippen trafen sich mit einer neu entfachten Gier, um das Stöhnen und Seufzen zu ersticken.

Als sie den Höhepunkt erreicht hatten und ins Dunkel hinabtauchten, verbarg er sein Gesicht in ihren Haaren, um ihren Duft ganz tief in sich einzusaugen.

Sie musste eigentlich aufstehen und ihre Waffe sicher verstauen, damit sie wieder die Tür aufschließen konnte. Aber es fühlte sich nun mal unglaublich gut an, hier so nackt und aneinandergeschmiegt liegen zu bleiben, während sie kaum einen klaren Gedanken fassen konnte und ihr Herz immer noch raste.

Wie hatte sie es nur so lange ohne das alles aushalten können? Ohne diese Nähe, diese Lust, diesen Körperkontakt? Wie hatte sie es nur ohne ihn ausgehalten? Ohne die Gespräche, seine Unterstützung, seinen Humor und sein Verständnis. War es nicht unglaublich, dass sie ausgerechnet jetzt einen Menschen kennengelernt hatte, der wirklich zu ihr passte?

Vielleicht war sie auch einfach nur sentimental und willenlos. Aber sie hatte jemanden gefunden, der ihr dabei half, festen Boden unter den Füßen zu behalten. Jemand, der zur Abwechslung auch mal Fragen beantworten oder eine Richtung vorgeben konnte – denn, puh, sie hatte gar nicht gemerkt, wie anstrengend es war, die ganze Last allein zu tragen.

»Mit dir fühle ich mich stärker, Duncan.«

»Das ist gut. Hoffentlich.«

»Für mich ist es sehr gut.« Sie strich mit den Händen über seinen Rücken bis zum Po und wieder zurück. »Sehr gut. Vielleicht ist das jetzt nur eine Art postkoitale Euphorie, aber im Moment habe ich das Gefühl, mit dem, was passiert ist und noch passieren wird, umgehen zu können. Alles wird gut, das muss es einfach!«

Er schwieg einen Moment und fuhr dann mit einem Finger ihre Schulter nach. »Ich hab Joe wieder eingestellt.«

»Du … Hmmm.«

»Phin wird sauer auf mich sein, aber es ist ja nur Teilzeit. Für ein paar Stunden die Woche. So durchgeknallt ist er auch wieder nicht, außerdem macht er eine Therapie.« Duncan hob den Kopf und sah auf sie herunter. »Du rettest Leben, Phoebe – du hast seines gerettet. Das ist dein Job. Wie viele Menschen können das schon von sich behaupten? Dass sie hauptberuflich Leben retten? Ja, alles wird gut.«

»Ich weiß nicht, ob ich sein Leben retten will. Walkens Leben. So habe ich mich noch nie gefühlt. Nicht eine Sekunde hatte ich das Gefühl, jemandes Tod nicht zu bedauern. In all den Jahren habe ich meine Waffe noch nie auf einen anderen Menschen richten müssen. Ich habe sie außerhalb des Schießstands niemals entsichert. Aber ich weiß, dass ich es könnte, dass ich keine Sekunde zögern würde, wenn ich hier rausginge und er im Haus wäre. Und das zu wissen, Duncan, belastet mich nicht mal.«

»Warum sollte es?«

»Weil das nun mal nicht mein Job ist. Vor vielen Jahren, als Reuben uns in seiner Gewalt hatte, dachte ich: Wenn ich nur ein Messer aus der Küche holen oder ihm irgendwie die Waffe abnehmen könnte – ich würde ihm etwas antun. Ich würde ihn umbringen, wenn ich es könnte, wegen dem, was er uns angetan hat. Weil er uns so in Angst und Schrecken versetzt, uns gewaltsam festgehalten hat. Wegen des Bluts auf Mamas Gesicht und der Angst in Carters Augen. Das war das einzige Mal in meinem Leben, dass ich mich genauso gefühlt habe. Aber als es vorbei war, als alles vorbei war, war ich unglaublich erleichtert, dass er nicht tot war. Er kam ins Gefängnis, und das war gut, das war sehr gut, aber er war nicht tot. Niemand war in diesem Haus gestorben. Wenn das hier vorbei ist, weiß ich nicht, ob ich genauso denken werde.«

»Ich habe mich schon seit einer Ewigkeit nicht mehr geprügelt, seit … nein, die kleine Rauferei mit Jakes blödem Cousin zählt nicht …, also seit fünfzehn Jahren oder so. Ich habe niemandem mit der Faust ins Gesicht geschlagen und mich auch nicht mehr dazu hinreißen lassen, jemand so richtig schön windelweich zu prügeln. Aber wenn ich die Möglichkeit dazu hätte, wenn ich Walken in die Finger bekäme, würde ich ihn blutig schlagen. Und wenn er nicht mehr kann, wenn sein Blick gebrochen wäre, würde ich weiter auf ihn einschlagen. Das ist auch nicht meine Art, Phoebe, aber dass ich es tun würde, belastet mich ebenfalls kein bisschen.«

Sie starrte ihn an, denn obwohl sein Tonfall vollkommen ruhig und gelassen gewesen war, spürte sie, dass er es ernst meinte. Er wäre durchaus dazu in der Lage. »Na ja. Wir sind eben nichts weiter als ein gewaltbereiter Haufen.«

»So was Ähnliches. Mit dem Unterschied, dass wir es nicht vorsätzlich sind. Aber eines sag ich dir: Wenn du die Möglichkeit dazu bekommst, dann halt ihm eine Waffe an den Kopf und warte, bis ich da bin. Ich werde ihn grün und blau schlagen, und wenn er am Boden liegt, darfst du nachtreten.«

Sie schnaubte belustigt, riss sich aber gerade noch rechtzeitig zusammen. »Meine Güte, das ist eigentlich gar nicht komisch und sollte mir wirklich keine Freude machen. Aber es ist nun mal so. Und in dieser Stimmung werde ich die Waffe jetzt lieber in den Safe legen, wo sie hingehört.«

Sie kroch unter ihm hervor und griff nach der Waffe auf dem Nachttisch. Dann blinzelte sie in das grelle Licht, als er das Nachttischlämpchen anmachte.

»Ich musste dich einfach ansehen.« Er ließ seine verschwommenen blauen Augen träge über sie gleiten. »Diese nackte Rothaarige mit der Pistole. Ich glaube, der Anblick erregt mich so, dass ich noch eine Runde vertragen könnte.«

Sie schüttelte nur den Kopf und ging zum Schrank. »Noch vor wenigen Stunden hätte ich nie geglaubt, den Tag so beenden zu können. Das Leben hält wirklich so manche Überraschung für uns bereit.«

»Ich mag das. Und das erinnert mich an etwas, was ich dich noch fragen wollte. Wenn das hier vorbei ist – wie wär's, wenn du dir dann ein paar Tage freinimmst und eine kleine Reise mit mir machst?«

Es war nur menschlich, Pläne zu schmieden, dachte Phoebe, als sie den Safe aus dem Schrank holte. Sie lächelte ein wenig bei dem Gedanken an Paris, Rom, Tahiti oder Berlin. »Das dürfte sich durchaus einrichten lassen. An was hast du denn gedacht?«

»An Disney World.«

Sie ließ die Waffe laut in den Safe fallen, blieb einfach vor dem Schrank stehen und starrte ins Leere.

»Du willst nach Disney World?«

»Das habe ich mir schon immer gewünscht, seit ich ein kleiner Junge war. Ich lag in meinem Bett und träumte davon. Alle dort scheinen glücklich zu sein. Nichts als bunte Farben, Musik und Spaß, überall überlebensgroße Zeichentrickfilmfiguren. Aber ich bin nie hingekommen, nicht, als ich noch ein Kind war. Seitdem bin ich ein paarmal da gewesen, damit ich es endlich gesehen habe.«

Sorgfältig stellte sie den Safe wieder ganz oben in den Schrank. »Und, warst du glücklich? War alles so, wie du es dir vorgestellt hast?«

»Doch, ich glaube schon. Wer Disney World mit grimmigem Gesicht verlässt, dem ist wirklich nicht mehr zu helfen. Ich dachte, Carly wäre bestimmt begeistert, oder täusche ich mich da? Wenn man sieben ist, gibt es nichts Schöneres auf der Welt. Als ich in ihrem Alter war, sah ich das zumindest so.«

Sie trat vom Schrank zurück und musterte ihn. Er saß auf dem Bett, splitterfasernackt, sein Haar war zerzaust, und er hatte ein verträumtes Lächeln im Gesicht, während er nicht an die Stadt des Lichts oder Ferien in Rom, sondern an Karussells und fliegende Elefanten dachte.

»Du willst Carly mit nach Disney World nehmen?«

Er drehte den Kopf und zuckte die Achseln. »Du darfst auch mit. Ich kauf dir ein paar Mickeymausohren.«

Eine dunkle Wolke der Bedrohung hing über ihnen, dachte sie. Eine sehr reale Wolke, die schon ganz nahe war. Seine enge Beziehung zu ihr brachte ihn genauso ins Fadenkreuz wie sie. Aber er überlegte, wie es wäre, ihre kleine Tochter nach Disney World einzuladen.

Sie ging zum Bett und setzte sich neben ihn. Sie nahm seine Hand und sah ihm in die Augen. »Duncan.« Liebe stieg in ihr auf wie ein Seufzen. »Duncan.«

Sein Grübchen vertiefte sich. »Phoebe.«

»Würdest du mich heiraten?«

»Würde ich … Was war denn das bitte?«

Seine Hand zuckte nur ein bisschen in der ihren, und sie sah den Schock auf seinem Gesicht. Aber das machte ihr nichts aus. »Du bist der beste Mann, den ich jemals kennengelernt habe, und das will nach Carter und Dave wirklich was heißen, die wirklich großartige Männer sind. Du bringst mich zum Lachen, und du bringst mich zum Nachdenken. Du bist großzügig und intelligent – eine äußerst wichtige Kombination, denn das eine ohne das andere fängt irgendwann an zu nerven. Und deine tief empfundene Loyalität ringt mir Respekt und Bewunderung ab.«

»Du hast den Sex vergessen.«

Jetzt war es an ihr, zu lächeln. »Nein, das habe ich nicht, und zwar keine Sekunde lang. Wo ich ohnehin schon dabei bin, Komplimente zu machen, kann ich dir auch sagen, dass ich noch nie so guten Sex hatte, was bei meinem Heiratsantrag natürlich auch eine Rolle spielt. Mein Leben ist kompliziert, und ich trage sehr viel Verantwortung. Du bist der Einzige, dem ich so sehr vertraue, dass ich ihn bitten möchte, alles mit mir zu teilen. Der Einzige, den ich so sehr liebe. Und ich liebe dich, Duncan. Ich liebe dich sehr. Moment mal«, sagte sie rasch, als sie sah, wie sich sein Blick änderte. »Lass mich erst ausreden. Ich liebe an dir, was ich gerade erwähnt habe, und das wollte ich dir heute Abend sowieso sagen. Aber der Heiratsantrag stand nicht auf meiner Liste. Doch dann muss ich mich irgendwie nach Disney World verirrt haben.«

»Disney World hat den Ausschlag gegeben?«

»O ja, und ob! Ich weiß, dass wir uns noch nicht besonders lang kennen. Erst seit …«

»Seit St. Patrick's Day.«

»Seit St. Patrick's Day, genau. Du wirst bestimmt erst noch darüber nachdenken wollen, und die Lage muss sich weiß Gott erst noch entspannen, bis es so weit ist, aber …«

»Wo ist der Ring?«

»Der Ring?«

»Was ist denn das für ein unüberlegter Heiratsantrag?«, fragte er. »Du hast keinen Ring besorgt?«

Sie prustete laut los. »Ich war ein wenig beschäftigt in letzter Zeit.«

Er seufzte. »Ich weiß nicht, ob ich diesen Antrag ohne Ring wirklich ernst nehmen kann. Aber ich denke, ich werde mal eine Ausnahme machen.« Er beugte sich vor und berührte ihren lächelnden Mund mit seinen Lippen. »Ich wollte dich in Disney World fragen.«

»Du … Ehrlich?«

»Ich dachte, ich sorge dafür, dass dir in den fliegenden Teetassen schwindelig wird, du auf dem Space Mountain weiche Knie bekommst, und überrasche dich dann damit, wenn du es am wenigsten erwartest. Ich hätte natürlich einen Ring dabeigehabt.«

Sie drückte ihn wieder aufs Bett und kletterte auf ihn. »Ich will eine eindeutige Antwort: Heißt das ja?«

»Ich war dir schon verfallen, als du Joes Wohnung betreten hast.«

Sie zog die Augen zu schmalen Schlitzen zusammen. »Damals hätte ich für dich genauso gut verheiratet sein, sechs Kinder haben oder lesbisch sein können.«

»Dann hätte ich mich wohl oder übel für den Rest meines Lebens nach dir verzehrt. Aber ich bin eben ein Glückspilz. Meine Glückssträhne dauert schon ziemlich lange an, und sie hat mich bis zu dir geführt. Du hast mir von Anfang an den Atem geraubt, Phoebe, ich habe mich hemmungslos in dich verliebt.« Er strich ihr eine Strähne hinters Ohr. »Ich habe nichts gegen Komplikationen, und man übernimmt im Leben nun mal Verantwortung, wenn man richtig lebt. Du und ich, wir leben richtig. So gesehen nehme ich deinen Heiratsantrag auch ohne Ring an.«

Sie verschloss seinen Mund mit ihren Lippen und schmiegte dann ihre Wange an die seine. »Dabei habe ich die Komplikationen noch völlig außen vor gelassen. Ich muss in diesem Haus leben. Ich kann es nicht …«

»Mir gefällt dieses Haus. Das ist keine Komplikation, das ist ein fantastisches altes Haus in der Jones Street.«

»Meine Mutter …«

»Ist fantastisch. Und sie mag mich.« Er fuhr mit einem Finger sanft Phoebes Wirbelsäule entlang. »Die meisten Frauen mögen mich.«

Phoebe drehte sich, um ihn ansehen zu können. »Und dann erwarte ich auch noch …, dass du Carly ein Vater bist.«

»Na, hör mal, das ist doch selbstverständlich! Entspann dich, Phoebe.« Er zog sie nach unten, bis ihr Kopf auf seiner Brust ruhte. »Wir brauchen hier nichts mehr zu verhandeln. Wir haben uns längst geeinigt.«

»Ich bin so glücklich. Obwohl es mir komisch vorkommt, weil gerade so viel im Argen liegt.«

»Egal, was im Argen liegt, wir kriegen das schon hin. Darin sind wir, glaube ich, beide ganz gut.«

»Es ist schon fast Morgen«, murmelte sie, während sie aus dem Fenster sah. »Es ist fast schon wieder Zeit, loszulegen.«

»Schließ noch eine Weile die Augen. Schließ die Augen, solange du glücklich bist, und versuch ein wenig zu schlafen.«

Als sie wieder wach wurde, blendete sie die Sonne, und ihre Tochter klopfte an die Tür. Gott sei Dank war sie immer noch abgeschlossen.

Phoebe rüttelte Duncan liebevoll, aber bestimmt wach und bekam nur ein Grunzen als Antwort, bevor sie aus dem Bett sprang. »Einen Moment noch, Schätzchen.«

»Mama, warum hast du die Tür zugemacht? Mama, geht es dir gut?«

»Alles bestens.« Hastig eilte Phoebe zum Kleiderschrank

und riss ihren Morgenmantel heraus. »Alles in Ordnung, Carly. Warum gehst du nicht schon mal nach unten? Ich komme gleich nach.«

»Deine Tür ist abgeschlossen, Mama. Ich werd Gran Bescheid sagen.«

»Nein!« Bei aller Liebe, nein! »Nein, warte noch eine Minute.« In Windeseile zog sich Phoebe den Morgenmantel über. Mit einem lauten Gähnen stellte sich Duncan neben das Bett mit den zerwühlten Laken und schlüpfte träge in seine Jeans. Weil sie sich nicht mehr anders zu helfen wusste, legte Phoebe einen Finger auf die Lippen, schloss die Tür auf und machte sie dann einen Spaltbreit auf.

»Ich hab noch geschlafen, Schätzchen. Ich bin wahnsinnig spät nach Hause gekommen. Gleich bin ich unten.«

»Aber deine Tür war abgeschlossen.«

»Ja, das schon. Ich bin …«

»Duncans Auto steht vor der Tür. Aber unten ist er nicht und in Stevens Zimmer auch nicht.«

»Oh, verstehe. Willst du nicht runter zu Ava in die Küche gehen und sehen, ob es Waffeln zum Frühstück gibt?«

»Ist Duncan da drin?« Carly trat einen Schritt nach rechts und dann nach links, um durch den Türspalt zu spähen. Phoebe tat es ihr gleich, um ihr die Sicht zu versperren. »Hat er heute bei dir übernachtet?«

Dieses Kind war wirklich hartnäckig, dachte Phoebe. Doch noch bevor sie etwas entgegnen konnte, sagte Duncan: »Ertappt!« und riss die Tür auf. »Hallo, Carly.«

»Hallo. Mamas Tür war abgeschlossen, deshalb konnte ich nicht reinkommen.«

»Wir sind sehr spät nach Hause gekommen«, wiederholte Phoebe.

»Wieso schläfst du in Mamas Zimmer?«, wollte Carly von Duncan wissen.

»Das sind aber ein bisschen viele Fragen auf einmal, wo ich doch noch nicht mal eine Tasse Kaffee getrunken habe.«

»Du sagst doch immer, dass man fragen soll«, rief Carly ihrer Mutter wieder ins Gedächtnis. »Hast du Albträume gehabt, Duncan? Ich schlaf manchmal bei Mama, wenn ich welche habe.«

»Darf ich dir zur Abwechslung mal eine Frage stellen?« Er knuffte Phoebes Arm, um sie beiseite zu schieben. »Was hältst du von der Idee, dass deine Mama und ich heiraten?«

Carly musterte Duncan stirnrunzelnd und sah dann zwischen ihm und ihrer Mutter hin und her. »Weil ihr verliebt seid und in einem Bett schlafen wollt?«

»Ganz genau.«

»Und du bist dann mein Stiefvater?«

»Ich denke schon.«

»Bekomme ich ein neues Kleid, wenn ihr heiratet?«

»Auf jeden Fall.«

Sie strahlte, und Phoebe erkannte sich in ihrem Verhandlungsgeschick wieder. »Meine Freundin Dee hat auch einen Stiefvater bekommen, danach bekam sie einen kleinen Bruder namens William. Kann ich auch so einen kriegen?«

»Vielleicht wird es auch eine Schwester, aber wir können sie trotzdem William nennen.«

Kichernd schüttelte Carly den Kopf. »Mädchen heißen nicht William. Wir könnten uns zuerst einen Welpen anschaffen, *ihn* William nennen und dann …«

»Jetzt übertreibst du es aber«, warnte Phoebe sie.

»Wir unterhalten uns nur«, sagte Duncan zu Phoebe und ging dann in die Hocke, um mit Carly auf Augenhöhe zu sprechen. »Ich werde sehen, was ich für dich tun kann. Wenn ich das schaffe – bekomme ich dann auch was zurück?«

Carlys Gesicht wurde knallrot, dann gab sie Duncan einen schüchternen Kuss auf die Wange.

»So ein winziger Kuss für ein Baby und einen Hund? Ihr MacNamaras seid wirklich ein harter Brocken.«

Sie kicherte erneut und wurde noch röter, als sie ihre Arme um Duncan schlang und ihm einen lauten Knallkuss auf die Wange gab.

Nicht ein Mal, dachte Phoebe, während sie auf die beiden heruntersah, nicht ein Mal hatte sie erlebt, dass Carly und Roy sich so umarmten. Nicht ein Mal hatte sie ihr kleines Mädchen so in den Armen ihres Vaters strahlen sehen.

»Das gefällt mir schon viel besser. Ich zieh mir mal ein Hemd an, damit die Frauen in diesem Haus nicht in Ohnmacht fallen, wenn ich die Treppe runterkomme. Geh du schon mal vor, wir kommen gleich nach.«

»Na gut.« Sie sauste davon und schenkte ihm ihr strahlendstes Lächeln, während sie zur Treppe rannte.

»Sie scheint einverstanden zu sein. Dann wollen wir mal sehen, was Essie … Was hast du?«

Das blanke Entsetzen stand ihm ins Gesicht geschrieben, als er sich umdrehte und sah, wie Tränen über Phoebes Wangen liefen. »Was habe ich falsch gemacht?«

Ihr saß ein derartiger Kloß in der Kehle, dass sie nur den Kopf schütteln konnte, während sie ihn umarmte und immer fester an sich drückte. »Weißt du, wir sind auch ohne dich klargekommen«, brachte sie schließlich heraus. »Wir sind ganz gut klargekommen. Aber mit dir geht es uns weiß Gott besser.«

»Freudentränen.« Er seufzte erleichtert auf. »Jetzt verstehe ich.«

»Und ob das Freudentränen sind.«

»Das freut mich. Und … was hältst du nun davon, einen Hund anzuschaffen?«

29

Das Timing war einfach perfekt, und der Ort der reinste Glücksfall. Vielleicht war es auch Schicksal, dachte er. Es war Angie, die von oben zusah und ihm die Hand führte.

Heute war es so weit.

Schade, zu schade, dass McVees Gliedmaßen nicht über die ganze Barnard Street verteilt worden waren. Diese Schlampe von Nachbarin hatte ihm dazwischengefunkt. Aber der Mistkerl war auch so ziemlich durch die Luft geflogen. O ja, der Mistkerl hatte vergeblich versucht, einen auf Superman zu machen.

Er hatte sich schwer zusammenreißen müssen, nicht seine Neun-Millimeter aus der Windjacke zu reißen, um diesen Hundesohn und die Schlampe von seiner Nachbarin so mit Kugeln zu durchsieben, dass sie blutend nebeneinander auf dem Bürgersteig lagen.

Aber so befriedigend, ja so *richtig* das auch gewesen wäre, hätte er damit alles andere aufs Spiel gesetzt. Und das, obwohl der Showdown bereits in Sicht war.

Da war es besser, McVee auf diese Art sterben zu lassen, was schließlich immer noch passieren konnte. Noch besser wäre es, außerdem den Freund auszulöschen, falls sich eine Gelegenheit dazu böte. Es war schlimm genug, dass er seinen Plan, den breitärschigen Bruder vor dem Haus, in dem sie aufgewachsen waren, in die Luft zu jagen, hatte aufgeben müssen. Sie waren Feiglinge, ein Haufen schwanzloser Feiglinge, mehr nicht, so wie sie sich in diesem Haus versteckten und an die Rockzipfel dieser Frauen klammerten. Das wäre reine Zeitverschwendung, redete sich Walken ein, und die Mühe nicht wert.

Er fuhr damit fort, seine Ausrüstung sorgfältig zusammenzupacken. Sie würden bereits nach ihm suchen. Sollten sie doch! Schon in wenigen Stunden würden sie genau wissen, wo sie ihn suchen mussten. Und er wäre dort, wo er sein wollte, und würde tun, was er so lange im Voraus geplant hatte.

Bevor er fertig wäre, würde alle Welt wissen, dass Phoebe MacNamara einen Engel getötet hatte. Und wenn dann alles vorbei wäre, wäre es verdammt noch mal vorbei.

»Er hat gekündigt und seine Wohnung aufgegeben. Er war noch zwei Monate Miete schuldig und hat einen entsprechenden Scheck dagelassen.« Phoebe ging neben Daves Bett die Checkliste durch. »Damals besaß er zwei Kreditkarten. Keine davon ist in den letzten drei Jahren benutzt worden. Er hat sich bei niemandem gemeldet, weder bei seinem besten Freund noch bei seinem früheren Vorgesetzten. Er besaß ein Konto, ein Sparbuch mit einem Gesamtguthaben von rund sechstausend Dollar sowie ein Bankschließfach. Am Tag der Kündigung hat er sein ganzes Geld abgehoben. Ein Chevrolet-Pick-up war auf seinen Namen angemeldet. Er hat ihn verkauft, für achttausend Dollar bar auf die Kralle an einen gewissen Derrick

Means, der im selben Haus wohnte. Wir überprüfen das gerade, aber ich fürchte, das wird uns auch nicht weiterbringen. Ebenfalls auf ihn gemeldet waren eine Neun-Millimeter-Smith-and-Wesson sowie eine .32er-Remington. Sein Freund weiß, dass er ein Jagdgewehr mit Zielfernrohr, ein .33er, besaß sowie eine .22er-Pistole, die einmal seinem Vater gehört hatte.«

»Er mag Waffen.«

»Ja, das stimmt. Er ist ein ausgebildeter Scharfschütze und wurde während seiner Zeit bei der Army im Umgang mit Sprengstoff ausgebildet. Er arbeitete auch bei unseren Bombenexperten, bevor er sich erfolgreich darum bemühte, zur Spezialeinheit zu kommen. Er befindet sich irgendwo in oder bei Savannah, aber soweit wir wissen, bist du der Einzige, der ihn erkannt hat.« Sie hob die Hände. »Ich weiß nicht, was ich tun soll. Ich bin Verhandlerin und keine Ermittlerin.«

»Ein Puzzle ist und bleibt ein Puzzle, Phoebe. Man muss die Teile erst mal zusammensetzen.«

»Ein paar Teile hab ich schon. Er gibt mir die Schuld am Tod von Angela Brentine, vielleicht, weil es sonst keinen Schuldigen gibt. Er war Teil des Sondereinsatzkommandos an diesem Tag, Dave. Er war dabei, als sie starb. Er hatte die Bank im Visier und wartete auf seinen Einsatzbefehl. Wir kannten die Namen der Geiseln oder Verletzten nicht. Er wusste nicht, dass sie da drin war, tot oder im Sterben liegend, während er vor dem Gebäude wartete und kostbare Zeit verstrich.«

»Erfolglos. Ohnmächtig.« Dave nickte und schloss dann die Augen, weil ihm die kleine Bewegung Schmerzen im Hinterkopf verursachte. »Lancelot hat Guinevere nicht gerettet.«

»Und damit kann er nicht leben. Dass er vor Ort war und wartete, während sie verblutete. Während ich das Einsatzkommando warten ließ und ihre Mörder zum Aufgeben überredete, dazu, mit hoch erhobenen Händen herauszukommen. Sie war gestorben, aufgrund von Entscheidungen, die ich gefällt hatte. Das glaubt er zumindest. Das muss er glauben. Aber das hilft uns bei unserer Fahndung nach ihm auch nicht weiter.«

»Warum hatte er es auf Roy abgesehen?«

Denk nach, ermahnte sich Phoebe. Versuche dich in ihn hineinzuversetzen. »Weil er eine Beziehung zu mir hatte – wir hatten ein Kind zusammen, wir waren verheiratet. Der Ehemann – ein Symbol. An Brentine war nicht so leicht ranzukommen wie an Roy. Außerdem gehörte Roy mir. Und er will zerstören, was mir gehört, so wie ich zerstört habe, was ihm gehörte.«

»Es geht nicht nur um die Frau.« Dave griff nach dem Wasserglas und lehnte sich anschließend zurück, um durch den Strohhalm zu trinken, während Phoebe es ihm an die Lippen hielt. »Danke. Es geht nicht nur um die Frau«, wiederholte er. »Sein ganzes Selbstbild wurde zerstört. Er hat sie nicht gerettet. Er hat Anweisungen befolgt, sich verhalten wie alle anderen, anstatt sich im Alleingang auf einen Showdown einzulassen.«

»Aber diesmal tut er es. Er steigert sich«, überlegte sie laut. »Erst Roy, dann du. Jeder weiß, wie nahe wir uns stehen, und auch, dass ich wegen dir Verhandlerin geworden bin. Deswegen war ich auch bei der Bank, wegen dir. Soll ich die Schwester rufen?«, fragte sie, als er sich bewegte und vor Schmerz das Gesicht verzog. »Du solltest dich ausruhen, du solltest …«

»Nein. Erzähl weiter, das lenkt mich ab. Wenn du die

Schwester rufst, kommt sie bloß mit einer spitzen Nadel und will mir noch mehr Blut abnehmen. Im Krankenhaus liegen fühlt sich genauso an, wie in einer Höhle voller Vampire zu liegen. Sie kriegen nie genug von deinem Blut. Erzähl weiter.«

Phoebe wünschte, sie könnte mehr für ihn tun, und strich sein Laken glatt, während sie weitersprach. »Na gut. Die toten Tiere sollten mein Haus beschmutzen, mir jegliches Sicherheitsgefühl rauben. Eine Schlange, ein Kaninchen, eine Ratte. Er wohnt wahrscheinlich außerhalb der Stadt. Hier würde es auffallen, wenn man auf Kaninchen schießt. Da ist es besser, ein ruhiges, abgelegenes Versteck außerhalb der Stadt zu haben. Da stört einen niemand, da fällt man nicht auf – nicht, wenn man allein bleibt. Ein Haus, ein Bungalow. Er braucht ein Verkehrsmittel. Sie ermitteln immer noch, wie er nach Hilton Head gekommen ist.«

Sie drehte sich zum Fenster. Zersiedeltes Umland, dachte sie, Straßen, die zu Vororten führen, die ihrerseits Sümpfen und Wäldern weichen. Brücken, die zu Inseln führen.

Es gab unzählige Möglichkeiten, wo er sich verstecken konnte.

»Jeder Polizist dieser Stadt, jeder Polizist auf den Inseln hat sein Bild. Er muss das eigentlich wissen. Er muss wissen, dass du überlebt und ihn gesehen hast und dass wir jetzt nach ihm fahnden. Meiner Meinung nach hat er genau zwei Möglichkeiten – entweder er ergreift die Flucht, oder er bringt seinen Plan zu Ende. Dieser Mann ergreift nicht die Flucht.«

»Du musst vorbereitet sein, wenn er dich angreift.«

Sie nickte. »Ich versuche es zumindest.« Sie drehte sich wieder zu ihm um. »Ich habe dich heute Morgen noch gar nicht gefragt, wie es dir geht.«

»Ich bin froh, dass ich noch lebe.«

»Ich musste meine Familie regelrecht fesseln, um sie daran zu hindern, dich zu besuchen. Und ich habe den Befehl, dich ebenfalls bei uns unter Hausarrest zu stellen, sobald du hier entlassen wirst, damit Mama und Ava dich verwöhnen können und du dich wieder erholst.«

»Beinhaltet das auch Pfirsich-Pie?«

»Bestimmt. Wann wirst du Ava endlich um eine Verabredung bitten?«

»Wie bitte?«

»Wann werdet ihr endlich damit aufhören, euch sehnsüchtige Blicke zuzuwerfen, wenn der andere gerade nicht hinschaut? Ihr seid schließlich beide erwachsen und geschieden. Ich glaube nicht, dass sie heute Nacht auch nur ein Auge zugetan hat.«

»Na ja, ich …«

»Ich weiß nicht, wie oft sie mich heute Morgen nach dir gefragt hat oder mit mir gestritten hat, weil sie dich unbedingt besuchen will. Wie oft sie mir aufgetragen hat, dir auszurichten, dass sie an dich denkt.«

»Sie ist eine Freundin, und zwar schon seit einer Ewigkeit.«

»Dave, meine Mama ist eine Freundin.« Entnervt stemmte sie die Hände in die Hüften. »Du willst doch nicht etwa hier auf deinem Beinahe-Totenbett liegen und mir weismachen, dass du für Ava dasselbe empfindest wie für meine Mama?«

»Ich glaube nicht, dass …«

»Was willst du eigentlich?« Sie trat wieder an sein Bett. »Ich weiß, was Menschen wollen, wenn sie emotional angespannt sind oder sich in einer schwierigen Situation befinden. Wenn es dir zu peinlich ist, mir die Wahrheit zu sagen – und es ist wirklich rührend, wie rot du jetzt wirst –, sag ich sie dir eben: Du willst dich mit Ava zu einem romantischen Abendessen bei Kerzenlicht verabreden, sobald du wieder auf dem Damm bist.«

Er bewegte sich erneut, aber diesmal sah Phoebe, dass sein Gesicht nicht schmerzverzerrt war. »Zufällig habe ich an sie – an genau das – gedacht, als ich gestern Abend nach Hause gegangen bin. Vorher. Und auch, dass das Timing mal wieder total daneben ist.«

»Das Timing ist meist total daneben.« Sie lächelte ihn an und strich ihm übers Haar. »Ich habe Duncan gefragt, ob er mich heiraten will. Er hat Ja gesagt.«

Daves Mund öffnete und schloss sich wieder. »Du steckst heute Morgen wirklich voller Überraschungen.«

»Ich bin selbst von mir überrascht. Ich liebe ihn, so, als hätte ich mein Leben lang auf ihn gewartet. Darauf, dass endlich der Rest meines Lebens anfängt. Du wirst mich noch einmal zum Altar führen, oder? Ich wette, diese Ehe hält.«

»Das glaube ich auch.« Er streckte den Arm aus und griff nach ihrer Hand. »Ich freue mich so für dich.«

»Ich freu mich auch. Du hast verdammt lange gewartet, Dave. Verabrede dich endlich mit Ava zum Abendessen, damit der Rest deines Lebens beginnen kann.«

Als Phoebe aus Daves Zimmer kam, löste sich Liz von der Wand.

»Danke, dass ich kurz allein mit ihm reden konnte.«

»Kein Problem. Wie geht es ihm?«

»Gut genug, um mich schon wieder auf die Palme zu bringen. Danke noch mal, dass du heute nicht von meiner Seite weichst.«

»Auch das ist kein Problem. Dieser Walken hat versucht, einen von uns zu töten. Es gibt niemanden auf unserem Revier, der nicht auf ihn angesetzt ist. Lange kann er sich nicht mehr verstecken.«

»Und er wird auch nicht die Flucht ergreifen.« Sie traten hinaus in die schwüle Luft. »Dieses Unwetter hat so gut wie keine Abkühlung gebracht. Es ist höchstens noch schwüler geworden.«

»Sommer in Savannah. Entweder man liebt diese Stadt, oder man zieht weg. Geh ruhig ran«, sagte sie, als Phoebes Handy klingelte. »Ich fahre.«

»Das wird er sein.« Sie hielt ihr das Handy hin, damit Liz das Display erkennen konnte. Mit einem Nicken trat Liz einen Schritt zurück und holte ihr eigenes Handy heraus. »Phoebe MacNamara.«

»Wie geht es Dave?«

»Es geht ihm gut, danke. Diesmal haben Sie es versaut.«

»Nein. Ein unvorhergesehener Zwischenfall, Phoebe. Du kennst dich doch mit so was aus. *Shit happens*. Ich weiß, dass du nach mir fahndest.«

»Das scheint Sie allerdings nicht besonders zu beunruhigen, Jerry.«

»Nein, denn du wirst mich nicht finden, bis ich so weit bin. Trägst du eine kugelsichere Weste, Phoebe?«

Während ihr Herz einen Schlag aussetzte, drückte sie Liz hinter einem Auto zu Boden und ging in Deckung. »Es ist verdammt noch mal zu heiß für eine kugelsichere Weste, Jerry. Und Sie?«

»Ich hätte dir locker eine Kugel in den Hinterkopf jagen können, dir und deiner brünetten Begleiterin. Aber ich habe andere Pläne. Wir hören voneinander.«

»Er war da«, sagte Phoebe. »Er hat gesehen, wie wir das Krankenhaus betreten oder verlassen haben. Aber ich glaube nicht, dass er noch da ist.« *Hätte*, dachte sie. Sie sah nach unten und merkte, dass sie ihre Waffe in der Hand hielt. »Hinterkopf. Er hat uns beim Betreten des Gebäudes gesehen. Er ist nicht mehr hier.«

Als ihr Handy ein zweites Mal klingelte, schlug ihr das Herz bis zum Hals. »Es ist Sykes«, erklärte sie. »Was gibt es für Neuigkeiten?«

»Die Autovermietung am Flughafen hat letzten Donnerstag einen Toyota an einen gewissen Grimes, Samuel, vermietet. Er wurde am Samstagnachmittag in Hilton Head abgegeben. Ich sehe mir gerade die Kopie des Führerscheins an. Es ist Walken. Er hat dunklere Haare und trägt eine Sonnenbrille, aber es ist eindeutig er. Er hat mit einer Visacard bezahlt. Im Führerschein ist eine Adresse in Montana eingetragen, aber die Kreditkartenrechnung wird an eine Adresse in Tybee geschickt.«

»Das ist die richtige. Schildere Commander Harrison die Situation, und gib ihm die Adresse. Liz und ich werden das Team vor Ort verstärken.« Sie stieg in den Wagen.

»Wie lautet die Adresse?«

Ma Bee lächelte wissend, als sie sich den Telefonhörer in der Küche ans rechte Ohr hielt. »Bedeutet das, dass ich endlich ein paar weiße Enkel bekomme?«

»Genau genommen hast du bereits ein siebenjähriges Enkelkind. Aber wir werden sehen, was wir für dich tun können. Wie wär's, wenn du mir mit den Ringen hilfst?«

»Ich mag alles, was glitzert, und verfüge bekanntlich über einen ausgesuchten Geschmack. Liebend gerne.«

»Auch heute? Ich hab noch einiges zu erledigen, aber

danach könnte ich dich abholen. Anschließend setze ich dich wieder ab und …«

»Wozu habe ich ein eigenes Auto in der Auffahrt stehen? Ich kann selbst fahren. Also wo soll ich hinkommen?«

»Zu Mark D.«

Ma Bee pfiff anerkennend. »Das wird richtig teuer.«

»Ich habe Geld. Und wie es der Zufall so will, habe ich dort bereits einen Termin vereinbart. Mr. D freut sich sehr, uns einige besonders exklusive Modelle zu zeigen.«

Jetzt trompetete sie regelrecht: »Na, du bist mir einer!«

»Sie ist die Richtige. Ich dachte, vielleicht finde ich auch was für Carly. Aber da bin ich wirklich ratlos. Etwas, was einem kleinen Mädchen steht, aber gewissermaßen mit ihr wächst. Nachdem ich sie ohnehin im Doppelpack bekomme, dachte ich, ich könnte … du weißt schon, zwei Päckchen besorgen.«

»Du wirst ein guter Vater sein. Wann soll ich dich treffen?«

»Ich kann so gegen zwölf Uhr da sein. Und wenn du deinen Job gut erledigt hast, gehen wir mittagessen.«

»Ich werde da sein. Und vergiss das viele Geld nicht, mein Junge, denn es juckt mir jetzt schon in den Fingern, es auszugeben.«

Sie legte auf und rieb sich buchstäblich die Hände. Ein Blick auf die Uhr sagte ihr, dass sie noch genügend Zeit hatte, die Neuigkeit weiterzuerzählen, bevor sie sich für ihre Fahrt zum Juwelier zurechtmachte.

Das Spezialeinsatzkommando war schon vor Ort und arbeitete, als Phoebe ankam. Es war ein gutes Versteck, dachte sie, nachdem sie sich kurz umgesehen hatte. Das Haus älteren Datums war schon ein wenig heruntergekommen und lag etwas zurückgesetzt vom Strand.

Zum zweiten Mal an diesem Tag zog sie ihre Waffe, als das Spezialeinsatzkommando die Vordertür mit einem kleinen Stemmeisen aufbrach.

»Kein Auto«, bemerkte Harrison. »Kein Fahrrad, kein Mofa.«

»Kein Walken. Er ist nicht zu Hause, hat aber ab jetzt keinen Rückzugsort mehr.« Während das Blut in ihren Ohren rauschte, wartete sie auf die Nachricht, dass die Luft rein war.

»Lieutenant.« Sykes kam zu ihr gelaufen. »Ich habe die Kfz-Meldestelle erreicht. Er hat einen Cadillac Escalade. Ich hab auch das Kennzeichen. Die Fahndung ist gerade raus.«

»Ausgezeichnete Arbeit, Detective.«

»Die Luft ist rein«, verkündete Harrison.

Er hat das Haus bestimmt möbliert gemietet, dachte Phoebe. Das Mobiliar war alt, billig, aber praktisch. Er hatte Ordnung gehalten, fiel ihr auf. Alles war ordentlich aufgeräumt, nirgendwo lag etwas herum. Das Bett war mit militärischer Präzision gemacht worden, und daneben auf dem Nachttisch stand ein gerahmtes Foto von Angela Brentine sowie eine einzelne rosa Rose.

Er hielt sich für einen Soldaten und für einen Romantiker, dachte sie und machte sich Notizen.

»Das zweite Zimmer ist verschlossen«, berichtete ihr Harrison. »Das Fenster ist verhängt. Sie überprüfen erst noch, ob es irgendwie präpariert ist, bevor sie es aufbrechen.«

»Ganz schön spartanisch, finden Sie nicht auch? Eine Ordnung wie beim Militär. Eine Art minimal ausgestattetes Hauptquartier. Wir sollten mit dem Vermieter reden und mit sämtlichen Nachbarn.« Sie ging auf den Schrank zu. »Seine Kleider sind noch da, ordentlich auf Bügel gehängt.«

»Im Bad haben wir eine Zahnbürste, Rasiercreme und die üblichen Toilettenartikel gefunden«, verkündete Harrison. Sein Gesicht, aber auch sein Blick waren nüchtern, als er sie ansah. »Er ist nicht auf der Flucht.«

»Nein.« Sie hörte, wie die zweite Tür mit einem lauten Knall aufgebrochen wurde. »Aber das muss nicht heißen, dass er vorhat, zurückzukommen.«

»Lieutenant?« Ein Mitglied des Spezialeinsatzkommandos trat in die Tür. »Ich glaube, das sollten Sie sich anschauen. Wir haben sein Nest gefunden.«

Als sie durch den Flur lief, gefror ihr das Blut in den Adern. Eine ganze Wand hing voller Fotos. Immer wieder ihr Gesicht, mit jedem nur möglichen Gesichtsausdruck. Fotos, die zeigten, wie sie vor ihrem Haus stand und mit Mrs. Tiffany redete, mit Carly im Park spazieren ging und mit ihrer Mutter auf der Veranda stand.

Die ganze Familie, wahrscheinlich am St. Patrick's Day. Ein Foto von ihr in Duncans Armen an jenem Abend, als sie auf seinem Boot zu Abend gegessen hatten. Wie sie auf der Bank im Chippewa Park saß. Fotos, wie sie einkaufte, aß, Auto fuhr.

Ihr schauderte, bevor sie wegsehen musste.

An der gegenüberliegenden Wand hing ein großes Halbporträt von Angela. Der Tisch darunter quoll beinahe über vor lauter Kerzen und Vasen mit rosa Rosen. Sie untersuchte die Werkbank, ein langer Tisch, Regale. Darin befanden sich ordentlich aufgereiht ein Laptop, ein Polizeifunkgerät, Chemikalien, Drähte und etwas, das Zeitschaltuhren sein mussten, Klebeband, Schnur und Werkzeuge. Sie entdeckte die Schrotflinte, das Gewehr.

»Er hat seine Handfeuerwaffen mitgenommen.«

»Er besitzt mehrere Perücken, Brillen, falsche Bärte, Schminkutensilien und Modelliermasse«, sagte Liz und gesellte sich zu ihnen. »Kein Tagebuch. Vielleicht finden wir da was.« Sie wies mit dem Kinn auf den Laptop.

»Warum hat er ihn nicht mitgenommen? Warum hat er nicht mitgenommen, was ihm wichtig ist?« Weil sie den Anblick nicht ertrug, kehrte Phoebe der Wand mit den Fotos den Rücken zu. »Er muss seinen Standort gewechselt haben. Er wusste, dass wir irgendwann hier landen würden.«

»Bevor er mit dir geredet hat, konnte er nicht mit Sicherheit wissen, dass wir ihn identifiziert haben«, gab Liz zu bedenken.

»Er war uns immer einen Schritt voraus. Warum hinkt er uns jetzt einen Schritt hinterher? Seine Ausrüstung ist teuer und braucht wenig Platz. Aber er hat sie einfach hier zurückgelassen.«

Sie griff nach einer Kamera, drehte sie um und entdeckte die rosa Rosenknospe. Es war Angelas Kamera.

»Er wollte wiederkommen.«

Vorsichtig legte Phoebe die Kamera zurück. »Das glaube ich nicht. Ich glaube, dass er hier fertig ist und wir genau dort sind, wo er uns haben will. Aber wo ist er?«

Sie ging zu einer anderen Wand, die mit Fotos von Savannah bedeckt war. Banken, Geschäfte, Restaurants, Museen, Außenaufnahmen, Innenaufnahmen.

»Nichts, was er tut, ist umsonst. Alles erfüllt einen Zweck, und wenn er in der Nase bohrt. Also warum hat er diese Fotos gemacht?«

»Und wo sind die anderen?«, fragte Liz sich. »Er hat einige abgehängt – man kann sehen, wo noch andere Fotos hingen.«

»Wenn er die mitgenommen hat, dann weil er sie noch braucht. Er fotografiert Orte, weil diese Orte einen Zweck erfüllen oder zumindest erfüllen könnten. Es sind Ziele. Das sind Digitalaufnahmen, oder?«

Sie drehte sich wieder zum Laptop um. »Wir müssen in seinem Computer nachsehen, die Fotodateien finden und herausbekommen, welche Bilder er mitgenommen hat. Das ist das Ziel.« Ihr Magen knurrte laut, und sie presste eine Hand auf ihren Bauch. »Ich glaube, er hat sich grünes Licht gegeben. Heute. Ich glaube, es soll heute stattfinden.«

Sie sah auf ihre Armbanduhr und bekam Gänsehaut, als sie feststellte, dass es fünf vor elf war. »High Noon. Wir haben noch eine Stunde Zeit, ihn zu finden.«

Duncan steckte die Hände in die Hosentaschen und klimperte mit dem Kleingeld, während die Bauingenieure, der Architekt und Jake zu dem Lagerhaus ausschwärmten. »Wir müssen den Termin verschieben, Phin.«

»Du hast doch den Termin für die Ortsbegehung vereinbart.«

»Jaja, ich weiß, aber das war vorher.«

»Ma macht es garantiert nichts aus, sich eine Weile allein bei dem Juwelier umzusehen, du weißt doch, mit wem du es zu tun hast.«

Duncan zog die Hand aus der Hosentasche, um auf seine Armbanduhr zu sehen. Zehn nach elf. »Vielleicht sollte ich sie anrufen, sie bitten, erst um halb eins zu kommen.«

»Sie ist bestimmt schon unterwegs, erst recht, wenn sie sich vorher noch mit Loo trifft.«

Phin grinste, weil ihn Duncan nur verständnislos ansah. »Falls du angenommen hast, dass Ma die Neuigkeit nicht sofort überall herumerzählt, kaum dass du aufgelegt hast, hast du dich getäuscht, mein Junge. Andererseits kann ein Mann, der kurz davorsteht, einen Verlobungsring zu kaufen, wohl auch nicht mehr richtig klar denken.«

»Du hast dasselbe getan.«

»Ja. Bei mir funktioniert es auch ziemlich gut.« Er klopfte Duncan auf die Schulter. »Jetzt geht's ums Geschäft, Duncan. Ma und Loo werden sich bestimmt nicht langweilen, wenn du etwas zu spät kommst. Loo meinte, dass sie eine ganze Stunde für ihre Mittagspause veranschlagt hat. Wenn es sein muss, werden daraus schnell mal zwei. Gott sei dir gnädig.«

Phoebe ging vor der Computerabteilung auf und ab. Ein Schritt voraus, dachte sie, er war ihnen immer noch einen Schritt voraus. »Er muss an irgendeinem Ort sein, der ihm etwas bedeutet, den er mit ihr verbindet. Es muss etwas Persönlicheres sein als die Orte, die er mit mir verbindet.«

Ihre Familie war in Sicherheit, rief sie sich wieder in Erinnerung. Sie war im Haus, bewacht und in Sicherheit. Hatte sie nicht erst vor zwanzig Minuten dort angerufen? Hatte sie nicht mit Carly, ihrer Mutter, ja sogar mit den wachhabenden Polizisten gesprochen?

»Die Bank, in der sie getötet wurde, wird schwer bewacht. Wenn er versucht, dort einzudringen, haben wir ihn.«

Sie sah zu Liz hinüber und nickte. »Auch das wird er

wissen. Trotzdem, wenn sie sein Ziel wäre, würde ihn das auch nicht davon abhalten. Er glaubt, dass er uns genügend Schritte voraus ist, um zuschlagen zu können, bevor wir an Ort und Stelle sind. Aber das ist ein zu offensichtliches Ziel, und das beunruhigt mich. Es muss etwas anderes sein. Ein Restaurant, wo sie sich getroffen haben, ein Hotel, ein Motel, vielleicht sogar einer der Parks. Es muss ein Ort mit einer eindeutigen Aussage sein, Liz.«

Während sie auf und ab ging, suchte sie nach den Puzzleteilen. »Einen Mann in Bonaventure in die Luft zu jagen ist ein Statement. Dasselbe mit einem Captain der Polizei zu versuchen, nur wenige Blocks von seinem Revier entfernt, ist ebenfalls ein Statement.«

»Verstehe, es muss also was Großes, Sensationelles sein. Was jetzt kommt, ist das Größte, Sensationellste überhaupt.« Wie Phoebe ging auch Liz zwischen den Glaswänden auf und ab. »Auch das ist mir klar.«

»Das Rathaus, das Gericht, vielleicht sogar unser Revier?«

»Alle dort wurden in Alarmbereitschaft versetzt. Aber wenn du recht hast und es was Persönliches ist, passt das alles nicht.«

»Du hast recht. An Brentine kommt er nicht ran, und Brentine ist auch gar nicht sein Thema. Sie hat ihn verlassen. Brentine ist wertlos.«

»Sein Haus und seine Büros werden bewacht, nur für den Fall.«

»Wie lange brauchen die denn noch, bis sie die Bilddateien gefunden haben? Selbst wenn er sie gelöscht haben sollte, sind sie immer noch irgendwo auf der Festplatte. Mist, es sind nur noch zwanzig Minuten bis zwölf.«

Um zehn vor zwölf betraten Ma Bee und Loo das Juweliergeschäft und freuten sich auf einen herrlichen Einkauf mit anschließendem Mittagessen. Ma trug ihre Shopping-Schuhe und ein flottes lila Kleid. Sie hatte ihren Ausgehlippenstift aufgelegt und sich etwas von ihrem französischen Lieblingsparfüm aufgesprüht.

»Ich hätte diese Expedition auch allein bewältigt.«

Loo schnaubte nur. »Warum sollst nur du das Vergnügen haben? Du hast das schon öfter mit sämtlichen Söhnen getan. Aber das ist meine erste Chance, selbst einen Verlobungsring mit aussuchen zu dürfen. Ist dieser Laden nicht einfach fantastisch?«

Sie gab Ma einen kleinen Stoß mit dem Ellbogen, während sie sich umsahen. »All diese Brillis, und dann dieses gedämpfte, ehrwürdige Ambiente.«

»Damit sie noch mehr Geld verlangen können.«

»Klar, aber die kleine schwarz-silberne Schachtel von Mark D? Die hat auch was zu bedeuten. Als Phineas mir letztes Weihnachten ein Armband von hier geschenkt hat, habe ich gequietscht wie ein kleines Mädchen. Und ihn in jener Nacht noch sehr glücklich gemacht.«

Jetzt war es Ma, die schnaubte. »Aber einen weiteren Enkel hat mir das immer noch nicht eingebracht.«

»Wir denken drüber nach.«

»Dann beeilt euch ein bisschen! Ich werd nämlich auch nicht jünger.« Sie sah zu den drei Kronleuchtern hoch. »Aber du hast recht, es ist wirklich schön hier. Komm, sehen wir uns um, bevor Duncan kommt.«

Arnie Meeks langweilte sich zu Tode. Aus seiner Sicht war er hier nichts als ein besserer Türsteher, der doof rumstand, während die Touristen und wohlhabenden Bürger

Savannahs hereinströmten. Die Touristen nervten ihn am meisten, da sie meist nur zum Gaffen kamen. Und die Wohlhabenden – meistens Zicken – trugen ihr Näschen sehr, sehr hoch. Als würden sie sich nicht auch zum Pinkeln hinhocken wie alle anderen.

Der Alte sollte ihn da rausholen. Wenn er die richtigen Weichen stellte, die richtigen Strippen zog und die richtigen Leute schmierte, hätte er seinen alten Job wieder, anstatt hier rumzustehen und darauf zu warten, Ladendieben auf die Schliche zu kommen.

In all den Wochen, in denen er schon dieser erniedrigenden Tätigkeit nachging, hatte er erst zweimal das Vergnügen gehabt.

Was er brauchte war, dass irgendein Arschloch hier reinkam und versuchte, den ganzen Laden auszurauben. Das wär's. Er würde den Mistkerl zu Boden werfen, und wie er den zu Boden werfen würde! Dann wäre er ein Held und würde ins Fernsehen kommen. Und seinen Job zurückbekommen, den er weiß Gott verdient hatte.

Er sah die beiden schwarzen Frauen hereinkommen und verzog verächtlich den Mund. Als ob sich diese alte Omi mit ihren dicken Gummisohlen hier auch nur einen Manschettenknopf leisten konnte! Die Jüngere war scharf – wenn man auf den Typ Halle Berry stand – und wirkte ziemlich chic. Vielleicht würde sie ja die Platincard zücken.

Wahrscheinlich auch nur wieder Gaffer, dachte Arnie, als er sah, wie sie sich umschauten. Seiner Meinung nach waren mehr als die Hälfte der Besucher nichts als Gaffer.

Er sah sich ebenfalls um.

Etwa ein Dutzend Personen lief in dem Geschäft auf und ab und drückte sich die Nasen an den Auslagen platt.

Drei Angestellte – die noch dazu mehr verdienten als er, mit ihren beschissenen Provisionen, nur weil sie den Leuten in den Hintern krochen und sie dazu überredeten, Dinge zu kaufen, die sie gar nicht brauchten – standen hinter Ladentheken oder öffneten Vitrinen, um etwas herauszunehmen.

Überall im Laden gab es Überwachungskameras und Alarmknöpfe. Selbst im Hinterzimmer, wo der Inhaber heute höchstpersönlich saß und irgendeinen betuchten Kunden erwartete. Arnie hatte die Aufregung mitbekommen.

Zahlungskräftige Kunden wurden ins Hinterzimmer geleitet, damit Krethi und Plethi nicht zusehen konnten, wie sie mit den Brillis spielten. Außer, sie wollten gesehen werden – manche von denen standen da drauf. Dann wurden sie zu dem Extratisch in der Ecke geführt.

Patsy, die Blonde an der Vitrine, hatte ihm erzählt, dass Julia Roberts im Hinterzimmer eingekauft hatte. Und Tom Hanks. Am Tisch in der Ecke.

Vielleicht würde er Patsy anbaggern, um sich ein bisschen abzulenken. Seine Ehe war im Arsch, und so, wie es dank dieser Schlampe MacNamara gerade mit Mayleen lief, würde er wohl dort auch nicht mehr landen können. Höchste Zeit also, sich nach einer Neuen umzusehen. Patsy war für so was zu haben, das merkte er an der Art, wie sie ihn ansah – daran, wie sie mit dem Hintern wackelte, wenn sie an ihm vorbeiging. Vielleicht würde er sie eines Abends nach der Arbeit mal auf eine kleine Ausfahrt mitnehmen. Und sehen, wie sie so im Bett war.

Er sah zur Ladentür, die wieder dieses Klingeln von sich gab, als sie aufging. Er sah die braune Uniform und fluchte leise. Eine Scheißlieferung.

Er ging auf die Tür zu.

Loo holte ihr Handy heraus, als es »Jailhouse Rock« spielte. Sie zwinkerte Ma zu, als sie die Nummer auf dem Display erkannte. »Hallo, mein Süßer.«

»Hallo, du Schöne. Bist du mit Ma da?«

»Wir bewundern gerade jede Menge Diamantringe. Wo steckst du?«

»Ich habe mich verspätet, bin aber schon unterwegs. Ich habe da allerdings diese Klette im Schlepptau, die ich einfach nicht loswerde. Der Kerl will unbedingt mitkommen.«

»Ist diese Klette ungefähr 1,83 groß und hat Augen in der Farbe dunkler, geschmolzener Schokolade?«

»So ungefähr, ja. Wir fahren gerade quer durch die Stadt. Wir brauchen ungefähr noch eine Viertelstunde.«

»Lass dir Zeit, und sag dem braunäugigen Mann, dass ich mir schon mal ein Paar Rubinohrringe ausgeguckt habe, die ihm einen gehörigen kleinen Schrecken einjagen werden. Wenn ich noch fünfzehn bis zwanzig Minuten Zeit habe, finde ich bestimmt noch etwas, mit dem ich ihm noch mehr Angst einjagen kann.«

»Dann werd ich mir also Zeit lassen. Warum sollte ich der Einzige sein, der heute Geld ausgibt?«

Es war fast schon zwölf, als Phoebe endlich die Fotos zu sehen bekam. Sie beugte sich über die Schulter des IT-Spezialisten.

»Einige davon hingen an der Wand. Ausdrucke davon. Aber andere nicht. Dieses Motel.«

»Das liegt ganz in der Nähe der Oglethorpe Mall«, erklärte ihr der Techniker. »Sehen Sie, er hat Außenaufnahmen gemacht, die Lobby und dieses Zimmer fotografiert.«

»Sie müssen dieses Zimmer für ihre Treffen benutzt haben, wenn seine Wohnung nicht infrage kam. Und dieses Restaurant – das kenne ich, ein kleiner Italiener. Das liegt auch ganz in der Nähe der Mall. Nicht mitten im Zentrum, alles keine Orte, an denen man jemandem aus dem Bekanntenkreis ihres Mannes in die Arme laufen könnte. Aber keiner davon scheint mir sein nächstes Ziel zu sein. Sie sind nicht aussagekräftig genug, nicht so wie Bonaventure. Sie … Moment mal.«

Sie klammerte sich an die Schulter des Technikers, während er die Fotodatei durchklickte.

»Moment mal, das Juweliergeschäft, Mark D.«

»Von innen und von außen, Vorder- und Hinterseite. Ich glaube nicht, dass es dort erlaubt ist, zu fotografieren.«

»Nein, aus Sicherheits- und Versicherungsgründen. Nein, dort will man nicht, dass fotografiert wird. Fotos von der Hintertür, der Vordertür, von innen und außen.« Ihr Magen verkrampfte sich. »Ich will, dass mehrere Wagen dorthin geschickt werden, und zwar sofort. Liz, sieh zu, dass du die Asservatenkammer erreichst, und finde raus, welcher Schmuck sich unter ihren persönlichen Habseligkeiten befand. Und bitte fordere die Kreditkartenrechnungen aus den letzten drei Monaten vor Angelas Tod an. Gut gemacht«, sagte sie zu dem IT-Spezialisten. »Und jetzt sollten wir schleunigst dorthin kommen.«

Noch sechs Minuten, bemerkte sie, als sie hinausrannte. Sechs Minuten vor zwölf. Vielleicht kamen sie noch nicht zu spät.

»He, du da, wann begreift ihr endlich, dass die Lieferungen frühmorgens kommen müssen, bevor die Kunden da sind?«

»Ich befolge nur meine Anweisungen.« Der Mann rollte den Handwagen mit drei großen Paketen herein und wandte sich energisch an Arnie. »Genau wie du, außer, du willst, dass ich dir eine Kugel in den Bauch jage. Schließ die Tür ab, du Arschloch«, befahl er ihm, während er eine Hand auf Arnies Waffe legte. »Ich habe eine Neun-Millimeter-Smith-and-Wesson direkt auf deinen Bauchnabel gerichtet. Die Kugel wird ein ziemliches Loch in deine Rückseite bohren, wenn du nicht gleich spurst.«

»Was, zum Teufel, hast du hier … Ich kenne dich doch!«

»Ja, ich war auch mal Polizist. Lass uns das so regeln.« Er hob die Waffe, schlug Arnie damit zweimal ins Gesicht, sodass er am Boden lag. Noch vor dem ersten Schrei drehte er sich um, in beiden Händen hielt er eine Waffe. Und er lächelte, als irgendeine brave Angestellte im richtigen Moment, genau nach Plan, den Alarm auslöste und damit automatisch alle Türen verriegelte.

»Auf den Boden! Alle! Jetzt! Sofort!« Er schoss mehrfach in die Decke, man hörte das Splittern von Kristall. Es gab viel Geschrei, als die Leute in Deckung gingen oder sich einfach auf dem Boden zusammendrängten. »Nur du nicht, Blondie.«

Er richtete die Waffe auf Patsy. »Hier rüber.«

»Bitte. Bitte.«

»Stirb, wo du bist, oder komm hier rüber. Du hast fünf Sekunden Zeit.«

Tränenüberströmt stolperte sie auf ihn zu. Er nahm sie in den Schwitzkasten und hielt ihr die Waffe an die Schläfe.

»Willst du leben?«

»Ja, o Gott, o mein Gott.«

»Ist da noch jemand im Hinterzimmer? Wenn du mich anlügst, merke ich das sofort und bringe dich um.«

»Ich … Mr. D …« Sie schluchzte die Worte laut heraus. »Mr. D ist im Hinterzimmer.«

»Er hat Überwachungsmonitore da hinten, stimmt's? Er kann uns jetzt sehen. Also ruf nach ihm, Blondie. Denn wenn er nicht in zehn Sekunden hier ist, verliert er seine erste Angestellte.«

»Das wird nicht nötig sein.« Mr. D verließ mit erhobenen Händen das Hinterzimmer. Er war ein zierlicher Mann von Anfang sechzig mit einem verwegenen weißen Schnurrbart und weißem, gewelltem Haar. »Sie brauchen ihr nichts zu tun. Sie brauchen niemandem hier etwas zu tun.«

»Das liegt ganz bei Ihnen. Hier rüber, legen Sie dem Burschen Handschellen an, und fesseln Sie ihm die Hände auf den Rücken.«

»Er ist verletzt.«

»Er ist bald tot, wenn Sie sich nicht beeilen. Ich will, dass alle ihre Taschen leeren – einer nach dem anderen –, und du zuerst.« Er trat nach der Schulter eines Mannes in Hawaiihemd und Shorts. »Alles raus, dreht eure Taschen um. Wenn jemand nach einem Handy, einer Waffe oder einem verdammten Gummiknüppel greift, schieße ich. Wie heißt du, Schätzchen?«

»Patsy. Ich heiße Patsy.«

»Süß. Ich schieße der süßen Patsy ins Ohr. Und jetzt dreht eure Taschen um«, zischte er.

»Er braucht einen Arzt«, sagte Mr. D, während er sich neben Arnie hinkniete. »Ich werd die Vitrinen aufschließen. Sie können mitnehmen, was Sie wollen. Die Polizei ist schon unterwegs. Die Alarmanlage.«

»Ja, wie praktisch.« Er konnte schon die Polizeisirenen hören, die das scharfe Schrillen der Alarmanlage übertönten. Sie waren schneller als gedacht, aber das machte nichts. »Sie werden die Alarmanlage ausschalten, Mark, aber nicht die Verriegelung öffnen. Haben Sie verstanden? Wenn Sie das versauen, spritzt Patsys Gehirn auf Ihren schönen polierten Boden. Du.« Er trat erneut nach dem ersten Mann. »Hoch mit dir. Roll diesen Packwagen in die nordöstliche Ecke.«

»Ich … ich weiß nicht, wo Nordosten ist.«

Walken verdrehte die Augen. »Gleich da hinten, du Depp. Los, Tempo! Und du, nimm diesen nutzlosen Idioten mit.« Er ging mit Patsy rückwärts und schubste sie dann auf die Knie. »Besorg mir ein paar Einkaufstüten, Patsy. Du wirst diesen ganzen Müll einsammeln, den die Leute hier reingeschleppt haben. Tu ihn in die Einkaufstüten, und stell sie auf die Ladentheke. Alle anderen bleiben mit dem Gesicht nach unten auf dem Boden liegen. Oh, Sie nicht, Mark, tut mir leid. In die nordöstliche Ecke. Ich beobachte dich, Patsy. Besser, du gehorchst. Greifen Sie nach dem Hörer, Mark.« Er wies mit dem Kinn auf das Telefon auf dem Ladentisch. »Rufen Sie die 9-1-1 an. Sie sagen jetzt genau das, was ich Ihnen vorsage, nicht mehr und nicht weniger, verstanden?«

»Ja.«

»Gut.« Walken steckte Arnies Waffe in seinen Gürtel und riss das oberste Paket auf dem Handwagen auf. »Sehen Sie, was hier drin ist, Mark?«

Mr. Ds Gesicht wurde aschfahl, als er in das Paket sah. »Ja.«

»Und davon hab ich noch jede Menge mehr. Und jetzt wählen Sie.«

30

Phoebe war nur noch wenige Minuten von dem Juweliergeschäft entfernt, als die Alarmanlage losging. Sie befand sich in Sichtweite, als das Spezialeinsatzkommando bereits seine Leute samt der notwendigen Ausrüstung in Position brachte und sie hörte, dass die 9-1-1 gewählt worden war.

Hier spricht Mark D, ich melde einen Notfall. Ein bewaffneter Mann hält mich und sechzehn andere Geiseln in meinem Geschäft fest. Er hat Waffen und Sprengstoff dabei. Er sagt, wenn ihn Lieutenant Phoebe MacNamara nicht innerhalb von fünf Minuten anruft, nachdem ich aufgelegt habe, wird er eine der Geiseln erschießen. Für jede Minute, die dieses Ultimatum überschritten wird, wird er eine weitere erschießen. Wenn irgendjemand anders als Lieutenant MacNamara versucht, ihn über dieses Telefon zu erreichen, oder sonst irgendwas passiert, wird er eine Geisel erschießen. Sobald jemand versucht, in dieses Gebäude einzudringen, wird der Sprengstoff hochgehen. Von nun an hat Lieutenant MacNamara genau fünf Minuten Zeit.

Sie griff nach ihrem Handy. »Gebt mir die Nummer des Juweliers.«

»Die Verbindung steht beinahe«, sagte Harrison ihr.

»Ich will nicht, dass er das weiß, und auch nicht, dass ich schon vor Ort bin. Je weniger wir seiner Meinung nach wissen, desto länger können wir ihn hinhalten.« Sie tippte die Nummer ein, die ihr gereicht wurde, sog scharf die Luft ein und drückte dann die Anruftaste.

»Ich hoffe, das ist Phoebe.«

Er war gleich nach dem ersten Klingeln drangegangen, fiel ihr auf, und sie kritzelte die Worte *er kann es kaum erwarten* auf ihren Block. »Ja, ich bin's, Phoebe. Jerry, man hat mir gesagt, dass Sie mit mir reden wollen.«

»Mit dir, und nur mit dir. Sobald ein anderer anruft, stirbt hier jemand. Das ist die erste Regel.«

»Niemand außer mir ruft Sie an oder spricht mit Ihnen. Ich verstehe. Können Sie mir sagen, wie es den Leuten da drin geht?«

»Klar. Die scheißen sich in die Hosen vor Angst. Ein paar Heulsusen sind auch dabei. Ein Mann wird ziemliche Kopfschmerzen haben, wenn er wieder zu sich kommt. He, ich glaube sogar, du kennst ihn, Phoebe. Arnie Meeks? Du hast schon mal das Vergnügen mit ihm gehabt, stimmt's?«

Ihre schnell über das Papier fliegende Hand stockte. »Wollen Sie mir damit sagen, dass Arnold Meeks eine der Geiseln ist und verletzt wurde?«

»Ganz genau. Er trägt auch ein hübsches Accessoire. Genau dasselbe, das ich für Roy angefertigt hatte. Du erinnerst dich doch noch an Roy.«

Diesmal war es niemand, den sie liebte, dachte sie, sondern jemand, den sie verabscheute. Eine verdammt clevere, teuflische Strategie. »Wollen Sie mir damit sagen, dass Sie Arnold Meeks mit einem Sprengsatz präpariert haben?«

»O ja, und zwar mit ziemlich vielen Sprengsätzen. Sobald das Gebäude angegriffen wird, schicke ich ihn und noch jede Menge andere zur Hölle. Ich glaube nicht, dass dir sehr viel an dem guten alten Arnie liegt, was? Der Kerl hat dich fertiggemacht, stimmt's? Auf eine ganz feige, hinterhältige Art. Wie wär's, wenn du ihm das heimzahlst?«

»Sie klingen nicht so, als ob Sie mir einen Gefallen tun wollten, Jerry. Können wir über Sie und mich reden und darüber, was Sie wirklich wollen?«

»Wir fangen doch erst an. Besser, du beeilst dich, Phoebe.

Ich hab hier nämlich noch zu tun. Du rufst mich in zehn Minuten zurück.«

»Bringt die Verbindung zustande«, rief Phoebe. »Commander, ich will, dass Mike Vince herkommt, hierher.«

»Schon erledigt.« Er gab den entsprechenden Befehl. »Wir können den Laden teilweise einsehen, zehn Geiseln liegen auf dem Boden. Wir können nicht mit Sicherheit sagen, ob es noch weitere sieben gibt. Der interne Wachdienst hat den Verriegelungsmechanismus ausgelöst. Die Hintertür wurde mit einem Sprengsatz präpariert.«

»Versuchen Sie bitte nicht, ihn zu entschärfen. Das merkt er. Dann hat er einen Vorwand, eine Geisel zu ermorden oder den Sprengsatz, den er Meeks umgelegt hat, zu zünden. Er will vor allem mit mir spielen, es mir heimzahlen. Und das müssen wir ihm zugestehen, so lange wir können.«

Er hatte ein aufgeräumtes Haus und Rosen für Angela hinterlassen, dachte sie.

»Commander, er hat nicht vor, da lebend rauszukommen. Für ihn ist es ein Himmelfahrtskommando, sein Opfer. Und gleichzeitig seine Art, es mir heimzuzahlen. Der Verlust von siebzehn Geiseln, darunter ein Mann, der mich verletzt hat. Ich weiß, was er vorhat. Ich brauche Zeit, eine Lösung zu finden.«

»Die Verbindung steht – das Lagezentrum wurde da in der Damenboutique eingerichtet.« Sykes zeigte darauf.

»Gut, ich brauche alles, wirklich alles, was wir über ihn wissen. Alles, was wir glauben, über ihn zu wissen. Ich will, dass Mike Vince so schnell wie möglich hierhergebracht wird. Ich will, dass Sie bei mir bleiben, Sykes. Ich rede. Niemand außer mir redet mit ihm«, fuhr sie fort, als sie zu der Boutique eilten. »Ich will, dass Sie mir Informationen liefern, dass Sie mir Bescheid geben, wenn ich eine falsche Richtung einschlage. Er will das Spiel zu Ende spielen, also wird er nichts überstürzen, wenn wir nichts überstürzen. Sie helfen mir, seine Worte zu interpretieren, Sie helfen mir, zuzuhören, Sie helfen mir verdammt noch mal bei allem. Denn er weiß, wie das funktioniert, und wartet nur darauf, dass ich einen Fehler mache. Er lechzt förmlich danach.«

»Er hat nichts zu verlieren, Lieutenant.«

»Nein, er hat schon verloren. Er will mich ins Schwitzen bringen, um dann den ganzen Laden mit ihm in die Luft zu sprengen. Das ist keine Verhandlung. Aber je länger er glaubt, dass ich das glaube, desto mehr Zeit bleibt uns, alle lebend da rauszuholen.«

»Meinen Sie, er hat gewusst, dass Arnie dort als Wachmann arbeitet?«

»Ja.« Sie betrat die Boutique, wo man ihr inmitten von Sommerkleidern, hübschen Accessoires, teuren Handtaschen und modischen Sandalen einen Stützpunkt eingerichtet hatte.

»Ich glaube, es hat ihm einen richtigen Kick versetzt, festzustellen, dass Arnie die Tür bewacht. Ich glaube, er nahm das als Zeichen, dass er sein letztes Ziel perfekt ausgewählt hat.«

Sie zog ihren Blazer aus und warf ihn beiseite. »Wir wissen schon, warum er dort ist, was er will. Aber wir spielen bis zum Ende mit. Lesen Sie mir die Checkliste vor.«

Sie setzte sich an einen Tisch, der von allen Waren befreit worden war, und presste die Finger gegen ihre Lider. »Er ist kaltblütig, klar bei Verstand und völlig von seiner Mission überzeugt. Er ist ein Selbstmörder. Er will sterben. Das wäre dann ein weiterer Fall, bei dem die Polizei einen Selbstmord auslöst. Nur, dass er diesmal von einer ganz besonderen Polizistin ausgelöst wird, nämlich von mir. Wenn ich versage, müssen alle sterben. Mein Versagen ist sein Motiv, aber das funktioniert nur, wenn wir mit ihm verhandeln, wenn wir mit ihm reden, wenn wir das Spiel mitspielen.«

Sie sah auf ihre Uhr. Genau zehn Minuten, ermahnte sie sich. Wenn sie eine Minute zu früh oder zu spät anrief, konnte er das als Vorwand gebrauchen.

Sie befahl sich, einen klaren Kopf zu behalten, ruhig zu bleiben. Als Liz hereinkam, zählte Phoebe gerade die letzten beiden Minuten herunter. »Dein Freund Duncan steht direkt vor der Absperrung, zusammen mit seinem Anwalt Phineas Hector. Er sagt, er muss mit dir reden, jetzt sofort. Es ist dringend.«

»Ich kann jetzt nicht …«

»Phoebe, er sagt, zwei Familienangehörige seien da drin. Er behauptet, zwei der Geiseln zu kennen.«

»Hol ihn rein, schnell.«

Eine Minute und fünfzehn Sekunden, sah sie, als Duncan und Phin hereinkamen.

»Er hat meine Mutter da drin«, platzte es aus Phin heraus. »Er hat meine Frau und meine Mutter da drin.«

Es war, als träfe sie eine Faust mitten ins Gesicht. »Bist du sicher?«

»Wir waren dort verabredet.« Es war ihm anzusehen, wie er krampfhaft versuchte, sich zu beherrschen, während Duncan unmittelbar neben ihm stand. »Ich habe Loo noch kurz vor zwölf auf ihrem Handy angerufen, weil ich mich verspätet hatte. Sie waren schon drin. Sie haben dort auf mich gewartet. Phoebe …«

»Sie sind nicht verletzt. Er hat noch niemanden verletzt, bis auf den Wachmann.« Ihre Hände waren feucht geworden. »Das sind intelligente, vernünftige Frauen, und sie werden nichts tun, was sie in Gefahr bringen kann.«

»Wenn er rausfindet, wer sie sind …«, hob Duncan an.

»Das wird er nicht. Er konnte nicht wissen, dass sie dort sein würden. Er sieht sie gar nicht an. Es geht nicht um sie. Ich will, dass ihr euch jetzt im Hintergrund haltet. Sagt kein Wort, und unternehmt nichts. Er weiß nicht, wer sie sind, er weiß nicht, in welcher Beziehung wir stehen, und das ist überlebenswichtig. Ich muss ihn zurückrufen. Er kann jetzt nur mich hören.«

Sie gab ein Zeichen, als Mike Vince hereinkam. »Ich werde euch nicht bitten, diesen Raum zu verlassen. Ich vertraue euch, dass ihr mich meinen Job machen lasst. Und ihr vertraut mir. Sykes, Rechtsanwältin Louise Hector und ihre Schwiegermutter, Beatrice Hector, sind da drin. Ich rufe ihn zurück«, sagte sie zu Vince. »Ich will, dass Sie zuhören. Wenn Sie irgendwas zu sagen oder hinzuzufügen haben, wenn Sie irgendeine Idee oder Frage haben, schreiben Sie sie auf. Sagen Sie kein Wort. Ich will nicht, dass er Ihre Stimme hört.«

»Lieutenant. Scheiße, ich kann mir einfach nicht vorstellen, dass Jerry zu so was in der Lage ist.«

»O doch.« Sie schob ihm einen Block und einen Stift hin und rief dann an.

»Absolut pünktlich.«

»Was kann ich jetzt für Sie tun, Jerry?«

»Wie wär's mit einem Wagen und einem Flugzeug, das am Flughafen auf mich wartet.«

»Ist es das, was Sie wollen, Jerry?« Sie las die Notiz, die Sykes ihr hinlegte. »Einen Wagen, ein Flugzeug?«

Fünfzehn Geiseln, die aneinandergekettet wurden und einen Kreis bilden. Ein Sprengsatz in ihrer Mitte.

»Und wenn dem so wäre?«

»Sie wissen, dass ich versuchen würde, Ihnen beides zu besorgen. Zumindest das mit dem Auto dürfte kein Problem sein. Was für ein Auto möchten Sie denn, Jerry?«

»Wie wär's mit einem Chrysler Crossfire? Der Name gefällt mir, außerdem kaufe ich nur amerikanische Autos.«

»Sie wollen also einen Chrysler Crossfire.«

»Sag ich doch. Vollgetankt.«

»Ich werde versuchen, Ihnen einen zu besorgen, Jerry. Aber Sie wissen, dass Sie mir etwas dafür geben müssen. Wir beide wissen ganz genau, wie das funktioniert.«

»Ich scheiß darauf, wie es funktioniert. Was wollen Sie denn für den Wagen haben?«

»Ich muss Sie bitten, ein paar Geiseln freizulassen. Als Erstes eine Geisel, die medizinische Probleme hat, oder Kinder. Jerry, können Sie mir sagen, ob da irgendwelche Kinder drin sind?«

»Kinder interessieren mich nicht. Wenn ich ein Kind umlegen wollte, hätte ich deines umgelegt. Dazu hatte ich in den letzten Jahren wahrhaftig reichlich Gelegenheit.«

»Danke, dass Sie meiner Tochter nichts getan haben«, sagte sie, während ihr das Blut in den Adern gefror. »Jerry, sind Sie bereit, ein paar Geiseln freizulassen, wenn ich Ihnen das gewünschte Auto besorgen kann?«

»Verdammte Scheiße, nein.« Er lachte, bis er kaum noch Luft bekam.

»Was wollen Sie mir dann anbieten, dafür, dass ich Ihnen den gewünschten Wagen besorge?«

»Nicht das Geringste. Ich will gar kein Scheißauto.«

Sie umklammerte die Wasserflasche, die ihr jemand hingestellt hatte, trank aber nicht daraus. »Sie sagen, Sie möchten derzeit keinen Wagen?«

»Ich hätte deinen präparieren können. Ich hab drüber nachgedacht.«

»Warum haben Sie es dann nicht getan?«

»Dann würden wir uns jetzt wohl kaum unterhalten, du blöde Schlampe.«

Stimmungsschwankung. Erst dieser Plauderton und jetzt diese Aggressivität. Drogen?

»Wie ich sehe, wollen Sie sich mit mir unterhalten. Also sagen Sie mir, Jerry, was ich tun kann, um Ihnen zu helfen?«

»Du kannst deine Waffe ziehen, dir den Lauf in den Mund stecken und abdrücken. Na, was sagst du dazu? Ich lass alle weiblichen Geiseln frei, wenn du dir den Kopf wegschießt, während ich in der Leitung bin. Ich will es hören.«

»Aber dann könnten wir uns nicht mehr unterhalten. Sie haben mir gesagt, dass Sie nur mit mir reden wollen. Wenn ein anderer versucht, mit Ihnen zu reden, töten Sie eine Geisel. Wollen Sie mit einem anderen reden, Jerry, oder mit mir?«

»Glaubst du etwa, du könntest eine *Beziehung* zu mir aufbauen?«

»Ich glaube, Sie wollen mir etwas sagen. Ich bin hier und höre Ihnen zu.«

»Ich bin dir doch scheißegal. Sie war dir doch auch scheißegal.«

»Wenn ich Sie richtig verstehe, geben Sie mir die Schuld an dem, was Angela zugestoßen ist.«

»Du hast sie krepieren lassen, genauso gut hättest du sie eigenhändig umbringen können. Sie ist verblutet, während du mit den Männern rumgemacht hast, die ihr die Kugel verpasst haben. Ich hatte freies Schussfeld. Innerhalb der ersten Stunde hatte ich sogar die Möglichkeit zum Todesschuss, aber ich bekam kein grünes Licht.«

Lügen. Wahrscheinlich glaubt er inzwischen wirklich, dass er die Möglichkeit dazu hatte. Er muss glauben, dass er sie hätte retten können.

»Niemand von uns wusste, dass sie so schwer verletzt war, Jerry. Sie haben uns angelogen. Innerhalb der ersten Stunde wusste niemand, dass Angela überhaupt verletzt war.«

»Du hättest das wissen müssen!«

Wut. Trauer. »Sie haben recht, Jerry, ich hätte das wissen müssen. Ich hätte wissen müssen, dass sie lügen.« Sie las die nächste Notiz, die ihr durch einen Boten überbracht wurde. »Wenn ich Sie richtig verstehe, haben Sie sie geliebt, und sie hat Sie auch geliebt.«

»Du verstehst *rein gar nichts*.«

Stimmen Sie ihm zu. Aber sagen Sie nicht, dass Sie ihn verstehen oder begreifen, das macht ihn nur noch wütender.

»Woher sollte ich? Sie haben recht. Wie soll ich diese Art Beziehung verstehen? Die meisten können doch nur von so was träumen. Aber soweit ich weiß, wollten Sie sich zusammentun. Sie hätten es verdient gehabt, sich zusammenzutun, Jerry. Sie hätten es verdient gehabt, zusammen wegzugehen und glücklich zu werden.«

»Das ist Ihnen doch scheißegal.«

Seine Stimme klang schon wieder etwas ruhiger, und sie nickte Vince zu. »Ich glaube, na ja, ich glaube, ich habe davon geträumt, auch so eine Beziehung wie die zwischen Ihnen und Angela zu haben. Sie wussten, dass es mit mir und Roy nicht zum Besten stand. Er hat mich nie so geliebt, wie Sie Angela geliebt haben.«

»Sie war verdammt noch mal mein Leben. Wenn ich

geschossen hätte, würden wir beide noch leben. Du hast die Männer gerettet, die sie ermordet haben, aber sie hast du nicht gerettet.«

»Ich habe ihr Unrecht getan. Ich hab Ihnen Unrecht getan. Sie wollen mich verletzen, und das kann ich gut verstehen. Ich verstehe, warum Sie mich verletzen wollen. Aber wie kann das, was Sie jetzt tun, dieses Unrecht wiedergutmachen?«

»Es kann gar nicht wiedergutgemacht werden, du blöde Fotze. Vielleicht schieße ich diesem Arschloch Arnie zwischen die Augen. Macht das irgendwas wieder gut?«

Sie griff jetzt nach dem Wasser, ließ die kühle Flasche aber nur über ihre Stirn rollen. »Wenn Sie ihn umbringen, verletzt mich das nicht, Jerry.«

»Ich will, dass du mich anflehst, es nicht zu tun, so, wie du es bei Roy getan hast. Hörst du das? Hörst du das?«, rief er, als jemand schrie. »Ich habe meine Waffe mitten auf seine Stirn gesetzt. Und jetzt fleh mich an, nicht abzudrücken!«

»Warum sollte ich, Jerry, nachdem, was er mir angetan hat? Sie drücken ab, und er ist tot, aber das verändert die Situation hier draußen. Das entlastet mich enorm. Sie wissen doch, wie das funktioniert: Sobald Sie eine Geisel erledigen, schaltet sich das Spezialeinsatzkommando ein. Sie wollen also abdrücken? Ich habe dabei nicht das Geringste zu verlieren. Ist es das, was Sie wollen, Jerry?«

»Warten Sie's ab.«

Er unterbrach die Verbindung, und Phoebe ließ den Kopf in die Hände sinken.

»Meine Güte, Lieutenant«, brachte Vince heraus. »Sie haben ihm die Erlaubnis gegeben, eine Geisel zu töten.«

»Und genau deshalb wird er es nicht tun.« Bitte, lieber

Gott, dachte sie, bitte mach, dass ich mich da nicht getäuscht habe. »Wenn ich ihn gebeten, ihn angefleht hätte, es nicht zu tun, hätte er es getan. Und dann hätte er den Sprengsatz einem anderen umgebunden.«

Sie erhob sich, als Sergeant Meeks hereinstürmte. »Glauben Sie etwa, ich hätte das nicht gehört? Glauben Sie, ich hätte nicht gehört, wie Sie ihn aufgefordert haben, meinen Jungen zu töten?«

Er stürzte sich auf sie. Sykes, Vince und Duncan mussten ihn zu Boden drücken, während er sie verfluchte. »Mein Junge ist da drin, und zwar nur Ihretwegen. Wenn er stirbt, dann Ihretwegen.«

»Er ist nicht meinetwegen dort, aber wenn er stirbt, ja, dann ist das meine Schuld. Schafft ihn raus. Schafft ihn hier sofort raus.«

»Wann wirst du mit ihm über die Geiseln reden?« Phin packte sie am Arm. »Warum bietest du ihm nicht irgendetwas an, gib ihm irgendetwas, damit er die Frauen gehen lässt.«

»Ich kann nicht …«

»Meine Frau und meine Mutter sind da drin, um Himmels willen. Du musst sie da verdammt noch mal rausholen.«

»Ich hol sie da raus.« Sie durfte jetzt nicht an sie denken – an Mas dunkle, eindringliche Augen, an Loos breites, sinnliches Lächeln. »Ich werde ihn zurückrufen, und wir werden dafür sorgen, dass da alle heil wieder rauskommen. Phin, du musst Ruhe bewahren. Wenn das nicht geht, kannst du nicht hierbleiben. Es tut mir leid.« Sie sah jetzt zwischen ihm und Duncan hin und her. »Es tut mir leid.«

»Du bekommst sie da raus.« Duncan streckte den Arm aus, sodass sich ihre Fingerspitzen berührten. »Du holst sie da raus. Phin, deine Schwester ist eingetroffen, und der Rest deiner Familie ist auch schon unterwegs. Du solltest jetzt zu ihnen gehen und bei ihnen sein.«

»Ich muss wissen, was passiert.« Phin sackte in sich zusammen und schlug die Hände vors Gesicht. »Ich muss Bescheid wissen.«

»Ich komme raus und sage dir Bescheid«, beruhigte Duncan ihn und wandte sich dann wieder an Phoebe.

»Ja, das ist gut. Geh zu deiner Familie, Phin, sag ihnen, dass deine Mutter und Loo unverletzt sind. Wir halten euch auf dem Laufenden.« Sie gab einem der Polizisten ein Zeichen. »Bringen Sie Mr. Hector zu seiner Familie. Wenn er wieder reinkommen möchte, soll er begleitet werden. Verstanden?« Sie strich Phin mehrmals über den Arm und spürte, wie seine Muskeln zitterten. »Los, geh und steh deiner Familie bei. Ich werde deiner Mutter und Loo helfen.«

»Ich darf sie nicht verlieren, Phoebe.«

»Wir werden sie nicht verlieren. Und jetzt geh.«

»Was soll ich erst sagen?«, meinte Duncan, nachdem Phin gegangen war. »Sie waren dort mit mir verabredet.«

»Er ist dafür verantwortlich. Und ich bin dafür verantwortlich, sie da rauszuholen.«

Und genau das hatte er die ganze Zeit gewollt, begriff sie. Darauf sollte es hinauslaufen, auf diesen Showdown.

»Kann mir jemand einen Kaffee bringen?«, rief Phoebe und massierte sich ihren verspannten Nacken. »Und noch etwas Wasser? Duncan, ich muss dich bitten, Phin nichts zu sagen, was ich dir nicht vorher erlaubt habe.«

»Verstanden. Kann ich sonst noch etwas tun?«

»Hör zu. Du bist ein guter Zuhörer.« Sie sah auf die Tafel, die Sykes aufgestellt hatte. »Er leidet unter extremen Gefühlsschwankungen. Das ist typisch für die erste Phase. Er will verhandeln, und das ist unser Vorteil. Aber er will keine Lösung, und das ist sein Vorteil. Ich rufe ihn nicht zurück.« Sie wandte sich an Vince. »Er weiß, wie er mich erreichen kann. Er will verhandeln, stimmt's? Er handelt gern, er unternimmt gern den ersten Schritt.«

»Ja.«

»Wenn er mich anruft, gibt ihm das eher das Gefühl von Macht, das Gefühl, die Situation unter Kontrolle zu haben.«

»Ich hab die Kreditkartenabrechnungen«, schaltete sich Liz ein. »Sein Konto wurde mit fünftausend Dollar belastet, von Mark D, zwei Wochen vor dem Banküberfall. Bevor er sich abgesetzt hat, hat er nur Minimalbeträge abbuchen lassen.«

»Er hat ihr dort einen Ring gekauft.« Phoebe ging ihre Notizen durch. »Ich hab die Liste mit ihren persönlichen Gegenständen. Sie trug einen goldenen Diamantring. Und sie hatte einen diamantenbesetzten Ehering aus Weißgold in ihrem Geldbeutel. Nicht an ihrem Finger. Sie trug Walkens Ring, als sie starb. Dieser verdammte Brentine. Er wusste Bescheid. Vielleicht nicht vor ihrem Tod, aber spätestens, als er ihre persönlichen Habseligkeiten entgegennahm, wusste er Bescheid. Aber uns gegenüber hat er gemauert.«

Sie machte sich Notizen, hob Passagen mit einem Marker hervor und kringelte andere ein. Wie konnte sie sich dieses Wissen zunutze machen? Sollte sie es sich zunutze machen? Das musste die Zeit entscheiden.

»Er denkt, er kennt mich, aber er kennt mich nicht. Ich kenne ihn. Und Sie kennen ihn«, sagte sie zu Vince. »Viele der Männer, die gerade ihre Waffe auf dieses Gebäude richten, kennen ihn. Er will mich manipulieren, aber wir werden ihn manipulieren. Er will keinerlei Beziehung zu den einzelnen Geiseln aufbauen. Sie müssen bedeutungslos für ihn bleiben, damit er sein Vorhaben in die Tat umsetzen kann.«

»Was hat er denn vor?«, fragte Duncan.

»Er will sie alle umbringen. Sich und die Geiseln.«

»O mein Gott.«

»Um mich zu treffen, auf einer persönlichen und einer beruflichen Ebene. Denn wie kann ich meinen Beruf je wieder ausüben, wenn es mir nicht gelingt, diese Menschen zu retten? Wie kann ich damit leben? So denkt er.«

Während sie vor der Tafel auf und ab lief, starrte sie auf das Telefon, um es zum Klingeln zu bewegen. »Die Presse und die Öffentlichkeit werden mich in Stücke reißen, dessen ist er sich sicher. Die Beziehung zwischen ihm und mir wird ans Tageslicht kommen, und dann wird man auch den Banküberfall wieder aufs Tapet bringen. Ich werde entehrt, kann nie mehr als Verhandlerin arbeiten, und ich werde dafür bezahlen, endlich dafür bezahlen, dass ich am Tod seiner Geliebten schuld bin. Genau so denkt er. Und auch er wird sterben, auf eine spektakuläre, symbolträchtige Art. Ich werde ihn umgebracht haben, genau wie sie. Das wünscht er sich am allermeisten.«

Sie drehte sich um und sah auf die Uhr. »Aber wir werden ihm seinen Wunsch nicht erfüllen.«

»Biete ihm einen Handel an. Er weiß über uns Bescheid. Biete ihm an, mich gegen zwei Geiseln auszutauschen, gegen Ma und Loo. Ich bin ein besserer Tausch für ihn und …«

»Das wird er niemals annehmen. Und weder ich noch der Commander können so etwas zulassen, Duncan.«

Aber er würde es tun, dachte sie. Er würde sein Leben aufs Spiel setzen, aus lauter Liebe.

»Duncan«, sagte sie leise, damit er spürte, wie nahe ihr das ging. »Ich weiß, was sie dir bedeuten. Ich weiß, was in dir vorgeht.« Und es brachte sie halb um.

Im Juweliergeschäft tätschelte Ma die Hand der Frau neben ihr. »Hören Sie auf, zu weinen.«

»Er wird uns umbringen. Er wird …«

»Weinen hilft uns auch nicht weiter.«

»Wir sollten beten.« Ein Mann auf der anderen Seite des Kreises wiegte sich sanft vor und zurück. »Wir sollten auf Gott, unseren Herrn, hoffen.«

»Das kann jedenfalls nicht schaden.« Aber Ma hoffte vor allem auf die bewaffneten Männer da draußen. »Pssst«, wiederholte sie. »Sie heißen Patsy, nicht wahr? Psst, Patsy. Die Frau, mit der er da telefoniert, ist klug.«

»Woher wissen Sie das?«

»Ich …«

Loo drückte die Hand ihrer Schwiegermutter so fest sie konnte, und schüttelte schnell den Kopf. »Sie klingt klug. Sie wird herausfinden, was er will, und alles wird gut.«

Es dauerte mehr als eine Stunde, bevor er sich wieder meldete. »Er zögert es hinaus. Er möchte es genießen, in die Länge ziehen. Er will mich dazu bringen, etwas zu tun, aber noch ist er nicht so weit. Da ist so ein Unterton.«

»Er genießt es«, sagte Duncan. »Es gefällt ihm, dich auflaufen zu lassen. Kein Essen, kein Wasser, keine Medikamente. Er geht richtig darin auf.«

»Bis jetzt, ja.«

»Er wird keine der Geiseln freilassen.« Sykes setzte sich neben Phoebe. »Er will sich auf keinen Handel einlassen, und er weiß, dass jede Freilassung einer Geisel zu unserem

Vorteil ist. Sie könnte uns Insiderinformationen liefern und uns helfen, die Geiselnahme zu beenden.«

»Sie haben kein freies Schussfeld.« Vince ging zur Tafel und zeigte auf die Skizze, die die Innenräume des Juweliers zeigte. »Er befindet sich in dieser Ecke, in der nordöstlichen Ecke, und da kann ihn kein Schuss erreichen. Genau deshalb ist er dort.«

»Er war auch schon auf der anderen Seite«, warf Phoebe ein. »Er ist vertraut mit den Räumlichkeiten.«

»Unsere Leute müssen da rein. Und das geht nur durch den Hintereingang. Ein Frontalangriff gibt ihm zu viel Zeit. Sie müssen die Sprengsätze an der Hintertür entschärfen.«

»Und wenn sie einen Fehler machen, wenn er einen Alarm installiert hat und der losgeht, wird er allen das Licht ausblasen.«

»Du musst ihn aus seiner Ecke locken«, sagte Duncan, und Phoebe drehte sich zu ihm.

»Ja, ich weiß.«

»Wenn er nicht in ihrem Schussfeld ist, hat er auch keine Möglichkeit, auf unsere Leute zu schießen.«

»Das ist richtig.« Phoebe drückte kurz Duncans Hand. »Das stimmt genau. Ich muss mit dem Commander reden. Ich muss wissen, wo ich ihn hinlocken soll, falls das überhaupt geht.« Sie gab Sykes ein Zeichen, den entsprechenden Anruf zu machen. »Sie müssen mir Bescheid geben, bevor sie auf ihn schießen. Ich weiß, dass das normalerweise anders gehandhabt wird, aber sie können mir vertrauen, dass ich mich nicht verraten werde. Ich muss ihn aus seiner Ecke lotsen, und sie müssen wissen, dass es bald so weit sein wird.«

»Verstehe.« Sykes wandte sich mit seinem Funkgerät ab, um den Kommandoposten zu informieren.

Phoebe strich sich das Haar aus dem verschwitzten Nacken, ging auf und ab und versuchte sich mental in das Juweliergeschäft zu versetzen. »Er wird gezwungen sein, sie irgendwann auf die Toilette zu lassen, wenn er nicht will, dass es eine Riesensauerei gibt. Und das will er nicht. Auf die Angestelltentoilette, direkt im Hinterzimmer.« Sie zog die Augen zu schmalen Schlitzen zusammen und musterte den Lageplan. »Wie will er das regeln? Er wird sich bereits Gedanken darüber gemacht und eine Lösung vorbereitet haben. Deswegen hat er nicht alle Geiseln in den Kreis aufgenommen. Er behält eine zurück, um sie durch eine andere ersetzen zu lassen. So muss er sich weder von der Stelle rühren noch in Kontakt mit den Geiseln treten, um das mit den grundlegenden Körperfunktionen zu regeln. Aber es wird ihn ablenken, und er wird genau aufpassen müssen. Er wird nicht mit mir reden wollen, wenn es so weit ist.« Sie nickte. »Aber da machen wir nicht mit.«

Es wurde höchste Zeit, dass sie anfing, mit ihm zu spielen. Sie griff nach dem Telefon und rief an.

»Ich hoffe, du bist dran, du Schlampe.«

»Wenn hier jemand anruft, dann nur ich, Jerry. Sie wissen doch, man darf den Geiselnehmer nie anlügen, denn sonst setzt man das Leben der Geiseln aufs Spiel. Man darf nie Nein zum Geiselnehmer sagen, denn das macht ihn wütend, und man setzt das Leben der Geiseln aufs Spiel. Ich muss versuchen, mich in Sie hineinzuversetzen, Ihre Gefühle zu verstehen und auf Ihre Forderungen und Beschwerden eingehen.«

»Ja, du bist verdammt gut auf die Arschlöcher eingegangen, die Angie erschossen haben.«

»Angela war eine schöne Frau. Sie hat Sie geliebt.«

»Da scheißt du doch drauf. Sie ist dir vollkommen egal.«

»Sie haben dafür gesorgt, dass sie mir nicht mehr egal ist, Jerry. Ich bin in jemanden verliebt, auch wenn Sie vielleicht finden, dass ich das nicht verdient habe. Aber ich bin verliebt. Also weiß ich, was Angela für Sie empfunden hat. Und ich verstehe zumindest ansatzweise, wie Sie sich fühlen. Denn wenn ihm etwas zustieße, wüsste ich auch nicht mehr, was ich tue.«

»Du weißt doch gar nicht, was das war zwischen uns.«

»Sie hatten eine ganz besondere Beziehung, etwas, das es nur einmal im Leben gibt. Sie hat Ihren Ring getragen, Jerry. Sie hat Ihren Ring getragen, als sie gestorben ist.«

»Wie bitte?«

»Den Ring, den Sie ihr bei dem Juwelier gekauft haben, wo Sie sich gerade befinden. Sie muss ihn sehr geschätzt haben. Sie muss sehr stolz gewesen sein, ihn zu tragen. Ich wollte nur, dass Sie das wissen, Jerry. Ich habe Sie angerufen, um Ihnen genau das zu sagen. Damit wollte sie allen zeigen, dass sie zu Ihnen gehört.«

»Fahren Sie doch zur Hölle!«

»Wenn mir so was passieren würde, würde ich auch wollen, dass alle wissen, was wir einander bedeutet haben. Wie sehr wir uns geliebt haben. Ich glaube, dass Sie das auch wollen, Jerry. Ich wollte Ihnen sagen, dass ich das weiß.«

Es entstand eine lange Pause, in der sie ihn atmen hören konnte. »Roy hat mich nie geliebt, wussten Sie das? Weder mich noch unser gemeinsames Kind. Können Sie sich das vorstellen? Jetzt, wo ich jemanden gefunden habe, der uns sehr wohl liebt …«

Sie suchte Duncans Blick, damit sie es noch stärker spürte, damit es in ihrer Stimme mitschwang. »Jetzt, wo ich so einen Menschen gefunden habe, sehe ich die Welt mit völlig anderen Augen. Ich sehe sie intensiver, strahlender und klarer. Haben Sie das auch so empfunden?«

»Sie hat sie erst schön gemacht. Zum Strahlen gebracht. Und jetzt ist sie schwarz.«

Trauer, notierte sie. *Tränen.* Vorsicht, dachte sie. Vorsicht. Wenn sie ihn zu traurig machte, konnte er die Sache sofort beenden. »Sie würde nicht wollen, dass Sie die Welt schwarz sehen, Jerry. Jemand, der Sie geliebt hat wie Angela, würde nicht wollen, dass Sie von Schwärze umgeben sind.«

»Du hast sie dahingeschickt. Ich werde sie nicht alleinlassen.«

»Sie …«

»Halt den Mund, und wage es nicht, noch ein Wort über sie zu sagen!«

»Na gut, Jerry. Ich scheine Sie wütend gemacht zu haben, und das tut mir leid. Sie wissen, dass ich nicht vorhabe, Sie wütend zu machen.«

»Nein, du hast vor, so lange auf mich einzureden wie auf einen Idioten, bis ich heulend und mit hoch erhobenen Händen hier rauskomme. Glaubst du etwa, du kannst mich verarschen? Glaubst du, ich würde aufgeben, wo ich es so weit geschafft habe?«

»Ich glaube, dass Sie vorhaben, Selbstmord zu begehen und diese Leute mit in den Tod zu nehmen.«

»Ach ja?«, sagte er, und sie hörte so etwas wie Selbstgefälligkeit in seiner Stimme.

»Damit machen Sie eine Riesenaussage, Jerry. Und ich bekomme einen riesengroßen schwarzen Fleck auf meine Bilanz. Aber wir könnten doch noch mal darüber reden, Sie wissen, wie das funktioniert. Siebzehn Leute sind einfach zu viel des Guten. Zu viele, mit denen Sie fertig werden müssen, die Sie töten müssen. Wenn Sie wenigstens die Frauen gehen lassen …«

»Komm schon, Phoebe, das ist doch armselig.«

»Ihnen kommt das vielleicht armselig vor, aber ich muss hier meinen Job machen. Ich glaube, wir wissen beide, dass ich Sie jetzt fragen muss, wie es den Leuten da drinnen geht.«

Sie kratzte sich im Nacken, während sie mit ihrem Eiertanz begannen – sie verlangte Nahrung, Wasser, ärztliche Hilfe, er lehnte ab.

Und schon war wieder eine Stunde vergangen.

31

Duncan wartete draußen mit Phin, ein paar Meter von der übrigen Familie entfernt. »Es geht ihnen gut. Niemand wurde verletzt. Sie verwickelt ihn in ein Gespräch, versucht, ihn zu manipulieren. Keine Ahnung, wie sie das macht.«

»Jetzt sind schon fast vier Stunden um.«

»Ich weiß.« Von seiner Position aus konnte er die Scharfschützen auf den Dächern, in den Fenstern und Türrahmen sehen. Was, wenn sie das Feuer eröffneten? Was, wenn Ma oder Loo einer Kugel in die Quere kamen?

Allein beim Gedanken daran musste er in die Hocke gehen, so weich wurden seine Knie. »Wenn es um Geld ginge – meine Güte, warum geht es nicht um Geld? Ich würde …«

»Ich weiß.« Phin ging neben ihm in die Hocke. »Ich weiß, Dunc.«

»Phoebe, sie … Sie bringt ihn wieder auf die Geiseln zu sprechen. Sie fragt, wie es ihnen geht, versucht ihn zu überreden, einige davon freizulassen. Sie hat gefragt, ob wir ihre Namen wissen dürfen, aber er kennt sie nicht, sie sind ihm egal. Ich weiß nicht, ob das ein gutes oder ein schlechtes Zeichen ist. Ich weiß es einfach nicht.«

»Es dauert zu lange.«

»Auch das weiß ich nicht.« Er legte eine Hand über die von Phin, verschränkte seine Finger mit den seinen. »Kümmer dich um die Familie. Ich geh wieder rein und seh nach, ob ich noch mehr rausfinden oder irgendwie helfen kann.«

Trotz der Klimaanlage war es in der Boutique heiß und stickig geworden. Die Tür ging ständig auf und zu, wenn Polizisten kamen und gingen, sodass ein neuer schwüler Luftschwall hereindrang und sich im Laden staute. Phoebes Haut glänzte schweißnass, während sie den Lageplan studierte, sich ihre Notizen durchlas und sich neue machte. In dem verzweifelten Versuch, sich wenigstens etwas Kühlung zu verschaffen, griff sie nach einer Haarspange und steckte sich das Haar hoch.

Sie trank begierig Wasser, während sie auf die roten Kreuze auf dem Grundriss des Juweliergeschäfts starrte. Todesmarkierungen, dachte sie. Wenn ich es schaffe, ihn an einen dieser Orte zu manövrieren, hat das Spezialeinsatzkommando grünes Licht.

»Wir haben ein Expertenteam zur Hintertür geschickt«, teilte ihr Harrison mit. »Die Leute haben sich die dortige Sprengvorrichtung angesehen. Sie glauben, dass sie sie entschärfen und die Alarmanlage umgehen können.«

»Aber sie wissen es nicht.«

»Sie sind sich ziemlich sicher.«

»Weil sie ungeduldig werden. Sie wissen genauso gut wie ich, dass alle nur darauf warten, loszulegen, etwas zu tun. Das ist die Gefahr bei langen Verhandlungen. Ich brauche noch mehr Zeit. Er wird die Leute bald herummanövrieren müssen. Irgendwann platzt jede Blase, und genau das ist unsere Chance.«

»Sergeant Meeks will wissen, wie es seinem Sohn geht, was durchaus verständlich ist.«

»Er will es mir nicht sagen.« Phoebe wischte sich mit einem der Babyfeuchttücher, die Liz ihr gegeben hatte, über das schweißnasse Gesicht. »Sagen Sie ihm, dass ich versuchen werde, es bei unserem nächsten Gespräch herauszufinden.«

»Wenn Sie ihn nicht innerhalb der nächsten Stunde dazu bringen, seine Position zu ändern, werde ich die Sprengvorrichtung entschärfen lassen. Er kommt da nicht lebend raus, und das wissen Sie genauso gut wie ich. Ihn zu erledigen ist die einzige Möglichkeit, die Anzahl der Opfer zu begrenzen.«

»Ich werde ihn dazu bringen, seine Position zu ändern, verdammt noch mal. Das kann noch eine Weile dauern, aber ich werde es schaffen.«

»Wenn es noch lange dauert, werden Sie einen Fehler machen. Deshalb arbeitet man im Team, Phoebe. Wenn es weiterhin nur Sie und ihn gibt, werden Sie müde werden und einen Fehler machen.«

»Genau das will er. Aber der Witz ist, dass er nicht bekommt, was er will. Er will die Sache noch nicht beenden, weil ich ihm vorher noch einen Gefallen tun soll. Und solange er noch nicht so weit ist, sind diese Leute einigermaßen in Sicherheit. Ich spüre, wann er so weit ist.«

Harrison ging hinaus, und Duncan kam herein. Phoebe hob fragend die Brauen, als sie zwei Tüten mit etwas zu essen entdeckte.

»Ich dachte, etwas zu essen kann nicht schaden.«

Allein beim Gedanken an Essen wurde ihr schlecht, aber sie musste sich etwas stärken. Vielleicht half ihr das, keinen Fehler zu machen. »Du bist ein Held.«

Er stellte die Tüten ab, woraufhin die Polizisten sich sofort darüber hermachten, und kam auf sie zu. »Wer ist jetzt mit Anrufen dran?«

»Ich überlasse es ihm, aktiv zu werden.«

»Gut.« Er massierte ihre Schultern. »Ich habe mit deiner Mutter gesprochen. Allen geht es gut, sie machen sich Sorgen um dich. Diese Geiselnahme ist das Nachrichtenthema Nummer eins.«

»Auch das wünscht er sich, aber das kann ich leider nicht verhindern.« Sie lehnte ihren Kopf gegen seine Schulter und versuchte wieder Ruhe in ihre Gedanken zu bringen. »Um mich hat sich schon sehr lange niemand mehr gekümmert. Ich könnte mich glatt daran gewöhnen.«

»Das solltest du auch.«

»Wie geht es Phin – und den anderen?«

»Sie sind vor Angst wie gelähmt. Ich nicht.« Sie wussten beide, dass das gelogen war, aber seine Bemerkung tröstete sie irgendwie. »Ich weiß, dass du sie heil da rausholst.«

»Was hörst du, wenn er redet?«

»Er geht auf und ab, nach rechts und links, aber …«

»Aber?«

»Du meinst, was ich wirklich höre? Ich glaube, Befriedigung.«

»Ja, das ist es wohl.«

Ma Bee tat der Rücken weh, und ihr Kopf dröhnte. Die hübsche blonde Patsy hatte aufgehört, zu weinen. Sie hatte sich auf dem Boden zusammengeringelt und ihren Kopf in Mas weichen Schoß gelegt. Zwischen den Geiseln wurde gemurmelt und geflüstert – was dem Mann, der sie in seiner Gewalt hatte, nichts auszumachen schien. Vielleicht bekam er auch gar nichts davon mit.

Einige waren eingedöst, so, als bräuchten sie nur die Augen zu öffnen, um festzustellen, dass alles nur ein merkwürdiger, böser Traum gewesen war.

»Phin muss solche Angst haben«, sagte Loo leise. »Livvy. Er wird doch hoffentlich Livvy nichts gesagt haben! Ich möchte nicht, dass sie Angst hat. Ach Ma, mein kleines Mädchen.«

»Es geht ihr gut. Und das weißt du auch.«

»Warum *tut* er nicht irgendwas? Wann wird er, verdammt noch mal, irgendwas tun?«

»Das weiß ich nicht, Schätzchen. Aber *ich* muss demnächst mal was tun. Ich muss dringend aufs Klo.«

Um sie herum murmelte man Zustimmung, jemand rang sich sogar ein schwaches Lachen ab.

»Ich werde ihn fragen«, sagte Loo.

»Nein, lass mich das machen. Ein mütterlicherer Typ hat vielleicht mehr Glück. Mister!«, rief Ma, noch bevor Loo etwas einwenden konnte. »He, Mister! Ein paar von uns müssen auf die Toilette.«

Sie hatten ihn schon vorher darum gebeten, waren aber stets ignoriert worden. Aber diesmal drehte er sich um, das Telefon noch in der Hand, und sah Ma mit leerem Blick an.

»Es sind mehrere Stunden vergangen«, erinnerte sie ihn. »Wenn Sie nicht bald in einer Riesenpfütze stehen wollen, müssen Sie uns auf die Toilette lassen.«

»Sie werden es sich noch ein Weilchen verkneifen müssen.«

»Aber …«

Er hob die Waffe. »Wenn ich Ihnen eine Kugel in den Kopf jage, müssen Sie sich übers Pissen keine Gedanken mehr machen. Und jetzt halten Sie den Mund.«

Er hatte einen genauen Zeitplan gehabt, und er hatte einen Fehler gemacht. Nach drei Stunden hatte er eine Geisel nach der anderen zwingen wollen, auf die Toilette zu gehen, ob sie mussten oder nicht. Aber er hatte es vergessen, und jetzt war es wieder Zeit, anzurufen, verdammt noch mal. Also mussten sie es sich wohl oder übel bis zur nächsten Pause verkneifen oder in die Hosen machen.

Scheiß drauf.

»Was, wenn ich zehn Millionen will?«, sagte er zu Phoebe.

»Wollen Sie zehn Millionen, Jerry?«

Wenn man sie reden hörte, dachte er, klang sie, als könnte sie verdammt noch mal kein Wässerchen trüben. »Mal sehen, wir können ja darüber verhandeln.«

»Einverstanden. Was bekomme ich für die zehn Millionen, vorausgesetzt, ich kann sie Ihnen beschaffen?«

»Ich schieße einer Geisel nicht in den Kopf.«

»Nun, das ist keine konstruktive Antwort, Jerry. Sie wissen ganz genau, dass schon etwas mehr dabei rausspringen muss, falls ich meine Vorgesetzten überzeugen kann, Ihnen das Geld zu geben. Versprechen kann ich Ihnen das allerdings nicht.«

»Was, wenn ich für zehn Millionen alle weiblichen Geiseln freilasse?«

»Sie überlegen, alle Frauen freizulassen, wenn ich Ihnen zehn Millionen anbieten kann? Darüber lässt sich reden.«

»Das kann ich mir vorstellen.«

»Es ist nur so, Jerry, dass Sie da drin auch einen verletzten Mann haben. Sie haben mir gesagt, dass Arnold Meeks verletzt ist.«

Er sah dorthin, wo Arnie lag. Der hatte getrocknetes Blut im Gesicht, und sein Mund war mit Klebeband verschlossen. Sprengstoff war an seinem Körper befestigt. »Es ging ihm schon mal besser.«

»Bevor ich mit irgendjemandem über das Geld sprechen kann, muss ich mich davon überzeugen, dass Arnold Meeks lebt und seine Verletzungen nicht lebensbedrohlich sind. Sie wissen, wer sein Vater ist, Jerry. Ich steh diesbezüglich ganz schön unter Druck.«

»Der Wichser lebt.«

»Ich weiß es sehr zu schätzen, dass Sie mir versichern, dass er lebt, aber ich hätte eine bessere Verhandlungsbasis, wenn er mir das persönlich sagen könnte. Wenn ich sagen kann, dass ich seine Stimme gehört habe, lassen sie mich in Ruhe, und Sie und ich können uns auf das Wesentliche konzentrieren.«

»Von mir aus.«

Er legte das Telefon aus der Hand, ging zu Arnie, beugte sich nach unten und riss ihm das Klebeband vom Mund. Arnies blau geschlagene, blutunterlaufene Augen rollten nach oben. »Sag Hallo zu Phoebe, du Arschloch.« Walken griff wieder nach dem Telefon und hielt es Arnie hin. Gleichzeitig rammte er ihm den Lauf seiner Waffe unters Kinn. »Sag Folgendes: Hallo, Phoebe, ich bin das feige Arschloch, das deinen mörderischen Arsch die Treppe runtergetreten hat.«

Arnies ebenso wütender wie entsetzter Blick ruhte auf Walken, während er dessen Worte wiederholte.

»Wie stark sind Sie verletzt?«, fragte Phoebe.

Arnie befeuchtete seine Lippen. »Sie will wissen, wie stark ich verletzt bin.«

»Dann erzähl es ihr, du Idiot.«

»Er hat mir mit der Waffe ins Gesicht geschlagen. Ich glaube, meine Wange ist aufgeplatzt. Ich trage Handschellen, und er hat mir eine verdammte Bombe umgeschnallt.«

»Ist sie mit einem Zeitzünder versehen? Ist sie …«

»Das reicht«, schaltete sich Walken ein. »Was ist jetzt mit den zehn Millionen?«

»Sie wollen zehn Millionen und lassen die Geiseln frei.«

»Zehn Millionen, und ich lasse die weiblichen Geiseln frei.«

»Zehn Millionen, und Sie lassen die Frauen frei. Wie viele Frauen sind da drin, Jerry?«

»Elf. Das ist weniger als eine Million pro Kopf. Das reinste Schnäppchen.«

»Elf Frauen, die Sie freilassen, wenn ich Ihnen im Gegenzug zehn Millionen Dollar biete?«

»Hör auf, mich nachzuäffen. Ich kenn das Spielchen.«

»Dann wissen Sie auch, dass Sie größere Chancen haben, zu bekommen, was Sie wollen, wenn Sie mir Ihre guten Absichten beweisen. Wenn Sie jetzt schon ein paar Geiseln freilassen sowie alle, die verletzt sind oder ärztliche Hilfe benötigen, tue ich, was ich kann, um Ihnen die zehn Millionen zu beschaffen.«

»Ach, scheiß auf die zehn Millionen. Sagen wir zwanzig.«

»Sie machen Witze, Jerry.«

Er ließ ein Lachen hören. »Ich habe mir ausgemalt, dich umzubringen, Phoebe. Bestimmt tausend Mal.«

»Warum haben Sie es dann nicht getan?«

»Auf tausend verschiedene Möglichkeiten. Eine Kugel in den Kopf. Viel zu sauber. Eine Entführung wie bei Roy. Ich habe mir überlegt, dich zu Tode zu prügeln oder dich tagelang am Leben zu lassen, dir ein Loch nach dem anderen zu verpassen. Aber dann wäre für dich alles vorbei, wie es auch für Angie vorbei ist. Aber wie wär's damit? Du kommst hier rein. Nur du, und ich lasse alle frei. Jeden Einzelnen.«

»Sie wissen, dass man mir das niemals erlauben wird.«

»Du kommst rein, und siebzehn Menschen werden leben.«

»Sie wollen alle Geiseln gegen mich austauschen. Ist das ein ehrlich gemeintes Angebot, Jerry, oder halten Sie mich nur wieder zum Narren?«

»Du wirst es sowieso nicht tun. Du hast bloß eine große Klappe.«

»Aber wenn ich es tun würde?«

»Sie lassen dich nicht. Hältst du mich etwa für blöd? Glaubst du, ich weiß nicht mehr, wie das funktioniert?«

»Nein. Aber haben Sie schon vergessen, dass Sie Sergeant Meeks' Sohn da drin haben, und zwar verletzt? Das wiegt schwer. Ist das ein ernst gemeintes Angebot, Jerry? Ich gegen alle siebzehn?«

»Ich denk drüber nach. Aber zuerst wirst du noch etwas für mich tun.«

»Was kann ich sonst noch für Sie tun?«

»Du gehst da raus, trittst vor die Kameras. Du wirst ihnen sagen, wie du Angela Brentine umgebracht hast. Dass du für ihren Tod verantwortlich bist. Dass es dir wichtiger war, dein Maul aufzureißen und dich aufzuspielen, als ihr Leben zu retten.«

»Sie wollen, dass ich mit der Presse rede, Jerry, und dass ich mich zum Tod von Angela Brentine äußere?«

»Du wirst genau das sagen, was ich dir sage, und wann ich es dir sage. Danach sehen wir weiter.«

Er legte auf.

Bevor sie aufstehen konnte, zog Duncan sie aus ihrem Stuhl. »Wenn du auch nur ansatzweise daran denkst, dich selbst einzuwechseln, schlage ich dich bewusstlos. Ich schließ dich ein, bis du wieder zur Vernunft kommst.«

»Du hast vorhin selbst darüber nachgedacht.«

»Meine Mutter ist da drin, die einzige, die ich jemals hatte. Aber ich habe nicht vor, darüber mit dir zu diskutieren. Du wirst keinen Fuß in dieses Gebäude setzen.«

»Regen Sie sich ab«, befahl Sykes. »Sie lässt sich nicht einwechseln. So arbeiten wir nicht.« Er warf Phoebe einen eindringlichen Blick zu. »Niemals. Wir sind hier nicht in Hollywood.«

»Ihr habt es mir abgekauft.« Sie zeigte erst auf Duncan und dann auf Sykes. »Obwohl ihr es besser wisst, habt ihr es mir abgekauft. Ich wette, er hat es auch getan. Er hat nicht damit gerechnet, dass ich es überhaupt in Erwägung ziehe. Er hat wieder mit mir gespielt, und ich habe ihm den Spaß verdorben, indem ich seine Aufforderung ernst genommen habe. Er hat es mir abgekauft, er denkt drüber nach. Was er wollte, was er erwartet hat, war, dass ich mich bereit erkläre, diese Erklärung abzugeben. Oder es ablehne. Egal, was ich getan hätte, es wäre vorbei gewesen. Darauf wartet er, auf mein Bekenntnis in der Öffentlichkeit. Aber jetzt denkt er darüber nach, wie es wäre, wenn ich reinkommen würde. Wenn er mich da drin hätte. Wie können wir uns das zunutze machen?«

»Wir müssen ihn dazu bringen, dass er seinen guten Willen zeigt«, sagte Sykes.

»Das ist das Wichtigste. Wir müssen ihn dazu bringen,

einige Geiseln freizulassen – und zwar, bevor ich mich zu der von ihm verlangten Erklärung geäußert habe. Denn die bedeutet für ihn grünes Licht. Wir halten ihn hin. Wir müssen so tun, als ob er und ich an einem Strang ziehen. Ich will die Erklärung abgeben, aber meine Vorgesetzten wollen das nicht. Ich will zu ihm rein, aber sie mauern. Ich versuche alles zu tun, um ihn zufriedenzustellen. Ich bin frustriert, weil es so lange dauert, bis ich die Erlaubis bekomme. Er ist es gewohnt, einen Plan, einen roten Faden zu verfolgen.« Sie sah Vince an.

»Ich denke schon. Na ja, das ist alles eine Sache des Trainings. Man muss sich anpassen können, flexibel bleiben, solange es zum Plan passt. Man versucht auch Unvorhersehbares mit einzuplanen. Aber er mag … Ordnung? Ich glaube, das ist das richtige Wort dafür. Er ist kein impulsiver Typ. Er denkt eine Sache lieber von Anfang bis Ende durch.«

»Genau das tut er gerade. Will er seinen ursprünglichen Plan weiterfolgen – alles in die Luft sprengen, inklusive sich selbst, während ich am Leben bleibe, entehrt, aber quicklebendig? Oder soll er, wenn er Gelegenheit dazu hat, nicht eher den Zweikampf mit mir suchen? Die Geiseln bedeuten ihm nichts, aber mir bedeuten sie alles. So sah sein ursprünglicher Plan aus. Aber mir in die Augen sehen zu können, wenn er die Bombe hochgehen lässt, ist auch ziemlich verführerisch.«

»Er ist müde«, fügte Duncan hinzu. »Das hört man an seiner Stimme. Und du bist auch müde. Er hört dir das bestimmt auch an. Er hat nicht vor, noch lange zu warten.«

»Ja, das stimmt. Er hat verlangt, dass ich diese Aussage vor der Presse mache, und das läutet die Endphase ein.

Aber mein Angebot hat ihn noch mal zum Nachdenken bewegt.«

»Da drinnen tut sich was.« Sykes hielt die Hand hoch, um für Ruhe zu sorgen, und hielt sein Funkgerät ans Ohr. »Die Zielperson ist nicht zu sehen, aber eine Geisel, die als der Ladeninhaber identifiziert wurde, bindet zwei Frauen los. Sie sind gut zu sehen. Eine weibliche schwarze Geisel mittleren Alters geht in Richtung Hinterzimmer.«

»Das ist Ma Bee«, murmelte Duncan, während sich sein Herz im Klammergriff der Angst befand. »Das muss sie einfach sein.«

Ma ging wie befohlen zur Toilette. Sie lief langsamer als nötig und humpelte sogar ein wenig, obwohl es ihren Stolz verletzte.

Er befahl ihr, die Tür offen zu lassen, womit er empfindlich in ihre Intimsphäre eindrang. Trotzdem pisste sie wie ein Rennpferd und sah sich nach einer möglichen Waffe um, während sich ihre dankbare Blase leerte.

Sie war schließlich nicht dumm. Er würde sie alle umbringen. Wenn sie ihn verletzen konnte, wenn auch nur ein wenig, würde ihr das auf dem Weg ins Paradies wenigstens noch ein bisschen Befriedigung verschaffen.

Aber sie fand nichts Geeignetes. Ein Fläschchen mit Flüssigseife, ein kleiner Teller mit einem Duftpotpourri, der sich auch nicht dazu eignete, einem Mann an den Kopf geworfen zu werden.

Sie schlurfte wieder hinaus und hielt ihren Blick schüchtern gesenkt. »Ich bin Beatrice. Man nennt mich Ma Bee.«

»Halt den Mund, und stell dich zurück in den Kreis.«

»Ich wollte mich nur bedanken, dass Sie mich als Erste haben gehen lassen, bevor ich mich in eine unangenehme Situation bringe.«

»Wenn du nicht sofort den Mund hältst und dich hinsetzt, bist du die Letzte, die geht.«

Sie tat, wie geheißen, aber sie hatte gesehen, dass er noch eine Waffe und weitere Munition in einem der von ihm hereingerollten Pakete hatte. Vor allem hatte sie auch etwas gesehen, das sie für den Zünder hielt.

»Das muss die Toilettenpause sein«, teilte ihr Sykes mit. »So, wie sie einer nach dem anderen den Kreis verlassen und in Richtung Hinterzimmer gehen. Die erste Geisel ist zurück. Sie … Das Spezialeinsatzkommando sagt, dass sie ihnen Zeichen gibt. Drei Pistolen, ein Gewehr, Munition, ein Zünder, in der rechten hinteren Ecke bei dem Geiselnehmer und dem verletzten Wachmann.«

»Ich rufe ihn zurück, während er die Leute hin und her manövriert, während seine Aufmerksamkeit beeinträchtigt ist. Setzen wir ihn wegen eines Deals unter Druck.«

Das Telefon klingelte drei-, viermal. Als sie bereits befürchtete, er könnte nicht drangehen, hörte sie seine Stimme. »Ich will jetzt nicht mit dir reden.«

»Aber Jerry, ich wollte nur über den Deal mit Ihnen sprechen. Ich kann noch nichts versprechen, aber … Wenn Sie jetzt nicht mit mir reden können, warte ich eben, und wir reden später weiter.«

»Was? Du willst mich doch nicht etwa reinlegen und mir sagen, dass du einfach so die Erklärung abgibst und dich einwechseln lässt?«

»Ich versuche nicht, Sie reinzulegen, ich will nur, dass Sie in der Leitung bleiben. Ich will nicht, dass irgendjemand verletzt wird. Dem Chef gefällt das mit der Erklärung nicht – Politik, Sie wissen, wie das ist. Aber ich arbeite dran.«

»Politiker lieben Sündenböcke. Sag dem Chef, dass,

wenn er nicht nachgibt und du nicht innerhalb einer Stunde vor den Kameras stehst, nur noch sechzehn Geiseln übrig sind.«

»Ich werd's ihm sagen, Jerry. Ich werde ihm sagen, dass Sie nichts weiter wollen, als dass ich die Verantwortung für den Tod von Angela übernehme, und Sie lassen alle Geiseln frei. Stimmt das so, Jerry?«

»Ich habe meinen Plan geändert. Du kommst rein. Wir benutzen eine der Überwachungskameras für die Erklärung, die Aufnahme kann dann weiterübertragen werden. Genau so machen wir's.«

»Sie wollen mich also gegen die Geiseln austauschen?«

»Du kommst rein.«

Er will sie immer noch nicht gehen lassen. »Arnies Daddy macht mir erwartungsgemäß großen Druck. Ich hatte nicht mal Zeit, in Ruhe darüber nachzudenken, da ballt er schon die Faust. Meine Güte, ist das ein Sturkopf.«

»Du sollst hopsgehen, aber nicht das Arschloch von seinem Sohn. Was für ein Idiot.«

»Kann sein. Aber ich will nur mit Ihnen reden, Jerry, ich will doch nur einen Weg finden, wie wir das Problem lösen können. Wenn es Ihnen hilft, dass wir uns von Angesicht zu Angesicht unterhalten ... Aber Sie wissen, dass die anderen vorher etwas dafür wollen. Wie viele Geiseln würden Sie freilassen?«

Er zögerte kurz, lange genug, dass Phoebe seine Lüge erkannte.

»Du kommst rein, und die Geiseln sind draußen. Das ist der Deal – falls ich ihn machen will. Schau zu Boden, wie ich es dir gesagt habe!«

»Wie bitte?«

»Du bist nicht gemeint.«

»Ich dachte nur … Moment mal, warten Sie, ich bekomme gerade etwas gebracht.«

Sie stellte das Telefon auf stumm und konnte nur beten, dass ihr Instinkt richtig gewesen war.

»Er hat nicht vor, irgendwen freizulassen, auch nicht, wenn wir in den Deal einwilligen. Sie sind müde«, fuhr Sykes fort, »vielleicht merken Sie das nicht …«

»Doch, ich merke es durchaus. Sagen Sie dem Spezialeinsatzkommando, es soll bis zum Hintereingang vorrücken, aber nicht, bevor ich ihm ein Signal gebe. Die Leute sollen das Geschäft stürmen, durch den Vorder- und Hintereingang, aber nicht, bevor ich den Befehl dazu gebe. Sie haben recht«, pflichtete sie Sykes bei. »Er hat nicht vor, auch nur eine der Geiseln freizulassen. Aber wenn ich es schaffe, ihn so weit wie möglich vom Zünder wegzukriegen, können sie ihn fassen, vielleicht sogar lebend. Wenn sie den Vorder- und Hintereingang stürmen, können sie ihn fassen. Aber erst auf mein Kommando.«

»Was hast du vor?«, fragte Duncan.

»Ich setze alles auf eine Karte.«

»Jerry? Tut mir leid, Jerry, aber Sie wissen ja, wie das läuft. Jerry, ich habe ihr Tagebuch. Ich habe Angelas Tagebuch.«

»Du lügst, du Schlampe, sie hat nie Tagebuch geführt.«

»Ich lüge nicht, Jerry. Sie wissen, dass ich nicht lügen darf. Sie war verliebt, und sie konnte niemandem erzählen, wer Sie waren oder wie Ihre Beziehung wirklich war. Also hat sie alles aufgeschrieben. Dieses Arschloch von Brentine hat uns nichts davon erzählt, genauso wenig, wie er uns erzählt hat, dass sie Ihren Ring trug, als sie starb. Sein Stolz lässt das nicht zu, außerdem muss er auf seinen guten Ruf achten. Meine Kollegen konnten einen Durchsuchungsbefehl erwirken und haben es gefunden. Sie hat Sie Lancelot genannt.«

Sie hörte, wie er scharf einatmete. »Lies es mir vor. Lies es mir vor, damit ich weiß, dass du nicht lügst.«

Phoebe blätterte ihre Notizen durch, damit es sich so anhörte, als blätterte sie Seiten um, und sah sich die Informationen über Angela an. »Sie haben ihr rosa Rosen geschenkt – das waren ihre Lieblingsblumen. Zwischen diesen Seiten liegt eine gepresste Rosenblüte. Sie hat es geliebt, wenn Sie für sie gekocht haben, sie hat es geliebt, Ihnen dabei zuzusehen.«

»Lies vor. Ich will ihre Worte hören.«

»Eine Hand wäscht die andere, Jerry. Ich will Ihnen gern ihre Worte sagen, aber Sie müssen mir auch etwas dafür geben.«

»Lies mir eine Seite vor. Wenn es wirklich ihre Worte sind, werde ich eine Geisel freilassen.«

Diesmal sagte er die Wahrheit. »Wenn Sie fünf Geiseln freilassen, lese ich Ihnen eine Seite vor. Sie wollte ein Camelot mit Ihnen errichten. Lassen Sie fünf frei, und ich lese es Ihnen vor. Wenn Sie alle freilassen, werde ich eine Möglichkeit finden, Ihnen das Tagebuch zu bringen, und dann können Sie es selbst lesen.«

»Du bringst es raus, damit ich es sehen kann. Niemand kommt raus, bevor ich weiß, dass du es hast.«

»Ich soll es rausbringen? Das kann ich gern versuchen. Wenn ich es rausbringe, und zwar so, dass Sie es sehen können, was bekomme ich dann dafür?«

»Drei Geiseln. Bring es her.«

»Drei Geiseln werden freigelassen, wenn ich ihr Tagebuch rausbringe, sodass Sie es sehen können? Habe ich das richtig verstanden?«

»Sofort!«

»Lassen Sie mich erst Rücksprache halten. Ich kläre das sofort. Ich werde Sie von meinem Handy aus zurückrufen müssen. Geht das in Ordnung?«

»Sofort.«

»Ich bin schon unterwegs.«

Sie stand auf, griff nach ihrem Handy. »Los, besorgt mir etwas, das wie ein Tagebuch, wie ein Heft aussieht. Nichts zu Großes. Ich will, dass ihr euch bereithaltet«, sagte sie zu Sykes. »Wenn ich sage: *Mehr kann ich nicht für Sie tun, Jerry*, geht es los. Genau diese Worte, Bull. Ich werde sie nicht sagen, wenn noch eine andere Möglichkeit besteht, wenn ich glaube, dass wir ihn zum Aufgeben überreden oder ihn lebend bekommen können.«

»Geht das hier?« Duncan zeigte ihr ein verspieltes Adressbuch mit einem geprägten roten Ledereinband, das er aus einem der Regale genommen hatte.

»Perfekt, außer sie hat Rot gehasst.«

»Woher wusstest du, dass er darauf anspringen würde?«, wollte Duncan wissen.

»Das ist etwas Persönliches, Intimes. Etwas, das ihr gehört hat. Auf diese Weise spricht sie noch einmal mit ihm, und damit hat er nicht gerechnet. Er wird darüber verhandeln, die Chancen stehen gut, dass er darüber verhandeln wird. Ich muss mich mit dem Commander absprechen.«

»Ich werde dich begleiten, so weit es geht«, fügte Duncan hinzu. »Was hält ihn davon ab, dich zu erschießen, sobald du in Sichtweite bist?«

»Er will das Tagebuch. Außerdem: Wenn er mich ins Visier nimmt, haben ihn meine Leute auch im Visier. Sobald er eine Waffe zieht, werden sie eingreifen. Er ist abgelenkt, die Geiseln laufen herum. Er hat die Toilettenpause noch nicht beendet. Er ist aufgeregt, aufgewühlt, und er hat einen Fehler gemacht. Das müssen wir ausnutzen. Commander, ich kriege ihn von dem Zünder weg.«

Sie erklärte ihren Plan und schlüpfte in die kugelsichere Weste, die ihr jemand reichte.

»Sobald er von dem Zünder weg ist, sorge ich dafür, dass das so bleibt. Und wenn ich Glück habe, locke ich ihn näher an das Schaufenster heran. Wenn die Hintertür entschärft ist …«

»… greifen wir von dort aus ein. Wenn Sie näher gehen, als ich es Ihnen erlaubt habe, ist es vorbei. Dann holen wir Sie zurück.«

»Einverstanden.« Sie wandte sich an Duncan. »Du kannst mich nicht begleiten.«

»Dann rate ich dir sehr, hierzubleiben.« Er griff nach ihrer Hand. »Und darüber werde ich auf keinen Fall mit dir verhandeln.«

»Einverstanden.« Ihre Finger umschlossen die seinen. In seinen Augen sah sie Angst, aber auch Vertrauen. »Ich liebe dich«, sagte sie und lief los.

Wenn er schnell und klug genug war, würde er auf sie schießen, das wusste sie. Viel sprach nicht dafür, aber in diesem Punkt hatte sie nicht ganz die Wahrheit gesagt. Sie zwang sich, sich nicht umzusehen, denn dann würde Duncan die Lüge in ihren Augen erkennen und die Angst, die darin stand.

Seine Mutter, dachte sie. Seine Schwester. Seine Freundin. In den nächsten Minuten würde sich entscheiden, ob irgendjemand davon oder sie alle zu ihm zurückkehren würden.

Sie zog ihr Handy heraus und rief Jerry an.

»Ich gehe jetzt los. Sie müssen die Geiseln bereithalten. Drei Geiseln, Jerry, so lautet unsere Abmachung.«

»Ich weiß, wie unsere verdammte Abmachung lautet. Ich seh dich, ich seh das Tagebuch, bevor hier irgendjemand rauskommt.«

»Sie sehen mich, aber Sie werden Angelas Tagebuch nicht zu Gesicht bekommen, bevor drei Leute freigelassen wurden. Sie müssen mit mir zusammenarbeiten, Jerry. Sie haben dann immer noch vierzehn Geiseln. Sie konnten nicht wissen, wie viele Menschen da drin sein würden, als Sie das geplant haben. Es hätten genauso gut nur vierzehn sein können. Sie verlieren gar nichts und beweisen mir, dass Sie sich an die Abmachung halten. Ich zeig es Ihnen im Tausch gegen drei Geiseln, und ich lese Ihnen eine Seite daraus vor, wenn Sie noch drei freilassen. Dann können wir weiterverhandeln. Das ist ein faires Angebot, Jerry.«

Lügen, dachte sie, sie erzählte jetzt nichts als Lügen. Konnte er es hören? Wenn sie jetzt versagte – würde sie damit leben können? Würde Duncan damit leben können?

Sie hörte das Gemurmel über ihren Kopfhörer. Die Hintertür war mit einem Sprengsatz präpariert und an die Alarmanlage angeschlossen worden. Sie wusste nicht, ob genügend Zeit blieb, sie zu umgehen und alles zu entschärfen.

Nutze die Chance, die du hast, rief sie sich wieder in Erinnerung.

»Das Spezialeinsatzkommando muss die drei Geiseln sehen, Jerry. Sonst halten sie mich auf, sie lassen mich nicht weitergehen, bis sie sie gesehen haben.«

Da drin tat sich was. Drei Frauen … gingen auf die Vordertür zu.

Man nickte ihr zu, und sie verließ die Deckung. Trotz der Schwüle bekam sie eine Gänsehaut. »Hier bin ich, Jerry. Der erste Teil unserer Abmachung ist erfüllt. Jetzt sind Sie dran. Lassen Sie sie gehen.«

»Ich seh dich nicht.«

»Wenn ich näher komme, wird mich das Spezialeinsatzkommando einkreisen und zurückdrängen. Ich stehe im Südwesten des Gebäudes. Ich kann das Schaufenster sehen und erkenne eine – nein, zwei Geiseln, die rechts davon stehen.«

»Wie dumm von dir, eine kugelsichere Weste zu tragen, Phoebe, wo ich dir doch ohnehin in den Kopf schießen würde.« Der amüsierte Klang seiner Stimme ließ ihre Kehle staubtrocken werden. »Ich weiß, aber Vorschrift ist Vorschrift. Lassen Sie die Geiseln frei, Jerry.«

»Ich will das Tagebuch sehen.«

Sie behielt die Hand hinter ihrem Rücken. »Ich habe Wort gehalten, jetzt wird es Zeit, dass Sie ebenfalls Wort halten. Dann bin ich wieder dran.«

Das Schloss klickte, und die Tür ging auf. Menschen rannten, ja stolperten weinend und schreiend hinaus. »Nicht schießen!« Polizisten in kugelsicheren Westen eilten herbei, um sie zu packen und in Sicherheit zu bringen.

Aus den Augenwinkeln sah Phoebe Ma Bee und schickte ein kurzes Dankgebet gen Himmel.

Duncans Mutter war in Sicherheit.

»Meine Schwiegertochter ist immer noch da drin«, rief Ma. »Er versteckt sich hinter ihr, versteckt sich hinter den anderen. Er hat Zünder. Er hat zwei Zünder.«

Das Gebet erstarb in ihrer Kehle. Sie sah, wie eine Frau mit weit aufgerissenen Augen herauskam und die Tür wieder zugemacht wurde.

»Drei Geiseln. Zeig mir das Tagebuch.«

»Gut, Jerry. Das Spezialeinsatzkommando muss die Zivilisten erst aus der inneren Absperrung bringen. Erledigt.« Sie zog das Buch hinter ihrem Rücken hervor. »Ich habe Angelas Tagebuch.«

»Mach es auf. Mach es auf, und lies mir vor. Das kann alles Mögliche sein.«

»Ich brauche drei weitere Geiseln.« Und obwohl es gegen ihre innersten Überzeugungen verstieß, befolgte sie die Vorschriften. »Dazu muss auch der Verletzte gehören, Jerry.«

»Scheiß drauf, der Kerl bleibt hier, genau wie die anderen. Willst du ihn sehen, Phoebe?«

Sie sah die Bewegung, und Arnie stolperte nach vorn, als ob er geschubst worden wäre. Sein Gesicht war grau, das Blut darauf schwarz getrocknet. Genau wie bei Roy war auch sein Rumpf mit einer Bombe präpariert.

Durch die Glasscheibe erkannte Phoebe seine blau geschlagenen Augen, und ihre Blicke trafen sich.

»Du liest mir vor, oder ich spreng ihn in die Luft. Das wird auch andere mitreißen und viele schwer verletzen. Aber was soll's, ich werde die große Bombe ebenfalls hochgehen lassen, und dann fliegt alles in die Luft. Du liest mir jetzt daraus vor, oder alles ist vorbei. Es gibt keine weiteren Verhandlungen mehr.«

Sie öffnete das Buch und starrte auf die leeren Seiten. Verliebte Frauen, dachte sie, sprechen alle dieselbe Sprache. Also horchte sie in ihr eigenes Herz hinein.

»Endlich weiß ich, was Liebe ist. Wie konnte ich vor ihm nur denken, ich wüsste, was Liebe ist? Alles, was vorher war, ist verblasst und wertlos. Aber jetzt, wo ich weiß, was Liebe ist, fängt die Welt erst an zu strahlen und wird lebendig für mich. Durch ihn fühle ich mich erst richtig lebendig.« Sie schloss das Buch. »Schicken Sie drei Leute raus, Jerry, und ich lese weiter.«

»Hier kommt niemand mehr raus! Niemand mehr. Du liest mir vor, was sie geschrieben hat. Ich will, dass du gefilmt wirst, während du liest, was sie geschrieben hat.«

»Jerry …«

»Verdammte Scheiße!« Er schrie so laut, dass seine Wut Phoebes gesamten Kopf ausfüllte. »Du liest, was sie geschrieben hat, und danach gibst du deine Erklärung ab. Du liest jetzt weiter, jetzt sofort, oder ich such mir eine Geisel aus und bring sie um.«

Phoebe trat einen Schritt nach vorne und bekam über ihren Kopfhörer mit scharfer Stimme den Befehl, stehen zu bleiben. Hinter Arnie konnte sie einen Teil der Geiseln erkennen. Dazu gehörte auch Loo. Ist die groß, dachte Phoebe. Und diese tollen Haare. Was für ein fantastischer Schutzschild.

»Ich les Ihnen vor, Jerry.«

»Ich will die Rose sehen. Die Rose, die sie zwischen die Seiten gelegt hat.« Er weinte. Er war verloren. »Wenn du mich noch einmal um eine verdammte Geisel bittest, bring ich eine um, verstanden? Wenn du mich um eine weitere Geisel bittest, greife ich eine heraus und schieß ihr in den Hinterkopf. Zeig mir das Tagebuch, lies mir vor, und erzähl aller Welt, wie du meinen Engel umgebracht hast. Danach ist es vorbei. Dann ist es vorbei.«

Der Tod, nach dem er sich genauso sehnte wie nach seiner Geliebten, schwang schon in seiner Stimme mit. Und sie wusste, dass er vierzehn Menschen mit in den Tod reißen würde.

Mit festem Blick drehte sie das Buch in ihren Händen und blätterte die Seiten durch. »Sie hat Ihre Rose aufbewahrt.«

»Ich seh sie nicht.«

»Ich halte sie hoch. Ich tu, was Sie wollen. Aber ich kann nicht näher kommen, man lässt mich nicht.«

»Zwei Schritte nach vorn. Alle machen zwei Schritte nach vorn. Halt sie hoch, verdammt noch mal.«

Sie drehte das Buch nur ein winziges bisschen. Vor ihrem inneren Auge sah sie das rote Kreuz auf dem Lageplan. Sie sah, wie er Loos Kopf nach links drückte, um besser sehen zu können. Und während sie ihm nur einen winzigen Moment lang in die Augen sah, sagte sie. *»Mehr kann ich nicht für sie tun, Jerry.«*

Los!

Der Knall des Schusses ging ihr so durch Mark und Bein, dass sie die darauffolgenden Schreie, die Schüsse und das Fußgetrappel kaum noch hörte.

Sie sah, wie Loo herausrannte, allein, direkt auf sie zu. Die Wucht ihrer Umarmung ließ Phoebe zwei Schritte zurücktaumeln. O Gott, o Gott, o Gott. Ich dachte, ich muss sterben. Ich dachte, der bringt uns alle um.

»Du musst hier weg, Loo. Du musst diesen Bereich verlassen.«

»Du hast mir das Leben gerettet.« Sie löste sich von ihr und nahm Phoebes Gesicht in ihre Hände. »Du hast uns alle gerettet.«

»Ma Bee steht da drüben. Du musst hier weg, geh zu Ma Bee.«

»Du hast uns alle gerettet«, wiederholte Loo, als Polizisten auf sie zueilten und sie wegzogen.

Phoebe ließ das Buch fallen und drehte sich um. Da war

Duncan, der sich einen Weg zu ihr bahnte. »Wie bist du durch die Absperrung gekommen?«

Er hielt einen laminierten Ausweis hoch. »Ich hab ihn geklaut.« Er schlang die Arme um sie. »Ich liebe dich. Da ist immer noch eine Bombe drin, stimmt's? Lass uns zusehen, dass wir von hier wegkommen, lass uns nach Hause fahren. Lass uns nach Acapulco abhauen.«

»Ja, aber vorher sollten wir versuchen, uns so weit wie möglich von dem Gebäude mit der Bombe zu entfernen.«

»Deine Hand zittert.«

»Deine auch.«

»Nicht nur meine Hand.«

»Ich muss mich setzen, Duncan. Ich brauche ein ruhiges – ein ruhigeres Fleckchen, wo ich mich eine Minute hinsetzen kann.«

Sie ging ihm nach, nickte und begrüßte diejenigen, die ihr gratulierten. Gute Arbeit, gut gemacht. Dann versperrte ihr Sergeant Meeks den Weg, und sie hielt inne.

Er sagte nichts, sondern sah sie einfach nur an. Anschließend senkte er den Kopf und ging davon.

»Er müsste vor dir auf den Knien liegen«, murmelte Duncan.

»Das ist nicht seine Art, außerdem ist mir das scheißegal.«

Duncan führte sie zurück in die Boutique und drückte sie sanft in einen Stuhl.

Sie atmete aus. »Gebt mir fünf Minuten«, bat sie den Rest des dort befindlichen Teams. »Fünf Minuten, um wieder einen klaren Kopf zu kriegen, danach bringen wir das hier zu Ende.«

»Kein Problem, Lieutenant.« Sykes zeigte auf die Tür

und blieb auf dem Weg nach draußen stehen. »Verdammt gute Arbeit.«

»Ja.« In der darauffolgenden Stille atmete sie tief ein, während Duncan vor ihr in die Hocke ging.

»Schätzchen, du siehst aus, als könntest du einen Drink vertragen.«

»Ich könnte mehrere Drinks vertragen.«

»Ich kenn da zufällig einen fantastischen Pub.« Er hob ihre Hände, küsste sie und vergrub kurz sein Gesicht darin. »Phoebe.«

»Ich war nie wirklich in Gefahr. Ich nicht.«

»Sag das mal meinem Bauch.«

Es war so kalt hier drin, dachte sie. Wieso war es auf einmal so kalt? Nur ihre Hände waren warm, dort, wo er sie geküsst hatte. »Duncan, ich habe noch nie Gebrauch von meiner Waffe machen müssen, das habe ich dir bereits gesagt. Aber ich habe heute einen Mann umgebracht.«

»Das ist doch Quatsch.«

»O doch. Ich habe das Kommando für den Todesschuss gegeben. Nicht offiziell. Aber jeder, der dabei war, weiß, dass ich ihn in die Schusslinie gelotst und den Schießbefehl gegeben habe. Ich hatte keine andere Wahl. Sonst hätte er …«

»Ich weiß.« Er hielt ihre Hände fest umschlossen. »Ich weiß.«

»Ich wusste keinen anderen Ausweg, also werde ich damit leben müssen. Ich habe die Liebe, die er für Angela empfand, benutzt, um ihn zu manipulieren. Und ich werde damit leben müssen.«

Er zog sie aus ihrem Stuhl und nahm sie auf seinen Schoß. »Das war keine Liebe. Dafür war er viel zu egomanisch, zu selbstsüchtig. Und das weißt du auch. Du warst klüger als er, das ist alles. Und du warst tapferer. Du bist da rausgegangen, während er sich in dem Juweliergeschäft verschanzt hat, hinter lauter Unschuldigen.«

Er verbarg sein Gesicht in ihren Haaren, drückte seine Lippen gegen ihre Schläfe. »Und jetzt hör auf, Mitleid mit ihm oder dir selbst zu haben.«

»Das war aber deutlich.«

»Ich habe eine fantastische Frau vor mir.« Er umarmte sie, streichelte sie und vertrieb jede Kälte aus ihren Armen. »Wenn Mark D wieder aufmacht, werden wir dorthin gehen und einen Ring aussuchen.«

»Mark D kann ich mir nicht leisten.« Aber sie schaffte es, zu lächeln. »Ich habe mir nie überlegt, warum sie eigentlich da waren, Ma Bee und Loo. Ich habe keine Sekunde über den Grund dafür nachgedacht – ich durfte den Gedanken einfach nicht zulassen. Oh, Duncan, du hattest dich mit ihnen verabredet, damit sie dir helfen, einen Ring für mich auszusuchen. Wenn du etwas früher gekommen wärst …«

»Denk nicht mehr dran. Ich bin nicht früher gekommen, und alle Geiseln haben das Geschäft verlassen, und zwar lebend. Und darum geht es doch bei deiner Arbeit, oder?«

»Ja. Und jetzt muss ich meine Arbeit ordentlich abschließen.«

»Ich werde auf dich warten. Und vergiss nicht, wenn du so weit bist, bei demjenigen, der dafür zuständig ist, die nächsten drei, vier Tage freizunehmen.«

»Warum?«

»Meine Frau hat gerade siebzehn Menschenleben gerettet – was werden wir also wohl als Nächstes tun? Wir fahren nach Disney World.«

Sie lächelte nicht. Sie stieß einen kurzen, schrillen Schrei aus, der sich in wildes Gelächter verwandelte. »Danke, lieber Gott, dass ich dich gefunden habe!«

»Ich habe *dich* gefunden«, verbesserte er sie. »Ich bin ein Glückspilz.«

Sie schlang ihre Arme um ihn und lehnte ihren Kopf gegen seine Schulter. Er schenkte ihr Ruhe und Frieden, ein Fundament und eine starke Schulter zum Anlehnen.

Sie war, verdammt noch mal, auch ein Glückspilz.

